TIRANO

CHRISTIAN CAMERON

TIRANO

Tradução de
S. Duarte

EDITORA RECORD
RIO DE JANEIRO • SÃO PAULO

2013

CIP-BRASIL. CATALOGAÇÃO NA FONTE
SINDICATO NACIONAL DOS EDITORES DE LIVROS, RJ

C189t Cameron, Christian, 1962-
Tirano / Christian Cameron; tradução de Sérgio Duarte. – Rio de Janeiro: Record, 2013.

Tradução de: Tyrant
ISBN 978-85-01-08760-7

1. Ficção canadense. I. Duarte, Sérgio. II. Título.

11-7028 CDD: 819.13
CDU: 821.111(71)-3

Título original:
Tyrant

Publicado originalmente por Orion Books, Londres, em 2008

Texto revisado segundo o novo Acordo Ortográfico da Língua Portuguesa.

Editoração eletrônica: Ilustrarte Design e Produção Editorial

Direitos exclusivos de publicação em língua portuguesa somente para o Brasil adquiridos pela
EDITORA RECORD LTDA.
Rua Argentina, 171 – Rio de Janeiro, RJ – 20921-380 – Tel.: 2585-2000, que se reserva a propriedade literária desta tradução.

Impresso no Brasil

ISBN 978-85-01-08760-7

Seja um leitor preferencial Record.
Cadastre-se e receba informações sobre nossos lançamentos e nossas promoções.
Atendimento e venda direta ao leitor:
mdireto@record.com.br ou (21) 2585-2002.

Para minha mãe

GLOSSÁRIO

Airyanãm (avestano) — Nobre, heroico.

Baqca (siberiano) — Feiticeiro, mago, formador de sonhos.

Daimon (grego clássico) — Espírito, ânimo.

Epilektoi (grego clássico) — Homens escolhidos, da cidade ou da falange: soldados de elite.

Estádio (grego clássico) — 178 metros. Distância percorrida em um estádio esportivo. Às vezes grafado como *stadia* ou *stade*, nos romances da Série *Tirano*. Trinta estádios perfazem um *Parasang*.

Eudaimia (grego clássico) — Bem-estar. Literalmente, "com bom ânimo". Ver *daimon*, acima.

Falange (grego clássico) — Formação de infantaria utilizada pelos hoplitas gregos em batalha, em colunas de oito a dez soldados, conforme as circunstâncias. Os comandantes gregos experimentaram formações mais ralas ou mais numerosas, mas a falange era sólida e difícil de penetrar, confrontando o inimigo com uma muralha de pontas e escudos, tanto ao estilo macedônio, com ferros pontudos, quanto ao estilo grego, com lanças mais curtas. A palavra falange podia também significar o corpo de guerreiros. As falanges macedônias eram mais profundas, com longas lanças chamadas *sarissas*, que acreditamos serem semelhantes aos ferros pontudos usados em tempos mais recentes.

Gamelia (grego clássico) — Feriado grego.

Gorytos (grego clássico e possivelmente da língua cita) — Aljava aberta usada pelos citas, frequentemente com muitas ornamentações.

Hiparca (grego clássico) — Comandante de cavalaria.

Hiperetes (grego clássico) — Corneteiro, servo ou auxiliar dos hiparcas.

Hippeis (grego clássico) — Em termos militares, a cavalaria de um exército grego. No sentido geral, a classe dos cavalarianos, sinônimo de cavaleiros. Designa também os homens mais ricos de uma cidade.

Hoplita (grego clássico) — Soldado grego, da infantaria pesada, que levava o *aspis* (grande escudo redondo) e combatia na falange. Representam a classe média dos homens livres na maioria dos povoados, e, embora às vezes sua aparência se assemelhe à dos cavaleiros andantes medievais, constituem também a milícia da cidade, e seus membros são artesãos e pequenos agricultores. No início do período clássico, esperava-se que os proprietários de um mínimo de 5 hectares de cultivo possuíssem um *aspis* para servir como hoplitas.

Kopis (grego clássico) — Faca ou espada de lâmina curva, semelhante à dos atuais gurkhas. São comuns na arte grega e aparentemente algumas pequenas facas de mesa eram feitas com a mesma forma.

Machaira (grego clássico) — Espada pesada da cavalaria grega, mais comprida e robusta do que a espada pequena usada pela infantaria. O objetivo era um alcance mais longo para o cavaleiro, e não tinha utilidade na falange. A palavra também pode ser usada para designar uma faca.

Parasang (grego clássico, de origem persa) — Cerca de trinta estádios.

Peltastoi (grego clássico) — Literalmente, quem leva um escudo pequeno e redondo.[1] Qualquer classe de guerreiros intermediária entre os *psiloi* e os hoplitas. Às vezes usam armaduras leves, elmos ou lanças.

Pous (grego clássico) — Cerca de um pé, ou 33 centímetros.

Psiloi (grego clássico) — Homens desnudos (*Léxico do Dialeto Homérico*, 1924). Guerreiros para escaramuças leves, geralmente sem armadura

---

[1] Retirado do *Lidell-Scott-Jones*, obra de referência sobre o léxico do grego antigo. (*N. do T.*)

e com o mínimo de armas, fundas ou talvez dardos, e até mesmo pedras. Nas guerras das cidades-Estados gregas, os *psiloi* vinham das camadas mais pobres, dentre empregados e até escravos.

Sastar (avestano) — Tirânico. Um tirano.

Taxeis (grego clássico) — Seção da falange macedônia. Pode referir-se a qualquer grupo, porém mais usada para indicar uma companhia ou um batalhão. O *taxeis* macedônio, nos romances da Série *Tirano*, possui entre 1.500 e 2.000 homens, conforme as perdas ou destacamentos. Sinônimo, em geral, de *falange*, acima.

Torax (grego clássico) — Placa peitoral, ou cinta (*Léxico do Dialeto Homérico*, 1924).

Toxotai (grego clássico) — Arqueiros. Nas guerras gregas, geralmente homens das classes mais baixas, treinados e armados com arcos. Atenas possuía um corpo formado por esse tipo de guerreiros. Igualmente, segundo algumas fontes, arqueiros montados ou citas eram chamados às vezes *hipotoxotai*, isto é, arqueiros montados.

Xiphos (grego clássico) — Espada de lâmina reta para a infantaria, geralmente levada pelos hoplitas ou psiloi. Na arte grega clássica, especialmente em cerâmicas vermelhas, aparecem muitos hoplitas usando essa arma, porém pouquíssimas foram recuperadas e há muito debate a respeito.

333 a.C.

Acima da nuvem de poeira via-se o céu azul. A distância, muito além da planície, erguiam-se montanhas em tons de roxo e lavanda, com os picos mais longínquos avermelhados pelo sol nascente. Lá em cima, a atmosfera era de completa paz. Uma águia, o melhor dos presságios, voava preguiçosamente em círculos, à direita de Kineas. Mais abaixo, havia pássaros menos auspiciosos.

Enquanto se mantivesse atento ao reino das alturas, pensava ele, estaria em segurança. Os deuses sempre lhe haviam falado — quando estava acordado, mediante presságios ou durante o sono, em sonhos significativos. Naquele dia, Kineas precisava dos deuses.

Ruídos e movimentos vindos da direita lhe chamaram a atenção e seus olhos abandonaram a segurança dos espaços vazios, voltando-se para as margens do rio Pinarus, a planície, a vegetação rasteira, a praia e o mar. Diretamente à sua frente, separados dele apenas pela largura do rio, trinta mil cavaleiros persas esperavam em fileiras tão cerradas que haviam levantado uma nuvem de areia, e tão longas que a retaguarda era visível acima da nuvem, na encosta de uma colina distante, do outro lado do Pinarus. Kineas sentiu o estômago contrair-se e soltou um peido, fazendo uma careta, envergonhado.

Niceas, seu *hiperetes*, deu um ronco que poderia ter sido uma risada.

— Veja, Kineas — disse ele, apontando para a direita. — Lá vem o chefe.

Um tropel de cerca de vinte cavaleiros cujos mantos ornamentados a ouro faiscavam ao sol, montados em magníficos animais robustos, se aproximava a trote pela planície em direção ao local da praia onde a Cavalaria Aliada aguardava seu destino.

Somente um dos cavaleiros estava com a cabeça descoberta, e seus cabelos louros cacheados tinham o mesmo brilho da cabeça de Górgona em ouro que servia de fecho para seu manto roxo. Uma pele de leopardo cobria seu cavalo. Ele conduziu seus homens por sobre a areia dura até onde estava Parmênio, o general do flanco esquerdo, a apenas um estádio de distância dali. Parmênio abanou a cabeça, fazendo um gesto na direção das hordas da cavalaria persa, e os cachos dourados se agitaram com uma gargalhada. O homem louro bradou algo que se perdeu no vento, e os tessalianos da guarda de Parmênio bradaram em coro o nome dele: *Alexandre! Alexandre!* Em seguida, voltou a trote pela praia até onde se encontrava a Cavalaria Aliada, seiscentos cavaleiros isolados diante da ala esquerda.

A contragosto, Kineas sorriu quando o homem louro se aproximou dele. À sua retaguarda, os soldados da Cavalaria Aliada começaram a saudar: "Alexandre! Alexandre!" Aquilo não fazia sentido: poucos dentre eles vinham de cidades que tinham motivos para estimar Alexandre.

Este se colocou diante da Cavalaria Aliada, um pouco à direita, e ergueu o punho fechado. Todos gritavam em coro. Alexandre sorriu, exultante, feliz com o apoio que recebia.

— Ali está o Grande Rei, homens da Grécia! Antes que este dia termine, seremos os senhores da Ásia, e ele nada será! Lembrem-se de Dário e Xerxes! Lembrem-se dos templos de Atenas! Avante, helenos! Chegou a hora da vingança!

Cavalgava com facilidade, ereto na sela, com porte imperial e o manto roxo ondeando à brisa, parando aqui e ali para dizer alguma coisa a um ou outro cavaleiro.

— Kineas! Nosso ateniense! — bradou.

Kineas fez continência, erguendo a pesada *machaira* à altura da couraça peitoral.

Alexandre parou, freando o cavalo com os joelhos. Sua montaria era pelo menos dois palmos mais alta do que o cavalo de Kineas e valia 100 dáricos de ouro. Só então pareceu notar as numerosas hostes da cavalaria persa.

— Tenho pouquíssimos atenienses comigo hoje, Kineas. Seja digno de sua cidade. — Empertigou-se na sela, e o animal deu um salto para a frente. Ao passar novamente pela tropa, os gritos de aplauso recomeçaram, primeiro vindos da cavalaria aliada, em seguida dos tessalianos e finalmente das falanges que enchiam a planície: *Alexandre!* Este parou novamente para falar, agitando os braços, com a cabeça erguida na risada que todos os soldados conheciam — *Alexandre!* — e depois cavalgou mais rapidamente, libertando seu cavalo branco em um galope acompanhado pelos homens de sua escolta que ondeavam atrás dele como o manto preso a seu pescoço, enquanto todos os soldados gritavam em coro: *Alexandre!*

Parmênio deu um grunhido de desprezo, aproximando-se e fazendo um gesto para que os *hiparcas* aliados e seus oficiais se juntassem a ele. Indicou com um braço a massa de persas.

— Estão muito aglomerados, em colunas demasiado longas. Esperem que eles cheguem à linha da água e então avancem. Basta aguentar até que o menino faça seu trabalho.

Kineas era mais jovem do que "o menino" e não tinha certeza de poder controlar os espasmos de seu estômago, muito menos de impedir que milhares de medos avançassem pela planície e acabassem com os flancos das falanges. Tinha perfeita consciência de que se encontrava ali, comandando cem cavalarianos, não por seus próprios méritos, mas simplesmente porque seu pai era muito rico e muito impopular devido ao apoio que dava a Alexandre. Entre os cavalarianos da Ática à sua retaguarda havia alguns de seus amigos de infância. Receava que os estivesse levando para a morte — Diodoro e Ágis, Laerte e Graco, Clístenes e Demétrio — todos os meninos que brincavam de soldado — *hippeis* — enquanto os pais legislavam e comerciavam.

A voz de Parmênio o trouxe de volta ao presente.

— Entenderam bem o que eu disse, senhores? — Pronunciava mal o grego macedônio, mesmo depois de ouvi-lo durante um ano. — No momento em que eles chegarem ao meio da correnteza, ataquem.

Kineas cavalgou de volta para se posicionar à frente de seu esquadrão, quase sem conseguir controlar o cavalo. A aflição e a ansiedade se alternavam, o corroíam e o intoxicavam. Queria que tudo acontecesse *agora*. Queria que terminasse.

Niceas cuspiu no chão, aproximando-se.

— Estamos sendo sacrificados — disse, apalpando o talismã barato que trazia ao pescoço. — O menino-rei não quer perder nenhum de seus preciosos tessalianos. Nós somos apenas gregos, não valemos nada.

Kineas fez um gesto ao escravo para que trouxesse água. Seus olhos encontraram os de Diodoro, e o moço alto e ruivo piscou para ele. Não tinha medo; parecia um jovem deus. A seu lado, Ágis cantava uma ode a Palas Atena. Sabia de cor todos os grandes poemas. Laertes atirou a lança ao ar e tornou a segurá-la com um floreio, assustando o cavalo. Graco bateu no flanco do elmo do animal para levá-lo de volta a seu lugar na fileira.

O escravo trouxe a água. As mãos de Kineas tremiam enquanto bebia. Ao longe, à direita, ouviam-se gritos — uma aclamação e o som de vozes gregas que cantavam uma pavana. Podia ser de qualquer dos dois exércitos. Havia muitos gregos entre os inimigos, provavelmente mais atenienses nas hostes do Grande Rei do que nas de Alexandre. Kineas olhou para seu front, tentando dominar os próprios pensamentos, mas as falanges macedônias já se movimentavam à sua direita, mais pressentidas do que vistas por entre as nuvens de pó levantadas no início da marcha.

A névoa da batalha. O Poeta a descrevera, e agora Kineas a via. Era aterradora e grandiosa ao mesmo tempo. Elevava-se para os céus como um sacrifício ou uma pira fúnebre.

Mas ele não conseguia elevar a mente além da nuvem de poeira, até o azul.

Ali estava ele na praia, e os persas avançavam. Apesar do tremor nas mãos, a mente seguia os acontecimentos da batalha. Via o *taxeis* macedônio no centro, avançando por entre as nuvens de pó. Ouvia os brados do rei, incitando suas companhias a avançar. Todos os seus sentidos registravam a batalha que começava na colina distante. O embate se travou no centro do campo, os gregos do Grande Rei formando uma muralha contra as armas macedônias.

Os persas esperavam diante de Kineas. Este viu as falanges entrarem na água e atravessarem o leito do rio com esforço, subindo o barranco do outro lado, observou a infantaria grega e persa que as deteve ao encontrá-las no alto da elevação, viu os soldados que rolavam pela encosta íngreme e derrubavam os que vinham subindo atrás deles. O vento trouxe gritos que vinham de mais longe, à direita.

— Olhem para a frente — disse Niceas, beijando o talismã.

Um estádio adiante dele, um solitário cavaleiro persa entrou na correnteza e começou a atravessá-la cuidadosamente, gritando e agitando os braços enquanto o grosso da cavalaria persa descia lentamente o barranco, entrando no rio Pinarus.

Filipe Kontos, o nobre macedônio que comandava a cavalaria aliada, ergueu no ar uma das mãos. O corpo de Kineas estremeceu fortemente e o animal deu um passo para trás, em seguida outro, sentindo a tensão nos joelhos do cavaleiro. Uma única vez havia enfrentado a cavalaria persa. Sabia que eram melhores ginetes do que a maioria dos gregos e que seus cavalos eram maiores e mais bravios. Elevou uma prece a Atena.

Niceas começou a cantar a Pavana. Quase imediatamente todos os soldados das primeiras filas o acompanharam, e o volume do som foi aumentando e espalhando-se como fogo num campo durante o outono, uma canção ardente que lançou fagulhas em direção aos tessalianos na retaguarda. A cavalaria persa chegava ao meio do rio, como uma sólida muralha de guerreiros montados.

Kontos abaixou a mão. A Cavalaria Aliada começou a avançar a passo, com os animais excitados erguendo as cabeças e agitando as caudas. Kineas passou a lança curta, mais leve, para a mão que não segurava a rédea, resolvido a realizar uma façanha que vinha treinando durante anos:

atirar a curta e lutar com a longa, sempre galopando. Mediu a distância até o front da cavalaria persa. O grosso dos cavaleiros gregos começou a apressar o passo, abafando o canto da Pavana com o ruído das patas dos animais na areia. A montaria de Kineas deixou o solo de areia e começou a descer o barranco de cascalho à margem do Pinarus. Cerrou o punho, sinalizando o ataque, e a trombeta de Niceas soou forte.

Já não era mais um comandante: passara a ser um dos guerreiros. Seus olhos viam apenas a muralha de medos diante de si e ele sentia somente a tensão em suas espáduas. A ansiedade desapareceu. A égua se lançou para a frente, o animal entrando em galope. Kineas apertou os joelhos contra a montaria e ergueu o corpo, com as costas eretas, arremessando a lança curta contra o persa mais próximo. Com o movimento da mão para baixo ele agarrou a segunda lança e a ergueu enquanto as patas do animal levantavam água no rio. A égua bateu de frente com a montaria do homem que ele acabara de matar com a menor das lanças. Como uma lança equina, a égua colidiu com o cavalo do persa, que desabou na água com as patas para o ar. Kineas sentiu a dor de um golpe contra o elmo e os braços, no flanco esquerdo desprotegido pelo escudo. Então avançou contra o corpulento adversário de barba ruiva, balançando a ponta da lança como se fosse um porrete comprido, atingindo-o. A lança se partiu com o impacto, ao mesmo tempo que abria um corte no rosto do persa, que passou tão perto que as pernas de ambos se tocaram. O guerreiro de barba ruiva estava agora atrás dele, e Kineas ficara desarmado. A égua tinha água pelos joelhos, já desgastada, quando um dos cavalos persas se chocou com ela, cabeça contra cabeça e peito contra peito, de forma que os dois animais se ergueram acima da água como personificações do deus do rio em duelo, fazendo brilhar ao sol as gotas de água que respingaram. O cavaleiro persa avançou de lança em riste e Kineas esquivou-se, caindo da sela. No instante seguinte, viu-se debaixo d'água, incapaz de ouvir o clangor da batalha. Em um segundo aprumou-se, apesar do peso da armadura, e a mão encontrou a espada no instante em que a cabeça voltou ao ar e à confusão da luta.

A égua desaparecera, impelida para longe pelo grande cavalo persa. Kineas viu um vulto cinzento acima de si e desferiu um golpe contra a perna do inimigo, fazendo esguichar sangue enquanto o outro caía na água. Kineas procurou montar, agarrando a longa crina do animal com uma das mãos e o cabo da espada com a outra, as pernas ainda metidas na água e o peso da couraça peitoral puxando-o para baixo a cada tentativa de subir no dorso do cavalo.

Um golpe ricocheteou em seu elmo, fazendo-o girar e bloqueando-lhe a vista. Uma lâmina atingiu-lhe o ombro, batendo no bronze da couraça e ferindo o braço que segurava a rédea. O cavalo cinzento, assustado, lançou-se à frente, puxando-o para fora da água ainda agarrado à crina e subindo o barranco de onde Kineas viera. Em pânico, o animal sacudiu a grande cabeça. Por sorte, ajudado pela força do movimento do cavalo, ele se ergueu mais do que tinha conseguido até então, de forma a poder passar uma perna por sobre o dorso do animal. Outro cavalo colidiu contra ele, mas pela graça da deusa isso serviu para fazê-lo acabar de montar completamente, embora os dentes do bicho houvessem aberto uma ferida em sua coxa desprotegida. Agitou a espada às cegas diante de si, encontrando um alvo. Com a mão que deveria estar segurando a rédea, arrancou o elmo e atirou-o contra o inimigo — que agora podia ver atingindo-o novamente com a espada, desta vez deliberadamente — e o homem caiu.

Kineas não conseguia encontrar a rédea. Tinha os joelhos apertados contra os flancos do cavalo mas não podia fazê-lo voltar-se, e via-se de costas para o inimigo. A couraça peitoral não deixava dúvidas de que era heleno, e, portanto, inimigo. Nem sequer via outro grego. Atacou um homem que avançava de lança em riste por trás de si e errou completamente o golpe, quase caindo novamente da sela, mas o adversário passou ao largo.

Desesperadamente, sem saber o que fazia, Kineas curvou-se para a frente sobre o pescoço da nova montaria e procurou as rédeas — perdeu-as, encontrou-as, puxou com força fazendo o cavalo recuar e depois firmar-se nas patas. Voltou ao rio e atacou um persa. O homem se esquivou. Kineas esporeou o cavalo com os calcanhares e o animal entrou mais profundamente no rio, mordendo com fúria um potro que viu diante de si, enquanto Kineas matava o cavaleiro, sempre avançando por entre a multidão de persas até que encontrou novamente o cascalho na margem oposta do rio, em meio a uma massa de inimigos que não conseguiam avançar nem recuar, de tão numerosos.

Para eles foi uma surpresa fatal, pois estavam de tal forma aglomerados que as lanças eram inúteis, e até mesmo a espada de Kineas parecia longa demais. O esforço de erguê-la parecia queimar-lhe o braço. Via-se profundamente metido nas hostes inimigas. Não raciocinava nem planejava. Simplesmente brandia a pesada arma, e quando esta lhe foi arrancada da mão devido ao peso de uma vítima e de sua própria fadiga, Kineas tirou da cinta a adaga, chegando tão perto do próximo adversário que podia sentir o cardamomo em seu hálito enquanto lhe enfiava a arma na axila. Puxando-o para si, como um atleta de luta livre, desferiu-lhe um golpe tão forte que o fez desequilibrar-se na sela. Largou o cadáver, que caiu pesadamente entre dois cavalos. A ponta de uma lança atingiu Kineas na altura do limite da couraça peitoral, ferindo-lhe os músculos do pescoço antes de soltar-se. Ele tentou esquivar-se de outro golpe, mas a mão esquerda não queria obedecê-lo e o homem golpeou a couraça com a espada, machucando-lhe o flanco. O cavalo saltou para a frente e o inimigo desapareceu.

Kineas estava no alto do barranco. Tinha atravessado o rio e já não sentia medo, como se seu espírito estivesse nas nuvens ou já a caminho dos Campos Elíseos — desligado, percebendo nos últimos instantes de sua vida que estava só em meio aos inimigos, dez vezes ferido.

Os momentos se alongaram — *assim é a passagem do tempo para os deuses* — e ele não havia morrido. Ou talvez estivesse morto — o que conseguia enxergar parecia um longo corredor, sem sentir-se ameaçado pelo persa que via no final do túnel em sua mente. Queria gritar, além do tempo, para o jovem que havia iniciado o ataque: *nós seremos os heróis, você e eu*. A ideia o fez sorrir, mas nesse momento o túnel girou e ele sentiu um forte golpe nas costas e uma dor aguda mordendo-lhe o pescoço e os calcanhares.

Somente mais tarde ficou sabendo que seus amigos de infância Diodoro e Laertes haviam montado guarda sobre seu corpo, como Ajax e Ulisses, a fim de afastar os persas até que a batalha fosse ganha.

Somente mais tarde ficou sabendo que seu ato havia rompido a cavalaria persa.

Recuperou-se rapidamente, mas não o suficiente para envergar a coroa de louros que Alexandre lhe concedera por haver sido o mais corajoso dentre os aliados e nem para ouvir seu nome aplaudido pelo exército. A coroa foi colocada entre tábuas de cedro em sua bagagem. Dois anos mais tarde, outro par de tábuas de cedro foi posto ao lado do primeiro, para guardar nova coroa, que lhe havia custado uma cicatriz de cinco palmos de comprimento na perna direita.

Aprendera muito sobre a guerra — sabia quanta dor seu corpo era capaz de suportar, conhecera o frio e o calor, o desconforto, as enfermidades, a amizade, a ambição e a traição. Em Guagemela percebeu que possuía o dom de *avaliar* o campo de batalha como um todo orgânico, como um médico é capaz de avaliar o corpo humano, diagnosticando os males e sugerindo remédios. Passou a compreender bem os persas, de maneira a preservar os soldados sob seu comando quando os inimigos atacavam e tudo parecia perdido. Então, foi gravemente ferido uma segunda vez. Uma prostituta o salvou da morte no campo de batalha e ele a manteve perto de si por algum tempo, e depois por mais tempo ainda. Em seguida perseguiram o Grande Rei até Ectabana, e sua cabeça foi levada a Alexandre dentro de um saco de pano por traidores bárbaros. O exército compreendeu que havia conquistado a Ásia, agora ela lhes pertencia.

Ecbatana recendia a fumaça e maçãs. A fumaça vinha das fogueiras dos acampamentos, quando o grande exército conquistador ali se concentrou, após a morte de Dario. Havia maçãs por toda parte, trazidas para deleite do Grande Rei e tomadas como saque pelas primeiras unidades que atravessaram os passos das montanhas. Kineas apaixonou-se para sempre pelo aroma das maçãs e da cidra fresca.

Fora um dos primeiros e, por causa disso, sua bagagem continha mais cem dáricos de ouro e ele possuía uma espada de qualidade, com cabo de ouro. Dormia em um divã, com a mão sobre o seio da amante, bebendo cidra em uma taça de prata como um nobre, em vez de estar em torno de uma fogueira de acampamento bebendo em um vaso de argila ou de um chifre, como dez mil outros helenos. A mulher usava um perfume que viera do palácio e cujo aroma lhe apertava a garganta como fumaça de lenha.

Sentia-se feliz. Todos se sentiam felizes. Tinham derrotado o maior império do mundo e nada mais poderia detê-los. Kineas jamais esqueceu as sensações daquela noite, o aroma de fumaça das maçãs e do perfume da mulher, como uma deusa da vitória tangível, deitada em seus braços. Depois, seu amigo de infância Diodoro, que cavalgara com ele de Issus a Ecbatana, ateniense nobre cuja mente era como a de uma raposa e cujos cabelos ruivos combinavam com os pelos desse animal, voltou do quarto de guarda, tomou a cidra e informou que estavam todos voltando a sua terra.

— A guerra dos helenos chegou ao fim — disse Alexandre. Estava sentado em um trono de marfim e usava um diadema na cabeça.

Kineas tinha orgulho em acompanhar Alexandre, mas o trono e o diadema lhe davam uma aparência de tirano. Ficou de pé, impassível, junto com os demais oficiais aliados. Se a intenção de Alexandre era impressioná-los, suas palavras não eram convincentes.

— Todos os senhores serviram brilhantemente à Liga. Cada um tem direito a uma recompensa. Se qualquer de seus homens preferir ficar, será alistado junto com os mercenários.

Alexandre afastou o olhar dos sacos de moedas que jaziam no chão, junto ao trono. Tinha olheiras fundas por ter bebido, mas a centelha ainda brilhava, como se algo estivesse em chamas dentro de sua cabeça.

Kineas pensou por um instante que poderia ter havido algum engano na afirmação — que ele também seria bem-vindo se resolvesse ficar e conquistar o resto do mundo. Naquele momento, os olhos de Alexandre encontraram os seus e ele entendeu que estava dispensado. Os oficiais deveriam voltar. Alexandre continuou a falar, e as palavras grandiloquentes de elogio perderam o sentido, por causa dos sacos de ouro a seus pés. *Já não preciso de vocês. Podem partir.* Kineas retardou-se na saída da tenda do rei, esperando uma palavra amiga, uma exceção, mas Alexandre levantou-se e, sem olhar para eles, saiu por outra porta.

Muito bem.

Kineas ficou imaginando se Alexandre saberia da existência de veneno político entre seus preciosos macedônios, mas refreou-se. Não reagiu publicamente quando a amante o deixou por um oficial da cavalaria macedônia — um Filipe entre muitos — em vez de escolher voltar com ele, e respondeu laconicamente a uma delegação de soldados que o procurou para pedir-lhe que ficasse e os comandasse. Alguns sugeriram que permanecessem juntos para servir a Antipater, regente de Alexandre na Macedônia.

Kineas não tinha interesse em servir a Antipater. Percebera rapidamente seu amor por Alexandre, e não pela Macedônia. Empacotou seus dáricos e seus louros, vendeu a maior parte de sua pilhagem, guardou algumas taças de melhor qualidade para presentear amigos em Atenas e levou uma tapeçaria para a mãe. Conservou a espada, o robusto cavalo cinzento e o manto manchado de cavalariano, preparando-se para tornar-se um fazendeiro rico. Já estava longe de sua terra havia seis anos. Voltaria rico e se casaria.

Os atenienses voltaram com ele. Clístenes e Demétrio apodreciam no campo de batalha ou estavam a caminho do Elísio, mas Laertes, Ágis, Graco e Diodoro haviam sobrevivido à batalha, às enfermidades, aos sofrimentos e às dificuldades. Cavalgaram juntos de volta à terra natal, e nenhum bandido ousou emboscar a caravana. Ao chegarem a Anfilópolis, no continente, já na Grécia, nenhum dos demais jovens mostrou pressa em prosseguir. Enquanto passavam tempo nas tavernas, Kineas apressou-se em voltar.

Descobriu que não precisava ter feito isso.

Na Ática, soube que o pai tinha morrido e que ele próprio fora exilado por haver servido a Alexandre. Fugiu para o norte, para Platea, onde havia uma comunidade de atenienses exilados.

Estava lá havia apenas um dia quando um ateniense o procurou com uma proposta. Naturalmente, o homem vinha da mesma facção que organizara seu exílio, mas Kineas crescera em meio à vida política de Atenas, e portanto sorriu, negociou e, na mesma noite, mandou uma carta a Diodoro e outra a um amigo de seu pai, também exilado, que morava no Euxino[2].

---

[2] Ponto Euxino era o nome dado pelos gregos ao Mar Negro. (*N. do T.*)

PRIMEIRA PARTE

O ESCUDO DE AQUILES

"Ali formou ele também duas cidades de seres humanos mortais extremamente belos. Em uma houve matrimônios e festivais, e à luz das tochas ardentes eles levavam as noivas através da cidade, e os cânticos nupciais soavam em altas vozes. Os jovens dançavam rodopiando e entre eles as flautas e liras tocavam continuamente... Em torno da outra cidade, porém, duas facções de guerreiros vestidos de armaduras brilhantes entraram em acordo. Planejaram dois tipos de ação: ou arrasar a cidade ou dividir em partes iguais tudo o que houvesse no formoso local."

Ilíada, Livro 18

I

A mesma rajada de vento que fizera adernar o *pentekonter*,[3] lançando-o contra as vagas e encharcando-lhe a vela, impeliu para o sul o barco cargueiro, que era menor. A carga deste último se deslocou e a embarcação afundou, enquanto o vento levava os gritos dos tripulantes. O *pentekonter* ficou adernado, com a vela ainda empinada, revelando a incompetência do trierarca,[4] enquanto a carga, bem amarrada, mostrava a capacidade do mestre-veleiro. O barco deveria ter efetivamente afundado, perdendo-se no Euxino com todos os marujos, mas o mestre-veleiro se içara a um bordo junto ao mastro, tirando uma faca de bronze da bainha que levava ao pescoço e cortando os cabos que amarravam a vela à retranca.

Abrigado sob a lona, na popa, o trierarca jazia imóvel e apavorado, incapaz de afrontar as consequências de sua decisão de deixar o mastro preso ao calço. O caos nos bancos dos remadores transformou-se imediatamente em uma crise igual à da vela encharcada; o trierarca havia ordenado que se levantassem os remos logo antes da ventania, procurando em vão manter a proa acima da superfície, e quando o barco adernou, a água, impelida pelo vento, empurrara os longos remos de madeira para dentro através dos orifícios, arrancando-os das mãos dos remadores e

[3] Espécie de galera grega de cinquenta remos. (*N. do T.*)

[4] Comandante, ou armador, de uma trirreme grega. (*N. do T.*)

esmagando cabeças e costelas. Dois homens estavam mortos, inclusive o superior responsável pelos remos.

Quando a embarcação adernou, o único passageiro, um fidalgo de Atenas, também perdeu o equilíbrio, mas não a cabeça. Levantou-se de um salto, agarrando o outro bordo que se curvava em sua direção, e aprumou-se. Num relance percebeu que a carga não se deslocara e que os remadores entravam em pânico.

— Aguentem firme! — gritou ele. — Remadores, passem para estibordo! — Sua voz se ergueu facilmente acima do vento que já amainava, revelando o hábito de comando e a expectativa de obediência tão intensos quanto a própria voz. Todos os marujos no convés que ainda eram capazes de controlar os movimentos obedeceram, correndo uns por cima dos outros na água que invadia o barco a fim de agarrar o bordo que ainda estava fora da água.

O mestre-veleiro liberou a vela. O passageiro sentiu que o centro de gravidade se deslocava enquanto o convés girava, descrevendo um arco, para estabilizar a quilha. Atirou-se para a amurada, pendurando-se para fora com todo o peso do corpo. Alguns dos remadores o imitaram, acrescentando seus pesos ao dele. A água no interior do convés se deslocou para o outro lado, a amurada de bombordo elevou-se acima da superfície do mar, e o mestre-veleiro desembaraçou-se dos panos, nadando para a proa.

— Ele está flutuando! — gritaram os marujos e os remadores, para os quais o barco era um ser humano. Cada sinal de êxito animava mais os marinheiros.

— Esgotem a água! — gritou o passageiro.

Dois remadores veteranos já haviam preparado a bomba, e a água começou a ser lançada em jorros por sobre a amurada, como sangue arterial. Outros pegaram elmos, panelas, tudo o que pudessem utilizar. Quando o passageiro pisou novamente o convés, os bancos já não estavam alagados. O mestre-veleiro concentrou a atenção no mar à sua frente.

— Mais uma rajada e estaríamos mortos. Preciso colocar a proa na linha do vento — disse ele, com um olhar venenoso na direção do trierarca.

Gritou ordens aos remadores e aos marujos, que começaram a cortar o mastro. Uma das juntas de estibordo tinha se aberto quando o barco adernara: a cada onda entrava mais água, e uma delas, impelida pelo vento, alagou novamente o convés, cobrindo os bancos. A falta de um patrão se fazia sentir; os remadores hesitavam, as esperanças destroçadas pela segunda onda.

O passageiro lançou-se ao convés, retirando o elmo de sua bagagem ao passar pela popa, e começou a atirar água por sobre o bordo.

— Esgotem! — ordenou. Depois, quando alguns homens já estavam ocupados, tratou de empurrar outros de volta aos bancos. Não sabia os nomes deles, nem quais eram os remadores, mas a força de sua vontade era suficiente para colocá-los em movimento. Perdeu-se um longo minuto trazendo os remos intactos de estibordo para bombordo e enfiando-os nos orifícios, enquanto o barco continuava à deriva. À primeira remada em obediência ao brado incisivo do passageiro, o barco avançou uma fração de seu próprio comprimento.

— Puxem! — gritou ele novamente, seguindo a indicação de um remador profissional que se mantivera no banco. Em cada bordo, havia apenas seis remos metidos na água, o convés estava alagado e o casco cheio de algas, e mais uma vez o barco mal se moveu. O passageiro passou para outro banco, obrigou dois homens assustados a se sentar e colocou o remo nas mãos deles. Diante de si, um cadáver ocupava o banco. Ele ergueu o morto, que pesava mais do que qualquer outra coisa de que se lembrasse, e outro par de mãos o ajudou a lançá-lo por sobre a amurada, enquanto gritava novamente: — Puxem! — O remo, livre do cadáver, moveu-se como se tivesse vida e atingiu seu ombro com força, derrubando-o. O homem que o ajudara agarrou o cabo do remo, ergueu-o para fora da água e sentou-se no banco, num movimento contínuo. O passageiro tomou também o mesmo remo nas mãos, acrescentando sua força, e berrou: — Puxem! — quando o movimento do cabo chegou à altura máxima. O remo gemeu no orifício e a lâmina penetrou com firmeza na água; parecia mais ligeiro nas mãos dele. O passageiro levantou a cabeça e viu o mestre-veleiro na popa, de pé junto à roda do leme. Ao vê-lo, o mestre passou a comandar o ritmo das remadas, deixando que o passageiro se ocupasse em remar, com as mãos molhadas já sentindo o peso do remo.

— Puxem! — gritou o mestre-veleiro.

No quarto ou quinto empuxo, o homem que manejava o leme gritou:

— Ele está obedecendo! — E o mestre-veleiro definiu uma direção.

A hora seguinte foi de agonia física para o passageiro, sem a urgência do perigo avassalador; sentia somente a dor nos ombros e a visão das mãos que iam ficando em carne viva enquanto remava, remava, com a água subindo em torno de seus pés e depois à altura das coxas. Outra rajada se abateu sobre o barco, e logo mais outra. Pouco conseguiram avançar; com efeito, a vela era visível a estibordo cada vez que as ondas se erguiam. Os remadores não podiam senão manter a proa da embarcação encharcada na linha do vento, para que nenhuma onda a fizesse emborcar.

Fizeram tudo o que era possível, erguendo orações aos deuses; e justamente quando os remadores já começavam a desanimar, o esforço de manter a proa na direção correta tornava-se cada vez mais desesperado, e o segundo remador de bombordo começou a sentir câibras, comprometendo o ritmo, o vento amainou. Antes que o passageiro pudesse olhar novamente para as chagas nas mãos, o sol surgiu por entre as nuvens e em seguida as próprias nuvens foram se dissipando. Em pouco tempo, o barco oscilava em um dia ensolarado no Euxino, e todos estavam vivos.

Somente quando o vento diminuiu foi que o passageiro conseguiu ouvir gritos débeis vindos de estibordo, acima da amurada, onde alguma pobre alma lutava contra o mar.

— Parem de remar! — gritou o mestre-veleiro, com voz tão destroçada quanto as mãos do passageiro. Não estava acostumado a cantar o ritmo durante tanto tempo. Os remos foram recolhidos, com gestos incertos porém eficientes, passando por sobre os bancos e finalmente sendo fixados nas aberturas do lado oposto, as lâminas fora da água. O remador que estivera ao lado do passageiro deixou-se cair, apoiando a cabeça no remo e segurando-o, com o rosto encostado na madeira. Respirava ofegantemente.

O passageiro ouviu outro grito vindo de estibordo. Desvencilhou-se dos remos cruzados, com os resíduos da água salgada queimando-lhe as mãos como fogo.

O companheiro de banco o olhou e sorriu:

— Bom trabalho, meu velho.

— Há um homem no mar — disse o passageiro, passando para um banco vazio a estibordo. Abaixo deles, o porão estava inundado e a água cobria a maior parte da carga. A embarcação mal flutuava.

O mestre-veleiro já estava lidando com a situação. Ordenou aos marinheiros que lançassem ao mar os cadáveres e tudo o mais que ele considerava sem valor. A cada minuto o barco ficava mais leve, os bancos se erguendo lentamente acima da superfície do mar.

O passageiro olhou o profundo mar azul, onde a intensidade dos reflexos do sol nas ondas chegava a cegar, prestando atenção para ver se ouvia outro grito. Ao ouvi-lo, percebeu que estava mais próximo do que imaginara: um homem, nadando quase sem forças mas ainda na superfície, a pouca distância da proa. Mergulhou sem pensar e nadou como pôde por entre as ondas já mais baixas, sentindo o frio da água salgada e o ardor nas mãos.

Rapidamente alcançou o sobrevivente, mas o homem tentou repeli-lo, surpreso com a chegada dele e temeroso, talvez, de que Poseidon tivesse finalmente vindo buscá-lo. O passageiro gritou com ele, tomou-lhe os longos cabelos com o punho e começou a rebocá-lo para o barco. A agitação do homem colocava ambos em perigo, mas ele engoliu um bocado de água e parou de resistir. O passageiro chegou ao costado da embarcação. Surpreendeu-se com a hesitação dos remadores em puxá-lo para a embarcação, mas eles o fizeram.

O homem ficou deitado sobre um banco vazio durante muito tempo, alternadamente respirando e vomitando. Mãos solícitas puxaram o passageiro, que viu o saco de couro onde estavam sua armadura e a maior parte de seus apetrechos prestes a ser lançado ao mar. Embora cansado, depois da proeza que acabara de realizar, ainda conseguiu aproximar-se da bagagem.

— Não faça isso — disse ele. — É tudo o que tenho.

O mestre-veleiro arrancou o saco das mãos do marujo e atirou-o no convés, com um ruído metálico.

— Temos uma dívida com você — rosnou. Apontou para o homem de cabelos longos, ainda vomitando no banco. — Eles não gostam deste aí. Marinheiros não tiram as presas de Poseidon. Os náufragos... — Calou-se, sem terminar a frase; talvez por superstição não quisesse dizer em voz alta o que pensava.

O passageiro era ateniense; tinha opinião diferente sobre Poseidon, Senhor dos Cavalos, e suas "presas".

— Cuidarei dele. Precisamos de mais remadores para conseguir chegar à praia.

O mestre-veleiro resmungou alguma coisa: uma oração ou uma praga. O passageiro voltou ao banco. Somente depois que acabou de limpar o rosto coberto de vômito do homem e ouviu um débil agradecimento com sotaque espartano foi que percebeu a ausência do trierarca.

Remaram e esgotaram água durante todo o dia, até finalmente enxergarem a costa a estibordo. Aquela parte do litoral do Euxino era caracterizada pela ausência de praias; havia apenas rochedos infindáveis que se alternavam com alagadiços de mau aspecto. O mestre-veleiro não tentou obrigar os homens a levar o barco à terra, embora a água continuasse a entrar aos poucos pela fenda aberta. Comeram peixe seco, ensopado na água salgada, e se sentiram melhor. Alternaram-se para dormir, inclusive o passageiro, esgotando água durante toda a noite, e continuaram depois que o sol surgiu no dia seguinte. A refeição matinal foi ainda mais escassa que a da noite anterior. Aqueles pequenos barcos mercantes costumavam recolher-se durante a noite e não levavam muitas provisões. As jarras de água fresca tinham emborcado no porão e a maior parte das rolhas de cera estava aberta, mostrando o interior vazio. O passageiro não tinha noção da distância até o próximo porto, mas teve o bom-senso de não perguntar.

Ao meio-dia o homem que tinha sido salvo sentia-se melhor, e começou a trabalhar com energia no serviço do esgotamento de água. Movimentava-se cuidadosamente, sabendo não ser bem-vindo entre os marinheiros e remadores e procurando fazer-se respeitar por meio do trabalho árduo. No entanto, enjoava cada vez que o balanço do barco aumentava. Era um homem de terra firme, não tinha familiaridade com o mar; suas mãos também eram bem-tratadas e jamais haviam empunhado um remo. A aparência mostrava claramente que se tratava de um espartano.

O passageiro se organizou de forma a trabalhar na bomba junto com o desconhecido. Fazia a maior parte do serviço, pois o espartano ainda estava débil devido ao enjoo e a suas atribulações, a ponto de não se importar com o que lhe pudesse acontecer.

— Meu nome é Kineas — disse o passageiro, no momento em que a alavanca da bomba subia por si só —, de Atenas. — A sinceridade o fez acrescentar: — Até recentemente.

O espartano ficou em silêncio enquanto empurrava a alavanca para baixo com todas as suas forças.

— Fílocles — disse, num arquejo. — De Mitilene. Ou talvez de lugar nenhum — arquejou novamente, enquanto a alavanca subia.

Kineas a fez descer.

— Conserve suas forças — disse. — Posso fazer isto sozinho. Basta que você movimente os braços.

O mais jovem corou imediatamente.

— Sou capaz de trabalhar — retorquiu. — Por acaso pareço um escravo, incapaz de honrar minha dívida para com você?

— Como quiser — disse Kineas.

Trabalharam na bomba, com o sol queimando, durante mais de uma hora, sem trocar palavra.

Ao cair da noite, as últimas porções de alimento e água foram servidas, e não havia dúvida de que o mestre-veleiro já não sabia o que fazer

Os remadores estavam de mau humor, sabendo o que os aguardava, e também descontentes porque o trierarca havia desaparecido, e os deixara sofrendo por conta do erro dele com o mastro.

Kineas tinha experiência em lidar com homens, sobretudo em situações de perigo, e conhecia bem o temperamento deles. Sabia o que o mestre-veleiro, que já assassinara o trierarca, seria capaz de fazer para manter-se no comando. À tardinha, Kineas levou sua bagagem até a proa e sentou-se ostensivamente num banco, limpando a salsugem da placa peitoral da armadura de cavalariano e passando óleo nas botas, antes de afiar a espada e as pontas dos dardos. A cena fora calculada para intimidar. Ele era o homem mais bem-armado no barco, tinha as armas a seu alcance e criara algumas inimizades entre os tripulantes ao deixar isso bem claro.

Sem dar atenção ao que se passava à sua volta, o espartano continuava deitado no banco à frente de Kineas, extenuado pelo trabalho na bomba.

— Cavalariano! — exclamou ele. Era a primeira palavra que dizia em muitas horas. Apontou as botas pesadas, estranhas para os gregos, que costumavam andar descalços ou calçar sandálias.

— De onde você é? — perguntou, com um meio sorriso.

Kineas fez um sinal com a cabeça, olhando os homens no convés e o mestre-veleiro que conversava com dois remadores veteranos na popa.

— Eles querem jogar você ao mar — disse, em voz baixa.

— Zeus! — exclamou o homem de cabelos longos. — Por quê?

— Precisam de um bode expiatório. Inclusive o mestre-veleiro. Ele matou o trierarca. Compreende?

O rosto do mais jovem ainda estava verde, a boca torta num esgar. Kineas ficou sem saber se ele estava entendendo. Continuou a falar, mais pensando alto do que procurando iniciar uma conversação.

— Se eu matar o mestre-veleiro, duvido que possamos levar esta porcaria deste barco a um porto. Se matar marinheiros, eles acabarão me vencendo. — Levantou-se, equilibrando-se ao balanço do barco e apoiando a espada no ombro. Caminhou em direção à popa, aparentemente sem se importar com o fato de que metade da tripulação estava agora às suas costas, até atrair a atenção do mestre-veleiro. — Quanto tempo ainda, mestre, até chegarmos a um porto?

Os homens que remavam ficaram em silêncio. O mestre-veleiro olhou ao redor, procurando sentir o humor da tripulação e claramente despreparado para um combate, se fosse o caso.

— Os passageiros devem cuidar de si mesmos e não da navegação — respondeu.

Kineas sacudiu a cabeça, como se concordasse.

— Eu nada disse quando o trierarca içou a vela — disse ele, com veemência. — Veja o que isso me custou. — Encolheu os ombros e ergueu as mãos mostrando as chagas sangrentas, buscando apoio entre os marujos. Alguns riram, ou cochicharam entre si. — Preciso chegar a Tomis em dez dias. Calco, de Atenas, está à minha espera — Olhou em volta, procurando os olhos dos homens atrás de si, porque sabia, por experiência, não ser possível persuadir quem sente medo. Não poderia ter sido mais claro: *Se eu não chegar a Tomis, gente importante vai fazer algumas perguntas difíceis à tripulação.* Viu que o mestre-veleiro tinha entendido o recado e rezou, *rezou* para que o homem tivesse bom-senso. Calco de Atenas era proprietário de metade da carga transportada no barco.

— Não temos mais água — disse um marinheiro.

— Precisamos de remos; aquela fenda está se abrindo como uma prostituta do Pireu — disse um dos remadores veteranos.

Todos olhavam agora para o mestre-veleiro. Kineas sentiu que as forças mudavam de rumo. Antes que alguém fizesse alguma pergunta mais perigosa, o passageiro subiu num banco.

— Há algum ponto da costa onde seja possível aportar e cuidar da fenda? — O tom da pergunta era ameno, mas a posição que ocupava, trepado no banco, realçava-lhe a autoridade.

— Conheço um lugar a um dia daqui, a remo, sem muito esforço — disse o mestre. — Vamos em frente, todos vocês. Não costumo discutir ordens. Talvez o *passageiro* tenha algo mais a dizer?

Kineas forçou um amplo sorriso.

— Sou capaz de remar por mais um dia — disse ele, descendo do banco.

Na proa, o espartano segurava uma lança longa, pronto para atirá-la. Kineas sorriu para ele, fez um sinal negativo com a cabeça e o homem de cabelos longos relaxou.

— Vamos precisar de todos — disse Kineas, afavelmente, sem se dirigir a ninguém especificamente. O companheiro de remo das primeiras horas assentiu com a cabeça. Os demais desviaram os olhos, e Kineas suspirou, porque a sorte estava lançada e todos iriam viver ou morrer conforme o capricho dos deuses.

Kineas se adiantou mais para a proa, dando as costas aos marinheiros.

— Ei, você aí! — gritou o mestre, e ele parou; mas as palavras que ouviu foram como música. — Vocês dois aí, seus idiotas, perto do mastro. Voltem às bombas, palhaços!

Os dois homens que estavam junto ao mastro obedeceram. Tal como o movimento do barco quando os remos começaram a funcionar, a atmosfera no convés foi melhorando um pouco, depois um pouco mais, e em seguida, apesar dos resmungos, os marujos voltaram aos bancos ou às bombas. Kineas esperava que o mestre-veleiro soubesse realmente onde estavam e a que ponto da costa poderiam chegar, porque achava que, na próxima vez, sua espada não seria suficiente para abrir caminho pelo emaranhado de animosidades dentro da embarcação.

2

Os dois homens idosos que cuidavam das luzes do porto de Tomis viram o *pentekonter* ainda bem ao largo.

— Perdeu o mastro — disse um deles. — Deve ter atravessado uma tempestade de vento.

— Parece que não tem remadores. Vai ser difícil passar pela entrada do porto antes de escurecer — disse o outro.

Ficaram ambos sentados, compartilhando o desprezo por um marinheiro tolo a ponto de ter perdido o mastro de seu barco.

— Deuses do Olimpo, veja a lateral do casco! — disse o primeiro, quando o sol se pôs no horizonte. O *pentekonter* já estava bem próximo à entrada do porto, com a proa a uma distância de cerca de 12 vezes o seu comprimento. A lateral do casco tinha um aspecto lamentável, coberta com um pano de linho toscamente pintado com betume. — Eles têm sorte por estarem vivos.

O companheiro sorveu um gole do odre de vinho que ambos dividiam e olhou o outro com reprovação, limpando a boca com as costas da mão.

— Tenha pena dos pobres marinheiros, meu velho.

— Você agora disse tudo — replicou o colega.

A proa do barco passou pelo marco da entrada antes que escurecesse completamente, com o convés silencioso como o de um navio de guerra, a não ser pela batida ritmada dos remos. As batidas eram curtas e débeis, e os olhos dos conhecedores em todo o porto percebiam a exaustão dos remadores, havia muito incapazes de imprimir velocidade ou sequer de mantê-la. O *pentekonter* passou diante do longo cais onde normalmente atracavam os cargueiros e aportou com a proa bem encaixada na praia de seixos junto à embocadura do rio. Somente então se ouviram os gritos de júbilo da tripulação, com um som que revelou à cidade inteira tudo o que precisava saber a respeito dos quatro dias anteriores.

Tomis era uma cidade de certo porte em comparação com as demais aldeias do Euxino, mas a população era pequena e as notícias corriam rapidamente. Quando Kineas descarregou sua bagagem, seu único conhecido na cidade já o esperava na praia de seixos com um escravo portador de uma tocha, chamando-o pelo nome.

— Calco, por todos os deuses — gritou Kineas, e saltou à terra para abraçá-lo.

Calco retribuiu o abraço, inicialmente apertando-o e em seguida atacando-o com um golpe de luta livre, de tal maneira que os dois homens caíram por terra com a rapidez do voo de uma gaivota. Calco prendera os joelhos de Kineas para derrubá-lo e este segurava o pescoço do amigo, que era mais corpulento, como um peão agarra um novilho. Em seguida ambos se ergueram, rindo. Calco ajeitou a túnica, cobrindo o peito musculoso, enquanto Kineas esfregava as mãos para limpar a areia.

— Dez anos — disse Calco.

— Parece que o exílio fez bem a você — retrucou Kineas.

— Certamente. Não quero voltar. — O tom da voz de Calco dava a entender que voltaria se pudesse, mas era orgulhoso demais para confessá-lo.

— Você deve ter recebido minha carta — disse Kineas. Detestava ter de pedir hospitalidade, sina de todos os exilados.

— Não seja idiota. Claro que recebi. Tenho a carta, alguns de seus cavalos, seu *hiperetes* e seu bando de capangas. Eu os estou sustentando há um mês. Algo me diz que você não tem nem um penico para mijar.

Kineas se empertigou.

— Ressarcirei as despesas...

— Claro que sim. Kineas... eu já estive nessa situação. — Fez um gesto, indicando a bagagem ao homem da tocha, que a ergueu com um grunhido e um longo suspiro. — Não seja orgulhoso, Kineas. Seu pai garantiu a sobrevivência do meu. Lamentamos ao saber que ele tinha morrido e também que você tinha sido exilado. Atenas é uma cidade governada por gente ingrata. Mas nós não esquecemos você. Além disso, o timoneiro disse que você salvou o barco e, com ele, minha carga. É provável que eu seja seu devedor. — Olhou além de onde estava Kineas, à luz mortiça da tocha, no momento em que outro homem saltava sobre a borda para a praia.

O espartano se abaixou, com os longos cabelos ocultando-lhe o rosto, e beijou ruidosamente as pedras da praia. Em seguida aproximou-se de Kineas, com certa hesitação, e ficou a seu lado.

Kineas apontou para ele.

— Este é Fílocles, um cavalheiro de... Mitilene. — A pausa tinha sido proposital. Kineas viu a expressão confusa, e mesmo raivosa, do rosto de Calco.

— Ele é espartano.

Kineas encolheu os ombros.

— Sou exilado — disse Fílocles. — Acho que o exílio tem uma virtude: nenhum de nós pode ser considerado responsável pelos atos de nossas cidades.

— Ele está com você? — perguntou Calco, cujo sentimento de hospitalidade e de etiqueta, ao que Kineas percebia, tinha se deteriorado no Euxino. Calco estava habituado a comandar.

— O cavalheiro ateniense salvou minha vida, resgatando-me do mar quando minhas últimas energias já estavam esgotadas. — O espartano era corpulento; um tanto gordo. Kineas nunca tinha visto um espartano assim antes e não havia notado durante a travessia, mas ali, à luz da tocha, era evidente.

Calco deu meia-volta, o que normalmente já era um gesto grosseiro, mas nessa situação, um evidente insulto proposital, e foi caminhando pela praia.

— Muito bem. Eu o hospedarei também. Já é tarde, Kineas. Vou deixar minhas perguntas sobre o que aconteceu com fulano e beltrano para amanhã.

Se é que ficara ofendido, o espartano não demonstrou.

— Muito gentil, senhor.

Apesar dos vários dias de esforço físico e das diversas noites agitadas, Kineas acordou antes do raiar do dia e saiu da casa, encontrando os primeiros escravos sonolentos que traziam água de um poço para a cozinha. Fílocles passara a noite na varanda, como um servo, mas isso não parecia tê-lo afetado muito, pois ainda dormia, roncando ruidosamente. Kineas assistiu ao nascer do sol e, tão logo o dia ficou suficientemente claro, caminhou pela trilha que ia da casa ao pasto. Ali havia cerca de duas dúzias de cavalos, a maioria dos quais lhe pertencia, para sua satisfação. Caminhou pela grama até ver o que esperava encontrar: uma pequena fogueira a certa distância e um homem próximo a ela, com uma lança curta nas mãos. Kineas seguiu pela trilha incerta até que o sentinela o reconheceu e todos os homens acordaram. Eram nove, com fartas barbas, todos de pernas igualmente tortas.

Kineas saudou individualmente a todos. Eram soldados profissionais, cavalarianos com dezenas de anos em guerras e vasta quantidade de cicatrizes. Nenhum deles tinha dinheiro suficiente para aspirar à classe de membro da cavalaria em alguma cidade. Antígono, o gaulês, provavelmente seria escravizado em vez de acolhido como cidadão em qualquer lugar, e, assim como o amigo Andrônico, havia começado a vida junto com outros mercenários enviados por Siracusa. Os demais tinham sido homens de posses em cidades que já não os queriam ou que não existiam mais. Líqueles vinha de Tebas, destruída por Alexandre. Coeno era natural de Corinto e apaixonado por literatura; homem instruído, de passado obscuro. Ágis era de Mégara e de Atenas, de boa família, mas pobre, somente conhecia a vida de guerreiro. Graco, Diodoro e Laertes eram os cidadãos atenienses remanescentes — os últimos que haviam acompanhado Kineas à Ásia. Todos eram exilados sem recursos.

Niceas, seu *hiperetes* havia seis anos, foi o último a saudá-lo e ambos se abraçaram. Era o mais idoso, com pouco mais de quarenta anos. Os cabelos fartos tinham manchas grisalhas e no rosto havia uma cicatriz causada por uma espada persa. Tinha nascido escravo em um bordel de Atenas.

— Estes são os rapazes que restam. E os cavalos.

Kineas acenou com a cabeça, vendo no pasto seu animal favorito de ataque, a égua cinzenta.

— São os melhores de cada grupo. Sabem para onde vamos?

A maioria ainda estava meio adormecida. Antígono flexionava os músculos da perna, como um atleta. Todos sacudiram negativamente a cabeça, desinteressados.

— O arconte de Olbia me ofereceu uma fortuna para recrutar e treinar seus *hippeis*; o corpo de cavalarianos de elite. Se gostar de nosso trabalho, nos dará o título de cidadania — completou Kineas, sorrindo.

Se esperava que eles se impressionassem, desapontou-se. Coeno fez um gesto e falou com um desprezo de puro aristocrata:

— Cidadãos do lugar mais bárbaro do Euxino? Dependendo dos caprichos de um tiranozinho qualquer? Prefiro o pagamento em moedas de prata.

Kineas encolheu os ombros.

— Meus amigos, não somos mais tão jovens. Não desprezem a cidadania antes de ver a cidade.

— Qual é o inimigo, então? — perguntou Niceas, apalpando com ar absorto o amuleto que trazia ao pescoço. Nunca tinha sido cidadão de lugar algum; para ele, essa ideia era apenas uma fantasia.

— Não sei, ainda. Talvez seu próprio povo. Não há muita guerra por aqui.

— A Macedônia, talvez — disse Diodoro em voz baixa, mas com grande autoridade.

Diodoro conhecia melhor a política do que os outros. Kineas voltou-se para ele.

— Sabe de alguma coisa?

— Só boatos. O menino-rei está longe, conquistando a Ásia, e Antípatro pensa em dominar o Euxino. Ouvimos dizer isso no Bósforo. — Deu um sorriso e prosseguiu: — Lembra-se de Filipe Kontos? Ele agora é o comandante dos Companheiros de Antípatro. Nós o vimos. Ele quis nos contratar.

O outro homem assentiu com um gesto. Kineas ficou em silêncio por um instante, apoiando a cabeça no punho fechado, como fazia quando alguma coisa o intrigava, e em seguida falou:

— A casa de Calco fornecerá o necessário para nós. Escrevam algumas de suas famosas cartas e tratem de descobrir alguma coisa. Em Ecbatana e em Atenas nunca se ouviu dizer que Antípatro pretende atacar. — Diodoro concordou, com um gesto seco. Kineas olhou-os a todos. — Nós sobrevivemos — disse ele, de repente. Houve momentos em que parecia evidente que nenhum deles conseguiria sobreviver.

Niceas sacudiu a cabeça.

— Foi por pouco. — Tinha uma taça de vinho nas mãos e tratou de derramar um pouco no chão como oferenda, para compensar a aparente ingratidão para com os deuses. — Isto é para os fantasmas dos que não conseguiram.

Todos assentiram.

— É bom estar com vocês novamente — disse Kineas. — Vamos partir juntos, a cavalo. Chega de barcos para mim.

Todos se encaminharam para onde estavam os animais, menos Diodoro, que ficaria de sentinela. Era uma das regras inflexíveis: sempre havia um sentinela. Tinham aprendido com sacrifício, e a precaução se justificara muitas vezes.

Os animais se encontravam em bom estado, com os cascos endurecidos pelas pedras e areia, e com o pelo lustroso. Havia 15 cavalos mais pesados e seis leves, além de diversos animais de carga: um cavalo de ataque já envelhecido mas ainda ativo e duas mulas capturadas na Trácia em combate com o menino-rei, que tinham ficado com eles. Para Kineas, cada animal tinha uma história: a maioria era de cavalos persas de ataque adquiridos como pilhagem da batalha junto ao rio Isso, mas havia também um baio, comprado no mercado do exército após a queda de Tiro, e a égua cinzenta de ataque, a mais corpulenta que ele jamais vira, que ficara pastando, sem cavaleiro, após uma escaramuça num vau do Eufrates. O grande animal lhe recordava outro, também cinzento — o potro que ele obtivera em Isso, havia muito morto de frio e inanição. A guerra era ingrata para os cavalos, assim como para os homens. Kineas emocionou-se ao reparar que restavam pouquíssimos dos seus, mas seu peito se alegrava por tê-los visto.

— Muito bem, todos vocês. Preciso de um ou dois dias; não é necessário chegar a Olbia até a *caristeria,*[5] portanto temos tempo. Deixem-me descansar um pouco, e em seguida partiremos.

Niceas agitou os braços para eles.

— Vamos partir em breve? Temos muito que fazer, senhores. Arreios, armaduras, armamento. — Começou a dar sugestões que pareciam ordens. A maior parte dos demais, nascidos em ambientes de riqueza e poder, obedecia, embora Niceas tivesse vindo ao mundo em um bordel.

Kineas pôs a mão no ombro de seu *hiperetes.*

— Vou trazer meu equipamento esta tarde. — Era outro hábito: cada homem limpava a própria armadura e armamento, como se fossem hoplitas. — Mande Diodoro vir me encontrar. Vou ao ginásio.

Niceas assentiu e conduziu os demais ao trabalho.

Havia três construções de pedra no que deveria ser a cidade: o cais, os armazéns e o ginásio. Kineas foi para lá com Diodoro. Fílocles juntou-se a eles quando partiram, e Calco fez questão de desempenhar o papel de guia e patrocinador.

Se o tamanho do estabelecimento não fosse por si só capaz de demonstrar a riqueza de Calco, a forma como foi recebido na ágora e no

[5] Festival em honra de Caritas, deusa da bondade. (*N. do T.*)

ginásio já seria o bastante. Na ágora, foi saudado com acenos respeitosos e diversos homens lhe pediram favores enquanto ele caminhava. No ginásio, os outros três foram imediatamente autorizados a entrar de graça, por insistência de Calco.

— Fui eu quem construiu isto — disse Calco, orgulhosamente, passando a descrever os méritos do prédio. Kineas, que conhecia melhor Atenas, achou-o satisfatório, embora provinciano. Os autoelogios de Calco o irritaram. Mesmo assim, o ginásio era a melhor oportunidade de exercitar-se em muitos meses. Despiu-se, colocando as roupas emprestadas em cima das sandálias.

Calco deu uma gargalhada.

— Tem andado muito a cavalo? — perguntou, ainda rindo.

Kineas não apreciou o gracejo. Tinha os músculos das coxas demasiadamente desenvolvidos e a parte inferior das pernas era franzina. Seus conterrâneos helenos, que cultuavam as formas masculinas, consideravam suas pernas imperfeitas, embora ele precisasse ir a um ginásio para lembrar-se disso.

Iniciou o aquecimento. O corpo de Calco, ao contrário, era rijo e cuidadosamente cultivado, embora já começasse a mostrar uma camada de gordura na cintura. Tinha pernas longas. Começou a lutar com um homem muito mais jovem na areia do pátio. Os espectadores faziam comentários grosseiros. Aparentemente, o jovem era frequentador habitual.

Kineas fez um gesto na direção de Diodoro.

— Quer lutar um pouco?

— Como quiser. — Diodoro era alto, ossudo e de aspecto ascético. Tampouco personificava o padrão helênico de beleza.

Kineas moveu-se em círculo, esperando até que o outro fizesse menção de atacar, aproximando-se para reduzir o alcance do adversário. Diodoro aproveitou o ímpeto do ataque e fez Kineas desabar na areia, usando o quadril para derrubá-lo.

Kineas levantou-se lentamente.

— Isso era necessário?

Diodoro pareceu envergonhado.

— Não.

Kineas sorriu, contrafeito.

— Se está querendo demonstrar que luta melhor que eu, isso é coisa que eu já sabia.

Diodoro ergueu a mão.

— Quantas vezes tenho oportunidade de usar esse golpe? Você se expôs. Não pude evitar. — Sorria, enquanto Kineas esfregava o ponto dolorido em suas costas e se apresentava para outro embate.

Sentiu um leve arrepio, o importuno temor com que enfrentava cada combate, cada luta. Procurou agarrar o adversário por baixo, e conseguiu em parte. Diodoro e ele acabaram engalfinhados no chão, sem que nenhum dos dois fosse capaz de dominar o outro, ambos cobertos de areia e terra. Com mudo consentimento mútuo, soltaram-se e ajudaram-se a se levantar.

Ao lado, Calco já dominara o jovem adversário. Não parecia ter pressa em deixá-lo erguer-se, e os espectadores riam muito. Kineas enfrentou novamente Diodoro e desta vez os dois rodearam, simularam ataques, avançaram e recuaram em um ritmo mais normal. Era quase uma dança, e Diodoro se ateve aos movimentos que aprendera nas aulas do ginásio, o que agradou Kineas. Este chegou a derrubar o outro uma vez.

Diodoro esfregou o quadril e sorriu. Kineas tinha caído por cima dele, num movimento perfeitamente legítimo, mas inevitavelmente doloroso para a vítima.

— Empate?

— Empate. — Kineas ajudou-o a levantar-se.

Calco estava em um grupo, com o jovem e outros cidadãos.

— Venha lutar comigo, Kineas — bradou ele.

Kineas franziu a testa e voltou-se, sentindo-se pouco à vontade com tantos desconhecidos, e sentindo o familiar arrepio porque Calco era mais robusto, lutava melhor e quando menino, em Atenas, gostava de aproveitar sua vantagem para infligir dor. Kineas não gostava de sentir dor. Dez anos de guerras não foram suficientes para lhe ensinar a lidar com contusões, luxações e cortes que levavam semanas para curar; na verdade, dez anos vendo homens viver ou morrer conforme o capricho dos deuses o haviam tornado mais temeroso.

Encolheu os ombros. Calco era seu anfitrião e um bom lutador; queria demonstrar sua superioridade. Kineas rilhou os dentes e acedeu, perdendo a primeira queda num golpe premeditado e ganhando a segunda por uma fração de segundo, mais por sorte que por destreza, o que causou espanto a ambos. Calco o surpreendeu novamente ao levantar-se com facilidade, elogiando Kineas e prosseguindo com a luta sem rancor. Dez anos antes, quando adolescente, teria procurado se vingar. A terceira queda foi semelhante à primeira: cuidadosa, às vezes mais uma dança do que um combate, e mesmo quando Kineas acabou imobilizado, os espectadores aplaudiram.

Calco respirava ofegante, enlaçando a cintura de Kineas para ajudá-lo a pôr-se de pé.

— Você luta bem. Viram? — perguntou à plateia. — Antigamente, ele costumava cair com mais facilidade.

Alguns homens se apressaram a cumprimentar Calco pela vitória e assegurar a Kineas que ele havia se comportado com louvor. Era um pouco aborrecido, demasiados elogios por uma coisa tão banal, mas Kineas suportou sabendo que havia oferecido um presente de hóspede melhor do que dinheiro: uma luta memorável na qual seu anfitrião brilhara.

O jovem que lutara antes com Calco era bastante bonito, e veio fazer comentários respeitosos aos dois lutadores. Kineas não se impressionava com a beleza masculina, mas a apreciava como qualquer heleno, e sorriu para o solícito rapaz.

— Meu nome é Ajax — disse ele, retribuindo o sorriso de Kineas. — Sou filho de Ísocles. Posso cumprimentá-lo pela luta? Na verdade, eu...

Hesitou, engoliu as palavras e ficou em silêncio.

Kineas o compreendeu sem dificuldade; o jovem era bom observador. Ia dizer que Kineas mostrara ser o melhor dos lutadores. O rapaz era esperto. Kineas pôs a mão na pele macia do ombro dele.

— Sempre achei que Ajax fosse maior.

— Ele ouve essa piada tola a vida inteira — disse o pai.

— Vou tentar crescer para ficar à altura — disse Ajax. — E também houve um Ajax que era menor.

— Você luta boxe? Podemos trocar alguns golpes — disse Kineas, fazendo um gesto para indicar as correias dos boxeadores. O rosto do jovem se iluminou. Olhou para o pai, que sacudiu a cabeça, fingindo indignação.

— Não se machuque, porque senão ninguém há de querer levar você para casa depois do simpósio — disse ele. Piscou o olho para Kineas. — Ou então, é melhor ficar machucado, para que ninguém tenha de carregá-lo. Você tem filhos? — perguntou a Kineas. — Bem, é uma experiência. Seja como for, não se acanhe em bater nele.

Diodoro os ajudou a enfaixar as mãos e ambos iniciaram a luta, começando com alguns movimentos, golpes e bloqueios rotineiros, como se houvessem combinado, e em seguida trocas mais longas e dali a um verdadeiro combate simulado.

O rapaz era bom lutador; melhor do que se poderia esperar de um peão de fazenda em algum porto remoto do Euxino. Tinha os braços mais longos do que pareciam e sabia enganar, girando os ombros para indicar um golpe que nunca vinha e em seguida dando um soco curto com o outro braço. Deu trabalho a Kineas, que já estava bem aquecido e disposto. Um golpe repentino no queixo o fez dedicar-se mais diretamente ao combate.

Kineas não percebeu que todos os cidadãos que estavam no ginásio os observavam. Seu mundo se limitava a suas próprias mãos enfaixadas e às mãos, olhos e tórax do adversário. Numa saraivada de golpes, cada qual tentou atingir o outro dez ou 12 vezes, aparando cada golpe com o antebraço ou recebendo um direto no peito a fim de poder acertar outro contra a cabeça do adversário.

O ímpeto terminou com uma salva de palmas, que os fez apartar-se. Olharam-se, desconfiados, chegando ainda a avançar com o *daimon* de combate, mas o entusiasmo em breve se dissipou e ambos se tornaram outra vez simples mortais em um ginásio de província. Apertaram as mãos, calorosamente.

— Outra vez? — perguntou o jovem.

Kineas sacudiu negativamente a cabeça.

— Não seria tão bom quanto da primeira. Deixemos como está. — Fez uma pausa e acrescentou: — Você é muito bom lutador.

O rapaz baixou a cabeça, com genuína modéstia.

— Tive de ser muito rápido. Em geral, não faço assim. O senhor é melhor do que qualquer um aqui.

Kineas encolheu os ombros e dirigiu-se ao pai, elogiando o talento do jovem. Era uma maneira eficaz de fazer amigos no ginásio. Todos queriam felicitá-lo por sua habilidade e pela beleza daquele momento. Isso lhe dava satisfação, mas recusou inúmeras ofertas de novas lutas, dizendo precisar de uma massagem e de descanso. No entanto, alguém sugeriu que todos fossem lançar dardos, e Kineas não conseguiu resistir. Acompanhou-os ao lado de fora e de repente se deu conta de que Fílocles, esquecido ou ignorado, corria pela pista em volta de um grande campo cheio de carneiros.

Kineas não sabia o que fazer com o espartano, que se tornara uma espécie de dependente seu. Não era habitual que homens de bem ficassem assim abandonados, mas imaginou que não seria muito diferente caso ele próprio acabasse tendo de arribar a uma costa estrangeira, sem pertences e sem lar. Fez uma saudação com os braços e Fílocles correspondeu.

Um escravo levou os carneiros para uma extremidade do campo e os homens começaram os lançamentos. Não era uma competição formal; alguns dos mais velhos, decepcionados com a primeira tentativa, fizeram mais uma ou duas, até se darem por satisfeitos, enquanto para os mais jovens apenas uma bastava. Não seria o mesmo nos jogos olímpicos, mas era agradável deitar-se na grama, à medida que o tempo corria, assistindo à disputa entre o grupo de homens. Kineas tinha consciência de suas pernas e das imperfeições de seu corpo, mas já mostrara ser bom atleta e agora pertencia ao grupo, conversando tranquilamente com Ísocles sobre a colheita de azeitonas na Ática e os problemas de transporte do azeite.

Calco lançou seu dardo com um brado potente e a lança curta caiu perto de um carneiro, fazendo-o afastar-se com rapidez. Ele riu.

— Até agora, este foi o mais distante. Estou pensando em lançar novamente, e, como os animais são meus, poderemos comer carne de carneiro esta noite.

Kineas seria o lançador seguinte e Fílocles, o último. Eram os lugares de honra, por serem ambos hóspedes. Diodoro havia feito antes um bom lançamento, sem grande esforço, somente ultrapassado por Calco. A maioria dos demais competidores demonstrara competência, mas Kineas se surpreendeu com o mau desempenho do jovem Ajax. Ísocles se saíra bem, embora sem chegar à marca mínima, e gracejara com o filho.

Kineas estava habituado a usar o dardo a cavalo, e seu lançamento foi demasiado baixo, embora a uma boa distância — outra vez os carneiros se alarmaram quando o dardo caiu perto deles.

Calco franziu a testa.

— Você se tornou bom atleta enquanto eu engordava no exílio — disse ele.

Fílocles experimentou diversos dardos antes de escolher um deles. Caminhou até onde estava Calco, que conversava com outro homem sobre negócios, e disse, com um sorriso:

— Este esporte não parece ser muito difícil. Eu sou espartano.

Era um espartano acima do peso, mostrando bom humor.

Calco não compreendeu. Fez um gesto curto com a cabeça, dando a entender que tinha sido interrompido.

— Se você é capaz de fazer melhor, mostre-nos.

Exasperado, Fílocles indicou os carneiros.

— Quanto quer por aquele meio tosquiado?

Calco não lhe deu atenção, retomando a conversa, mas virou a cabeça a tempo de observar o lançamento de Fílocles, que arqueou o corpo, quase desprendendo-se do chão. O dardo saltou de sua mão, descrevendo uma curva elevada e descendo com rapidez. Acertou em cheio o animal, que caiu com as patas para o ar, o dardo, como um raio, atravessando-lhe o crânio e prendendo-o à terra.

Houve um momento de espantado silêncio, em seguida Kineas começou a aplaudir. Todos o imitaram e fizeram pilhérias com Calco sobre o carneiro, sugerindo diversos preços, alguns obscenos, até fazê-lo rir. A maior parte da interação social na cidade parecia ter o objetivo de agradar Calco. Kineas não achou graça.

Ísocles apontou para o campo.

— Vamos dar uma corrida. — Acordaram as distâncias e partiram, inicialmente mantendo-se em bloco, até que os melhores atletas se aborreceram e distanciaram-se. Rodearam o campo três vezes, uma boa distância, terminando no pátio do ginásio. Kineas ficou entre os últimos e teve de suportar gracejos sobre suas pernas. Em seguida, todos foram banhar-se.

Cansado e limpo, com algumas contusões e uma sensação geral de *eudaimia*, um bem-estar que inevitavelmente o invadia quando estava em um ginásio, Kineas caminhou ao lado de Calco. Diodoro havia se afastado com alguns outros jovens para visitar o mercado.

— Você se daria bem aqui — disse Calco, de repente. — O pessoal gostou de você. Essa sua profissão de soldado não é muito boa. Defender a cidade é diferente, mas não como mercenário. Você está desperdiçando o que os deuses lhe deram. Algum dia uma espada de algum bárbaro cortará sua goela, e pronto. Fique aqui, compre umas terras. Arranje uma mulher. Ísocles tem uma filha — bem bonita, inteligente, boa dona de casa. Eu patrocinaria sua candidatura para a cidadania depois do festival de Héracles. Por Zeus, depois daquela luta de boxe, todos aceitariam você.

Kineas não sabia o que dizer. Era tentador. Os cidadãos de Tomis eram boas pessoas, provincianos mas não rústicos, apreciadores de piadas grosseiras e filósofos amadores. Além disso, todos eram joviais. Ele encolheu os ombros.

— Devo isso a meus homens. Eles vieram para cá a fim de juntar-se a mim.

Kineas não disse que algo dentro dele ansiava por outra campanha militar.

— Eles poderiam perfeitamente buscar emprego de mercenários em outro lugar. Você é um fidalgo, Kineas. Não deve nada a eles.

Kineas franziu a testa.

— A maioria deles também é de fidalgos, Calco.

— Claro — retorquiu Calco, com desprezo. — Mas já não são mais. Não de verdade. Talvez Diodoro? Poderia ser comerciante, ou seu assistente. E aqueles gauleses devem ser escravos. Estariam mais felizes sendo escravos. — O tom de Calco era autoritário, encerrando o assunto.

Kineas franziu novamente a testa e desviou a atenção para um homem que estava deitado na rua. Não queria discutir com seu anfitrião.

— Será um bárbaro? — indagou, apontando.

O homem era evidentemente bárbaro. Vestia calças de couro e tinha os cabelos sujos emaranhados em tranças, além de uma jaqueta de cores berrantes, também de couro. Usava muitas joias douradas. A jaqueta era decorada com ouro e havia espaços de onde outros enfeites tinham sido retirados. Tinha brincos nas orelhas e uma casquete na cabeça, ao estilo da Trácia.

Recendia a urina, vômito e suor fétido. Os dois estavam quase junto dele. O homem não dormia; tinha os olhos abertos e esgazeados.

Calco o olhou com profundo desprezo.

— É um cita.[6] Gente nojenta. São bárbaros feios e fedorentos, ninguém é capaz de falar a língua deles, e não servem nem mesmo para escravos.

— Pensei que fossem perigosos — disse Kineas, olhando o bêbado com interesse. Imaginava que em Olbia haveria muitos citas, que eram bons cavaleiros de nascença e inimigos perigosos. Aquele não parecia ser guerreiro.

---

[6] Natural da Cítia, região da Eurásia ao norte e nordeste do Mar Negro, habitada na época por povos nômades de origem persa, também chamados *cíticos*. (*N. do T.*)

— Não acredite nisso. Estão sempre bêbados, não sabem falar e nem andar direito. Quase não são humanos. Nunca vi um que estivesse sóbrio.

Calco continuou a caminhar e Kineas o seguiu, embora a contragosto. Queria observar melhor, mas o amigo não tinha interesse. Olhou para trás e viu que o bêbado se levantava, cambaleando. Depois deixou-se cair novamente enquanto ambos dobravam uma esquina, perdendo de vista o cita.

No simpósio falou-se muito sobre os citas, porque como convidado de honra Kineas trouxe o tema à baila. O vinho corria; sucediam-se as inevitáveis jovens flautistas e os pratos de peixe na forma de costume. Em seguida os homens mais velhos se acomodaram para conversar, juntando seus divãs de forma que os mais jovens tivessem privacidade para dedicar-se às moças mais amorosas. Olhando uma jovem de olhos negros, Kineas assustou-se ao perceber que já era considerado suficientemente idoso para ser levado ao grupo de conversação, porém, ao ser chamado, puxou o divã para o lado e todos começaram a dissertar sobre os citas que habitavam as planícies do norte.

Ísocles tomou a jarra de vinho das mãos de um escravo e olhou para Kineas.

— Você não está sugerindo que devemos beber à maneira dos citas, sem misturar água?

Os mais jovens concordaram em altos brados, mas os mais velhos prevaleceram e a bebida foi misturada de maneira inofensiva, com duas partes de água para uma de vinho. Enquanto Calco fazia a mistura, Ísocles ficou pensativo.

— Claro que são bárbaros. São rijos, vivem praticamente a cavalo. Heródoto escreveu bastante sobre eles. Tenho um exemplar em casa, se quiser ler.

— Ficarei muito honrado — disse Kineas. — Lemos Heródoto quando jovens, mas eu não sabia que acabaria aqui.

— A questão é que eles não têm medo de nada. Dizem que são o único povo livre sobre a Terra e que todos os demais são escravos.

Calco soltou um ronco de desprezo.

— Como se fosse possível tomar-nos por escravos.

Ísocles, um dos poucos que pareciam dispostos a contrariar Calco, encolheu os ombros.

— Neguem, se puderem. O nome de Anarquises significa alguma coisa para vocês?

Kineas sentiu-se como se estivesse outra vez na escola, sentado à sombra de uma árvore sendo interrogado sobre a lição do dia.

— Foi amigo de Sólon; era filósofo — disse ele.

— Filósofo cita — disse Fílocles, em uma extremidade da sala. — Falava de maneira muito clara, como as coisas são vistas na planície.

Alguns risos acolheram a alusão.

— Ele mesmo — disse Ísocles, olhando para Fílocles. — Ele disse a Sólon que os atenienses eram escravos em sua cidade, escravos aprisionados nas paredes da Acrópole.

— Bobagem — retorquiu Calco, começando a passar as taças de vinho em torno do círculo de divãs.

— Perdão, não é bobagem — disse Fílocles, que estava reclinado apoiando-se nos cotovelos, com o rosto emoldurado pelos longos cabelos. — Ele queria dizer que os gregos são escravos de suas ideias de segurança, que nossa necessidade constante de proteção nos rouba a liberdade que tanto proclamamos.

Ísocles assentiu com a cabeça.

— Boa descrição.

Calco sacudiu veementemente a cabeça.

— Besteira. Pura besteira. Os escravos nem ao menos podem portar armas; nada têm a defender e sequer são capazes de defender coisa alguma.

Fílocles fez um sinal ao servo que trouxera o vinho.

— Você aí — disse ele. — Quanto dinheiro já tem economizado?

O escravo era um homem de meia-idade. Ficara petrificado ao ser inquirido.

— Responda — disse Ísocles, sorrindo.

Na verdade, Kineas percebia que Ísocles não só não se importava em desmentir Calco, como *gostava* de fazê-lo.

O escravo abaixou os olhos.

— Não sei, exatamente. Cem moedas? Senhores?

Fílocles o dispensou com um gesto.

— Isso prova meu argumento. Poseidon acaba de tomar tudo o que eu possuía. Não tenho nem sequer uma moeda, e o conteúdo desta taça de vinho, dádiva de meu estimado anfitrião, uma vez chegado a meu estômago, será a soma total de meu tesouro. — Bebeu um gole da taça. — Agora terei esta riqueza, e nada mais, por algum tempo. Não possuo cem moedas de prata, mas este escravo, sim. Posso tomá-las dele?

Calco rilhou os dentes. Como proprietário do escravo, provavelmente guardava o dinheiro dele.

— Não.

Fílocles ergueu a taça vazia.

— Não; na verdade, você me impediria de tomá-las dele. Portanto, aparentemente este escravo tem posses e é capaz de defendê-las. O mesmo diria Anarquises a nosso respeito. Na verdade, diria que somos escravos pelo próprio fato de possuirmos propriedades.

Ísocles aplaudiu, com um laivo de sarcasmo.

— Você deveria ser advogado.

Fílocles, aparentemente imune ao sarcasmo, respondeu:

— Já fui.

Kineas sorveu seu vinho.

— Então, por que os citas são tão livres?

Ísocles enxugou os lábios.

— Cavalos e planícies infinitas. Não defendem seu território tanto quanto o percorrem. Quando o Grande Rei tentou entrar em guerra contra eles, se dissiparam diante dele. Nunca se engajaram em batalha. Recusaram-se a defender qualquer coisa, porque nada tinham a defender. O Grande Rei acabou completamente derrotado.

Kineas ergueu a taça.

— Lembro-me de ter lido isso em Heródoto. — Revirou o vinho na taça, pensativamente. — Mas o homem que vimos na rua hoje... — começou e deteve-se.

— Átelo — disse Ísocles. — O cita bêbado? Chama-se Átelo.

— Havia uma fortuna em ouro decorando as roupas. Portanto, ele tinha o que defender.

A conversação foi perdendo o brilho enquanto os comerciantes presentes debatiam a origem do ouro do cita. Após outra taça de vinho, passaram a um debate semiacadêmico sobre realidade ou ficção na história dos argonautas. A maioria dos presentes afirmava que o velocino de ouro era verdadeiro e discutiam sobre qual seria o rio que desaguava no Euxino e onde poderia haver ouro. Fílocles asseverava que se tratava de uma alegoria sobre o trigo. Ninguém lhe deu atenção.

Tampouco disseram a Kineas algo de útil a respeito dos citas. Depois de haver tomado quatro taças de vinho aguado, ele sentiu que seu equilíbrio interno se modificava e recusou a taça seguinte.

— Você não costumava se portar como uma mulher diante do vinho — riu Calco.

Kineas achou que não precisava reagir, mas Calco recuou ao ver a expressão de seu rosto e a sala ficou em silêncio.

Em um acampamento de soldados, aquilo teria sido um insulto a ser lavado com sangue. Kineas percebia que Calco não tivera essa intenção, mas compreendia também que o hábito do poder o havia privado de consciência.

Kineas curvou-se e forçou um sorriso.

— Talvez então eu deva ir dormir no alojamento das mulheres.

Houve risos, e gargalhadas de Ísocles. O rosto de Calco ficou vermelho à luz das lâmpadas. Era sua vez de sentir-se insultado com a ideia de que suas mulheres gostariam de receber uma visita de Kineas, por mais que a referência fosse oblíqua. Kineas não via motivos para pedir desculpas Emborcou a taça e saiu da sala.

3

No dia seguinte Kineas novamente despertou de madrugada. Não costumava ter ressaca e não gostava de beber muito vinho, por melhor que fosse a companhia.

Mais uma vez, Fílocles roncava na varanda. Kineas passou por ele, achando que o espartano era uma caixa de surpresas, cheio de contradições, e ainda nem o conhecia bem. Atleta gordo, filósofo espartano.

Caminhou até o campo. Um dos gauleses estava de sentinela. Kineas ergueu uma das mãos em saudação e em seguida atraiu o cavalo cinzento com um punhado de tâmaras. Em pouco tempo estava montado em pelo, com as pernas apertadas nos flancos do animal, acariciado pelo ar frio da madrugada enquanto trotava pelo gramado. Saltou a cerca sem grande esforço por parte do cavalo e dirigiu-se para o norte, saindo da fazenda de Calco rumo às colinas que margeavam a planície. Seguiu a passo até ver o sol altear-se como uma bola vermelha acima do horizonte, e nesse ponto fez uma guirlanda de flores vermelhas, cantando o hino a Poseidon, o que agradou ao cavalo. Este comeu o restante das tâmaras, desprezando a grama que lhe pareceu espessa demais. Depois Kineas voltou a montar e refez o caminho na direção da cidade, levando gradualmente o cavalo ao galope até sentir-se como um deus, flutuando velozmente. O animal quase não arfava quando chegaram ao mercado. Kineas desmontou e guiou-o pela rua até encontrar uma barraca que abrira mais cedo, onde se vendia vinho a granel. Bebeu o líquido amargo até despertar completamente. O cavalo o observava, esperando uma guloseima.

— Cavalinho fodido — disse o cita. Estava de pé, atrás do animal. Kineas voltou-se e viu que o homem o acariciava. O cavalo não parecia insatisfeito.

— Acho que devo agradecer.

— Quer me comprar por um pouco de vinho? — perguntou o cita. As palavras lhe saíram da boca como se já as tivesse pronunciado mil vezes.

Naquela manhã ele não cheirava mal, e Kineas se sentiu fascinado. Pagou mais vinho e entregou a taça ao cita, que a esvaziou de um gole.

— Obrigado. Está cavalgando? Vejo que sim. Muito bem. Mais vinho, por favor.

Kineas comprou mais vinho.

— Eu cavalgo sempre. — Sentiu-se tentado a vangloriar-se, mas ficou sem saber de quê. Queria que o cita, um mendigo bêbado mas com roupas cheias de ouro, gostasse dele.

— Obrigado. Este vinho não presta. Sempre cavalga? Eu também. Preciso de um cavalo. — Parecia cômico, com seu chapéu pontudo e seu grego estropiado. — Tem mais cavalos? Mais? — continuou, afagando o animal.

— Tenho — disse Kineas, assentindo com a cabeça.

O cita tocou o próprio peito e depois a testa, num gesto muito estrangeiro, quase persa. — Mim chama Átelo. Você chama?

— Kineas.

— Mostre cavalos. Mais cavalos.

— Nesse caso, venha comigo.

Kineas montou de um salto, como se fazia na escola de equitação. Antes que pudesse perceber, o cita já montara atrás dele. Kineas não sabia como tinha feito tão rapidamente. Sentia-se ridículo; não tivera a intenção de deixá-lo cavalgar junto de si, e, sem dúvida, ambos pareciam idiotas. Entrou em uma rua secundária e manteve o animal em movimento, sem dar atenção aos olhares de alguns cavalheiros que tinham acordado cedo. Calco sem dúvida zombaria dele quando se levantasse.

Chegaram ao gramado. Todos os homens já tinham acordado, e Niceas abriu a porteira do curral antes que Kineas pedisse.

Niceas segurou a cabeça do animal enquanto os dois desmontavam.

— Ele já esteve aqui antes. Parece inofensivo. Poderia dar um bom *procusatore*.

Kineas encolheu os ombros.

— Não foi fácil entender o que ele disse, mas acho que quer comprar um cavalo e dar o fora daqui.

Diodoro flexionava as pernas, encostado à cerca. De manhã, sua cabeleira avermelhada parecia o emaranhado de tranças da Medusa, e ele tinha de afastar da testa os cachos mais agressivos.

— Tem razão. Mas se é cita, deve ser um bom guia.

Kineas tomou uma decisão rápida e aproximou-se do gaulês.

— Desamarre o potro de cara branca e traga-o aqui.

Antígono fez um gesto, concordando, e começou a atravessar o rebanho equino. O cita foi até o muro do cercado e sentou-se encostado a ele, com as calças de couro no chão de terra. Não parecia preocupado, contentando-se em observar os animais.

Quando Antígono trouxe o cavalo, Kineas se aproximou do cita.

— Amanhã vamos para Olbia — disse, lentamente.

— Claro — respondeu o cita. Era impossível saber se ele havia entendido.

— Se você nos guiar até Olbia, ganhará de presente este cavalo.

O cita olhou o animal. Ergueu-se, passou a mão pelo lombo e saltou sobre ele. Em um segundo já partia a galope, passando pelo muro do cercado e cavalgando em direção à planície.

Para o grupo de soldados profissionais, tinha sido um acontecimento constrangedor, que os tomara completamente de surpresa. O cita já ia desaparecendo; não se via mais do que uma pequena nuvem de poeira ao sol da manhã, antes que qualquer um deles sequer pensasse em montar ou em pegar uma arma.

— Humm — disse Kineas. — A culpa é minha. Ele parecia inofensivo.

Niceas ainda olhava a poeira, com a mão no amuleto.

— Ele não nos causou realmente um prejuízo.

— Sem dúvida sabe cavalgar — disse Coeno, olhando pela última vez a nuvem ao longe. Sorriu e completou: — O Poeta os chamou de centauros, e agora sabemos por quê.

Os gregos não podiam ter feito nada de útil. Não conheciam a planície e não tinham tempo para procurar um cita solitário durante vários dias. Niceas os conduziu para limparem seus arreios e empacotar a bagagem para a manhã seguinte. Não era exatamente uma democracia, mas eles aceitavam melhor as ordens quando participavam delas.

Naturalmente, os cidadãos aproveitaram para fazer pilhérias com Kineas. Este os privara do cita de estimação; não sabia que não era prudente deixar um cita montar em um cavalo? Deixaria uma criança brincar com fogo? Houve muitas brincadeiras assim. Calco limitou-se a rir.

— Gostaria que alguém tivesse me acordado para ver você cavalgando com aquele bêbado. Veja o que perdi!

Se Calco tivesse guardado algum rancor pela noite anterior, sem dúvida sentira-se recompensado com o embaraço de seu hóspede na manhã seguinte.

— Vou partir amanhã pela manhã.

Kineas se sentia realmente humilhado e começou a ajeitar a barra da túnica, um antigo hábito.

Calco ficou olhando os homens azeitando os arreios no pátio.

— Não há maneira de fazer você ter o bom-senso de ficar aqui?

Kineas mostrou as mãos espalmadas.

— Tenho um contrato, amigo. Quando estiver terminado, e eu já tiver um ou dois talentos de prata, nesse caso terei muito prazer em continuar esta conversa.

Calco sorriu. Era o primeiro sorriso de satisfação que Kineas via nos lábios dele naqueles dois dias.

— Você vai mesmo pensar nisso? Para mim já é o bastante. Ísocles virá me visitar hoje à noite, e a filha dele vai cantar para nós. Será uma noitada familiar, nada que possa chocar uma jovem. Você poderá conhecê-la.

Kineas compreendeu que, apesar de suas maneiras um tanto excessivas, Calco estava fazendo o possível para que ele se sentisse bem-vindo.

— Você agora é agenciador de casamentos?

Calco o abraçou.

— Eu já tinha dito isto a você quando chegou: seu pai salvou toda a minha família. Não me esqueço. Você é um homem da cidade e acha que sou um sapo grande em uma lagoa pequena. Percebo isso. E é exatamente assim. Eu e Ísocles discutimos muito, mas somos os homens influentes nesta aldeia. Há lugar para mais um. A lagoa não é tão pequena!

Para alguém como Calco, aquelas palavras eram um longo e emotivo discurso. Kineas o abraçou e o outro estreitou seu abraço.

Calco foi ver os escravos que estavam sendo embarcados para a Ática. Kineas voltou a cuidar de sua armadura. Estava sentado de costas para o muro do cercado, aproveitando a sombra, com o freio do cavalo desmontado e uma peça de couro onde as partes de metal seriam costuradas, quando o jovem Ajax apareceu.

— Bom dia, senhor — disse ele.

— A seu dispor, Ajax. Por favor, aceite o conforto destas acomodações.

Kineas fez um gesto, passando ao jovem um odre cheio de vinho amargo, que Ajax bebeu como se fosse ambrosia.

— Meu pai mandou isto ao senhor.

O rapaz tinha aos ombros uma bolsa cheia de rolos de pergaminho, como um estudante na ágora. Colocou-a no chão.

Kineas abriu um dos rolos e olhou a escrita, feita por algum excelente copista, e viu que era Heródoto.

— É apenas o quarto livro, o que trata dos citas. Bem, meu pai disse que o senhor estava de partida amanhã, para Olbia. Por isso não teria tempo de ler tudo.

Kineas fez um sinal com a cabeça e pegou os arreios de couro.

— Provavelmente nem terei tempo de ler o primeiro pergaminho — disse ele.

Ajax concordou e depois permaneceu sentado, em silêncio. Kineas retomou o trabalho, usando uma sovela delgada de bronze e o apoio de uma barra de madeira macia para abrir uma carreira de orifícios de cada lado do novo arreio para a cabeça do cavalo. De vez em quando olhava de soslaio para Ajax e reparava a ansiedade do rapaz, que remexia pedaços de couro e de fios. Mantinha-se calado, no entanto. Kineas apreciava o silêncio dele.

Continuou a trabalhar. Depois de feitos os orifícios, encerou um fio de linha resistente e enfiou-o em uma agulha; era um pouco grande para aquela peça, mas era a única que havia no acampamento. Em seguida, começou a costurar.

— Bem, quero dizer... — começou Ajax, mas logo perdeu o ânimo e deixou as palavras no ar.

Kineas esperou um pouco enquanto rematava aquela parte da costura, depois enfiou outro fio na agulha.

— Bem, que quer dizer?

— Quero conhecer o mundo — explicou Ajax.

— Muito louvável — concordou Kineas.

— Aqui nunca acontece nada.

— Acho que tem razão — tornou Kineas, pensando se seria capaz de morar em um lugar onde os festivais e os ginásios fossem as principais fontes de emoção. Naquele dia, no entanto, diante da perda de um cavalo, de uma viagem incerta e do tirano de Olbia, achou que uma vida um tanto enfadonha poderia ser preferível.

— Eu queria... entrar para o seu grupo. Cavalgar com o senhor. Não sou muito bom no lançamento do dardo mas posso aprender, sou bom no boxe e na luta livre e sei usar a lança. Já passei um ano morando com os pastores; não me importo com dificuldades e sei fazer fogo. Já matei um lobo.

Kineas ergueu os olhos.

— Qual a opinião de seu pai?

O rosto de Ajax se iluminou.

— Ele disse que posso ir, se fizerem a besteira de incluir-me no grupo.

Kineas riu:

— Pelos deuses, isso é justamente o que imaginei que ele diria. Ele vem jantar aqui hoje.

Ajax sacudiu vigorosamente a cabeça.

— Eu virei também. Penélope, minha irmã, vai cantar. Ela canta muito bem e sabe tecer lã melhor do que qualquer comerciante. Além disso, é bonita; eu não deveria dizer isso, mas é verdade.

Kineas nunca havia visto tanta admiração antes e teve de admitir para si mesmo que se sentia lisonjeado. A sensação, no entanto, não durou muito.

— Terei muito prazer em conhecer sua irmã. Hoje à noite falarei com seu pai. Mas escute, Ajax: nós somos mercenários. Nossa vida é muito rude. Lutar no exército do menino-rei foi para nós um pouco como combater por nossa cidade, embora tenhamos sido mal recebidos ao voltarmos. Mas nós dormimos pouco, e há coisas piores. Passamos dias sem dormir, noites inteiras de guarda, cavalgando em terras inimigas. — A voz de Kineas perdeu um pouco o ânimo, mas depois ele prosseguiu: — A guerra já não é como antes, Ajax. Não é uma competição de atletas campeões. As virtudes de nossos ancestrais raramente surgem na guerra moderna.

Parou de falar, porque suas palavras estavam tendo um efeito oposto ao desejado. Os olhos do rapaz brilhavam de prazer.

— Quantos anos você tem?

— Vou fazer 17 na festa de Héracles.

Kineas encolheu os ombros.

— Já tem idade para ser homem. Vou falar com seu pai — disse. Mas quando Ajax começou a gaguejar um agradecimento, ele foi impiedoso: — Pelo filho aleijado de Cronos, menino! Você pode morrer. Morrer sem motivo, numa luta que não é a sua; numa briga de rua, ou defendendo um tirano que despreza você. Ou então sob a flecha de um bárbaro no meio da noite. Não é uma história épica de Homero, Ajax. É uma coisa suja, cheia de insônia, de sofrimento e de insetos. E no dia da batalha, você não é mais do que um anônimo coberto com o elmo; não é Aquiles nem Heitor, somente um remador que segue com a falange de encontro ao inimigo.

Palavras inúteis. Kineas esperava que não fossem proféticas, porque ainda havia um pouco de Homero nele, depois de dez anos de realidade. Tinha horror à morte sem motivo em algum beco ou numa briga de taverna. Já tinha visto isso acontecer a outros.

Ia caindo a tarde e seus apetrechos estavam limpos e brilhantes, os cavalos tinham sido verificados e os outros já estavam prontos, com as armaduras e dardos acondicionados em cestos de palha que seriam transportados pelas bestas de carga. Kineas tinha saído do gramado e se abrigado sob um carvalho solitário, mas tinha dificuldade em conservar os olhos abertos. O jantar próximo lhe recordava a moça, irmã de Ajax, e o que ela poderia significar: um lar, segurança, trabalho. Bastava pensar nela para lembrar-se de que fazia meses desde a última vez em que se deitara com uma mulher. Talvez desde que deixara o exército. O contraste lhe parecia vívido. Sequer havia ainda conhecido a irmã de Ajax, mas era capaz de vê-la, pelo menos como imagem de suas próprias irmãs. Modesta. Silenciosa. Bela, remota, dedicada, cautelosa. Talvez inteligente, mas sem dúvida ignorante, incapaz de uma boa conversação.

Sua ligação mais duradoura durante o tempo do exército tinha sido com Ártemis. Esse não era o nome verdadeiro dela, é claro. Ela seguia o caminho dos acampamentos; era prostituta, embora fizesse questão de ser chamada de *hetaíra*, e afirmava que iria chegar a sê-lo. Era veemente, teimosa, violenta em seus amores e ódios, gostava de tomar vinho puro e conhecia mais guerras do que muitos soldados, embora ainda não tivesse 20 anos.

Havia esfaqueado um soldado macedônio que tentara violentá-la. Já tinha se deitado com a maioria dos homens do batalhão de Kineas, adotando-os e sendo adotada. Tinha o próprio cavalo, recitava trechos inteiros de Homero e dançava todas as danças masculinas, todas as danças militares espartanas, todas as danças dos deuses. Costumava cantar nas noites anteriores às batalhas. Assim como Niceas, nascera em um bordel perto da ágora de Atenas. Ensinara a toda a companhia, inclusive aos coríntios e jônios, o hino de Atenas, pela qual nutria devoção patriótica:

Avante, Atena, agora ou nunca!
Deixa-nos ver tua glória!
Agora, Senhora e Rainha, nós te suplicamos:
Traz a vitória a teus servos!

Fazia com que os mendigos fizessem parte da companhia, conseguia-lhes favores, tratava de suas rusgas e os governava. Além disso, dava-lhes valor. Uma noite dissera a Kineas:

— Uma mulher precisa de duas coisas para ter sucesso neste exército: coração duro e sexo úmido. Homero não falava nisso, mas tenho certeza de que também se aplicava às mulheres de Troia.

Ártemis era conhecida por escolher uma unidade da qual gostasse e procurar o homem mais forte, até que este morresse ou ela se impacientasse, ou ele não a tratasse bem. Não gostava de quem não cuidasse dela. Tinha ficado com Kineas durante um ano, no acampamento e na cidade. Deixara-o para juntar-se a Filipe Kontos, hiparca da Macedônia, tomando uma decisão profissional, e Kineas não lhe queria mal por isso, embora tivesse esperado, ao sonhar acordado sob uma árvore no Euxino, que ela ficasse com ele.

A vida era como as mulheres. Ele não achava que pudesse virar agricultor.

Adormeceu e Poseidon mandou-lhe um sonho com cavalos.

Cavalgava um grande animal, ou ele próprio era o cavalo, e ambos corriam juntos por uma ampla planície de grama — flutuavam, galopando sem parar. Havia outros cavalos também, que o seguiam, até que a planície de grama se transformou em uma planície de cinzas. Os cavalos relincharam, ficaram para trás, e ambos prosseguiram sozinhos. Chegaram a um rio, um vau cheio de pedras. Na margem oposta havia uma pilha de galhos, da altura de um homem, e uma única árvore seca; no chão, sob as patas, estavam os corpos dos mortos...

Acordou sobressaltado e esfregou os olhos, sem saber qual dos deuses lhe teria enviado aquele sonho. Em seguida levantou-se e foi aos banhos da casa, entregando a uma escrava seu melhor *quíton* para que fosse passado a ferro, junto com alguns óbolos para que fizesse um bom trabalho. Ela trouxe jarras de água morna, para que ele se lavasse. Era uma figura atraente, já não muito moça, de corpo firme, maçãs do rosto salientes e uma águia tatuada no ombro esquerdo. Kineas pensou em sexo, mas ela não se mostrou interessada e ele não insistiu. Talvez por isso o *quíton* tenha voltado muito bem-passado, com as pregas bem marcadas e a lã branca brilhando, fazendo-o parecer a estátua do filho de Leto, em Mitilene. Ela aceitou o agradecimento com um gesto brusco de cabeça e se manteve fora do alcance dele, o que o fez imaginar quais seriam os hábitos da casa.

Caminhou, ainda nu, de volta ao local onde os homens tinham acampado. Tinha na bagagem algumas peças de valor que poderiam acompanhar o *quíton* elegante. Tinha boas sandálias, leves e fortes, com tiras vermelhas que ajudavam a disfarçar a cicatriz na perna, mas o único manto que possuía era de corte militar, que certa vez fora azul mas agora estava desbotado, com uma cor entre azul-celeste e areia. Possuía, no entanto, um fecho excelente para o manto: um par de cabeças de Medusa de prata brilhante, feitas pelo melhor artífice e ourives de Atenas. Prendeu-o ao velho manto, resmungando uma prece, e colocou a vestimenta, saindo para onde estavam Diodoro e Niceas, junto a uma fogueira. Os demais tinham ido beber no mercado. Não haviam sido convidados ao jantar, e como a maioria vinha de berço nobre, como Calco, aquilo os ofendera. Ágis, Laertes e Graco tinham conhecido Calco quando meninos Zangaram-se por serem tratados como inferiores.

Diodoro segurava um frasco de vinho de boa qualidade. Ele, Coeno e Niceas o passaram entre si enquanto Kineas acabava de vestir-se.

Niceas estendeu-lhe um broche fino para o manto, produto de saque em Tiros, que pretendera mandar de presente a Calco pela hospedagem.

— Guarde as Medusas para um anfitrião melhor — disse ele.

Kineas ficou pensando qual seria a reação de Calco ao saber que o ateniense, nascido escravo, o considerava mau hospedeiro. Talvez rosnasse de desprezo. Suas conjecturas sobre Calco foram interrompidas.

— Veja só! — exclamou Niceas.

Kineas voltou-se, olhando por sobre o ombro. Um cavaleiro solitário vinha trotando no gramado. Coeno riu.

— Átelo! — gritou Kineas.

O cita ergueu a mão empoeirada, numa saudação, e passou as pernas pelo flanco do animal, descendo ao solo num único movimento. Tocou o cavalo com um chicote curto e voltou-se, entrando no cercado através do portão.

— Cavalo bom — disse, estendendo a mão para o frasco.

Sem hesitar, Coeno o entregou. O cita tomou um grande gole e esfregou a boca com a mão. Em seguida Coeno o abraçou, com entusiasmo.

— Acho que gosto de você, seu bárbaro!

Kineas sacudiu negativamente a cabeça.

— Pensei que tivesse roubado o cavalo.

Ou o cita não entendeu ou não quis falar no assunto.

— Para onde ir? Amanhã, não é? Não é?

Kineas ouviu vozes que vinham da alameda de entrada na casa. Ísocles vinha chegando com a família. Já era tarde.

— Olbia — disse ele.

O cita olhou-o. Devolveu o frasco a Diodoro, como se sempre tivesse sido companheiro dele.

— Longe — disse ele. — Muito longe.

Falava grego sem parecer bárbaro. Pronunciava bem cada palavra, mas não tinha ideia da complexa rede de declinações das palavras.

— Dez dias? — perguntou Diodoro. Era o que o comerciante tinha dito.

O cita encolheu os ombros. Olhava novamente para o cavalo.

— Você vai nos guiar? — perguntou Kineas.

— Mim ir para você. Vocês ir. Cavalo bom. Sim?

— Acho que o trato está fechado, chefe — disse Niceas. — Vou ficar de olho nele.

Coeno sacudiu a cabeça.

— Átelo e eu temos um interesse comum. Vamos nos embebedar, meu amigo.

Átelo sorriu.

— Acho que mim gostar você, heleno! — disse ele a Coeno. Saíram juntos em busca das tavernas da cidade.

Niceas olhou para Diodoro.

— Creio que ficaremos aqui para vigiar o acampamento.

— Enquanto vou ao meu jantar? Ótimo — disse Kineas. — Se ele ficar conosco, dará um bom batedor.

Niceas esperou que Coenos e o cita se afastassem, antes de prosseguir:

— Ele é esperto.

Kineas tinha achado o olhar do cita inteligente, mas surpreendeu-se ao ver Niceas confirmá-lo.

— Esperto, como?

Niceas apontou o cavalo.

— Se tivesse ficado aqui conosco, confiaríamos nele na planície? Mas ele já mostrou que é capaz de escapar cavalgando, não é? Mais razão para confiarmos nele.

Kineas entendeu o raciocínio.

— Você é tão filósofo quanto aquele espartano, Niceas.

Niceas assentiu.

— Sempre achei isso. E se ele é filosofo, eu sou hiparca na guarda.

— Explique isso. — Kineas já estava de pé, ansioso por chegar pontualmente à casa de Calco, mas Niceas não era dado a conversas, e quando falava valia a pena ouvi-lo.

— Diodoro me contou como ele lançou o dardo. Ele ficou dentro d'água durante uma hora, talvez mais, antes que você o salvasse, ou pelo menos foi o que me contaram. Filho da mãe, esse espartano. Está fora de forma, não sei por quê. Mas é da classe dos oficiais: um espartiata. Esses são os durões. Máquinas de matar.

— Vou me lembrar disso — falou Kineas.

— Não se case com a moça até cumprirmos nosso contrato — disse Niceas.

Dispensado por seu próprio *hiperetes*, Kineas encaminhou-se para a casa. Ainda estava pensando nos comentários de Niceas ao ver-se deitado em um divã largo, junto com o próprio espartano.

— Espero que não se importe em compartilhá-lo comigo — disse Fílocles. — Pedi a Calco que me colocasse aqui. Achei que Ajax ia fazer companhia a você.

— Obrigado.

O hálito do espartano já estava carregado de vinho. Kineas afastou-se um pouco.

— Você vai partir amanhã?

— Vou.

— Para Olbia?

— Sim. Nosso contrato é lá.

Kineas achava difícil conversar com Fílocles, que parecia imune às convenções sociais, enquanto os demais convidados, Ísocles, Ajax e uma figura envolta em um manto, que devia ser uma mulher, permaneciam de pé, sem dúvida esperando cumprimentar o principal conviva antes de ficar mais à vontade.

— Quer me levar também?

Evidentemente, Fílocles se ressentia por ter sido obrigado a pedir. Era claro que controlava a arrogância.

— Sabe cavalgar?

— Não muito bem, mas sou capaz.

— Sabe cozinhar? — Kineas queria acabar rapidamente com aquilo; Ísocles se mostrava impaciente, pois ambos estavam sendo grosseiros para com os demais convidados. Por que Fílocles não tinha podido esperar até o fim da refeição? Kineas não queria aceitar.

— Não, se você quiser comer o que cozinho. De outra forma, sim.

Kineas ergueu os olhos para Ísocles, tentando fazê-lo entender a mensagem. *Sei que estou sendo mal-educado, mas uma pessoa cuja vida salvei está me importunando.* Ísocles piscou o olho. Somente os deuses saberiam o que ele estava pensando.

— Pode vir comigo. Mas talvez seja perigoso — acrescentou, tarde demais para que fizesse diferença.

— Melhor assim — disse o espartano. — Ora, estamos sendo grosseiros. Deveríamos receber os outros convidados.

Ísocles e Ajax os saudaram e acomodaram-nos nos divãs. A moça desaparecera, provavelmente levada aos aposentos femininos ou a outra parte da casa.

O jantar era de excelentes pratos de frutos do mar, como a lagosta, levemente cozida, e vários peixes — o tipo de refeição comumente chamada de *opson,*[7] que os moralistas de Atenas reprovavam. O vinho aguado foi servido, com vários escravos trazendo as ânforas e o próprio Calco fazendo a mistura. Era o único sozinho em um divã, e era quem iniciava as conversas, incluindo todos os convidados: as guerras do menino-rei da Macedônia, a arrogância com que afirmava ser um deus, a falta de piedade da geração mais jovem, com exceção de Ajax. Apesar de suas boas intenções, tendia a fazer monólogos com suas opiniões sobre aqueles assuntos. Ajax se mantinha em respeitoso silêncio, Ísocles não contestava a argumentação como Kineas esperava, e Fílocles se dedicava aos pratos de peixe como se duvidasse que jamais voltaria a comer tão bem.

Depois do último prato foram trazidas pequenas bacias com água e todos os homens lavaram as mãos e os rostos.

Calco ergueu uma taça de vinho.

---

[7] Alimentos, principalmente peixes, ingeridos com pão ou outros cereais. (*N. do T.*)

— Na verdade, isto é uma reunião de família — disse ele. — Em homenagem a Ísocles, meu rival e meu irmão, e a Kineas, a quem devo tudo o que obtive aqui. — Derramou no chão um gole para os deuses e em seguida bebeu todo o conteúdo da taça, virando-a de cabeça para baixo, para mostrar que estava vazia. — Como estamos em família, os deuses e deusas não se ofenderão se sua filha cantar para nós, Ísocles.

— Estou de inteiro acordo — disse o outro, tomando uma taça de vinho e erguendo-a. — A Calco, que nos recebe para esse excelente jantar, e a seu amigo Kineas, que, esperamos, nos honre com sua presença durante muitos anos.

Derramou igualmente uma oferenda no chão.

Kineas compreendeu que chegara sua vez. Sentia-se pouco à vontade, envergonhado, estranhamente deslocado. Tomou uma taça e ergueu-a, sentando-se.

— À hospitalidade de Calco e aos novos amigos, porque esses são dádivas dos imortais que habitam o monte Olimpo. — Esvaziou a taça de uma só vez.

Fílocles pegou sua taça e levantou-se. Kineas percebeu pela expressão de Ísocles e Calco que o espartano se enganara. Não se esperava que ele, e muito menos o jovem Ajax, fizessem um brinde, mas o espartano o fez.

— Poseidon, Senhor dos Cavalos, e Kineas me salvaram do mar, e a hospitalidade de Calco me fez novamente ser um homem. — A oferenda aos deuses consumiu metade da taça, e ele bebeu o restante. — Sem dúvida não há vínculo mais apreciado do que o do hóspede para com o anfitrião — completou, sentando-se novamente.

Ajax reconheceu a citação e aplaudiu. Ísocles fez um gesto de saudação com a taça. Até mesmo Calco, que no máximo tolerava o espartano, acenou com a cabeça, sorrindo em agradecimento.

Duas mulheres sem véus entraram pelos fundos da sala, com os cabelos penteados para o alto e vestidas de linho fino. A mais velha deveria ser a mulher de Calco, embora aquela fosse a primeira vez que Kineas a via, apesar de já estar hospedado na casa havia três dias. Era alta, de corpo bem-feito, com membros longos e de movimentos elegantes, a cabeça erguida. O rosto não teria feito mil navios partirem para a guerra, mas a expressão de contentamento e evidente inteligência ocupavam o lugar da beleza. Ela sorriu para todos.

— Esta é Penélope — disse ela com voz tranquila, sem erguer os olhos —, filha de Ísocles. Com a licença dos senhores, vou sentar-me para ouvi-la.

Não levantou o olhar nem mencionou o próprio nome, com o recato de uma verdadeira dona de casa. Certamente Calco não tinha filhos, pois de outra forma Kineas os teria visto.

Os olhos de Penélope eram grandes e redondos, e corriam pela sala como animais excitados. Quando se lembrava da modéstia, ela os abaixava, mas de repente voltavam a erguer-se, em busca de novas vítimas.

Kineas achou que ela jamais havia saído em público antes, e talvez nunca tivesse estado em um jantar íntimo de homens. Ele próprio muitas vezes havia compartilhado uma refeição com as irmãs, contando-lhes as notícias do dia ou os mexericos do ginásio, mas nem todas as jovens chegavam a isso.

Os cabelos dela eram negros, e a pele, mais clara do que a da maioria das demais mulheres. Tinha pescoço e braços longos e mãos bem formadas. Era atraente, sem dúvida gêmea feminina de Ajax, mas Kineas achou perturbadora a furtiva curiosidade da moça; era como um animal enjaulado. Após Ártemis, a modéstia já não tinha muito interesse para ele.

Sentiu uma certa decepção. Que poderia esperar?

Ela começou a cantar sem rodeios, com voz clara e leve. Entoou uma canção sobre o festival da colheita e em seguida uma de amor, que Kineas ouvira em Atenas. Depois, mais três peças que ele não conhecia e que lhe pareceram estrangeiras. Cantava bem, confiantemente, embora com voz um tanto baixa e arfante. Cantou uma ode e finalmente um hino a Demétrio.

Todos aplaudiram. Fílocles bateu no braço e sorriu amplamente.

Ísocles levantou-se.

— Nem todos os pais admiram tanto seus filhos; isto é, quando cantam canções dirigidas a homens. Mas eu creio que ela possui um dom, dádiva do filho de Leto, e que deve ter oportunidade de aperfeiçoar-se e até mesmo de exibir-se, se o fizer de maneira modesta. Isso, se me permitem a opinião, foi o que ela fez.

Ao terminar, olhou para Kineas.

Este mais uma vez se sentiu perturbado por estar no centro das atenções. Viu que a mulher de Calco o fitava diretamente — tinha belos olhos, talvez seu traço mais atraente — e todos os demais o encaravam com expectativa. *Estou aqui há apenas três dias e já me puseram no papel de pretendente.*

— Nada pode ser mais adequado nem mais humilde aos olhos dos deuses do que Penélope mostrar aos amigos e à família o talento que lhe deram — disse ele. Pelas reações dos demais, percebeu que não atingira o tom correto; muitos anos comandando soldados o haviam ensinado a ler rapidamente as expressões fisionômicas, e aquelas reações não eram as melhores. Porém, que deveria dizer? Elogiar o canto ou a aparência física da moça romperia os limites artificiais daquela "reunião familiar". Estariam esperando que ele desse aquele salto, impelido por súbita paixão, declarando-se pretendente à mão dela?

Deixa para lá, pensou ele, repentinamente enraivecido.

Fílocles remexeu-se no divã ao lado dele e ergueu-se, um tanto desequilibrado.

— Em Esparta, nossas mulheres vivem em público com os homens, e portanto peço-lhes que me perdoem se pareço pouco respeitoso. Mas Penélope certamente é a imagem da perfeição modesta; as Musas sem dúvida adoram uma jovem que canta tão bem.

Kineas olhou para Fílocles, que cambaleava ligeiramente como se estivesse bêbado, embora houvesse bebido muito pouco vinho. Seu elogio foi bem recebido. A mulher de Calco, por exemplo, sorriu e inclinou a cabeça. Ísocles mostrou-se satisfeito.

Muito bem, Filocles, pensou Kineas, com um gesto de aprovação, voltando a reclinar-se no divã. O olhar do espartano lhe dizia: *Você é lento, mais tarde explicarei tudo, seu idiota.*

Ísocles ergueu-se novamente.

— E já que estou falando de meus filhos, pedirei agora um favor a Kineas, pois ele é convidado aqui, como eu, e é também o homenageado desta noite. Dê-me a satisfação de levar meu filho com você a Olbia.

Em público, onde não posso recusar. Em contraste, Filocles tinha sido finamente cortês.

Kineas olhou de soslaio para a mulher de Calco, que parecia interessada.

— Sou soldado — disse ele. — Minha vida é uma vida de perigos, e as campanhas são longas. Temo responsabilizar-me por seu filho e deixar os ossos dele em algum campo de batalha. Temo a ira dos deuses se o separar do pai, e temo sua ira caso algo desagradável aconteça. Não por acaso se diz: "Na paz, os filhos enterram os pais, mas na guerra os pais enterram os filhos."

Ísocles estava sentado em seu divã, com a mão no ombro de Ajax.

— Ele precisa conhecer um pouco do mundo. Está com a cabeça cheia de Aquiles e Ulisses, e somente a lama e as moscas de uma verdadeira campanha militar poderão curá-lo. — Os olhos de Ísocles encontraram os de Kineas. — Sempre há riscos, para um pai. Deixei que Penélope cantasse aqui, arriscando a reputação dela e a minha também. O risco é pequeno, os convivas próximos e caros; eu aceito corrê-lo. Você pode dizer que o conheço há apenas três dias, mas você é amigo de infância de Calco, e embora eu e Calco sejamos rivais em tudo, o que falo com sinceridade para agradar aos deuses, ele é o homem a quem mais quero bem. Sua reputação também é conhecida, Kineas. Não é verdade que você foi mandado ao menino-rei com cinquenta homens, na condição de reféns em nome de Atenas? E não é verdade que você conseguiu conquistar a admiração dele, como homem e como soldado, para crédito de sua cidade? Calco diz que você conduziu cinco campanhas em seis anos, e que somente a inveja da riqueza de seu pai é responsável por seu exílio. Já o conheço, Kineas. Você é um homem a quem posso confiar meu filho.

Kineas não desejava elogios nem acreditava que eles soubessem das poucas glórias que conquistara com Alexandre. Os cavaleiros de confiança eram os que tinham destruído os exércitos persas. Os cavalarianos gregos poderiam considerar-se felizes se fossem mandados reconhecer um vau nos flancos do exército.

— Você me lisonjeia além de meus méritos. Levarei Ajax a Olbia e o farei conhecer um pouco da guerra, para curá-lo, como você me pede — suspirou Kineas. Fílocles deu-lhe uma forte cotovelada nas costelas.

Calco levantou-se.

— Basta de assuntos de família. Mulher, pode retirar-se; é chegada a hora de os homens falarem de coisas masculinas e de tomarem um pouco de vinho.

A esposa tomou a mão de Penélope e esta levantou-se graciosamente, acenou com a cabeça para os convivas e retirou-se. Não dissera uma só palavra. Que idade teria? Quinze? Dezesseis? Kineas ficou observando-a partir e notou a testa franzida da mulher de Calco.

— Ajax tem um bom cavalo? — perguntou Kineas.

— Não tão bom quanto os seus. Os nossos são mais leves, somente para uma corrida em volta da ágora.

Kineas olhou para Ísocles.

— Se ele vier comigo, precisará de dinheiro para comprar equipamento em Olbia, aqui não existem essas coisas. Já olhei no mercado. Dois cavalos pesados de ataque e um mais leve; o cavalo de corrida dele provavelmente é delicado demais para esse ofício. Várias túnicas grossas. Um grande chapéu de palha, como os que os escravos usam nos campos de cultivo, quanto maior, melhor. Duas lanças curtas, de boa qualidade, com cabos de madeira dura e pontas de bronze. Botas, para proteger as pernas nas manobras. E uma espada. Quero que ele use uma espada de cavalaria. Vou ensinar a usá-la. — Olhou para o jovem e perguntou: — Sabe cavalgar bem?

Ajax baixou modestamente os olhos.

— O suficiente.

— Costuma sentar-se na garupa do cavalo?

— Não. Cavalgo à maneira dos dácios. Aprendi a cavalgar com um deles quando criança. — Ergueu os olhos, para ver se tinha dado a resposta correta. Esse era o caso.

— Muito bem. E precisa de boa armadura. A panóplia deve ser semelhante à de um hoplita: blindada no peitoral e nas costas com um elmo com proteção para o rosto.

Ísocles cofiava a barba.

— Quanto custará isso? Quero que ele tenha equipamento e cavalos de qualidade. Isso poderá mantê-lo vivo.

Kineas assentiu vivamente com a cabeça. Sabia perfeitamente do que estava falando.

— Exatamente. Não sei quanto custam as coisas em Olbia, mas com tantos citas por lá espero que haja muitos cavalos e que não sejam caros. Mesmo assim ... cem moedas?

Ísocles riu.

— Puxa! Escute, Ajax, por que não pede logo que eu mande construir um navio para você? — Em seguida, estendeu a mão. — Não, estou brincando. Darei uma bolsa com cem moedas, e mais cinquenta para você, Kineas, para outras despesas.

Kineas conhecia o costume de que os hiparcas guardassem o dinheiro dos filhos dos ricos durante a campanha, mas nunca se aproveitara disso.

— Obrigado.

— Não quero que ele pareça pobre diante dos filhos dos ricos em Olbia. Peça mais, se as coisas forem muito caras.

Calco levantou-se de seu divã.

— Também tenho uma coisa para você, Kineas. — Fez um sinal na direção da porta e um jovem escravo entrou. — Este é Crax. É trácio. Diz saber tratar com cavalos e sabe usar uma lança. Você vai precisar de um escravo; um homem de sua posição fica nu se não tiver um.

— Você é muito generoso — disse Kineas, que havia muitos anos não possuía um escravo. Não sabia o que dizer. Crax parecia mais um recruta em potencial do que um escravo: era bem-proporcionado, tinha bons músculos e sua atitude mostrava que a escravidão não lhe tirara a agressividade.

— Bem, faço questão. Todos queremos que você se saia bem. Vá, agrade ao tirano, ganhe alguns talentos e volte para cá. E vou ser sincero: Crax dá muito trabalho a meu capataz. Não será problema para você, tenho certeza.

Crax se mantinha em posição de sentido, como um soldado. Os cavalarianos tinham um ditado: não há presente pior do que um cavalo não domado.

— Obrigado, Calco. Obrigado pela hospitalidade e pelo cuidado com meus homens e meus cavalos, e agora por isto. Pagarei quando puder. — Fez um gesto para Crax. — Pegue minhas sandálias e meu manto.

Crax saiu da sala.

— Já vai partir? Você e Fílocles teriam muito que dizer para avivar nossa conversação — disse Ísocles.

— Peço desculpas por sair tão cedo, mas devo partir ao amanhecer.

— E vai levar meu filho. Bem, ainda ficarei em companhia dele por mais uma hora.

Kineas fez um sinal para Ajax.

— Junte-se a nós no gramado quando o sol raiar. Arranjarei um cavalo para você até que possa comprar os seus.

Ajax parecia estar achando que aquilo era bom demais para ser verdade.

— Não conseguirei esperar até o amanhecer.

Kineas olhou para Ísocles, sacudindo a cabeça.

— Eu consigo. — Deu um leve esbarrão em Fílocles.

Este não fez sinal de haver notado.

— Vou ficar aqui e aproveitar minha última noite na civilização — disse ele, e ergueu a taça de vinho para que fosse enchida.

4

Um brilho de sol rasgou o horizonte acima das colinas distantes, e de repente a luz ficou diferente, dando a cada folha de grama sua própria sombra. Kineas contou seus homens — todos estavam presentes, animados, inclusive os soldados mais antigos. Um escravo segurava a montaria de Ajax, que ele tinha feito questão de trazer, uma bonita égua persa. Crax montou em um dos animais de ataque como se tivesse nascido sobre a sela, o que provavelmente era verdade, empunhando facilmente as duas lanças de Kineas na mesma mão que retinha a rédea. Átelo prendera um arco à cinta e segurava um chicote, movimentando-se sobre a grama como se caminhasse, homem e cavalo unidos num só animal. Niceas montou e passou aos escravos as rédeas dos animais de carga. Junto com ele, Kineas inspecionou a coluna de alto a baixo. Uma dúzia de homens, vinte cavalos e as bagagens; alvo demasiado numeroso para bandidos, todos eles evidentemente armados. Satisfeito com a aparência deles, Kineas estava feliz por tê-los consigo. Deixou Niceas no meio da coluna com os animais de reserva e dirigiu-se ao front, onde o cita o esperava.

Calco não se levantara. Havia apenas um punhado de escravos movimentando-se em torno da casa, a maioria transportando água. Ísocles estava de pé para ver a partida do filho, encostado à parede do cercado e mascando uma folha de grama.

— Abrace seu pai — disse Kineas a Ajax. Este desmontou e ambos se abraçaram longamente. Em seguida o rapaz voltou e saltou sobre a sela.

Kineas ergueu a mão.

— Vamos partir — disse ele.

Dois estádios mais adiante, a estrada que partia da propriedade de Calco transformou-se em uma trilha da largura de duas rodas de carroça e assim continuou durante todo o dia, virando para o interior e afastando-se do mar em direção ao norte e ao oeste. No início, viam-se fazendas gregas de ambos os lados, com as casas semiocultas pelos pomares de oliveiras e campos de trigo. Algumas horas depois, as fazendas desapareceram, substituídas por aldeias rústicas onde as mulheres trabalhavam nos campos e os homens usavam roupas bárbaras, embora houvesse muitos objetos gregos nas casas: ânforas, artefatos de bronze, cobertores e tecidos de lã.

— Quem são? — indagou Kineas.

Átelo não entendeu a pergunta enquanto ele não a repetiu, fazendo um gesto.

— São bastarnas — respondeu o cita. Falou muito mais, misturando de vez em quando palavras gregas na língua bárbara — *bar bar bable* atacam, *bar bar bar* destroem. E também *bar bable* guerreiros. — Kineas compreendeu que eram guerreiros ferozes quando provocados. Já tinha ouvido falar deles.

Não pareciam especialmente aguerridos.

Ao cair do sol, encontraram uma casa grande na terceira aldeia e pediram pousada. Foram bem recebidos por um homem que devia ser o chefe e sua mulher. Uma moeda ateniense de prata pagou a forragem dos animais e os alimentos de todo o grupo. Kineas preferiu não dormir na casa mas aceitou o jantar, divertindo-se apesar da barreira do idioma. Fílocles não jantou.

— Porra, minhas coxas estão sangrando.

Kineas franziu a testa.

— Você é espartano.

Fílocles soltou outro palavrão.

— Quando fui exilado, desisti daquela merda de sofrer calado e suportar a dor.

Niceas riu.

— Você ficará bom — disse ele — dentro de uma semana.

Mesmo assim deram-lhe um bálsamo, e Kineas fez com que Ajax também recebesse o unguento.

Partiram na manhã seguinte, ao primeiro raio de luz. Continuaram a cavalgar, passando por aldeias e campos de cultivo. Por duas vezes encontraram gregos levando carroças na direção das aldeias que deixavam para trás, carregadas com mercadorias para a feira.

No final da tarde chegaram à barca que atravessava o Danúbio. Ali, em apenas um dos muitos cursos do delta, o rio era largo como um lago. O barqueiro tinha uma pequena fazenda e teve de ser chamado para o trabalho. Gastaram uma hora descarregando os animais e embarcando, e em seguida partiram, o barqueiro e seus escravos remando e os cavalos nadando junto à embarcação. Era uma operação difícil e complexa, mas Kineas e seus veteranos já tinham atravessado muitos rios e estavam preparados, chegando à outra margem sem perder bagagens nem animais.

Ao aportarem do outro lado, o mastro da barca fazia uma sombra alongada. Niceas dirigiu o descarregamento e Kineas, livre da preocupação da travessia, ficou observando, sentado sob um carvalho solitário. O barqueiro não ajudou no trabalho de descarga, mas estimulou seus escravos a ajudar.

Átelo não tocou na bagagem tampouco fez menção de beber. Tirou da água a égua molhada, enxugou-a e montou. Ficou sentado na sela, como um centauro imóvel.

O barqueiro falava bem o grego, e Kineas o chamou.

— Pode me falar sobre os próximos dois dias de viagem?

O homem deu uma risada seca.

— Vocês acabam de deixar a civilização, se é que se pode dizer que o Aegyssus é civilizado. Na margem norte só há vocês, os *dacae*, os getas e os bastarnas. Aquele rapaz que está com vocês, Crax, é geta. Vai fugir esta noite, lembre-se do que digo, e se puder cortará sua garganta. Os getas quererão pegar seus cavalos. Se continuarem seguindo a base daquelas colinas lá adiante, evitando os pântanos, chegarão a Antífilo em quatro ou cinco dias. Daqui até lá não há fazendas nem casas.

Kineas voltou-se para observar Crax. O rapaz trabalhava com empenho, sob as ordens de Antígono, o gaulês. Ambos riam. Kineas sacudiu a cabeça.

— Obrigado pelas informações.

— Vocês são poucos. Amanhã os getas já estarão empalhando suas cabeças.

— Duvido. Mas agradeço por sua preocupação.

O barqueiro encolheu os ombros.

— Posso levá-los de volta. Naturalmente cobrarei por isso, mas poderão esperar em minha casa até que chegue outro grupo.

Kineas bocejou. Não estava fingindo; achava aborrecida a tática de amedrontamento do barqueiro. Na verdade, já tinha ouvido aquilo antes.

— Não, obrigado.

— Como quiser.

Antes que o sol se pusesse completamente o barqueiro e seus homens já tinham desaparecido. Estavam sozinhos na margem norte. Kineas chamou Niceas.

— Vamos acampar aqui. Organize sentinelas, prenda os cavalos e ponha peias neles. E vigie Crax. O barqueiro disse que ele tentará fugir esta noite.

Niceas olhou para o rapaz e encolheu os ombros.

— Que mais ele disse?

— Que os getas vão nos matar.

— Provavelmente, não — disse Niceas, filosoficamente, mas tocou o amuleto com a mão. — Quem são os getas?

— O povo de Crax. Cavaleiros trácios. — Kineas olhou o horizonte, protegendo a vista com a mão. Fez um sinal para Átelo, que se aproximou a cavalo. — Vamos acampar aqui. Vá com Antígono e Laertes fazer um reconhecimento. Depois, voltem. Está bem?

— Bom — disse Átelo, acariciando o flanco da égua. — Ela quer correr. Eu também. — Esperou que Antígono montasse. Laertes, o melhor batedor da companhia, já estava de pé, e os três partiram pela planície, rumo a noroeste em relação ao horizonte.

Os outros homens fizeram duas fogueiras e colocaram um caldeirão sobre uma delas. Com grama catada em volta, prepararam camas. Discutiram sobre se deveriam levantar duas tendas e Niceas os compeliu a fazê-lo, com sua voz áspera e palavrões criativos animando-os ao trabalho. Kineas não participou da atividade; a não ser em caso extremo ele agia como oficial e simplesmente os observava. Niceas dava a maior parte das ordens, resolvia as disputas e organizava os quartos de vigia. Os três cavaleiros regressaram logo antes que escurecesse completamente e relataram ter visto rastros de cavalos em todas as direções, porém nenhuma ameaça imediata.

É tão fácil esquecer. Quando não estava em campanha, Kineas em geral recordava os bons tempos e o perigo. Nunca se lembrava do incômodo peso das decisões triviais e suas consequências mortais. Por exemplo: dobrar a guarda, multiplicando as possibilidades de impedir um ataque, com a consequente fadiga para todos no dia seguinte. Ou então manter a vigilância normal sabendo que qualquer dos homens poderia adormecer e somente perceberia o ataque ao ouvir o tropel dos cavalos e sentir uma lança enterrar-se na barriga.

Utilizou uma solução mista, o que sempre significava perigo, ordenando dobrar o último quarto, com ele próprio fazendo parte. Em seguida chamou Crax e mandou que arrumasse seus cobertores junto aos dele, colocou Antígono do outro lado e esqueceu-se do assunto. Comeram rapidamente, organizaram os quartos de vigia e relaxaram, pois a campanha ainda estava muito no início para que dormissem automaticamente. Em vez disso, ficaram sentados, com as últimas ânforas de vinho de Tomis, contando histórias de suas próprias façanhas, recordando e rindo. Ajax ficou de guarda, silencioso e urbano, com os olhos arregalados como se estivesse em companhia de Jasão e os argonautas.

Ágis recitou versos do Poeta:

"'Vamos, muda agora de tema, e fala-nos da construção do cavalo de madeira, feito por Épelo com a ajuda de Atena, o cavalo que antes Ulisses levou à cidadela como ardil, depois de havê-lo enchido com os homens que saquearam Troia. Se me contares essa história corretamente, declararei a toda a humanidade que o deus te prodigou de bom grado a dádiva da música.' Assim falou ele, e o menestrel, animado pelo deus, começou a cantar, fazendo ouvir sua canção, iniciando a história no ponto em que os argivos haviam embarcado em seus navios e zarpado, após incendiar suas cabanas, enquanto os demais, chefiados pelo glorioso Ulisses, já estavam na praça principal dos troianos, ocultos no cavalo, que os próprios troianos haviam rebocado para o interior da cidadela. Ali ficou o cavalo, enquanto o povo discutia à sua volta, sem chegar a um acordo. Mas pelo menos três sugestões lhes agradaram: ou perfurar impiedosamente a madeira oca com lanças de bronze, ou rebocar o cavalo até um lugar alto e deixá-lo cair sobre os rochedos ou mantê-lo ali como grande oferenda para homenagear os deuses, ainda que tudo estivesse consumado, pois seu destino era perecer quando o grande cavalo de madeira entrasse na cidade, já que em seu interior estavam os melhores guerreiros argivos, que trariam a morte aos troianos. E cantou a forma pela qual os filhos dos aqueus desceram do cavalo, saindo de seu esconderijo oco, e saquearam a cidade. Cantou as várias maneiras com que despojaram a orgulhosa cidade, e narrou como Ulisses se dirigiu, como Ares, para a casa de Deifobo junto com o divino Menelau. Ali, contou ele, Ulisses travou a mais terrível luta e, no fim, foi vitorioso com o auxílio da generosa Atena."

Todos aplaudiram a declamação, como sempre faziam os veteranos, fazendo gracejos ao comparar o ruivo Diodoro com o astuto Ulisses. O primeiro quarto de vigia terminou antes que qualquer deles tivesse se deitado nos cobertores, com exceção de Fílocles, que praticamente caiu da sela para a cama.

Kineas encontrou Ajax quando este se enrolava em seu manto.

— Você vai precisar disto — disse, entregando-lhe uma espada.

Ajax tomou-a, sopesou-a e tratou de olhá-la.

— Durma com ela sob a cabeça ou segurando-a na mão — disse Kineas. Sorriu, invisível no escuro. — Daqui a algumas noites, já estará acostumado.

Kineas dormiu tão logo se deitou. Sentia-se em casa. Sonhou com Ártemis, um sonho nem muito longo nem muito preciso; sem dúvida não era um dos que Afrodite manda aos homens, mas mesmo assim foi agradável. Acordou na mudança da guarda, inteiramente desperto logo que abriu os olhos, mas em seguida acalmou-se, lembrando-se do sonho e imaginando que alguma coisa dela pudesse ter ficado no manto. Sorriu e adormeceu novamente, acordando ao sentir uma coisa pesada que caía sobre suas pernas. Lembrou-se de um ruído forte e já tinha a espada desembainhada nas mãos ao erguer-se, ainda não inteiramente desperto.

Antígono murmurou-lhe ao ouvido.

— Não foi nada, Kineas, nada. Seu jovem escravo tentou fugir e eu o derrubei. Está desacordado e vai sentir dores amanhã.

O peso que tinha caído a seus pés era Crax, agora profundamente inconsciente. Os demais tinham acordado, e o empurraram do lugar onde havia caído, levando-o até seu próprio cobertor.

— Para onde ele ia?

— Não esperei para ver. Quando o vi levantar-se, derrubei-o com o cabo de minha arma.

Kineas franziu a testa.

— Espero que não tenha morrido. Acorde-me para o próximo turno de vigia.

— Não se preocupe. Pode ficar com a rósea madrugada toda para você.

Kineas dormiu pensando que Antígono, que não sabia ler nem escrever, provavelmente nem sequer lera a *Ilíada*. Ao ser acordado pela terceira vez, lavou o rosto e as mãos. Durante a noite suas mãos costumavam inchar e as articulações lhe doíam quando acordava; despertar parecia-lhe mais difícil a cada dia. As campanhas militares nos fazem envelhecer muito rapidamente.

Tomou a pesada lança das mãos de Antígono. Ajax também estava de pé — Kineas havia decretado que o turno de vigia da madrugada seria feito por dois homens, e Niceas o escalara junto com o menos experiente e mais descartável — sempre as decisões.

— Antes de ir dormir, dê uma lança a ele — disse Kineas a Antígono, que procurou entre os apetrechos e trouxe o que o chefe pedia, entregando-a a Ajax, que parecia muito compenetrado à luz acinzentada da madrugada, como se estivesse vestido de maneira equivocada para uma festa. Sua aparência era também absurdamente jovem; belo e repousado. As juntas dele não devem inchar, pensou Kineas.

Antígono perscrutou na direção norte.

— Ouvi alguma coisa a distância, podia ser um lobo atacando um veado, mas o movimento era pesado. Foi há uma hora — prosseguiu, indicando com um gesto o vulto indistinto de uma árvore. — Não tropece no nosso bárbaro. Ele está dormindo junto com a égua.

Kineas assentiu e indicou ao companheiro o lugar em que dormira. Estava suficientemente claro para que fosse possível entrar sorrateiramente na tenda sem acordar os demais, e antes que tivesse podido percorrer o perímetro do pequeno acampamento, Antígono já estava roncando. Ajax o seguia, visivelmente sem saber o que fazer.

Kineas deu outra volta com ele, mostrando-lhe as duas ligeiras elevações do terreno, que dariam ao sentinela um campo maior de visão, parou sorrindo ao ver Átelo adormecido com as rédeas da montaria na mão, pronto para entrar imediatamente em ação. Em seguida, instruiu Ajax para atiçar as fogueiras.

— Depois de fazer isso, trate de lavar os cavalos.

Pela primeira vez Ajax olhou para Kineas com ar de aborrecimento.

— Limpar cavalos? Vou chamar meu escravo.

Kineas sacudiu negativamente a cabeça.

— Alimente as fogueiras e depois lave os cavalos. Faça você mesmo, e com capricho. Em seguida você e eu vamos sair a cavalo, antes de acordar os demais. E escute, Ajax, não pense que pode discutir ordens.

Ajax baixou a cabeça, mas disse:

— Outros fazem isso.

Kineas riu, batendo-lhe nas costas.

— Depois que você tiver matado uma dúzia de homens e ficado de sentinela durante mil noites, poderá discutir comigo.

Kineas gostava do serviço de vigia e ficou de pé sob a árvore, imóvel, observando o horizonte cinzento a noroeste. Ouviu o canto dos pássaros que despertavam, viu uma lebre passar correndo por entre a grama rala do ancoradouro da barca e depois um falcão que circulava sobre o estuário do Danúbio. Sentiu que estavam seguros; em um lugar deserto, em geral, é fácil perceber a aproximação do inimigo.

Durante uma hora, observou Ajax trazendo os cavalos um a um e lavando-os para em seguida peiá-los novamente. O rapaz trabalhava diligentemente, embora mostrasse uma postura rebelde que Kineas não vira antes. Olhou os cascos, esfregou palha em cada animal, examinou os olhos e as bocas. Sabia o que tinha de fazer. Kineas voltou a contemplar o horizonte e surpreendeu-se ao ver que Ajax se aproximava, trazendo dois cavalos. O tempo correra depressa. Sentia as mãos outra vez normais, a tensão no pescoço diminuíra e ele estava pronto para uma cavalgada.

— Vamos fazer uma patrulha. Mande os escravos começarem a preparar a comida. Daqui a uma hora partiremos todos.

Niceas ocultou um grande bocejo com a mão.

— Já estou pronto.

Kineas puxou as rédeas e saiu, com Ajax a seu lado. Seguiram diretamente para o norte, acompanhando o rio, mantendo-se em terras baixas quando possível e a cada passo mostrando a Ajax o que fazia — evitando que o sol nascente revelasse sua silhueta e a do cavalo, usando a vegetação ao longo do rio como disfarce, parando bruscamente quando era preciso atravessar uma elevação do terreno. Prosseguiram acompanhando a margem e em seguida Kineas se voltou para o interior, quase no sentido norte, até chegarem a uma pequena colina que ele vira durante a vigília. Já estavam a quase um estádio de distância do acampamento, e ele escorregou para o chão, entregou as rédeas a Ajax e arrastou-se com as mãos e joelhos até a parte mais alta. Estava se exibindo para o rapaz, mas com boa intenção; queria mostrar-lhe como devia ser feita uma patrulha de madrugada.

Daquele ponto, sua vista dominava uma vasta área, completamente deserta. Naturalmente, qualquer acidente do terreno poderia esconder uma horda de citas, mas Kineas sabia por experiência como era difícil manter homens e animais em emboscada sem mover-se nem levantar poeira. Voltou deslizando até onde estava Ajax.

— Ponha a peia em seu cavalo e fique de guarda até que eu volte aqui. Vou mandar seu escravo trazer comida para você. Se vir algum movimento, corra como se estivesse sendo perseguido pelas Fúrias.

Ajax assentiu com a cabeça, muito sério.

— Estou... correndo risco?

— Claro que não. É isso o que fazemos nas patrulhas da madrugada. Eu tenho o que fazer, e você já cumpriu suas tarefas. Assim, pode descansar aqui, vendo o horizonte inteiro e esperando que os homens façam a refeição matinal. Falaria o mesmo se eu tivesse trazido Diodoro.

Ajax sorriu amplamente.

— Ótimo, Está bem. Ficarei de vigia.

Kineas voltou a cavalo para o acampamento por um caminho diferente, sempre mantendo a silhueta oculta a possíveis observadores. Tomou um prato de sopa requentada da noite anterior, limpou a própria montaria e deixou-a junto com os outros animais, escolhendo um cavalo menor e mais leve para as tarefas do dia. Mandou que Diodoro, Líqueles e Graco se preparassem para a caçada.

Crax cuidava das bestas de carga, sob os olhos vigilantes de Niceas. Não parecia ter-se importado com sua desventura, mas quando Kineas verificou a bagagem, viu que todas as cintas que o rapaz amarrara estavam frouxas ou sabotadas. Chamou-o com um gesto e derrubou-o com um único soco.

— Não gosto de bater em escravos — disse ele, com voz calma. Fez uma pausa para lamber o sangue de um corte numa das falanges. — Você tentou fugir ontem à noite. Muito bem. Se eu fosse escravo, também fugiria para minha terra. Mas depois você mexeu na bagagem para que ela caísse, o que significou mais trabalho e atraso para nós. Fez mal das duas vezes. Se tentar fazer alguma coisa assim outra vez, eu simplesmente o matarei, você não me custou nem um óbolo de cobre e eu não preciso de escravo. Compreendeu?

O rapaz parecia atordoado e provavelmente estava, depois dos dois golpes que levara.

— Mas preciso de mais cavalarianos. Mostre-me que é capaz de fazer esse serviço e aguentar o tranco e eu farei de você ordenança em Olbia e o libertarei na *gamelia.*[8] Ou então, você morrerá. Detesto desperdiçar mão de obra, mas não gosto de nós mal atados.

Kineas voltou-se e subiu com dificuldade para o lombo do cavalo mais leve. Não teve vontade de saltar para a sela, e a falange ferida queimava como fogo.

Mandou Átelo buscar Ajax e em seguida partiram, atravessando as planícies dos getas.

Avançaram bem após a partida, mas Crax continuou meio tonto e teve de ser amarrado ao cavalo. Na altura do meio-dia já tinham deixado para trás os alagadiços a leste e passavam por uma ampla planície de grama alta dominada por uma fileira de colinas pedregosas e baixas a oeste. O vento fazia ondear as pontas dos talos de grama. Aquele mar verde continuava interminavelmente, cobrindo elevações e colinas baixas até onde a vista podia alcançar no horizonte. Era um terreno feito pelos deuses para os cavalos, e Kineas parou no topo da primeira elevação, protegendo os olhos com a mão para ver o sol subir.

[8] Festival grego em honra do casamento entre Hera e Zeus. (*N. do T.*)

A magnífica vista os fez ficar em silêncio, e em seguida Átelo desmontou, ajoelhou-se e beijou o solo, antes de soltar um grito agudo que se perdeu na vastidão do céu.

— Alguém encontrou sua terra — disse Coeno, com um sorriso sarcástico.

Toparam com rastros, e Átelo foi a cavalo até a base das colinas, voltando com uma flecha preta e pesada, que entregou a Kineas sem comentários.

— Getas? — perguntou Kineas.

Átelo encolheu expressivamente os ombros e seguiu adiante.

No início da tarde espantaram uma pequena manada de veados em uma garganta profunda cortada por um riacho. Os três caçadores os perseguiram, separaram um cervo grande e o derrubaram com lanças. Era um prazer observá-los, e o lado aristocrático de Kineas admirou o profissionalismo dos cavalarianos em dominar a técnica da caça montada de uma forma que poucos aristocratas veriam. Prosseguiu a marcha, pensando em Xenofonte, cujas obras sobre cavalos e caça havia lido na juventude. Coeno, homem instruído que às vezes se sentia deslocado em companhia de mercenários, adorava Xenofonte e era capaz de citar longos trechos de seus livros. Vendo regressarem os caçadores, aproximou-se de Kineas e disse, apontando com o dedo: "Portanto digo aos jovens que não desprezem a caçada nem outra instrução, porque são esses os meios pelos quais os homens se tornam peritos na guerra e em todas as coisas das quais deve derivar a excelência nos pensamentos, palavras e atos."

Por algum motivo aquilo fez Kineas recordar-se de que ainda tinha consigo o rolo de pergaminho do quarto livro de Heródoto, e isso o afligiu, porque não podia imaginar que tivesse tempo de ler e detestava a ideia de que o pergaminho ficasse encharcado e ilegível.

Fílocles aproximou-se, colocando-se ao lado dele.

— Este lugar é sagrado, ou posso cavalgar a seu lado?

Kineas ficou repentinamente atento.

— Como, sagrado? — perguntou.

— Somente Niceas anda junto com você, e Átelo, imagino, e Coeno quando precisa de plateia para sua erudição. Mas estou cansado, minhas coxas doem e um pouco de conversa amena poderia fazer-me percorrer mais alguns estádios.

Kineas olhava por cima da cabeça do espartano.

— Se quer conversa amena, acho que veio ao lugar errado. Niceas! — bradou, erguendo a mão. — Alto! Preparar montarias de ataque e armaduras, já!

A disciplinada coluna se desfez. Os soldados mais antigos foram os mais rápidos; Niceas já tinha vestido a armadura e montado o melhor animal de ataque, enquanto Ajax ainda procurava em um cesto a espada que lhe tinha sido emprestada. Filocles, que não possuía armadura, ficou sentado na sela observando Kineas vestir-se.

— Que foi que você viu? — perguntou ele.

— Átelo. Está vindo em nossa direção a galope, gritando e virando a cabeça para trás. É um bom truque, para quem sabe. Não... mais longe. Olhe para o vale.

Kineas afivelou a placa peitoral e a dorsal, fechou o elmo com as partes dobráveis que protegiam o rosto e procurou controlar o cavalo de ataque, que estava nervoso.

Passou-se mais um minuto enquanto os homens colocavam os elmos e lutavam para ajustar as correias e fivelas. Niceas distribuiu lanças. Kineas finalmente conseguiu montar, um tanto envergonhado por parecer um recruta novato diante de seus homens. A grama naquele lugar crescia em moitas espessas formando pequenos montes, o que tornava quase impossível caminhar e ainda mais difícil montar. Por outro lado, os cavalos se movimentavam com facilidade por entre a vegetação. Vista de longe, a planície, com suas colinas baixas, se estendia até as montanhas mais distantes, como um tecido verde ondulado, sem mostrar o terreno traiçoeiro sob a grama luxuriante.

Átelo estava na altura de uma das elevações próximas, e Kineas viu os cavaleiros que o perseguiam a poucos estádios de distância. Eram homens de baixa estatura, montados em cavalos pequenos. Alguns tinham arcos, a maioria, lanças, e nenhum vestia armadura. Eram numerosos. Enquanto era observado, Átelo mudou de direção, afastando-se do grupo de Kineas e tomando o rumo norte, fora do alcance das flechas.

— Diodoro! Leve... leve Ajax e dê apoio ao cita. Aproxime-se do flanco deles e ataque, se não derem atenção a você. Os demais, ponham-se joelho contra joelho. Agora! Façam duas fileiras e avancem!

Eram dez guerreiros, pouquíssimos, mas tinham algumas vantagens e o cita atraíra os getas para perto. Kineas acreditava poder atacá-los e dispersá-los, obrigando-os a uma luta corpo a corpo na qual os pesados animais militares, alimentados com cereais, sobrepujariam os potros dos inimigos.

— Venham junto comigo, a trote.

Os getas continuavam a avançar. Àquela distância poderiam começar a ver as armaduras, mas seria difícil avaliar o porte dos cavalos.

— Atacar! — Kineas sustinha o cavalo, pronto para suportar o impulso das poderosas patas traseiras. Confiava em que o animal saberia galopar por sobre as moitas; se estivesse equivocado, todos morreriam rapidamente. — Ártemis! — gritou ele, e os veteranos ecoaram: "*Ártemis, Ártemis!*" Era uma pálida sombra do brado que trezentos deles haviam emitido, mas foi suficientemente alto.

A carga inicial ia dar certo. Kineas já sentia em seus testículos, vendo o ato seguinte da peça com tanta nitidez como se tivesse sido escrito por ele próprio. Ergueu-se ligeiramente na sela, apertando os flancos do cavalo com os joelhos, e atirou a lança mais leve no tórax de um getas. O seguinte fez o potro girar sobre as patas traseiras, puxando violentamente as rédeas, mas foi lento demais, e a montaria de Kineas atropelou o cavalinho sem mudar de passo. Um rapazinho, valente, ou talvez simplesmente paralisado, o esperava sentado no animal com o arco retesado. Kineas abaixou a cabeça, para que a flecha batesse no topo do elmo, e curvou-se para a frente com a lança pesada. O rapaz soltou um grito, um som estranho, mesmo no fragor da batalha.

A seta errou o alvo — só os deuses saberiam onde fora parar. Kineas passou a lança para a outra mão e rodou-a como um bastão, arrancando o rapaz da sela. Tão logo assestado o golpe, mudou novamente a empunhadura e virou a cabeça. Puxou as rédeas, usando a mão que as segurava para ajustar novamente o elmo a fim de poder enxergar e olhou para um lado e para o outro, procurando companheiros e inimigos.

Niceas estava junto a ele, murmurando uma litania de orações a Atena, com a lança virada ao contrário e mantendo-a firme, gotejando sangue. Antígono estava do outro lado, com a grande espada desembainhada. O cavalo dava trabalho, saltando e tropeçando. Cheiro de sangue. Cavalo novo. Kineas não precisava pensar nesses detalhes, simplesmente os adivinhava, assim como percebia mentalmente o desenrolar da luta.

Viu Coeno e Ágis juntos, a pouca distância. Coeno acabara de liquidar um homem na grama. Tinha uma longa marca vermelha na coxa direita. Nenhum dos demais parecia ter-se ferido.

Com os joelhos, Kineas fez o cavalo girar num círculo fechado. Um de seus soldados estava caído — faltava um. Em volta de si havia getas mortos ou moribundos na grama, e vários já iam fugindo pela encosta das colinas. Enquanto observava, uma flechada de Átelo atingiu um deles nas costas. O homem caiu lentamente, perdendo o equilíbrio e finalmente desabando no chão. O cavalo parou e começou a pastar. O outro geta continuou a correr. Ágis tentou lançar a lança mesmo cavalgando, errou o alvo e gritou um palavrão. Neste momento os getas sobreviventes desapareceram atrás de uma elevação. A luta chegara ao fim.

Pouquíssimo tempo tinha se passado desde que Kineas vira o cita voltando. Um piscar de olhos. Kineas tinha machucado as costas e sentia a dor de um músculo estirado no ombro. Parecia ter puxado um arado num campo durante um dia inteiro. Voltou-se para Niceas.

— Alguém se feriu?

Niceas balançou a cabeça coberta com o elmo.

— Vou verificar, senhor — disse, afastando-se a cavalo.

Poucos instantes depois voltou para junto de Kineas, curvado como um ancião.

— Graco — disse. Virou o rosto, com a mão no amuleto, e depois olhou para Kineas. — Levou uma flechada no meio da garganta logo que saiu galopando. Está morto. — Kineas sabia que Niceas e Graco tinham sido amigos, e às vezes mais do que amigos. — Que pena. Esses bárbaros idiotas. Devemos ter matado uns dez.

— Mais de dez, e três prisioneiros, inclusive o menino que você derrubou. Quer ficar com ele?

Kineas assentiu.

— Foi por isso que não o matei. Ele e Crax podem conspirar às escondidas.

Niceas concordou, gravemente.

— Os outros dois estão feridos.

Kineas ouvia alguém gemendo dolorosamente, alternando com um forte ronco de angústia. Voltou até o primeiro homem que derrubara, com um golpe mortal; a lança tinha penetrado no peito e provavelmente atingira o coração. Puxou o cabo com certa hesitação, mas o dardo não se moveu. Ele prosseguiu, evitando as moitas de grama, até chegar aos feridos. O que estava gemendo tinha o ventre perfurado por uma lança, na altura dos intestinos. Ainda poderia resistir muito tempo, mas teria uma morte horrível. Uma das mãos do outro fora decepada pela espada de alguém. Estava sangrando, com o rosto sem expressão. Procurava estancar o sangue com a outra mão, mas não tinha forças suficientes. A dor o fizera sujar as calças.

Era igual ao final de todas as batalhas. A guerra em todo o seu esplendor. Kineas foi até o homem que gemia e enterrou a lança pesada no rosto dele. Enterrou e torceu. O homem caiu de bruços, instantaneamente silencioso. O outro voltou-se e olhou-o. Ergueu as sobrancelhas, como se estivesse surpreso.

— Faça o que tem de fazer — disse, em um grego estropiado e gutural.

Kineas louvou-lhe a coragem e orou para ser igualmente bravo quando chegasse sua vez. Enterrou a lança e torceu. O homem morreu tão depressa quanto o primeiro.

— Graco poderá usá-los para remar o barco. Pobres miseráveis. Niceas, ponha os escravos para trabalhar. Precisamos recuperar todas as lanças: a minha está profundamente enfiada naquele filho da mãe ali. Mais alguém ficou ferido? — Olhou em volta e completou: — Ponham Graco no cavalo.

Ajax o olhava com aversão, segurando um dos braços.

Kineas apontou para ele.

— Ajax, deixe-me ver seu braço.

Ajax sacudiu negativamente a cabeça, mas os cantos dos lábios estavam brancos.

— Antígono, faça Ajax descer do cavalo e cuide do braço dele. Ajax, a guerra é assim. Nada mais do que isso, meu rapaz. Os homens se matando, e em geral os mais fortes matam os mais fracos. É assim. O restante de vocês, desmontem, menos Líqueles e Átelo. Você e o cita, juntem os animais.

Líqueles era um dos melhores cavaleiros e os animais o adoravam. Saiu cavalgando. O cita já estava na planície, usando a espada curta para cortar os cabelos dos homens que matara. Era uma cena macabra de barbarismo, e Kineas apenas o olhou de soslaio.

Manteve-se montado, vestido com a armadura. Foi de um guerreiro a outro, dizendo alguma coisa, um gracejo ou um palavrão. Certificava-se de que não estivessem feridos. O espírito divino que dominava os homens em batalha poderia privá-los da capacidade de sentir dor. Kineas tinha visto homens aguerridos caírem mortos depois de uma escaramuça com poças de sangue a sua volta sem sequer terem percebido que estavam feridos. Os cavalos também podiam comportar-se desse modo, como se ficassem tocados pelo *daimon* da guerra.

O ferimento de Coeno era leve, mas Kineas mandou que Niceas cuidasse dele enquanto ele próprio tratava de Ajax. Depois de verificar como estavam os demais, foi a cavalo até a elevação mais próxima, observando as colinas a distância. Já vinham chegando abutres para o festival de Ares. O cheiro de sangue e excremento se erguia acima do aroma da grama ensolarada, empesteando o ar. Os ombros de Kineas descaíram e suas mãos estremeceram durante algum tempo. Mas os getas não voltaram e logo ele se controlou. Os cavalos dos inimigos foram reunidos; as poucas feridas, tratadas com mel, e a coluna partiu novamente pelo mar de grama.

Acamparam cedo porque os homens estavam cansados. Encontraram um riacho onde havia um grupo de árvores antigas na margem, com galhos secos o suficiente para uma fogueira. Kineas ficou satisfeito ao ver Crax trabalhando. Movimentava-se lentamente, mas trabalhava. O outro rapaz geta ainda estava zonzo. O escravo de Ajax cozinhava um guisado de carne de cervo, com centeio das provisões. Os homens tinham fome, e depois de comer ficaram sentados em silêncio.

Niceas não falou a não ser para perguntar sobre como enterrar o amigo, mas Kineas sacudiu a cabeça.

— Amanhã chegaremos a uma cidade — disse. — Faremos uma pira para ele.

Niceas assentiu lentamente com a cabeça e foi servir-se novamente do guisado. Ajax evitava Kineas, colocando-se do lado oposto da fogueira. Fílocles, que não participara da batalha, foi sentar-se no chão perto do chefe, com o prato de comida nas mãos. O espartano indicou Ajax com o queixo.

— Está chocado — disse. — Você deveria falar com ele.

— Não. Ele me viu matar os prisioneiros. Acha... — Kineas fez uma pausa, procurando as palavras. *Também estou chocado.*

— Ora, ele precisa crescer. Converse com ele, ou mande-o de volta — disse Fílocles, enchendo a boca de comida e colocando no prato um pedaço de pão de campanha, para amolecê-lo.

— Talvez amanhã.

— Como quiser. Mas eu falaria hoje. Lembra-se de sua primeira batalha?

— Lembro. — Kineas lembrava-se de todas.

— Matou alguém?

— Não — disse Kineas rindo, porque sua primeira batalha tinha sido um desastre; ele e todos os outros *hippeis* atenienses tinham se afastado sem banhar as armas em sangue, e se envergonhavam disso. Os hoplitas desprezavam os *hippeis* porque estes podiam cavalgar para longe da luta.

Fílocles inclinou novamente o queixo na direção do rapaz, enquanto comia.

— Foi ele quem cortou a mão daquele homem. Um único golpe. Mas o pobre miserável ficou vivo e você teve de matá-lo. Veja, é muita coisa para a cabeça de um menino. — Deu uma mordida no pão e mastigou-o. Um pouco ficou preso na barba.

— Você é uma porra de um filósofo, espartano. Fale você com ele.

Fílocles balançou algumas vezes a cabeça, em silêncio. Mordeu novamente o pão e limpou a barba com os dedos, olhando para Kineas enquanto mastigava. Kineas sustentou o olhar, irritado por ser cobrado, porém não realmente zangado.

Fílocles continuou a mastigar e engoliu.

— Você não é tão durão quanto quer parecer, não é?

Kineas sacudiu a cabeça.

— Ele é um bom rapaz. Você quer que eu vá dizer a ele o que todos em volta desta fogueira já sabem. É isso? Só que, uma vez que ele fique sabendo, já não será mais um bom rapaz, não é verdade?

Fílocles rolou na grama, deitando-se de bruços e olhando o fogo, ou talvez o conteúdo do prato.

— Depende do que disser a ele. Eu diria em termos que ele possa compreender. Honra, virtude. Por que não?

— Isso em Esparta é realmente considerado honra e virtude? Matar prisioneiros porque daria muito trabalho deixá-los vivos?

— Se ter dado cabo daqueles dois está corroendo você, por que o fez? Eu não estava muito perto, mas pareceu-me que eles queriam um fim rápido. — Fílocles tomou um pouco da sopa e prosseguiu: — Ares e Afrodite, Kineas. O rapaz não está sofrendo porque você liquidou aqueles dois. Isso é o que ele diz a si mesmo. Sofre porque acha que é responsável. Foi ele quem agiu: decepou a mão daquele homem, lutou: para todos os efeitos, foi ele quem matou. De quantas batalhas você já participou?

— Vinte. Ou cinquenta. Mais do que o suficiente — disse Kineas, encolhendo os ombros. — Mas entendo aonde você quer chegar. Muito bem, filósofo. Já tenho idade bastante para nem sequer pensar nos homens que mato, mas mesmo assim ainda sinto, e portanto o rapaz sentirá muito mais e porá a culpa em mim. Por que não? Eu posso suportar que ele me culpe.

— É isso que você acha? Hoje de manhã ele adorava você. — O espartano voltou-se para olhar Kineas. — Creio que ambos se sentiriam melhor se você falasse com ele. Ficarão mais satisfeitos e mais experientes. E com isso ele será um homem melhor.

Kineas concordou com a cabeça, lentamente.

— Por que você se juntou a nós?

Fílocles sorriu amplamente.

— Já não há muitos lugares aonde eu possa ir em que se fale grego.

— Maridos raivosos? — Kineas sorriu, levantando-se. Era melhor acabar logo com aquilo.

— Acho que faço perguntas demais — disse Fílocles, devolvendo o sorriso.

— Honra e virtude... — começou Kineas, olhando para Ajax do outro lado da fogueira.

— Confesse, Kineas. Você ainda acredita em ambas as coisas. Deseja fazer o bem. Luta pela virtude. Vá dizer isso ao rapaz. — Fílocles fez sinal para que ele se afastasse. — Vá. Enquanto isso, vou comer o seu guisado.

Kineas tirou seu prato das mãos de Fílocles e voltou a servir-se ao passar pelo caldeirão. Segundo a tradição, o comandante é o último a servir-se, mas todos já tinham comido, até mesmo os escravos. Kineas raspou o caldeirão de bronze com o prato de madeira. Enquanto se servia, Antígono surgiu e encheu seu próprio prato. — Boa colheita, tratando-se de bárbaros. Doze cavalos, um pouco de ouro e prata, algumas armas em bom estado.

— Depois do jantar farei a partilha.

Antígono concordou.

— Isso fará com que os homens se sintam melhor.

Diodoro, que ouvia a conversa, assentiu com a cabeça.

— Graco passou tantos anos com o menino-rei e acabou morrendo, em uma planície, numa luta com uma quadrilha de bárbaros idiotas. É difícil de engolir.

Kineas concordou.

— Vou me lembrar disso. — Afastou-se e foi sentar-se junto de Ajax. O movimento foi tão rápido que o rapaz não teve tempo de fugir. Já estava se levantando, mas Kineas o reteve com um gesto. — Fique onde está. Como vai o braço?

— Bem.

— O corte foi grande. Está ardendo?

— Não.

— Claro que está. Mas se o conservar coberto de mel e não enlouquecer com as moscas, vai ficar bom em uma semana. Mais duas semanas e a dor terá passado. A essa altura, já terá esquecido a cara dele.

Ajax respirou fundo.

— Lamento tê-lo matado sem perguntar a você. Talvez você preferisse deixá-lo vivo. Mas era um homem da minha idade, e nunca tinha sido escravo. E ficaria sem uma das mãos, como um criminoso. Não poderia viver como escravo, sendo aleijado.

— E isso é correto? — perguntou Ajax, com voz tranquila, até mesmo leviana, como se o assunto não fosse importante.

— Correto? Eles nos atacaram, Ajax. Nós estávamos atravessando esta terra na planície, longe das colinas onde eles habitam. Vieram nos matar e pegar nossos cavalos. Da próxima vez, podemos ser os invasores, avançando até as palhoças deles nas montanhas e incendiando as aldeias. Isso é o que os soldados fazem. É um outro tipo de direito; o direito da força, de uma pólis contra outra, confiando em que os homens que optaram pela guerra tinham seus motivos e você cumpre seu dever. O nosso era um direito mais simples: o direito de resistir à agressão. É como matar um ladrão.

— Você matou os dois. E depois disse... disse que era assim mesmo, que os fortes matam os fracos. — A voz do rapaz ficara menos firme.

— Vou lhe dizer a verdade. É uma verdade ruim, mas se você for capaz de aguentá-la, talvez possa vir a ser um soldado. Está pronto?

— Experimente.

— Eu sou o comandante, não é isso?

— É.

— O comando significa fazer o que é mais difícil. Matar homens desarmados é um serviço sujo. Mas em geral, quem o executa sou eu, para que os outros não precisem fazê-lo.

Ajax ficou encarando o fogo por algum tempo.

— O senhor fala como se isso fosse uma virtude.

— Ainda não acabei.

— Continue, então — disse Ajax, olhando-o.

— Na maioria das vezes, quando a pólis entra em guerra, ou toda a Grécia, ou todo o mundo helênico, considere: todos os homens vão para a guerra?

— Não.

— Todos os guerreiros vão? Todos os homens treinados para a guerra?

Ajax riu, sem alegria.

— Não.

— Não. Alguns vão. Às vezes, mais do que apenas alguns. E a única coisa que torna nobre a profissão deles é o fato de que vão para que outros não precisem ir.

— O senhor é um mercenário! — explodiu Ajax.

— Você já sabia disso antes de juntar-se a nós.

— Sei disso. Por que acha que me sinto tão covarde agora? Eu sabia o que aconteceria aqui e assim mesmo vim, mas agora não consigo suportar.

Lágrimas escorriam pelo rosto de Ajax.

— Eu luto no lugar de outros. E faço isso para meu próprio benefício. É uma vida dura, cheia de homens duros. Não recomendo a você tornar-se um de nós, Ajax. Se quiser voltar, mandarei alguém acompanhá-lo até a barca. Por outro lado, se quiser ficar, terá de resolver por si mesmo se deseja fazer o que fazemos e ao mesmo tempo ser um homem de bem. — Kineas levantou-se, sentindo a idade nos joelhos e nas coxas. — Você não vai gostar do que vem agora. É a parte mais feia, depois da matança. Mas deve observar. — Esfregou o queixo, com a barba por fazer. — Além disso, a divisão do saque faz parte da guerra. E como está na *Ilíada*, não pode ser errada.

Kineas colocou a mão no ombro de Ajax, que não se esquivou. Em seguida afastou-se, deixando o prato com um escravo, lavou as mãos em um odre de couro e ficou junto a Diodoro e ao grupo de cavalos capturados. Crax tinha uma túnica ensanguentada a seus pés, com os objetos valiosos retirados dos cadáveres. Seu rosto não denotava emoção, mas Kineas percebia a tensão em sua postura e em seus ombros, talvez por reconhecer a origem dos broches e prendedores que tinha diante de si.

Kineas não precisou falar para atrair a atenção dos homens. Ergueu a mão, para que o ouvissem:

— Senhores. Como é nosso costume, dividiremos os despojos de nossos inimigos mediante partilha, um de cada vez. Para o bem da companhia, eu ficarei com isto. — Remexeu entre os broches e pegou dois dentre os maiores. Valiam vinte moedas cada e serviriam para alimentar os cavalos durante vários dias em uma cidade. Ninguém fez sinal de protesto, embora fossem sem dúvida os mais valiosos do monte.

Em seguida, apontou para o cita.

— Átelo localizou o grupo armado e nos deu o aviso. Também matou quatro deles. Tem direito à primazia de escolha.

Era pouco comum que um soldado novo, ou um bárbaro, recebesse a primazia de escolha. Houve alguns murmúrios, mas não em tom hostil. Por um lado, não havia muita coisa para dividir, e escolher primeiro não significava montanhas de ouro. Por outro, ao que pareciam dizer os murmúrios, o cita os tinha salvado a todos, ou pelo menos os salvara de um combate mais difícil.

Antígono, também bárbaro, apontou o cita com o punho fechado:

— Primeiro a escolher! — rosnou. Outros repetiram em coro.

Átelo olhou em volta, para certificar-se de que era o eleito. Sorriu de uma orelha à outra e em seguida foi até onde estavam os animais, saltando sobre o lombo do mais alto; uma égua de um cinza-claro e cabeça pequena, com uma parte de sangue persa. Gritou "*eia eia!*" e desmontou, soltando-a da corda.

Kineas não se admirou ao ver o cita escolher um cavalo, e os homens ficaram contentes, porque preferiam dinheiro em forma de prata e moedas. A tradição de atribuir a primeira escolha ao soldado considerado mais merecedor muitas vezes era uma faca de dois gumes, causando ressentimentos com a mesma facilidade com que recompensava as virtudes militares. A escolha de Átelo, no entanto, granjeou-lhe simpatia, mais do que ele já gozava.

O restante da partilha foi estritamente por ordem de idade. Niceas foi o segundo, e, embora ainda estivesse triste por causa de Graco, escolheu cuidadosamente no monte um pesado medalhão de prata com corrente, que valia o soldo de um mês. Embora os getas fossem mal armados, tinham boas joias e levavam moedas. Os demais fizeram suas escolhas pela ordem, e muita coisa ainda restou depois da primeira rodada. Ajax não participou da partilha, mas Fílocles sim, sem que ninguém se queixasse. O espartano já tinha sido aceito.

Kineas permitiu uma nova rodada, de maneira que a maioria arrebanhou uma quantidade de prata que valia pelo menos 12 moedas, e alguns, um pouco mais. Depois desse segundo turno, a maior parte do que ficou na túnica eram objetos de bronze, além de alguns pequenos anéis de prata.

— Escravos — disse Kineas, apontando a túnica. O escravo de Ajax adiantou-se primeiro; tornara-se o chefe dos escravos devido à idade e experiência, e não hesitou em pegar o maior dos anéis de prata, colocando-o no dedo. Em seguida, piscou para Crax.

À luz da fogueira, o rosto de Crax mostrava sinais de lágrimas, como o leito de torrentes na montanha após uma tempestade. Mesmo assim, ele se abaixou e pegou outro anel. Em seguida, as moedas de bronze foram divididas entre eles. Ninguém presenciou essa última divisão porque os soldados já estavam vistoriando os cavalos, discutindo o pequeno porte e reclamando que o cita tinha ficado com o melhor. Enquanto dividiam os cavalos, o sol deslizou para trás das montanhas a oeste.

Átelo se aproximou de Kineas.

— Mim poder olhar? — perguntou, apontando os pesados broches na mão do chefe.

Kineas os entregou. O cita os olhou à última réstia de luz do sol, que coloria o ouro de rubro, parecendo cobre recém-cunhado. Sacudiu a cabeça.

— Meu povo fez — disse. Apontou a égua e a figura equina talhada nos broches. Eram de boa feitura, embora fossem peças de artesanato bárbaro, com as ancas do animal bem-proporcionadas e a cabeça nobre e esguia.

Enquanto Átelo olhava os broches, Kineas voltou duas vezes o olhar para Ajax, mas o rapaz demonstrava somente uma fatigada resignação diante da perversidade da geração mais velha. Átelo devolveu os broches e voltou a admirar seu cavalo. Kineas encolheu os ombros, tomou o manto e enrolou-se nele, no chão. Não pensou em Ártemis, e logo amanheceu.

5

A patrulha do amanhecer não trouxe surpresas. As cintas estavam bem amarradas, a bagagem empacotada e o escravo de Ajax assobiava enquanto limpava o caldeirão. Átelo havia lavado e escovado ambos os cavalos que possuía, até fazer brilhar o pelo. O exemplo fez com que outros o imitassem, e isso agradou Kineas, que gostava de ver seus homens sempre com a melhor das aparências.

Ele se afastou para ter um momento a sós. Ficou observando-os trabalhar, enquanto os últimos fardos eram amarrados nas bestas de carga. Agora havia muitas e levavam cargas mais leves, o que significava que poderiam caminhar mais depressa.

O escravo de Ajax esperava pacientemente junto a ele. Quando Kineas o notou, o homem curvou a cabeça.

— Desculpe, senhor.

Kineas achou que o assobio dele havia ajudado a iniciar a manhã com boa energia e que a partilha com os escravos deveria ter agradado aos deuses.

— Não sei seu nome.

— Arni — disse o escravo, curvando-se novamente.

Kineas repetiu o nome do escravo.

— Que foi, Arni?

— Perdoe-me por perguntar. Queria saber se nós... se vai haver mais batalhas. — Parecia animado. — Eu sei lutar, se o senhor quiser. Posso usar uma espada ou uma faca. Ontem sobraram várias.

Armar escravos era sempre coisa perigosa. No entanto, o problema imediato era a travessia da planície.

— Somente até chegarmos a uma cidade. E Crax?

O escravo sorriu.

— Espere alguns dias. Ele também vai querer.

Kineas assentiu.

— Tenha cuidado para que ele não pegue sua arma e nos mate antes.

Arni sorriu, balançou a cabeça e afastou-se.

Abastados, com os cavalos brilhando e cheios de animais para remonta, partiram cavalgando pela planície.

Três dias de viagem sem imprevistos os levou às fazendas gregas espalhadas em torno de Antífilo. Era um povoado tão pequeno que dificilmente poderia ser considerado uma colônia. Na verdade, era a colônia de uma colônia, que protegia o flanco sul das cidades mais prósperas de Tiras e Nikanou, ambas centros do comércio de trigo com o interior por controlarem o acesso a uma baía tão profunda que parecia um pequeno mar. Kineas nunca havia estado em nenhuma das duas, mas tinha ouvido falar o bastante para ter ideia da região. Suspirou secretamente de alívio quando os cascos de seu cavalo pisaram o cascalho de uma rua grega.

A chegada do grupo causou imediata sensação em Antífilo. Era fácil perceber que raras caravanas atravessavam o mar de grama, pois os habitantes se aglomeravam às portas das casas para ver passar a coluna, os escravos abriam as bocas de espanto e os homens da cidade corriam em busca de suas lanças, juntando-se ao sol na pequena ágora, prontos para repelir a invasão. Ao descobrirem que Kineas não tinha más intenções, trataram de obter deles o máximo de vantagens, pedindo preços elevados pelos cereais — um trigo que era o mais barato do mundo, diretamente na fonte, oferecido a preços de tempos de penúria em Atenas.

Uma rixa em uma taverna modesta chamou a atenção de Kineas. Acenou para Niceas, dizendo:

— Compre um dia de ração para os cavalos. Não aceite nenhum aumento no preço que pagamos quando estamos em campanha. Volto já. — Em seguida desmontou, verificou se estava com a espada e abriu a cortina de contas de madeira na entrada da taverna. Lá dentro, Líqueles e Fílocles haviam desembainhado as espadas. Coeno derrubara um homem e encostara a espada em sua garganta.

— Ele tentou trapacear na medida — disse Líqueles, defensivamente. Sabia que Kineas detestava qualquer tipo de incidente com "cidadãos". Líqueles se considerava fidalgo, embora não fosse tão bem-nascido quanto Coeno ou Laertes.

— Então vocês o golpearam e sacaram as espadas? Saiam todos, todos vocês.

As mãos de Kineas não deixaram o cinturão, mas o tom da voz era frio.

Fílocles empertigou-se e bebeu na taça de vinho que tinha nas mãos. Parecia disposto a discutir.

— Agora! — disse Kineas.

Com um brilho de ferocidade, como um animal, os olhos de Fílocles encontraram os dele. Fez um gesto breve com a cabeça, como se dissesse que *desta vez* obedeceria. Sua aparência estava completamente mudada, mas saiu.

Do lado de fora, Kineas percebeu que o taverneiro era, na verdade, um escravo. Raramente vira alguém tão miserável. Jogou-lhe algumas moedas de bronze. O escravo soltou um palavrão e exigiu mais, vomitando mentiras pela boca que espumava de saliva. Kineas não arredou pé até que o homem se calasse e então voltou ao armazém de cereais. Niceas ainda estava discutindo com o vendedor e um grupo de homens começava a juntar-se na ágora, muitos levando as lanças — outra vez.

Diodoro adiantou-se por entre os animais da coluna.

— O serviço de barcas está suspenso. Eles querem nos esfolar com os preços. Se quiser saber o que penso...

Kineas concordou.

— Acho que não gostaram de nós. Poderemos comerciar com os getas? Só os deuses saberão. E não gostam de Átelo.

Kineas concordou novamente, olhando para um e outro extremo da companhia.

— Montem — disse ele. — Vamos dar o fora daqui.

Saíram de Antífilo tão depressa quanto haviam entrado. Como não podiam usar a barca para a travessia a Nikanou, teriam de cavalgar durante muitos dias mais pelo interior a fim de dar a volta à baía. Kineas achou que tinha tomado uma decisão precipitada e tola, mas havia alguma coisa negativa em Antífilo, e algum deus lhe havia segredado que era hora de partir — ele nunca deixava de dar atenção a tais murmúrios.

A dez estádios ao sul da cidade, quando ele ainda punha em dúvida sua decisão e tentava ignorar o silêncio aborrecido da companhia, chegaram a uma solitária fazenda grega cujo dono estava tentando desenterrar um arado com dois jovens escravos e um cavalo. Antes que o sol deslizasse mais um pouco para o oeste já haviam chegado a um acordo e tinham armado o acampamento em meio às oliveiras do homem, enquanto os cavalos se deliciavam com a aveia a um preço que agradara a todos, tanto que alguns dos soldados tiraram as túnicas e se atiraram ao arado recalcitrante, empurrando e rindo até libertar a lâmina. Em seguida, correram pela praia arenosa da baía e se lançaram à água com o fragor de uma carga de cavalaria

— *Ártemis, Ártemis!* — Kineas aceitou a taça de vinho que o fazendeiro, de nome Alexandre, lhe oferecia, e ficou sentado, de pernas cruzadas, em um banco no pátio da fazenda, aproveitando a sombra da única árvore.

— Aqui nunca vem muita gente, a não ser os barcos à procura de trigo — disse o fazendeiro. — Nem sei quanto tempo faz que vi um grupo dando a volta à baía. — Fez um gesto indicando o oeste e prosseguiu: — Vi que há um cita entre vocês; é uma boa ideia. A uns vinte estádios daqui, para o oeste, há muitos deles. Vocês serão interceptados todos os dias por um bando.

Kineas ouvia, com a mão no queixo.

— São perigosos?

Alexandre sacudiu negativamente a cabeça.

— Nunca me molestaram, e não acredite em quem disser o contrário. Quando aparecem por aqui, eu lhes dou uma taça de vinho e eles se comportam bem. São gente boa, ainda que sejam bárbaros; são arruaceiros quando bebem muito, e malvados quando se sentem enganados. Por isso, não os façam zangar-se. Minha mulher tem medo deles; ela é síndica[9] e deve ter motivos, não é verdade?

Kineas achou que o homem sentia falta de uma boa conversa.

— Síndica? — perguntou.

O fazendeiro apontou com o polegar, por cima do ombro, na direção da costa.

— Os citas não são nativos daqui, como tampouco eu e vocês. Primeiro chegaram os síndicos, ou pelo menos é isso o que dizem. São eles os agricultores; os citas simplesmente cobram tributos sobre o trigo que eles plantam. Em seguida os gregos o taxam novamente nas cidades, mas mesmo assim é barato.

— Não para nós. Tentamos comprar cereais na cidade, mas eles queriam cobrar os preços de Atenas.

Alexandre riu.

— Devem ter achado que vocês não tinham outra opção. Atravessar a planície a cavalo! Ou são espertos demais ou completos idiotas. Vi que tiveram problemas com os getas.

Kineas assentiu com a cabeça.

— Belos potros. Gostaria de comprar um par.

Kineas sorveu o vinho.

— Pertencem a meus homens. Você terá de barganhar com eles.

— Mais fácil tratar com você. Dou-lhe cinquenta medidas de trigo e duas moedas de prata por cada animal.

Kineas reagiu rapidamente.

---

[9] Nascida na cidade de Sinda, na região de Pisídia — atualmente na extremidade da Rússia que alcança o Mar Negro. (*N. do T.*)

— Com os sacos?

— Cestos, não sacos. Não tenho muito pano, mas os cestos são bons.

— Fechado. Posso vender quatro. — Kineas calculava o preço que queria pagar pelo trigo, a fim de que seus soldados tivessem lucro com os potros. Era dinheiro fácil. Desde que se mantivessem vivos.

O dia seguinte amanheceu escuro e chuvoso, com nuvens pesadas a oeste e mar agitado na baía.

— Vai melhorar à noite, mas até lá vocês ficarão encharcados — disse Alexandre. — Vocês deviam ficar. Esses seus cavalos precisam de um dia de descanso e boa grama. Podemos assar uns peixes para vocês. Vamos, Kineas. Fique mais um dia.

Kineas tinha esquecido a sensação de ser bem-vindo. Poucos homens acolheriam uma tropa de mercenários, mas aqueles sequer haviam tido a oportunidade de ficar diante desse tipo de problema antes. Alexandre tomara algumas precauções: os portões foram trancados à noite, e embora ele tivesse filhas, Kineas não as vira. Provavelmente estavam trancadas no porão ou confinadas aos quartos do andar superior da *exedra*[10] da fazenda.

Com os filhos do sexo masculino era diferente. Alexandre tinha meia dúzia deles, desde o mais velho, rapaz silencioso e trabalhador, modesto e de estatura elevada, de 25 anos e barba incipiente, até Ictino, a quem todos chamavam "Eco". Ouvia-se a voz dele a todo momento, acompanhando os soldados, repetindo o que diziam, procurando ajudar. Tinha 15 anos e queria deixar a barba crescer. Os seis filhos apareceram juntos a fim de fazer uma fogueira na praia ao fim da tarde, quando o céu, conforme previsto, dava mostras de desanuviar-se. Clareou tão depressa que o céu tornou-se azul e firme, e antes do crepúsculo as tendas já estavam secas. Todos os homens estavam ansiosos por comer peixe. O centeio e a carne eram bons, mas eram alimentos difíceis de encarar todos os dias.

[10] Recinto demarcado e aberto, diante da casa principal. (*N. do T.*)

Depois que os apetrechos estavam limpos e consertados, todos foram juntos buscar lenha para a pira de Graco. Alexandre, o proprietário, teve a gentileza de deixá-los tirar a lenha de seu pomar, e havia gravetos na praia. Fizeram uma pira da altura de dois homens, colocando o corpo por cima, à moda antiga. O corpo já cheirava a morte. Eles o lavaram e arrumaram os membros. Graco era bem-visto por todos.

Os filhos prepararam o peixe junto com a mãe, de maneira extraordinária. Primeiro, compraram um peixe enorme de um barco de pescadores que passava. Envolveram-no em argila, fizeram um sulco na areia para o fogo, e logo que a chuva cessou, cobriram o peixe com brasas, usando pás de ferro. Kineas passou a maior parte do dia estimulando os homens a limparem e lubrificarem seus apetrechos, tratarem dos animais e fazerem pequenos reparos. O fazendeiro foi extremamente solícito com as necessidades de consertos, trazendo fios, fibras e pedaços de couro.

A hospitalidade fez Kineas suspeitar de algo. Não lhe agradava desconfiar dos favores, mas não podia evitar. Colocou um sentinela vigiando os cavalos. Negociou a venda de quatro potros dos getas e transferiu-os ao novo dono, observando com satisfação os cestos de trigo sendo preparados para os outros animais. Sairiam da fazenda com mais trigo do que quando a expedição começara.

Depois de verificar o resultado da venda, deitou-se sobre o manto, dentro da tenda, e viu que a lança leve tinha sido polida, a ponta brilhava como espelho e o cabo de madeira fora cuidadosamente untado com óleo, de forma que era possível ver os veios como peixes nadando em uma correnteza. Ao lado estava a lança mais pesada, igualmente bem-cuidada.

Encontrou o escravo Arni brincando com os demais. Todos se levantaram, humildemente. Crax desviou os olhos e o novo rapaz, o geta cuja vida ele poupara, franziu a testa ao erguer-se.

— Em geral eu mesmo trato de minhas armas, Arni. Mas agradeço o cuidado que teve com elas — disse Kineas, estendendo-lhe uma moeda de bronze.

Arni sacudiu negativamente a cabeça e sorriu, mostrando diversas falhas nos dentes.

— Não fui eu. Eu disse que as armas dos soldados são seus instrumentos de trabalho. Não é trabalho para nós. Mas o jovem não me ouviu — disse ele, olhando com afeto para Crax.

Crax encarou Kineas.

— Fui eu quem as limpou. A lança ficou danificada na batalha. Cortei alguns dedos da ponta e recoloquei o cabo. Um dos rapazes da fazenda colocou os arrebites.

Então ele resolveu crescer, pensou Kineas. Deu o óbolo ao jovem escravo.

— Você trabalhou muito bem, Crax. Lembra-se do que lhe disse? Se trabalhar bem, será libertado.

— Sim, senhor — retrucou ele, muito sério.

— Eu disse a verdade. O mesmo serve para seu novo irmãozinho. Não preciso de escravos e sim de homens capazes de cavalgar e de lutar. E preciso saber o que vocês dois pretendem ser quando entrarmos em Olbia. Dentro de dez dias, no máximo duas semanas. Compreenderam?

— Sim, senhor — disse Crax.

O novo rapaz parecia aterrorizado. Crax o cutucou e disse alguma coisa em idioma bárbaro. O outro tossiu e murmurou alguma coisa que poderia ser "sim senhor" em uma língua que poderia passar por grego.

Kineas deixou os escravos aproveitarem o restante do período de descanso e caminhou de volta à praia, onde haviam sido preparadas camas de palha para vinte homens. Sentia o aroma do peixe que assava sobre as brasas no chão. Ficou imaginando se a argila endureceria em volta do peixe, e foi o que aconteceu.

Enquanto Apolo se preparava para guiar seu carro para baixo do mundo, eles se sentaram para o festim, com molhos adequados e um pouco de vinho, um vinho tinto já um tanto passado, mas ainda forte. Alexandre fez brindes e bebeu, o mesmo fizeram seus filhos e todos os homens da tropa de Kineas, até que a última luz desapareceu do céu e os ossos do gigantesco peixe ficaram nus. Diodoro, no leito de palha mais próximo, bocejou e espreguiçou-se, com um halo de luz do sol em volta dos cabelos.

— Foi um dia melhor do que eu esperava, quando estávamos naquela porcaria de cidadezinha. Obrigado, Alexandre, e que os deuses abençoem você e os seus por sua hospitalidade.

Kineas derramou uma oferenda no chão e ergueu o *kylix*.

— Ouve-me, Atena, protetora dos soldados! Este homem se mostrou nosso amigo e nos prodigalizou a sagrada hospitalidade. Traz-lhe boa sorte.

Um a um, os soldados acrescentaram suas bênçãos. Alguns falaram com singela devoção, outros com retórica aristocrática. Quando a taça voltou às mãos de Kineas, ele novamente derramou uma oferenda.

— Foi o melhor que poderíamos fazer para celebrar o funeral de Graco. Por isso eu bebo a ele, e que sua sombra possa descer ao Hades e habitar com os heróis, ou qualquer que seja o melhor destino para ele.

Ao contrário de Kineas, Graco tinha sido devoto de Deméter. Kineas não era iniciado em religião e não tinha interesse em saber qual seria o destino dos homens na outra vida, mas desejava o melhor para a sombra do companheiro.

Niceas pediu licença ao anfitrião e contou algumas passagens que ilustravam a coragem de Graco e mais uma, esta cômica, a respeito de suas bazófias. Todos riram, e os olhos dos filhos do fazendeiro brilhavam como moedas de prata à luz da fogueira. Depois, todos contaram histórias sobre Graco e os demais soldados caídos nos últimos anos.

Coeno levantou, com uma das mãos na cintura, e narrou o episódio da luta nos vaus do Eufrates, quando vinte soldados em missão de reconhecimento encontraram a retaguarda do exército de Dario à luz do luar.

— Graco foi o primeiro a ceifar uma vida — disse ele, parafraseando o Poeta —, e um dos persas caiu morto no rio a seus pés com a lança de Graco atravessada na garganta.

Laertes contou o duelo de Graco com um dos oficiais macedônios, a cavalo, com dardos. Ele ficara conhecido e famoso em um dia, e o que Kineas mais lembrava era o tempo que passou evitando a ira do rei Alexandre.

O fazendeiro Alexandre ouvia polidamente e misturava o vinho com muita água, como faz quem está se divertindo, e tanto ele quanto seus filhos ficaram sentados, bebendo todo o vinho. O mais velho ouvia como se estivesse escutando seres de outro planeta, mas Eco parecia um faminto diante de comida.

Finalmente Ágis, que dentre eles era o que mais parecia sacerdote, ergueu-se e espalhou vinho na areia.

— Alguns dizem ser uma desgraça quando o bronze encontra o alvo e os olhos se enchem de trevas. Alguns dizem que a morte é o fim da vida e outros que é o começo de uma coisa nova. — Ergueu a taça e prosseguiu: — Mas eu digo que Graco era cortês e valente, que temia os deuses e que morreu com a lança na mão. A triste morte é o destino de todos os homens e mulheres nascidos, e Graco encontrou a sua com uma canção nos lábios. — Ágis pegou um tição na fogueira, um ramo de pinheiro que ardia ao vento, e todos os presentes, até mesmo os filhos do fazendeiro, caminharam pela praia até a pira funerária. Cantaram o hino a Deméter, em seguida a Pavana, e lançaram as tochas na pira. O fogo cresceu como se tivesse sido atingido por um raio de Zeus, um bom presságio.

Ficaram vendo a pira arder até que o calor os fez afastar-se, assim como o odor da carne tostada. Depois beberam novamente. Mais tarde, ergueram-se dos leitos de palha e curvaram-se, com os soldados mais bem-nascidos fazendo elogios ao anfitrião. Finalmente, foram dormir em suas tendas. Kineas caminhou com Niceas, em cujo rosto escorriam lágrimas. Ele havia chorado em silêncio durante uma hora, e agora as lágrimas já iam secando.

— Não posso recordar um simpósio que tenha me agradado tanto.

Kineas concordou.

— Tudo correu muito bem.

Niceas disse:

— De manhã vou dar a ele o cavalo que tomei por minha parte na pilhagem. Que seja um presente de Graco, pela cerimônia. E muito obrigado, senhor, por pensar nele. Receei que tivesse esquecido.

Kineas balançou negativamente a cabeça. Deu um tapinha no ombro do *hiperetes* e depois o abraçou. Outros vieram abraçar Niceas, inclusive Ajax, apesar de hesitante.

De manhã a pira ainda ardia e o sol surgiu glorioso, projetando uma tonalidade rósea e amarelada em tudo, até chegar à metade de seu caminho na orla do mundo. Kineas ouviu a expressão "aurora de dedos cor-de-rosa" uma dúzia de vezes antes que o cavalo estivesse completamente arreado.

Niceas combinou com o jovem Eco que retirasse os ossos da pira depois que esfriassem e os mandasse enterrar no cemitério da família.

A coluna se formou rápida e disciplinadamente, com as bestas de carga repletas de cestos de cereais, parecendo jumentas prenhas. A essa altura todos conheciam suas tarefas e as tendas foram rapidamente desfeitas, os mantos enrolados e guardados, os cavalos libertados das peias. Kineas e Niceas não precisaram supervisionar o procedimento. Assim, a aurora de dedos cor-de-rosa ainda não se transformara em dia claro no momento em que Kineas, montado, se despedia de Alexandre no pátio. Niceas já lhe dera um cavalo.

Era um prazer sair de um lugar deixando amigos.

Niceas olhou para trás quando passaram pela primeira colina.

— Aquele menino cuidará da sepultura dele como se fosse um dos heróis — disse. Lágrimas rolavam por seu rosto.

— Foi um funeral melhor do que qualquer um de nós poderia esperar — disse Kineas, enquanto Niceas fazia um sinal para afastar os maus espíritos.

Um estádio adiante, Fílocles se aproximou dele.

— Você acha que poderia ser como aquele homem?

Kineas rosnou:

— Ser fazendeiro? Ter mulher e filhos?

Fílocles riu.

— Filhas!

Kineas sacudiu negativamente a cabeça.

— Não creio que possa voltar atrás.

Fílocles ergueu as sobrancelhas.

— Por que não? Calco e Ísocles receberiam você de bom grado.

Kineas negou outra vez.

— Suas perguntas são muito inconvenientes. Algum deus está murmurando em seu ouvido: "Vá atormentar Kineas"?

Fílocles retorquiu:

— Tenho interesse por você. Você é o comandante. O soldado famoso.

Kineas sentou-se na garupa do cavalo, cruzando as pernas. Assim descansava as coxas, mas machucava as nádegas.

— Ora, pare com isso. Você é espartano. Deve ter tido muitas oportunidades para saber o que pensam os soldados famosos.

Fílocles assentiu com um movimento rápido.

— É verdade.

— E então, eu sou comandante de quê? De uma dúzia de homens? Por que eu? Soldado famoso... você é um adulador. Que Zeus ouça suas palavras.

— Mas todos os espartanos que conheço diriam que desejam ter uma fazenda. Tantos responderiam assim que dizer isso parece ser a norma; talvez mesmo pensar o seja. Talvez eu esteja perguntando porque você não é espartano.

— Pois então, eis minha resposta. Há muito tempo eu quis ter uma fazenda e uma esposa. Agora, acho que morreria de tédio.

— Você gosta da guerra?

— Ora... gosto da não guerra. Gosto da preparação, da cavalgada, do reconhecimento do terreno, do planejamento... da camaradagem, do êxito coletivo, tudo isso. A matança é o preço que temos de pagar pelo que não é bem a guerra.

— Os fazendeiros também têm de planejar. Pelo menos os bons fazendeiros.

— É mesmo? — Kineas ergueu ambas as sobrancelhas, imitando a expressão de surpresa de um ator de tragédia.

Fílocles prosseguiu como se Kineas estivesse realmente surpreso:

— Sem dúvida. Os fazendeiros planejam cuidadosamente. Os bons fazendeiros se prepararam e reconhecem o terreno, a fazenda deles é como uma fileira de hoplitas, treinados para trabalhar juntos. Mas isso não serve para você?

Kineas encolheu os ombros.

— Não.

Fílocles concordou com a cabeça como se falasse consigo mesmo, com os olhos nas montanhas distantes.

— Talvez seja outra coisa.

Kineas sacudiu a cabeça.

— Espartano, você nunca fala sobre o tempo? Ou sobre música, competições de atletismo, poesia, mulheres que levou para a cama; fala sobre alguma dessas coisas?

Fílocles meditou por um instante.

— Não frequentemente.

Kineas riu.

— Por que, exatamente, você está conosco? — perguntou outra vez.

Fílocles tinha começado a atrasar-se em relação à coluna. Acenou, de longe:

— Para aprender! — gritou.

Kineas soltou um palavrão e olhou em volta, procurando Átelo. O cita tinha evitado participar do simpósio à beira-mar, mas fora isso sentia-se à vontade com a maior parte dos soldados, especialmente com Antígono e Coeno — um ex-escravo e um ex-fidalgo. Tinha partido a cavalo ao raiar o dia, a fim de fazer reconhecimento. Kineas queria que ele voltasse. Era hora de começar a preocupar-se.

Kineas percebeu que tinha passado um dia inteiro sem se preocupar com coisa alguma, e agradeceu novamente aos deuses por haver encontrado o fazendeiro Alexandre, pedindo bênçãos para ele. Pensou em ser fazendeiro, pensou na imediata amizade oferecida por ele, e imaginou que poderia ter pedido...

Átelo surgiu no topo de um monte, bem adiante da coluna, confiantemente sentado em seu cavalo geta e esperando que a coluna o alcançasse. Kineas já podia reconhecê-lo a distância pela postura dele sobre o cavalo, tão diferente da dos gregos, tão à vontade. Parecia ter adormecido.

Ao chegar perto, ficou evidente que estava dormindo.

Kineas foi até ele, subindo a trote a elevação final. Átelo acordou antes que ele o alcançasse, erguendo a mão em saudação.

— Bom cochilo? — perguntou Kineas.

— Cavalgada longa. Muita coisa. Sim.

Kineas assentiu.

— Que foi que você viu?

— Mim? Ver muita coisa, grama e montanha. Também rastros de cavalos, muitos cavalos correndo. Meu povo. Não malditos getas, fedorentos.

Kineas sentiu um arrepio de medo.

— Seu povo? Há pouco? Quando foi que estiveram aqui?

— Ontem. Talvez ontem. Dois dias, se não fosse chuva.

O cita falava mal a língua grega, especialmente as declinações, e costumava usar a forma de que gostava, o dativo.

— Chuva? — perguntou o cita.

— Quer saber se choveu? Ontem, não — disse Kineas, olhando para trás e vendo a coluna começando a subir a encosta. — Seu povo... vai nos atacar?

Átelo bateu no próprio peito.

— Não, por causa de mim — disse, sorrindo. — Ir encontrá-los?

Apontando para ele, Kineas perguntou:

— Você vai ao encontro deles? E depois vai voltar? Voltar para nós?

Átelo concordou.

— Encontrar eles, voltar.

Kineas assentiu.

— Quero prosseguir viagem. — Fez um gesto para a coluna. — Prossigam.

— Voltar para vocês — disse Átelo, ainda sorrindo. Acenou para os soldados, fez o cavalo voltar-se e partiu no rumo norte.

Kineas puxou a rédeas, levando sua montaria à coluna, e aproximou-se de Niceas, que observava a partida do cita.

— Ele encontrou sua gente e vai até eles. Depois vai voltar. Pelo menos, acho que foi isso o que disse.

Niceas matou uma mosca com um tapa.

— Mais gente como Átelo? Todos juntos? Isso vai ser emocionante. Ares chora. Murmuremos uma prece para que não os aborreçamos. Veja essas merdas desses rastros!

Os olhos de Kineas acompanharam o braço de Niceas que apontava. Estavam passando pela parte do terreno que Átelo deveria ter visto, um vale entre duas colinas que mostrava as pegadas de centenas de cavalos em movimento. Percebeu que tinha prendido a respiração.

— Duzentos animais, facilmente — disse Niceas, dando um tapa na outra mosca que atormentava seu cavalo, apanhando-a e esmagando-a com os dedos. Depois atirou o inseto morto para longe, com nojo. — Esperemos que sejam amistosos, comandante.

Continuaram cavalgando pelo restante daquele dia sem incidentes; o tempo na planície estava agradável, ensolarado. Havia menos água do que Kineas esperava, e, como Átelo estava longe, teve de utilizar Líqueles para encontrar um lugar onde acampar. O soldado voltou tarde, próximo ao crepúsculo.

— Só encontrei a praia — disse ele. — Há um fio de água corrente, suficiente para nós e para os cavalos, se não a sujarmos. Não é grande coisa. Afastei-me quinze estádios.

Kineas fez um gesto.

— Encontrou pegadas?

— Encontrei — disse Líqueles, balançando afirmativamente a cabeça. — Provavelmente estamos indo na mesma direção. Os rastros estão além daquela outra colina; parece que estão seguindo para alguma feira de animais.

Já estava quase escurecendo quando desmontaram. As tendas se ergueram imediatamente e os cavalos foram peados perto dali. Antígono e Laertes fizeram o primeiro quarto de vigia, mantendo-se montados.

Os escravos juntaram lenha para fazer fogo, enquanto Kineas debatia consigo mesmo. Uma fogueira seria claramente visível a grande distância, especialmente na costa da baía. Por outro lado, Átelo parecia confiar em que seu povo não constituiria ameaça; mas Átelo era um bárbaro, apesar de suas qualidades.

Mesmo assim, Kineas autorizou Arni a acender o fogo e o viu usar metal para produzir faísca e atear fogo em panos de linho. Afinal de contas, uma força de duzentos cavalos montados por citas com arcos e flechas os dizimaria se viessem atacá-los. Seria tão mais poderosa que eles que nem mesmo valia a pena preocupar-se com aquilo.

Mesmo assim, ficou observando enquanto as labaredas subiam, sempre preocupado.

Niceas o escalara para o turno de vigia da madrugada, junto com Ajax. Este não o evitava mais, porém mantinha-se distante, cuidadoso, diferente do comportamento juvenil e ansioso das primeiras manhãs. Por outro lado, agora já sabia o que fazer, e postou-se em uma encosta que dominava a praia, sem dizer palavra. Kineas cuidou dos cavalos. Havia 28 animais, boa manada para 12 homens e três escravos. Primeiro tratou de seu próprio cavalo de ataque e do de montaria, depois dos animais de Niceas e finalmente de todos os demais. Àquela altura, Diodoro já havia acordado. Despertou os escravos, reavivou o fogo e ajudou com os cavalos. Todos já estavam de pé, com as tarefas terminadas, os cobertores enrolados e a bagagem preparada antes que a carruagem do sol terminasse completamente de atravessar a fímbria do mundo. A praia se estendia em curva ao longo de uma dúzia de estádios, e Niceas resolveu segui-la. Queria encontrar um riacho bom o suficiente para matar a sede dos cavalos. Estava preocupado com a água. Acenou para Ajax, que estava na encosta acima deles, e o rapaz correspondeu. Líqueles saiu da coluna e foi juntar-se a este último. Ambos seguiram pelo flanco da coluna, acompanhando a curva da praia.

Cruzaram dois pequenos regatos na areia, que os primeiros cavalos que passaram logo sujaram. No terceiro, ele foi mais cuidadoso, mandando que os homens desmontassem e fossem beber um de cada vez, fazendo um buraco na areia para que a água escoasse. Mesmo assim, não era suficiente. Mandou que Laertes fosse procurar água. Parecia estranho preocupar-se tanto quando as encostas estavam úmidas por entre as touceiras de capim e tendo o mar a um lado, mas os cavalos menores já começavam a esmorecer.

Laertes voltou ao meio-dia.

— Há um rio de bom tamanho no fundo da baía. Muita água, bem fresca. Muitas marcas de cascos, também.

— Ótimo — disse Kineas, cavalgando ao longo da coluna. — Muito bem, nada de almoço, cavalheiros. Vamos direto para lá.

— Há um outro riacho pequeno a alguns estádios daqui — disse Laertes.

— Que diabo! Perdemos tempo a cada vez e os cavalos praticamente não conseguem beber. Vamos em frente. Quantos estádios até esse rio?

— Vinte. Cavalguei bastante.

— Um galope matinal na areia!

— Assim foi, comandante. — Laertes abriu seu sorriso característico e colocou novamente na cabeça o grande chapéu de palha. — Nesse passo, estaremos lá no fim da tarde.

— Então acamparemos lá.

Ajax, na encosta, atraiu a atenção dele, agitando o chapéu. Líqueles correu em direção dos companheiros, montado quase na garupa do cavalo ao descer o sopé da colina.

— Temos companhia! — disse Kineas. Os homens estavam na base de uma encosta íngreme com o mar à retaguarda, montando cavalos cansados que precisavam de água. — Armaduras e animais de ataque. Agora!

Desceu da montaria leve e pegou o elmo e as placas da armadura na bagagem de uma das bestas de carga. Outros homens e animais se juntaram a ele, a coluna em caos. Kineas esperava que tudo desse certo.

Líqueles deu um grito, à esquerda dele. Kineas já tinha vestido a placa peitoral e a dorsal e lutava com as ligaduras que serviam de forro para a parte alta do elmo. O sol já começava a esquentar, prometendo assar-lhe os miolos em poucos minutos.

— Citas! — bradou Líqueles. — Centenas deles!

Kineas usou a lança para altear-se na sela do cavalo de ataque.

— Onde está Átelo?

— Nem sinal dele.

Kineas aprumou-se na sela, manobra sempre difícil quando vestido de armadura, e conseguiu controlar ambas as rédeas. Crax apareceu na poeira, pegou as lanças e entregou-as.

Kineas apontou a besta de carga, com mais lanças.

— Quer ser livre? — perguntou. Crax fez que sim com a cabeça. — Pegue meu cavalo de montaria, suba e leve um par de lanças. Fique a meu lado. Você agora é um homem livre.

Crax saíra correndo antes que ele acabasse de falar.

— Coluna por dois! Formar! — gritou Kineas. A areia estava sendo espalhada para todos os lados com tanta força que ele não conseguia enxergar. O diabo do elmo tampouco ajudava. Kineas dobrou para trás as peças protetoras do rosto e levantou mais a carapaça. Líqueles já tinha tomado posição, com Niceas a seu lado, e os demais vinham chegando rapidamente. Crax entrou na formação, meio sem jeito como qualquer novato, mas um perfeito cavaleiro.

Líqueles não se preocupara com o elmo. Voltou-se para Crax:

— Bem-vindo aos *hippeis*, garoto! — Depois, para Kineas: — O senhor o libertou?

Kineas sentiu especial alegria e o sussurro do deus era claro: libertar o rapaz tinha sido a decisão correta.

— Como escravo, ele não valia nada — disse Kineas, e todos riram.

Ajax chegou à base da colina e entrou no lado esquerdo da formação. Houve um movimento no topo da elevação e os risos cessaram. Em seguida, num piscar de olhos, a colina se encheu de cavalos e cavaleiros, com o brilho dos arreios coloridos e o inconfundível cintilar do ouro repetindo-se incessantemente até que toda a tropa resplandecia ao sol, que também se refletia nas armaduras de ferro e bronze e nas pontas das lanças.

— Abençoada Atena, protege-nos em nossa hora de necessidade — disse Líqueles, ao lado de Kineas.

Niceas soltou uma fieira de palavrões.

Para Kineas, o aparecimento dos inimigos foi como levar um soco. Eram mais esplêndidos do que qualquer cavalaria persa que ele jamais vira, e com melhores montarias. Faziam com que seus 14 cavaleiros parecessem esfarrapados e miseráveis.

É pena, pensou ele. Era melhor ter morrido na campanha do menino-rei.

Mesmo assim, bradou:

— Silêncio. Posição de sentido. Não se movam. Sejam gregos!

Os persas sempre se mostravam impressionados pela demonstração de disciplina, especialmente em situações desfavoráveis. Kineas ajeitou novamente o elmo na cabeça e os protetores do rosto voltaram a seu lugar.

Dois cavaleiros se separaram do grosso da tropa no alto da colina e começaram a descer. Uma trombeta grave soou três vezes e o restante dos guerreiros iniciou a descida a passo lento, com duas pinças se destacando nos flancos e fechando a praia ao norte e ao sul, enquanto o corpo principal se detinha dentro do raio de alcance das flechas. Começou, porém, a respirar novamente, porque um dos cavaleiros que se aproximavam era, sem dúvida, Átelo, e o outro era quase certamente uma mulher.

Ao entrarem na praia, reduziram o passo. Kineas viu que a companheira de Átelo era esbelta, de ombros firmes e usava uma jaqueta clara de couro com enfeites azuis. Do pescoço pendia uma placa de ouro que lhe cobria desde o peito até o meio do tórax. Os cabelos estavam amarrados para trás em duas grossas tranças. Ao chegarem mais perto, ele viu os olhos, de um tom azul escuro como o mar, e sobrancelhas negras espessas que nunca tinham sido aparadas, o que lhe dava um ar de seriedade. Além disso, era jovem.

Kineas voltou-se.

— Fiquem imóveis como estátuas. Creio que viveremos para contar esta história. Niceas, venha para junto de mim.

Ele e Niceas avançaram na areia macia, ao encontro dos citas que se aproximavam. Átelo ergueu o braço, numa saudação, e disse algo à mulher. Esta permaneceu em silêncio. Em seguida, disse algumas palavras, que pareceram a Kineas um lembrete amável.

— Saudações, Átelo. É esse o seu povo?

Kineas procurou fazer com que sua voz soasse autoritária e confiante. A mulher olhava atentamente para o grupo de soldados, mais além de onde ele estava.

— Não, não. Mas é como o meu povo. Sim? E *ela* diz não gosta de não ver rosto. — Átelo mostrou as palmas das duas mãos abertas, como para significar sua incapacidade de explicar a atitude das mulheres, ou dos comandantes.

Kineas entregou as lanças a Niceas e tirou o elmo.

— Saudações, senhora — disse.

Ela sorriu e assentiu com a cabeça. Deu um quarto de volta ao cavalo e fez um gesto para o grupo principal. Outro cavaleiro saiu da formação e se aproximou. Enquanto observava o homem, Kineas de repente viu que era uma mulher. A primeira disse alguma coisa a Átelo. Não foi uma fala curta.

O cita concordou com a cabeça. Em meio à torrente de palavras, alguma coisa o surpreendeu e ele ponderou; no momento seguinte os dois passaram a discutir com animosidade em língua bárbara.

Hermes, deus dos viajantes!, pensou Kineas. *Dê o que ela quer, Átelo!*

A mulher parou de vociferar e recomeçou, com voz tranquila. Átelo passou a concordar outra vez. A segunda mulher se aproximou, trotando — era a corneteira. Muito ao estilo persa. Kineas tinha ouvido o murmúrio...

Átelo voltou-se para ele.

— Ela diz: *pagar tributo por atravessar minhas terras.* — Fez uma pausa e prosseguiu: — Ela diz: *dois cavalos tomados dos bandidos getas*, e diz: *meio talento em ouro*. Eu digo: *não temos meio talento em ouro*. Sim? Então ela diz: *ouro* para mim. E eu digo: *Kineas ter ouro*. Por isso, dar ouro a ela. E dois cavalos. E nós amigos, fazer festa em paz.

Lá se vai o tesouro da companhia.

— Arni! Pegue a bolsa de couro negro de meu cavalo de carga e traga-a aqui — disse Kineas, apontando as bestas de carga. — Pergunte se ela quer escolher os cavalos.

Átaclo traduziu. Ela respondeu.

— Ela diz: *você escolher.*

Kineas foi até onde estava a bagagem, tomou a bolsa negra das mãos de Arni e escolheu os dois melhores cavalos dos getas — os de Líqueles e de Andrônico. Teriam de ser compensados com o que quer que restasse do tesouro comum. Puxou-os pelas rédeas e entregou-os à mulher, que aceitou. Por um momento ela colocou a mão sobre a dele. A mão era muito pequena comparada com a de Kineas, com dedos finos porém grossas articulações; ele achou que seria resultado de trabalho. As mãos eram ásperas. Tinha um anel de ouro no polegar e outro com pedra verde no outro dedo. Mais de perto, ele reparou que os enfeites da jaqueta eram feitos com fios azuis. Cones dourados cheios de tranças coloridas pendiam das costuras da jaqueta e ressoavam quando ela se movia. O ouro que a cobria poderia pagar os salários da cavalaria por um mês. O cavalo era excelente, tão bom quanto o de Kineas, que tinha pertencido a um nobre persa.

Ele sorriu para ela, um sorriso de profissional, como se compartilhassem um gracejo. Ela retribuiu o sorriso.

Kineas abriu a bolsa do tesouro e entregou-a a ela.

— Diga que é isso o que temos. Fale que tire o que for justo; não estou escondendo nada.

Ela exclamou alguma coisa. Na verdade, não era preciso entender a língua bárbara para perceber que tinha dito uma blasfêmia, como Niceas.

Levantou a mão com um dos broches de ouro e a corneteira rosnou alguma coisa. Átelo disse algo, rapidamente, apontando para Kineas. A comandante dos citas o olhou. Tomou os dois broches e devolveu a bolsa. Falou olhando diretamente para ele, fitando-o nos olhos.

— Ela diz: *estes ser nossos. Roubados. Vocês matar getas: bom. Dois broches mais do que necessário para tributo. Por isso vir, vamos comer, eu dar presente em troca destes.* E está zangada, comandante. Muito zangada. Mas não conosco. Sim?

Átelo se mantinha a cavalo, sacudindo a cabeça.

Kineas abençoou o momento em que os deuses lhe tinham mandado aquele cita. Hermes, sem dúvida, o deus dos viajantes e dos ladrões, lhe tinha enviado o cita para servir-lhe de guia, porque sem ele aquela mulher teria mandado matar a todos. Era capaz de sentir isso. Sentia a raiva dela, que a tornava feia e dura.

A mulher tinha um chicote dourado preso à sela e agitou-o na direção dele. Falou novamente, dizendo apenas algumas palavras, e em seguida deu meia-volta e retornou ao corpo principal de seus guerreiros, a corneteira em seu encalço.

Átelo sacudiu a cabeça.

— Pena dos miseráveis getas! — disse ele. — Fazer grande burrice. Matar alguém, não saber quem. Mas foi erro, vai morrer.

Kineas respirou fundo.

— Você disse a ela que matamos o homem que estava usando isso e que dispersamos os guerreiros?

— Ela não se importar. Zangada e jovem. Ei! O senhor me deve um favor, comandante. — Átelo parecia contente.

— Nada disso — falou Niceas. Eram as primeiras palavras que pronunciava nos últimos dez minutos. — Nós todos somos seus devedores.

Átelo sorriu, mostrando alguns dentes estragados. Gostava de ser o centro dos elogios.

— Onde acampar?

— Vamos acampar no rio — disse Kineas, apontando para a direção em que Líqueles havia encontrado um local adequado.

Outros citas desciam a colina, aproximando-se deles. Não pareciam ameaçadores. Na verdade, davam a impressão de curiosidade. Dois chegaram até a encostar os focinhos de seus potros nos dos cavalos dos dois gregos. Um deles apontou para Kineas com o chicote e chamou Átelo.

— Ele diz: *bom cavalo!* — falou Átelo, olhando em volta. Virou a montaria e subiu a colina. Parecia zangado.

Kineas tinha outros problemas a tratar. Em poucos minutos a coluna foi cercada por citas que cavalgavam ao redor, apontando para diversas coisas. Um deles soltou um brado de entusiasmo e de repente todos repetiram. Galoparam pela praia até um estádio a distância e repentinamente pararam.

Átelo voltou.

— Ir embora — disse ele, encolhendo os ombros. — Dizer acampar e comer, mas ir embora. — Sacudiu a cabeça. — Getas ser problema.

— Você acha que ela foi atacar os getas agora? Assim, de repente? — disse Kineas. Estava observando os outros citas, cerca de vinte, que esperavam mais adiante, na praia. Olhou para seus homens e cavalos e viu o prisioneiro, o jovem geta. Teve um mau presságio.

— Niceas, ponha os homens a caminho, armados. Agora. Cavalheiros, vamos seguir pela praia. Não deem atenção aos bárbaros. Espero que eles não criem problemas. Hermes, faça com que eles não criem problemas.

A companhia começou a movimentar-se, em fila dupla.

Kineas se aproximou de Crax, que cavalgava sua égua. Foi preciso sofrear o cavalo, que tinha sentido o cheiro da fêmea, abrindo as narinas e relinchando.

— Crax, no momento em que formos armar o acampamento, leve o rapaz geta para uma tenda e fique com ele. Os bárbaros...

Percebeu que não precisava dizer muita coisa. Os bárbaros queriam o rapaz. Ele próprio havia lutado contra eles. Era possível que Crax não compreendesse a diferença.

No entanto, entendeu. Assentiu com a cabeça.

— A amazona quer sangue — disse. Era simples assim.

— Amazona? — perguntou Kineas, admirado com a erudição do ex-escravo.

— Amazonas. Mulheres guerreiras. — Crax olhou para o geta. — Eu o protegerei.

— Não arranje encrenca, menino.

Kineas desejou ter tempo para explicar, desejou poder entender algo da política na planície, ou de onde teriam vindo aqueles amaldiçoados broches. A coluna ia se movendo. Os citas se mantinham a distância.

— Você é geta? — perguntou.

Crax o olhou de lado e cuspiu.

— Não — disse ele. — Bastarna.

Kineas tinha ouvido falar nos bastarnas.

— Mas conhece esse povo?

Crax sacudiu negativamente a cabeça.

— Os getas são ladrões. Os citas são monstros. Nunca capturam escravos: matam, incendeiam e partem. Possuem magia.

Kineas fez cara de incredulidade. Não era o único a participar da conversa e ouviu comentários atrás de si.

— Magia... A magia, Crax, é uma invenção para assustar escravos e crianças.

Crax concordou, olhando em volta de si.

— Claro. Eles têm homens... Fez uma pausa, sem saber o que dizer. — São horríveis. Todos dizem isso. Os getas são apenas ladrões. — Olhou para Kineas. — Estou mesmo livre?

Kineas respondeu:

— Está.

— Lutarei a seu lado para sempre — afirmou Crax.

Acamparam à margem do rio antes que o sol descambasse no poente. As tendas foram preparadas rapidamente depois que Kineas e Niceas explicaram o motivo a todos, e Crax desapareceu com o rapaz geta enquanto os citas se ocupavam do próprio acampamento. Átelo não os acompanhou. Juntou seu cavalo com os dos gregos e sentou-se junto à primeira fogueira que foi acesa. Kineas sentou-se a seu lado.

— Quem é ela? — perguntou, apontando o horizonte a leste, para dar mais ênfase.

— Jovem zangada? — Átelo encolheu os ombros. — Nobre. — Usou uma palavra que geralmente significava "virtuosa" em grego. Kineas entendeu o que ele quis dizer.

— É de berço fidalgo? Uma rainha?

— Não. Força pequena. Tribo grande. *Assagatje*. Dezenas, dezenas e dezenas de guerreiros poder descer à planície e ainda muitos no acampamento, também. Ser *Ghan*, *Ghan* ser como rei para eles. Sim? *Ghan* dos *assagatje*, homem importante, importante. Também há nobres, sim? Três vezes dez nobres. Todos *assagatje*.

Kineas respirou fundo.

— O rei desses *assagatje* tem milhares de guerreiros e este é apenas um pequeno bando chefiado por uma nobre?

Átelo confirmou.

— E ela é jovem e está com raiva, talvez ansiosa por tornar-se famosa, e por isso levou seus guerreiros e foi perseguir os getas, que estão a quatro dias de distância, a cavalo?

— Getas sentir fogo amanhã — disse Átelo.

A resposta rápida causou um arrepio em Kineas.

— Amanhã? Nós levamos três dias para percorrer essa distância.

— *Assagatje* ser *sakje*. *Sakje* cavalgar sobre grama como vento norte sopra, rápido, rápido, nunca descansar. — Átelo bateu no próprio peito. — Mim *sakje*. — Bateu outra vez. — Cavalgar de dia. Cavalgar de noite. Dormir com cavalo. Mais cavalos para guerra; como comandante, sim?

Niceas interrompeu, do outro lado da fogueira.

— Pelos testículos de Ares! Ela vai atacar os getas amanhã e voltar?

Átelo assentiu vigorosamente com a cabeça. Bateu com o punho direito fechado na mão esquerda aberta, produzindo um som semelhante ao de uma espada que atinge um corpo.

— Atacar, sim.

Kineas e Niceas olharam um para o outro, e Kineas disse:

— Muito bem. Todos de pé no último turno de vigia, partiremos logo que houver luz. Quem não estiver de sentinela pegue o cobertor.

Kineas deitou-se ao lado de Diodoro, que não estava dormindo.

— De que estamos com medo? Você pagou o tributo. Com nossos cavalos, devo acrescentar.

Kineas pensou em fingir que estava dormindo para não responder, certo de que todos os demais ocupantes da tenda pensavam a mesma coisa, mas somente Diodoro podia perguntar. Finalmente, disse:

— Não sei. Ela era simpática. Mais direta do que qualquer oligarca. Mas ao ver aqueles malditos broches, creio que nós deflagramos algo. E quero chegar a Olbia antes de esse algo acontecer.

Diodoro assobiou suavemente.

— O senhor é o comandante — declarou ele.

Isso mesmo, pensou Kineas, e tratou de dormir.

Ártemis, nua, com as costas amplas e cintura fina que ele recordava tão bem. Chegou por trás dela, com o membro ereto como uma vara, como algo que um ator pudesse usar no palco; ela se voltou e sorriu para ele por sobre o ombro, mas ao voltar-se era a mulher assagatje, *com a placa de ouro ocultando-lhe os seios, disse palavras iradas, palavras que pareciam um rosnado, em cada mão levava um dos broches, e enterrou os alfinetes nos próprios olhos.*

Acordou com Diodoro tapando-lhe a boca com a mão.

— Você estava gritando — disse ele.

Kineas ficou deitado, tremendo. Sabia que costumava ter sonhos mais estranhos que os de outros homens, e sabia que eram os deuses quem os mandava, mas mesmo assim muitas vezes sentia-se perturbado.

Quando o transe passou, ele se levantou, tirou a própria taça de prata da bolsa, encheu-a de vinho do próprio frasco, caminhou pela praia a certa distância e derramou o vinho no mar, como oferenda. Em seguida, orou.

6

Olbia se erguia contra o litoral plano do Euxino como uma estátua colorida em um mercado poeirento. De onde estava sentado, numa barranca do outro lado do grande rio Borastenes, ele podia ver a longa península que se projetava da costa mais distante. Uma nuvem de fumaça vinda de milhares de fogueiras cobria a cidade como pó, ou fuligem, mas o templo de Apolo se erguia em puro esplendor no alto de uma colina íngreme na base da península cuja ponta era ocupada pela cidade, de muralhas sólidas da altura de três homens — as mais altas que Kineas já vira desde o cerco de Tiros. As muralhas pareciam deslocadas, desproporcionais em relação ao lugar e à posição da cidade. Esta se espraiava além dos muros, com pequenas casas e prédios de barro enchendo o terreno desde a base das muralhas até a colina onde ficava o templo. Era um subúrbio mal defendido que teria de ser sacrificado em caso de sítio. Olbia tinha dois portos, um de cada lado da península, e os golfinhos, símbolo da cidade, saltavam na água abaixo de Kineas, com reflexos dourados nas distantes colunas de mármore dos portões da cidade.

Os golfinhos dourados o tranquilizaram. Quase a seus pés havia uma verdadeira pólis: ginásios, a ágora, um teatro e um hipódromo. Kineas ficou satisfeito ao ver que não havia levado seus homens a um lugar selvagem e sem futuro. Mas as altas muralhas e o subúrbio negligenciado não combinavam: ou uma cidade precisava defender-se ou não era necessário.

Niceas tossiu e uma nuvem de vapor se formou diante de sua boca. Fazia frio. O verão já terminara havia muito.

— Vamos precisar.... — Tossiu novamente, desta vez por tempo demais. — Vamos precisar de uma barca para a travessia. Por Hermes, eu gostaria de estar em uma cama com um pouco de palha.

Kineas reparou no que poderia ser a barca, a mais de um quilômetro e meio da embocadura do rio, bem longe do tráfego do porto.

— Vou levar você para um lugar mais abrigado. — Niceas não era o único doente.

Somente Átelo era imune ao frio. Vestia um capuz forrado de pele, que ganhara num jogo de cartas com os outros citas, e um casaco mais longo. O ar firme e claro não o fazia espirrar nem resfriar-se, e ele ainda dormia ao relento, com as rédeas na mão. Os demais *sakje* haviam partido dois dias antes, voltando a sua líder feminina onde quer que estivesse, depois de haver levado Kineas ao estuário do Boristenes.[11] Tinham sido bons hóspedes, bons anfitriões e noite após noite todos haviam jantado bem, graças a sua habilidade como caçadores. A maioria dos soldados aprendera algumas palavras da língua deles e o profundo ronco — *uuh-aah* — que soltavam quando ganhavam nos dados.

Ao descerem a encosta para atravessar o vau, com os cavalos procurando o caminho por entre a grama alta prateada pela geada da manhã, Kineas se aproximou de Átelo.

— Temos uma dívida de gratidão para com você. Você foi um guia excelente.

Átelo sorriu e depois deu de ombros.

— Bom estar com vocês. — Olhou para o chicote como se encontrasse nele algum defeito, a fim de ocultar sua timidez. — Mim ficar, senhor dar mais um cavalo. Sim?

Kineas não esperava por aquela. A proposta o alegrou.

— Você quer ficar conosco? E quer que lhe dê outro cavalo?

Átelo ergueu a mão.

---

[11] Nome dado pelos gregos ao atual rio Dnieper, que deságua no Mar Negro. (*N. do T.*)

— Mais cavalo, e mais cavalo. Senhor é chefe, sim? Maior chefe na cidade, sim? Mim ganhar mais cavalo quando senhor ganhar mais cavalo. — Fez um gesto, como se fosse a coisa mais normal do mundo. — Diodoro mais cavalo. Antígono mais cavalo. Até Crax mais cavalo. Pra que mais lutar por cidade? Sim?

Kineas estendeu o braço e os dois deram um aperto de mãos. Nesse ponto, gregos e citas eram irmãos; apertavam-se as mãos para demonstrar amizade e acordo.

— Fico contente em saber que você quer ficar.

Átelo assentiu com a cabeça, sorriu novamente e disse, quase carinhosamente:

— Bom. Vamos beber vinho.

Mas as coisas não eram tão simples assim. A chegada deles à barca causou grande comoção: uma dúzia de homens evidentemente armados mas sem mercadorias para comerciar, acompanhados por um cita. Foi preciso utilizar toda a capacidade de Kineas como líder e um pouco de prepotência para conseguir que o barqueiro embarcasse seus homens, e ao chegar ao outro lado, com trinta cavalos molhados e sentindo muito frio, foram recebidos por soldados.

— Por favor, digam a que vêm — disse o oficial. Era um homem corpulento, de longos cabelos escuros e pele morena como os nativos do Levante ou da África, grande barba e armadura de boa qualidade, sob um volumoso manto. Seus homens estavam bem-armados e disciplinados. O oficial não foi grosseiro, e sim direto. — Vocês assustaram muita gente.

Kineas mostrou a carta que já tinha preparado.

— Fui contratado para vir aqui a fim de comandar os *hippeis*. Veja a carta que recebi do arconte.

O papel estava um pouco danificado por haver viajado daquele lugar a Atenas por mar e depois regressado dentro de um saco de couro, mas ainda era legível.

O oficial leu cuidadosamente. Kineas teve tempo para pensar nas coisas que poderiam ter dado errado naqueles seis meses: outro homem assumira o encargo, o arconte morrera, o governo da cidade mudara... O grandalhão devolveu a carta.

— Bem-vindo a Olbia, Kineas de Atenas. O arconte esperava que fosse você, mas pensávamos que chegaria por mar, muitas semanas atrás. — Olhava atentamente para Kineas. Este conhecia aquele olhar; todos os oficiais do exército de Alexandre olhavam os rivais exatamente daquela maneira.

Kineas estendeu a mão.

— Kineas, filho de Eumenes, de Atenas.

O oficial apertou-lhe firmemente a mão.

— Memnon, filho de Pétrocles. Você serviu com o Conquistador?

— Servi. — Kineas fez sinal a seus homens para que começassem a descarregar.

— Eu estive em Issus, mas com o Grande Rei. — O oficial se voltou e berrou uma ordem. Seus homens levaram as lanças ao peito e as descansaram, com o cabo apoiado no chão. — À vontade! — comandou. A voz dele não combinava com o físico; o homem dava as ordens com uma entonação cantada em língua grega. Os soldados deixaram de ser autômatos e se tornaram bastante humanos, deitando seus grandes escudos por terra e envolvendo-se nos mantos enquanto olhavam os homens de Kineas com evidente curiosidade.

Alguns escravos vieram por trás dos hoplitas e começaram a empacotar os apetrechos, colocando os fardos sobre a cabeça. Eram na maioria persas. Kineas prestou atenção, pois raramente tinha visto persas sendo usados como escravos.

Memnon compreendeu o interesse dele.

— O Grande Rei atacou um dos chefes de bandidos desta região, e o resultado foi um mercado cheio de persas.

— Um chefe de bandidos citas?

Memnon sorriu com metade da boca.

— Existe outra espécie?

Kineas viu que Niceas, entre dois acessos de tosse, mandara os homens tratar ali mesmo dos cavalos, que estavam molhados e com frio — uma boa medida. Colocou a mão no ombro de Niceas.

— Este é Niceas, meu *hiperetes.* E aqui Diodoro, meu lugar-tenente. — Olhou novamente para o grupo. — Onde está Filocles?

— Estava aqui agora mesmo — respondeu Diodoro.

Memnon os observava cuidadosamente.

— Um de seus homens está ausente?

Diodoro riu.

— Imagino que ele tenha ido à primeira taverna. Nós o encontraremos — completou, fazendo um gesto para Kineas.

Kineas interpretou o sinal como significando que Filocles tinha ido cuidar de algum assunto do grupo, ou talvez particular. Diodoro aparentemente sabia o que estava acontecendo. Não era o caso de Kineas, que simplesmente disse:

— Nós o acharemos rapidamente.

— Não importa, o arconte está esperando! — disse Memnon, com um sorriso desagradável. — Ele detesta ter de esperar.

Os homens de Kineas levaram uma hora para encontrar seus alojamentos. Tinham sido levados ao hipódromo da cidade, em um quartel militar recentemente construído junto aos estábulos. Os quartos eram novos, porém pequenos, e nenhum dos soldados estava de bom humor.

Kineas os juntou no estábulo.

— Fiquem aqui, limpem os alojamentos, aqueçam-se e tomem banho. Niceas e Diodoro virão comigo para a visita ao arconte. Os demais, fiquem sabendo que aqui ficaremos. Sugiro que encontrem uma maneira de gostar daqui. — Falava com aspereza, talvez mais asperamente do que precisava. — E encontrem o espartano. — Em seguida, sem ter se lavado, vestiu uma túnica limpa e calçou boas sandálias, penteando os cabelos e a barba.

Na entrada do quartel encontrou Diodoro, que tinha aparência limpa e ajeitada como um alfinete recém-forjado, e Niceas, que dava a impressão de ter apanhado um forte resfriado. Um soldado e um escravo esperavam do lado de fora, este último para carregar qualquer coisa que fosse necessária e o soldado para acompanhá-los até o arconte.

O militar os levou à cidadela, uma torre de pedra com fortes bastiões e paredes de mais de três metros de espessura. Os homens de Memnon vigiavam a entrada com ar severo, envoltos em seus mantos. Outros montavam guarda diante de portas fechadas no final de um corredor comprido e frio. De certa forma, as paredes e os guardas prepararam Kineas para o que o esperava. Nenhum arconte das cidades livres precisava de guardas mercenários, fortaleza e antecâmara. Nessas cidades, o arconte estaria em sua própria casa, ou na ágora, cuidando da administração. Por isso ele não se surpreendeu quando os sentinelas das portas fizeram ver que seus homens não eram bem-vindos. Kineas fez um gesto, dizendo que esperassem, e adiantou-se. Um guarda tomou-lhe a espada — era um bárbaro, vestido com pele de leão.

Kineas viu as portas se abrirem e ouviu o fragor de armas do lado de dentro — mais guardas —, então seguiu seu guia a uma sala aquecida e escura, com pesadas decorações em ouro: estátuas dos deuses com enfeites dourados; cortinas persas entremeadas de fios de ouro; pendentes do teto com correntes lâmpadas do mesmo metal, que espalhavam uma tímida luz amarelada; um braseiro de ferro com alças de ouro, cujos carvões vermelhos exalavam fumaça aromática; um biombo dourado, uma mesa com taças de ouro e uma grande bacia também de ouro. Atrás da mesa, quase invisível na névoa perfumada, havia um homem sentado em uma cadeira, com um diadema na testa. Memnon se colocara por trás dele, a armadura brilhando à luz mortiça. De ambos os lados do portador do diadema havia um par de homens musculosos vestidos com peles de leão e segurando clavas.

— Kineas de Atenas? — A voz era suave, muito tranquila. A fumaça do braseiro e a escuridão faziam com que parecesse vir de toda a sala, como a fala de um deus. — Você está cinquenta dias atrasado. — O homem riu, comedidamente. — Não é fácil viajar aos confins da Terra, não é verdade? Por favor, sirva-se do vinho que está a seu lado. Conte-me suas aventuras.

— Não há muito que contar, arconte. Eu queria trazer meus cavalos, e foi o que fiz. Peço desculpas pelo atraso. — Kineas se sentia desestabilizado. A fumaça de incenso era embriagadora e lhe fazia arder desagradavelmente a garganta. E os homens vestidos de pele, mais bárbaros, pareciam uma ameaça direta.

— Não precisa desculpar-se, meu jovem. Pelo menos, não pelo atraso. Essas coisas acontecem. Por favor, diga-me como fez para chegar aqui.

— Vim por mar a Tomis e, em seguida, por terra com meus cavalos.

— Vamos, meu jovem. Mais detalhes.

— Que posso dizer? Tivemos uma escaramuça com alguns bandidos. Encontramos um grupo de *sakje*.

Kineas estava desconfiado. Tinha a impressão de que uma armadilha estava sendo preparada.

— Os bandidos que vocês enfrentaram eram getas, não é verdade? Infelizmente são aliados desta cidade. E os *sakje* são sem dúvida os piores bandidos de todos. Vocês tiveram sorte de escapar com vida.

— Os getas eram um pequeno grupo, com um chefe local. Eles nos atacaram para roubar nossos cavalos. — Kineas puxou a barba, como costumava fazer quando se sentia confuso. — Eu não sabia que eram aliados desta cidade.

— Eles tampouco imaginaram que você estava a meu serviço. Foi realmente uma pena. Ainda mais porque vocês depois fizeram os *sakje* atacá-los. Perderam dez aldeias, incendiadas. Nós comerciamos com os getas e eles são aliados da Macedônia. Vocês prejudicaram nosso comércio. — O arconte pôs a mão no queixo e olhou para Kineas. — E talvez não soubesse que minha própria família é dos getas?

Kineas franziu a testa.

— Eu não tinha ideia disso.

— Uma pena. E os *sakje*? Pediram um tributo?

— Arconte, o senhor parece já ter conhecimento dessas coisas.

— Por favor, responda às perguntas que faço. Você está a meu serviço e a serviço da cidade. Exigimos sua cooperação em tudo.

Kineas respirou fundo e tossiu. Em seguida, respondeu:

— Os *sakje* pediram um tributo. Paguei com dois cavalos de minha manada e um pouco de ouro.

— E o chefe dos *sakje* era um homem de barba ruiva?

— Era uma mulher, arconte.

O arconte ficou evidentemente surpreso. Elevou a voz, mais interessado.

— Uma mulher? Não ouvi falar nisso. É uma notícia interessante. Como é o nome dela?

Não era a primeira vez que Kineas lamentava não saber o nome dela.

— Não sei.

— Pena. Minha sina na vida é acompanhar as carreiras desses bandidos de segunda classe. Muitas vezes é importante para a segurança saber qual dentre eles está ficando ambicioso. Meu jovem, nós não pagamos tributo aos bandidos da planície. Por favor, nunca mais faça isso. Ah... e soube que um deles faz parte de seu grupo. Por favor, dispense-o.

Kineas já vinha controlando o temperamento havia muito tempo, mas tinha chegado ao limite.

— Temo que o senhor tenha mandado buscar o homem errado, arconte — disse ele, bruscamente. — Sou um fidalgo de Atenas, e não um cão — continuou, jogando a carta sobre a mesa. — Talvez em Olbia seja possível mandar um cão dispensar seus homens, mas não a um ateniense.

O arconte sorriu. Seus dentes brilharam como marfim à luz das lâmpadas.

— Não é muito obediente, mas é leal a seus homens. Será leal a mim, imagino? — O tom da voz mudou, o sorriso sumiu e os dentes desapareceram na escuridão. — Você trouxe cavalos. Por quê? É uma coisa de que pouco precisamos aqui. Os bandidos nos vendem tudo de que necessitamos. Eles se reproduzem como moscas. Você chegou com cinquenta dias de atraso e hostilizou um aliado para conseguir trazer alguns cavalos gregos para a minha cidade? Não foi uma boa decisão. Quero somente homens que saibam tomar boas decisões.

Kineas provou o vinho e achou-o excelente. A bebida aliviou o efeito da fumaça na garganta.

— O senhor não tem um só animal de cavalaria em seus estábulos.

O arconte fez uma pausa. Pela primeira vez voltou os olhos para Memnon.

— Bobagem. Tenho vinte cavalos ali, todos animais extraordinários. É melhor que o sejam, porque paguei caro por eles. Se me disser que é necessário, comprarei mais. Não preciso de seus animais gregos.

Kineas fez um gesto de assentimento.

— Todos são cavalos excelentes, mas nenhum foi treinado para a guerra. Eu trouxe vinte animais de ataque e com base neles sou capaz de treinar mais cem neste inverno.

Também posso arranjar um reprodutor, pensou ele, mas guardou para si.

O arconte virou a cabeça para um lado, com a mão no queixo.

— Humm. Talvez haja verdade no que você diz. Por isso é que eu queria um oficial de cavalaria. Então, você está aqui. Vou cuidar dos getas. E os bandidos, que acha deles?

— Acho que são um pouco mais do que bandidos. Têm uma boa cavalaria. Eu não gostaria de meter-me com eles.

— São bandidos, estou dizendo. Eles afirmam que nós lhes devemos tributos e apetrechos. Humm... espere até você ter de comerciar com eles. Mas têm certa utilidade e não nos custam nada. Ao contrário de vocês, fidalgos, que são muito caros.

Memnon sorriu.

— A segurança nunca é barata, senhor.

— Humm... Kineas, você conhece as condições. Trouxe soldados consigo, e isso não fazia parte do contrato. Quero que você treine os fidalgos de minha cidade. — O arconte respirou profundamente e a voz se transformou em um sussurro. — Faça com que sejam úteis, impeça que sejam o espinho em meu flanco. Eles perdem tempo com suas conspirações e demandas judiciais. Mas eu não gostaria de contratar outra tropa de mercenários.

Kineas concordou com a cabeça.

— Eu corri o risco de que o senhor não os aceitasse. São excelentes soldados, cavalheiros de boas famílias gregas e de outras partes. Preciso de homens experientes para subcomandantes e instrutores. Eles têm de ser fidalgos, senão seus *hippeis* não aceitarão o comando. Trouxe 12 homens, senhor; eles não esvaziarão seu tesouro — Kineas apontou para a lâmpada — que parece estar bem provido.

— Não avalie meu tesouro antes de havê-lo merecido — retrucou o arconte. A voz, profunda e suave quando ele estava calmo, tornava-se cortante como uma espada quando se irritava. Dinheiro evidentemente era importante para ele. — Memnon! Que acha?

— Acho que ele tem um bom argumento. Eu não me ofereceria para treinar os hoplitas de uma cidade sem ter um grupo de assistentes — disse Memnon, olhando para Kineas.

— Quanto espera que esses *fidalgos* ganhem? — perguntou o arconte.

— Quatro dracmas por dia, pagos mensalmente. — Kineas se via em terreno firme, propondo a quantia que havia calculado durante um mês. — Um mês adiantado para cada homem. Salário dobrado para meu *hiperetes* e para mais um oficial. Gratificação de combate e um bônus anual de bons serviços.

— É o dobro do que recebem meus homens — disse Memnon. No entanto, acenou quase imperceptivelmente para Kineas.

— Seus homens não fornecem as montarias e não as tratam pessoalmente, nem providenciam todo o equipamento. Imagino que após fazer as deduções das despesas de manutenção, o salário é aproximadamente igual.

Na verdade, Kineas pedira mais do que seus homens esperavam.

Memnon deu um riso curto, como um latido.

O arconte balançou a cabeça.

— Hum... muito bem. Espero bons serviços e espero que, quando eu passar a confiar em seus homens, eles estejam à minha disposição. — Tocou uma pequena sineta, com um ruído seco no ar pesado. Um escravo vestido com longo manto apareceu imediatamente. O arconte indicou Kineas com um gesto. — Faça os cálculos e dê a este homem um mês de salário para seus soldados.

O escravo estava bem-vestido, era magro como um caniço e tinha barba farta e olhos profundos. Fez uma reverência.

— Às suas ordens, meu senhor. — Falava grego com sotaque persa. Olhou para Kineas. — Sou Ciro, contador do arconte. Pelo que entendo, o senhor tem 12 homens, dois dos quais receberão salário dobrado, à razão de quatro dracmas por dia. Correto?

Kineas assentiu. O persa era muito formal. Provavelmente havia sido nobre. Nada em sua atitude denotava o que pensava de seu estado atual. Kineas fez uma curvatura.

— Ciro, sou Kineas de Atenas. Prazer em conhecê-lo.

Ciro olhou-o nos olhos durante os cumprimentos, o que não era o comportamento de um escravo de nascença, e ficou visivelmente satisfeito por ter sido saudado daquela maneira.

Kineas prosseguiu:

— Meu *hiperetes* está esperando do outro lado daquela porta. Por favor, dê o dinheiro a ele.

— Como queira, senhor — disse Ciro, saindo por uma porta lateral.

Kineas voltou-se para o arconte.

— Desejo também ter o título hierárquico de hiparca da cidade, como mencionado na carta.

O arconte hesitou

— Você está sendo contratado para treinar meus nobres...

— E o senhor espera que eu os comande no campo de batalha — interrompeu Kineas.

— Não seja tão altaneiro. Há um homem na cidade, um homem poderoso, chamado Cleiton, que é titular do cargo de hiparca. Não quero ofendê-lo.

— Nem eu tampouco, arconte. No entanto, nenhum esquadrão pode ter dois comandantes. Ou eu sou superior a ele, e nesse caso minha tarefa é fazer com que ele me entenda e me obedeça, ou ele é meu superior, e nesse caso nem ele nem qualquer outro cavalheiro desta cidade têm motivos para dar atenção ao que eu disser.

O arconte cofiou a barba. Memnon ficou calado, com os olhos fitos em uma das lâmpadas de ouro que pendiam sobre a cabeça de Kineas. O silêncio tomou conta da sala.

— Ambos serão hiparcas — disse o arconte. — Esta é a minha decisão. Minha lei. Terão igual hierarquia. Se ele não estiver disposto a concordar com o que você disser, talvez queira dar-me conhecimento disso. E mais uma coisa — acrescentou, erguendo a mão para conter o protesto de Kineas —, de vez em quando, o senhor ouvirá boatos de conspirações desses homens contra mim. O senhor me dará conhecimento de tais conluios. O senhor deverá ganhar o respeito deles para que lhe façam confidências. Dessa forma, reforçará minha autoridade e a própria cidade. Compreende? — Baixou outra vez a voz: — E se esses homens não concordarem ou se recusarem a obedecer, isso é considerado crime segundo as leis desta cidade muito antes de meu governo. O senhor me relatará qualquer fato negativo imediatamente.

Foi a vez de Kineas ficar em silêncio. Na verdade, o que lhe estava sendo pedido era que denunciasse seus próprios companheiros, situação tão repugnante que ele se sentiu tentado a dar uma resposta mal-humorada. Por outro lado, aquilo era justamente o tipo de mesquinhez que qualquer soldado poderia esperar quando se colocava a serviço de um tirano. Kineas pesou uma coisa em relação à outra — o bem-estar de seus homens, o seu próprio e a opinião que tinha de si mesmo como homem honrado.

— Se achar que alguém está conspirando contra a cidade, eu o farei saber — disse ele, cuidadosamente. A escolha de verbos foi precisa, graças ao aprendizado de retórica que tivera na infância. — Ou se achar que alguém está cometendo algum crime grave.

Se o arconte entendeu a resposta defensiva, não fez comentários.

— Muito bem, então. Fico satisfeito que não tenha havido uma exigência despropositada sobre seu próprio salário. Que pretende como pagamento?

— O que o senhor me ofereceu para vir — respondeu Kineas.

— Por favor, atente para que não estou reduzindo sua gratificação devido ao atraso de cinquenta dias. — O tom do arconte era suave, amigável. — O pagamento a seus homens será devido a partir do dia em que entraram em minhas terras.

— Obrigado, arconte. O senhor é generoso.

Kineas estava louco para sair daquela sala, afastar-se do cheiro do braseiro e da atmosfera de restrição e temor.

— Quando posso começar?

— Já começou, quando se apresentou a mim. Convocarei os *hippeis* para o dia seguinte à festa de Apolo. Eles costumam participar do desfile do hipódromo na nona hora. Por favor, informe os nomes de todos os que deixarem de comparecer. Ciro lhe dará uma lista completa. — Fez um gesto, dispensando Kineas. — Espero grandes coisas de você, Kineas, agora que chegou.

Kineas se manteve firme.

— Como devo dirigir-me ao senhor?

— Chame-me arconte; sempre. — O arconte baixou a cabeça e fez novamente um gesto de dispensa.

Até mesmo Alexandre usava seu primeiro nome entre companheiros, embora afirmasse que era um deus. Kineas se permitiu um sorriso.

— Muito bem, arconte. — Deu meia-volta e saiu.

Niceas esperava, com dois sacos pesados de couro e um rolo de pergaminho. Diodoro espreitou pela porta que se fechava, vendo o ouro do lado de dentro, e deu um assobio.

— E então?

— Estamos contratados. — Fora da sala, Kineas começou a pensar nas muitas coisas que deveria ter dito e em diversas que não tinha dito. Pegou um dos sacos de moedas, enfiou o rolo de pergaminho no cinto e recuperou a espada que estava com o guarda. Este chamou um guia que os levou de volta, atravessando a fortaleza até os alojamentos.

Diodoro esperou que o guia fosse embora e perguntou:

— Tirano?

— Aha, sim — disse Kineas, que queria lavar-se.

— O senhor está com o cheiro de uma mocinha persa. Vamos ficar por aqui? — perguntou Diodoro, indicando as moedas. Niceas começou a dizer alguma coisa, mas mergulhou em um acesso de tosse.

Kineas abriu um dos sacos e começou a contar as moedas.

— Vamos. Primeiro, porque o salário é excelente. Segundo, porque não temos para onde ir.

Diodoro riu.

— Entendi.

Kineas colocou a mão no ombro de Niceas.

— Está se sentindo muito mal?

— Não se preocupe.

— Ótimo, então vá chamar os homens. Vamos deixar algumas coisas claras.

Ao chegarem ao hipódromo, que ficava do outro lado da cidadela, Diodoro serviu vinho. Kineas mandou Arni misturar o vinho com ervas, para Niceas. Quando a sala, a maior do quartel, encheu-se do aroma, os homens já estavam reunidos. Diodoro ficou perto de Kineas e Niceas se juntou a eles, limpando o nariz num pano. Os demais trouxeram tamboretes. Líqueles sentou-se na frente, com Laertes e Coeno. Andrônico e Antígono se colocaram perto da porta. Crax se postou junto à lareira. Átelo sentou-se no chão, e Ajax e Fílocles ficaram de pé junto à janela.

Kineas franziu a testa para Fílocles, que retribuiu com um sorriso. Naquele momento não poderia descobrir onde o espartano havia estado. Levantou-se e dirigiu-se a todos.

— Senhores. Aqui está nosso primeiro pagamento desde que deixamos o serviço de Alexandre. E é hora de conhecermos algumas regras. — Kineas ergueu a mão pedindo silêncio, porque a palavra "pagamento" tinha sido recebida com murmúrios de aprovação. — Primeiro: estamos servindo a um tirano. Não direi mais nada além disso; todos os que estão aqui devem jurar, antes de sair desta sala, que serão leais a nossos companheiros e amigos, antes de qualquer outra lealdade. Peço isso a todos porque já estou suspeitando de que seremos espionados, de que nossas conversas serão relatadas e de que nossa posição aqui pode se tornar muito difícil. Em vez de vivermos temerosos, proponho concordarmos em falar abertamente entre nós, qualquer que seja a discrição que resolvamos observar fora dos muros do hipódromo.

Kineas sorveu o vinho. Todos estavam agora em silêncio completo.

— Vamos treinar os *hippeis* desta cidade; cavalheiros da província que possuem muito dinheiro, grandes propriedades e nenhum hábito de receber ordens de quem quer que seja. Vou falar com franqueza: aqueles dentre vocês que tiveram posses em suas cidades, Líqueles, Diodoro, Laertes, Coeno, Ágis e Ajax — ao ouvir seu nome, Ajax levantou a cabeça, como se ficasse surpreso em ser incluído —, terão os principais deveres como instrutores. Compreenderão melhor os modos e motivações de nossos nobres soldados, e embora devam ser firmes em matéria de disciplina, terão de ser judiciosos quanto à forma de aplicá-la.

Líqueles assentiu.

— Não devemos antagonizar os ricos?

— Devem liderar pelo exemplo. Por isso eu os trouxe aqui. Desde o início ofereceremos prêmios de bom desempenho. Não negaremos elogios genuínos, mas não faremos lisonjas. Vamos nos esforçar sempre para sermos melhores do que nossos alunos, sem os envergonharmos. Se possível, estabeleceremos contato social com eles e os sufocaremos com nossas histórias de guerra.

A maioria riu, até mesmo Ajax.

Antígono levantou a mão.

— E o restante de nós, vamos tratar dos cavalos?

— Não — disse Kineas, olhando em volta. — Somos um grupo de homens iguais. Eu sou o comandante, é verdade. Diodoro será meu lugar-tenente, e Niceas, o *hiperetes*, como sempre. Depois deles, as tarefas serão repartidas entre todos. Primeiro, no entanto, quero acostumar nossos recrutas com a ideia de que realmente somos da mesma classe social deles. Depois que tiverem aprendido a cavalgar, o restante de vocês vai instruí-los nas técnicas de campanha, de combate, em tudo em que vocês são mestres. — Kineas havia empilhado as dracmas de Olbia enquanto esperava que Niceas trouxesse os homens. — O salário será de quatro dracmas por dia, pago adiantadamente por mês. Aqui está o pagamento do primeiro mês. Diodoro e Niceas receberão salário dobrado. Todos estão de acordo?

Era mais do que aceitável para todos menos para Átelo, que começou a contar nos dedos, e para Ajax e Coeno, que encolheram os ombros.

— Muito bem — disse Kineas. — Ágis, o megarano: 120 dracmas. Ponha sua marca. Cento e vinte dracmas para Andrônico, mais cinquenta pela perda do cavalo entregue à amazona. Não há deduções. Total: 170 dracmas. Ponha sua marca. Coeno...

E assim foi tratando com cada um, deixando Crax feliz com a pilha de prata que tinha nas mãos e Ajax confuso com o que faria com tanto dinheiro no bolso. Pagou a todos enquanto Niceas tomava nota em um rolo de pergaminho e Didoro observava.

— Amanhã teremos nosso primeiro desfile. Quero todos brilhando nessa ocasião e em qualquer outro desfile que tenhamos de realizar. Quero que percebam, pela atitude de vocês, que são soldados profissionais, e eles, meros amadores. Depois que tiverem limpado bem seus apetrechos e as armaduras estiverem brilhando, poderão ir gastar seu dinheiro como melhor lhes aprouver. Encham o quartel de prostitutas, percam todo o dinheiro em jogos de azar. Mas prestem atenção: agora temos disciplina. Disciplina para nós significa que não cometerão tolices fora do quartel. — Todos riram, e os mais pobres não conseguiam tirar os olhos das pequenas pilhas de pesadas moedas de prata. — Mas primeiro — e a voz de Kineas era clara como o ondear de uma bandeira ao vento —, vocês terão de prestar juramento.

Todos se puseram de pé em círculo — todos os 12, erguendo as mãos e colocando-as sobre a de Kineas, cada um por sua vez, para que ele sentisse o peso dos braços deles sobre o seu.

— Por Zeus, que ouve todos os votos, por Atena, Apolo e todos os deuses, juramos ser leais uns para com os outros e para com a companhia, até que ela se dissolva por acordo entre todos.

Kineas dizia as palavras e eles as repetiam com veemência, sem que faltasse um só. Kineas surpreendeu-se ao ouvir a voz de Ajax suplantar as demais. Naquele momento, ele os adorava, mas procurava não demonstrar.

— Limpem suas armaduras. Depois vamos tomar um pouco de vinho.

Kineas remexeu os dedos dos pés ao calor da lareira, contente por já não ter de suportar o frio da planície e por estar sentado em uma cadeira confortável.

Gostaria, no entanto, de ter sabido o nome da mulher *sakje*.

Se na manhã seguinte havia alguém com ressaca por causa da bebida, isso foi convenientemente ocultado. Primeiro, Kineas leu para todos suas intenções quanto às tarefas de inspeção e instrução. Colocaram marcas para o lançamento de dardos, separaram espaços para a prática de montar e desmontar e ergueram cercas para simular a travessia de terrenos ásperos. Depois que o campo do hipódromo ficou pronto, Kineas passou em revista seus 12 veteranos. Haviam comprado túnicas e fivelas no dia anterior e a aparência de todos era excelente. Sob as armaduras, vestiam túnicas azuis, a cor da cidade, e todos traziam fivelas de prata no cinturão da espada. O pelo dos cavalos brilhava. Kineas sorriu, mostrando que apreciara os esforços deles. Ele próprio trajava um manto novo de um azul profundo, com um penacho também azul de crina de cavalo no elmo. Aparara a barba, antes muito desalinhada, que agora seguia o novo estilo bem-comportado em voga.

Fizeram exercícios durante uma hora na atmosfera cortante, utilizando o campo do hipódromo para as manobras. Após o primeiro turno com as lanças, Kineas voltou-se para Niceas.

— Vamos precisar de espaço para trezentos cavaleiros. Mande Átelo procurar pela cidade um campo que nos sirva.

— Irei com ele — disse Niceas, tossindo. Limpou a boca com um pano e tossiu outra vez.

— Quero que você vá para a cama. Está com péssima aparência.

Niceas encolheu os ombros.

— Estou bem — afirmou, começando novamente a tossir.

Os exercícios foram muito bem executados. Kineas os manteve ocupados até que todos os cavalos suassem e os homens tivessem recuperado a destreza. Ajax conseguiu atirar uma lança em galope mas ainda não era capaz de transferir a segunda lança para a mão de lançamento antes de ultrapassar o alvo. Muitas vezes, na pressa, a deixava cair. Fílocles atirava seus dardos a uma boa distância e com pontaria, mas não era muito rápido e mal conseguia dominar o cavalo. Sua técnica de montaria tinha melhorado, porém não ao nível dos demais.

Kineas preferiu não criticar Fílocles, pois o espartano tinha perfeita consciência de suas deficiências a cavalo. Quando terminaram os exercícios, no entanto, ele convocou a todos.

— Quero que tenham consciência de que estamos agora em uma terra de cavaleiros. Os *sakje* não são os únicos nesta região que sabem cavalgar. Nossos *hippeis* provavelmente são melhores cavaleiros do que a maioria dos gregos, tão bons quanto os trácios ou os tessalianos. O trabalho de hoje foi muito bom. Levem os cavalos ao estábulo e os aqueçam. Quando tiverem feito isso, quero que Fílocles, Diodoro, Líqueles, Laertes e Coeno me acompanhem ao ginásio. Os restantes, caminhem pela cidade. Quero que se acostumem com as ruas. Verifiquem a posição dos portões e dos torreões, e não somente a das tabernas.

Sitalkes, o escravo geta, tomou o cavalo de Kineas e começou a tratá-lo, o que fez com que Niceas o olhasse com ar de desaprovação. Kineas não deu atenção e foi mudar de roupa para ir ao ginásio.

O quartel era pequeno, mas tinha certo conforto. O corredor central que partia da entrada tinha cabides para os mantos e para o equipamento; dava para a cozinha, onde dois escravos da cidade trabalhavam preparando a refeição, para uma sala de reuniões e para os dois aposentos reservados para Kineas, com uma lareira na parte de trás do prédio. Do lado de fora, uma escada levava a uma passagem de onde se abriam as portas para seis quartos pequenos, com beliches para os soldados. Os quartos não tinham aquecimento, mas eram melhores do que tendas, e os homens haviam escolhido os dois que ficavam diretamente acima da cozinha. Kineas entrou pelo pórtico e despiu-se em seu quarto, enxugou a condensação de umidade na placa peitoral da armadura, limpou o elmo e colocou ambas as peças em um cavalete junto à cama. Pendurou nele o talabarte ligado ao cinto que sustinha a espada, por cima do peitoral. Vestido com uma túnica elegante, porém não de aspecto militar, e calçando sandálias, foi ao encontro de Diodoro no corredor central.

— Agora vamos mostrar que somos fidalgos — disse Kineas.

— Verei o que posso fazer — respondeu Diodoro.

Coeno deu um riso de desprezo.

— Acho que o pessoal local é quem deve provar sua qualidade. Por enquanto, parecem camponeses.

Enquanto esperava os demais, Kineas mandou um escravo ao ginásio a fim de solicitar licença para utilizá-lo com seus homens. Por serem mercenários, tinham certa posição social, mas não eram cidadãos. Era melhor ter certeza.

Líqueles chegou, esfregando a testa.

— Estou com vontade de comprar um escravo para cuidar de meu cavalo — disse ele. — Não aguento o mau cheiro.

O escravo voltou trazendo um punhado de discos de argila.

— São para uso dos senhores. Isso os identificará como convidados.

Kineas deu um óbolo ao rapaz.

— Vamos fazer um pouco de exercício? — disse ele a seus soldados fidalgos.

O ginásio de Olbia ficava em um prédio melhor que o de Tomis, embora de menos bom gosto. Golfinhos de bronze adornavam os degraus de pedra e a fachada era também de pedra. O ginásio possuía piso aquecido e banhos mornos, e uma grande placa de bronze com enfeites dourados na entrada proclamava que o arconte Leucon, filho de Sátiro, o mandara construir como presente para a cidade.

Kineas leu a placa, achando engraçado que pelo menos ali o arconte tivesse preferido usar seu próprio nome.

Os mantos e sandálias foram entregues a escravos da cidade. Passaram por um corredor curto para ir ao vestiário e despiram-se no ar gélido, deixando as túnicas em escaninhos de madeira. Dois outros homens pararam de conversar e os observaram em silêncio. Então recomeçaram a falar em voz baixa tão logo os cinco soldados saíram do vestiário para a área de exercícios.

Também ali tudo ficou silencioso. Havia pelos menos uma dúzia de cidadãos no chão coberto de areia, alguns levantando pesos e um usando um estrígil em outro, mas a conversação cessou quando Kineas entrou.

Diodoro olhou em volta e encolheu os ombros.

— Quer lutar, Kineas?

Fazia bastante frio, mesmo com o chão aquecido, e não era possível ficar parado muito tempo. Kineas enfrentou Diodoro, enquanto Coeno e Líqueles começavam a se aquecer, flexionando cuidadosamente os músculos ainda frios. Laertes preferiu levantar pesos.

Diodoro fingiu atacar a perna de Kineas e agarrou um braço, derrubando-o, mas Kineas segurou-lhe a cabeça ao cair, tombando ambos ao chão numa confusão de braços e pernas. Em um instante se levantaram. No segundo assalto, Diodoro se mostrou mais cuidadoso, mas não conseguiu fazer com que Kineas cometesse um erro, e foi este que conseguiu agarrar uma das mãos do adversário, tratando de derrubá-lo. Diodoro deu-lhe um golpe forte nas costelas, mas Kineas teve mais sucesso ao passar-lhe uma rasteira, lançando-o ao chão. Diodoro rolou no chão, escapando da queda, e ambos, novamente de pé, enfrentaram-se respirando ofegantemente, já aquecidos.

Kineas ergueu as mãos espalmadas, em guarda, e Diodoro manteve as suas próximas ao corpo. Deram alguns passos em círculo. Com o canto do olho, Kineas viu que estavam sendo observados pela maioria dos homens na sala. Agarrou a cabeça de Diodoro com ambas as mãos. O adversário respondeu afastando as mãos de Kineas e acertando-lhe um tapa na testa que o fez cambalear para trás. Em um segundo, Diodoro o atacou, colocando a perna esquerda entre as de Kineas e derrubando-o, desta vez com o peso do colega em cima de seu corpo. A areia do chão não era muito espessa e ele sentiu uma contusão na perna. Diodoro levantou-se e Kineas também ficou de pé, pingando suor e esfregando o quadril.

— Você lutou bem — disse, meio compungido.

— Sem dúvida, também acho. Você me faz empenhar-me cada vez mais. Ainda vai acabar sendo um bom lutador.

Disputaram mais três quedas, das quais Diodoro ganhou duas, e em seguida Líqueles e Coeno começaram a boxear. Nenhum dos dois era rápido como Kineas nem atlético como Ajax, mas mostraram competência, apesar de um tanto espalhafatosos.

Nenhum dos outros homens que estavam na sala propôs um desafio nem tampouco apostas, e nenhum se aproximou dos homens de Kineas. Ficaram em silêncio, junto à fonte do ginásio, observando-os em grupo.

Kineas atravessou a sala em direção a eles. Lembrava-se dos esforços que fizera, e que com o passar do tempo se mostraram infrutíferos, para estabelecer contato social com os oficiais macedônios do exército de Alexandre. Apesar de suas dúvidas, chegou perto do mais idoso do grupo, homem esbelto, de porte atlético, já de certa idade, com barba quase branca.

— Bom dia, senhor — disse Kineas. — Sou apenas um convidado e gostaria de correr um pouco. Onde posso fazê-lo?

O homem encolheu os ombros.

— Eu corro em minha propriedade, nos arredores da cidade. Imagino que os demais cavalheiros façam o mesmo.

Kineas sorriu.

— Venho de Atenas. Nossas propriedades em geral são distantes demais da cidade para que seja possível ir até elas para praticar exercícios Muitas vezes corri em volta do teatro, por exemplo, ou de manhã cedc na ágora.

O homem virou a cabeça, examinando Kineas como se ele fosse um carneiro à venda em um leilão.

— Realmente? Você tem uma propriedade? Francamente, meu jovem, isso me surpreende. Imaginei que fosse um salteador.

Kineas começou a se alongar. Olhou para o homem e para o grupo.

— Antes de morrer, meu pai era um dos maiores proprietários de terras de Atenas. O nome dele era Eumenes, já deve ter ouvido falar dele. Nossos navios faziam comércio com esta cidade. — Virou-se de lado para alongar a outra perna e disse, lentamente: — Meu amigo Calco ainda manda navios para cá, penso eu.

Um outro homem, mais magro e com uma pequena pança que denotava grave falta de exercício, curvou-se para a frente.

— Eu comercio com Calco. O senhor o conhece?

Kineas limpou a areia do quadril e disse:

— Somos amigos de infância. Então, não se corre na cidade?

O homem mais bonito do grupo, mais jovem e mais rijo, disse:

— Às vezes corro em volta do ginásio. Não foi construído no lugar mais adequado. Bem, digo que não! Não estou censurando o arquiteto do arconte. O novo ginásio não tem espaço para uma competição de corrida, na verdade.

Os outros homens se afastaram um pouco dele, como se fosse um doente.

Kineas estendeu-lhe a mão.

— Gostaria de ter um companheiro. Quer correr comigo?

O homem olhou para os demais, mas nenhum deles o fitou nos olhos e ele encolheu os ombros.

— Sem dúvida. Deixe-me fazer um pouco de alongamento. Meu nome é Nicomedes.

Correram uma distância maior do que Kineas desejava. Nicomedes era excelente corredor de maratona e queria ir mais depressa e mais longe do que o ateniense havia imaginado, deixando pouco fôlego para conversas. Era, no entanto, uma companhia prazerosa, embora um tanto fria.

e quando chegaram ao limite do que Kineas era capaz sem desmaiar em público, voltaram ao ginásio e aos banhos. Nicomedes convidou Kineas para jantar, era o primeiro convite que este recebia na cidade.

Desfrutando o luxo do primeiro banho em um mês, Kineas perguntou:

— Você faz parte dos *hippeis,* Nicomedes?

— Certamente poderia, porque tenho propriedades, se é isso o que você quer saber. Tenho um cavalo, mas nunca servi na cavalaria. Minha família sempre foi de infantaria.

Olhando-o de perto, Kineas reparou que Nicomedes parecia muito preocupado com a aparência física. Tinha vestígios de cosmético nos olhos e as maçãs do rosto denotavam que se tratava de um alcoólatra. Era mais velho do que parecia à primeira vista, mas estava em excelente forma, e o cuidado que tinha com o corpo mostrava que sabia possuir um bom físico. Independentemente disso tudo, era uma companhia agradável.

Kineas escolheu cuidadosamente as palavras:

— Vou fazer uma confidência, Nicomedes. O arconte me deu uma lista de pessoas para que eu convoque a cavalaria da cidade, e ele parece esperar que todos obedeçam.

Nicomedes deu um salto para fora da água, com tanta rapidez que as gotas de água voaram para todos os lados.

— Isso não é justo; nós sempre servimos como hoplitas. — Em seguida, acrescentou: — Isso é coisa típica dele. — Fez nova pausa e disse: — Eu não devia ter disso isso.

Kineas encolheu os ombros e esfregou-se.

— Você pode informar outros sobre a convocação.

Nicomedes disse:

— Já conheceu Cleiton, o hiparca?

Kineas pensou: *O hiparca sou eu*. Em seguida lembrou-se da hesitação do arconte a respeito do assunto. *Ah, agora começo a entender.*

— Ainda não, mas gostaria. Nós dois teremos de trabalhar juntos se quisermos realizar alguma coisa.

Outros homens vinham chegando para os banhos e os escravos se ocupavam em encher as demais banheiras de madeira. Os aposentos começaram a encher-se de vapor, o que proporcionava um anonimato reconfortante. As vozes se elevaram na conversação. Kineas ouviu Líqueles elogiar o físico de alguém, Diodoro fazendo perguntas e Coeno recitando as opiniões de Xenofonte sobre equitação.

— Às vezes eu e ele nos associamos em alguma carga e de vez em quando somos aliados na assembleia, quer dizer, quando o arconte nos permite fazer uma assembleia. Humm, eu não devia ter dito isso. Seja como for, eu poderia convidá-lo a jantar; assim você o conheceria. Tudo o que nos disseram foi que o arconte estava contratando um mercenário — declarou Nicomedes.

Kineas fez sinal a um escravo para que esfregasse suas costas.

— Posso imaginar.

Limpo, vestido e agradavelmente fatigado, Kineas levou seus homens de volta ao quartel. A barba úmida pareceu congelar-se tão logo saíram ao ar livre, e o manto não foi suficiente para aquecê-lo.

— Tudo correu bem — disse Kineas.

— Eles achavam que éramos monstros — comentou Líqueles. — O que dizer de Memnon e sua turma?

— Vai ser preciso mais do que um par de jantares e algumas idas ao ginásio para que se acostumem — disse Kineas, esfregando a barba.

— Há mais coisas acontecendo aqui do que eu esperava — declarou Diodoro. — Não são apenas as famílias tradicionais contra o arconte. Sinto que há três facções, e até mesmo quatro. Atenas estará apoiando o arconte? Atenas não costuma apoiar tiranos, mesmo nesta época decadente.

— Atenas precisa do trigo — observou Coeno. — Ouvi um debate sobre a concessão de cidadania ao tirano de Pantecapeo, certa vez na assembleia. Tudo se referia ao fornecimento de trigo. — Cofiou a barba e prosseguiu: — Achei seu amigo Nicomedes um bom homem, embora um pouco preocupado demais com a aparência. Acabei entediando um dos mais idosos com minha erudição — acho que exagerei. O nome dele era Petrócolo. Boa gente.

— Eles são cuidadosos — disse Líqueles. — Por Hermes, são muito discretos; todos, menos o seu Nicomedes. É um homem elegante. Ele correu bem?

— Melhor do que eu jamais conseguirei, e nem quero — respondeu Kineas.

— É um pouco exaltado, para o estilo local. De quanto tempo o arconte precisará para ficar sabendo que você jantou com ele? — perguntou Diodoro.

Um dos homens de Memnon estava de pé na entrada do quartel.

— Ali está sua resposta — disse Kineas.

Kineas precisou esforçar-se para apreciar o jantar com Nicomedes. A comida era excelente e o vinho, passável, mas os homens reclinados nos divãs ou ficaram em silêncio ou falavam utilizando algo que parecia ser um código.

A casa de Nicomedes era colorida, decorada no estilo mais moderno, exceto por um mosaico antigo no piso da sala principal, que mostrava Aquiles matando a rainha das amazonas em Troia, com detalhes macabros. A mobília e a comida rivalizavam com as dos mais ricos personagens de Atenas.

Kineas mudou de opinião sobre Olbia. O comércio de trigo havia enriquecido muito aqueles homens.

Foi imediatamente apresentado a Cleiton: homem de baixa estatura e moreno, com longa barba e olhos profundos, além de boa quantidade de cabelos grisalhos. Não se sentiu capaz de iniciar uma conversação com qualquer deles. Todos jantaram solitariamente e os divãs tinham sido colocados bem afastados, o que tornava difícil a conversa. Um trio de dançarinas núbias lhe trazia a desconfortável lembrança de que não era apenas um banho o que não experimentava havia muito tempo, mas elas também agiam impedindo o surgimento de qualquer conversa após o prato principal.

Sem poder sair de seu divã devido à visível preeminência de sua admiração pelas dançarinas, Kineas ficou observando os outros homens, tentando identificar o motivo pelo qual a situação parecia tão normal e ao mesmo tempo tão estranha. Por um lado, tudo era como deveria ser em uma casa grega bem organizada: os homens sendo servidos, os pratos de acompanhamento, o molho do peixe, o vinho nos aparadores, os escravos atarefados. Por outro, o silêncio era opressivo. Kineas procurou lembrar-se de alguma época em Atenas, mesmo sob os governos mais repressivos, em que a mesa de seu pai não tivesse sido palco de denúncias iradas, protestos violentos, ainda que somente contra os impostos cobrados dos ricos, e discussões políticas.

Os últimos pratos foram retirados e apareceu mais vinho. Sem que lhe fosse pedido, Kineas levantou-se e puxou seu divã mais para perto do de Cleiton. Este o olhou, mas nada disse.

Kineas reclinou-se e ergueu a taça para que fosse servida. Nicomedes levantou-se, murmurou uma oração e derramou uma oferenda. Os demais acrescentaram suas próprias orações e oferendas. Mais uma vez comportavam-se como gregos, mas não havia ditos vulgares, nem piadas, nem insinuações. Era estranho.

— Nicomedes — disse Kineas —, verifiquei os pergaminhos. Você está na lista para servir na cavalaria.

Nicomedes sentou-se no divã.

— Por todos os deuses... Bem, suponho que a culpa não seja sua. Sou capaz de cavalgar relativamente bem; quando será a convocação?

— No dia seguinte ao da festa de Apolo, acredito. Cleiton, o hiparca é você?

Cleiton sacudiu negativamente a cabeça.

— Apenas funciono como hiparca. Somente a assembleia da cidade tem competência para nomear o hiparca. A assembleia não se reuniu... não fizeram... isto é...

Tendo chegado àquele ponto, Cleiton se deteve e tomou seu vinho. Nicomedes sorriu.

— Cleiton não quer dizer, mas a assembleia não voltou a reunir-se desde que o arconte a dissolveu. Depois disso, Cleander, que era o hiparca, morreu. Cleiton tem assegurado o exercício das funções.

Kineas franziu a testa, olhando a taça de vinho.

— Então você não é o hiparca nem eu. Quem será o comandante, nessa situação?

Cleiton o fuzilou com os olhos, sentindo-se atingido.

— Comandar o quê? Da última vez em que fiz uma convocação, vieram somente 16 homens com seus cavalos e armaduras. Muitos outros vieram a pé, somente para verem e serem vistos.

Kineas assentiu. Os cavalarianos atenienes muitas vezes mostravam idêntico desprezo pelas autoridades. Ele próprio também o fizera, certa vez.

— Quando foi a última vez que vocês combateram?

Nicomedes soltou uma risada de deboche. Cleiton chegou a soprar um pouco de vinho pelo nariz.

— Combater? Um verdadeiro combate? Contra os citas? Eles nos comeriam vivos. Contra os getas? Contra outra cidade? Você deve estar brincando.

Kineas olhou em volta da sala.

— Então vocês todos são *hippeis*?

O mais jovem de todos balançou negativamente a cabeça e declarou que não possuía propriedades suficientes, embora tivesse um cavalo e gostasse de montar. Os demais pertenciam à classe dos cavaleiros.

Kineas disse, cuidadosamente:

— Não seria melhor ter um corpo de cavalarianos bem treinados e sob comando competente na cidade, em vez de um bando de homens ricos?

— Melhor para seu salário, talvez — afirmou Cleiton.

Nicomedes concordou.

— A quem esse corpo serviria? Qual facção comandaria essa cavalaria bem-treinada?

— Seria para o bem da cidade — disse Kineas.

Todos riram. Nicomedes, porém, alisou a barba curta e loura.

Durante toda a sua vida, Kineas tinha ouvido a expressão "para o bem da cidade" utilizada de diversas maneiras: com sarcasmo proposital ou amoralidade política; para lisonjear, para convencer ou para exigir. Já tinha visto formas de abuso da expressão, mas nunca a tinha visto ser ignorada. Quem serão esses homens?, pensou. Que tipo de cidade será esta?

— Divertiu-se? — perguntou Diodoro quando Kineas voltou ao quartel.

— O vinho estava bom. A companhia era um pouco sem graça. O que é que você está lendo? Na verdade, que está fazendo em meu quarto?

— Aqui é um pouco mais quente e eu queria falar como você logo que voltasse. Pensei que o arconte tivesse lhe aconselhado a não se aproximar de Nicomedes?

Kineas riu, sem alegria.

— De fato, o arconte me disse que tivesse cuidado com meus novos amigos. Sempre fiz isso, portanto preferi tomar as palavras dele como um elogio. Você me esperou para falar de suas preocupações sobre minhas relações com o arconte?

— Não, foi por causa disto — disse Diodoro, erguendo um rolo de pergaminho. — Recebi de amigos várias cartas que chegaram aqui antes de mim, e acho que você deve ser informado. Antípatro nomeou Zopryon seu sátrapa na Trácia. Está mandando homens e ouro para a Trácia. Preparando um exército.

— E para onde vão esses soldados?

— Não posso dizer com certeza, tampouco meus informantes. O que se diz é que se trata de um corpo de reforços que irá se juntar ao Conquistador.

— Isso pode muito bem ser verdade.

— O objetivo também pode ser aqui. Estas terras são ricas, e Antípatro precisa de dinheiro. Alexandre pode estar conquistando o mundo, mas não mandou muito dinheiro para seu próprio reino, e Antípatro tem muitos inimigos. Veja Esparta.

Kineas concordou com a cabeça. Puxou a barba e começou a caminhar de um lado para o outro no pequeno aposento.

— Esparta está planejando uma guerra?

— Mais cedo ou mais tarde. Eles não têm escolha. A Macedônia é poderosa, mas precisa de dinheiro. Onde poderiam consegui-lo, senão aqui? — Diodoro fez um gesto grosseiro. — Lá se vai minha bonificação.

— Se eles são pobres mas mesmo assim mandam dinheiro e homens para a Trácia, não vão demorar a agir. Não terão recursos para pagar mercenários durante muito tempo. — Kineas parou de falar e serviu-se de vinho. — Quer uma taça?

— Por favor. Acredito que no máximo até o próximo verão.

— Quantos homens?

— Dois *taxeis* com suas falanges, alguns mercenários e alguns trácios, talvez 15 mil infantes, além de outros companheiros e cavalaria tessaliana; talvez quatro mil cavalos.

Kineas deu meia-volta.

— Então é melhor sairmos do caminho deles.

— Por isso achei que você deveria saber imediatamente — disse Diodoro. — Mas não parece ter ficado surpreso.

Kineas encolheu os ombros.

— Você já havia mencionado algo assim em Tomis, embora não com tantos detalhes. — Após um minuto de hesitação, acrescentou: — Ouvi alguma coisa em Atenas sobre essa possibilidade.

Diodoro assentiu.

— Na ocasião, você disse nada saber a respeito.

Os olhos de ambos se encontraram, e os dois se fitaram durante o intervalo de três batidas do coração.

— Pois é. Portanto, esse tema não está aberto para discussão — declarou Diodoro, esfregando a testa, evidentemente aborrecido. — E então, que disseram os comensais no jantar? Você conheceu o hiparca?

— Na verdade, ele não é hiparca — Kineas explicou o motivo e relatou a conversa.

Diodoro ficou pensativo.

— Acho que sei no que isto vai dar.

— Você não é o único que enxerga as coisas, Diodoro. Eu também sou capaz de perceber. O arconte quer me nomear a fim de usurpar mais um dos poderes da assembleia. Isso está claro. — Kineas fez um gesto com a taça de vinho. — E depois quer me usar a fim de manter os ricos sob sua autoridade.

Diodoro concordou.

— Na verdade, é mais do que isso. Acho que ele quer usá-lo para afastar alguns dos ricos. Por exemplo, aqueles que desrespeitam as convocações sem dúvida serão presos, julgados e exilados, ou coisa pior. Mas talvez você já tenha evitado isso, ao adverti-los. No entanto, o pior de tudo é que o arconte sem dúvida pensa em usar os *hippeis* como reféns.

Kineas se engasgou com o vinho.

— Reféns?

— Claro. Tão logo estejam sob seu comando, ele pode ameaçar mandá-los em missão, para batalha, ou patrulha, pois terá o controle sobre eles. Lembre-se, não há assembleia nem conselho; o arconte poderá decidir se quer a paz ou a guerra. Pode mandar esses ricos para fora da cidade, fingindo que estão a serviço, e mantê-los afastados pelo tempo que considerar necessário. — Diodoro tomou o resto do vinho e limpou os lábios. — Realmente, admira-me que ninguém tenha pensado nisso antes.

— Que os deuses não permitam que você chegue a ter poder político — comentou Kineas.

— É bom saber que minha capacidade é admirada. Vou dormir, mas antes tenho outro assunto — disse Diodoro, olhando para a taça de vinho como se ela lhe causasse surpresa.

— Fale — pediu Kineas, esfregando o queixo, onde não havia muitos pelos.

— Fílocles.

— Algum problema? Pensei que todos gostassem dele.

— Ele é excelente companhia, mas aparece e desaparece... que diabo, é difícil saber onde está. Passa a maior parte do tempo fora, e não com prostitutas. Acho que tem algum negócio próprio. — Diodoro encolheu os ombros. — Não quero espioná-lo, mas...

Kineas fez rodar o vinho na taça.

— Vou pensar nisso. Eu não vigio nenhum de vocês; procuro não saber quem tem amantes ou quem está bebendo demais. Que é que você quer dizer? Que Fílocles é espião?

Diodoro ficou observando seu vinho durante algum tempo.

— Não sei o que estou querendo dizer. Ele visivelmente não queria ser visto entrando na cidade, lembra-se?

Kineas concordou.

— O clima deste lugar vai contaminar todos nós. Vamos deixar o espartano viver sua própria vida por enquanto.

Diodoro assentiu, mas claramente não se convencera.

— Diodoro — falou Kineas —, obrigado. Fico satisfeito por ter ouvido o que você disse, mas nem sempre estou de acordo com sua opinião. E às vezes, o melhor é não fazer nada.

Diodoro franziu a testa.

— Estou começando a suspeitar de que todos aqui têm um segredo. É melhor eu procurar um para mim também.

SEGUNDA PARTE

LOTUS E SALSA

"Seu povo, junto à praia, divertia-se lançando o disco e as lanças, e também com o arco e flecha; cada qual com seu cavalo junto à própria carruagem, comia lótus e salsa-do-brejo, despreocupadamente..."

Ilíada, Livro 2

7

A festa outonal de Apolo, chamada *Paenopsion*, era um festival barulhento. Um dia inteiro de sacrifícios e festas era seguido, pelo menos em Olbia, por um desfile de crianças levando tochas quando a noite caía, exibindo produtos agrícolas da cidade e guirlandas com um bolo especial de trigo, com o formato da lira de Apolo. Enquanto caminhavam, cantavam:

Os Eiresione levam ricos bolos
figos e mel em um jarro, e azeite de oliva
para santificar a todos, e taças
de vinho suave que podes beber para adormecer.

Quando escurecia de todo, o desfile se transformava em danças, com bebida e corridas de cavalos. Kineas achou os sacrifícios demasiadamente ostensivos; alguém havia gastado muito dinheiro com toda aquela pompa. O arconte somente aparecia no sacrifício principal, cuidadosamente escoltado por Memnon e cinquenta soldados.

A maior parte dos homens de Kineas compareceu à festa. Estavam vestidos com as melhores roupas civis e misturavam-se com a elite da cidade. Ajax apareceu pela primeira vez na sociedade de Olbia, e imediatamente tornou-se o centro de um círculo de admiradores — sua beleza os atraía sem levar em conta sua condição de mercenário ou a facção política a que pertenciam. Kineas não precisava estar junto do rapaz para observar a onda de comentários quando os admiradores descobriram quem era o pai dele; a maioria dos comerciantes de Olbia tinha negócios com Ísocles de Tomis.

Com efeito, seus homens circulavam com tanta facilidade que Kineas se viu virtualmente sozinho na corrida de tochas, acompanhado apenas pelo jovem geta, Sitalkes. Não teve vontade de aproximar-se de outro grupo e não via Nicomedes nem outros homens que já houvesse conhecido. Coeno estava por ali aceitando apostas, mas os novos amigos dele não eram do tipo que Kineas apreciava.

Kineas começou a caminhar em meio à multidão. Pensou em voltar para seus aposentos. Queria encontrar Cleiton, mas este não parecia estar presente. Viu Fílocles cumprimentando alguém à luz das tochas e sentiu inveja. Fílocles tinha facilidade para fazer amigos.

Era claro que Cleiton havia inscrito um cavalo na corrida. Kineas sentiu-se tolo por não haver percebido que todos os ricos proprietários inscreveriam seus animais. Caminhou pela margem da pista, rodeando o templo, e atravessou uma multidão de escravos e trabalhadores que observavam os cavalos e tratavam de escolher os melhores a fim de apostar.

Ao encontrar o homem que não era exatamente um hiparca, Kineas disse:

— Desejo boa sorte a seus cavalos, Cleiton.

— Que Apolo abençoe sua família — respondeu Cleiton. — Esta égua é tão arisca que acho que não vai correr. Ela não gosta da multidão.

Kineas viu dois escravos retendo a égua, que agitava a cabeça e revirava os olhos.

— Ela foi treinada para correr à luz de tochas?

— Antes de hoje, eu diria que ela era imune ao fogo — disse Cleiton, encolhendo os ombros evidentemente sem querer pedir conselho, mas sem saber mais o que fazer.

Kineas observou-a novamente.

— Ponha antolhos nela, como fazem os persas.

Cleiton sacudiu a cabeça.

— Não sei do que você está falando.

Kineas abaixou-se até sua cabeça ficar próxima do menino geta.

— Vá buscar depressa um pedaço de tira de couro, pelo menos deste comprimento.

Sitalkes franziu a testa, pensando.

— E onde acha que posso encontrar isso, senhor?

Kineas deu de ombros.

— Não tenho ideia. É uma tarefa difícil. Surpreenda-me. Ou então vá procurar Átelo em nosso estábulo e peça a ele.

O rapaz partiu antes que seu líder terminasse de falar.

— Também preciso de uma faca e um pouco de linha — gritou.

Cleiton viu a égua recuar.

— Não sei. Melhor retirar meu nome do que machucá-la. E a corrida vai começar logo que a fímbria do sol atingir uma certa marca, daqui a muito pouco.

— Experimente o que digo. Se o rapaz não voltar a tempo, você poderá desistir de competir. — Kineas observava a égua, um belo animal, de peito largo e cabeça altiva, e comentou: — Seria uma pena desistir num festival do templo.

— Tem razão — disse Cleiton. — Enquanto isso, vou tentar uma coisa que pensei fazer. — Chamou um escravo e os dois começaram a acariciar o animal, murmurando palavras doces. Kineas gostou de vê-lo esforçar-se; muitas vezes os ricos ficavam indolentes e deixavam que os escravos fizessem tudo.

Sitalkes surgiu a seu lado. Nem sequer estava ofegante.

— Veja, senhor. Veja, está bom?

— Ótimo. Muito bem. Como conseguiu tão depressa? — Kineas pegou uma faca afiada de outro escravo e começou a cortar a tira de couro em duas.

— Roubei — disse o rapaz, sem olhar de frente para ele.

Kineas continuou cortando.

— Alguém viu você?

O geta empertigou-se.

— Acha que sou idiota? Não!

Cuidadosamente, Kineas abriu buracos com a ponta da faca.

— Traga o arreio da cabeça dela — mandou ele.

Não ficou perfeito: um dos antolhos ficou no lugar certo, mas o outro se movia, perturbando mais a égua. Kineas pegou a linha e costurou-o no lugar. Ao terminar, o chamado dos cavalos para a corrida soou. Já estava bem mais escuro e ele mal conseguia ver o resultado de seu esforço.

— Obrigado por haver tentado, mas terei de desistir — disse Cleiton, que observava ansiosamente. — Já chamaram os cavalos.

— Espere um momento... só mais uma costura. Pronto. Ponha o arreio na cabeça dela. Está vendo? — Kineas olhou em volta, procurando o cavaleiro, que era Leucon, filho de Cleiton, o qual lhe tinha sido apresentado momentos antes. — Ela não vai poder ver o que está dos dois lados. Lembre-se disso quando tentar ultrapassar outros concorrentes.

A égua já se mostrava mais calma. Cleiton e Leucon a levaram, atravessando a multidão de espectadores, e Kineas seguiu o restante dos escravos de Cleiton até a linha da chegada, onde todos os proprietários e ajudantes se aglomeravam à luz de uma das fogueiras do templo. As tochas foram acesas na fogueira e entregues aos cavaleiros.

Kineas não conseguiu acompanhar o desenvolvimento da corrida senão por meio do alarido, do coro de brados e aplausos que se alastrava como um incêndio em torno do pátio do templo. Mas os animais apresentavam um brilhante espetáculo ao se aproximarem da chegada, cruzando a linha em um grupo compacto, as tochas vomitando fogo por onde passavam. A égua de Cleiton terminou em terceiro lugar e Leucon recebeu uma coroa de louros.

— Queria falar com você amanhã a respeito da convocação — afirmou Kineas quando as felicitações e agradecimentos iam chegando ao fim.

— Não pretendo causar problemas para você — disse Cleiton, acariciando a égua. — Você é um profissional.

— Vou precisar de sua ajuda para conseguir treinar alguns desses homens. — Kineas achou melhor ser direto em sua conversa com Cleiton.

Este voltou-se, com uma das mãos no lombo da égua, e sorriu, cruzando uma perna.

— Você está sempre com pressa, ateniense? Vai ser preciso tempo, e sorte, para que essa gente faça qualquer tipo de exercício. Escute, amanhã tudo vai estar ainda confuso, e dificilmente o pessoal que consta da lista aparecerá. Volte para jantar comigo amanhã à noite; traga seus oficiais, para nos conhecermos melhor. Quer um conselho? Não tenha tanta pressa.

Kineas pegou uma escova das mãos de um escravo e começou a trabalhar do outro lado da égua.

— Bom conselho, mas tenho meus motivos para apressar-me.

— Eu realmente devo agradecer pelos antolhos. Um pouco perigosos numa corrida noturna, mas valia a pena correr o risco, não? Mesmo assim, tive de esperar até que você os terminasse. Está vendo? Vamos cuidar do dia de amanhã. Apolo fará com que todos compareçam. Se algum idiota for preso, não teremos tranquilidade.

— O deus ouvirá você. Que todos possam vir. — Kineas entregou a escova ao escravo. — Peço licença. Até amanhã.

— Boa noite, então. Leucon, dê boa-noite ao cavalheiro.

Kineas despertou seus homens ao cantar do galo. Todos limparam os estábulos e cuidaram dos cavalos até fazê-los brilhar. Montados, vestidos de armadura e novas plumas e mantos, eram um belo espetáculo. Kineas os juntou no hipódromo, próximo ao quartel, meia hora antes da hora marcada.

Os cavalheiros da cidade vieram todos juntos, alguns minutos antes da hora. Entraram a cavalo e a pé no hipódromo, formando uma longa coluna, e imediatamente se espalharam por sobre a areia, em grupos de dez ou 12, com alguns dos que tinham vindo sozinhos constituindo um grupo grande de duas dúzias, todos bem-montados, reunindo-se em torno de Cleiton.

Kineas deixou seus homens com Diodoro e se aproximou de Cleiton. Enquanto cavalgava, observou a gente da terra. Eram bons cavaleiros, melhores do que seus equivalentes em Atenas ou em Corinto. Montavam melhor do que os macedônios ou os tessalianos, como ele esperava. Tinham também um gosto estranho para os apetrechos. Mais de um deles usava calças do estilo *sakje* ou bonés da Trácia, e os arreios dos cavalos eram mais do tipo *sakje* do que do grego.

Cleiton olhou para Kineas e virou o rosto; em seguida olhou novamente e gritou a seus homens para que dessem meia-volta e se juntassem ao grupo de Kineas, na outra extremidade do campo. A parte final da coluna ainda vinha entrando no hipódromo, em pequenos grupos de homens a pé.

Por trás dos retardatários Kineas viu os mantos escuros dos soldados de Memnon.

— Temos problemas — disse ele, apontando-os com o chicote.

Cleiton puxou o pesado elmo coríntio para trás, a fim de ver melhor.

— É melhor que esses idiotas venham todos. Como quer fazer a chamada?

Kineas fez um gesto indicando o ponto em que os cavaleiros de Cleiton haviam se juntado a seus próprios homens, formando uma imponente linha de frente.

— Primeiro chamaremos os que vieram preparados. Em seguida juntaremos os demais e os arrolaremos: primeiro os que têm cavalos, em seguida os que têm armas mas não estão montados, e finalmente os que não têm nem uma coisa nem outra. Os menos preparados nos farão perder mais tempo.

— Você já fez isso antes — disse Cleiton, solenemente.

— Duas vezes por ano em Atenas. — Com um gesto, Kineas indicou Niceas que vinha galopando pela areia, quase atropelando dois homens gorduchos.

— Trouxe o pergaminho?

— Aqui está — respondeu Niceas, começando a tossir.

— Arrole primeiro os que estão na formatura. Depois os nossos. Quem for relacionado deve desmontar e ficar esperando. Cleiton e eu começaremos a selecionar os homens — e Kineas fez um gesto indicando as centenas de homens no hipódromo — relacionando muitos mais, e os mandaremos para você.

Niceas acenou com a cabeça e fez continência.

— Quem é seu *hiperetes*? — perguntou Kineas a Cleiton.

— Meu filho, Leucon. Você o conheceu ontem à noite.

— Posso mandá-lo ajudar Niceas, para que não pareça que eu estou fazendo tudo?

— Boa ideia. Leucon! — gritou Cleiton, apertando os flancos do cavalo com os joelhos e erguendo-se na sela. O filho estava bem-vestido, com um manto azul e armadura decorada. Era um dos mais bem-preparados da cidade. Kineas o mandou juntar-se a Niceas.

Afinal de contas, a convocação fora um sucesso. Três membros da classe de cavaleiros estavam ausentes, porém por motivos justificados: um em viagem de negócios a Pantecapeo e dois comprovadamente doentes, que haviam mandado substitutos. Ao final da chamada, todos se reuniram em uma das extremidades do hipódromo. O dia estava frio e eles se aglomeraram para aquecer-se.

Kineas os inspecionou a distância. Menos de um quarto tinha armadura, embora muitos afirmassem possuir equipamento em casa. Cerca de metade estava montada, principalmente os mais jovens.

— Quer dizer alguma coisa? — perguntou Kineas.

— Você está louco para falar — disse Cleiton. — Por favor, vá em frente. Lembre-se apenas de que será inútil antagonizá-los.

Kineas, a cavalo, aproximou-se do numeroso grupo. Quando começou a falar, sua voz parecia um rugido, impedindo interrupções:

— Homens de Olbia! Estamos reunidos aqui para servir a esta cidade! Eu sou pago para servi-la, e os senhores o fazem por amor a seus lares. Será possível que alguns amem sua cidade mais do que outros? Ou que o ouro que me pagam seja mais importante do que o amor que têm por este lugar? Ou será possível que alguns sejam na verdade pobres demais para suportar a carga do serviço na cavalaria e não possuam as armas e os animais necessários aos cavalarianos?

Abaixou a voz, porque era o único a falar:

— Tudo o que vale a pena fazer deve ser bem-feito. Assim disse Sócrates e o mesmo dizia meu pai. É inútil fingir que possuímos uma tropa de cavalarianos na cidade. É inútil perder seu tempo valioso convocando-os para um serviço que os senhores não sejam capazes de executar... e não se enganem, cavalheiros: no momento não estão em condições de fazê-lo. Ainda que os deuses lhes dessem agora mesmo os mais belos cavalos persas de ataque, treinados para a guerra desde o nascimento, com armaduras forjadas por Hefestos em suas fornalhas, não resistiriam nem um segundo contra uma verdadeira cavalaria. — Kineas sorriu. — Com somente um pouco de esforço, poderemos mudar isso. Com um pouco de esforço, faremos dos senhores cavaleiros competentes para figurar nos desfiles da cidade, como faz a cavalaria ateniense. Talvez suficientemente competentes para rivalizar com a precisão dos homens de Memnon. — Kineas apontou para o lugar onde estava Memnon com cinquenta soldados, uma ameaça palpável. Ao apontá-los, esperava ter sido sutil o bastante para sugerir que seria possível derrotá-los.

— Quero mostrar aos senhores como são os verdadeiros cavalarianos — prosseguiu. — Talvez ao vê-los os senhores digam que os soldados profissionais têm tempo para praticar essas coisas, mas afirmo que tais capacidades podem lhes ser ensinadas e que é possível dominá-las e servir a sua cidade com orgulho.

Em silêncio, Kineas colocou-se à frente de seus homens. Em voz baixa, esperando que os deuses levassem suas palavras somente a eles, disse:

— Cavalheiros, gostaria que fizessem a mais perfeita exibição de destreza da história.

Diodoro sorriu, friamente.

— Às suas ordens, hiparca.

— Comecem com as lanças — disse ele. — Quando eu der a ordem, formem fila pela esquerda e atirem a galope. Em seguida façam a formatura e parem diante da linha de Memnon. E, cavalheiros, quando digo diante da linha, quero dizer à distância de uma cabeça de cavalo. Atirem ambas as lanças se acharem que as duas atingirão o alvo. Ajax e Fílocles atirarão somente uma. Prontos?

Os cavalos se agitaram, alguns homens o olharam.

Kineas relanceou os olhos em volta e encontrou Arni esperando junto à entrada do quartel.

— Recolha as lanças assim que atingirem o alvo e traga-as de volta para cá.

Arni assentiu.

— Fileira da esquerda, *atirar*! — gritou Kineas, liderando a carga.

Durante o trajeto até o alvo, ele teve tempo de se perguntar se poderia ter feito de maneira diferente, mas logo se viu a dez passadas dos alvos; atirou a primeira lança e ao passar lançou a segunda. Não foi sua melhor performance, mas acertou o alvo e passou adiante, sofreando a égua e fazendo-a caminhar para que Diodoro o alcançasse facilmente, com Crax imediatamente atrás. Kineas não quis virar a cabeça para contar quantos dardos tinham acertado o alvo. Na areia, os *hippeis* observavam cuidadosamente. Líqueles chegou, em seguida Coeno e logo depois Fílocles e Ajax — *que os deuses os tenham ajudado a acertar* — e finalmente os gauleses. A formação ficou completa. Kineas gritou: "*Atacar!*" e a linha iniciou o galope. Quase ao chegarem aos homens de Memnon ele bradou: "*Alto!*" Os cavalos estavam alinhados joelho com joelho, voltados para o centro da linha de Memnon. Estes se sobressaltaram, os de trás mais que os da frente. Os homens de Kineas também tiveram problemas: Ajax quase caiu da sela e Fílocles, apesar do treinamento de um mês durante a viagem e uma semana de exercícios no hipódromo, precisou agarrar-se ao pescoço da égua para manter-se montado.

Os hoplitas haviam rompido as fileiras e Memnon berrava com eles, a voz elevada pela raiva. Kineas deu ordem de meia-volta e levou seus homens lentamente pela areia em direção aos *hippeis* que esperavam.

Diodoro curvou-se para ele.

— Memnon será um inimigo perigoso.

Kineas concordou com a cabeça.

— Não tive muita escolha. Talvez eu tenha de adoçá-lo mais tarde, mas todos o odeiam. E é preciso que estejam unidos.

Diodoro balançou negativamente a cabeça.

— Por quê? Por que simplesmente não pegamos o dinheiro e deixamos que eles apodreçam? — Mas logo em seguida, sorriu e sacudiu outra vez a cabeça. — Às suas ordens — disse ele.

— Muitos de seus cavalos não estão treinados para a guerra — disse Kineas aos homens que esperavam na areia. — Muitos dos senhores não são cavaleiros exímios, não sabem lançar dardos nem manter-se em formação. Nós podemos ensinar-lhes tudo isso. Gostaríamos de fazê-lo. E todos aqueles que amam sua cidade devem querer aprender. Na próxima convocação, espero ver todos de armadura e montados. E nessa ocasião, atiraremos lanças até o pôr do sol. Cleiton?

Cleiton aproximou-se.

— Pretendo aprender o que este homem pode ensinar. — Deu meia-volta e retornou às fileiras dos homens que estavam bem armados. Tinha falado pouco, mas o efeito fora bom.

Quando Niceas declarou que a convocação estava encerrada e que a próxima seria na lua cheia, dali a três semanas, houve murmúrios, mas não gritos de desaprovação. Kineas foi cumprimentado por pelo menos vinte homens, muitos dos quais acharam necessário desculpar-se por não terem vindo montados naquele dia, mas afirmaram que assim fariam na próxima vez.

Quando os últimos iam saindo do hipódromo, Diodoro desafivelou o prendedor do elmo.

— Os fabricantes de armas da cidade vão estar muito ocupados durante as próximas três semanas — comentou ele.

Nesse momento chegou a convocação da parte do arconte. Kineas a recebeu de um dos escravos do palácio e concordou com uma breve curvatura, dizendo a Diodoro:

— Esta noite vamos jantar com Cleiton. Você, Ajax e um dos cavalheiros. — Ao ver a figura do escravo, que se retirava, acrescentou: — Isto é, se sobrevivermos à visita ao arconte.

Diodoro franziu a testa.

— O arconte não pode estar ofendido por causa de uma pequena escaramuça entre mercenários. Esse jantar é puramente social?

— Nada nesta cidade é puramente coisa alguma, Diodoro. Traga Ágis. Ele é bom conversador.

Kineas resolveu vestir a armadura e saiu ao encontro do arconte.

O homem desta vez não ficou na penumbra de sua fortaleza particular. Estava ao ar livre, sentado na ágora, cercado de ambos os lados por fileiras de soldados armados, ditando sentenças em casos judiciais. O mercado estava repleto, com homens caminhando de braços dados, outros fazendo comércio, desde a venda de uma fazenda junto à fonte até as dezenas de barracas de mercadores na parte lateral. Kineas surpreendeu-se com o volume de algumas das transações. Uma das barracas parecia ser apenas um escritório que comerciava cargas de trigo da safra tardia com proprietários de navios ansiosos por zarpar antes da primeira tempestade de inverno no Euxino. Também havia mulheres. Algumas compravam mercadorias para revender, assistidas por escravos ou escravas que as acompanhavam, enquanto outras faziam as compras domésticas ou tagarelavam perto da fonte. Finalmente, havia pedintes. Dezenas de crianças mendigavam próximo à estátua de Hermes, e mendigos adultos se espalhavam em volta de todas as barracas.

Kineas teve de esperar enquanto o arconte resolvia uma disputa de limites de terrenos, com longas argumentações de ambos os lados que apelavam para diversos costumes e para as opiniões de vários vizinhos. Pelo arrazoado, Kineas entendeu que quando as terras da tribo local de síndicos haviam sido confiscadas, a demarcação dos terrenos adjudicados nunca tinha sido feita adequadamente.

Kineas teve tempo para observar o arconte. Não era alto e tendia a abaixar os ombros e curvar as costas enquanto ouvia os debates, segurando o queixo com a mão direita. Vestia uma túnica branca simples, com debrum vermelho, e trazia um pesado anel de ouro em um dos polegares e um diadema na testa, mas fora isso não ostentava marcas de hierarquia, nem outros adornos. Apesar do ar frio e de um vento gélido que soprava do norte, não se cobrira com o manto. A barba era forte e escura, com traços grisalhos, e os cabelos haviam começado a escassear na fronte. Com exceção do diadema, parecia a cópia de um magistrado grego.

Decidiu o caso em favor do fazendeiro que possuía o terreno menor e que acusara o outro de haver deslocado as pedras que marcavam o limite da propriedade. Em seguida, mandou que trouxessem uma taça de vinho e fez um sinal para que Kineas se aproximasse.

— Saudações, Kineas de Atenas — disse ele, em tom formal.

— Saudações, arconte — respondeu Kineas.

— Disseram-me que a convocação dos *hippeis* correu bem. Trouxe a lista de chamada?

O arconte falava com simpatia. Kineas achou que ele estava prestes a pôr a mão em seu ombro.

— Tenho um relatório completo para apresentar-lhe, arconte. — Kineas ergueu um rolo de pergaminho. — Fiquei satisfeito.

O arconte franziu a testa.

— Pelo que entendo, você tomou algumas providências para assegurar que o comparecimento fosse grande. É verdade?

Kineas hesitou e em seguida disse:

— É. Pedi a vários cavalheiros que ajudassem a fazer com que a importância da convocação fosse bem entendida em toda a cidade.

O arconte bufou.

— Humfff. Kineas, talvez eu não tenha sido suficientemente claro, ou talvez você tenha seus próprios desígnios. No primeiro caso, a culpa é minha; no segundo, você me ofendeu. Se eu quisesse que os homens desta cidade fossem informados da importância da convocação, não lhe parece que eu mesmo mandaria disseminar essa notícia? Como não o fiz, talvez você pudesse imaginar que eu tinha meus motivos.

Kineas percebeu que estava em terreno perigoso.

— Procurei simplesmente melhorar a qualidade de sua cavalaria, arconte. O primeiro passo para o treinamento foi convocá-los.

O arconte sorveu o vinho.

— Talvez — disse, depois de alguns longos segundos. — Kineas, você veio aqui para servir a mim e à cidade. Talvez pense que já nos compreende. Vê um tirano em seu assento de marfim e alguns cavalheiros nobres que procuram manter o tirano dentro dos limites da lei. Hummm. Muito ateniense. Chamei você aqui, ao tribunal, para que visse outra coisa. Esses cavalarianos da cidade, esses "cavalheiros", são os proprietários ambiciosos que procuram explorar meus pequenos fazendeiros. Preciso proteger os agricultores; sem eles, não há trigo. Se deixar que os grandes os escravizem, não terei hoplitas. E as pessoas modestas também têm direitos. Eu as protejo.

Kineas pensou: *A lei é quem as protege*. No entanto, ficou em silêncio, apenas concordando com a cabeça.

— Muitos de seus fidalgos fazem todo o possível para impedir o governo desta cidade, e até mesmo a segurança. Humm? Quando contratei você, não tinha conhecimento de suas muitas *conexões* e fico pensando que talvez tenha cometido um erro. Será verdade?

Ao ouvir a palavra "conexões", Kineas sentiu pela primeira vez um arrepio de medo.

— Nicomedes é um homem perigoso, Kineas de Atenas. Jante com ele, mas o risco é seu. Muito bem, você convocou meus cavalheiros e agora os treinará. Enquanto isso, tenho algo que você pode fazer. Por favor, chame os homens que constam desta lista — e entregou a Kineas uma tábua de argila — e encontre os bandidos que querem mandar-me uma embaixada. Acompanhe o embaixador deles até minha presença. Pelo que sei, estão ao norte da cidade, acima da grande curva do rio, a cerca de três dias a cavalo. Como você marcou a próxima convocação para daqui a três semanas, recomendo que parta imediatamente.

Kineas olhou a tábua. Havia sete nomes, e ele não conhecia nenhum deles.

— Prefiro levar meus próprios homens.

— Tenho certeza de que sim. Fique à vontade para levar um, ou dois. Não mais do que dois. Estou sendo claro? Não gostaria que minhas ordens deixassem de ser compreendidas outra vez. — O arconte sorriu. — E por favor, peça desculpas a Memnon, que acha que você o insultou no hipódromo.

Memnon emergiu da fileira de soldados mais próxima.

— Podemos resolver isso em privado, arconte.

— Isso é justamente o que não desejo — interrompeu o arconte. — Não quero brigas particulares, nem querelas. Kineas, peça desculpas.

Kineas analisou por um momento.

— Muito bem. Peço desculpas, Memnon. Saiba que não tenho nada contra você. No entanto, sua chegada mal avisada ao hipódromo, armado e sem ter sido anunciado, poderia ter tido graves consequências para meu comando.

— Não seja tolo — disse Memnon, bruscamente. — Fui lá a fim de proteger você, instrutor de cavaleiros. Eles poderiam ter atacado em um segundo; não pense que algum deles gosta de você. Fui até lá para proporcionar-lhe um pouco de segurança, e você me fez de tolo. — Sorriu sarcasticamente. Faltavam-lhe alguns dentes, e visto de perto tinha uma fisionomia assustadora. — É isso o que em Atenas chamam de pedir desculpas? Porque em minha cidade, Heraclea, eu mandaria cortar seus colhões.

Kineas sacudiu negativamente a cabeça.

— Não. Você foi até lá para intimidar os *hippeis*, e a mim também. E não me culpe se seus homens ficaram assustados com uma carga de cavalaria, parece ser um problema profissional.

— Seu filho da puta — disse Memnon, enrubescendo. Falava com voz tranquila, quase fantasmagórica. — Não brinque, ateniense.

O arconte levantou-se.

— Kineas, você não está me causando boa impressão. Aliás, nenhum dos dois. Talvez eu precise erguer a voz: *peça desculpas imediatamente.*

Os três estavam de pé em um triângulo, agora cercados pelos soldados de Memnon, que bloqueavam os circunstantes. A atitude de Memnon mostrava que ele estava pronto para a violência. Tinha os polegares enfiados no cinturão da espada e a mão direita tremia levemente. Um pouco mais e ele desembainharia a arma. Kineas esperava dar a mesma impressão. Colocara-se quase nas pontas dos pés, preparado para a luta.

Os olhos do arconte passavam de um para o outro.

— Kineas, peça desculpas agora.

Kineas tomou uma decisão, sentindo-se diminuído.

— Memnon, peço desculpas — disse ele.

O arconte rosnou.

— Mandei Memnon dar apoio a você, seu tolo. Você pensa que nos conhece, mas nada sabe. Pense no seu orgulho quando for buscar os bárbaros na planície. Agora, pode ir.

Humilhado, Kineas voltou-se e forçou a passagem por entre os homens de Memnon.

— Vamos pegar nossos cavalos e ir embora! — disse Niceas, segurando o amuleto com a coruja de Atena ao pescoço. Tossiu forte durante muito tempo. Crax e Arni o haviam deitado em um divã diante do braseiro. Estava bastante doente.

— Vocês não podem viajar — disse Kineas. Seu tom parecia uma acusação, o que não era sua intenção. — O inverno está quase começando; quer voltar seguindo o litoral no inverno?

— Podemos deixar os cavalos e tomar um navio para partir daqui — disse Diodoro.

— Também podemos cortar nossas gargantas. Escute, a culpa é minha; primeiro por termos vindo para cá e segundo porque não meço as palavras. Por enquanto, ficaremos. Levarei Líqueles e Átelo comigo. Diodoro, fique atento para qualquer coisa e evite problemas com os homens de Memnon.

Fílocles abriu a cortina e entrou, vindo do corredor.

— É uma reunião particular?

Kineas o olhou com raiva. As idas e vindas de Filocles o irritavam constantemente; o espartano os acompanhava quando lhe era conveniente e se afastava quando assim o desejava.

— É.

Filocles foi até a mesa e serviu-se de vinho.

— As paredes têm ouvidos. Teve problemas com o arconte? E foi mandado para uma missão? Muito sensato, da parte do arconte; está afastando você da cidade por alguns dias. Isso também me serve, gostaria de acompanhá-lo.

— Já escolhi meus homens — declarou Kineas. — O arconte somente me permite levar dois.

— Nós, que ficaremos, seremos ótimos reféns — disse Diodoro.

Filocles sorriu.

— Bem, na verdade eu não sou um de seus homens — disse ele. — Não posso imaginar que o arconte tenha desejado privar você de minha companhia. Portanto, simplesmente seguirei seus passos, ou talvez encontre com você no caminho.

Kineas, zangado e ainda se sentindo humilhado pela cena na ágora, ficou ao mesmo tempo sensibilizado e enraivecido. Uma resposta mal-humorada lhe chegou à boca, mas ele se conteve e a engoliu com um pouco de vinho.

— Não posso impedi-lo — disse ele. A voz, no entanto, tinha certo calor.

— É exatamente o que eu dizia — disse Filocles, bebendo o resto do vinho. — Quando partiremos?

— Tão logo eu reúna os homens que estão nesta lista — respondeu Kineas, apontando para a tábua na mesa.

Filocles passou os olhos na relação de nomes e acenou com a cabeça.

— Conheço a maioria dessas pessoas; são todos jovens. Vários são amigos de Ajax, e dois deles gostariam de estreitar os laços de amizade, se entende o que quero dizer. Mande-o buscá-los e leve-o também; será muito fácil — completou ele, estalando os dedos.

Diodoro concordou.

— Eu preferiria ficar com Líqueles. Ele conhece o pessoal daqui tão bem quanto eu. — Olhou para Fílocles. — Jovens e ricos. São talvez os filhos dos mais abastados?

Fílocles encolheu os ombros.

— O arconte não é tolo. Você também não, Kineas, a não ser quando se zanga. Ouvi um boato, e talvez você também tenha ouvido, de que o arconte está mandando embora os filhos dos homens mais poderosos, como forma de controlar a assembleia. Hummm?

Diodoro passou a mão pelos cabelos.

— Claro que sim, eu devia ter percebido.

Kineas olhou para um e para o outro.

— Obrigado por me informarem. Há mais alguma cabeça de Górgona pronta para me atacar enquanto me preparo para a expedição à planície?

— Todo mundo está comentando a convocação da cavalaria. O povo ficou muito impressionado, conosco, com você e com seu pequeno truque contra os homens de Memnon. Todos os detestam. Por enquanto, não nos querem mal. E então, posso mandar chamar Ajax?

— Não gosto de receber ordens — disse Kineas, com ar de culpa. — Que porcaria de idiota eu fui!

— Qual das vezes? — disse Fílocles com doçura, escapando pela cortina.

O jantar com Cleiton foi tranquilo, decoroso e profissional. Por acaso ou de propósito, a maioria dos demais convidados eram homens cujos filhos iam partir de madrugada com Kineas, em direção à planície. Kineas não sentiu hostilidade da parte deles e esforçou-se para deixar claro que o treinamento e a cavalgada seriam extenuantes, mas que ele cuidaria da segurança dos rapazes.

O próprio Cleiton levantou a possibilidade de realizar uma assembleia.

— Toda a ágora está comentando: o arconte nos convocará para votarmos os novos impostos que ele propõe.

Kineas ficou calado e procurou os olhos de Diodoro e Fílocles, para que ficassem em silêncio. Não conseguiu.

— Qual foi a última vez em que a assembleia se reuniu? — perguntou Fílocles, sorvendo o vinho.

Cleiton olhou em volta e encolheu os ombros. Um homem mais idoso, Cleomenes, que era um dos comerciantes mais ricos da cidade, soergueu-se no divã.

— Quase quatro anos, senhor. Já passou toda uma olimpíada desde a última vez em que pudemos nos reunir em assembleia.

O filho dele era muito jovem. Chamava-se Eumenes e se apresentara à convocação montado e com armadura, ao que Kineas se recordava. Já tinha idade para manifestar-se em um jantar. Sentou-se no divã do pai e disse:

— Nem sempre foi assim, senhor. Quando o arconte foi inicialmente designado, a assembleia se reunia regularmente.

Cleiton fez sinal a um escravo para que servisse mais vinho.

— Nós aqui somos leais ao arconte, menino. Portanto, cuidado com as insinuações. Eu prefiro pensar que a possibilidade de haver uma assembleia é bom sinal.

Eumenes olhou em volta, um tanto perturbado.

— Eu não pretendi ser desleal!

Kineas percebia que toda aquela conversa tinha entrelinhas, e até mesmo a declaração de lealdade feita por Cleiton parecia ter duplo sentido. Observando os olhos e expressões fisionômicas dos homens, compreendeu que havia tensões entre eles.

— Talvez as coisas sejam diferentes depois da assembleia — sugeriu outro cidadão. Kineas sabia que era o maior proprietário de embarcações e que seu filho, Cliomenides, que tinha a idade mínima para servir na cavalaria, participaria da expedição do dia seguinte.

Aquela declaração parecia um mau presságio, tanto que não houve reação. Nenhum dos outros homens fez comentários, nem mesmo Fílocles. Em vez disso, Cleiton abordou o assunto do êxito da convocação.

Kineas recebeu elogios — exagerados, pensou ele.

— Ainda não começamos o treinamento — disse. — Nenhum de vocês vai gostar de mim quando suas nádegas estiverem doendo.

Ouviram-se gargalhadas, mas Petrócolo, pai de Clio, sacudiu a cabeça.

— Esperávamos outro mercenário, como Memnon. Ficamos surpresos ao ver que você é visivelmente um fidalgo. Creio que posso falar em nome de muitos se disser que ficaremos contentes com o treinamento, pelo menos quando chegar a primavera. A ideia de exercícios no inverno já faz ranger meus velhos ossos!

A conversa dali em diante foi mais leve. Apesar de seus modos rudes em público, Cleiton era excelente anfitrião. Apresentaram-se dançarinas, de bom gosto e competentes, além de acrobatas e um homem de pele escura, porém livre, que imitou diversos homens importantes da cidade: Memnon, o próprio Cleiton e, finalmente, Kineas.

Mesmo este teve de rir com a mímica grosseira de suas pernas e gestos autocráticos. Reconheceu-se imediatamente, não era a primeira vez que alguém o imitava. Os demais riram às gargalhadas e diversos sorriram para ele.

No fim da noite, Fílocles tocou harpa espartana e Ágis recitou um trecho da *Ilíada*. Era uma forma gentil de mostrar que os homens de Kineas eram cultos e ambas as execuções foram bem recebidas.

Quando, envoltos em seus mantos, procurando evitar as poças de água nas ruas, caminhavam de volta ao hipódromo, acompanhados por um par de escravos de Cleiton, Fílocles riu.

— Tudo correu bem — disse ele.

Ágis também riu.

— Eu esperava que meu antigo tutor aparecesse na porta e me apontasse com o dedo magro, se eu esquecesse uma palavra sequer. Não é o mesmo que recitar no acampamento!

Diodoro estava mais sério.

— Eles estão escondendo alguma coisa.

Kineas concordou com a cabeça.

— Não se envolva. Está bem claro?

Diodoro assentiu. Olhou para o céu, fez uma pausa e disse:

— O tempo vai mudar. Estão sentindo? Já está fazendo mais frio.

Kineas se enrolou melhor no manto. Sentia frio, e tossiu.

8

Partiram quando o nascer do sol já avermelhava a grama coberta de geada ao norte da cidade, sob um frio céu azul. Os sete rapazes tinham boas montarias e cada um levara um escravo; os dois mais velhos tinham dois escravos e meia dúzia de cavalos. Estavam bem guarnecidos, com armaduras de qualidade e mantos grossos. Todos se mostravam ansiosos por partir.

Essa ansiedade tornou mais fácil controlar a situação. Fossem ou não reféns, aqueles rapazes pertenciam à cavalaria da cidade e faziam parte dos homens de Kineas, que apreciava a companhia. Seguiram a trilha que se afastava da cidade, em direção às elevações e à planície mais além. Ao longo de vários estádios, a trilha serpenteava ao pé de muros de pedra que limitavam campos de cultivo de trigo, que agora pareciam um deserto de pequenos talos e caules cortados onde os fazendeiros haviam feito a colheita. Casas de fazenda, feitas de pedra, surgiam no cenário, e à medida que passava a manhã os cavaleiros começaram a encontrar agricultores que se dirigiam para a cidade, a maioria a pé, empurrando carrinhos, e outros, mais abastados, a cavalo. O hálito enevoava o ar frio, e os fazendeiros não pareciam contentes ao ver tantos soldados.

Os rapazes conversavam entre si, apontando para fazendas que pertenciam a suas famílias, falavam de caçadas em um ou outro bosque e repassavam suas opiniões sobre filosofia com Fílocles, até que Kineas começou a fazer-lhes perguntas.

— Como fariam para atacar aquela casa? — perguntou ele, indicando com a mão um prédio de pedra ao longe. — Levando vinte homens, para que não fossem vistos ao aproximar-se?

Os rapazes o levaram a sério e debateram o assunto, agitando animadamente as mãos. Finalmente, o líder, Eumenes — Kineas percebera sua liderança, mais do que os outros rapazes —, apontou para uma direção:

— Rodeando o bosque e subindo aquela ravina, ali.

Kineas concordou. Era interessante ver a mudança em Eumenes, que na noite anterior parecia um menino tímido. Entre seus colegas, parecia bastante maduro.

— Você tem bom olho — disse Kineas.

Eumenes corou com o elogio.

— Obrigado, senhor. Mas, se me permite a pergunta: a guerra de cavalaria não é mais... bem... mais uma luta corpo a corpo? Os *psiloi* são os que devem aproximar-se com cautela, pelo menos ao que entendo. Não é nossa tarefa cobrir o flanco dos hoplitas e lutar com a cavalaria inimiga?

Kineas respondeu:

— Na guerra, o importante é ter uma vantagem. Se você puder obter uma vantagem sobre a cavalaria inimiga aproximando-se disfarçadamente, isso é o que deve fazer, não lhe parece?

Outro jovem, Cliomenides, filho de Petrócolo, gaguejou:

— Isso será... isto é.. quero dizer... será correto? Será correto tirar vantagem? Aquiles fazia isso?

Kineas cavalgava no meio deles, sentindo-se à vontade. Ajax se mantinha à sua direita. Fílocles se deixara ficar na retaguarda, com uma expressão divertida, mostrando que não dava atenção a assuntos triviais como aquele. Átelo já tomara a dianteira e se perdera na luz brilhante da manhã.

— Você é Aquiles? — perguntou Kineas.

— Eu gostaria de ser — disse outro rapaz, Sófocles. — Meu tutor diz que ele é o modelo dos fidalgos.

— Você é tão bom guerreiro que se imagina capaz de matar qualquer quantidade de inimigos? — perguntou Kineas.

O jovem baixou os olhos. Outro deles, Kiros, deu-lhe uma bofetada.

— A guerra de verdade vai até a morte. E quem morre perde tudo: liberdade, amor, posses, tudo. Para preservar isso, são necessários alguns truques, especialmente quando o inimigo é numeroso e mais bem treinado que você. — Kineas disse tudo o que os velhos soldados dizem aos jovens, e foi recebido com a mesma dúvida respeitosa que ele próprio mostrara para com os amigos de seu pai, que tinham lutado em Queronea.

Desmontaram para almoçar e os escravos prepararam uma refeição magnífica, própria para um grupo de príncipes numa partida de caça. Kineas não reclamou; as provisões acabariam rapidamente e teriam de comer as rações que ele levava em duas mulas, sob a supervisão de Arni. Fílocles começou por dois e voltou a levantar o tema da filosofia:

— Por que vocês acham que há regras na guerra? — perguntou.

Eumene coçou o queixo sem pelos.

Fílocles fez um gesto, indicando Kineas.

— Kineas diz que vocês devem estar preparados para utilizar subterfúgios. Devem usar espiões?

Eumenes encolheu os ombros.

— Todos lançam mão de espiões — disse ele, com o cinismo dos jovens.

— Agamenon mandou Ulisses espionar Troia — disse Sófocles. Fez uma careta, para dar a entender que dizia aquelas coisas mas não acreditava nelas.

— Se fizermos um prisioneiro, podemos torturá-lo para obter informação? — perguntou Fílocles.

Os rapazes se remexeram e Eumenes passou a prestar muita atenção à comida.

Kineas deu um chute no joelho de Fílocles, sem levantar-se.

— Ulisses torturou um prisioneiro — disse ele. — Está na *Ilíada*. Lembro-me disso.

— Você o faria? — perguntou Fílocles.

Kineas coçou a barba e olhou para a comida, como fizera Eumenes Em seguida levantou a cabeça.

— Não. Não sem um motivo muito forte, e mesmo assim, isso é sórdido. Não é para homens.

Sófocles, que comia um pão, ergueu os olhos.

— Está dizendo que as regras são tolice?

Fílocles sacudiu negativamente a cabeça.

— Não estou dizendo nada. Estou fazendo perguntas, e vocês estão respondendo.

— O comandante disse que a guerra vai até a morte. Nesse caso, para que regras? — disse Sófocles, olhando para Kineas em busca de aprovação. — Qualquer coisa que sirva para vencer deve ser considerada boa, não é verdade?

Fílocles curvou-se para a frente.

— Então, você atacaria o inimigo durante uma trégua? Ou talvez enquanto eles recolhem os mortos?

Sófocles voltou a sentar-se, com o rosto mostrando reprovação, mas manteve sua argumentação com a tenacidade dos jovens:

— Sim. Atacaria, se isso me valesse a vitória.

Fílocles olhou para Kineas e este balançou negativamente a cabeça.

— Nunca — disse.

Duas manchas vermelhas brotaram no rosto de Sófocles, que engasgou e baixou a cabeça.

Kineas coçou novamente a barba, untando-a com o azeite do almoço.

— As regras da guerra têm uma finalidade — afirmou ele. — Cada violação aumenta o ódio entre os inimigos. Cada regra observada afasta o ódio. Se duas cidades entram em guerra, e ambos respeitam seus juramentos, seguem as regras e temem os deuses... nesse caso, ao terminar a disputa, podem voltar a comerciar. Mas se um dos lados viola uma trégua, assassina mulheres ou tortura prisioneiros, nesse caso o ódio impera e a guerra se torna um modo de vida.

Fílocles concordou e acrescentou:

— Quando é desencadeada, a guerra é o pior dos tiranos. Os homens estabelecem regras a fim de limitar os tiranos, assim como utilizam as assembleias para impedir que os cidadãos poderosos dominem os demais. Os tolos falam em "seriedade" ou em fazer guerras "reais". São invariavelmente amadores e covardes, que jamais estiveram na linha de combate com uma lança nas mãos. Na falange, sente-se o cheiro do hálito do inimigo e percebe-se quando ele peida. A guerra é *sempre* real. É real porque a morte espera a cada erro. Mas quando a tirania tem rédea solta, quando as cidades se enfrentam até a morte, como fizeram Atenas e Esparta há cem anos, quando todas as regras são esquecidas e todos buscam apenas a destruição do inimigo, a razão nos deserta e nos tornamos animais selvagens. Nesse caso, não existe honra nem vitória.

Os rapazes concordaram solenemente e Kineas ficou com a impressão de que ele e Fílocles poderiam, com igual facilidade, proclamar a utilidade da tortura e da rapina, e convencê-los.

Depois do almoço, Kineas os mandou lançar dardos contra uma árvore, a pé, e depois os observou montar seus cavalos, comentando que podiam aperfeiçoar-se. Enquanto treinavam os lançamentos, disse a Fílocles:

— Seu discurso foi excelente. Você é contra a guerra?

Fílocles franziu a testa.

— Sou espartano — disse, como se isso fosse uma resposta. — Aquele menino Kiros tem um bom braço.

Kineas não insistiu no assunto.

— Em combate, vocês podem não estar montados — declarou Kineas. — Isso vai acontecer muitas vezes. Sempre que tiverem de enfrentar a pé uma luta contra a cavalaria, já estarão quase mortos. A mais importante destreza a ser dominada é a capacidade de montar novamente. Pratiquem montaria em seus próprios cavalos e se puderem aprendam a montar em outros, porque em geral o cavalariano fica a pé quando alguém mata sua montaria.

Quando já iam cavalgando durante a tarde, passando pelo último campo murado, pela última valeta e pelo último dique que assinalavam o limite das propriedades dos cidadãos de Olbia, ele perguntou:

— Na luta corpo a corpo, vocês aprenderam primeiro a técnica de cair?

Ajax sorriu, porque já tinha ouvido aquelas palavras muitas vezes.

— Treinem saltar do cavalo, recuperar o equilíbrio e montar novamente. Pratiquem isso a passo, a trote e a galope. Há poucas semanas, Ajax mal sabia montar — disse Kineas, olhando-o com simpatia. — Agora é capaz de saltar com o animal em movimento e montar de novo em um segundo.

Ajax executou o movimento, sem avisar, levando o cavalo para um lado no campo e rolando o corpo para fora da sela, caindo deitado. Parecia ter perdido o fôlego, mas pôs-se de pé num salto. O cavalo já tinha parado. Ele correu e pulou para a sela, com as costas eretas e uma perna passando por cima do lombo. Parecia um atleta.

Diversos rapazes achavam que ele se parecia mais com um deus. Todos trataram de imitá-lo, sujando mantos e danificando armaduras ao saltar para o chão e voltar a montar. Muitos perderam completamente os cavalos. Eumenes, um rapazinho competente, saltou da sela e o animal disparou, tendo de ser perseguido e trazido de volta pelo próprio Kineas. Depois disso o líder conteve o entusiasmo dos jovens.

— Ainda temos uma longa distância a percorrer hoje.

Ajax esfregou o quadril.

— Eu me machuquei.

Kineas sorriu para ele.

— Você foi muito bem.

Ajax ficou contente. Se ainda tinha opiniões negativas sobre os atos de Kineas na luta contra os getas, o tempo e a rotina do grupo o tinham feito esquecê-las. Kineas se sentia um tanto desconfortável por ter Ajax como subcomandante em companhia de todos aqueles jovens novatos, mas Ajax assumiu imediatamente as funções, nomeando Eumenes para seu próprio lugar-tenente. Somente quando Fílocles e Kineas discorreram sobre a guerra é que o olhar de Ajax se mostrou diferente; talvez uma hesitação, ou desacordo.

O sol já descambava para o oeste quando Átelo regressou, o capuz vermelho brilhando à luz do poente. Kineas tinha se enrolado no manto, usando o calor da montaria para aquecer a parte inferior do corpo, o vento gélido penetrando pelo capacete.

— E então? — perguntou.

— Fácil — disse Átelo. — Para mim, não é? Rastros de cascos, rastros de cascos. Mim achar. Amanhã à noite, chegar acampamento deles. Sim? Acampamento?

— Você viu o acampamento? Chegaremos lá amanhã à noite? — perguntou Kineas.

— Ver? Não. Ver com olhos? Mim não. Ver com isto! — Átelo apontou a própria cabeça. — Rastros de cascos, saber onde, não ver onde, sim?

Kineas perdeu o fio da meada, principalmente porque o cita começou a fornecer detalhes, com palavras em língua bárbara.

— Então, você viu rastros, e amanhã chegaremos lá?

— Sim! — O cita ficou contente por ter sido entendido. — Amanhã, talvez noite. Sim. Comida?

Kineas entregou-lhe um pedaço de pão que sobrara do almoço e um frasco de vinho, feito de argila, vinho de boa qualidade. O cita se afastou, rindo.

Continuaram até quase escurecer, acompanhando o rio que corria, escuro e frio, à direita. Pararam numa curva fechada e arenosa. Os escravos prepararam o acampamento. Os rapazes eram amadores e fizeram questão de ter sua própria tenda e seus próprios cobertores, e por isso sentiram frio e não conseguiram dormir. Kineas dormiu encostado a Filocles, Arni e Ajax, enquanto Átelo, talvez por mais privacidade ou por mais experiência, fez o cavalo deitar-se e dormiu junto a ele.

De manhã, os rapazes estavam tresnoitados. Levantaram-se tremendo de frio, esperando os cavalos e esperando que a refeição fosse preparada. Kineas os mandou lançar dardos. Sentia doer a garganta e esfregou-a. Arni lhe trouxe um chá de ervas e ele o bebeu, junto com mel. Por algum tempo, sentiu alívio.

O sol era uma brilhante bola alaranjada no céu escuro. Arni foi até onde estava Kineas, levando um pano para limpar a taça de prata onde ele bebera o vinho.

— O tempo está pesado — disse ele, apontando para o sol com o queixo. Kineas concordou, sem prestar muita atenção.

Os rapazes se aqueceram rapidamente e em poucos minutos estavam novamente cheios de curiosidade, fazendo muitas perguntas a Ajax, que as respondeu de maneira competente. Todos queriam saber do cita e a maioria comentou em voz alta que ele poderia ser uma espécie de escravo privilegiado. Átelo não deu mostras de haver entendido e afastou-se, deixando que Ajax explicasse seu status.

Foram necessárias mais de duas horas para que os rapazes preparassem seus fardos e montassem; seus escravos, pacientes e competentes, não estavam habituados a movimentar-se com rapidez e nenhum conhecia disciplina além das varas de seus donos. Ajax teve de elevar a voz e Kineas se divertiu ao vê-lo ralhar com o envergonhado Eumenes, que queria deixar o fogo aceso.

— Mas estou com frio! — disse o jovem. Mostrava-se horrorizado porque ninguém parecia considerar aquilo uma crise.

— Eu também, e o mesmo acontece com os escravos. Monte! — Ajax falava como Niceas, e Kineas se virou para poder sorrir.

Naquele segundo dia, simularam uma patrulha. Kineas não fez questão de muita competência, mas mandou os rapazes se afastarem em missões de reconhecimento, algumas vezes acompanhando-os, ouvindo pacientemente os relatos de rastros de veados ou gado, carneiros mortos, alagadiços a oeste. Deu-lhes instruções, mantendo-os ocupados. Por volta do meio-dia, começou a tossir constantemente. Não se sentia mal — na verdade, estava se divertindo —, mas a tosse persistiu e se agravou. Comeram montados, com o sol já alto, porque os jovens estavam cansados e Átelo voltara para informar que havia grupos de *sakje* adiante, e a qualquer momento poderiam encontrar-se com uma partida de caça. Kineas havia muito tinha confessado a si mesmo que gostara do que tinha visto nos *sakje*, embora fossem bárbaros, e não esperava hostilidade da parte deles. No entanto, a cautela profissional e um certo desejo de impressionar os rapazes o fez preferir não ser apanhado almoçando diante de uma fogueira por uma das patrulhas deles. Além disso, o céu escurecera e a temperatura, estranhamente, tinha subido. Kineas não estava habituado com a planície, mas conhecia o mar. O tempo iria piorar. Ainda montado, murmurou uma oração e derramou vinho, para oferenda.

A neve começou a cair depois do almoço. Kineas já tinha visto neve na Pérsia, mas não tão forte como aquela: flocos grandes e pesados, como penas do pescoço de um ganso. Enrolou-se no manto e começou a tossir novamente, acabando por curvar-se sobre a sela e tossir até sentir o peito arder. Notou que Fílocles o amparava na sela.

— Você está assustando os rapazes — disse Fílocles. — E já não estamos vendo o rio.

Kineas levantou a cabeça e reparou que mal podia enxergar a cabeça de seu próprio cavalo. O elmo em sua testa parecia um bloco de gelo. Finalmente, seu cérebro voltou a funcionar.

— Átelo!

O cita surgiu entre a neve que rodopiava.

— Estou aqui! — gritou.

— Vá buscar os dois rapazes que saíram em patrulha. Vamos parar aqui. — Tossiu novamente e disse: — Hermes que nos proteja.

Átelo desapareceu na neve. Os cavalos se agruparam, o que agradou aos cavaleiros. Os fidalgos gregos costumavam cavalgar vestidos de túnica e botas, com armadura se necessário, mas os cavalheiros da moda não usavam calças. Todos os rapazes vestiam suas melhores túnicas e armaduras, para assustar os bárbaros. Na verdade, sentiam muito frio.

— Fílocles! Vá seguindo o rio e encontre algumas árvores. Melhor ainda, ache uma casa.

— Ou uma taberna?

— Você já entendeu. Não vá muito longe e não se arrisque a se perder. Não sairemos daqui até que Átelo regresse e depois seguiremos subindo o rio. Leve Clio.

Fílocles chamou o rapaz e afastou-se por entre a cortina branca. Kineas achou que a nevasca diminuía: o homem e o cavalo permaneceram visíveis até uma certa distância.

Eumenes encostou seu cavalo na égua de Kineas.

— Estamos perdidos? — perguntou. — Temos problemas graves?

— Isso vai passar logo — disse Kineas, tossindo outra vez. — Quero que nos juntemos todos e depois vamos procurar um abrigo. Vamos sentir frio....

Perdeu a fala e tossiu longamente. Em seguida sentiu-se melhor. Cuspiu catarro e reparou, aliviado, que não havia sangue. *Fiz meu sacrifício a vós, senhor da epidemia. Fiz uma corrida de cavalos para vossa glória, senhor Apolo.* Lembrou-se, porém, de que não havia feito um sacrifício, ocupado com seus próprios assuntos. Prometeu um carneiro branco no altar do deus ao voltar. Tossiu novamente.

Eumenes o observava, a testa franzida sob o elmo de bronze. Kineas se empertigou na sela e perguntou:

— Como se faz para manter o grupo em movimento no mau tempo? — perguntou.

— Humm... — murmurou Eumenes. Kineas olhou em volta. A neve se tornara mais leve, mas os rapazes tinham se juntado em um grupo, os rostos pálidos e os lábios apertados. Estavam no limiar do pânico.

— É preciso encontrar um ponto visível e dirigir-se a ele. Depois outro, e assim por diante. É lento, mas é melhor do que se perder. Se não for possível vislumbrar um ponto, deve-se parar e esperar que o tempo melhore.

Kiros, o melhor atirador de dardo, disse:

— Estou com frio. — Falara em voz baixa, mas com muita convicção, e as maçãs do rosto estavam rubras.

Kineas sabia que a dificuldade era crescente, mas já tinha tomado uma decisão delicada: ficar onde estava até o regresso do cita. Manteve-se firme.

— Cheguem mais perto de Ajax. Por Ares, meninos, vocês precisam aprender a amar uns aos outros um pouco mais. Ajax é um espécime particularmente elegante, ninguém deveria queixar-se em aconchegar-se com ele. — Vários rapazes olharam para Ajax e alguns riram. Kineas aproveitou a leve descontração. — Quantos de vocês sentiram frio ontem à noite? Todos? Aprendam a ser companheiros! Hoje à noite, vamos dividir vocês em grupos. Vão comer e dormir com seu grupo, como os espartanos. Isso funciona. Não fique envergonhado, Kiros. Ninguém está ameaçando sua virtude. Está frio demais. — Kineas procurava reprimir a tosse, tratando de mantê-los sob controle antes de entregar-se, mas a tosse o dominou. Procurou manter a espinha ereta, cobrindo a boca com as mãos. O acesso foi curto, mas a tosse parecia vir de mais fundo em seu peito, ficava mais áspera. As mãos dele tremiam.

O capuz vermelho de Átelo surgiu atrás do ombro de Eumenes.

— Eles aqui comigo! — gritou o cita. — Meninos, descer do cavalo e esperar. Sem problemas para mim.

— Bem — começou Kineas, mas a tosse o atacou. — Muito bem. — O êxito de Átelo lhe dera esperanças. Na verdade, tudo agora estava melhor. Kineas desejou que não fosse tão difícil raciocinar. — Vamos para o norte, seguindo a margem do rio. Procure Fílocles. Entendeu?

— Claro, sem problema. Ei, Kineax, quer ver *baqca*? — perguntou Átelo.

— O quê? — gritou Kineas. Átelo parecia estar usando cada vez mais palavras bárbaras, como se ao aproximar-se de seu povo ele sentisse a língua livre das amarras do grego. — Que é *bacqa*?

Átalo sacudiu a cabeça.

— *Bacqa* breve! — gritou, agitando os braços. Em seguida, assumiu a liderança. Os dois rapazes com os quais tinha falado o acompanharam, e Kineas os estimulou. Ambos levavam a sério a missão de reconhecimento. Kineas gostou disso, mas desagradava-lhe estar distante da situação. Tinha febre, já sentira febre antes, no cerco de Gaza, e conhecia os sintomas. Ainda resistiria durante uma ou duas horas, mas depois já não poderia comandar.

— Ajax! — gritou, como se desse uma ordem. Ajax se aproximou a trote, ou melhor, o cavalo tentou trotar, levantando uma poeira na neve, que já tinha mais de um palmo de espessura.

— Senhor! — disse Ajax, batendo continência. *Se esse menino não morrer antes, dará um excelente soldado.*

Kineas curvou-se na sela.

— Estou doente — disse ele, em voz baixa. Sentia queimar a garganta e o nariz estava entupido. — Doente, e piorando. Se eu não conseguir comandar, faça esses meninos prosseguirem até encontrar Fílocles ou os *sakje*. Entendeu? — Por Hermes, ele soou como se tivesse 70 anos.

— Sim, senhor — respondeu Ajax.

Kineas apressou o passo da égua, levando-a até a vanguarda dos rapazes. Atrás dele, Ajax bradou:

— Coluna em dois! Não estamos numa partida de caça!

Kineas tentou sorrir, mas se sentia cada vez mais distante.

Uma hora depois, ele ainda conseguia controlar-se e comandar, mas não podia fazer muito mais. Duas vezes teve de esforçar-se para não adormecer, ou pelo menos não se alhear. Das duas vezes recuperara-se, vendo o capuz vermelho do cita à sua frente.

A neve quase parara de cair e depois voltou, mais forte. Kineas começou a temer que eles ultrapassassem Fílocles e Clio sem os ver na nevasca. Sentia-se sonolento, e sabia que não era bom sinal. Por trás dele, Ajax continuava a dar ordens a seus comandados, exigindo que se mantivessem eretos, que parassem de assoar os narizes, numa interminável ladainha de pequenos erros que em outras circunstâncias poderiam parecer ridículos.

A tosse piorou, o que não parecia possível, até que viesse o acesso seguinte. De repente, Fílocles chegou junto dele, com Clio. Kineas empertigou-se na sela.

— Limpei o chão sob as árvores — comunicou-lhe Fílocles. Tinha o nariz vermelho como o vinho.

— E eu fiz fogo! — gritou Clio. — Sozinho!

— Muito bem, rapaz. Ótimo. — Um acesso de tosse. — Estamos longe?

— Meio estádio. Átelo já tem dois rapazes junto à fogueira.

— Vá. Arranje um abrigo para eles. — Kineas assoou o nariz com as mãos e tossiu. — Duas tendas; escravos em uma e a cavalaria na outra. Ponha os escravos para fazer comida. Bebida quente, você sabe!

— Eu sou espartano! — disse Fílocles. — Já estive em tempestades antes. Você parece ter sido flechado por Apolo. Tomara que Hermes nos deixe levar você para perto do fogo. Pelos infernos, você está ardendo.

Ver Fílocles fez mais bem a Kineas do que qualquer remédio. Sentia-se melhor. Tirou a neve que se acumulara no penacho do capacete e liderou o grupo até o acampamento. Ao chegarem perto do fogo, comandou: "Alto!", fazendo-os entrar em formação.

— Ouçam-me! Vocês se comportaram como soldados. Estávamos em perigo e vocês souberam como agir. — Assoou novamente o nariz com as mãos e limpou-as na coxa, tossiu e dominou-se. — Ainda não terminamos. Todos saiam para catar lenha. Quero uma pilha do tamanho de uma casa. Não mandem os escravos, suas vidas estão em jogo, tanto quanto as deles. Tratem dos cavalos e cubram-nos com cobertores. — Tossiu de novo. Todos permaneceram parados, como estátuas, ou imunes à disciplina ou demasiadamente cansados para poderem se mexer. — Arni, mande os escravos ferverem água para cozinhar. Primeiro deixe-os aquecer-se. Os demais: ao trabalho.

Nenhum deles se rebelou. Nenhum se aproximou do fogo. Saíram procurando lenha, primeiro encontrando apenas gravetos cobertos de neve, mas Ajax e Fílocles os orientavam e de repente a busca se transformou em uma competição, uma façanha digna de Aquiles. Esforçaram-se para encontrar mais galhos na margem do rio ou ramos caídos no pequeno bosque na curva da correnteza. Até Kineas, que não conseguia controlar completamente o corpo, sentiu-se obrigado a participar.

Logo estava bebendo em um bule de bronze que lhe queimava as mãos enquanto o vinho aquecido com açúcar e especiarias aliviava o ardor da garganta. Tinhas as mãos vermelhas. Os demais estavam de pé em volta de uma grande fogueira, do tamanho de uma casa, e o calor lhes secava as roupas.

Depois, na tenda, Kineas continuou a tossir.

Ele sente calor, e os espíritos dos mortos se juntam em torno dele com línguas de fogo. Aristófanes, que morreu no Eufrates, gritando com uma flecha na barriga, vomita labaredas que se erguem em uma nuvem em torno de sua cabeça como uma mortalha ardente. Um persa — de repente ele tem certeza de que é alguém que ele próprio matou — não tem rosto, somente ossos, mas suas mãos fazem sinais claros, e então...

Sente frio, e os cadáveres dos mortos estão congelados. A barba e as maçãs do rosto de Amintas estão cobertas de gelo, e quando ele sorri abrem-se fissuras em sua face como as rugas em volta dos olhos de uma mulher idosa.

— Não achei que estivesse morto.

Amintas não tem olhos, nem voz nem reação.

As mãos de Ártemis estão frias como a argila e alguma coisa as umedece, o membro viril dele se encolhe quando ela o toca, e os olhos dela brilham — há geada em suas pestanas e uma adaga no pescoço, e ele se afasta.

A lua se ergue como uma deusa acusadora por sobre o campo de batalha de Guagemela, e ele caminha só por entre os mortos — na maioria persas, amontoam-se tristemente nos lugares em que os macedônios os dizimaram quando eles se entregaram, ou enfileirados onde foram ceifados. E ele pensa: Isto é real, *porque estava ali à luz daquele luar, mas em seguida os mortos começaram a mexer-se, levantando-se como homens frios que dormiram desconfortavelmente no chão, um deles apalpando-se para ver se perdera alguma coisa (os intestinos, a seus pés), outro segurando as costas e gemendo — mas não se ouvia qualquer som, apenas uma torrente de bílis negra.*

Ártemis toma sua mão; lá está ele à margem do Eufrates com ela, ou talvez seja o Pinarus; talvez ambos de uma só vez. A lua fria não ilumina de verdade. Ele olha para Ártemis.

— Não achei que você estivesse morta.

— Estou morta? — Ela ergue a mão, bela como sempre, mesmo quando ficava vermelha com o trabalho, a mão de Afrodite, e aponta para o outro

lado do rio, para a nuvem de poeira levantada pela cavalaria persa, ou seria a neve?

Ele não consegue recordar-se do que gerou a nuvem. Cheira a fumaça, como corda queimada, ou pinhões. Ele não consegue se lembrar de seu próprio nome, embora saiba o dela.

Ele a deseja ardentemente, quer retirar a fina adaga do pescoço dela. Até mesmo conhece a adaga, mas não consegue dar-lhe um nome. Em algum lugar alguém canta com voz forte, mas se há palavras, elas nada significam. Não é voz de mulher nem de homem.

Ele cambaleia descendo o barranco de cascalho em direção ao rio, porque tem muita sede e procura beber. Ela exala um odor — não de podridão, mas de terra. Como se não tivesse se lavado. Ela já teve esse cheiro antes, no campo. Os cabelos estão cheios de terra.

Talvez ele pudesse lavá-los para ela.

A canção é muito agradável. Haveria algo para ser visto do outro lado do rio? Ele não conseguia lembrar-se; agora nada existe, mas ele tem certeza de que certa vez lutou para chegar até lá, e sobreviveu. Sem dúvida isso é verdade. Havia fumaça?

Ele precisa de um cavalo. Está desmontado e precisa de um cavalo. Ártemis desapareceu, mas isso não importa, tal é a urgência em encontrar um cavalo; morrerá se não encontrar algum para montar, e se levanta dentro d'água, esforçando-se com as pernas, mas a água deve ser mais profunda do que ele esperava, não há apoio e a armadura o puxa para baixo, e mais para baixo, ele vai afundar, está frio e escuro, tão frio que ele não consegue se mover, e somente deseja dormir...

A necessidade de encontrar um cavalo prevalece e ele emerge da água, mas há mais poeira, que enche sua boca, fazendo-o tossir, tossir.

A cabeça emerge da água-poeira e o cavalo acima dele é enorme — tão alto que as pernas se erguem como as colunas de um templo —, mas o desespero o impele, o terror — e ele agarra os pelos dos tornozelos do animal, que o arrasta para fora do rio, e há cantos, cantos bárbaros a seu redor, e o cheiro de cabelos não lavados lhe enche as narinas, fumaça por toda parte, alguma coisa está queimando. Ele está nas areias do deserto — não, está na neve, e Dario está morto, mendigando na ágora, e ele está a cavalo, sua primeira montaria, sem conseguir controlá-lo, e o animal apressa o passo e galopa, ele não consegue saltar, o cavalo é seu senhor e ele nãoconseguecavalgarnãoconseguenãoconseguenãoconsegue.

Alguém canta alto e ele está a cavalo, cavalgando pela noite na ampla planície, mas está escuro e as patas do cavalo soltam faíscas ao tocar o chão, o que raramente acontece. Está voando. Voa descendo uma montanha, ou subindo; há clarões de relâmpagos, mas se demoram, de maneira que cada um se sobrepõe ao anterior até que o céu fica branco como um único raio mágico na mão de Zeus — a montanha e a luz em volta da montanha, e o canto — nasal, monótono, bárbaro — cheiro de cabelos não lavados — água em sua boca — braços em torno de sua cintura. Ártemis o agarra em seu cavalo, e ela está quente — seu toque é como fogo, e não pela primeira vez — ele sorri, mas a luz agora está por toda parte e a única parte escura agora é como um túnel à sua frente, e no fim do túnel um persa de armadura o espera, montado em um cavalo também com armadura, ele não tem lança, nem espada, não confia naquele cavalo bárbaro que tem entre os joelhos — a mão dela — a adaga — a luz — o ritmo do cavalo — canto — água — calor — peles contra sua cabeça e luz morna a seu redor e o cheiro de fogo...

— Kineas?

Kineas conseguia vê-lo, mas não sabia onde estava, com seu cavalo e Ártemis e com todos os mortos. A cabeça repousava em peles.

— Fílocles? — perguntou.

— Graças aos deuses. — Fílocles levou uma taça com água até a boca de Kineas. O ar tinha gosto de fumaça e de alguma coisa bárbara.

Kineas adormeceu.

Acordou e um bárbaro se debruçou sobre ele com voz de mulher e barba incipiente de homem, cantando. O canto parecia conhecido. Adormeceu novamente.

Despertou com a mulher bárbara ainda cantando com voz suave. Ela batia um tambor com mãos masculinas e Fílocles estava sentado do outro lado da fogueira — fogueira dentro de uma tenda. Gosto de água — gosto de vinho. Adormeceu.

Acordou e viu Ajax à porta. Uma forte rajada de vento soprou, levando neve ao rosto de Kineas, sem penetrar na pilha de peles que o cobria. Ajax deu-lhe sopa, sopa gostosa, limpou-o onde ele havia se sujado e ele se envergonhou. Ajax riu.

— Você vai se recuperar e humilhar-me novamente — disse ele. — Não, não, eu não queria que você se zangasse, Kineas. Descanse. Estamos todos bem. Estamos com os *sakje.*

Kineas sonhou, e as palavras penetraram em seus sonhos, porque Fílocles as pronunciava e as ouvia do homem que era uma mulher — *amavaithyå, gaêthanãm, mîzhdem* — Fílocles as repetia seguidamente quando a mulher as dizia, e o tambor soava. Kineas estava acordado, mas eles não sabiam; a língua parecia persa, que ele conhecia um pouco, mas viu que não era. A mulher se chamava Kam, ou talvez Baqca.

Acordou, e a fina membrana através da qual tinha observado o mundo foi retirada; sentiu-se outra vez inteiro. Esforçou-se por sentar-se, mas Fílocles apareceu e começou o embaraçoso trabalho de despi-lo e lavá-lo, mas ele sabia o que estava acontecendo.

— Quem é? — perguntou em voz baixa, apontando para a mulher. Agora podia vê-la com mais clareza, e ela era evidentemente homem. Ele havia ouvido a voz dela por tanto tempo que o gênero concordava com a voz.

— Aqui está Kam Baqca, que curou você. — As palavras de Fílocles lhe transmitiam uma mensagem, como ele sempre gostava de fazer, mas Kineas ainda não tinha um entendimento nítido do mundo.

— Ela... ele? — É *sakje*? A voz de Kineas parecia um ronco, um lamento; havia muita coisa que ele queria perguntar. Onde estavam os homens, na verdade, os rapazes? Havia mais alguém doente?

— Ela é mesmo *sakje*. E todos estão bem, ou pelo menos bem o bastante. Eu teria voltado à cidade, mas a neve está muito alta e os próprios *sakje* ficaram em seu acampamento. Está me ouvindo?

— Muito bem — disse Kineas, conseguindo rir. Estava muito contente. Estava vivo.

— Essa é apenas uma pequena parte da nação deles. Uns trezentos, mais ou menos. Mas é um grupo importante. Kam Bacqa está a serviço do rei, o principal rei dos *sakje,* creio eu. O *Ghan.* O mesmo faz Srayanka. Foram a Olbia como parte de uma comitiva. Está preparado para ouvir isto? — Fílocles calou-se, porque Kineas tossia.

Era apenas uma sombra da forte tosse anterior, mas ainda doía no peito. Ele parecia ter levado golpes constantes no tórax, de armadura; era a mesma dor profunda, como se fosse uma contusão subcutânea.

— Estou preparado. Quanto tempo?

— Sete dias, desde que chegamos. Carregamos você desde o acampamento; pensamos que estava morto.

Kineas conseguia lembrar-se de pedaços de seus sonhos. Balançou a cabeça para afastá-los de si e não fez comentários.

— Você é capaz de falar com eles?

— Eumenes teve uma babá *sakje*; ele fala a língua. E Átelo não dormiu; sem ele duvido que estivéssemos vivos. Agora fiquei sabendo de uma coisa. A senhora Srayanka fala um pouco de grego, e o rei conhece bastante nossa língua, embora quase não fale conosco.

Kineas olhou em volta. Estava em uma tenda, ou cabana, redonda, com uma abertura no alto, por onde a fumaça se evolava, e também um poste central. Ele estendeu as mãos e tocou-o: era feltro. Feltro espesso. O chão era coberto de peles de animais e tapetes vermelhos de ponto apertado. Eram tapetes brutos, coloridos, bárbaros. Ele já tinha visto alguns na Pérsia. No centro havia fogo, e também se viam baús de madeira com cantoneiras de ferro, decorados com intrincados desenhos elaborados. Viu feras selvagens nos ferros e nos tapetes, e acima de sua cabeça havia uma lâmpada. Deixou-se cair deitado, exausto.

Fílocles falou:

— Escute, sei que estou cansando você, mas tenho de partilhar o que sei com alguém, senão vou explodir. Eles não querem receber-me formalmente; estão esperando para ver se você vai ficar vivo e fizeram o possível para salvá-lo. Mas Diodoro tem razão. Eles dizem que Antípatro virá na primavera com um grande exército, e querem fazer uma aliança.

Kineas sacudiu a cabeça.

— Dane-se — murmurou ele, voltando a dormir.

Quando acordou novamente, já ficara escuro. Átelo estava sentado junto à fogueira, brincando com as chamas. Kineas ficou observando durante muito tempo enquanto o outro juntava pedaços de casca de árvore e de madeira que jaziam sobre os tapetes e os lançava ao fogo, fascinado pela luz bruxuleante e pelo processo da combustão. Em seguida saiu e voltou trazendo uma braçada de pequenos gravetos, cuidadosamente partidos em comprimentos semelhantes. Colocou-os em cima do que restava de uma pilha anterior e foi alimentando o fogo, até criar labaredas. À nova claridade das chamas altas, Kineas viu Kam Baqca sentada do outro lado da fogueira, ela já estava ali havia muito tempo. Vestia uma longa capa de pele coberta de pequenos símbolos cuidadosamente elaborados em pelos de veado tingido. Centenas de pequenas placas de ouro cobriam as mangas e o peito, fazendo-a brilhar à luz das chamas. Os pés estavam calçados com sapatos apertados e meias de pele, os sapatos na verdade eram feitos de couro um pouco mais grosso do que as meias, também decorados com pequenos adereços. Kineas viu que representavam cavalos, antílopes e animais mais estranhos, especialmente grifos, repetidos em infinita variedade, sem que nenhum fosse igual a outro.

Ela percebeu que ele acordara e caminhou em volta da fogueira em sua direção. O rosto bem-proporcionado e de aparência digna denotava meia-idade, com nariz reto e sobrancelhas altas depiladas, mas os olhos eram de homem e a garganta era também masculina. Ao levantar uma taça para que ele bebesse, taça de ouro maciço, as mãos eram também de homem, com calos e rachaduras na pele.

Átelo ainda brincava com o fogo. Kam Baqca disse alguma coisa em voz baixa e ele se aproximou dela.

— Kam Baqca pergunta como está para você esta noite? — Átelo falava com mais clareza do que normalmente.

Kineas moveu a cabeça para afastar a taça.

— Estou melhor. Está bem? Pode agradecer a ela por mim? Ela é médica?

Átelo virou a cabeça para um lado, como um cachorro inteligente.

— Você melhor? — disse, e em seguida repetiu as palavras em língua bárbara.

— Pode dizer "obrigado" a ela? — pediu Kineas novamente. Espaçou as palavras, lentamente.

Átelo falou outras coisas em sua língua e voltou-se para Kineas.

— Mim dizer obrigado, obrigado por você. Bem? Bom. Mim falar muito grego. Talvez aprender mais grego, sim?

Kineas concordou com a cabeça e recostou-se novamente na pilha de peles. Levantar a cabeça lhe custava muito esforço.

Kam Baqca começou a falar. Quanto mais falava, mais suas palavras pareciam familiares, semelhantes à língua persa. Usou as palavras *xshathrâ Ghan*, o "Grande Rei", que ele conhecia. Sentiu-se exausto por escutar, tão próximo da compreensão.

Átelo começou a traduzir:

— Ela diz, para você importante procurar rei, logo. Mas primeiro falar com ela. Mais importante, mais importante de tudo, falar com ela. Ela diz, você quase morrer. Depois diz, você lembra quase morrer?

Kineas assentiu.

— Diga que sim. Sim, me lembro.

Ela balançou afirmativamente a cabeça a essa resposta e continuou a falar. Átelo disse:

— Ela diz, você entrar no rio?

Kineas sentiu receio. Ela lhe parecia muito bárbara, e sua atitude masculina/feminina lhe causava estranheza; e agora ela lhe fazia uma pergunta sobre seu sonho. Kineas não respondeu.

Ela sacudiu violentamente a cabeça. Surgiu uma mão dentre as peles, gesticulando para ele, e ela começou a falar em grego, que embora de sotaque jônio era suficientemente claro:

— Não tenha medo! Mas fale somente a verdade. Você entrou no rio?

Kineas assentiu. Era capaz de ver a poeira e sentir-lhe o gosto.

— Entrei.

Ela sacudiu novamente a cabeça. Pegou um tambor atrás de si, também decorado com animais, principalmente renas. Tomou um pequeno chicote, quase um brinquedo de criança, mas com cabo de ferro e fios de crina, começando a bater com ele no tambor e a cantar.

Kineas queria sair dali. Queria libertar-se daquela tenda estranha e daquela mulher-homem estranha, e queria que lhe falassem em grego normal. Estava próximo ao limiar do pânico. Olhou fixamente para Átelo — o Átelo conhecido, seu *procusatore*, buscando estabilidade.

Ela lançou o tambor para o alto e disse uma longa frase. Átelo traduziu:

— Ela diz: achar você no rio, trazer para casa. Somente para você. Somente para Baqca. Nenhum guerreiro é... era... será...

Átelo ficou sentado, lutando com o idioma, e finalmente sorriu.

— *Deveria* estar vivo. Ela diz, isso ser coisa mais importante. Sim? Sabe o que estar dizendo?

Kineas afastou o rosto, incapaz de entender o raciocínio dos bárbaros.

— Diga que agradeço a ela — disse, e fingiu adormecer. Em pouco tempo, adormeceu de verdade.

9

No dia seguinte ele se sentia mais forte, e foi levado da tenda. A mudança ajudou a animá-lo e a vista do mundo exterior, mesmo em meio à neve, o alegrou; havia cães, cavalos e homens vestidos de peles, mulheres usando calças e pesadas jaquetas. Anéis e decorações de ouro por toda parte. Kineas compreendeu que havia estado na tenda de Kam Baqca, e foi levado para outra, preparada para ele. Havia pilhas de peles e duas lâmpadas de ouro, tapetes, esteiras e diversos mantos da Trácia. Fílocles ajudou na mudança e todos os rapazes também estavam ali, disputando um lugar para transportar a liteira de Kineas, arrumando as peles e cobertores, trazendo-lhe vinho morno.

Era profundamente tocante e ele se sentiu contente. A conversa com Kam Bacqa parecia-lhe menos estranha. Talvez ainda tivesse um resto de febre, mas agora já havia passado.

— Imagino que todos vocês estejam esperando minha recuperação — disse ele a Fílocles. Os demais tinham saído da tenda, levados por Ajax, para juntar-se aos caçadores *sakje.*

— É verdade. O rei quer falar com você antes de seguir viagem. Para ser franco, sugeri deixar você com eles enquanto eu guiava a escolta de volta a Olbia, mas ele acha que você é um personagem importante.

— Que diabo! Por quê? — rosnou Kineas. Durante os dias anteriores ele tinha deixado de preocupar-se com muitas coisas, mas agora todas regressavam: a indisposição de seu patrão, as facções, a cidade.

— A senhora Srayanka, já falei sobre ela. É sobrinha do rei, creio, embora eles usem uma palavra diferente para cada grau de parentesco.

— Como os persas.

— Exatamente. É sobrinha, ou talvez filha adotiva de uma irmã, mas é poderosa e é a nossa amiga da planície. Ela diz que você é pessoa importante. Átelo diz que é algo ligado a sua condição de guerreiro. — Fílocles encolheu os ombros. — Entendi que você matou alguém importante, ou talvez no momento certo? Ou talvez, é o que diz Eumenes, você tenha vingado alguém daqui com sua ação e isso lhe confere status.

Kineas sacudiu a cabeça.

— Estamos muito longe de casa. — Sentia-se animado: *nossa amiga da planície. Agora sei o nome dela. Srayanka.* Parecia absurdo que um adulto se sentisse tão satisfeito com isso, mas era verdade. Ele repetiu o nome diversas vezes, como uma oração.

Fílocles estava sentado em uma pilha de peles. Kineas percebeu, num sobressalto, que ele usava calças de pele. Era muito estranho para um grego e também para um espartano, ainda que exilado. Fílocles notou o olhar e sorriu.

— Está fazendo muito frio, e alguém fez estas calças para mim. Eumenes disse que seria uma grosseria recusar. São bem quentes e roçam nas partes íntimas.

— Se os *éforos* o vissem agora, você seria exilado vitaliciamente — disse Kineas, rindo. O peito lhe doía, mas a sensação era boa. Estava falando grego com um grego. Em breve, tudo estaria no lugar.

Fílocles riu também e depois chegou mais perto dele.

— Escute, Kineas. Há coisas que você ainda não sabe.

Kineas sacudiu negativamente a cabeça.

— Não, escute! Esse povo, eles são a maior potência militar da planície. Não precisam de hoplitas nem de muralhas. São nômades; deslocam-se para onde querem. São eles que detêm o poder aqui. São capazes de barrar os macedônios na planície. Ou talvez não.

Kineas sentou-se no leito de peles.

— Desde quando você se importa com o que fazem os macedônios?

Fílocles levantou-se.

— Não se trata de mim.

Kineas recostou-se novamente.

— Claro que é com você. — Havia alguma coisa que o incomodava no limite de seus pensamentos, alguma conexão. — Você queria vir para cá, e agora está aqui. Os macedônios... virão realmente para cá? Isso me importa? Levarei a companhia embora antes...

— NÃO! — bradou Fílocles, debruçando-se sobre ele. — Fique aqui e lute! Este povo precisa apenas saber que Olbia e Pantecapeo lutarão ao lado deles, e organizarão um exército. Assim disse Srayanka.

Kineas balançou a cabeça, dizendo lentamente:

— Isso significa muito para você, espartano. Foi para isso que veio? Para fazer uma aliança contra a Macedônia?

— Vim para conhecer o mundo. Sou exilado e filósofo.

— Filho da mãe, bastardo! Você é um agente dos reis e dos éforos, um espião.

— Mentira! — gritou Fílocles, agarrando bruscamente o manto. — Você pode apodrecer no inferno, ateniense. Você tem a capacidade de fazer o bem, de sustentar a luta e salvar alguma coisa, ora essa. Mas os atenienses são assim: salvam sua própria pele e deixam os outros apodrecerem. Não admira que os macedônios mandem em nós.

Saiu precipitadamente pela entrada da tenda, sacudindo a neve do teto e deixando uma abertura por onde penetrou um vento gélido. A fogueira soltou fumaça.

Kineas saiu do abrigo das peles e caminhou em direção à entrada. O tempo não estava tão ruim quanto ele pensava, apenas frio. Puxou o pano da entrada até colocá-lo de volta tapando a abertura e usou um graveto costurado no pano para fechar completamente a entrada. Uma cortina interna a cobria. Imediatamente se sentiu mais aquecido. Encontrou carne-seca e cidra de maçã junto à cama e alimentou-se avidamente — a carne era temperada, quase amarga, e a cidra tinha o aroma de Ectabana. Ele a bebeu até o fim.

Depois, precisou urinar. Estava nu na tenda, e não havia nada que parecesse um jarro ou penico.

Ficou pensando por que acusara Fílocles e balançou a cabeça, considerando hipócrita a acusação. Precisava urinar e não tinha ninguém para ajudá-lo. Isso lhe mostrou a tolice que cometera ao antagonizar o espartano — e para quê? Suspeitava das motivações de Fílocles; sempre suspeitara.

— Que importa? — disse, olhando a entrada da tenda. Não tinha roupas, estaria muito frio do lado de fora, mas tinha necessidade de urinar. — Quem dá a mínima? — E tais palavras, nas circunstâncias, lhe pareceram engraçadas.

O pano da abertura foi afastado e a cabeça de Fílocles apareceu.

Kineas sorriu de alívio.

— Peço desculpas.

— Eu também — disse Fílocles, entrando. — Hostilizei um homem muito doente. Que está fazendo fora dos cobertores?

— Preciso mijar como um cavalo de ataque.

Fílocles o envolveu em dois mantos da Trácia e o levou para fora, na neve. Os pés doíam com o frio, mas o alívio de esvaziar a bexiga foi mais forte do que a dor, e em pouco tempo ele voltava ao leito de peles.

Fílocles o observava atentamente.

— Você está melhor.

Kineas assentiu.

— Estou.

— Ótimo. Encontrei uma pessoa mais persuasiva para defender meu ponto de vista. A senhora Srayanka virá aqui depois da caçada. Ela própria apresentará as razões.

Kineas olhou em volta da tenda.

— Onde estão minhas roupas?

— Não seja tolo. Não se trata de um ritual de acasalamento; imagino que a dama seja bem-casada. Trata-se de diplomacia, e você tem a vantagem de estar doente. Fique sentado, e empalideça. Além disso, nunca esteve tão bonito. Eumenes tem atração por você, quando consegue esquecer Ajax.

Kineas olhou para Fílocles e percebeu que o outro zombava dele.

— Apare minha barba.

— Há uma hora eu era covarde e mentiroso.

— Não, espião. Foi você quem usou a palavra mentiroso.

A possibilidade de uma verdadeira inimizade pairava no ar entre eles, a apenas algumas palavras além da implicância. Kineas fez um gesto de aversão no ar, um sinal usado pelos camponeses das colinas da Ática.

— Pedi desculpas, e peço novamente.

— Não é preciso. Sou um filho da mãe suscetível. — Fílocles desviou o olhar. — Sou filho bastardo, Kineas. Sabe o que isso significa em Esparta?

Kineas concordou com a cabeça. Sabia o que significava em Atenas.

— Significa que nunca se pode ser um verdadeiro espartano. Pode-se triunfar nos esportes, ser excelente aluno, mas nenhum grupo lhe acolherá. Pensei haver escapado do peso da vergonha, mas aparentemente ela me seguiu até aqui.

Kineas pensou por um instante, bebendo mais cidra. Em seguida, disse:

— Aqui você não é bastardo. Lamento ter usado essa palavra. Eu a uso muitas vezes. É fácil para mim; tenho bom berço, o que quer que eu seja agora. Mas digo novamente: aqui você não é bastardo, nem em Olbia. Tampouco em Tomis, aliás. Por favor, desculpe-me.

Fílocles sorriu. Para ele era um sorriso raro, sem sarcasmo nem dúvida, apenas um sorriso.

— O filósofo perdoou você quando saí da tenda — disse, rindo. — O espartano precisava de um pouco mais de combate.

Kineas esfregou o rosto.

— Agora, apare minha barba e penteie meus cabelos.

— Você é um filho da mãe — disse Fílocles.

Ela veio muito depois de escurecer. Kineas e Fílocles haviam passado a tarde conversando, primeiro numa torrente e depois mais confortavelmente, segundo os temas, e com silêncios. Por duas vezes Kineas adormeceu, e ao acordar ainda o encontrara ali.

A nevasca finalmente cessara. Eumenes assim relatou ao voltar com um antílope que havia matado com a própria lança, orgulhoso como um menino recitando os primeiros versos de Homero.

— Esses bárbaros são excelentes cavaleiros! Meu pai diz que são bandidos, mas são como centauros. Eu somente os havia visto bêbados na cidade, sem falar de minha babá. Aqui, são muito diferentes!

Fílocles sorriu.

— Imagino que você esteja vendo aqui um outro tipo de *sakje*.

— São nobres, eu sei. Aquela senhora cavalga como a própria Ártemis.

Kineas sobressaltou-se, mas percebeu que o rapaz falava da deusa. Fez um sinal de aversão — quem rivalizasse com a deusa Ártemis raramente acabava bem. Mas a Ártemis de carne e osso era boa cavaleira, de muitas maneiras diferentes. Sorriu para si mesmo. Estava virando um velho idiota.

Eumenes continuou:

— Ela matou duas vezes, primeiro com o arco e depois com a lança. Uma mulher, imaginem os senhores! E os homens foram muito corteses. Encontraram o animal que matei. Eu estava nervoso; como poderia errar o lançamento ali, cercado de bárbaros?

Kineas riu alto.

— Conheço essa sensação, meu jovem.

Eumenes fez ar de incredulidade.

— O senhor? Eu o vi usar a lança no hipódromo. Seja como for, não deixarei que meu pai os chame de bandidos novamente.

Fílocles o levou para fora da tenda.

— Creio que a senhora Srayanka foi jantar.

Kineas ficou decepcionado. Tinha feito a barba e vestia uma fina túnica de linha debaixo das cobertas, agora um pouco amarrotada porque havia adormecido com ela. Mesmo assim, sorriu.

— Você é boa companhia.

Fílocles corou como um jovem.

— Você me lisonjeia.

— Sócrates dizia que não existe maior elogio. Ou talvez tenha sido Xenofonte. Um dos dois. Mas por que estou dando lições a você sobre o que pensam os soldados? Você já fez alguma campanha? Ou isso é um assunto sobre o qual não deseja falar? Não digo isso para insultá-lo.

— Participei de uma campanha com os homens de Molyvos, contra Mytilene. Foi a primeira, apesar de todo o meu treinamento.

— Por que saiu de lá?

Fílocles ficou olhando para o fogo.

— Muitos motivos — começou a dizer. O pano da entrada se agitou.

A senhora Srayanka entrou desacompanhada e sem alarde, afastando o pano que servia de porta e voltando a fechá-lo com um único movimento do braço. Depois de entrar, caminhou em volta do fogo, sentando-se sobre a longa capa de pele com um gesto fluido. Sorriu rapidamente para Fílocles.

— Saudações, homens gregos. Que os deuses os olhem favoravelmente.

A frase foi dita com tanta exatidão e fluência que somente mais tarde Kineas compreendeu que eram palavras decoradas.

Fílocles abanou gravemente a cabeça, como se saudasse uma senhora grega numa casa de respeito.

— Saudações, *despoina.*[12]

Kineas não pôde evitar um sorriso. A cabeça era igual, embora a expressão fosse menos severa; mas os claros olhos azuis eram os mesmos, e também as absurdas sobrancelhas grossas, que quase se encontravam no meio do rosto. Ele a fitava, o que não era uma atitude gentil, e ela sustentava o olhar. Um dos cantos da boca se elevou.

— Saudações, senhora — disse ele. Não gaguejou, como receava.

— Desejo... mandar chamar... Atelax, sim? — Falara em voz baixa, mas era efetivamente uma voz feminina.

— Atelax? — perguntou Kineas.

---

[12] Donzela, senhorita. Na mitologia grega, a filha de Deméter e Zeus. (*N. do T.*)

— Átelo. É o nome dele, como é pronunciado aqui — explicou Fílocles, enquanto abria a porta da tenda e chamava por ele.

Átelo entrou rapidamente, tornando evidente que estivera esperando perto dali. No momento em que entrou, a atmosfera mudou. Até aquele momento, os olhos dela procuravam principalmente Kineas. Depois que ele passou pela entrada, passeavam por toda parte.

— Pode falar — disse ele.

Kineas resolveu que pagaria um professor em Olbia para melhorar seu conhecimento da gramática em língua cita.

Srayanka falou, suave e longamente. Átelo esperou que ela terminasse e em seguida fez algumas perguntas a ela; ela também lhe fez uma pergunta. Finalmente, ele se voltou para Kineas.

— Ela fazer muitos elogios, falar de seu berço e... como dizer? Corajoso? Valente. Diz que você matar homem importante geta. Homem matar amigo especial dela, pessoa querida. Sim? E outra coisa, tudo bem. Também isto: lamenta exigir tributo na planície. Problema com casas de pedra, problema para povo de cavaleiros. Ela diz: *Você nunca falou Olbia*, e eu dizer: *Nunca perguntou!* Mas de verdade você nunca disse e eu não entender. Sim?

Fílocles aproximou-se.

— Já ouvi isto antes, Kineas. Esse geta que você matou tinha matado uma pessoa importante para ela. Não era um parente, nem marido. Um amante? Não sei se chegaremos a saber.

Kineas assentiu. Os elogios são gratos quando quem elogia tem valor.

— Diga que lamento a morte do amigo dela.

Átelo assentiu e falou com ela, que também assentiu. Depois disse alguma coisa, puxando uma das tranças negras dos cabelos.

— Ela diz: *Cortei esta pela perda*. Não agora, há muito tempo, mim achar.

Ela continuou a falar, gesticulando com as mãos. Vestia roupas diferentes e a placa peitoral de ouro não era visível, mas o casaco estava também enfeitado com linhas azul-escuras, em desenhos abstratos que vinham do meio da manga até o punho. Os pequenos cones de folhas de ouro estavam ainda enrolados em seus cabelos, tilintando com os movimentos dela.

— Agora ela dizer outra coisa. Dizer você *airyânam*. Conhecer essa palavra?

Kineas assentiu, lisonjeado. Era o termo persa que significava aristocrata, nobre antigo, e também bom comportamento.

— Conheço.

— Então ela dizer, você *airyânam*, grande homem para Olbia. Ela dizer macedônio anda por aqui. Macedônio matar pai, irmão. Dizer assim, grande batalha, dez voltas da Lua. Anos. Dez anos. Sim? No verão. *Sakje* lutar contra macedônio. Muitos matar, muitos morrer, sem vitória. Mas matar rei. Mim, longe, na planície, não me importar com esse rei, não me importar com macedônio, mas também ouvir isso. Grande batalha. Muito grande. Sim? Pai dela ser esse rei. Por isso mim dizer, ela mulher importante, importante, como mim achar primeira vez. Sim?

Fílocles a olhou e disse:

— Você acha que o pai dela foi o rei que morreu lutando contra a Macedônia, numa grande batalha há dez anos? Você não estava lá, mas soube. E você acha que ela é muito importante?

— Muito bem você — disse Átelo. — Mim saber ela importante. Sim? E ela dizer: Macedônia avança. Dizer muitas mãos de homens lutar por Macedônia, como a grama, como a água do rio. Ela dizer, novo rei bom homem mas não lutar. Ou talvez lutar. Mas se Olbia lutar, rei lutar. Senão, não. Rei voltar para planície. Macedônia atacar Olbia.

Kineas acenou com a cabeça, indicando que entendera. Sentara-se na cama, observando a mulher. Ela não lhe deu atenção, concentrando-se em Átelo.

Falava agora passionalmente, agitando as mãos diante de si, como se atiçasse um cavalo, puxando e soltando as rédeas. A voz dela se elevou.

Átelo traduziu:

— Ela dizer: *Você grande homem de Olbia, você* airyânam, *importante para ela.*

Embora Átelo estivesse apenas começando a traduzir a fala mais entusiasmada dela, a mulher já havia terminado e deixou-se cair com a cabeça encostada ao poste central da tenda, com as longas pestanas cobrindo os olhos, como se não suportasse esperar o resultado de suas palavras. Kineas se deu conta de que a olhava com tanta intensidade que a tradução da fala lhe escapava.

— Você ir, trazer Olbia, fazer Olbia lutar. Guerra contra Macedônia. Fazer *sakje* grandes, fazer Olbia grande, derrotar Macedônia, todos livres. Disse mais, muitas palavras. E também, Kineas, ela gostar você. Isso não dizer, sim? Mim dizer. Crianças fora da *yurt* dizer. Todos dizer. Rei perguntar a ela. Mim dizer para você saber.

Átelo sorria, mas esquecera-se de que a mulher sabia um pouco de grego. Ela se ergueu, rápida como uma flecha afastando-se do arco, olhou-o com raiva e bateu-lhe com o chicote de montaria, um golpe forte, que o derrubou, e desapareceu pela abertura da porta.

— Ah, ah — disse Átelo. Levantou-se cambaleando, com a mão no ombro. Depois passou pela abertura e chamou-a. A resposta foi uma torrente de óbvias invectivas. A voz era forte, fluente, e as palavras foram tantas que Fílocles e Kineas se entreolharam.

Kineas franziu a testa.

— Muito parecido com o persa. Creio que ela acaba de dizer que devo comer merda e morrer.

Fílocles serviu-se de vinho.

— Fico contente em ver seu romance prosperar, mas preciso de seus miolos. Você entendeu o que ela disse sobre a Macedônia?

Kineas ainda a ouvia falar. Ela continuava, usando palavras que ele não conhecia. Todas pareciam terminadas em "*ax*".

— Macedônia? Sim, Fílocles. Sim, ouvi. A Macedônia vem aí. Escute, fiz sete campanhas. Estive em duas grandes batalhas. Sei o que a Macedônia pode representar. Escute o que digo: se Antípatro vier, trará dois ou três *taxeis* de infantaria, metade do que Alexandre tem na Ásia. Terá todos os trácios que puder pagar e dois mil *heterae*, a melhor cavalaria do mundo; terá também gregos, tessalianos e artilharia. Mesmo que mande apenas uma fração desse poderio, estes nobres selvagens e nossos hoplitas da cidade não durariam nem uma hora.

Fílocles olhou sua taça de vinho e depois ergueu-a. Era de ouro maciço.

— Você ficou doente durante uma semana. Andei conversando com as pessoas, principalmente com Kam Baqca. Ela é o que eles têm de mais próximo a um filósofo.

— A curandeira? — perguntou Kineas, com um sorriso. — Ela me assustou ontem à noite.

— Ela é muito mais do que uma feiticeira. Na verdade, é tão importante que sua presença aqui provavelmente vale mais que a do rei. Fala um pouco de grego, mas quase não o utiliza, por motivos que só ela conhece. Eu gostaria de falar esta língua, tudo o que acho que sei passa pela peneira das ideias de outros homens. Kam Baqca assusta tanto Átelo que ele mal consegue manter suas ideias em ordem a fim de fazer a tradução para mim.

Kineas estava perdendo a esperança de que Srayanka voltasse.

— Por quê? Reconheço que ela tem uma presença marcante...

— Você já foi a Delfos? — interrompeu Fílocles. — Não? As sacerdotisas de Apolo são como ela. Ela reúne em sua pessoa duas funções sagradas. É *enareis;*[13] lembra-se do que leu em Heródoto? Sacrificou a virilidade a fim de agir como vidente. E é *Baqca*, a *bacqa* mais poderosa de que se tem notícia, segundo Átaclo.

Kineas procurou lembrar-se do que havia sido dito em sua tenda.

— Que significa *bacqa*?

— Não tenho ideia. Átelo me diz várias coisas, e também a senhora Srayanka. Ela é tratada com reverência, mas não se fala de *bacqa* com detalhes. É um conceito bárbaro. — Fílocles sacudiu a cabeça. — Estou perdendo o fio da meada em um labirinto de detalhes. Kineas, existem milhares de pessoas neste povo. Dezenas de milhares.

---

[13] Hermafrodita, na mitologia da Cítia. (*N. do T.*)

— E o rei deles anda de um lado para o outro, com uma feiticeira e um punhado de ajudantes, procurando o apoio de uma pequena cidade do Euxino. Conte outra.

Fílocles derramou o restante do vinho.

— Você está me aborrecendo. Eles são bárbaros, Kineas. Não compreendo o papel do rei, mas ele não é um fantoche nem um tirano asiático. Pelo que consegui compreender, é rei somente quando há alguma tarefa "real". Se não, é um dos chefes principais, comandante de sua tribo. Aqui há somente uma fração da tribo. A escolta dele, se você preferir.

Kineas recostou-se.

— Conte-me tudo isso de manhã. Estou melhor. De manhã verei se consigo cavalgar.

— E Srayanka quer — disse Fílocles, com um sorriso maldoso. — Qualquer que seja sua intenção, estou pronto para contestá-la.

Tão logo se espalhou a notícia de que Kineas se levantara e se vestira, ele foi convocado à presença do rei. Estava preparado, em sua melhor túnica e de sandálias. Não vestiu a armadura porque ainda se sentia debilitado demais para suportar o peso. Do lado de fora da tenda, sua escolta o esperava: oito homens de Olbia, cobertos com mantos e de armadura, parecendo estátuas. Estavam em atitude profissional e levaram-no à *yurt*[14] do rei, rodeados por um grupo de *sakje* curiosos. Cães latiam, crianças apontavam enquanto eles percorriam alguns metros de neve enlameada. A tenda do rei era de longe a maior, e a entrada tinha duas portas consecutivas, que tiveram de ser afastadas pela escolta.

Dentro fazia tanto calor que Kineas deixou o manto de lado, tão logo a dignidade o permitiu. Uma dúzia de *sakje* estava sentada em semicírculo em torno do fogo. No chão, com as pernas cruzadas, conversavam animadamente, e quando Kineas entrou na *yurt* todos se levantaram. No centro, de pé, estava um menino, ou talvez um homem muito jovem, de

---

[14] Tenda montada sobre uma carroça, ainda hoje usada na Mongólia e em outras partes da Ásia central. (*N. do T.*)

farta cabeleira loura e barba curta, também loura. A posição que ocupava denotava ser ele o rei, mas, pela riqueza da vestimenta e quantidade de ouro, qualquer um dos 12 *sakje* poderia ser o soberano.

Srayanka estava de pé do lado direito do jovem. Sua expressão era de fria seriedade. Ela relanceou o olhar de Kineas para Fílocles e voltou a fixá-lo no rei a seu lado.

Kam Baqca estava atrás do rei, vestida simplesmente com um longo casaco branco, os cabelos enrolados no alto da cabeça. Inclinou a cabeça, numa saudação.

O rei sorriu.

— Bem-vindo, Kineas. Sou Satrax, rei dos *assagatje*. Por favor, sente-se e deixe que o sirvamos.

Com essas palavras, todos os ocupantes da tenda se sentaram ao mesmo tempo, e Kineas tentou, sem sucesso, imitar os modos graciosos deles. Fílocles e Eumenes haviam entrado com ele e ocuparam lugares de ambos os lados, mediante arranjos anteriores, enquanto Átelo se colocava um pouco à direita de Kineas, numa espécie de terra de ninguém entre os dois grupos.

Kineas tomou a palavra logo que se acomodou:

— Agradeço as boas-vindas, Majestade. Sua hospitalidade tem sido generosa. Na verdade, eu estava doente e sua médica me curou.

Observava cuidadosamente o rei. Era mais jovem do que Alexandre quando este cruzara o Helesponto, e seu rosto ainda não tinha as marcas da dura experiência. Os olhos grandes denotavam boa disposição e os gestos eram de uma dignidade incipiente. Kineas gostou do que viu.

O vinho foi trazido em grandes vasos e despejado numa larga bacia de ouro maciço. O rei mergulhou taças no conteúdo da bacia e entregou-as a seus convidados, abençoando cada um. Ao encher a taça de Kineas, levou-a até onde ele estava.

Kineas levantou-se, sem saber como seria o costume protocolar e por estar desacostumado a ser servido por outra pessoa a não ser os escravos

O rei o fez sentar-se.

— As bênçãos dos nove deuses do céu o esperam, Kineas — disse ele, em grego. Falava com certo sotaque, mas o idioma era puro, de estilo jônio.

Kineas tomou a taça e bebeu, como vira outros fazerem. Era vinho sem água, puro Chian, diretamente da ânfora. Engoliu cuidadosamente e sentiu um ardor no estômago.

Ao sentar-se, com a taça nas mãos, o rei fez uma oferenda e murmurou uma prece. Em seguida, curvou-se para a frente.

— Vamos tratar de negócios — disse ele. O tom era agressivo, à maneira meio hesitante dos jovens. — Olbia lutará contra a Macedônia ou se entregará?

Kineas se admirou pela rapidez com que o rei passou ao assunto principal. Enganara-se ao encontrar semelhanças entre os *sakje* e os persas e portanto esperara cerimônias e longa conversação sobre temas triviais. Não conseguiu pensar em uma resposta.

— Vamos, Kineas, vários de meus amigos já tocaram neste assunto com você — disse o rei, curvando-se para a frente e claramente gozando sua vantagem. — Que fará Olbia?

Kineas notou que os olhos do jovem se voltavam para Srayanka, procurando apoio. Muito bem.

— Não posso falar por Olbia, senhor — disse ele, fitando o rei. De perto, via que era bem-apessoado, quase tanto quanto Ajax. O único traço que destoava era o nariz curto dos bárbaros. Kineas remexeu a taça nas mãos a fim de ter tempo para pensar. — Creio que primeiro o arconte terá de convencer-se de que existe uma ameaça por parte da Macedônia.

O rei assentiu e trocou olhares com um homem corpulento e barbado à sua esquerda.

— Eu esperava por isso, e não tenho provas a oferecer. Deixe-me fazer outra pergunta. Se a Macedônia avançar, Olbia se renderá?

Kineas suspeitou de que as perguntas do jovem tinham sido decoradas. Encolheu os ombros.

— Novamente, é preciso perguntar ao arconte. Não posso falar por Olbia. — Sentiu-se embaraçado quando Srayanka o olhou com indiferença e voltou-se a fim de sorrir para o rei.

Este coçou a barba. Após um breve silêncio, balançou a cabeça.

— Isso era o que eu esperava, e por isso terei de ir visitar pessoalmente o arconte. — Fez uma pausa. — Você me aconselhará?

Kineas balançou lentamente a cabeça.

— Tanto quanto for possível. Sou comandante da cavalaria do arconte, mas não seu confidente.

O rei sorriu.

— Se fosse, eu não pediria seus conselhos.

De repente, o jovem pareceu bastante maduro para a idade. Kineas achou que afinal ele poderia estar fazendo perguntas próprias, e seu sarcasmo era tão grego quanto a língua que falava.

— Muitos de meus nobres acham que devemos lutar — prosseguiu ele. — Kam Baqca diz que somente devemos fazê-lo caso Olbia e Pantecapeo pretendam resistir. Você, o que acha?

Era fácil dizer disparates ao conversar com Fílocles, muito mais difícil era enfrentar aquele jovem tão direto.

— Eu hesitaria em lutar contra a Macedônia.

A cabeça de Srayanka se voltou bruscamente para ele. Os olhos dela se apertaram. Ele notou que os lábios dela eram escuros e que sua expressão mudara ao virar a cabeça.

Kam Baqca disse algumas palavras. O rei sorriu.

— Kam Baqca diz que você já serviu ao monstro e que deve saber mais do que qualquer outro homem aqui.

— Monstro? — perguntou Kineas.

— Alexandre. Kam Baqca o chama de monstro — disse o rei, servindo-se de vinho.

— Eu realmente servi a Alexandre — reconheceu Kineas. Todos o olharam e ele imaginou se estaria em perigo. As expressões não eram amistosas; somente Kam Baqca o olhava com um sorriso. A própria Srayanka preferiu examinar o chicote em vez de encará-lo.

Kineas pensou também: eu o servi. Eu o amava, e agora começo a achar que Kam Baqca está certa. Ele é um monstro. Sentia-se confuso, e a confusão ditou o tom de sua voz.

— O exército da Macedônia é o melhor do mundo. Se Antípatro mandar Zopryon marchar para cá, sem dúvida trará milhares de lanceiros, trácios e arqueiros... provavelmente 15 mil homens de infantaria, além da cavalaria da Macedônia e da Tessália, a melhor do mundo grego. Contra essa força, os homens de Olbia e de Pantecapeo e mais algumas centenas de citas não seriam suficientes, ainda que cada um deles fosse um Aquiles vindo dos Campos Elíseos.

O rei cofiou novamente a barba e manuseou um de seus anéis, também confuso. Em seguida, disse:

— Quantos homens acha que poderei mobilizar, Kineas?

Kineas não sabia como responder, porque os reis bárbaros inevitavelmente exageravam o número de seus soldados. Se quisesse agradar e estimasse um número muito elevado, seus próprios argumentos perderiam validade. Se fosse baixo demais, seria um insulto ao rei.

— Não sei, majestade. Vejo algumas centenas aqui. Estou certo de que haverá mais.

O rei riu. Quando as palavras de Kineas foram traduzidas, muitos *sakje* riram também, até mesmo Srayanka.

— Escute, Kineas. Estamos no inverno. A grama está coberta pela neve e há pouca lenha nos campos para as fogueiras. No inverno, cada grupo de todas as tribos segue seu próprio caminho, procurando alimento, abrigo e lenha. Se todos ficássemos juntos, os cavalos morreriam de fome e a caça escaparia de nossos arcos e flechas. Já vi as cidades dos gregos; fui refém em Pantecapeo. Vi quantas pessoas podem ficar confinadas em muralhas de pedra, com escravos para trabalhar a terra e para cozinhar. Nós não temos escravos. Não temos muralhas. Mas na primavera, se meus principais chefes guerreiros concordarem em lutar, posso convocar dezenas de milhares de cavaleiros. Talvez três dezenas de milhares. Talvez mais.

Fílocles pôs a mão no joelho de Kineas.

— Átelo também diz isso. Creio que é verdade. Pense antes de falar.

Kineas procurou imaginar três dezenas de milhares de cavalarianos em um único exército.

— É possível alimentá-los? — perguntou.

O rei assentiu.

— Durante algum tempo. Para um período mais prolongado, precisaremos ter as cidades do nosso lado. Deixe-me falar francamente, Kineas. Posso simplesmente retirar-me para o norte das planícies e deixar você à mercê dos macedônios. Eles poderão caminhar até que a neve comece a cair novamente no ano que vem e nunca me encontrarão. As planícies são vastas, mais amplas do que todo o resto do mundo.

Kineas respirou fundo, esquecendo a mão em seu joelho e os profundos olhos azuis sob as sobrancelhas espessas, do outro lado da tenda.

— Se quiser que o arconte o apoie, terá de convencê-lo de que possui esse poderio. Com três dezenas de milhares de homens e mulheres que cavalgam como Ártemis...

O rei indicou a ponta de sua bota e a grande bacia de ouro a seus pés.

— Não posso fazer com que ele veja os cavaleiros na grande planície, Kineas, mas posso mostrar-lhe uma grande quantidade de ouro. E o ouro é o que abre o coração dos gregos, pelo que observei. Seu arconte poderia perguntar-se o seguinte: se o rei dos bandidos tem uma montanha de ouro, por que não pode ter trinta mil cavaleiros?

Kineas franziu a testa ao ouvir as palavras "rei dos bandidos", e o rei riu novamente.

— Não é assim que ele nos chama? Bandidos? Ladrões de cavalos? Ou coisa pior? Eu os ouvi quando fui mantido refém.

Kineas disse:

— Então, por que lutar? Por que não retirar-se para o interior da planície?

O rei recostou-se, apoiando os ombros num tapete que pendia de uma parede. Parecia sentir-se confortável.

— Suas cidades são nossa riqueza. Nelas vendemos nosso trigo e compramos as mercadorias de que gostamos. Podemos perder essas coisas, elas não nos são indispensáveis. Mas também podemos lutar para conservá-las. — Ergueu uma das mãos e agitou-a no ar. — Para mim, a questão é: lutar por nosso tesouro ou abandoná-lo? — O rei sorriu, sarcasticamente. — Se eu decidir corretamente, serei um bom rei. Se não, serei um mau rei — disse ele, levantando-se. — Você está cansado. Farei mais perguntas quando estivermos em movimento. Você poderia partir amanhã?

Kineas ergueu-se também e o mesmo fez Fílocles, impaciente, a seu lado.

— Sim, majestade. Com sua permissão, eu o acompanharei a Olbia.

— Que assim seja.

No dia seguinte, Kineas ainda se sentia meio tonto quando se movimentava muito rapidamente, e o esforço de usar a armadura foi inicialmente demasiado para ele, mas em pouco tempo acostumou-se. A neve era espessa em volta do acampamento, e mais delgada nas trilhas deixadas pelos caçadores e catadores de lenha além do círculo de carroças. Ao longe, na direção do sul, ele podia ver a grande curva escura do rio. Não havia sinal da trilha que tinham seguido até ali.

— Teremos de viajar lentamente — disse Kineas a Ajax e Eumenes. Fílocles o estava evitando.

— Os *sakje* terão mudanças de cavalos — disse Eumenes, apontando para o ponto em que o grupo de viajantes se preparava: o rei e dez companheiros montados. Todos estavam ricamente vestidos, com pesados ornamentos de ouro, e todos usavam mantos vermelhos, embora nenhum dos mantos estivesse tingido exatamente no mesmo tom.

Kineas procurou Srayanka com os olhos, mas ela não estava no grupo. Não iria acompanhar a comitiva do rei. Kineas ficou se perguntando se ela viria, caso ele houvesse dito o que ela desejava. Não sabia o que exatamente ela e Fílocles queriam que ele tivesse falado. Pensou na recepção que o esperava em Olbia e em um inverno dando treinamento a homens ricos e seus filhos para tornar-se cavalarianos, e pela primeira vez essa perspectiva lhe pareceu vazia e sem sentido. Pensou na proposta que lhe tinha sido feita após o exílio, e no que poderia agora significar.

Pensou na mulher e na maneira como o rei olhou-a. Seria a amante dele? Noiva? Esses pensamentos amargos, o tipo de ideia ciumenta que inicialmente avisam um homem que está apaixonado, lhe enchiam a mente quando Fílocles apareceu a seu lado.

— Parece que um cachorro comeu sua refeição matinal — disse Fílocles.

— Ela é realmente bem-casada, meu irmão? — perguntou Kineas.

Fílocles sorriu; Kineas raramente o chamava de irmão, e ele gostou do elogio.

— Não. Algo me disse que você ia querer saber — disse ele, rindo alto.

Kineas sentia o rubor que passava de seu rosto para o pescoço.

— Pode rir o quanto quiser — replicou, secamente.

Fílocles ergueu uma das mãos.

— Peço perdão. É injusto que ria de quem sentiu o toque de Afrodite. Ela não é casada, e tal como Átelo imaginou, é a líder de uma grande tribo bárbara. Além disso, é guerreira famosa.

Kineas esfregou a barba, observando o rei e sua montaria e evitando os olhos de Fílocles.

— Ela é... concubina do rei?

Fílocles pôs as mãos na cintura.

— Você é capaz de dizer que aquela moça é concubina de alguém? — Riu e disse: — Estou com vontade de dizer a ela que você perguntou! — Kineas voltou-se bruscamente e Fílocles riu outra vez. — Você está mesmo fisgado! — completou.

Kineas deu um grunhido. Afastando-se de Fílocles, pegou Eumenes pelo ombro e aproximou-se do rei.

Este verificava os cascos de sua montaria. Segurava uma das patas dianteiras entre os joelhos e tinha uma faca curva presa na boca.

— Bom dia — disse ele, sem soltar a faca.

Kineas fez uma curvatura meio desajeitada por causa do peso da placa peitoral da armadura.

— Não quero retardar a viagem, majestade, mas temos poucos animais de reserva e não poderemos avançar muito rapidamente.

O rei pousou a pata do cavalo de volta no chão com um gesto amistoso para o animal e começou a apertar a cinta. Kineas ainda achava estranho que um rei tivesse de encilhar sua montaria, isso tornava difícil acreditar que o mesmo rei pudesse reunir trinta mil cavaleiros.

Certificando-se de que a cinta estava corretamente colocada, o rei fez um sinal com o chicote para um homem alto, de cabelos louros quase brancos e enorme barba, vestido de vermelho da cabeça aos pés. No conselho, estivera sentado à esquerda do rei.

— Marthax! Preciso de você.

Marthax se aproximou, cavalgando um garanhão ruano muito alto. Era corpulento, com uma pança que sobrava acima do cinturão, mas os braços eram como troncos de pequenas árvores e as pernas eram enormes. O chapéu vermelho de ponta tinha adornos de pele branca e a parte superior dos bíceps era enfeitada com placas de ouro com figuras de Afrodite mandando beijos. Ele e o rei trocaram algumas palavras. Kineas teve certeza de reconhecer " cavalo" e "neve". Em seguida, ambos olharam para ele. Marthax abriu um largo sorriso.

— Você amigo do rei! — disse ele. — Bom amigo. Rei dá cavalos. Venha! Veja cavalos, leve!

Kineas gritou por Átelo e disse a Eumenes:

— Não quero ser devedor desses cavalos. Diga a ele que basta emprestar-nos alguns para termos remonta.

Eumenes começou a gaguejar, misturando com algumas palavras na língua *sakje*, mas o rei sacudiu negativamente a cabeça.

— Fique com os cavalos. Tenho mais alguns milhares. Quero viajar depressa e acabar logo com isto. Meu povo vai ficar esperando aqui e depois teremos uma longa viagem para o norte, atravessando a planície. — As palavras eram amistosas, mas em tom peremptório. O presente não era um pedido, e sim uma ordem.

Kineas apontou para Átelo, já montado, mandando-o seguir Marthax. Voltou trazendo vários potros rijos e dois grandes animais de ataque. Estes eram de um cinza pálido como ferro novo, com listras negras que corriam ao longo da medula.

Kineas os observou, examinando o tamanho e a força dos animais. Estava tão absorto que quase esbarrou em Kam Baqca. Ela o segurou firmemente pelos ombros e olhou-o nos olhos. Os dela eram escuros, de um castanho quase negro, mesmo com a luz refletida na neve. Começou a falar, quase como um canto, e o rei se aproximou, parando ao lado dela.

— Ela diz: Não tente cruzar o rio outra vez sem meu auxílio. — O rei ergueu as sobrancelhas. A vidente sorriu, ainda segurando os ombros de Kineas, que fitou os profundos olhos castanhos dela. *Até aquele ponto distante onde os sonhos nos esperam, e uma árvore brotou na escuridão...*

Kineas viu-se de pé na neve, e ela disse, em grego perfeito:

— Não parta sem falar com minha sobrinha...

O rei voltou-se para olhá-la, bruscamente, como uma águia. Kineas percebeu o movimento. A vidente não deu atenção a seu rei. Em vez disso, estendeu o braço e prendeu um talismã na rédea do cavalo dele. A rédea era simples, somente um par de tiras de couro ligadas a um freio de bronze. Os arreios mais ricos tinham ficado no cavalo de ataque, guardados em segurança em Olbia. O talismã era de ferro, um arco e flecha.

— Isso vai me aquecer? — perguntou ele, com ar brincalhão.

O rei franziu a testa.

— Não brinque com Kam Baqca. Ela não vende seus talismãs, mas se os usarmos, seremos muito favorecidos. Qual é o rio que você não pode cruzar sem ela?

— Sonhei com um rio — disse Kineas. Olhava para Srayanka, que estava de pé na neve enlameada, do lado de fora da *yurt* do rei, dando ordens a alguns homens que carregavam uma carroça. Olhou depois para o rei, que tinha o rosto fechado e expressão desconfiada.

— Ela diz: Da próxima vez você vai sonhar com uma árvore. Não suba nela sem mim. — O rei coçou a barba. Era ainda muito jovem para dissimular a ira, e Kineas não sabia por que ele poderia estar zangado. — Isso são palavras de vidente, Kineas. Você também é um *baqca*?

Kineas fez um sinal negativo.

— Não, sou um simples cavalariano. Fílocles é o filósofo.

Aparentemente tudo foi traduzido, porque Kam Baqca respondeu abruptamente e em seguida, aparentando mais calma, afagou-lhe a cabeça, como se faz a uma criança bem-comportada.

— Ela diz que o que recita poemas é homem de bem, mas ela nunca o viu e ele não foi sozinho ao rio. E diz — o rei fez uma pausa, apertando os olhos —, diz que você se verá confrontado com essa decisão, por mais que queira livrar-se dela. Creio que se refere à guerra com a Macedônia. — Kam Baqca bateu levemente no ombro do rei. — E diz que isso não é coisa em que eu deva pensar, que sou apenas seu porta-voz. — O rei franziu novamente a testa, com a petulância da adolescência lutando contra o humor natural. — Qual é o sátrapa, qual é o grande rei, que recebe ordens assim de seu povo?

O rei começou a juntar suas armas: uma pesada aljava que continha o arco e as flechas, chamada *gorytos*; uma espada curta pendente de um cinturão muito decorado, com pesada bainha, e um cesto de dardos que ficava preso na sela.

Kam Baqca acariciou novamente a cabeça de Kineas e depois segurou-o pelos ombros virando-o de modo a olhar de frente para Srayanka. Esta o olhou também e em seguida desviou o rosto. O gesto de indiferença era um tanto estudado; um homem mais jovem poderia tê-lo interpretado como rejeição direta, mas Kineas já tinha certa experiência do mundo e percebeu que ela desejava sua atenção. Não teve outra opção a não ser caminhar na direção dela. Não havia tradutor, mas levando em conta a penúltima vez em que a vira, isso não faria falta.

Ao aproximar-se, ela estendeu uma das mãos, como saudação. Impulsivamente, ele tirou a cabeça de Górgona que servia de fecho para o manto e colocou-a na mão da moça. A mão dela estava mais quente que a dele e tinha calos no alto da palma e maciez de veludo nas costas, coisa de que ele não se lembrava, e o contraste — entre a mão rude que empunhava a espada e a parte macia no dorso — atravessou-o como uma poesia, ou como a visão da primeira flor na primavera: reconhecimento, maravilha, admiração.

Inicialmente ela não o fitou, mas tampouco rejeitou o toque da mão dele. Gritou uma ordem por cima do ombro e em seguida relanceou os olhos pelo broche, sorriu e olhou para Kineas. Era mais alta do que ele imaginara. Os olhos tinham reflexos castanhos entremeados no azul e estavam quase ao mesmo nível dos dele.

— Vá com os deuses, Kin-y-as — disse ela. Olhou novamente para a cabeça de Górgona, fino trabalho de um artesão ateniense, e sorriu. Ele sentia o aroma de madeira defumada e couro. Os cabelos precisavam ser lavados. Queria beijá-la e achou que não seria boa ideia, mas o impulso foi tão forte que ele deu um passo para trás, temendo que seu corpo o traísse.

Ela colocou o chicote na mão dele.

— Vá com os deuses — repetiu. Depois deu meia-volta, chamando um homem a cavalo que carregava um fardo de lã de carneiro recém-tosquiada.

Depois de montar, Kineas olhou o chicote. Não costumava utilizá-lo, por considerá-lo instrumento para maus cavaleiros. O que acabara de receber tinha o cabo feito de um material muito pesado, porém maleável. Ele sentia o movimento sob as mãos. Eram tiras alternadas de couro curtido e ouro enroladas em um cerne macio. Os desenhos mostravam uma cena de homens e mulheres a cavalo, caçando juntos, e ia de uma pedra de ágata na ponta do cabo até a crina que formava o chicote. Era um belo objeto, pesado demais para usar cavalgando, mas útil para apontar e para servir de arma. Kineas o flexionou algumas vezes. Atrás dele, seus jovens soldados iam montando. Estavam mais adestrados, após uma semana cavalgando com os *sakje*. Naquele dia, todos envergavam armadura, elmos e mantos. Kineas tomou seu lugar à frente deles, ainda brincando com o chicote.

Ajax bateu continência. Já tinha se tornado um competente *hiperetes*, a formação estava correta. Kineas correspondeu à saudação.

— Você é um excelente soldado — disse ele. — Vai ser uma pena casar-se com uma moça rica quando voltar à cidade e passar a ser comerciante.

Ajax sorriu, com seus belos dentes.

— Senhor, nunca faz um elogio sem uma ironia depois?

Kineas flexionou novamente o chicote.

— Faço — disse, e sorriu para Clio, o cavaleiro mais próximo. — Clio, hoje você está parecendo um adulto. — Depois dirigiu-se a todos: — Cavalheiros, estão preparados para uma cavalgada dura? O rei quer chegar ao destino em dois dias. Isso significa dez horas de montaria. Não posso deixar ninguém fraquejar. Estão prontos?

— Estamos! — gritaram todos.

Os *sakje* pararam por um momento o que estavam fazendo e os olharam, voltando em seguida a seus preparativos.

Fílocles se aproximou, montando um dos cavalos de ataque dos *sakje*, um belo animal, de musculatura firme.

— O rei me presenteou com este cavalo. Devo dizer que ele é um homem generoso. — Olhou em volta e murmurou: — Ele não é o seu maior admirador, Kineas.

Kineas ergueu as sobrancelhas.

Fílocles abriu as mãos e curvou a cabeça, num gesto muito comum entre os gregos: *Não direi mais nada sobre isso.*

Kineas sacudiu a cabeça e tratou de concentrar-se na tarefa imediata.

— Não consegui encontrar um cavalo para o seu tamanho, Fílocles. Este animal é soberbo. Não o estrague na neve.

— Ora, você fez de mim um centauro, Kineas. Montado neste monstro, eu cavalgaria em qualquer lugar. — Fílocles abriu um sorriso largo. — Se você não parar de sorrir, Kineas, todos vão pensar que você é um homem feliz.

Kineas olhou para o espartano, avaliando o cavalo.

— Você precisa apertar mais a cinta. — Desmontou, abaixou-se sob a perna do espartano e apertou a cinta do cavalo. — E enrole melhor o manto. Aqui, entregue-o a mim.

Fílocles encolheu os ombros.

— Niceas sempre faz isso para mim.

— Pior para ele, e pior para você. — Kineas colocou o manto enrolado sobre a larga garupa do cavalo, que recuou um pouco ao ver a aba batendo ao vento. Kineas o dobrou, apertando bem, afivelando-o no encosto alto da sela *sakje*.

— Na infantaria, costumamos vestir essa coisa — disse Fílocles.

— Amarre-o assim, atrás da sela, e terá alguma coisa para encostar a bunda quando ficar cansado.

Kineas olhava a sela *sakje* de Fílocles. Tinha um encosto muito mais alto do que as selas gregas. A maioria dos gregos usava somente um cobertor. Kineas montou novamente, puxando as rédeas.

— Belo chicote — disse Fílocles. — Não foi o rei quem deu — acrescentou, com um sorriso maroto.

— Fílocles! — repreendeu Kineas, pegando as rédeas do espartano.

O rei se aproximou, interrompendo-o.

— Já estamos prontos, se vocês também estiverem — disse, secamente.

— Como deseja que nos coloquemos? — perguntou Kineas, olhando seus disciplinados soldados gregos e os nobres *sakje* que se agitavam. Exibiam-se para as mulheres ou para outros homens, fazendo passos elaborados ou recuando com seus cavalos. Dois já tinham se afastado, apostando uma corrida, espalhando neve com as pontas dos cascos.

O jovem rei encolheu os ombros.

— Pensei em mandar um par de cavaleiros à frente, como fazem os comandantes competentes. Depois, como estamos em missão pacífica, achei que eu e você poderíamos ir adiante, talvez levando esse espartano conversador para nos fazer companhia. Preciso praticar meu grego. Fílocles pode aprender um pouco mais sobre minha terra e posso ensinar você a usar o chicote *sakje* — prosseguiu ele, apontando para o chicote nas mãos de Kineas. — Ele me parece familiar — comentou, com sarcasmo grego.

— Às suas ordens, meu senhor — disse Kineas, erguendo o braço.

— Avante! — bradou o rei, em grego. Depois gritou: — *Ferâ!*

10

O mal-estar já quase abandonara seu corpo, graças ao mortífero arqueiro Apolo, que o poupara, e a Kam Baqca que o salvara; a tosse já praticamente não o incomodava. A viagem de volta à cidade foi agradável, apesar do frio e da espessa neve da planície, porque os homens do rei eram bons companheiros e porque os rapazes de Olbia iam ficando cada vez mais parecidos com verdadeiros soldados. Durante dois dias Kineas não teve com o que preocupar-se. Os soldados do rei escolhiam o lugar para acampar e erguiam tendas de feltro retiradas das duas pesadas carroças que transportavam a bagagem do grupo. Kineas cavalgava e conversava, e nos breves intervalos em que se via a sós, pensava em Srayanka. Se havia alguma frieza entre ele e o rei, esta desapareceu pouco depois da partida.

A trégua terminou a quarenta estádios de Olbia.

— Vimos uma patrulha! — gritou o jovem Kiros, tão logo chegou suficientemente perto para poder ser ouvido; sofreou o cavalo, descrevendo um largo arco diante do rei e fez uma saudação tardia.

Kineas esperou com aparente indiferença até que o jovem se deteve diante deles.

— Quatro homens, todos bem montados. Átelo diz que são os seus soldados da cidade. — Kiros parecia um tanto decepcionado. — Não os vi, mas Átelo, sim. Ele os está observando.

Kineas voltou-se para o rei.

— Se Átelo os viu, eles também o viram, e em breve virão até nós. — No momento em que falava, dois cavaleiros surgiram na crista da colina mais próxima e a desceram rapidamente.

Kineas reconheceu Niceas pelo porte dos ombros e pela maneira de cavalgar, mesmo vendo-o no horizonte de uma planície nevada, e começou a preocupar-se tão logo vislumbrou seu *hiperetes* que trotava no declive em direção à comitiva do rei.

— Aquele homem sabe cavalgar — disse o rei a seu lado.

— Passou a vida inteira montado — respondeu Kineas, e tossiu.

— Vigiar os caminhos no inverno não é tarefa fácil — disse o rei, puxando a barba, pensativo.

Niceas aproximou-se, trotando rapidamente, e fez continência.

— Eu o saúdo, hiparca — disse ele, formalmente.

Kineas respondeu à saudação e abraçou-o.

— Você está melhor — disse.

Niceas sorriu.

— Sou um homem novo, pela graça de todos os deuses e apesar de Diodoro ter se intrometido, com diversas poções. — Em seguida, lembrou-se de quem estava a seu redor. — Perdão, senhor.

Kineas, acostumado à rude informalidade dos *sakje*, precisou esforçar-se para pensar como grego.

— Este é o rei dos *sakje*; apresento Niceas, meu amigo e *hiperetes*. Como eu, é ateniense.

O rei estendeu a mão direita e Niceas a apertou.

— Sinto-me honrado, grande rei.

— Não sou um grande rei — disse Satrax. — Sou rei dos *assagatje*. — Apertou o olhos e completou: — Pretendo ser um grande rei, com o tempo.

Niceas olhou alternadamente para seu comandante e para o rei bárbaro. Kineas notou a hesitação e fez um gesto para o rei com o chicote, que já tinha se tornado parte dele.

— Niceas tem assuntos particulares a conversar comigo, Majestade. Permita que eu me afaste um pouco com ele.

Satrax agitou seu próprio chicote em resposta. Era um hábito dos *sakje*; falavam com o chicote.

— Esteja à vontade — disse ele.

— Gosto dele — disse Niceas, quando já não podiam ser mais ouvidos. — Não tem nada de persa. Mas, pelos testículos de Ares, ele é muito jovem!

— Não tanto quanto parece. Que diabo o faz gelar a bunda na neve? — Kineas se afastava da coluna com Niceas a trote rápido, e os movimentos do cavalo deixavam as palavras tremidas.

Niceas ficou em silêncio até que ambos se detiveram no alto de uma pequena colina. Abaixo deles, as duas pesadas carroças do rei seguiam lentamente, puxadas por uma junta de bois.

— Você deveria ter voltado em três dias, no máximo uma semana. — Niceas olhou em volta. — A assembleia não aceitou os impostos do arconte. Temos problemas. Nada de sério, por enquanto. Mas como você não aparecia, o povo começou a murmurar. Isso se resolverá quando você atravessar os portões. Muitos dos pais ricos querem saber de seus filhos, chefiados por Cleomenes. Por isso, eu e Diodoro resolvemos mandar patrulhas à sua procura. Isso foi há três dias. — Niceas parecia estar tirando dos ombros o peso do mundo. — Por que demorou tanto? Há gente na cidade dizendo que os bárbaros o mataram. Outros dizem que o arconte não permitirá a volta dos rapazes enquanto os novos impostos não forem aprovados.

— Que homens são esses? — perguntou Kineas. — Quem está dizendo essas coisas?

— Coeno tinha saído para averiguar, quando mandei a patrulha — disse Niceas, encolhendo os ombros. — Há quem diga que foi o próprio arconte.

— Você pediu permissão para ir me procurar? — perguntou Kineas, fazendo um sinal para atrair a atenção do rei.

— Parece que esqueci — respondeu Niceas, fingindo arrependimento.

Kineas suspirou. Havia passado vários dias agradáveis na planície sem outros deveres de comando, a não ser o punhado de jovens promissores.

Era como se os aborrecimentos de Niceas tivessem passado diretamente para seus ombros. Com os calcanhares ele esporeou o rijo potro, um dos presentes do rei, e desceu trotando a colina em direção aos outros.

— Como estão os demais? — indagou.

— Estão bem. Entediados. Todos se voluntariaram para esta patrulha. Diodoro proibiu que fossem a qualquer lugar, exceto o ginásio e o hipódromo, até que você voltasse — disse Niceas, com um riso curto. — Arranjamos algumas prostitutas. Diodoro alugou os serviços de uma *hetaíra*.

Mentalmente, Kineas felicitou Diodoro.

— De onde elas vieram? — perguntou. Já estavam se aproximando do rei e Marthax, que riam em companhia de Ajax e Eumenes.

Niceas desviou o olhar.

— Ora, de vários lugares — respondeu, evasivamente.

Kineas anotou mentalmente a necessidade de descobrir e em seguida fez uma continência para o rei.

— Majestade, estou sendo chamado à cidade.

Ajax se afastou o suficiente para que Kineas emparelhasse seu cavalo com o do rei.

Satrax assentiu.

— Então vamos andar mais depressa — disse ele, começando a galopar. Todos os *sakje* do grupo o imitaram e os gregos tiveram de esforçar-se para acompanhá-los.

Pela primeira vez Kineas presenciou a verdadeira dimensão da capacidade dos cavaleiros *sakje*. Galoparam durante cerca de uma hora, pararam, trocaram de cavalos e partiram novamente. Era um ritmo que em duas horas acabaria com uma tropa de cavalarianos gregos, mas com a manada de remontas e uma infatigável energia os *sakje* mantiveram o galope durante três horas, fazendo uma única pausa para beber vinho não diluído e urinar na neve. As carroças e metade do grupo continuou a viagem à velocidade dos bois. Antes que o sol descambasse completamente no horizonte, o grupo completo atravessava a vala que marcava o limite da cidade, passando pelas fazendas dos gregos e dos síndicos.

— Fomos suficientemente rápidos para você, Kineas? — perguntou o rei, sofreando o cavalo. — Eu prefiro chegar sem que todos os meus cavalos estejam arrebentados.

Kineas tinha a impressão de que chumbo derretido tinha sido derramado em suas coxas. Os rapazes de Olbia ainda estavam junto com ele, mas no momento em que a cavalgada se deteve, todos desmontaram e começaram a esfregar as coxas. Os cavalos estavam cobertos de suor.

Os *sakje* se limitaram a pegar os odres de vinho e beber. Ao lado do rei, Marthax abriu as calças bárbaras e urinou na neve, sem desmontar. O cavalo fez o mesmo.

Kineas se aproximou de seus homens.

— Dez estádios, amigos. Vamos terminar com o mesmo espírito com que começamos. Costas eretas, bem montados e com um dardo na mão. Niceas!

Até mesmo o *hiperetes* parecia cansado pela cavalgada das últimas três horas.

— Sim, senhor?

— Verifique o equipamento. Principalmente os elmos. Quero todos com boa aparência!

Kineas voltou para onde estavam os cavalos e trocou o pônei por seu cavalo de ataque, que pareceu contente em revê-lo. Ele próprio não se sentia muito em forma, mas enquanto cavalgava tirou o elmo gelado da bolsa e colocou-o na cabeça. Eumenes se aproximou e entregou-lhe um dardo.

Marthax apareceu a seu lado.

— O rei diz: medo de quê?

Kineas teve oportunidade de conhecer Marthax durante a viagem. Era aparentado com Srayanka e falava um pouco de grego. Parecia ser o assistente do rei, ou seu companheiro mais próximo, apesar da diferença de idade. Marthax era um guerreiro em seu auge, ou talvez já tivesse passado um pouco. Kineas suspeitou que fosse o chefe dos guerreiros do rei.

— Vou falar com o rei. Vamos.

Kineas não conseguira aprender grande coisa da língua *sakje*, além de palavras semelhantes às do persa que ele já conhecia, mas tinha passado a falar um grego simples com os que sabiam a língua, sem dar atenção às sutilezas.

Átelo estava montado ao lado do rei.

— Fui até os portões da cidade — disse ele. — Fui e voltei. — Mostrou uma flecha. — Fui recebido com isto.

Kineas levou seu cavalo até o grupo do rei.

— Posso explicar, Majestade. Há certo tumulto na cidade. Eu demorei demais e Niceas me disse que espalhou-se um boato de que... de que nós tínhamos sido mortos. Na planície.

Satrax o olhou nos olhos.

— Mas todos os seus homens estão armados.

— Somente para impressionar, senhor. Só para impressionar.

Mathrax disse alguma coisa na língua *sakje* e os demais guerreiros mostraram insatisfação. Átelo chegou junto a Kineas.

— Voltar para nosso acampamento. Não confiar na cidade. Ele diz confiar em você, não na cidade. Rei já disse tudo isso antes.

Kineas ergueu a voz, abafando os murmúrios dos fidalgos *sakje:*

— Se partirmos agora, Satrax, estaremos na cidade antes do escurecer e daremos fim a esses boatos. Se esperarmos um dia... — Encolheu os ombros.

Satrax assentiu. Falou em sua língua e em seguida Dikarxes, um fidalgo da idade do rei, falou também. Mathrax disse algumas palavras, visivelmente concordando. O rei sacudiu afirmativamente a cabeça e voltou-se para Kineas.

— Vamos esperar as carroças aqui. Você poderia fazer a gentileza de mandar um de seus homens pedir licença ao fazendeiro. Vamos acampar na primeira curva do rio, onde costuma haver um mercado de cavalos.

Kineas olhou o sol, que caía rapidamente.

— Eu tinha pensado em levá-lo à cidade.

— É melhor que você vá na frente. Dikarxes e Mathrax estão de acordo: uma horda de bandidos como nós poderá ser mal recebida. — O rei estendeu a mão, apertando a de Kineas. — Você parece preocupado, meu amigo. Vá cuidar desse assunto e volte amanhã de manhã para buscar-nos. De fato, sua cidade nos deixa nervosos. Creio que estaremos mais contentes acampando na neve.

Kineas concordou com a cabeça.

— Meu rei, sinto-me envergonhado. No entanto, acredito que sua decisão é judiciosa. Espere-me de manhã — disse ele, voltando para junto de seus homens. — Juntem-se — comandou, e eles obedeceram. — O rei vai acampar aqui. A cidade está nervosa. Algum idiota espalhou o boato de que estamos todos mortos. Vamos para a cidade, mas o rei precisa de alguém para garantir que os fazendeiros se comportem bem. Lembrem-se de que, para eles, o rei é um perigoso bandido.

Kineas viu imediatamente que os jovens tinham entendido. Eram excelentes rapazes, e todos haviam amadurecido durante aquelas duas semanas na planície. Kineas prosseguiu:

— Preciso de um voluntário para passar mais uma noite na neve com eles. — Átelo levantou a mão, mas Kineas disse: — Prefiro um dos cidadãos.

Todos se apressaram em voluntariar-se, o que impressionou Kineas.

— Eumenes e Clio. Meus agradecimentos a ambos. Quero que visitem todos os fazendeiros num raio de dez estádios e informem quem são as pessoas que estão acampando na curva do rio, e por quê. Levem todos os escravos, sejam convincentes e não aceitem reclamações dos fazendeiros.

Eumenes parecia haver crescido.

— Sim, senhor. O pai de Clio é o proprietário desta fazenda, e também da seguinte. Não creio que possamos vir a ter problemas.

Clio, que tinha amadurecido mais de que todos os outros, fez uma continência.

— Nenhum problema, senhor. Por favor, diga a meu pai que estarei na fazenda Gades.

Kineas apontou para Átelo com o chicote.

— Acompanhe-os e ajude-os com as traduções. Certifique-se de que tudo o que eles consumam seja pago. E não beba. Se eu não voltar amanhã de manhã, fique atento. Virei o mais depressa possível. — Apertou as mãos dos três e finalmente disse a Eumenes: — Assuma o comando.

Eumenes ficou radiante.

— Obrigado, senhor.

— Agradeça quando voltar a me ver.

Atrás dele, Ajax organizava a formação dos demais gregos. Niceas ocupou o lugar de simples soldado, permitindo que Ajax fosse o *hiperetes*, como tinha sido durante as duas semanas anteriores. Os dois siracusanos, Antígono e Andrônico, tinham vindo com Niceas e entraram em forma na fileira seguinte, igualmente dispostos a deixar que Ajax comandasse.

Kineas se aproximou de Fílocles enquanto Ajax verificava o equipamento e passava a tropa em revista.

— Você vai deixar os dois rapazes como reféns — disse Fílocles.

— Nada trágico — disse Kineas. — Eles vão passar bem, e o rei e seus homens não acharão que os abandonamos em meio a uma horda de fazendeiros síndicos.

O espartano encolheu os ombros.

— Você está preocupado com as intenções do arconte. — Kineas assentiu com a cabeça. Fílocles cuspiu na neve. — Ajax parece um bom *hiperetes*.

— Teve bons mestres.

Kineas temia que ao vê-los envergando as armaduras as sentinelas da cidade se assustassem e pedissem auxílio, mas já era tarde. A sorte estava lançada.

— Ajax, está pronto para partir?

Ajax ergueu o punho, encostando-o ao peito.

— Às suas ordens, senhor.

Kineas tomou a frente da tropa e agitou o chicote.

— Vamos cavalgar — disse ele.

Orou a Hermes e Apolo durante o caminho, pedindo que preservassem a paz. Temia que o tirano tivesse feito ou dito alguma coisa que provocara angústia e medo, fazendo com que alguém atirasse uma flecha contra Átelo. Também se preocupava com as intenções do arconte para com os *sakje* e seus próprios homens.

Tinha muito com que se preocupar.

O sol poente tingia a cidade de vermelho enquanto a coluna armada descia as colinas em direção ao istmo. Camponeses, escravos e fazendeiros surgiram na orla de seus campos apesar do frio, e a notícia se espalhou como um raio. Quando chegaram aos subúrbios, diante das fortificações da cidade, as ruas estavam cheias de gente abrigada em mantos e cobertores.

Kineas temia alguma provocação, algum incidente. Pensou em assassinato e amaldiçoou a própria imaginação. Não sabia bem o que temia, mas estava receoso. Voltou-se para Niceas.

— Você tem os pulmões mais fortes de todos nós. Vá na frente e nos anuncie, primeiro aos espectadores e depois à guarnição do portão: o hiparca e os *hippeis* da cidade regressam de uma missão junto ao rei dos *assagatje*. Entendeu?

Niceas fez um aceno com a cabeça e atiçou o cavalo com os joelhos.

Kineas voltou-se para Ajax, que estava a seu lado.

— Vamos caminhar lentamente, levando os cavalos, como se estivéssemos em uma procissão do templo. Porém, Ajax, diga aos homens que prestem atenção na multidão e nos tetos das casas. Antígono, vigie a retaguarda.

Atravessaram vagarosamente os subúrbios. A distância, Kineas ouvia a voz de Niceas que bradava junto ao portão.

— Conhecem a Pavana de Apolo? — perguntou. Os cinco rapazes responderam afirmativamente. — Cantem-na!

Não havia mais do que uma dúzia deles no total, mas apresentaram-se bem, e as vozes jovens se elevaram de tal forma que ao entrarem na última rua, estreita e enlameada, a multidão já começara a cantar a Pavana. Houve gritos e aplauso.

O portão principal estava aberto e Kineas agradeceu a Zeus. Duas fileiras de mercenários de Memnon estavam alinhadas dos dois lados da rua, já do lado de dentro do portão, e o segundo oficial, Licurgo, saudou-o com a lança. Os temores de Kineas começaram a diminuir. Ele retribuiu a saudação.

Niceas se aproximou dele.

— Memnon quer falar com você assim que possível. Em segredo.

Kineas continuava a observar a multidão, ainda mais numerosa dentro dos muros da cidade.

— Isso não pode ser bom sinal.

— Dei algumas gorjetas para mandar mensageiros às casas dos seus rapazes, a fim de informar os pais — disse Niceas.

— Obrigado — respondeu Kineas. Havia gente demais e a rua era muito estreita. A pequena coluna teve de cavalgar em fila indiana, prestando atenção para que os cavalos não atropelassem crianças. Desde o festival de Apolo Kineas não vira multidão igual. A escuridão da noite dava à turba um aspecto ameaçador.

Kineas relanceou outra vez o olhar pelos telhados das casas. Havia gente nos tetos mais planos, mas todos pareciam estar apenas observando o espetáculo.

— Por que estamos sendo recebidos como heróis? — perguntou ele.

Niceas encolheu os ombros.

— Há um boato correndo nas ruas de que você vai derrubar o arconte — foi a resposta. Kineas voltou-se abruptamente para ele, mas Niceas deu de ombros novamente. — Não ponha a culpa no mensageiro, mas ouvi isso muitas vezes. Você se tornou muito popular.

— Que Atena me proteja — murmurou Kineas.

Todos procuravam observar a multidão e os telhados, enquanto caminhavam pelas ruas. Estavam tomando cuidado.

Nenhum imprevisto ocorreu. Passaram pelos portões do hipódromo e encontraram um grupo um tanto numeroso de fidalgos da cidade, muitos montados e de armadura. Ali estavam também os demais homens de Kineas, igualmente montados e armados, com Diodoro e Cleiton à frente.

Diodoro parecia tão refeito quanto Kineas se sentia. Ambos apertaram as mãos e Diodoro fez sinal à pequena tropa para desmontar. Cleiton sorriu enigmaticamente.

— Parece que somos um bando de galinhas assustadas — disse ele. Tirou o elmo e entregou-o a Leucon, seu filho.

Vários pais abraçavam os filhos. O jovem Kiro desmontou, pronto para deleitar um círculo de empregados da família com suas aventuras. Sófocles abraçava o pai, e a palavra "amazona" podia ser ouvida facilmente, ecoando nas arquibancadas de pedra acima das cabeças deles.

Lá estava Nicomedes, montado em um cavalo magnífico e envergando uma placa peitoral que sozinha valia mais do que tudo o que Kineas possuía. Sorriu sarcasticamente.

Kineas percebia alguma coisa... *alguma coisa* que estava prestes a explodir. Todos aqueles homens, montados e armados, com a noite muito próxima.

— Que diabo está acontecendo aqui? — perguntou ele a Diodoro.

Diodoro desafivelou a correia do queixo.

— É uma confusão dos infernos, Kineas. O arconte não conseguiu os impostos que queria, ou pelo menos ainda não. A assembleia fez alguma coisa sem a aprovação dele.

— O quê, por exemplo? — perguntou Kineas. Observava o cavalariano. A assembleia provavelmente tinha sido ilegal, e tais coisas poderiam ter graves repercussões. Lembrou-se de que seus convocados deveriam apresentar-se no dia seguinte. Quase não ouviu a resposta de Diodoro. — Repita.

— A assembleia nomeou você para o cargo de hiparca — disse Diodoro. — A proposta foi feita por Cleiton. Houve debate, mas a moção foi aprovada. Preciso conversar com você.

— Mais tarde — disse Kineas. Gostava da ideia de ser nomeado hiparca legalmente. — Preciso fazer com que essa assembleia de homens armados seja legal, antes que o arconte tenha ideias erradas.

Oito anos antes, em Atenas, a classe dos cavalarianos havia tomado o poder na cidade. Tudo tinha começado com uma convocação de fidalgos montados. As cicatrizes da revolta aristocrática ainda eram visíveis em cada assembleia ateniense.

— Ou a ideia certa — retrucou Diodoro. Conhecia a história de Atenas tanto quanto Kineas, ou talvez melhor. Seu avô tinha sido um dos líderes.

Kineas o olhou, zangado.

— Nem sequer *sugira* isso, amigo.

Diodoro ergueu as mãos, negando qualquer responsabilidade.

— O povo fala — disse ele.

Kineas dirigiu seu cavalo para a vanguarda dos cavaleiros reunidos.

— Já que estamos todos juntos, e como vejo muitos rostos de convocados, talvez possamos fazer uma rápida revista. Niceas?

Kineas agitou o chicote. Niceas pareceu hesitar. A voz de Kineas tornou-se mais severa.

— Faça o que mandei — disse ele.

Niceas respirou fundo e deu um berro. Sua voz ressoou como uma trombeta e o hipódromo ficou em silêncio.

— Reunir os *hippeis*! — bradou.

Os rapazes que tinham feito a viagem à planície gemeram, mas deixaram os pais e amigos na areia e voltaram aos cavalos exaustos. O jovem Kiros montou com dificuldade.

Nicomedes franziu a testa e balançou incrédulo a cabeça, mas cobriu com o elmo a cabeça cuidadosamente untada com óleo e ocupou o lugar que lhe era destinado. Leucon entregou ao pai o capacete que tinha nas mãos e juntou-se a Niceas, brandindo o bastão para colocar em seus postos os fidalgos da cidade. Em um dos lados da formação, Kineas viu Cleomenes, pai de Eumenes, que recebia o elmo de um escravo louro e corpulento com um gesto raivoso.

Na areia, Ajax começou a ajudar Leucon e Niceas, e toda a tropa se alinhou, montada, ao mesmo tempo que os escravos da cidade acendiam as tochas nos portões. Havia quase cem cavaleiros.

Kineas os olhou, avaliando-os. Eram muito poucos para conseguir tomar a cidade, porém suficientes para suscitar essa possibilidade. Era um risco, e significava poder. Ele se colocou diante deles e ergueu a voz:

— Creio lembrar-me de haver marcado exercícios para amanhã, mas penso que todos os senhores vieram aqui esta noite a fim de demonstrar entusiasmo. Àqueles que viajaram comigo pela planície, digo: trabalharam bem, todos. Seus pais devem estar orgulhosos. E apesar de todos os sacrifícios, cavalheiros, amanhã é dia de treinamento, e a chamada será feita na terceira hora após o nascer do sol. Estão dispensados!

Todos ficaram imóveis por um instante. Em seguida alguém soltou um grito de aprovação e muitos repetiram. Passado aquele momento, o grupo começou a dispersar-se. Muitos dos pais foram cumprimentá-lo e uma dúzia de homens o felicitou pela nomeação. Tudo parecia normal. Kineas viu Cleomenes com o escravo gaulês e foi até ele a fim de informar onde estava seu filho.

Cleomenes usava a barba cerrada, costume da geração mais idosa. Isso, e a escuridão, tornavam difícil perceber sua expressão.

— Você esteve ausente mais tempo do que esperávamos — disse ele, cautelosamente.

— Foi minha culpa. Fiquei muito doente. Graças a Apolo, nenhum dos rapazes teve a mesma infelicidade. Os *sakje* foram muito generosos para conosco.

Kineas elevou a voz para que os outros pais o ouvissem. Viu Petrócolo, pai de Clio, no limite do clarão das tochas, e disse a ele:

— Seu filho manda saudações, e informa que está na fazenda Gades. Tomei a liberdade de alojar ali o rei dos *sakje* com seus homens.

Petrócolo se mostrou visivelmente aliviado.

— Obrigado por suas palavras, hiparca. Mandarei um escravo para certificar-me de que os bandidos, quero dizer, os *sakje*, sejam bem recebidos.

Cleomenes olhou severamente para Kineas.

— Então você preferiu deixar meu filho em companhia dos bárbaros. Muito gentil.

Desafivelou a placa peitoral e entregou-a ao escravo louro, que se mantinha impassível, aparentemente sem dar atenção ao peso da armadura. Mesmo à luz bruxuleante, Kineas percebeu que o rosto do homem era cheio de tatuagens.

— Seu filho voluntariou-se — disse Kineas, esforçando-se para manter o controle.

— Aposto que sim — replicou Cleomenes. Diodoro ainda estava ao lado de Kineas, mas este se afastou ao ver que um dos escravos do palácio surgira no portão principal do hipódromo, ladeado por dois outros que seguravam tochas. Kineas reconheceu Ciro, o lacaio persa do arconte. Tivera a intenção de convencer Cleomenes, mas à luz das tochas, o rosto dele se mostrava fechado e raivoso. Kineas encolheu os ombros e aproximou-se de Ciro ainda montado, apesar dos protestos de seus joelhos e coxas.

— Saudações, Ciro — disse ele.

— Meu senhor deseja sua presença — disse Ciro, sem levantar os olhos.

Kineas estava cansado e era difícil enxergar. À luz cambiante das tochas, pareceu-lhe que os três escravos estavam assustados.

Kineas desmontou.

— Ciro, diga ao arconte que irei vê-lo muito em breve. Ele tem de entender; estive atravessando a planície e parti para cá hoje de madrugada. Peço licença a ele para tomar um banho.

Ciro ergueu os olhos.

— O senhor virá?

Kineas franziu a testa.

— Claro que sim. Irei. Que tolice é essa?

Ciros se afastou dos outros dois escravos.

— Há boatos... boatos de que o senhor tenciona... tomar a cidade.

Desviou os olhos, observando os cavaleiros que ainda se congregavam na outra extremidade do hipódromo, e fixou-os no que montava o melhor cavalo e envergava o manto mais dispendioso.

— Ou então, que é Nicomedes quem pretende fazer isso — completou, voltando a encarar Kineas.

— Você me ouviu dispensá-los, com seus próprios ouvidos — disse Kineas. Que diabo, em toda a torrente do Estige, está acontecendo aqui?, pensou ele; mas mesmo enquanto imaginava, muita coisa começava a fazer sentido. Na verdade, era justamente o que ele receava. O tirano temia os *hippeis*, e temia Kineas. Essa era a origem de tudo.

Suspirou, lamentando o tempo perdido e sua própria fadiga.

— Irei imediatamente, para que seu senhor não pense que estou conspirando.

Ciro o olhou longamente.

— O arconte dá valor à lealdade acima de tudo. Em seu lugar, hiparca, eu me apressaria, ou então nem iria.

Deu meia-volta, repentinamente, deixando um aroma de especiarias na esteira do ondear de seu manto.

Kineas desmontou e entregou o cavalo a Diodoro.

— Voltarei logo — disse.

— Não vá — aconselhou Diodoro —, ou então vá amanhã de manhã levando algumas testemunhas, quando houver mais gente nas ruas. — Olhou em volta de si, como se temesse ser ouvido. — Cleomenes votou contra você na assembleia e acha que por vingança você deixou o filho dele como refém com os bárbaros.

— O tom de voz dele me dizia isso — replicou Kineas. — Juro por Zeus, pai de todos os deuses, ele é um idiota! — Kineas parou de falar e disse um palavrão, dando um tapa na garupa do potro. — Será assim tão ruim?

— Pior. Desde a reunião da assembleia, o arconte suspeita de todos. Até mesmo de Memnon. — Diodoro agarrou Kineas pelos ombros. — Estou preocupado. Vá de manhã. Até mesmo aquele persa perfumado disse isso, se você entendeu as palavras dele como eu. — Diodoro olhou em volta e continuou: — Nicomedes tem um escravo chamado Leon. Você o viu? — Kineas acenou afirmativamente. — Ele foi atacado. Ele diz que foram celtas, talvez guarda-costas do arconte. Ele escapou. Desde então, Nicomedes tem falado em agir.

— Hades! — disse Kineas. — Não tenho medo do arconte e já estão acontecendo coisas demais para que eu espere até de manhã. Você não sabe das notícias que tenho, e não há tempo para contar tudo. A Macedônia está em pé de guerra, e vem para cá. Antípatro quer controlar o trigo; deseja conquistar Pantecapeo e Olbia. O rei dos *sakje* está acampado nos subúrbios, esperando para negociar com o arconte. Não vai ficar esperando por muito tempo.

Diodoro soltou o ombro de Kineas.

— O arconte é capaz de matar você esta noite, por puro medo. — Tirou o elmo, esfregou os cabelos e suspirou. — É uma confusão de problemas.

Kineas riu.

— Não creio que eu vá morrer esta noite. — Sentia o peso da armadura de cavalariano nos ombros. — Quero descansar, mas será melhor ir vê-lo ainda esta noite.

— Vou mandar um dos homens — disse Diodoro, colocando o elmo debaixo do braço. — Irei eu mesmo.

Kineas balançou negativamente a cabeça.

— Obrigado, mas não venha. Não quero assustá-lo. Creio que agora o entendo melhor. Aposto que uma rápida mostra de lealdade neste momento será muito útil. Se eu estiver enganado, e se algum dos deuses decidir por minha morte, leve toda a companhia até onde estão os *sakje*, passe o inverno com eles e siga para o sul na primavera.

Diodoro sacudiu a cabeça.

— Não sei por que ele tem tanto medo de você. No lugar dele, eu teria cuidado com Memnon.

Kineas puxou o manto para cima dos ombros. Tinha dado o fecho a Srayanka e não possuía outro.

— Isso me lembra uma coisa. Mande um mensageiro a Memnon para avisá-lo de que quero falar com ele de manhã.

— Você já está resolvido.

— Estou — disse Kineas, tomando a mão do amigo. — Confie nos deuses.

Diodoro sacudiu a cabeça.

— Não confio.

Em seguida, ignorando os protestos de Diodoro, Kineas partiu a pé para o palácio.

Caminhava depressa. A confiança que tinha em seu curso de ação, tão elevada quando estava no hipódromo, começou a diminuir nas ruas escuras do lado de fora. A quatro ruas do palácio, achou que teria sido melhor trazer consigo um par de escravos com tochas, ou até mesmo um destacamento de cavalaria, como escolta. Por duas vezes ouviu movimento nos telhados e um brilho de bronze atraiu seu olhar ao entrar no beco paralelo à rua principal.

Apressou o passo, esperando ver Ciro e os portadores de tochas. Achou que não seria vergonhoso correr para alcançar o persa. Até mesmo a rua principal estava vazia. Não havia sequer um mendigo dormindo nos portais.

A rapidez e a armadura de cavalariano lhe salvaram a vida. Viu, tarde demais, um vulto indistinto que se movia numa esquina do beco, perto de uma taberna já fechada. Ao voltar-se, algo o atingiu no flanco, onde o bronze era mais grosso, protegendo o abdome.

Havia pelo menos dois: o que ele vira e o que atacara.

Avançou para os agressores, deu mais um passo, outro, e lançou-se contra a parede de outra taberna. Tinha libertado os braços do manto e segurava na mão o chicote de Srayanka. Agitou-o como o rei lhe ensinara, diretamente nos olhos de um deles.

Este deu um grito angustiado e caiu, mas o outro avançou em linha reta, como um lutador, decidido a derrubá-lo e acabar com ele.

Kineas esquivou-se. Não era a primeira vez que lutava na rua. Precisava de espaço para tirar o manto e puxar a espada. Sabia que havia espaço à sua direita, mas não sabia se havia outros agressores.

O momento de pensar passou e ele teve de lutar para salvar a vida.

O primeiro homem deu-lhe um golpe que ressoou nas costas da armadura como um gongo. Com a mão, o homem agarrou-lhe o manto, procurando desequilibrá-lo ou estrangulá-lo, mas a vestimenta simplesmente se soltou, pois não havia fecho.

Kineas passou o chicote da mão direita para a esquerda, segurando-o pela ponta, e puxou a espada. Atirou-se contra o homem que tinha diante de si, segurando o chicote *sakje* pelas tiras de crina de cavalo, e não pelo cabo. Com ele acertou o lado da cabeça do bárbaro, que caiu como se tivesse sido degolado.

O companheiro saltou para a frente com um grito, mas precisava esquivar-se do corpo que caía. Os dois colidiram.

Kineas recuou um passo, evitando a colisão, e com o chicote que tinha na mão cortou o rosto do homem. A luta terminara, a menos que houvesse mais capangas ou que algum deus o protegesse, e Kineas queria que o segundo homem fugisse.

Mas ele não correu. Era alto e corpulento, nas mãos tinha um grosso porrete, sem dúvida a arma com que acertara Kineas nos primeiros segundos da luta, e agitou-o no ar. Kineas recuou, quase escorregando, desequilibrado.

Usou o chicote para acertar as mãos do agressor — uma, duas, três vezes —, num ritmo que colocou o grandalhão na defensiva e o fez recuar para o centro da rua, procurando proteger as mãos.

Kineas deixou-o dar mais um passo para trás. Ainda achava que ele fugiria logo que percebesse sua desvantagem.

Mas aquele passo deu-lhe tempo para se recuperar. Com as mãos no cabo do porrete, lançou-se ao ataque, mais rapidamente do que Kineas acreditara ser possível. Esquivou-se, atacando com o chicote e a espada, mas o outro aparou seus golpes. Acertou duas chicotadas, mas o grandalhão não pareceu ressentir-se.

O agressor era um lutador experiente, e não um capanga. Forte, hábil e corajoso.

Kineas foi obrigado a recuar diante de uma saraivada de golpes que não conseguiu aparar nem evitar completamente sem retroceder. De repente, viu-se encostado à parede de estuque de uma taberna, sem ter espaço à direita devido a uma grande urna junto à porta.

O grandalhão se deteve. Não tinha pronunciado palavra, a não ser grunhidos quando o chicote o acertava. Ambos respiravam ofegantemente.

Kineas começou a sentir receio, não o temor normal de todo guerreiro, e sim o medo de ver-se diante de um adversário mais forte. Poderia morrer, caído sobre um vômito antigo à porta de uma taberna de segunda classe. O atacante parecia muito bem treinado. Não era um matador de aluguel comum.

Fez um falso movimento em direção ao espaço aberto à esquerda e ao mesmo tempo fingiu um golpe de espada em direção às mãos do homem. Este mudou de posição e Kineas acertou uma firme chicotada no rosto. O agressor gritou e girou no ar o porrete, fazendo Kineas tropeçar e cair ao tentar evitar o golpe, batendo com a cabeça no chão diante da taberna com tanta força que sentiu o sangue escorrendo pelas narinas. Esforçou-se por ficar em pé, rolando o corpo para esquivar-se de um segundo ataque e finalmente ergueu-se cambaleando, apesar do peso da armadura e do nevoeiro em sua cabeça.

O homem do porrete não perdera a visão, mas sentia dores. Atacou com sua arma. O golpe foi dado às cegas, sem toda a força dos braços, mas quase acabou com a luta, resvalando no ombro esquerdo de Kineas. Mesmo assim, o braço ficou insensível e ele largou o chicote.

Kineas avançou, apesar do apelo de seu corpo que lhe dizia para fugir enquanto o adversário estava machucado. Aproximando-se, desferiu um soco com a mão esquerda na cabeça do grandalhão e com a espada cortou-lhe os dedos, deixando-os cair na rua. O sangue do homem ferveu ao espalhar-se.

— Uuuughhhh! — gritou ele, mais de raiva do que de medo. Era o primeiro ruído alto que fazia. Com a mão inteira, bateu com o porrete na espada de Kineas. Não foi um golpe forte, mas a arma saltou-lhe da mão, que ficou dormente.

Kineas se viu desarmado.

O adversário teve dificuldade para recuperar o porrete.

Kineas lançou-se contra ele. Abraçou-o e derrubou-o, num golpe simples de luta livre que o atacante não conhecia, e no momento seguinte estava em cima dele, seu joelho comprimindo-lhe a virilha.

O homem se debateu, tentando soltar-se, e mordeu o braço de Kineas, que foi obrigado a mudar de posição. Com o braço direito solto, acertou um soco no rosto do inimigo, tateando com a mão esquerda e encontrando o chicote *sakje*. Sem premeditação agarrou o chicote e bateu com o cabo na barriga e, ao mesmo tempo, deu-lhe outra joelhada na virilha, agarrando-o tão de perto que chegou a sentir o hálito de alho e carne de porco. O grandalhão tentou apertá-lo com os braços, mas a armadura o impedia.

Mesmo com os ferimentos que Kineas lhe causara, o agressor conseguiu desvencilhar-se e começou a se levantar, com dificuldade.

Kineas deu meia-volta, colocou uma perna por trás da coxa do outro e derrubou-o. O grandalhão não estava preparado para aquilo, ou jamais aprendera luta livre, e o golpe o surpreendeu. Em três segundos viu-se de bruços na neve enlameada, com o pé de Kineas sobre a nuca. Kineas não estava disposto a deixá-lo levantar-se e com o cabo do chicote bateu-lhe com força na cabeça.

O gigante ficou imóvel. As costas arfavam, mostrando que ainda estava vivo. Kineas agarrou-o pelos cabelos e levantou-lhe a cabeça, para que ele não se asfixiasse na lama, certificando-se de que o adversário perdera os sentidos.

Não se lembrava de já haver lutado corpo a corpo com um adversário tão perigoso.

— Ares e Afrodite — suspirou. Seus pulmões pediam ar, qualquer ar a garganta lhe parecia ser um funil estreito por onde passava bronze derretido. Abaixou-se para recuperar a espada e sentiu-se tonto. Todo o seu corpo estremecia, numa espécie de reação, e Kineas de repente sentou-se na lama, sem conseguir sustentar-se nas pernas. A lama, porém, estava fria como o rio Estige, e ele teve de levantar-se rapidamente.

Voltou ao lugar onde ficara caído o primeiro atacante, considerando-se afortunado por havê-lo posto fora de combate no início da luta; dois homens com o mesmo treinamento do gigante teriam acabado com ele sem demora. Murmurou uma prece de agradecimento a Apolo e curvou-se junto ao corpo. Virou-se de lado para vomitar, em nova reação, em seguida estremeceu outra vez.

Tudo bem. Estava vivo.

O primeiro agressor tinha o corpo untado de óleo, como um lutador — azeite de oliva de boa qualidade. Estava quase nu, apesar do frio. De perto, parecia bárbaro. Examinando-o, Kineas viu que tinha os cabelos louros. O azeite os fazia parecer mais compridos e mais escuros.

Não havia óleo no corpo do grandalhão, mas ele também tinha cabelos louros. O rosto do primeiro era tatuado.

Kineas queria prendê-los em algum lugar, mas as ruas permaneceram teimosamente vazias e ele sabia por experiência que o barulho de uma luta tarde da noite faria com que qualquer escravo discreto ou cidadão de bem fechasse as janelas. Os membros lhe doíam e a armadura pesava mais do que as montanhas Atlas.

Olhou a espada. O golpe do porrete a amassara e o ferro ficara marcado. Kineas a endireitou, apoiando-a no chão, e sentiu que o metal cedia. Em pouco tempo a espada se partiria.

— Afrodite e Ares — disse ele, novamente. Em seguida empertigou-se, apanhou o manto na lama e seguiu para o palácio.

De noite ou de dia o palácio tinha a mesma aparência sombria e a mesma opulência. Os homens de Memnon montavam guarda na entrada do *megaron*, e do lado de dentro da área íntima do arconte estavam os dois gigantes vestidos de pele de leão. Ficaram com a espada de Kineas, sem dizer uma só palavra.

Vendo os cabelos louros e as peles untada de azeite deles, Kineas abriu um rápido sorriso. Nenhum dos dois reagiu.

Havia mais dois, um de cada lado do próprio arconte. Atrás dele estava Ciro, com uma tábua nas mãos.

— Estou surpreso ao vê-lo aqui — disse o arconte, olhando Kineas de alto a baixo. — Você parece um pouco amarrotado — continuou, rindo de seu próprio gracejo.

— Ciro me disse que o senhor suspeitava de que eu estivesse planejando uma revolta. — A atitude dos dois bárbaros desagradava Kineas tanto quanto da primeira vez em que visitara o arconte. — Não é verdade. Espero que minha presença aqui o demonstre, porque temos assuntos mais importantes a tratar. — Sentia o cheiro de lixo e outras coisas nas sandálias e nos pés. A túnica estava suja de lama, e a aparência da parte de trás das pernas era pior. — Fui atacado quando caminhava para cá.

O arconte ergueu uma taça de ouro e um escravo se apressou a enchê-la. Não teve outra reação, embora Ciro, atrás dele, se sobressaltasse.

— Não há coisa mais importante para meus homens do que a obediência. Eu lhe dei ordem para que fosse à planície...

— E eu fui. — Kineas estava exausto, sentia dores e sofria a lassidão que os deuses enviam aos homens depois de uma luta. Estava impaciente com as artimanhas do arconte.

— Voltou sem permissão.

O arconte estava bêbado e sua fala era arrastada. Kineas não se surpreendeu; Alexandre havia governado o mundo em meio a uma névoa de vinho, mas nunca se embebedava durante uma crise.

— Que permissão? — indagou Kineas. — O senhor me mandou em missão. Eu a cumpri. Preciso fazer um relatório.

— E também tomou providências para ser nomeado hiparca em sua ausência. Fico sem saber quem governa esta cidade. — O arconte se levantou. — Você foi tolo em vir aqui sozinho.

Kineas olhou de soslaio para os dois corpulentos bárbaros. Provavelmente celtas. Já tinha ouvido muita coisa sobre os celtas. Ficou de sobreaviso.

— A Macedônia está a caminho e Antípatro pretende tomar esta cidade — disse ele.

O arconte não parecia estar ouvindo.

— Estes dois poderiam matá-lo agora mesmo.

Kineas tomou aquelas palavras como uma confissão, embora não fosse preciso.

— Os outros dois fracassaram. E se estes dois tentarem, e também fracassarem, eu matarei o senhor.

Ainda tinha consigo o chicote *sakje*, o chicote de Srayanka. Seus pulsos estremeciam de receio e fadiga. Tudo agora se resumia em blefar. Não se achava capaz de reunir energias para outra luta, mas o arconte registrou a ameaça. Virou repentinamente a cabeça e pela primeira vez pareceu prestar inteira atenção em Kineas.

— Acha que é capaz de vencê-los? — Em seguida perguntou, mais lentamente. — Os companheiros deles o atacaram? Onde?

Kineas encolheu os ombros.

— Na rua. Que importa isso? Será que podemos deixar dessas ameaças e tratar da guerra que se aproxima? Eu sirvo ao senhor e a esta cidade. Vim aqui, apesar de ter sido atacado, a fim de provar que digo a verdade.

O arconte parecia impressionado, até mesmo chocado.

— Você foi atacado e mesmo assim veio? — Olhou para Ciro, que fez um aceno quase imperceptível.

O arconte voltou os olhos para Kineas, examinando-o cuidadosamente.

— Aparentemente, enganei-me na avaliação que fiz de você — disse ele. Fale-me dessa guerra. Que Apolo seja minha testemunha, estes últimos dias têm sido muito difíceis. Se tiver outras más notícias poderei ficar louco.

— A Macedônia está em marcha para cá. O rei dos *sakje* está esperando para tratar de uma aliança com Olbia. Que Apolo e Atena sejam minhas testemunhas, não estou conspirando para tomar esta cidade.

Kineas sentia as consequências da luta. Apenas seis dias antes ele havia argumentado em oposição à guerra contra a Macedônia. Alguma coisa em seu cérebro havia mudado desde a luta no beco, ou talvez fosse aquela sala, onde a riqueza e o incenso o sufocavam.

O arconte estendeu a mão e Ciro lhe entregou outra taça de vinho. Ergueu os olhos e perguntou:

— Onde está esse rei bandido?

Kineas encarou o tirano.

— Próximo à vala do limite da cidade, na fazenda Gades.

O arconte estendeu o braço num gesto dramático de negação e sacudiu negativamente a cabeça.

— Por quê? Por que a Macedônia está em marcha para conquistar minha cidade? Já paguei um elevado tributo para que se dirigissem a outro lugar. — Levantou a cabeça e olhou para Kineas. — Não podemos lutar contra a Macedônia.

Kineas se manteve imóvel. Estaria de acordo? Ele já tinha começado a planejar a campanha no interminável mar de grama, com dezenas de milhares de cavaleiros *sakje*, entre os quais havia uma de olhos azuis... Percebeu de repente que seus pensamentos haviam mudado completamente, como se fosse obra de algum dos deuses. Seu pulso se acelerou. Era uma espécie de loucura.

— Fale com o rei — sugeriu ele, cautelosamente.

— Você sabia que a assembleia se reunia quando eu mandava e votava a favor de tudo o que eu queria? — O arconte olhou para sua taça de vinho e depois para Kineas. — Eles me adoravam, Kineas. Eu os protegia dos bandidos da planície, eles ficaram ricos com a paz, e me adoravam. Agora estão fervendo em revolta. Para quê? Aquele metido a elegante, Nicomedes, é tão capaz de protegê-los dos bandidos quanto uma prostituta de ágora. E você, com sua conversa sobre a Macedônia e guerras... que podem meia dúzia de bandidos da planície saber a respeito da Macedônia? Talvez isso não tenha importância, no final das contas. — Ele parecia bêbado, emotivo e cansado. — Acho que já estou nisso há tempo demais, ateniense — prosseguiu. — Antípatro pode vir e dissolver a assembleia, talvez, e colocar no trono outro tirano. Talvez Nicomedes.

Kineas se aproximou do tamborete de marfim, com palavras que lhe chegavam involuntariamente ao pensar nas duas campanhas que se formavam em sua mente: uma para derrotar Antípatro e outra para obrigar o tirano a tomar posição. Pensou em Aquiles na praia, na ira dele contra Agamenon e na concordância com o concílio da deusa. Precisava falar com palavras de mel.

Isso porque, quer ele gostasse ou não, Atenas o havia contratado, tirando-o do exílio, precisamente para aquela tarefa. Naturalmente haviam mentido; mas era claro para ele, como se Atena lhe tivesse sussurrado ao ouvido, que Licurgo e seu grupo o haviam enviado a Olbia a fim de deter Antípatro.

Sim, palavras de mel. Chegaram a ele como um sussurro, e ele as usou:

— A ameaça da Macedônia deveria servir para unir sua cidade — disse ele, percebendo pela expressão do arconte que a flecha atingira o alvo. — O rei pode ser um amigo melhor do que o senhor pensa, arconte. Paz na planície e mais trigo em nossos navios.

O arconte soltou um gemido.

— Duvido que minha cidade possa ser salva por bandidos — retrucou ele; mas segurava o queixo nas mãos, com ar pensativo. — Tão logo se saiba que Antípatro está marchando, todos abandonarão a cidade.

— Não no inverno, não sairão daqui — disse Kineas. — E na primavera, com um pouco de esforço, poderemos montar uma aliança e uma força para deter a Macedônia na planície dos *sakje.*

Kineas já tinha vários planos na ponta da língua, prontos para desatar-se em palavras se ele os permitisse, mas se conteve.

O arconte balançou a cabeça.

— Você está mais bêbado do que eu — disse, esvaziando a taça. — Nada é capaz de deter a Macedônia. Ninguém deveria saber disso melhor do que você. Você está sonhando um belo sonho, e concordo que a ameaça da Macedônia deixaria esta cidade dócil, como por mágica, mas não. Mandarei você a Antípatro por terra, imediatamente. Se você for leal poderá conseguir paz. Você os conhece. Poderá fazer com que o escutem.

— Duvido — respondeu Kineas. Repentinamente, pensou: *Eu os odeio.* Lembrou-se de todas as humilhações passadas por ser grego no exército da Macedônia: preterido para promoção, dispensado por Alexandre. Era como se todas as feridas infligidas tivessem reaberto. *Eu os odeio.*

— Farei de você um homem rico. Eles o tornaram cidadão, sabia disso? E o *elegeram* para hiparca. E você está aqui há apenas um mês! É claro que você ambicionava meu diadema. — O arconte ergueu novamente a taça. Ciro apressou-se em ir buscar mais vinho. Nenhum outro escravo apareceu. — Meu pai foi mercenário. Sei exatamente como são feitas essas coisas. Não pense que vai me encontrar dormindo! — berrou o arconte, levantando-se num ímpeto e encarando Kineas.

Este não deu atenção aos temores do tirano.

— Não importa o que o senhor ofereça à Macedônia, eles atacarão — disse, aparentando uma paciência que não tinha. — Antípatro precisa de dinheiro e de uma guerra para impedir que os nobres o destronem. Ainda receia Esparta. Nós somos o que resta. Parecemos um alvo fácil. Se controlar o Euxino, Antípatro poderá dominar Atenas... e toda a Grécia.

O arconte esfregou o rosto com as duas mãos, como um mímico retirando a pintura do rosto.

— Atenas, claro, Atenas, da qual supostamente você foi exilado. Provavelmente foi Atenas quem o mandou aqui. Foi para tomar meu lugar? Eu sempre fui leal a Atenas.

Kineas fez uma pausa, como quem atravessa um pântano e de repente encontra um ponto traiçoeiro.

— Juro por Zeus que não vim aqui para tomar seu lugar!

O arconte não lhe deu atenção.

— Proporei ser vassalo da Macedônia, governar em nome dela. Pagarei tributos... iguais aos que pagava a Atenas. Ou mais.

Kineas o olhou com desprezo.

— Arconte, a Macedônia pode ter tudo isso se vier e conquistar a cidade. Minhas fontes me dizem que Antípatro *deseja* uma guerra. Está me ouvindo?

O arconte jogou a taça de vinho no chão, e o ouro ressoou ao bater na pedra.

— Estou fodido — disse ele. — Ninguém pode derrotar a Macedônia.

Kineas achou essa atitude uma mostra de covardia, embora fosse o mesmo argumento que ele usara com o rei. Vindo da boca do arconte, um arconte bêbado, desanimado e assassino, o arrazoado lhe dava asco.

Naquele momento anterior, no entanto, ele se convertera. Srayanka queria a guerra contra a Macedônia. O arconte a temia. Kineas ficou se perguntando qual seria o deus que murmurara as palavras a seu ouvido e qual deles detivera sua língua. Ele se tornara advogado da guerra.

— Fale com o rei — disse Kineas. — Ele sabe muitas coisas.

— Aquele miserável bandido! — disse o arconte. Mas o tom de sua voz mudara. — Quando?

— Amanhã — respondeu Kineas. — O rei tem de voltar para o interior da planície antes que a neve mais forte comece. Mas deseja fazer uma aliança, e tem muito a oferecer.

O arconte endireitou-se na cadeira.

— Estou bêbado — disse. Levantou-se. — Eu tinha razão a seu respeito: você é um homem perigoso. — Ajeitou o diadema na cabeça. — Afinal, o que é que você quer? Dinheiro? Poder? Voltar reabilitado a Atenas? — Cravou os olhos em Kineas, mas se a intenção era de ameaça, o equilíbrio incerto causado pela bebida e o diadema entortado na cabeça provocaram o efeito contrário. — Isso é obra de Atenas, cavalariano? — Deixou-se cair um pouco e continuou: — Não importa. O que quer que você queira, vai acabar conseguindo. Você é desse tipo de gente. Neste momento, não parece ambicionar minha pequena coroa. — O arconte sorriu. — Eu ainda a quero, e imagino que seu bandido bárbaro seja minha melhor chance de conservá-la. Falarei com ele. Traga-o aqui de manhã.

Kineas sentiu-se mais ousado.

— Promete proteger-lhe a vida?

O arconte ergueu uma sobrancelha, como um sátiro observando uma jovem num teatro.

— Pensa que estou ameaçando a vida dele? — disse, passando por Kineas a caminho de seus aposentos. — Ou a sua? — A voz ressoou na sala do trono. — Você ainda tem muito que aprender sobre minha cidade, ateniense.

11

No dia seguinte Kineas notou as contusões nas costelas e um longo vergão vermelho na perna esquerda, onde a pele havia sido arrancada. As juntas de seus dedos estavam inchadas e sensíveis. Ele não se lembrava de que maneira se ferira.

Sitalkes fez um curativo com óleo e ervas e ajudou-o a se vestir e a colocar a armadura, enquanto Fílocles e Diodoro discutiam.

— Não vamos sair daqui — disse Kineas. — Ponham isso em suas cabeças. Ele é um tirano. Os tiranos temem a todos. Eu estou vivo. Vamos prosseguir.

— Ele vai matá-lo. Vai matar todos nós — disse Diodoro, com as mãos na cintura. — A Macedônia está avançando e não podemos confiar em nosso patrão. Tire-nos daqui.

Fílocles sacudiu a cabeça.

— Ele agora vai confiar em Kineas.

Diodoro ergueu as mãos, num gesto de frustração, como se invocasse os deuses.

— Ele não confia em ninguém. É um tirano! E isso não importa, porque *não podemos confiar nele*. Leve-nos embora daqui.

Kineas levantou-se vagarosamente, sentindo o peso da armadura nos ombros. Os tirantes de couro repousavam sobre as contusões da noite anterior.

— O rei dos *assagatje* está à espera na fazenda Gade. Daqui a uma hora, duzentos fidalgos da cidade atenderão à chamada. Qualquer palavra sobre partida se espalhará como um faísca sobre gravetos. Vou falar com clareza: vamos ficar aqui. Vamos preparar esta cidade para a luta. Se vocês não aguentam isso, têm minha permissão para irem embora.

Diodoro deixou cair as mãos.

— Você sabe que não o abandonarei — disse ele. Parecia tão cansado quanto Kineas. Respirou fundo e continuou: — Kineas, pode me dizer o motivo? Por que está arriscando nossas vidas numa guerra contra a Macedônia?

Fílocles se mantivera imóvel. Em voz baixa, disse:

— Essa é a questão, não é verdade? Há poucos dias, você disse ao rei que não devíamos lutar. Por que mudou de ideia?

Kineas pegou o chicote *sakje* sobre a mesa de carvalho e passou o polegar pela decoração de ouro.

— Ontem à noite, quando eu estava argumentando com o arconte, essa ideia veio a mim, como se um deus tivesse falado em meu ouvido. Amigos, não consigo explicar melhor do que isso. Em um instante, tomei a decisão. Não foi uma questão de argumentação racional; na verdade foi uma... uma revelação. — Kineas prendeu o chicote na faixa que usava sobre a placa peitoral. — Meu desejo é claro. É isso o que desejo fazer.

Diodoro suspirou.

— Os homens não vão gostar.

Kineas assentiu.

— Quem quiser ir embora poderá partir.

Diodoro sacudiu a cabeça.

— Nenhum deles partirá. Mas não vão gostar.

Kineas concordou novamente.

— Tudo está agora nas mãos dos deuses. Enquanto isso, temos muito trabalho pela frente. Fílocles, vá com Sitalkes até onde está o rei. Diga que o receberemos, com todos os fidalgos da cidade, na segunda hora após o meio-dia. Diodoro, o restante da companhia passará a manhã atirando lanças e treinando a formação da cavalaria em movimento. Depois do meio-dia, seguiremos em coluna até o acampamento do rei e o levaremos ao arconte em grande estilo.

Fílocles disse:

— É melhor que alguém avise ao arconte. E não esqueça de que você combinou falar com Memnon.

— Mande Crax ao palácio para perguntar a Ciro se o arconte poderá nos receber na segunda hora após o meio-dia. Mande um escravo a Memnon para saber se ele pode vir ver-me aqui. Explique o motivo.

Diodoro fez uma continência e sorriu.

— Pois não, hiparca.

Kineas retribuiu o sorriso.

— Apesar de tudo, gosto de ouvir essa palavra.

A convocação começou bem. Vários homens faltaram, por estarem fazendo as últimas viagens comerciais do ano, ou doentes, ou apresentando outras desculpas. Por outro lado, muitos mais vieram montados e armados. Niceas, Ajax e Leucon os colocaram em formação em poucos minutos. A chamada foi feita e as ausências foram registradas.

Kineas se colocou na vanguarda da tropa. Havia quase duzentos homens montados que enchiam o lado leste do hipódromo em quatro fileiras pouco disciplinadas. Os cavalos se moviam para a frente e para trás ou mudavam de posição, e na segunda fileira um potro mordeu uma égua.

— Bem-vindos, cavalheiros de Olbia! — bradou Kineas, acima do tumulto. Estava ereto na sela, procurando ignorar a fadiga da cavalgada da véspera e as cicatrizes da briga diante da taverna. — Agradeço-lhes a honra que me deram, elegendo-me para esta função, e mais ainda por fazer-me cidadão daqui. Não desperdiçarei mais palavras, porque nenhuma é capaz de exprimir meus sentimentos. — Olhou para os dois lados, sob o elmo. — Hoje faremos nosso primeiro treinamento. Cada homem se apresentará a Niceas, meu *hiperetes*, com sua montaria e suas armas. Ele os orientará sobre como melhorá-las. Depois de passar por Niceas, devem seguir para junto de Diodoro a fim de praticar o lançamento de dardos, e depois para Ajax, que dará instrução sobre a remonta em combate. Ao meio-dia, comeremos pão com azeite ainda montados, como devem fazer os cavalarianos. Em seguida, praticaremos várias formações. Esta tarde, toda a tropa da cidade terá sua primeira missão em muitos anos: escoltaremos o rei dos *sakje*.

Houve murmúrio nas fileiras.

— Silêncio, por favor, cavalheiros. Durante toda a instrução os senhores não têm permissão para conversar. Os cidadãos que servem na infantaria conversam na falange? Não; prestam atenção nas ordens. O mesmo devem fazer os senhores. Alguma pergunta?

Uma voz queixosa se elevou na quarta fileira:

— Tenho um encontro marcado para comprar sementes de linhaça à tarde.

Kineas sorriu sob as frias placas de seu elmo.

— O senhor vai faltar ao encontro.

— Eu não trouxe comida — disse outro.

— Quando eu os dispensar, poderão mandar escravos buscarem a comida. Da próxima vez já saberão que a convocação é para o dia inteiro.

— Todos nós precisamos ter mantos azuis? — perguntou alguém.

— Niceas o informará. Mais alguma coisa?

Kineas os encarou. Todos ficaram em silêncio, montados em seus cavalos. Como grupo, eram mais disciplinados que seus correspondentes atenienses, mas a aparência era do que realmente eram: homens ricos fazendo-se de soldados. Kineas deu um suspiro.

— *Hippeis!* — gritou ele. Niceas, Ajax e Leucon estavam juntos perto das arquibancadas do estádio, com seus cavalos ao lado e com o equipamento colocado sobre cobertores, para exemplo. Diodoro e os dois gauleses haviam preparado uma pista para o treinamento com os dardos e Antígono apoiava um escudo em um par de lanças, a fim de servir de alvo. Estava tudo pronto, o melhor possível.

— A seus postos! — gritou Kineas.

Toda a massa de homens e animais se movimentou. Um quarto deles foi diretamente até Kineas, com queixas, pedidos e sugestões. Ele já esperava por isso. Não eram soldados; eram homens ricos, e gregos.

Kineas sabia como despachá-los rapidamente. Líqueles, outro veterano de convocações de *hippeis* atenienses, estava ali para ajudá-lo. Misturou-se com eles, ouvindo as reivindicações e resolvendo pessoalmente as mais simples. Kineas se mostrou paciente, porém firme, com os demais. Meia hora foi o bastante para que todos já estivessem colocados em seus postos.

Junto aos assentos das arquibancadas era possível ouvir a voz de Niceas, sugerindo a aquisição de dardos de madeira resistente. Ele já fizera pesquisa e sabia quais eram os comerciantes da cidade capazes de importar a madeira da Pérsia e quais os ferreiros que fabricavam as melhores pontas. Ele e Leucon, competentemente auxiliados por Coeno, verificavam a qualidade e o treinamento das montarias.

Coeno atravessou a areia em direção a Kineas e esperou sua vez de falar com ele. Kineas lhe fez um aceno e Coeno disse:

— Temos um problema com os cavalos.

Kineas soltou um grunhido e puxou o elmo para a nuca.

— Éguas e potros?

Coeno assentiu.

— Os animais são baratos aqui. Devíamos ter apenas um dos sexos. De outro modo, quando as éguas entrarem no cio, haverá caos.

Kineas coçou a barba.

— Que nos aconselharia Xenofonte?

Coeno sorriu.

— Potros castrados.

Kineas achava que precisava dormir, senão morreria. Abaixou-se na sela.

— Está bem, potros castrados, com exceção dos *hiperetes* e dos oficiais.

Depois dessa decisão, ele foi observar o primeiro grupo de cavaleiros no treinamento com os dardos. Eram os jovens que o haviam acompanhado na viagem à terra dos *sakje*, e todos se desincumbiram aceitavelmente. Observando-os, Kineas teve uma ideia: formar grupos de cinquenta *hippeis*. Os melhores cavaleiros seriam o suficiente para uma companhia de cinquenta homens.

Kiros galopou pela pista, com seu cavalo baio pronto para a tarefa. O lançamento foi firme e direto, fazendo o escudo cair com um estalo de trovão.

— Esse rapaz atira como se tivesse a mão de Zeus — disse Fílocles, ao lado de Kineas. — O rei manda saudações. Estará esperando por você na segunda hora.

Os rapazes foram competentes, mas os cavaleiros restantes nem tanto. O desempenho de Nicomedes foi típico: caiu do cavalo na primeira remonta e errou o alvo em todos os lançamentos. Fingiu atitude de divertido desdém, porém mal continha a irritação. Kineas achou que ele não estava acostumado a fracassar.

O mesmo se podia dizer de todos os demais fidalgos.

Ajax surgiu ao lado do homem que ditava a moda na cidade, e entregou-lhe um dardo. Deu um berro — Kineas não ouviu bem as palavras, mas era um gracejo — e avançou para o alvo, espalhando os escravos que haviam tentado ajudar o patrão. Nicomedes disse um palavrão, endireitou-se na sela agarrando a crina do cavalo e seguiu Ajax, cujo lançamento foi certeiro. O de Nicomedes passou a um palmo do escudo, e seus palavrões encheram a arena.

— Os mais velhos cavalgam como se fossem um saco de cocô de bode, e os de meia-idade têm tanto medo de sujar as roupas que parecem sacerdotisas — comentou Niceas. — E isso antes de começarmos a treinar o lançamento em grupos.

Kineas fez um esforço para não sorrir.

— Os rapazes não são ruins. Quero juntar os melhores em uma companhia de cinquenta cavaleiros. Faça uma lista e informe-os, para que todos se esforcem a fim de pertencer a esse grupo.

— Isso foi ideia sua, de verdade? — disse Niceas, com um sorriso. As seis companhias de cavaleiros atenienses eram rivais em todos os desfiles e jogos. Niceas apontou com o queixo para Cleomenes, pai de Eumenes que se mantinha alheio, junto com um grupo de amigos. Não estavam participando do treinamento. — Não chega a ser um motim — disse ele —, mas o problema é ele.

— Vou cuidar disso — tornou Kineas, dando volta à montaria.

Um homem idoso tentou montar e caiu do outro lado do cavalo.

— Pretende lutar contra a Macedônia com essa gente? — perguntou Niceas.

— Até você?

— Eu também. Ouvi dizer que foram os deuses que aconselharam você a entrar na guerra contra a Macedônia. Foram eles que mandaram esse chicote também? — perguntou Niceas, apontado o chicote preso à faixa de Kineas. — Basta uma companhia para espalhá-los na primeira carga, como se fossem caspa de cabelo, deixando-os para que os infantes os recolham. Metade deles vai cair dos cavalos e permanecer caída até que venham cortar-lhes as gargantas. Estou dizendo alguma mentira?

Kineas virou seu cavalo.

— Então você vai ter muito trabalho.

A cara de fuinha de Niceas se encheu de rugas com um sorriso de amargura.

— Eu sabia que você ia dizer isso.

Kineas se aproximou do lugar onde estavam Cleomenes e seu grupo de vinte amigos e aliados.

— Qual o posto que o senhor prefere experimentar primeiro?

Cleomenes não lhe deu atenção. Um dos amigos riu.

— Somos fidalgos e não soldados. Não nos inclua nesta farsa.

Kineas olhou para o homem que falara.

— O senhor não tem armadura peitoral e seu cavalo é muito pequeno. Por favor, apresente-se ao meu *hiperetes.*

O homem encolheu os ombros.

— E se eu me recusar?

Kineas não elevou a voz.

— Eu poderia multá-lo — respondeu. — E poderia denunciá-lo ao arconte.

O homem exibiu um sorriso largo, como se não temesse a ameaça.

— Poderia também dar-lhe uma surra aqui mesmo na areia — continuou Kineas. — Qualquer uma das três opções está dentro de minha autoridade legal como hiparca.

O homem se arrepiou.

Kineas voltou-se para Cleomenes.

— Sou um cavalheiro de Atenas — disse ele. — Não guardo rancor por você ter votado contra mim para a concessão de cidadania e para o cargo de hiparca. Assim funciona a democracia. Mas se não cumprir seus deveres, muito em breve teremos um confronto que não beneficiará ninguém.

Cleomenes não olhou para Kineas e sim em outra direção — provavelmente para Nicomedes, seu principal rival na cidade.

— Muito bem — disse ele, repentinamente sentindo vontade de fazer um lançamento.

Foi uma vitória curiosamente vazia. Cleomenes caminhou até onde estavam as lanças, montou em seu cavalo e atirou, de maneira competente, sentando-se novamente em seguida.

Kineas tentou um caminho diferente. Acenou para que Coeno viesse a seu encontro e mostrou-lhe Cleomenes.

— Ali está um dos principais cavalheiros da cidade. Não gosta de mim. Está se comportando como um tolo arrogante e não consigo entender seus motivos. Aproxime-se dele.

Coeno deu uma risadinha.

— De um tolo arrogante para outro, não?

— Alguma coisa assim — concordou Kineas.

O treinamento em conjunto foi horrível. A primeira tentativa de Kineas de usar uma formação trapezoidal, que ele preferia, foi prejudicada pelo tamanho do hipódromo e pela quantidade de cavaleiros disponíveis, e podia ser considerada um fracasso. Foi preciso meia hora para que cada homem entendesse seu lugar na formação, e era impossível dar dez passos sem transformar-se em tumulto.

Kineas suspirou e desistiu. Em vez disso, organizou-os em uma coluna por quatro e os fez cavalgar em círculo até que a maioria aprendesse a manter a distância adequada — isso exigiu uma hora inteira.

Ficou rouco de tanto gritar, assim como todos os soldados profissionais e os rapazes que tinham ido à planície. Kineas sacudiu a cabeça e aproximou-se de Cleiton.

— Estou perdendo a voz. Por favor, diga que podem se dispersar e almoçar.

— Com prazer — respondeu Cleiton. Foi buscar o pão que trouxera e voltou dizendo: — Sabia que você era o homem certo para essa tarefa. Olhe para eles!

Kineas pegou a linguiça que Sitalkes lhe oferecia.

— Para quê? Parecem piores do que bosta de cachorro.

Cleiton franziu a testa.

— Não, não é verdade. Parecem estar se esforçando. Se pararem de se esforçar, estaremos perdidos. Por enquanto, estamos ganhando. Faça-os repetir o exercício três vezes e eles sentirão a diferença. Valeria a pena ver. Pode me dar um pouco dessa linguiça? O cheiro de alho está fazendo meu estômago roncar.

Kineas entregou-lhe um pedaço da linguiça. Cleiton cortou a metade com uma faca e lançou-a ao filho, que estava almoçando com Ajax e Kyros. Estavam comendo montados em seus cavalos, como os *sakje*. Na verdade, todos os rapazes que haviam cavalgado na planície com Kineas faziam o mesmo.

Cleiton ofereceu a Kineas um odre de vinho.

— Porcaria de bebida. Perfeita para soldados. E então, vamos lutar contra a Macedônia?

— As notícias se espalham rapidamente por aqui — disse Kineas, tomando um gole. Iam se atrasar para ir ao encontro do rei.

— Em Atenas é diferente? Pelo que ouvi, você matou um esquadrão de assassinos persas, ou talvez fossem celtas, em seguida fustigou o arconte com o chicote, mandando-o comportar-se, e finalmente fez papel de pitonisa, profetizando que derrotaríamos Antípatro.

O tom de gracejo de Cleiton não escondia a preocupação na expressão do rosto.

Kineas devolveu o odre.

— Mais ou menos isso — disse.

— Meu primeiro professor de retórica me disse que meu estilo trocista iria causar-me problemas. Veja, Kineas, ele tinha razão. Fui eu quem fez a proposta para a concessão de cidadania a você. Meus amigos o elegeram hiparca. Não vá nos levar todos à morte. — Cleiton fez uma careta e serviu-se outra vez de linguiça.

Kineas tirou o elmo e coçou vigorosamente a cabeça. Em seguida encarou Cleiton.

— Não tenho onde convidar cavalheiros para jantar. Quer ser o anfitrião? Eu explicarei a seus convidados por que temos de lutar e o quanto perderão se não o fizermos.

Cleiton deu um grunhido.

— Pensei que você iria dizer que os boatos são falsos — disse ele.

— A Macedônia está a caminho — disse Kineas.

O rei já estava esperando com seus homens, como centauros de armaduras douradas. A coluna de cavalarianos da cidade se aproximou e parou, menos organizadamente do que Kineas desejava. Petrócolo e Cleomenes correram a abraçar os filhos, o que estragou de vez qualquer aparência de disciplina militar.

Os *sakje* não pareceram dar importância. O rei atravessou o grupo de cavaleiros gregos, em direção a Kineas.

— Você está atrasado! — exclamou, sorrindo.

— Minhas profundas desculpas, majestade. O arconte está à espera.

Kineas fez um sinal com o chicote para Niceas, que elevou a voz, fazendo a tropa voltar à formação.

Satrax sacudiu a cabeça.

— Eu estava brincando. O tempo não nos preocupa, mas parece ser muito importante para vocês, gregos: a segunda hora depois do meio-dia! — disse o rei, rindo. — Você não conseguiria fazer os *sakje* se reunirem nem mesmo no decorrer de uma lua!

— Mesmo assim, vocês lutarão contra a Macedônia — disse Kineas.

— Ora, para a guerra é mais fácil reuni-los — replicou o rei, apertando os olhos. — Você mudou de ideia. Posso ver isso em seu rosto.

— É verdade — concordou Kineas. — Os deuses me aconselharam.

O rei encolheu os ombros.

— Kam Baqca me assegurou que isso iria acontecer. Não me admiro em ver que tinha razão. Ela quase sempre acerta.

Kineas ficou olhando os dois *hiperetes* organizando a coluna com certo grau de ordem. Tinha alguns minutos para conversar com o rei.

— Falei com o arconte — disse Kineas. Sàtrax assentiu com a cabeça. — Creio que ele está de acordo em entrar em guerra — prosseguiu ele. — Pelo menos por enquanto.

— Kam Baqca também disse que isso aconteceria — disse o rei, sorrindo e mostrando os dentes bem alinhados e os lábios, normalmente ocultos pelo bigode e barba. — Portanto, eu comandarei meus clãs contra a Macedônia. — Não parecia entusiasmado, e sim resignado.

Kineas concordou. A convocação daquele dia o tornara menos ansioso. Comandaria aqueles amadores entusiastas contra veteranos de cinquenta anos de combates.

— Que os deuses nos concedam a vitória — disse.

— Os deuses concedem vitórias a quem as merece — disse o rei.

Kineas participou da reunião entre o rei e o arconte no terraço do templo de Apolo, mas não se manifestou. O arconte se mostrava diferente: direto, sóbrio e preciso. Estava acostumado a comandar. Mudara mais rapidamente do que um ator que troca de papéis no teatro. Kineas já tinha visto isso ser feito em *Édipo*; o rei era também o mensageiro. Em Olbia, o tirano bêbado também podia representar o papel de rei filósofo.

Ciro, colocado à direita do arconte, anotava os termos do tratado. Em uma hora o rei e o arconte apertaram as mãos, prometendo apoio mútuo na guerra, em nome de Apolo e por seus próprios deuses, caso a Macedônia se pusesse em marcha na primavera. Não juraram amizade eterna. O rei não concordou em permitir que os habitantes de Olbia atravessassem livremente a planície, mas admitiu isentá-los de pagamento de tributo enquanto o tratado estivesse em vigor.

Após o aperto de mãos, o arconte montou a cavalo e acompanhou o rei até as muralhas da cidade. Ambos conversaram durante o trajeto. Kineas, cavalgando imediatamente atrás do arconte, ouviu mais o silêncio do que as palavras. Sob o arco do portão, o arconte puxou as rédeas.

— Precisamos nos encontrar na primavera para debater estratégia — disse ele.

O rei olhou os campos a distância e respondeu:

— Precisarei de espaço e tempo para reunir meu povo.

O arconte era excelente cavaleiro. Kineas não tivera oportunidade de notar antes, e surpreendeu-se quando ele fez o cavalo recuar alguns passos, tomando-lhe as rédeas.

— Meu hiparca me convenceu a entrar nessa guerra, majestade. Por isso eu o mandarei a seu encontro na primavera.

Satrax concordou com a cabeça.

— Estarei esperando com prazer — disse.

O arconte fez um gesto de assentimento.

— Achei que sim. Conheceremos os planos de Antípatro na primavera, quando a frota mercante ateniense vier.

A montaria do rei estava agitada. Ele a acalmou colocando uma das mãos no pescoço do animal e dizendo algumas palavras no idioma *sakje*. Em seguida, estendeu a mão para Kineas.

— Na primavera, quando o solo estiver firme e a grama voltar ao verde, mandarei uma escolta.

As ruas estavam cheias de gente, e o portão, quase cercado pelo povo da cidade e dos subúrbios. O rei acenou, em despedida, e em seguida fez o cavalo empinar-se e saltar para diante, quase parecendo que ambos iriam galopar pelo céu, em vez de simplesmente correr pela trilha.

Ao lado de Kineas, o arconte perguntou:

— Gostou do tempo que passou entre esses bárbaros?

Kineas, que era capaz de dissimular quando necessário, respondeu:

— Fiquei amigo de um dos comandantes deles. Ganhei este chicote de presente.

O arconte balançou a cabeça, vagarosamente.

— Sua amizade com esses bandidos pode ser mais útil do que eu imaginava, ateniense. Eles gostam de você. — Balançou novamente a cabeça. — O rei deles não é um homem simplório. É instruído. — Sorriu maldosamente e completou: — É jovem e arrogante.

— Ele foi refém em Pantecapeo — disse Kineas.

— Por que nunca o encontrei? — indagou o arconte, encolhendo os ombros. — Talvez o tenha encontrado. Eles se reproduzem como moscas. E as mulheres são tão libertinas... é difícil saber quem é filho de qual pai. Mesmo assim, servirão de carne para as espadas se tivermos de entrar nesta guerra. — Kineas empertigou-se na sela, mas nada disse. — Uma guerra que agora vou trabalhar como um escravo para evitar. — O arconte fez o cavalo voltar-se. — Vamos voltar ao palácio!

Cleiton deu um jantar em homenagem a Kineas na noite em que Atenas comemorava seus mortos e seus heróis, e ele bebeu vinho em excesso. Bebeu muito porque tinha sido chamado a falar em público. A instâncias de Cleiton, e com a ajuda de Diodoro e Fílocles, Kineas preparara um discurso. Após o jantar, a pedido de Cleiton e outros convidados, ergueu-se do divã e foi para o centro da sala, como faziam os políticos que compareciam aos jantares dados por seu pai em Atenas. Nunca havia pensado em usar esse tipo de tática, e suas mãos tremiam tanto que teve de cobri-las com a túnica.

— Cavalheiros de Olbia — começou ele, em tom formal. Não era esse, no entanto, o tom que desejava, principalmente porque a voz estava trêmula. Então parou, sorriu, encolheu os ombros e coçou a barba. — Alguém já disse, e na verdade em algum lugar não muito distante daqui alguém está dizendo, que após ter me tornado cidadão e sido elevado ao posto de hiparca, estou retribuindo a vossa generosidade lançando-os a uma guerra sem esperanças.

Os presentes demonstraram interesse, porém não mais do que isso. Os mais jovens — Eumenes, por exemplo — não tinham noção do que uma guerra poderia significar. A ideia os entusiasmava. Os mais velhos tinham recursos suficientes para embarcar em seus navios e escapar pelo litoral na direção de Heráclea ou Tomis, ou até mesmo para Atenas.

Kineas respirou profundamente.

— A guerra não é obra nossa. Alexandre, o menino-rei, a quem servi, já é agora um homem adulto. Mais do que homem, declarou ser um deus. Marcha em busca de conquista, não apenas da Pérsia, mas de todo o mundo.

Kineas abriu os braços, como um ator. Era estranho como essas coisas retornavam. Fazia pelo menos dez anos que ele não praticava a retórica.

— Porém — prosseguiu —, uma das razões pelas quais sabemos que Alexandre não é um deus como gostaria é que suas guerras necessitam de homens e dinheiro. Imagino que os deuses possam conquistar o mundo usando seu próprio poder. Alexandre o faz com o tesouro de Persépolis e a mão de obra de todo o mundo grego. Essa fome de riqueza para fazer guerra tem custado caro à Macedônia. O ouro de Persépolis não foi mandado para lá. O produto da pilhagem da Babilônia não está depositado nos cofres de cedro do tesouro de Filipe. Olímpia não está banhada pelas pérolas do Nilo. Alexandre queima ouro como outros homens queimam lenha. — Kineas serviu-se de vinho aguado trazido por um escravo e bebeu um gole. — Antípatro precisa de dinheiro. Precisa dominar com suas botas as cidades da Ática e do Peloponeso. Precisa de nosso trigo e de nosso ouro, e precisa de uma guerra para aumentar os impostos antes de mandá-los a seu senhor, o deus.

Fez uma pausa para marcar suas palavras. Em seguida começou a caminhar por entre os divãs arrumados em círculo, falando diretamente aos convidados, primeiro com um e depois com outro.

— Esta guerra não será um simples conflito entre cidades, em que os hoplitas se enfrentam e o vencedor dita as condições ao perdedor, ou destrói seus campos de cultivo. Se Antípatro tomar esta cidade, ele a conservará. Nomeará um sátrapa para governá-la, um de seus homens da Macedônia.

A última frase de Kineas foi dirigida a Nicomedes, como se fosse por acaso, mas o rosto deste não demonstrou se a flecha tinha atingido o alvo.

— Haverá uma guarnição de macedônios e pesados impostos. Não haverá assembleia nem proprietários. Podem perguntar-me como sei disso tudo, e responderei que já vi acontecer, de Granicus ao Nilo. Acham que o arconte é um tirano? — Kineas olhou em volta, vendo-os agitar-se, prestando atenção. — O arconte é o mais puro democrata em comparação com uma guarnição macedônia. Acham que Antípatro traria benefícios para a cidade? Ou talvez que é possível escapar e voltar daqui a alguns anos, quando as oportunidades comerciais melhorarem? — Kineas parou novamente e apontou para Líqueles. — Aqui está Líqueles, que era fidalgo em Tebas. Perguntem a ele o que significou a ocupação pela Macedônia.

Todos estavam inquietos, remexendo-se em seus divãs. Os mais velhos evitavam encará-lo. Como a maioria dos homens ricos, haviam ouvido, mas duvidavam de que as palavras refletissem a verdade; estavam certos de que conseguiriam livrar-se da guerra por meio de suborno. Mas a argumentação foi eficaz. Todos os presentes sabiam que Tebas tinha sido arrasada, as muralhas destruídas e a maioria dos cidadãos vendidos como escravos por haverem atacado a guarnição macedônia. E isso em Tebas, pilar do mundo grego, cidade de Édipo e de Epaminondas.

Kineas sorveu mais um gole de vinho.

— Não direi que somos capazes de derrotar o poderio da Macedônia... se Alexandre vier, com sete companhias de seus veteranos e quatro regimentos de recrutas, com todos os cavalos da Tessália e todos os *psiloi*, os *peltastes* e a guarda... nesse caso eu diria que apesar de nossas alianças e de nossas próprias forças, seríamos derrotados em uma hora.

"Mas não será Alexandre quem vai avançar. Provavelmente não será tampouco Antípatro, nem um feroz general, deixem que lhes diga. Será um dos jovens generais que não participou das guerras com a Pérsia e que agora tem fome de glória, ansioso por adquirir fama em um ataque pelo mar. Esse general terá dois *taxeis* macedônios, e um deles será composto de novatos. Terá um regimento de recrutas: todos os indesejáveis que Antípatro quer tirar de seu país. Haverá trácios, geta e bastarnas. É um exército, senhores, que temos condições de derrotar. E mesmo que não possamos derrotá-lo, podemos mantê-lo errante na planície por tanto tempo que não haverá oportunidade de sitiar esta cidade."

Todos se mantinham em silêncio em seus divãs, ouvindo e sorvendo seu vinho. Kineas sentou-se, deixando claro que havia terminado. Sentia-se esvaziado. Sentia-se como um aluno que tivesse feito uma dissertação e se esquecido de uma parte. Encolheu os ombros, seu tutor de retórica o censuraria severamente por isso.

— É a minha opinião — disse, percebendo a pobreza dessa conclusão.

Cleomenes ergueu-se, por sua vez. Estava sozinho no divã; tinha trazido o filho Eumenes, mas este fora sentar-se com Kyros. A maioria dos demais ou o ignorou ou o lisonjeou. Ao contrário de Nicomedes e Cleiton, que tinham aguda rivalidade nos negócios e na política, mas pareciam ter prazer na companhia recíproca, Cleomenes se mostrava arredio, como se não desejasse ser visto junto com seus rivais.

— O hiparca fala bem, para um mercenário — começou ele, olhando em volta da sala com desdém de patrício. — Também eu poderia visitar uma cidade alheia e dizer a seus habitantes de que maneira é possível, com enorme risco, vencer uma guerra para dela tirar pouco proveito. Apesar de você, Cleiton, e você, Nicomedes, terem conspirado para que este homem ganhasse a votação, afirmo que ele é um estrangeiro, alguém que tem pouco interesse em nossa cidade... sem dúvida não o mesmo interesse que eu tenho. Por que motivo uma pessoa bem-sucedida como eu quereria provocar uma guerra com a Macedônia? Nosso mercenário tem tal apreço por sua profissão que deseja que todos nós participemos dela. Eu digo que o ofício dos de sua classe é fazer guerra. Eu não tenho nem a habilidade nem o apetite para isso. Quem possui propriedades não necessita fazer essas coisas. Quando é preciso fazê-las, posso contratar... um mercenário. — Cleomenes se deteve e olhou em volta de si. — Vocês são tolos se pensam que seu pequeno esquadrão de cavalos poderia resistir um minuto contra a força da Macedônia. Homens como vocês não têm nada a ver com lutas; vocês fazem negócios. Aquiles era um tolo, e Ulisses não era melhor. Sejam adultos. Aceitem as mudanças que vêm aí. Que esta cidade cresça e prospere como se deseja, seja quem for seu governante. E deixemos a guerra aos mercenários. — Cleomenes deu um meio sorriso na direção de Kineas. — No entanto, quando eu contratar algum, quero que seja menos arrogante, menos pretensioso e altamente competente na arte da guerra, e não um bêbado fanfarrão dispensado por Alexandre.

Cleomenes se sentou e a sala entrou em tumulto. Todos observavam Kineas. Este tinha perfeita consciência de que o discurso do outro o diminuíra, tanto em seu orgulho pessoal quanto aos olhos de seus principais defensores.

No entanto, apesar do imediato surto de ira em seu coração e da dupla sensação de temor e medo em seu estômago, Kineas era veterano de muitos anos de política em Atenas, tanto em casa de seu pai como entre os *hippeis*. Voltou a encher a taça, fez uma oferenda com uma prece a Atena e ergueu-se novamente; calmo na aparência mas interiormente enraivecido, ferido e até mesmo um tanto triste. O estômago parecia haver-lhe subido à garganta. De certa forma, era pior do que uma luta; em combate os demônios vinham à tona, distendendo os nervos, mas num debate alguém que era amigo, ou mesmo às vezes aliado, subitamente se tornava adversário e usava de insultos.

Cara a cara. Como numa batalha.

Kineas respirou fundo para acalmar-se.

— Estou certo de que Cleomenes fala com a melhor das intenções — disse ele. Aquele leve sarcasmo, tão diferente do que todos esperavam, fez com que os murmúrios se calassem. — Cleomenes, sou eu o bêbado fanfarrão a quem você se refere?

Cleomenes o fuzilou com os olhos, como Medusa, mas Kineas o dominou com seu próprio olhar.

— Vamos, somos todos amigos aqui. Você devia estar pensando em alguém. — A zombaria de Kineas ainda era leve.

Cleomenes não era tolo. Remexeu-se em seu divã como um inseto espetado em um alfinete.

Kineas ergueu uma sobrancelha.

— Então você não se referia a mim? — Deu um passo adiante e Cleomenes remexeu-se novamente. — Talvez se referisse a Memnon? Ou talvez a Licurgo? Talvez a meu amigo Diodoro? Ou talvez ao jovem Ajax, filho de Ísocles de Tomis... é isso o que você queria dizer?

Kineas deu mais um passo na direção de Cleomenes. Tinha a sensação de que ele iria tornar-se um inimigo temível, mas a inimizade já existia. Não seria capaz de convencê-lo a unir-se a ele, e portanto era preciso derrotá-lo.

— Acontece que nenhum deles serviu a Alexandre. Somente eu. — Aproximou-se mais. — Ou você estava falando em termos gerais, de bêbados e fanfarrões que conheceu ao longo de sua ampla experiência pelo mundo?

Cleomenes recostou-se, recuando.

— Você sabe a quem eu me referia! — exclamou, com o rosto vermelho.

Kineas encolheu os ombros.

— Sou um simples mercenário, de pouco intelecto. Diga-me.

Cleomenes cuspiu.

— Descubra.

Kineas abriu os braços.

— Sou apenas um pobre soldado. Admiro aqueles homens que você mencionou: Aquiles e Ulisses. Podem não ter sido excelentes homens de negócios, mas não tinham medo de dizer o que pensavam.

Cleomenes rolou para fora do divã, com o rosto afogueado.

— Vá se danar, seu insolente...

Cleiton correu para intervir, pois os dois já tinham os punhos cerrados.

— Cavalheiros, creio que esquecemos o debate racional e os bons sentimentos no fundo da última taça de vinho. Isto é somente uma discussão; mas há animosidade. Tenho certeza de que Cleomenes não quis insultar ninguém com suas palavras, nem Kineas quis dizer que Cleomenes é covarde, não é verdade, Kineas?

Kineas fez um gesto de assentimento, e deixou que as palavras seguintes saíssem com toda a arrogância ateniense de que foi capaz de reunir, que era considerável:

— Eu não disse que Cleomenes era covarde — retorquiu, com um sorriso zombeteiro. — Na verdade, falei em termos gerais a respeito dos argivos de cabelos longos que combateram por Helena nas planícies ventosas de Ílios.

Vários dos presentes aplaudiram. Os truques retóricos de Kineas tinham a elegância da educação dos cavalheiros atenienses. Em comparação, Cleomenes se mostrava tosco e já perdera completamente as estribeiras. Sem dar uma palavra, pegou a bolsa de pergaminhos que trouxera e encaminhou-se à porta.

— Todos vocês vão lamentar o dia em que deixaram este homem entrar em nossa cidade — declarou ao sair.

Apesar do breve sorriso em seu rosto, Kineas sentia fraquejar os joelhos, como se tivesse saído de um combate. Achou que precisava de mais vinho. Ao estender a mão para o divã que compartilhava com Fílocles, o espartano sorriu para ele. Outros fizeram algumas perguntas, mas a maioria preferiu mudar de assunto. Kineas bebeu muito, ainda ruminando os insultos de Cleomenes, e foi dormir bêbado.

A árvore era maior do que o mundo e o tronco era como a muralha de uma cidade elevando-se na planície pedregosa. Os galhos mais baixos quase tocavam o chão. Era um cedeo — não, um pinheiro-negro das montanhas da África.

De perto, não parecia somente uma árvore, e sim todas as árvores. As folhas secas e as agulhas do pinheiro enchiam o chão, de maneira que a cada passo ele afundava até os tornozelos e quando olhou para baixo, a fim de tomar cuidado, viu que as folhas se misturavam com ossos. Sob as folhas e ossos havia cadáveres; era estranho que os ossos ficassem por cima dos corpos, pensou ele, com a clareza dos pensamentos que ocorrem nos sonhos.

Estranhamente, sentia-se em condições de controlar o sonho; virou o corpo a fim de desviar o olhar da árvore, mas nada havia para ver a não ser os galhos que tocavam o chão e a quase escuridão junto à árvore, as folhas, os ossos e todos os mortos.

Voltou-se novamente e encostou a mão no tronco, que era morno e macio como as costas da mão de Srayanka, e ele...

Acordou, perturbado com a clareza do sonho e porque era um sonho alheio. Enquanto sonhava com a árvore, era outro homem. Um homem que não pensava como heleno, e isso era assustador.

Disfarçou seu terror com o trabalho, treinando os *hippeis* apesar da primeira tempestade forte do inverno. A época de navegação se encerrou. A notícia da ameaça de Antípatro se espalhara por toda a cidade. Ninguém podia fugir, e por isso tanto ricos quanto pobres se prepararam para suportar os meses de frio, murmurando entre si que haveria tempo para fugir na primavera, caso Antípatro realmente viesse.

Na semana seguinte, Memnon convocou os hoplitas da cidade. Foi a primeira convocação em quatro anos. O arconte havia reduzido a frequência porque temia o poder do conjunto de hoplitas armados, tanto quanto temia tudo o mais, mas Memnon insistiu e prevaleceu.

Os hoplitas tinham melhor aspecto do que a cavalaria. Usavam armaduras mais pesadas do que seus compatriotas de Atenas ou de Esparta. Em trinta anos de guerras na Ática e no Peloponeso, os gregos haviam aprendido a usar armaduras mais leves para movimentar-se com mais rapidez, mas a classe de hoplitas do Euxino não participara dessas guerras sangrentas. Atenderam à chamada vestidos com as couraças de bronze, perneiras e pesados capacetes usados por seus pais.

Reuniram-se no campo aberto ao norte dos subúrbios, caminhando sobre a neve e os talos de trigo durante três horas. Apesar do intervalo de quatro anos e da presença de uma nova geração que nunca tinha sido treinada, deram impressão de competência. Havia trezentos mercenários que lideravam cada fileira e homens experimentados que já haviam servido na guerra contra Heráclea.

Kineas observou o treinamento junto com Cleiton e meia dúzia de fidalgos da cidade. Ao final dos exercícios, elogiou generosamente tanto seus próprios homens quanto os de Memnon e os oficiais da cidade.

Memnon se aproximou, apoiando-se na lança. Tinha passado o tempo a correr pelo campo, com o manto negro flamejando às suas costas, corrigindo erros e elogiando as virtudes, e agora respirava ofegantemente, como um cão.

— É preciso que eles tirem aquelas armaduras — disse, apontando para os jovens que se exercitavam. — Eles mantêm todas as tradições antigas aqui. Os mais jovens e melhores combatentes farão parte de uma companhia seleta para cobrir os flancos. Vou tentar fazer com que não usem as armaduras.

Kineas observava os mais velhos, na formação que brilhava ao sol.

— Depende da maneira como os aproveitarmos — disse ele.

Nicomedes parou de flertar com Ajax e se adiantou, montado.

— Sem dúvida sabemos para que servem os hoplitas — disse. — Eu próprio já servi nessa classe, como você se recordará. Antes que o hiparca me obrigasse a ser cavalariano.

Kineas sorriu.

— Darei a você o pretexto para comprar aquele belo manto azul e a animante couraça — retrucou. Em seguida, voltou-se para Memnon. — Para um ataque, ou para perseguir gente da Trácia, seus hoplitas levemente armados serão úteis. Mas aqui, na planície...

Parou de falar e levantou os olhos para observar a planície nevada. Não sabia exatamente onde ela estava, mas seria em algum lugar naquela brancura interminável. Depois, controlou-se.

— Este terreno é para a cavalaria. A armadura dá mais coragem aos homens, tranquiliza-os e os protege dos dardos e das flechas.

Memnon esfregou o queixo, negro como seu manto.

— Por Zeus, hiparca, tomara que nunca tenhamos de enfrentar os bandidos em campo aberto. Eu combati contra o menino-rei em Isso, quando a cavalaria dele avançou. Se eles tivessem arcos, nenhum de nós teria escapado.

— As armaduras poderiam deter o primeiro ataque dos *taxeis* macedônios — disse Kineas. Memnon apertou os lábios.

— Com os flancos bem protegidos, eu os matarei a todos. Esses jovens podem odiar o arconte como o fogo odeia a água. Acho que muitos deles me odeiam e me odiarão mais até a primavera. Mas são bons rapazes e todos eles passaram anos frequentando o ginásio e os campos, são hoplitas de verdade. Não restam muitos como eles na Grécia; a maioria deixou os ossos em Queronea. Ouvi dizer que você acabou com a soberba de Cleomenes.

Nicomedes deu um grunhido alto. Cleiton desviou o olhar, embaraçado. Memnon piscou um olho.

— Cleomenes é um dos muitos nesta cidade que se acham capazes de ocupar o lugar de arconte. — Olhou para Nicomedes. — Mas não se engane, ele é mais rijo do que seus rivais. — Memnon fez um aceno para Kineas. — Se você sobreviver ao inverno, há de conhecê-los tão bem quanto eu. Como conseguiu fazer com que assembleia lhe concedesse cidadania? E o elegesse hiparca?

Kineas balançou a cabeça.

— Foi obra de Cleiton. Fiquei tão surpreso quanto todos os demais.

— São as infinitas vantagens de um bom berço — disse Memnon, cuspindo. Era impossível ler a expressão de seu rosto por trás do elmo — Antípatro vai realmente marchar para cá na primavera?

Kineas assentiu com a cabeça.

— Sim, é verdade.

— Isso não será um truque do arconte para que continuemos à sua disposição por mais uma temporada? Isso é verdade? E você vai combatê-lo?

A maioria dos hoplitas observava a conversa.

— Vou — respondeu Kineas.

— Por quê? Você é um dos homens do menino-rei.

Memnon tomou a mão de Kineas. Sua própria mão era rija como ferro, e apertou fortemente a de Kineas, como se pudesse assim saber a verdade.

— Acho que um deus me ordenou combater.

Ou uma mulher. Talvez os deuses tenham falado por meio dela. Ou foi Atena. Ou todos os deuses juntos.

A certeza de que tinha de lutar contra a Macedônia era mais clara para Kineas do que qualquer outra coisa em sua vida. Tais revelações vinham dos deuses.

Memnon soltou-lhe a mão.

— Eu não cultuo os deuses tanto quanto deveria — disse. — Mas gostaria de enfrentar novamente a Macedônia.

Deu meia-volta e caminhou por entre os restos da grama do outono, que o vento fazia ondear acima da neve.

TERCEIRA PARTE

O SABOR DO BRONZE

"... mas se vierem, provarão o sabor do bronze na ponta de nossas lanças..."

Ilíada, Livro 21

12

O sol brilhou sobre as primeiras folhas de grama da primavera que ondeavam ao vento norte, balançando para lá e para cá como milhares de dedos acenando em despedida. Kineas puxou as rédeas e olhou a companhia, que subia com esforço o barranco do rio, seguindo-a com os olhos pela estrada íngreme até as últimas fileiras, as carroças de bagagem, as mulas e os campos junto às muralhas da cidade, onde era possível ver a marcha de toda a força de hoplitas da cidade. O manto negro de Memnon formava uma mancha na vanguarda. Além dos campos e da multidão de homens, estava a cidade, à margem do rio. O sol primaveril era morno e a luz amarela e límpida coroava o templo de Apolo, iluminando com raios de fogo os golfinhos dourados na orla do porto. Era fácil perceber a fortaleza do arconte, afastada das muralhas, como uma ilha em um lago.

Na vala que marcava a fronteira, Kineas ordenou que parassem e fez um sinal para Niceas, que levou uma trombeta aos lábios. As notas agudas soaram claramente ao vento, e a longa coluna se retorceu, movimentou-se e finalmente se organizou em forma de um compacto trapézio, com Kineas no ápice.

Ele não escondeu o sorriso de satisfação.

Trotou ao longo da formação, atravessando campos que pertenciam a Nicomedes, e em seguida deu ordem para uma abrupta mudança de direção, a que a formação obedeceu. A virada foi mal executada, mas o trapézio se reconstituiu com rapidez porque, apesar da confusão, cada homem sabia seu lugar. Kineas ergueu o braço e Niceas ordenou que parassem.

Com uma leve pressão dos joelhos de Kineas, o grande cavalo de ataque se afastou da formação. Suavemente pressionado, o animal descreveu uma longa curva e acelerou em um galope, fazendo Kineas rodear o trapézio em busca de desorientação, erros e debilidades fatais.

Completou uma volta inteira e em seguida se deteve diante dos soldados.

— Toque "Formação em linha por tropa!" — comandou.

Muitos homens se moveram antes que Niceas pudesse erguer a pesada trombeta até a boca. Era um mau hábito, que precisava ser corrigido, mas a execução da manobra foi adequada. As quatro tropas, cada qual separada da outra por um intervalo da largura de quatro cavalos, refizeram a formação ao longo da borda da estrada que corria para o norte.

Novamente, Kineas não ocultou a satisfação. Foi até onde estava Diodoro, que encabeçava uma das tropas, e apertou-lhe a mão.

— Excelente execução — disse, em voz alta.

Diodoro não costumava sorrir muito, mas seus lábios pareciam prestes a separar-se.

Enquanto os hoplitas marchavam disciplinadamente, subindo o barranco e desfazendo a coluna para organizar-se em uma profunda falange ao longo da estrada, Kineas percorreu as fileiras de *hippeis* como se as estivesse inspecionando, mas na verdade desfiava um rosário de congratulações: aos comandantes de tropa, aos *hiperetes*, a cavalarianos individuais que tivessem demonstrado grande melhoria ou habilidade natural. A terceira tropa abrigava a maioria dos novos recrutas de Niceas, vindos de Heráclea, e Kineas os saudou ao passar — eram somente seis homens, mas sua experiência conjunta já demonstrara utilidade.

Voltou em seguida ao centro da linha e ajoelhou-se na garupa do cavalo, um truque infantil, porém útil quando era preciso dirigir-se a soldados. Os hoplitas descansaram os pesados escudos, espetaram no chão as pontas das lanças e se apoiaram nelas para sentir-se mais confortáveis.

— Cavalheiros de Olbia! — bradou Kineas.

Alguns cavalos se moveram e emitiram protestos, outros forçaram as rédeas para poderem pastar, mas os homens da cidade se mantiveram em silêncio e imóveis. Um vento morno soprava do sul, secando a terra, e o sol refulgia no bronze e nos adornos de prata em toda a formatura.

O silêncio aumentou, envolvendo-os como um objeto palpável, como se estivessem parados em uma bolha de eternidade. Era um desses momentos que os homens recordam junto a suas lareiras na velhice; toda a cena parecia talhada em cristal.

Repentinamente, nada da retórica preparada por Kineas para aquele dia parecia suficiente. Os soldados eram magníficos — todo o conjunto de hoplitas e *hippeis*. Kineas fez uma prece silenciosa a Atena, do fundo do coração, e ergueu a mão apontando na direção de Olbia.

— Lá está sua cidade. Aqui, lado a lado, estão seus concidadãos, hoplitas e *hippeis* juntos. Aqui estão seus camaradas. Olhem para eles! Olhem para a esquerda, para a direita. Estes são os seus irmãos.

As palavras lhe vinham do vento e a voz assumira uma tranquilidade fora do comum.

— A guerra está próxima — disse ele, olhando a planície, como se o exército de Zopryon fosse surgir naquele momento. — O destino da cidade está nas mãos dos deuses. Mas está também nas mãos de todos os senhores... nas mãos de cada homem aqui.

Olhou para a vanguarda e para a retaguarda das fileiras e percebeu que não tinha controle sobre a própria voz. A garganta doía, os olhos queimavam e a imagem a sua frente estremecia e ondulava, fazendo surgir diante de seus olhos lacrimejantes grandes hiatos entre as filas de homens nos pontos em que pareciam confundir-se. Kineas ficou em silêncio, esperando aquele momento passar.

— Zopryon imagina que a campanha será rápida, e que a conquista será fácil. Eu penso que com a ajuda dos deuses nós o deteremos na planície de grama e o mandaremos de volta à Macedônia. Para isso os senhores dedicaram todo o inverno ao treinamento. É o motivo pelo qual estão aqui, e não cuidando de seus campos.

O silêncio e a imobilidade ainda reinavam. Era assustador. O vento da planície de grama remexia a crina de seu cavalo e Kineas podia ouvir os pelos se chocando.

— Eu servi à Macedônia — disse ele, finalmente. — Na Macedônia diz-se que a Grécia está perdida. Que amamos mais a beleza do que a guerra. Que somos débeis. Que nosso lugar é como parte do império deles. — Kineas elevou a voz: — Mas eu lhes digo: o que é mais belo do que servir com seus camaradas, estar ao lado deles quando é hora de empunhar os escudos? — Usando as palavras do Poeta, acrescentou: — "Meus amigos, argivos, cada um e todos; os bons, os maus e os indiferentes, pois nunca houve uma batalha em que todos tivessem desempenho igual... agora há trabalho bastante, como bem sabem, para todos. Zelem para que ninguém deserte, assustado pelos brados do inimigo, e sim para que todos avancem sempre, lembrando-se dos demais em seus corações, pois assim nos permita Zeus do Olimpo, senhor dos relâmpagos, repelir nossos inimigos e expulsá-los de nossa cidade."

Ao ouvirem as palavras conhecidas, a famosa fala de Ajax que os meninos de escola aprendem de cor, todos reagiram e aclamaram; primeiro os hoplitas e em seguida todos eles, com os hoplitas batendo nos escudos com as lanças e os cavaleiros usando as espadas para golpear as placas peitorais: Um ruído temível; o grito de Ares.

Kineas não estava habituado a ser aclamado. Sentiu o mesmo ânimo que o dominava em combate e ficou se perguntando se Alexandre experimentaria a mesma sensação.

Depois voltou-se, envergonhado, e chamou Niceas, que veio trotando a seu encontro.

— Toque: "Todos os comandantes"!

Niceas tocou a trombeta. Os comandantes de cada tropa e seus *hiperetes* saíram das fileiras que o aclamavam e pararam em uma fileira perfeita.

— Senhores — começou Kineas, tirando o elmo e enxugando os olhos. Diversos oficiais fizeram o mesmo.

Com olhos enxutos, Nicomedes comentou:

— Não me admira que os gregos sejam considerados emotivos.

Memnon surgiu caminhando, com seu grande manto negro.

— Foi um belo discurso. Porra, um grande discurso. Vamos sair para matar alguma coisa.

Kineas pigarreou, enquanto os demais riam.

— Vou partir para o mar de grama. Memnon será o comandante enquanto eu estiver ausente. Diodoro comandará os *hippeis.* — Olhou atentamente para todos. — Escutem o que digo, senhores. O arconte está desesperado, ele teme esta guerra tanto quanto teme os senhores. Peço que tenham cuidado com o que disserem ou fizerem na assembleia. Peço que não o provoquem durante minha ausência... na verdade, peço que não o provoquem até que tenhamos derrotado Zopryon.

Memnon cuspiu. Cleiton assentiu com a cabeça. Nicomedes fez uma careta. Encolheu os ombros e disse:

— Mas esse é o meu passatempo!

Kineas o encarou e o fez baixar os olhos.

— Seu passatempo deve ser o comando de sua tropa. — Instou-os a prestar atenção e continuou: — Não se enganem pensando que temos um exército somente porque possuímos uma competente tropa montada e alguns bons hoplitas. Zopryon tem um exército. Nós temos uma fração do poderio dele. Só poderemos enfrentar Zopryon se os *sakje* concordarem com nosso plano. Mesmo com os *sakje*, mesmo que o rei mande todo o seu poderio, vamos ter dificuldades para salvar nossa cidade.

Ajax corou, mas sua voz denotou convicção quando disse:

— Senti a presença de um deus perto de mim enquanto o senhor falava — disse ele.

Kineas encolheu os ombros.

— Não posso falar pelos deuses, embora os reverencie; mas posso dizer que já conheci um punhado de homens capazes de destruir um exército de multidões. Seus homens dão boa impressão. Tratem de aperfeiçoá-los. Não os deixem esquecer o que vem por aí, nem os amedrontem para que não embarquem em um navio e desapareçam. Foi isso o que pensei dizer hoje de manhã, mas houve outras palavras em minha garganta. — Kineas não mencionou que o pequeno exército era de macedônios e a multidão era de persas.

Voltando-se para Diodoro, disse:

— Levarei a primeira tropa, conforme conversamos. Você poderá continuar sem nós?

— Já planejei meu dia, que vai ser longo — respondeu Diodoro, com um sorriso maldoso. — Tenho certeza de que até o pôr do sol a maioria deles preferirá ter ido com você para atravessar o mar de grama. Boa viagem!

Todos se despediram apertando as mãos e desejando que os deuses os acompanhassem. Depois, Kineas e todos os integrantes da primeira tropa trocaram de montaria, passando dos cavalos de combate para outros mais leves, formaram uma coluna e partiram pela trilha que seguia para o norte e para a grama que os esperava.

Kineas levara todos os jovens, com Leucon no comando e o discreto Eumenes no papel de *hiperetes*. Cleomenes havia embarcado em um navio e desertado, deixando para o filho uma casa vazia e uma reputação arruinada. Eumenes suportou o golpe. Na verdade, parecia mais contente, ou mais livre.

Kineas lhes dissera que a vida iria ser dura, e sabia o que estava dizendo. Tinham somente dez escravos para cinquenta homens. Kineas organizou as coisas de maneira que todos os escravos estivessem montados.

Assim como fizera na primeira viagem em busca dos *sakje*, ele manteve os homens ocupados desde o momento em que se separaram de Diodoro, mandando batedores pela planície, simulando ataques em apriscos vazios, atacando um barranco que se erguia na planície, visível como uma linha negra, até que a terra se encheu de dardos e Eumenes fez o gracejo já conhecido sobre semear dentes de dragão e colher lanças.

Kineas estava ansioso por seguir adiante no rumo da grande curva do rio, ansioso por reencontrar Srayanka, mas ainda hesitava, tomado por dúvidas. A cidade continuaria a apoiá-lo? O arconte se manteria estável? Os cidadãos desertariam?

E suas expectativas quanto ao encontro com Srayanka seriam irreais?

Cinquenta jovens com dez vezes mais indagações muito fizeram para distraí-lo, assim como Fílocles, cujas perguntas rivalizavam com muitas que vinham dos demais. Ao final do primeiro dia, Kineas sentia-se como um lutador de boxe que tivesse passado o dia inteiro defendendo-se de golpes.

— Você faz perguntas demais — rosnou para o espartano.

— Sabe, você não é o primeiro que me diz isso — respondeu Fílocles, com uma risada. — Mas estou fazendo um favor, e você deveria me agradecer.

— Ora, ajudando — disse Kineas, observando os batedores que se moviam a alguns estádios adiante da coluna, em uma linha de escaramuça aceitável.

— Se não fosse por mim, você não estaria fazendo outra coisa a não ser pensar em sua amazona — riu-se Fílocles. — Não estou apenas gracejando.

Kineas continuava a observar os batedores. Mais além deles, via-se alguma coisa vermelha. Seria o chapéu de Átelo? Chamou Leucon e mandou-o cerrar a coluna: os rapazes tinham uma tendência natural a dispersar-se. Depois voltou-se para Fílocles.

— Você disse alguma coisa?

O outro sacudiu a cabeça.

— Foi apenas uma piada; não dê atenção.

Kineas puxou as rédeas e protegeu os olhos para ver melhor a distância. Sem dúvida era Átelo.

— Conte outra vez.

Fílocles apertou os lábios e balançou negativamente a cabeça.

— Sabe, algumas coisas somente valem a pena quando são feitas de improviso.

Kineas o encarou.

— De que está falando? De caçadas?

Fílocles ergueu as mãos, como se pedisse a intercessão dos deuses, e em seguida fez o cavalo dar a volta para regressar à coluna. Acamparam em campo aberto, junto a um regato que cavara um profundo rasgão na planície. O vale em miniatura estava cheio de pequenas árvores e de caça. Com mais três amigos, Eumenes matou uma corça grande. Por serem cavalheiros, certificaram-se de que não estava grávida antes de matá-la — abater uma corça prenhe na primavera seria um mau presságio, ou pior, um crime. A corça não era suficiente para alimentar setenta homens, mas a carne fresca serviu para melhorar as rações. A noite foi mais parecida com um festival que com um campo de treinamento.

— Temos demasiados escravos que não valem nada e os rapazes já começaram a acordar tarde — disse Niceas. A viagem de recrutamento a Heráclea não abrandara suas maneiras.

— Já vi você ficar acordado até tarde e beber demais na primeira noite de uma campanha — disse Kineas, passando uma taça de vinho a seu *hiperetes*.

— Sou veterano — retrucou Niceas. Estendeu a mão e beliscou os músculos no ponto de encontro entre o pescoço e o ombro. — Um velho veterano. Que diabo, estas tiras de couro do peitoral cortam como facas. — Niceas observou Eumenes, que deliciava os mais jovens com a narrativa da cavalgada durante o inverno. — Duvido que ele sequer perceba.

— Espero que você não esteja encantado demais — disse Kineas. A intenção era fazer um gracejo, mas arrependeu-se ao ver que tinha sido rude. — De todos os velhos... Niceas, ele podia ser seu filho.

Niceas deu de ombros e disse:

— Não há tolo pior do que um velho tolo. — Fitou a fogueira, mas logo voltou os olhos para Eumenes, que ainda se exibia para os amigos. Era belo como Ajax, cheio de graça, másculo, corajoso.

— Pense na guerra — disse Kineas, tentando usar um tom leve.

Niceas sorriu obliquamente.

— Você pode falar assim. Vai ver sua potranca amanhã e nem sequer notará que nós existimos... não sei, pelo menos até que estejamos todos mortos.

Kineas se empertigou.

— Tentarei arranjar tempo para pensar em outras coisas — disse ele, ainda procurando aliviar a tensão.

Niceas sacudiu a cabeça.

— Não seja tão sensível. Não quis ofender, ou pelo menos não muito. Mas alguns dos rapazes acham que você quis entrar nesta guerra para poder trepar com a moça. E embora o Poeta fale muito dessas coisas, elas não terão importância se morrermos todos. — O sorriso oblíquo voltou aos lábios dele. — Gostei do discurso que você fez hoje. Que diabo, eu também senti um toque, fosse lá o que fosse. Não vou dizer que tenham sido os deuses, mas também não direi que não. — Niceas tomou a taça de Kineas e voltou a enchê-la.

Fílocles estendeu o manto no chão e deixou-se cair nele com um ruído surdo.

— É uma conversa particular? — perguntou, quando já era tarde demais para que eles o expulsassem.

— Não — respondeu Kineas. Era curioso notar que muito pouco de sua autoridade se exercia ao redor da fogueira. — Na verdade, sim — prosseguiu —, mas suas críticas a minha vida sentimental são bem-vindas, assim como as de meus outros amigos.

O espartano e Niceas se entreolharam. Ambos sorriram

Kineas olhou para um e para o outro e depois levantou-se.

— Fiquem com Afrodite. Eu vou dormir.

Fílocles apontou para o manto com um gesto largo.

— Eu já me deitei.

Kineas estendeu seu próprio manto e deitou-se entre os dois. Nada mais foi dito, mas ele ficou acordado ainda por muito tempo.

Havia uma coruja, e ele estava decidido a capturá-la, embora não soubesse por quê. Estava montado em um grande e rude animal para o qual não desejava olhar, atravessando a infinita planície de cinzas. Havia cinzas por toda parte, devorando todas as cores, fazendo-o sentir que cavalgava em meio a um crepúsculo de verão, com todas as cores roubadas pelo manto da noite. Mesmo assim, o cavalo, se é que se tratava de um cavalo, continuava a galopar pela planície.

Ao ver o rio a distância, ele sentiu medo, tão agudo e total como da primeira vez em que tivera medo. O animal que montava não se importou com seus temores e prosseguiu na corrida, diretamente para o vau arenoso na base do declive.

Erguendo a cabeça, viu o mar que brilhava no escuro, e percebeu que estava novamente no campo de batalha de Isso. Havia cadáveres em torno do vau, homens e cavalos misturados, e os homens tinham sido mutilados.

As patas do animal tamborilaram no cascalho do declive que levava ao rio — a água enegrecida não refletia as estrelas.

Ele vinha perseguindo uma coruja. Onde estaria ela? Voltou-se e olhou para a direita, onde o segundo taxeis *teria rompido a muralha de mercenários, mas havia somente cadáveres, e cinzas e cheiro de fumaça; nesse momento viu uma forma alada que se erguia contra a barranca. Puxou as rédeas aos arrancos, para os lados, cada vez mais desesperadamente, enquanto o animal entrava no vau.*

"Não atravesse o rio", *dissera Kam Baqca. A voz era clara e tranquila, e o animal mudou de direção, levantando água ao longo das margens do rio, com gotas negras que se erguiam no ar e queimavam como gelo ao tocar a pele. Em breve já galopava fora da água — se é que era realmente água — pelos campos onde jaziam os mortos, enquanto a coruja descia em espiral em sua direção, como em busca de uma presa.*

O animal hesitou, tropeçando pela primeira vez em sua louca corrida, e ele olhou para baixo, para além da horrível pele do bicho, para o lugar onde jazia o corpo mutilado de Alexandre, com o rosto coberto por uma máscara sorridente de ouro. Em torno dele estavam os cadáveres de seus companheiros.

Não foi isso o que aconteceu — *foi a queixa de alguma parte racional de sua mente; mas o pensamento se perdeu.*

A coruja se aproximou. Ele a viu com o canto dos olhos e virou a cabeça vendo as garras enterrar-se em seu rosto, atravessando-o, enquanto a coruja se misturava com suas carnes como num golpe certeiro de espada. Gritou... e se viu voando. Ele era a coruja e a coruja era ele. O animal tinha desaparecido, ou talvez fizesse parte do pássaro e do homem. As grandes asas marrons batiam e ele via a terra lá embaixo, sabendo onde morava sua presa, via todos os movimentos dos mortais na planície de cinzas. Elevou-se com o vento do mundo sob as asas e bateu-as energicamente, sem fadiga, passando por sobre as colinas em torno do campo de batalha de Isso até deixar para trás a planície de cinzas e voar sobre o mundo dos homens, elevando-se sempre, até poder ver a curva do mar de Alexandria a Tiros, descrevendo então na descida uma longa curva como de uma flecha, passando por Tiros, Quios e Lesbos, além das ruínas de Troia, além do Helesponto até reduzir a velocidade da descida e pairar sobre o mar de grama, vendo a distância a árvore que crescia fazendo sombra para o mundo inteiro, embora parecesse surgir de uma única tenda na planície. Planou em direção à árvore, prendendo as garras na macia casca do tronco...

Despertou, sentindo falta do calor do corpo do *hiperetes* a seu lado. Ouvia Niceas ralhando com alguém e vozes jovens que se erguiam em risos. Pensou: *É hora de levantar-me*. Nesse momento o peso do sonho o dominou e ele permaneceu deitado, tentando visualizá-lo novamente, novamente aterrorizado com seus pensamentos tão estranhos. Tiritou, estremecendo, com algo mais do que somente o frio da manhã, e aproximou-se do fogo com esforço. Um dos jovens de Eumenes lhe trouxe uma taça de vinho.

— Ágaton — disse ele, recordando o nome do rapaz.

Este abriu um largo sorriso.

— Posso trazer-lhe mais alguma coisa? Nós dormimos ao relento, como verdadeiros soldados... nem sequer sentimos frio!

Kineas não estava disposto a tolerar o entusiasmo da adolescência tão cedo pela manhã. Tomou o restante do vinho quente e enrolou o manto, bem apertado. No intervalo necessário para que a bola de fogo do sol passasse acima do horizonte, todos já estavam montados, com o hálito se evolando em fumaça no ar frio da primavera; o sonho, com toda a sua relação com o anterior, foi mais uma vez afastado por outras ocupações.

Kineas acenou, chamando Átelo. Com exceção das malogradas ocasiões em que procurara aprender a língua *sakje* durante o inverno, ele não havia visto o cita muitas vezes. Sorriu para ele.

Átelo parecia tenso. Kineas não se recordava de havê-lo visto tão reservado.

— Vamos chegar hoje ao acampamento dos *sakje*? — perguntou ao batedor.

Átelo fez uma careta.

— Vamos — respondeu. — Segunda hora depois sol estar alto, se eles não mover. — Não parecia estar satisfeito com essa perspectiva.

Kineas esfregou a barba já crescida.

— Muito bem, você nos guiará.

Átelo o olhou com ar sério.

— A senhora... esperar senhor duas semanas — Suspirou profundamente.

— Quer dizer que ela pode ter partido? — perguntou Kineas, alarmado. O grego de Átelo havia melhorado bastante durante o inverno. O vocabulário era maior, mas a gramática permanecera igual. Ainda era difícil entender o que ele dizia.

— Não partir — disse Átelo, gravemente. — *Esperar.* — Agitou as rédeas, tocando os flancos do potro com o chicote, e partiu através do campo de grama, deixando Kineas com suas preocupações.

Fílocles se aproximou de Kineas quando a coluna começou a movimentar-se.

— Que foi isso?

Kineas fez um gesto de desinteresse.

— Nosso cita está zangado porque estamos atrasados.

— Hummm — disse o espartano. — Estamos atrasados, e a senhora não me parece o tipo de comandante que gosta de esperar.

Kineas separou-se da companhia, acenando para que Leucon se juntasse a ele, e berrou uma série de ordens que fizeram toda a tropa organizar-se numa linha de ataque de dois estádios de largura. Quando a linha já estava se movimentando adequadamente, Kineas voltou a Fílocles, que, como de costume, não participava da manobra.

— Ela entenderá que fui detido — disse ele. — O rei também.

O espartano apertou os lábios.

— Escute, hiparca. Se você estivesse esperando por ela e ficasse parado por duas semanas enquanto ela exercitava a cavalaria... — Fílocles ergueu uma sobrancelha.

Kineas observava a linha de ataque, que prosseguia de maneira correta.

— Eu não...

— Você não pensa nela como mais um comandante. Acha que é uma jovem grega capaz de cavalgar bem. É melhor mudar de ideia, irmão. Ela teve de suportar duas semanas de queixas de seus soldados por ficar esperando pelo potro como uma égua no cio, isso é o que eu acho. Veja como você tem reagido a nossos gracejos.

A ala esquerda da linha se esgarçava porque os jovens soldados conversavam enquanto avançavam. Cavalgar mantendo a distância de uma largura de cavalo entre cada par exigia prática, e a linha começava a desfazer-se.

— Toque: "Alto"! — berrou Kineas, e então disse a Fílocles: — Ela pode nem mesmo querer-me.

O espartano não hesitou.

— Isso é um problema completamente diferente, mas se fosse o caso, provavelmente Átelo não pareceria tão preocupado.

Kineas observou as alas da extremidade, galopando em direção ao centro, para juntar-se ao comandante.

— Como sempre, aprecio muito seus conselhos.

Fílocles assentiu.

— Use com ela as mesmas desculpas que você apresentaria a um homem.

Kineas coçou a cabeça.

— Dê-me um pontapé quando eu fizer alguma coisa errada.

Na metade da manhã viram os primeiros batedores: centauros escuros contra o horizonte, que desapareciam entre as patas de seus cavalos. De tarde chegaram ao acampamento, como previra Átelo. Kineas sentiu uma pontada no estômago ao ver as carroças e apertou a barriga do cavalo com os joelhos até que o animal começou a corcovear. Havia alguns cavaleiros na orla do acampamento e um grupo montado na margem do rio.

Os cavaleiros vieram até ele a galope — dois jovens cujas roupas de couro vermelho com ornamentos de ouro resplandeciam ao sol conforme eles corriam à frente da coluna, acenando, e voltavam ganindo como cães para juntar-se aos guerreiros à beira do rio.

Kineas levou sua coluna pela grama alta até chegar ao limite do acampamento e comandou: "Alto!" Ficou parado à testa da coluna, sentindo-se tolo por não saber o que fazer. Esperava que ela viesse a seu encontro. Em vez disso, viu que estava havendo uma espécie de competição de arco e flecha.

— Atirando com arcos — disse Átelo a seu lado. — Senhora atirar agora. Veja.

Kineas a viu. Como poderia não tê-la visto? Srayanka estava montada em uma égua cinzenta na beira do rio, com um arco nas mãos e a jaqueta semidesabotoada, tendo um seio nu ao morno sol da primavera e uma das mangas solta, deixando ver o ombro até o colar de ouro em seu pescoço. Os cabelos estavam presos em duas grossas tranças, e quando ela virou o rosto, Kineas viu as sobrancelhas espessas e a expressão concentrada.

É assim que ela é, pensou. Assim mesmo.

— Espere aqui — disse ele a Niceas. Fez um aceno para que Átelo o acompanhasse e tocou o flanco do cavalo com o chicote, o chicote dela, seguindo para onde Srayanka se encontrava.

Um homem ia atirar. Quando Kineas puxou as rédeas, o homem esporeou o cavalo com os joelhos fazendo-o partir, primeiro a trote e depois a galope, ao longo da grama mais curta próxima ao rio. Abaixando-se sobre o pescoço da montaria, atirou uma flecha contra um tufo de folhagem. Uma segunda seta surgiu em seus dedos e ele a atirou à queima-roupa, abaixando-se tanto que a ponta da flecha quase tocou o alvo quando ele a soltou, e em seguida já havia passado adiante, voltando-se na sela com uma terceira flecha assestada, que ele ergueu e lançou num mesmo movimento rápido. O último tiro pairou no ar por um instante, a flecha visível como uma linha negra, antes de enterrar-se no chão à distância de um braço do alvo. Os outros *sakje* gritaram e aplaudiram.

Kineas olhou novamente para Srayanka, que respirou fundo, inteiramente concentrada no alvo de grama, como um cão de caça observaria um cervo ferido. Como um homem, dissera Fílocles. O seio descoberto e a linha que ia do ombro musculoso ao pescoço poderia ser a de uma estátua de Ártemis feita por Fídias, mas o escultor ateniense jamais conheceria aquela expressão no rosto de uma mulher — dura e cheia de determinação.

Kineas ficou em silêncio.

Sem outro olhar, ela golpeou a égua com os calcanhares e o animal saltou do repouso diretamente para um galope. A primeira flecha já estava no ar ao primeiro passo completo da montaria. Ela segurava três outras nos dedos da mão com que retesaria o arco, preparando uma e atirando-a, e logo debruçando-se perto do alvo como havia feito o homem, com o corpo em um ângulo impossível em relação ao cavalo, as tranças balançando atrás de sua cabeça, os músculos do braço retesados na tensão do arco, as cadeiras e pernas unidas à égua.

Kineas não conseguia respirar.

Srayanka assestou a última flecha e virou-se com tal rapidez que o corpo parecia girar separadamente da cintura para cima, e atirou novamente, uma flecha invisível até penetrar no alvo de grama. Em seguida, quando os cavaleiros começaram a aplaudir, ela tirou uma quinta flecha do *gorytos* preso à cintura, girou novamente o corpo e atirou, com a parte superior do corpo erguida para o céu como uma sacerdotisa que oferecesse uma prece a Apolo. A seta subiu muito alto no céu azul, demorando-se como se tivesse sido apanhada pela mão do deus no ponto mais elevado da trajetória antes de cair em direção à terra, onde perfurou o alvo de grama. Antes que a flecha acertasse, ela já havia sofreado o cavalo, voltando-se para ser saudada pelos aplausos de todos os guerreiros e dos gregos no alto do barranco.

O ruído não cessou, embora somente houvesse cerca de cinquenta guerreiros, num crescendo de gritos — *yeeyeeyee* — das mulheres e brados mais roucos dos homens. Diversos se adiantaram, erguendo os braços em evidente sinal de felicitações, e uma mulher mais velha, a corneteira, aproximou-se e abraçou-a.

Ela entregou o arco à outra, virou-se e vestiu a manga, puxando a jaqueta para cobrir o ombro nu. Sem nada nas mãos, caminhou com o cavalo até onde estava Kineas. Ele ainda gritava seus aplausos, como um convidado bem-comportado em um simpósio. Atrás dele, os demais homens de Olbia também aplaudiam.

Kineas ficou em silêncio quando ela se aproximou. As sobrancelhas eram exatamente como ele se lembrava, o nariz longo e grego, a fronte larga e alta. Como poderia ter esquecido aqueles olhos grandes, ou os reflexos castanhos no interior do azul?

Kineas não conseguia pensar em alguma coisa útil para dizer, mas precisava dizer alguma coisa.

— Fale que nunca vi uma pessoa atirar tão bem — disse ele. A voz lhe saiu clara e calma, e ele se surpreendeu por conseguir falar.

Átelo falou em *sakje*. Kineas conhecia a língua o suficiente para perceber que seus elogios foram reproduzidos com alegorias.

Ela ergueu uma sobrancelha e respondeu a Átelo, sem tirar os olhos de Kineas.

— Ela diz atirar melhor quando esperar muito tempo. — Átelo parecia mais nervoso do que Kineas. — Diz carroças carregadas para a partida. Viu nós chegar. Diz, estar pronto para seguir ou precisar repouso?

Kineas continuava a olhá-la nos olhos.

— Diga que lamento muito ter me atrasado.

Átelo falou, desta vez por algum tempo. Ela ergueu uma das mãos para calá-lo e adiantou-se, ainda montada em sua égua.

O garanhão de Kineas estendeu o pescoço e farejou, tão próximo da égua quanto lhe foi possível, apesar das rédeas puxadas pelo cavaleiro.

A égua recuou um passo e em seguida, rápida como o pensamento, avançou para o cavalo e mordeu-o levemente no pescoço, fazendo-o recuar novamente. Kineas teve de se esforçar para não cair da sela.

Srayanka falou. Kineas reconheceu palavras que conhecia: égua e garanhão.

Os guerreiros *sakje* riram. Um deles riu tanto que caiu ao chão, provocando mais risos.

Kineas controlou o potro e voltou-se para Átelo. Sentia o rubor do rosto. Ela também estava rindo.

— Que foi que ela disse? — perguntou.

Átelo ria tanto que seus olhos se fecharam e ele teve de segurar a crina do cavalo com as mãos.

— Que foi que ela disse? — perguntou Kineas novamente, desta vez com o tom de comandante em combate.

Átelo fez cara séria e endireitou-se na sela.

— Ela fazer piada — disse, após certa hesitação.

Os *sakje* ainda riam. Pior ainda, alguém que sabia um pouco do idioma traduzira o gracejo para os de Olbia; os soldados mais velhos procuravam conter o riso, mas os jovens não conseguiam controlar-se.

— Estou vendo — disse Kineas, secamente.

Ela se voltou para a corneteira e deu rapidamente uma série de ordens. Em seguida virou novamente a cabeça para ele. Kineas viu o brilho dos olhos azuis que procuravam os seus, e o sorriso dela. Não seja idiota, disse ele a si mesmo; mas fervia interiormente e não conseguiu retribuir o sorriso.

— Conte-me a piada — disse ele a Átelo.

Átelo se esforçava por conter o riso. Respirava ofegantemente, como um cachorro, e acariciou o cavalo, mas finalmente desistiu e desabou em uma gargalhada com os braços cruzados sobre o peito.

Kineas olhou as costas de Srayanka, que se retirava, chamando cavaleiros e dando ordens em voz alta. Um grupo de jovens atrelava bois às carroças. A maioria dos *sakje* tinha parado de rir, mas o riso se espalhava ainda entre os de Olbia à medida que a piada ia sendo traduzida e passava de fileira em fileira.

Kineas trotou até Niceas, que permanecia sentado em seu cavalo acariciando o amuleto com uma expressão fixa e disciplinada, que ele conhecia bem. Falou em voz baixa e firme, como se nada de estranho tivesse acontecido.

— Faça-os desmontar dos cavalos de ataque e montar nos de viagem. Os animais podem beber no rio. Levem pão e queijo na sela.

Niceas acenou afirmativamente com a cabeça, como se não ousasse falar.

Fílocles tinha um largo sorriso no rosto. Destacou-se da coluna quando Niceas começou a dar suas ordens. Leucon acompanhou Kineas com o rosto vermelho, evitando os olhos dele. Na verdade, nenhum dos homens o olhou nos olhos. Eumenes ainda ria.

Átelo estendeu a mão, tocando-lhe o cotovelo. Estava sorrindo.

— Ela diz: talvez égua... — começou a rir novamente mas conseguiu dizer: — égua... talvez no cio... duas semanas atrás.

Kineas teve de procurar o sentido das palavras até que um sorriso surgiu lentamente no rosto zangado.

Antes que o sol continuasse seu movimento sobre o mar de grama, toda a coluna de *sakje* e de olbienses já estava montada, dirigindo-se para o norte. Kineas mudou de montaria e se aproximou da tropa onde estavam Srayanka e sua corneteira, uma mulher de mais idade cuja pele parecia couro e de cabelos ruivos como os de Diodoro. Kineas lembrava-se de tê-la visto no verão anterior.

Srayanka sorriu quando ele se aproximou, o melhor sorriso que já lhe destinara. Afastou a corneteira e falou com Átelo. Atrás dela, os *sakje* da vanguarda riram discretamente.

— Ela diz: Onde estar seu cavalo, Kineas?

— Diga que meu potro está muito triste para que eu o cavalgue. Desesperado... você é capaz de traduzir "desesperado"? — Kineas levava desvantagem na tradução.

Átelo sacudiu a cabeça.

— Que é "desesperado"? Uma coisa ruim?

— Tão triste que não consegue comer — respondeu Kineas.

— Ah! Mal de amor! — disse Átelo, rindo, e falou rapidamente antes que Kineas pudesse impedi-lo.

Os *sakje* riram novamente e atrás dele um homem corpulento, de cabelos negros, adiantou-se e bateu-lhe nas costas.

Srayanka voltou-se e passou levemente a mão pelo rosto de Kineas. O movimento o tomou de surpresa, de tão rápida que ela era. Ele se esquivou no susto e quase desviou do toque.

Átelo riu, junto com o resto dos *sakje*, e depois disse:

— Ela diz: Não se preocupe. Diz... — interrompeu-se para rir novamente. — diz: Égua talvez novamente no cio daqui a duas semanas.

Kineas sentiu o rosto ruborizar. Sorriu para ela, que retribuiu o sorriso. Ambos se olharam por muito tempo. Kineas achou que era hora de mudar de assunto.

— Pergunte se o rei está pronto para a guerra — disse ele.

Os *sakje* pararam de rir. Ela respondeu com poucas palavras.

— Disse: Não falar de guerra enquanto não chegar perto do rei.

A expressão no rosto de Átelo era de súplica, em busca de compreensão. Kineas concordou com a cabeça, mas continuou:

— Já ouvi falar do exército de Zopryon. É muito numeroso e está pronto para marchar.

Era irritante ter de ouvir a tradução hesitante de Átelo e a resposta dela. Átelo voltou-se para ele.

— Ela diz: muitas coisas para falar com rei. Muita coisa. Não para ela levar palavras ao rei.

— Diga que compreendo — tornou Kineas, fazendo gestos que indicavam haver entendido. Ela falou diretamente a ele. Kineas entendeu as palavras "getas" e "Zopryon" e o verbo que significava cavalgar.

— Ela diz grama já amassada por cascos dos getas. Diz saber Zopryon pronto para partir. — Átelo limpou a testa com a manga. — Eu dizer: falar é trabalho duro. — E riu-se, sem prazer.

Kineas entendeu a deixa e voltou cavalgando para junto de seus homens.

A coluna seguiu com rapidez e o terreno foi ficando plano, com a interminável grama mais verde a cada dia morno que passava estendendo-se até o horizonte à esquerda enquanto o rio corria em meandros, como uma cobra. Às vezes estava junto aos pés deles, outras passava distante, à direita, em longas curvas. Essas curvas eram a única indicação do avanço, e não representavam grande variação do panorama. Quando o rio desapareceu das vistas, a planície de grama e o azul firme do céu se espalharam sem modificação em todas as direções, como uma bacia azul invertida sobre outra verde. Os gregos estranhavam aquela imensidão. O tempo parecia imóvel.

No entanto, na altura do segundo dia a rotina já tomara conta da companhia: levantar-se ao frio de antes da madrugada, o confortável calor do cavalo recém-montado, uma refeição apressada aos primeiros raios do sol nascente e depois muitas horas caminhando e trotando sobre a grama, com uma linha pisoteada que marcava a passagem da companhia, reta como a trajetória de uma seta, a grama virgem diante deles até onde os olhos podiam enxergar.

À noite era diferente. Os batedores de Srayanka escolhiam a cada pôr do sol o lugar do acampamento, sempre próximo à água e muitas vezes protegido por árvores à beira do rio, e acendiam-se fogueiras contra o frio. O produto da caça do dia era assado em espetos de ferro e os guerreiros contavam histórias ou se entregavam a rudes desafios. Corridas de cavalo, luta livre, arco e flecha, competições de força e de memória, inteligência e habilidade enchiam a noite, desde o início até que o fogo se extinguisse.

Inicialmente os homens de Olbia não participaram, mas na segunda noite Niceas lutou com Parshtaevalt, o cita de cabelos negros que mostrava interesse em tudo o que era grego. Depois, Eumenes correu com seu melhor pônei contra a corneteira de Srayanka, perdendo a corrida e o potro.

A terceira noite se transformou em uma olimpíada equina, com corridas de cavalos, uma dúzia de lutas e novas competições — boxe e corridas a pé. Os *sakje* eram tão incompetentes a pé quanto habilidosos montados. A ideia que faziam do boxe era ainda mais estranha. Competiam de forma semelhante, com dois lutadores de pé, um diante do outro, que trocavam socos alternadamente até que o mais fraco caísse ou se declarasse vencido. Leucon, boxeador medíocre, pensou que se tratava do esporte grego e tratou de bloquear os socos, para grande decepção do adversário e da metade dos espectadores, e Kineas teve de explicar a técnica do boxe a Srayanka por meio de Eumenes e Átelo. Em seguida, ele e Leucon fizeram uma demonstração.

Leucon era corpulento, musculoso e bem treinado, mas não possuía a rapidez e graça de Ajax — nem a de Kineas. Este levou a luta ao empate, tanto para resguardar a vaidade de Leucon quanto em consideração à plateia, mas, quando bloqueou o melhor golpe de Leucon e respondeu com uma saraivada de socos tão rápida que mal podiam ser vistos ao crepúsculo, os espectadores, tanto *sakje* quando gregos, aplaudiram ruidosamente. Leucon caiu ao chão.

Depois, à luz de tochas, Fílocles e muitos outros atiraram pedregulhos no rio. A competição era por distância, e suscitou discussão quanto às regras: deveria ser medido o primeiro lugar onde a pedra caía ou até onde rolasse? Finalmente, temendo violência, Kineas mandou que os homens de Olbia fossem dormir.

O quarto dia correu como os anteriores — os de Olbia exercitaram ataques em várias formações e os *sakje* observavam e gritavam, ou caçavam, quando não cavalgavam em silêncio especulativo. Com uma semana na sela, todos os soldados de Leucon já estavam acostumados com aquela vida — comer montados e cavalgar o dia inteiro. Kineas se aproximou do jovem comandante no final da tarde. Leucon não gostara do resultado de sua luta de boxe, mas havia contido a raiva como um cavalheiro e todos passaram a respeitá-lo mais.

— Seus homens são excelentes — disse Kineas. — Você é um bom comandante.

Leucon sorriu com certa reserva ao ouvir o elogio.

— Ótimo — disse ele. — Mas minha carreira de boxeador olímpico parece estar terminada. — Em seguida, acrescentou: — Mesmo assim, muito obrigado. Tenho tanto orgulho deles que sou capaz de estourar ou de começar a cantar.

Kineas esfregou o queixo, com a nova barba já crescida. Quase não coçava mais.

— Sei o que quer dizer. — Voltou-se para Niceas. — Eles são bons, não são, meu velho?

Eumenes estava ao lado de Niceas na coluna, e este último olhou o jovem *hiperetes* antes de responder.

— Melhor do que eu esperava — disse ele, e em seguida sorriu. — Naturalmente, veremos o que eles realmente valem quando tivermos de lutar.

— Não pare com os exercícios — disse Kineas. — Depois de conseguir a excelência, é preciso mantê-la.

Na quarta noite, Kineas se viu lançando dardos contra Niceas e Kyros, além de um dos novatos mais promissores. Os *sakje* observavam curiosamente a cavalgada dos gregos, que lançavam os dardos à direita e à esquerda. Kineas terminou seu trajeto acertando todos os alvos e prestava atenção no novato quando percebeu que Srayanka havia montado sua égua e iniciara a corrida atrás do jovem. Levava um arco e atirou duas flechas para cada dardo lançado pelo rapaz. Ao passar pelo último alvo, com expressão de triunfo no rosto, todos os *sakje* de sua tropa a aplaudiram.

Decidido a responder ao desafio, Kineas voltou ao ponto onde estavam os dardos usados e recolheu todos os que lhe pertenciam. Pediu mais dois a Niceas, que olhou inquisitivamente para ele à débil luz do crepúsculo e depois para o grupo de guerreiros *sakje*.

— Acha que isso é uma boa ideia? — perguntou o *hiperetes*.

— Pergunte depois que eu tiver cavalgado — respondeu Kineas.

Fez o cavalo parar na linha de partida e concentrou-se. Srayanka ainda recebia as aclamações de seu povo. Ele a observou durante um momento e em seguida iniciou a corrida.

O cavalo tinha descansado o dia inteiro, com exceção da primeira investida de Kineas com os dardos, e estava cheio de energia. O primeiro dardo foi atirado de longe, num lançamento difícil, porém com êxito: a pesada arma penetrou no alvo, um escudo *sakje* feito de couro cru. Kineas lançou o segundo logo antes de passar pelo alvo e ouviu o ruído característico do êxito. Sem conferir o resultado, tomou o terceiro dardo da mão que segurava as rédeas e atirou-o, novamente a distância. Era um dos que Niceas lhe tinha dado, mais leve que os dele, e subiu bem alto, acertando a parte superior do segundo alvo e derrubando-o. Sem parar de galopar, rápido demais para que pudesse pensar no que fazia, Kineas pegou o quarto dardo e fez o cavalo saltar sobre o escudo que estava por terra, em vez de passar ao largo. Erguendo o dardo no momento em que o animal iniciava o salto, lançou-o para baixo com toda a força do braço. Ouviu a reação dos espectadores, mas já estava se preparando para lançar o quinto, completamente concentrado no último alvo e naquele último dardo. Estava a um passo do alvo, mas não segurou corretamente o dardo e ultrapassou o derradeiro escudo. Virando-se na sela — se ela era capaz de fazê-lo, ele também o faria —, atirou de lado. Sentiu a distensão de um músculo de seu pescoço no instante do lançamento e a dor no momento seguinte, quando já fazia o cavalo voltar, mas o repentino troar da aclamação saindo de uma centena de gargantas o fez compreender que o sacrifício valera a pena.

Voltou trotando para junto de Niceas, que erguia o segundo escudo acima da cabeça e bradava congratulações. O lançamento para baixo tinha atravessado o couro e a madeira, de tal forma que a ponta negra do dardo saíra mais do que o comprimento de um braço do lado oposto.

Parshtaevalt, o lugar-tenente de Srayanka, aproximou-se e abraçou-o, gritando em língua *sakje*, e depois ela própria, ainda montada, enlaçou-lhe o pescoço e puxou-o para si. Os soldados aclamaram novamente. Eumenes entregou-lhe uma taça de vinho. Mãos invisíveis teceram coroas de folhas, e Kineas se viu reclinado em um tapete, já coroado, enquanto Srayanka, igualmente coroada e encostada a um manto enrolado, parecia uma ninfa musculosa, com os cabelos soltos.

Ambos assistiram juntos ao restante da competição. Em algum momento, Kineas tomou a mão de Srayanka, que o olhou com expressão de admiração nas grandes pupilas azuis e passou o polegar por sobre a palma da mão dele. Sem dar atenção aos que estavam ao redor, continuou a acariciar-lhe a mão, virando-a para um lado e para o outro. Ele a imitou, passando a própria mão sobre a dela, comparando os calos da palma com a maciez das costas e atrevendo-se a tocar a parte interior do pulso, como se fosse um lugar muito mais íntimo.

Para ambos, foi o mais próximo da privacidade. Nenhum dos dois disse uma palavra. O tempo passou, as competições deram lugar à bebida e finalmente a pressão do vinho na bexiga obrigou Kineas a levantar-se, muito contra sua vontade. Olhou para baixo, sabendo que estava sorrindo como um tolo ou como um menino apaixonado pela primeira garota. Nem sequer podiam falar uma língua comum.

Ele a fitou e em seguida abaixou os olhos e riu.

— Srayanka — disse ele.

— Kineax — tornou ela.

Assim passou a quarta noite.

13

No dia seguinte, ele sentiu frio ao acordar; as mãos lhe doíam e todas as juntas haviam inchado. Ao erguer o braço para ajustar o manto, troféu da vitória da noite anterior, teve uma sensação de queimadura no ombro direito. Chamou Eumenes e Átelo.

— Quero aprender a língua *sakje* enquanto cavalgamos — disse.

Ambos desviaram os olhos, sorrindo. Mas quando todos já estavam montados, Eumenes e Átelo o acompanharam e começaram a apontar coisas a seu redor — égua, potro, céu, grama — ensinando as palavras em *sakje*. As raízes dos vocábulos eram-lhe vagamente conhecidas, como a língua persa e algumas das formas mais antigas usadas pelo Poeta, mas com diferentes declinações, e os sons das terminações eram bárbaros.

Kineas havia iniciado o aprendizado no inverno, mas as pressões políticas e o treinamento da tropa haviam dificultado a tentativa de obter lições do idioma. Agora, tendo diante de si o motivo do aprendizado e sem nada para fazer exceto cavalgar e observar Leucon comandar seus homens, Kineas se dedicou ao estudo como um menino com o professor particular.

Parshtaevalt se juntou a eles na parada para descanso ao meio-dia. Era alto para um *sakje*, com cabelos de um tom dourado claro e pele queimada. Kineas havia entendido que ele tinha algum parentesco com Srayanka, embora fosse difícil de saber exatamente qual, talvez primo pelo lado da mãe. Era também competente comandante em combate, com os cabelos de uma dúzia de inimigos no tecido de sua manta de montaria. Tinha aguda inteligência e facilidade para idiomas. Parecia apreciar e admirar as coisas gregas.

Uma hora depois ele se afastou a cavalo, voltando com Srayanka, que os acompanhou durante todo o restante do dia, aprendendo nomes de coisas em grego enquanto Kineas fazia o mesmo em *sakje*. Ela continuou a comandar a coluna enquanto praticava grego, e Kineas teve oportunidade de observá-la em ação.

Era uma excelente comandante. Ele a viu apartar dois homens que disputavam um quarto de corça, com os olhos faiscando em contraste com a voz calma e firme. Os dois se encolheram, como se tivessem levado um soco.

Srayanka percorreu a coluna. Sabia o estado de cada cavalo de seu considerável rebanho e seus batedores sempre estavam alerta. Nos fins de tarde, conversava com seus comandados quando ganhavam as competições e quando perdiam. Tudo isso ele ficou sabendo apenas por observá-la, mas aprendeu muito mais observando os guerreiros dela: o respeito, quase adoração, com que eles a tratavam era visível em cada interação. Ela jamais se esquivava de um desafio, e embora não vencesse todos, quem a derrotava em qualquer deles tinha motivos para vangloriar-se. Era a primeira a montar no início de cada jornada e a última a descer do cavalo quando a companhia cessava os trabalhos. Tinha expressão e voz diferentes para cada combatente de sua tropa, homem ou mulher; para alguns, usava gestos a fim de enfatizar o que queria dizer, e para outros simplesmente dava ordens.

E todos a adoravam.

No sexto dia, Kineas conversou com Parshtaevalt por meio de Eumenes, num momento em que ela se afastou das aulas de língua para interrogar um batedor. O comandante *sakje* passara a cavalgar com Niceas e Eumenes na maior parte do tempo, fazendo perguntas ao jovem com a mesma rapidez com que as formulava na mente. À menção de um ataque de que ele participara no ano anterior, Kineas perguntou:

— Foi Srayanka quem comandou o ataque? Foi contra os getas?

Átelo traduziu a pergunta e arregalou os olhos ao ouvir a resposta.

— Ele diz: getas de merda. Queimar aldeias, três aldeias. Matar todos que encontraram.

Kineas assentiu para mostrar que compreendera.

— De quantas missões ela participou? — perguntou, apontando para Srayanka. — Quantos ataques? Quantas batalhas?

Eumenes fez a pergunta. Seu domínio do *sakje* melhorava a cada dia.

O homem de cabelos negros olhou para as rédeas e depois ergueu os olhos para o sol, como se procurasse inspiração.

— Tantas quantos são os dias que cabem em uma lua — disse ele.

— Trinta? — perguntou Kineas. — Trinta ações?

Fílocles, que sempre aparecia quando ouvia uma boa conversa, surgiu vindo da coluna *sakje*.

— Mais do que Leônidas — disse.

— Mais do que eu — disse Kineas.

— Mais do que eu — falou Niceas, com um sorriso para Kineas. — Vou ser mais respeitoso.

No sétimo dia, os batedores encontraram uma manada de cervos. Um grupo misto de caçadores, *sakje* e olbienses, foi em busca de carne fresca. Voltaram com seis grandes carcaças, e Kineas dirigiu junto com Srayanka a divisão do alimento. Os guerreiros *sakje* mais jovens esfolaram os animais e os escravos dos olbienses quebravam as juntas, separando os cortes.

Srayanka observou duas mulheres jovens que esfolavam o maior dos cervos. Kineas a olhava. Percebia que ela desejava dizer alguma coisa, ou talvez quisesse ela própria ocupar-se da tarefa, embora ele não visse nenhum erro.

Ela levantou a cabeça, esquecendo as próprias preocupações, quando um dos olbienses usou a palavra "bárbaras" em tom agressivo. Voltou-se para Kineas, erguendo a sobrancelha.

As palavras não são necessárias, pensou ele. Caminhou para o grupo de *hippeis*.

— Se os senhores não têm nada melhor a fazer, creio que poderia ensiná-los a esquartejar um animal.

O mais falastrão — Alceu — sacudiu negativamente a cabeça.

— Isso é serviço para escravos — disse ele. — Estamos apenas olhando as amazonas tomarem um banho de sangue.

— Elas estão esfolando o cervo para tirar a pele e não para impressionar vocês com seus encantos. Saiam daqui, ou mandarei vocês esquartejarem o bicho.

Kineas falava em voz baixa, pois não queria mostrar em público o mau comportamento de seus homens. Com o canto do olho via Srayanka e meia dúzia de guerreiros *sakje* que os olhavam, segurando os chicotes de montaria.

Alceu pôs as mãos na cintura.

— Não estou de serviço — disse ele, erguendo arrogantemente a cabeça. — Posso ficar vendo as bárbaras mostrarem os peitos, se quiser.

Os companheiros se afastaram dele, como se estivesse com a praga. Kineas olhou em torno, procurando Niceas ou Eumenes. Preferia que outros tratassem daquela evidente indisciplina, mas ambos estavam ocupados.

Ainda em voz baixa, disse:

— Não, não pode. Não faça papel de tolo. Pegue seu cavalo e lave-o. Depois vá para o posto de sentinela até que eu o chame de volta.

O homem se mostrou ofendido, em vez de envergonhado.

— Quem me dá ordens é Leucon — disse ele. — E além disso...

— Silêncio! — gritou Kineas, com a voz de combate. — Nem mais uma palavra!

Alceu desviou os olhos para além de Kineas, fitando as duas mulheres. Olhou para os dois companheiros com a arrogância de um adolescente diante de uma plateia.

— Você está bloqueando minha visão — disse ele, preguiçosamente.

Kineas perdeu a paciência. Tudo aconteceu em instantes: sentiu a raiva subir-lhe à cabeça e derrubou o rapaz com um só golpe, fazendo-o perder os sentidos. O ombro doeu e o punho ficou ferido. Voltou-se para um dos companheiros e disse:

— Enrolem-no num manto e ponham-no junto de seu cavalo. Fiquem com ele até que recupere os sentidos e depois o ajudem a lavar o animal. Montem e sigam para o serviço de sentinela até que eu os chame de volta. Entenderam?

Ambos sacudiram afirmativamente as cabeças, com os olhos arregalados como as corujas gravadas nas moedas atenienses.

Ao voltar a Srayanka e Átelo, ela o olhou interrogativamente.

— Por que bateu no homem? — perguntou, em um grego aceitável.

Kineas voltou-se para Átelo.

— Como se diz "desobedecer"?

Átelo balançou a cabeça.

— Que significa "desobedecer"?

Kineas respirou fundo. Estava zangado, muito zangado.

— Quando dou uma ordem, espero que o homem obedeça. Se isso não acontece, ele "desobedece".

Srayanka prestava a atenção na conversa entre eles. Em seguida fez rapidamente uma pergunta em *sakje.* Kineas entendeu apenas seu próprio nome.

Átelo sacudiu a cabeça, olhou para Kineas e falou durante algum tempo, fazendo gestos que indicavam cavalgar e dormir. A Kineas, disse:

— Ela perguntar mim quanto tempo estar com você. Mim dizer. Ela perguntar se você bater seus homens muitas vezes. Eu responder não muitas.

Os olhos de Srayanka encontraram os dele. Eram azuis como o azul do Egeu quando o sol regressa após um temporal. Kineas era meia cabeça mais alto do que ela. Srayanka estava muito perto dele e falou-lhe diretamente, devagar, medindo as palavras em *sakje.*

Ele não entendeu sequer uma palavra.

Átelo disse:

— Ela diz: Quando bater em um homem não ferir... quando bater, matar. Ou então ele fugir e ficar inimigo. — Átelo calou-se olhando para um lado e para outro, como um animal acuado. Finalmente, disse: — Depois ela diz: homens olhar mulheres. Homens todos tolos quando mulheres mostrar seios. Então, por que bater?

Kineas não estava habituado a ouvir questionamentos de suas decisões em matéria de comando. Não estava acostumado a ser questionado em público, por meio de um intérprete, e por uma mulher.

Como um homem, dissera Fílocles. Mas ela poderia ter açoitado um homem com o chicote e ele não teria posto em dúvida sua autoridade.

Sentia o rubor no rosto, sentia a raiva, raramente desatada, crescendo em seu peito. Sentia a revolta contra a injustiça do comentário, contra a censura que via nos olhos dela. Respirou fundo diversas vezes e depois contou até dez, em *sakje*.

— Explicarei mais tarde — disse, em grego — quando estiver menos irritado.

— Muito bem — respondeu ela, e afastou-se.

Naquela noite ele relatou o incidente a Leucon, Eumenes, Niceas e Fílocles. Estavam sentados em torno de uma pequena fogueira, longe dos *sakje*, que estavam silenciosos e não se misturavam.

— Ele tem um pênis no lugar dos miolos — disse Niceas. — Desculpe, sei que é seu amigo, mas é um idiota. Mereceu apanhar.

Leucon se mostrava triste.

— Ele é meu companheiro desde que éramos meninos. Sempre consegue o que quer, e é difícil mudar isso agora.

Niceas sorriu maldosamente.

— Não parece tão difícil.

Leucon pôs a cabeça entre as mãos.

— Sinto-me em falta com o senhor, hiparca. Mas também... preciso dizer isso... acho que... não era necessário bater nele. Ele é um cavalheiro. Ninguém nunca bateu nele desde a infância.

Kineas se conteve, esforçando-se para não reagir.

Fílocles disse:

— Em Esparta, ele poderia ter sido morto. Ali mesmo.

Leucon recuou, visivelmente admirado.

— Só por ter respondido mal?

Fílocles encolheu os ombros.

— A indisciplina é um veneno.

Leucon olhou para Eumenes, que não o encarou ao dizer:

— Ele é o tipo de valentão capaz de sacar uma faca numa briga de taberna. Já o vi fazer isso. — Olhou para Niceas e só então para Leucon. — Não gosto dele.

Kineas curvou-se para a frente.

— A questão não é essa. Gostar ou não gostar... um comandante está acima disso. Não guardo rancor do rapaz; bati nele porque desobedeceu. Até onde sei, a desobediência é uma praga que começa devagar mas se espalha rapidamente. — Abriu as mãos para aquecê-las ao fogo e curvou-se mais para diante, apoiando os cotovelos nas coxas. Sentia frio, o ombro e o punho lhe doíam e ele não queria pensar que poderia ter prejudicado sua relação com Srayanka, ou com os *sakje*. — Ele estava ofendendo os *sakje*. Ofendeu a mim, e não obedeceu a uma ordem direta. — Kineas coçou a barba. — Sou um homem rude. Sou mercenário. Talvez vocês precisem se lembrar disso. — Em seguida, suspirou. — Eu me deixei levar pela raiva.

Leucon parecia mais confuso do que informado.

— Que devo dizer ao pai dele? — falou, antes de afastar-se na escuridão.

Fílocles ficou olhando enquanto ele desaparecia.

— Acho que a senhora Srayanka não se impressionou. — Kineas assentiu. Fílocles balançou a cabeça. — Você fez o que devia. Que mais poderia fazer?

Kineas esfregou as mãos.

— Você é o filósofo. Diga-me o que poderia ter feito.

Fílocles sacudiu negativamente a cabeça.

— Em primeiro lugar, sou espartano, e em segundo, filósofo, imagino. Eu seria capaz de matá-lo.

Kineas sacudiu lentamente a cabeça.

— Estranho. Foi isso o que Srayanka disse. Disse que se tivesse de bater em um homem, em vez disso o mataria. É melhor do que ter um inimigo pelas costas... ou, pelo menos, foi o que entendi.

Eumenes disse:

— Eles não batem nem nos filhos. — Encolheu os ombros e prosseguiu: — Estou falando sério. Tive uma babá *sakje*. Na guerra e numa competição, tudo é permitido, mas não em matéria de disciplina. — Ficou meditando enquanto Niceas punha mais lenha na fogueira e disse: — Não creio que eles tenham uma palavra que signifique "disciplina".

— Ora, isso é interessante — disse Filocles.

Kineas não deu continuidade ao assunto. Mandou Niceas liberar os três sentinelas antes de enrolar-se no manto para dormir. No entanto, ficou acordado durante muito tempo, pensando em várias mulheres — sua mãe, suas irmãs, Ártemis e Srayanka. Não chegou a nenhuma conclusão. Ártemis e Srayanka pareciam ser de sexo diferente do de sua mãe e suas irmãs. Não que ele realmente pensasse que as duas primeiras fossem realmente semelhantes. Ártemis usava o sexo para obter o que desejava dos homens. Srayanka era uma comandante. Mesmo assim, havia uma similaridade básica.

Pensou em Filocles, que o aconselhara a tratar Srayanka como se ela fosse homem. A ideia o fez franzir a testa, e acabou adormecendo.

No dia seguinte, não cavalgaram juntos. Kineas ficou em companhia de seus soldados, praticando vocabulário com Átelo, enquanto as patas dos cavalos corriam pela grama. Não que tudo fosse igual, mas também não era diferente.

O mesmo se podia dizer da parte olbiense da coluna. Kineas não era capaz de definir o problema, mas alguma coisa mudara. Aquilo o desorientava, pois ele tinha a capacidade de entender seus soldados e sabia que eles concordavam que Alceu merecera o castigo. Na verdade, pela maneira como Alceu se comportava, parecia que ele próprio achava que o soco fora bem aplicado. Parecia agora envergonhado, mais do que zangado. Mesmo assim, algo estava diferente na coluna, como se ao demonstrar que a força estava na disciplina, ele houvesse perdido um pouco da boa vontade deles.

Niceas acrescentou um espinho à situação, quando os dois estavam a sós:

— O idiota estava olhando as jovens *sakje*, certo? Mas você passa todo o seu tempo com uma. Você sabe o que dizem os soldados quando um homem tem algo que os demais não podem ter.

Kineas teve de admitir que o argumento fazia sentido, pelo menos do ponto de vista dos soldados. Passou a mão pela barba e soprou lentamente sobre as mãos, para esquentá-las.

— Ora, se todos esses mimados cavalheiros-soldados quiserem falar de minha vida amorosa, terão muito assunto. — Kineas olhou o horizonte. — Ela não quer falar comigo hoje.

Niceas respondeu com um meio sorriso.

— Exatamente. — Levantou a sobrancelha e disse: — Você se preocupa demais, hiparca. — Olhou para o céu, onde uma linha de nuvens escuras convergia sobre eles, como uma falange. — Em breve os meninos ricos vão cantar uma música diferente.

Após três dias de chuva, todos os membros da coluna tinham de que se queixar.

Esses três dias haviam sido horríveis para os gregos, que os passaram aprendendo a viver como soldados e não como homens ricos numa longa caçada. Os mantos ficaram ensopados — a tintura azul de alguns desbotou, manchando as peles deles — e as fogueiras eram fracas e cheias de fumaça. As noites passaram a ser frias e úmidas, e os soldados de Olbia finalmente aprenderam a dormir encostados uns nos outros para se aquecerem. Na verdade, não era possível realmente dormir, o máximo que conseguiam era um sono agitado na pilha de corpos que se moviam, quando todos procuravam o calor do centro. De dia usavam os cavalos para se aquecerem, e na altura do terceiro dia, a maioria estava cansada ao ponto de adormecer montada.

Kineas também sofria, porque enquanto exercitava seus homens e os ensinava a suportar a chuva, Srayanka o evitava. Pior do que isso, ele às vezes a surpreendia olhando-o, com o rosto sério, as sobrancelhas fazendo uma única linha por sobre o rosto. Ela o estava avaliando.

No quarto dia, o sol voltou a brilhar e pouco antes do crepúsculo encontraram o rei.

A "cidade" dos *sakje* se estendia por vários quilômetros, e, ao ver pela primeira vez sua extensão, Kineas se admirou. Num barranco sobre o rio havia um templo, e a seu redor, uma acrópole de estruturas feitas de troncos, de cores vivas, além de prédios menores construídos com galhos e barro. A acrópole em si era pequena, mas os muros que a circundavam se estendiam até se unir a barreiras de terra da altura de três homens, que se perdiam no horizonte.

— Não é realmente uma cidade — disse Satrax. Os dois estavam junto aos muros da acrópole. — Na verdade, é um grande curral.

Kineas tinha passado dois dias debatendo planos com Mathrax, o principal chefe guerreiro do rei, e outros membros do conselho íntimo de seu povo: Kam Bacqa, o próprio rei e Srayanka. Eumenes e Átelo ficaram exaustos com a constante tradução, e até mesmo o rei, que era a única pessoa capaz de falar grego e *sakje* com igual fluência, demonstrava tensão. Quando dormia, Kineas sonhava com idiomas, com cães *sakje* falando em grego estropiado e objetos que diziam os próprios nomes em *sakje*. Estava aprendendo a língua, mas seu cérebro permanecia constantemente fatigado.

O rei resolveu fazer uma pausa e levou Kineas para o lado de fora, a fim de ver o sol. Mostrava-se menos distante, menos agressivo, do que quando se encontraram no inverno.

Srayanka, que ignorava a presença de Kineas como se ele não existisse, passava a maior parte do tempo com o rei. Quando debatiam os rumos da guerra, ela se voltava contra ele, sempre preferindo a solução mais drástica. Ele, por sua vez, apoiava o jovem rei, advogando cautela. Ela não parecia culpar o rei pela política mais cuidadosa, focalizando a atitude negativa apenas em um homem.

Naquela manhã, no entanto, ela saíra com outras guerreiras e com Kam Baqca, para alguma cerimônia religiosa.

Kineas se sentia melancólico, e somente a perda do favor de Srayanka lhe mostrava o quanto ela passara a significar para ele durante o inverno. Censurava-se a si mesmo por ter sido tolo — e nisso Niceas o ajudava —, tentando concentrar-se nos graves problemas do momento. Era claro que ela, como importante figura dos *assagatje*, procurava o favor do rei, que tinha afeição por ela.

Kineas percebeu que o rei havia falado durante algum tempo e parecia esperar uma resposta.

Fez um gesto, mostrando os currais. Com exceção da acrópole e de um trecho ao longo do rio ocupado por agricultores síndicos e por depósitos dos comerciantes gregos, no restante das muralhas não havia edificações.

— Quem construiu as muralhas? — perguntou Kineas. — Até onde elas vão? Quarenta estádios?

— O dobro disso, se incluirmos as terras cercadas onde ficam as tribos — disse o rei, sorrindo orgulhosamente. — Os síndicos as erigiram há muitos anos, antes da ameaça de Dario. Os *sakje* acharam que precisavam de um lugar seguro para todos os animais em tempo de guerra e os síndicos concordaram em construir os muros.

— Os síndicos são os seus camponeses? — quis saber Kineas. Em Olbia havia camponeses síndicos, mas também aristocratas desse povo. Eram naturais do Euxino, mas muitos haviam se assimilado tão bem aos gregos que as únicas características que os distiguiam eram os olhos escuros e cabelos negros e lisos. Os cabelos de Eumenes eram assim, em Kyros eram os olhos, e no jovem Clio ambas as coisas.

O rei sacudiu a cabeça.

— Os síndicos amam a terra. Os *sakje* amam o céu. — Encolheu os ombros e prosseguiu: — Quando chegamos aqui pela primeira vez, segundo nossas lendas, desprezávamos os síndicos. Destruímos o exército deles e roubamos suas mulheres. — Olhou para Kineas, erguendo uma sobrancelha. — Tudo isso parece normal. Mas eles lutaram contra nós à sua maneira. Atiravam flechas escondidos atrás de árvores. Envenenavam os poços e matavam nossos homens enquanto dormiam. — O rei encolheu novamente os ombros. — Assim dizem as lendas. De minha parte, acredito que os mais inteligentes entre os *sakje* sabiam desde o começo que sem o trigo cultivado pelos camponeses síndicos não haveria ouro nem vinho grego. Isso já não tem importância. Já não somos mais dois povos. Somos um só povo com duas faces distintas. — Debruçou-se na amurada de madeira do muro da acrópole e apontou para um grupo de comerciantes discutindo o preço do trigo na base da muralha. — Às vezes, nas aldeias, as crianças que vivem na terra desejam o céu, e quando certo dia um bando de *sakje* aparece, o menino ou menina vai até o chefe e diz: "Levem-me". Da mesma forma, ocorre de um cavaleiro, jovem ou idoso, ver a grama crescer e sentir ânsia de terra, de algo sólido sob os pés. Este vai ao chefe da aldeia e diz: "Leve-me". — O rei voltou-se para Kineas, com o rosto de belos traços iluminado pelo sol nascente. — Eu sou o rei de todos eles. Por isso, amo a terra e o céu.

O vento soprava mais morno e a grama estava mais verde, mas o vento norte fustigava e Kineas enrolou o manto nos ombros para proteger-se. Olhou as muralhas que conseguia ver, seguindo-as de oeste para leste, até o rio. Atenas, Pireu, Olbia e Tomis caberiam dentro daquelas muralhas e ainda sobraria espaço, mas não havia pessoas suficientes para encher uma cidade grega pequena.

— Currais — disse a si mesmo, para lembrar-se.

— Quando as tribos vêm para cá para o festival, ou em tempo de guerra, há pastagens para o gado deles, ao menos por um mês. As muralhas servem para manter os animais do lado de dentro e os invasores do lado de fora. — O rei sorriu. — Assim, temos uma população maior do que a de Atenas, se você contar as cabras.

— Vejo muitos comerciantes — disse Kineas, olhando o horizonte. — E vejo aldeias na margem do rio. Nas duas semanas de viagem não vimos uma só aldeia.

O rei assentiu.

— Os comerciantes não falam muito sobre isso. É um segredo da profissão. O trigo é cultivado aqui e estocado naqueles armazéns. Na primavera e no outono eles o transportam descendo o rio, em chatas. Para que informar aos outros? — O rei olhou por cima da muralha. — Mas isso tampouco é segredo. Imagino que a maioria de seus homens tenha dito a você.

Kineas sacudiu a cabeça.

— Sinto-me tolo. Achei que iria encontrar um acampamento com tendas.

— Se chegasse um mês depois, é o que encontraria. Não vivemos aqui... a não ser os síndicos, os comerciantes e um punhado de sacerdotes.

— Nem mesmo no inverno? — perguntou Kineas.

O rei assentiu.

— Eu passei o inverno aqui. A colina é fria. — Olhou para o norte. — Prefiro passar o inverno ao norte, perto das árvores.

O rei começou a caminhar de volta ao grande salão no alto da acrópole, diante do templo. O salão era parecido com um *megaron* grego, porém feito de troncos, com uma lareira central. As labaredas tinham a altura de um homem. Ambos sentiram o calor logo que afastaram as tapeçarias que cobriam a grande porta.

As tapeçarias eram uma festa de cores. Pareciam tão estranhas quanto o céu interminável e o mar de grama. Um par delas, à porta, servia para barrar o frio e eram feitas de um pesado tecido de feltro em muitas camadas, com figuras de homens, cavalos e animais fantásticos bordados ou aplicados, em cores vivas e padrões geométricos, sobre fundo branco. Pendurados nas paredes havia grandes painéis de lã pesada, bordados com grifos e cavalos, cervos de enormes galhadas e tigres. O chão era coberto de tapetes coloridos, como os que Kineas tinha visto na tenda de Kam Baqca. A cor dominante era o vermelho, e o calor era palpável.

O rei acenou para Marthax, que estava junto ao fogo com Kam Baqca, vestida com um magnífico manto, e para Fílocles.

— Que árvores são essas? A que distância ficam? — perguntou Kineas. Estava procurando Srayanka.

— Mil estádios, ou mais. Duvido que possa ser medida. As árvores são como um outro mundo. Um mundo de florestas. Os síndicos dizem que há muito tempo o mundo inteiro era coberto de florestas. — Encolheu os ombros e prosseguiu: — Eu já vi o mar e já vi as árvores. Cada qual parece um outro mundo.

— Por que prefere passar o inverno lá?

— Com mais madeira pode-se fazer mais fogo — disse Satrax com o sorriso de adolescente que evitara durante toda a manhã. — Não é complicado.

Kineas pensou nas muralhas, nos depósitos, no trigo.

— O senhor não precisa de Olbia para alimentar seu exército — disse ele.

Satrax sorriu.

— Não faz mal dividir os custos. Eu não sou dono de todo aquele trigo. Não, isso não é verdade. Os reis fazem isso, quando é necessário. Eu não preciso de Olbia.

Kineas devolveu o sorriso, mas apertou os olhos.

— Mas o senhor tem algo que os macedônios podem querer conquistar. Tem uma cidade a perder. Não poderá simplesmente desaparecer pela grama. — Kineas parou de falar de repente. — Tem de lutar por seus camponeses.

Ambos se juntaram aos que estavam perto do fogo. Os *sakje* tinham pouco protocolo. O rei se movimentava como qualquer homem livre, e o respeito com que o tratavam era comparável ao que os soldados gregos davam a um comandante que apreciavam. O rei tomou uma taça de cidra quente da mulher que a estava preparando junto à lareira. Em seguida sentou-se em uma pilha de tapetes.

Quando Kineas recebeu sua taça de cidra, o rei respondeu:

— Sim e não, Kineas. Eu poderia desaparecer pela planície. Nada aqui é feito de pedra. Essa é nossa lei. Zopryon pode incendiar tudo, e nós reconstruiremos em uma temporada. Ou então nos mudaremos. — Indicou um grupo de comerciantes junto ao fogo. — E se todos concordarem, os síndicos virão conosco.

Kineas sentou-se, sem a elegância com que os *sakje* se acomodavam nos tapetes.

O rei olhou para o fogo.

— Mas não quero construir tudo de novo. Não quero que o comércio seja interrompido. Na verdade, não quero esta guerra. — Suspirou e completou: — Mas a guerra está vindo, e eu combaterei.

Kineas bebeu um pouco da cidra. Gostava da bebida.

— De onde vem isto? — perguntou. — As maçãs não crescerão até o outono.

O rei encolheu os ombros.

— O frio tem suas vantagens. Fazemos a cidra no outono e depois a congelamos em blocos, no inverno. — Fez um sinal para as outras pessoas, que Kineas pensava ser o conselho de guerra, e em seguida disse a ele: — Beba. A primavera já chegou e em breve a cidra se estragará.

Kam Baqca sentou-se ao lado de Kineas, com a roupagem de seda farfalhando. Kineas já tinha visto seda antes, mas nunca usada tão frequentemente, nem por tantas pessoas. A maioria dos *sakje* possuía pelo menos uma roupa de seda, ainda que em farrapos. Kam Baqca vestia um manto amarelo-claro, coberto de flores cor-de-rosa e babados. Era tão suntuoso que Kineas não conteve a admiração.

— Já discutimos durante vários dias — disse Kam Baqca. — Marthax diz que você já está pronto. Diga qual é seu plano.

Kineas hesitou, levando a cidra aos lábios.

Kam Baqca o olhou calmamente, com olhar tranquilo, quase sonolento.

— Você tem um plano, Kineas de Atenas. O rei tem um exército, mas não tem um plano. — Sacudiu a cabeça. — Vocês dois se completam, como um homem — ela sorriu — e uma mulher. — Os olhos da feiticeira se voltaram para Srayanka, que havia se juntado ao círculo, também vestida com um manto de seda, e depois fitaram Kineas novamente. Kam Baqca pôs a mão no braço dele e disse: — Você precisa vir a minha tenda. Tem de ver a árvore.

Kineas assentiu polidamente, sem nenhuma intenção de colocar-se outra vez sob o poder dela. Os dois últimos sonhos com a árvore tinham deixado marcas em sua mente, caminhos pelos quais seguiam seus pensamentos e ao longo dos quais eles viajavam, com frequência e imprevisivelmente.

Como se estivesse lendo sua mente, Kam Baqca chegou bem perto dele, tanto que Kineas podia sentir o aroma das ervas e resinas de sua magia.

— Sem a árvore, você jamais a conquistará — disse ela.

O manto de Srayanka era azul-escuro e a cobria do pescoço aos tornozelos. Sob o manto, ela vestia calças de um vermelho vivo. Tinha aparência mais feminina — a ideia que Kineas tinha de como deviam ser as mulheres — do que quando ele a vira antes. Ele se sentiu desorientado e confuso.

Durante dois dias ele a havia enfrentado encarniçadamente sobre a condução da guerra. Nenhuma mulher grega o faria pestanejar, nem argumentaria veementemente, quando ele aconselhasse cautela. É claro, pensou ele, nenhuma mulher grega estaria presente em um conselho de guerra.

Percebendo que ele a olhava, Srayanka virou a cabeça e passou a conversar com o rei e Mathrax.

Enquanto isso, outros homens e mulheres se aproximaram do grupo. Leucon, Eumenes e Niceas, Martha e Átelo, além de uma dúzia de nobres *sakje*. Ficaram todos sentados em círculo, alguns reclinados. Srayanka se deitou de bruços, atirando para o ar os chinelos de salto, atitude que nenhuma mulher grega adotaria fora de seu próprio quarto de dormir. Kineas sentiu-se um idiota apatetado, mas mesmo assim não conseguia tirar os olhos dela.

Após saudações recíprocas, todos ficaram em silêncio.

— Eu também acho que é o momento de falarmos em um plano geral — disse o rei, olhando para Kineas.

— Sou um mercenário — disse ele ao grupo. — Nunca comandei mais de trezentos cavalos em combate. — Apontou para Mathrax. — Como principal comandante do rei, não caberia a Mathrax apresentar o plano?

Atrás dele, Eumenes traduziu tão depressa quanto possível em idioma *sakje*. Kineas já não se surpreendia com a capacidade linguística do rapaz.

O rei fez um gesto com a mão.

— Este não é um conselho grego e nem eu sou rei grego. Traduzi para você durante dois dias; já conheço o plano, mas quero ouvi-lo em sua forma final.

Kineas assentiu com a cabeça e olhou em volta do círculo.

— Muito bem. O plano é muito simples. Nunca entraremos em batalha.

Niceas deu um assobio.

— Já estou gostando — disse ele.

Marthax esperou a tradução e concordou com um gesto.

— Exatamente — disse, em grego.

Srayanka levantou uma sobrancelha. Virou o corpo e sentou-se.

Kineas a olhou demoradamente, outra vez.

O rei ergueu a taça, pedindo mais cidra.

— Como faremos isso?

Kineas desviou a vista da mulher.

— É uma questão de logística e de marcar bem o tempo.

Mathrax falou em *sakje* e Eumenes traduziu:

— Por isso é que você é o perito.

Kineas ergueu a mão.

— No ano passado, eu cavalguei de Tomis a Olbia pelo mesmo caminho que Zopryon terá de percorrer. Levei trinta dias. O exército dele precisará de cinquenta. Se partir amanhã, na melhor das hipóteses, poderá chegar a Olbia no meio do verão. — Fez uma pausa para que Eumenes terminasse a tradução. — Se destruirmos a barca de Antífilo, acrescentaremos pelo menos mais duas semanas a essa viagem. Se os homens de Pantecapeo estiverem do nosso lado e pudermos usar a frota deles, o exército de Zopryon ficará sem trirremes, o que atrasará ainda mais a marcha. Ele pretende construir fortes enquanto for marchando; sabe perfeitamente que precisará de proteção no caminho da volta, e isso também o fará demorar-se. — Esperou novamente por Eumenes. — Nessa altura, já terá passado o ano-novo, o mês da temporada de jogos terá terminado e o festival de verão também, e nós ainda não teremos mostrado a cara. — Kineas olhou em volta do círculo. — Sabem por que motivo ele está vindo para cá?

— Para nos conquistar — respondeu Srayanka.

Satrax balançou negativamente a cabeça.

— No longo prazo, o resultado seria o mesmo. Mas ele quer a nossa rendição a fim de provar seu valor. Será uma façanha militar.

Ao ouvir a tradução da palavra "rendição", os olhos de Srayanka assumiram uma expressão que Kineas desejou que jamais fosse dirigida contra ele.

Kineas respirou fundo.

— Quando ele estiver a sessenta dias do ponto de partida e ainda não tiver chegado ao rio Borasthenes, ainda teremos uma possibilidade. — Procurava não olhar para Srayanka. — A escolha mais simples seria oferecer a capitulação — prosseguiu, encolhendo os ombros. — Ele não terá tempo para organizar o sítio de Olbia nesse ponto. Não terá tempo para marchar para cá e seria suicídio vir deixando Olbia à retaguarda, no meio de sua rota de regresso. Se oferecermos a ele os símbolos de submissão... — Kineas fez outra pausa e suspirou, ainda evitando os olhos de Srayanka.

Satrax assentiu.

— Você pensa como um rei.

Kineas olhou para Fílocles, que fez um leve sinal de reconhecimento Os olhos de Srayanka o fuzilavam. Ela se ergueu de um salto.

— Será isso a sua *disciplina* grega? — exclamou ela, correndo os olhos pelo conselho. — Que somos nós? Uma nação de escravos? — perguntou, em grego. E voltando-se para o rei: — Vamos obrigar nossos guerreiros a render-se a esse animal macedônio? Será que somos tão temerosos?

Kineas abaixou os olhos. Havia tido a esperança... mas sua esperança já não importava.

Mathrax disse:

— E qual a outra opção?

Kineas respirou novamente.

— Atacarmos a coluna dele em marcha todos os dias, durante os cento e cinquenta estádios finais do grande rio. Os *sakje*, que ainda não terão se mostrado, a não ser em pequenos grupos de batedores, aparecerão como por encanto. Matarão os retardatários e os que proporcionam as provisões. Um punhado de guerreiros atacará o acampamento deles à noite.

Mathrax falou novamente, junto com a maior parte dos *sakje*. Acima da balbúrdia, Átelo traduziu:

— Mathrax diz gostar mais disso.

Houve um breve silêncio. Fílocles se adiantou e disse:

— Mas, naturalmente, cada um desses ataques só funcionará uma vez.

Kineas assentiu.

Satrax curvou-se para a frente, no interior do círculo, puxando a barba.

— Ontem você parecia convencido de que seria capaz de despedaçar o exército dele como um bando de abutres. Hoje, diz que cada truque funcionará apenas uma vez. Por que os ataques só darão certo uma vez?

Kineas olhou para Fílocles, mas este balançou negativamente a cabeça, recusando-se a entrar no debate. Olhou para Srayanka, que continuava a evitar seus olhos. Decidiu-se a não olhá-la mais.

— A Macedônia tem bons oficiais e excelente disciplina. Depois que tivermos atacado a coluna uma vez, não haverá retardatários no dia seguinte. Depois que matarmos os homens que buscam as provisões, no dia seguinte eles mandarão regimentos inteiros, com todo o exército de sobreaviso. — Olhou de novo em torno do círculo, evitando-a mas querendo que ela o escutasse. — Com disciplina, eles poderão minimizar nossas vantagens referentes a rapidez e a surpresa. — Sorriu um sorriso grave. — É claro que qualquer medida que tomem para minimizar essas vantagens os atrasará. — Bebeu o restante da cidra em sua taça. — E nós não teremos grande baixas em nossas ações. Para a Macedônia, o custo em dinheiro será imenso. E Zopryon não terá oportunidade de tentar novamente. Cairá em desgraça.

Kam Baqca concordou lentamente com a cabeça e em seguida sacudiu-a negativamente.

— Mas é óbvio que Zopryon sabe perfeitamente disso.

Kineas concordou.

— É verdade.

— Portanto, tão logo comecemos nossos ataques, ele imediatamente perceberá nossa estratégia e reagirá como um animal ferido e desesperado. — Olhava para Fílocles, e não para Kineas. Depois dirigiu o olhar para Srayanka.

Fílocles a encarou.

— Sim. Talvez ele leve alguns dias para transmitir o desespero a seus oficiais. Mas é verdade.

— Então ele não recuará para enfrentar a desgraça. Atacará furiosamente. Se puder, vai nos obrigar a combater. — Kam Baqca sentou-se sobre os joelhos. — Fará isso ainda que tenha de arriscar seus homens e seus suprimentos.

Todos os gregos assentiram.

Ela também concordou com a cabeça, como se falasse consigo mesma.

— O javali ferido mata. O javali sem esperança estripa os reis.

— Aaai — disse Niceas.

Srayanka fez uma reverência para Kam Baqca.

— Excelentíssima, não precisamos ter medo dele. Com nossa força total...

A feiticeira estendeu a mão e tocou-lhe o rosto.

— Ainda assim poderíamos ser derrotados. Todos nós neste círculo poderemos estar mortos na próxima lua... — Parou de falar e fechou os olhos

O rei a observava atentamente.

— Isso é uma profecia?

Ela abriu os olhos.

— É um fio de espada, como eu disse.

Kineas falou com toda a convicção de quem se vê forçado a manifestar-se contra a vontade:

— Nós não ganharíamos essa batalha.

Srayanka interveio, não com raiva, mas com muita veemência, e o rei fez a tradução:

— Você parece achar que Zopryon é Alexandre! — traduziu ele, imitando o gesto de Srayanka. — E se ele tomar uma decisão equivocada? E se ele recuar? — Kineas observava o rosto dela enquanto o rei reproduzia suas palavras. — Você nunca nos viu combater, Kineas. Acha que somos covardes? — Srayanka ergueu o punho fechado. — Talvez não tenhamos a sua disciplina, mas somos fortes.

Kineas sacudiu a cabeça. Não estava conseguindo evitar os olhos dela, mas controlou-se ao tomar a palavra.

— Zopryon não é Alexandre. Graças aos deuses, é um comandante mediano, sem dotes especiais. Mas o menos qualificado dos comandantes da Macedônia sabe como conduzir esse tipo de campanha. Na Grécia, temos livros que nos ensinam como fazer, ainda que não tenhamos veteranos para instruir-nos. — Kineas franziu a testa. — Eu nunca vi vocês lutarem, mas sei que são corajosos. Porém, a coragem não é suficiente para romper uma frente de *taxeis*.

O rei traduziu a resposta e depois olhou para ambos.

— Kineas, o argumento da filha da irmã de meu pai tem mais méritos do que você pode imaginar. Você nunca nos viu lutar. Não sabe de que somos capazes. — O rei se voltou para Srayanka. — Porém, como eu disse antes, Kineas pensa como um rei. A batalha é um risco. A guerra é perigosa. Por que desafiar a sorte? — Olhou para Marthax, que assentia com tanto entusiasmo que sua barba grisalha subia e descia.

— Eu não tinha pensado em destruir a barca de Antífilo — prosseguiu o rei. — E também não sabia qual seria o tamanho da frota de

Zopryon. Mas nos outros aspectos, não é este o plano que debatemos durante todo o inverno? E você, minha senhora... eu não a adverti de que Kineas nos apresentaria novos motivos para sermos cautelosos?

Marthax esvaziou sua taça e arrotou.

— Melhor — disse ele, e Kineas entendeu antes que Átelo traduzisse. Marthax continuou: — Quando ele chegar a um lugar que já tenhamos combinado, nós o fustigaremos. E então, se ele não recuar, ofereceremos submissão. — Sorriu e completou: — Somente um tolo rejeitaria.

Kam Baqca sentou-se sobre os calcanhares, sorveu uma taça de vinho e disse:

— Ele rejeitará. Eu já vi.

Srayanka virou a cabeça bruscamente. Falou bastante, com o tipo de veemência que usava para repreender soldados faltosos. Falou rapidamente e sua voz subiu de tom, impedindo-o de reconhecer as palavras.

Eumenes sacudiu a cabeça, perdido pela fluidez da intervenção dela. Até mesmo Átelo hesitou. O rei veio em socorro de ambos.

— Ela disse que se Kam Bacqa já previu a rejeição, podemos nos poupar a vergonha de oferecer rendição e concentrar-nos em mostrar que Kineas é um tolo quanto ao combate. — O rei evitava olhar para Kineas. — Disse outras coisas, que é melhor deixar entre ela e Kam Bacqa. Mas eu responderei. — Falou brevemente em *sakje* e depois em grego: — Eu sou o rei. Kam Bacqa em geral acerta, mas ela própria diz que o futuro é como a cera de uma vela: quanto mais perto da chama, mais maleável. Ela ficou surpresa, e eu também. — Voltou-se para Srayanka e falou em *sakje*. Ela cobriu o rosto com as mãos, num gesto que Kineas nunca a tinha visto fazer.

O rei disse, em grego:

— Não teremos à disposição todo o nosso poderio. Deveríamos contar com muitos cavalos de nossos primos, os *masakje*, e muitos de outros primos, os sauromatas. — O rei olhou em volta do círculo. — Isto não é para que todos comentem. Alexandre está batendo às portas orientais do mar de grama, assim como Zopryon bate às portas ocidentais.

O monstro está em Báctria, perseguindo um sátrapa rebelde. — O rei endireitou-se, e parecia muito jovem. — Ou pode ser que ele tenha planejado a campanha desta forma: dois exércitos invadindo a planície pelos dois extremos. Kam Baqca diz que isso não é verdade, que é apenas um acaso. Mas isso não faz diferença para nós. Teremos somente dois terços de nosso poderio total. Talvez menos. Os getas já estão marchando para o leste, e nossos clãs na extremidade oriental terão de proteger seus camponeses. — O rei encolheu os ombros e disse uma longa frase em *sakje*. Kineas entendeu algumas palavras: *Nenhum cavalo* e *Macedônia*. Em grego, o rei disse: — Apenas submissão não nos custará nada. Não devemos nos envergonhar, porque não temos nenhuma intenção de submetermo-nos.

Em algum ponto no interior de sua mente, Kineas percebeu que a palavra "nada" em grego era traduzida por "nenhum cavalo" em *sakje*. O rei tinha dito: a rendição não nos custará nenhum cavalo. Kineas concordou, com satisfação.

— A grama está crescendo — falou Kam Bacqa. — O chão já endureceu bastante. Em uma semana, as chuvas torrenciais terminarão. Em duas semanas, ele avançará.

Kineas fez um gesto de assentimento.

O rei disse:

— Onde vamos marcar o lugar da convocação? Onde vamos reunir nosso exército?

Kineas encolheu os ombros.

— Precisamos proteger Olbia. Se Zopryon tomar Olbia, não teremos chance. E se o arconte não achar que o senhor pretende protegê-lo, abandonará a aliança, se renderá, e vai ser realmente submisso. — Em seu íntimo, Kineas achava que o arconte poderia se sentir tentado a capitular de qualquer maneira. — Quanto mais perto de Olbia estiver o exército, mais confiável será sua aliança com as cidades do Euxino.

O rei mostrou concordância enquanto as palavras de Kineas eram traduzidas para os *sakje*.

— Meu exército deve ameaçar ao mesmo tempo que protege — disse Satrax, pondo o queixo entre as mãos. Em seguida, acrescentou: — Vou precisar de um mês para reunir apenas a metade do meu exército.

Mathrax falou. O rei ouviu e concordou. Eumenes traduziu:

— Matrax disse que a balsa tem de ser destruída imediatamente; os guerreiros devem partir hoje mesmo.

Kineas olhou para Mathrax, concordando enfaticamente. Depois, disse:

— Nosso acampamento deve ficar na outra margem do grande rio, perto de um vau. Se houver batalha, precisamos aproveitar todas as vantagens. Temos de fazer Zopryon atravessar o rio, se chegarmos a esse extremo.

Srayanka esperou a tradução e falou, como fizeram vários nobres *sakje*.

O rei disse:

— Todos concordam em que precisamos de um vau e de um lugar para acampar, e que o melhor lugar é a extremidade da planície, na Grande Curva. Há água e forragem para um exército inteiro, e é fácil levar suprimentos em botes. — Fez uma pausa e disse: — Que assim seja. A convocação fica marcada para o solstício de verão, na Grande Curva. — Voltou-se para Kineas. — Você trará as tropas da cidade? Não temos nada parecido com seus hoplitas, e bem poucos de nossos nobres possuem as armaduras de sua cavalaria.

Kineas mostrou-se de acordo.

— Trarei as tropas das cidades do Euxino à Grande Curva no solstício — disse ele, esperando estar dizendo a verdade.

Conversaram sobre a campanha durante mais dois dias. Planejaram a convocação dos *sakje*. Mensageiros se dirigiram aos principais clãs dos *sakje* para marcar a convocação. Prepararam cartas para Pantecapeo e para Olbia. Mathrax seguiria com trinta guerreiros para destruir a balsa, tarefa que considerava necessário realizar pessoalmente. Antes da partida, Kineas o chamou à parte, pedindo que poupasse a fazenda junto à baía onde Graco estava enterrado, e Mathrax riu.

— Vou beber muito, muito vinho, Kineax — traduziu Átelo. Mathrax abraçou Kineas, que retribuiu. — Velho não sente fogo vir de nós. — Apertou Kineas ainda mais, quase lhe quebrando as costelas. — Não preocupar, Kineas. Plano bom.

Kineas desvencilhou-se do abraço de Mathrax. A confiança que o outro depositava nele o perturbava.

— Não sou comandante de exércitos — disse Kineas.

O jovem rei surgiu na porta, por trás de seu chefe guerreiro.

— Nem eu. Mas se quisesse fazer sapatos, iria a um sapateiro.

— Platão — falou Kineas, com um sorriso amargo.

— Sócrates — disse Fílocles. — Platão teria procurado aprender a fazer sapatos.

14

O mercado da cidade dos *sakje* era grande como qualquer outro do Euxino. Vinte barracas competiam entre si para vender instrumentos de corte, desde a mais simples faca de mesa até as pesadas *rompeas*, as novas e sólidas espadas que os habitantes das colinas da Trácia preferiam. Em todas as barracas havia espadas pequenas, mais curtas, desde as feitas de ferro com cabos de osso até algumas mais elaboradas, decoradas com ornamentos persas de ouro.

As espadas para cavalaria eram menos comuns, porque os *sakje* não as apreciavam. Kineas passeou de uma barraca para outra, comparando os pesos e comprimentos, os preços, a ornamentação e a utilidade. Os comerciantes de espadas eram conhecidos como mexeriqueiros, frequentemente, espiões. Escravos se ocupavam da maioria das barracas, mas uma delas era dirigida pelo proprietário, um ex-escravo egípcio que além da barraca possuía uma carroça.

Depois de examinar todas as mercadorias expostas, Kineas foi convidado a tomar vinho. Com meia taça já havia ouvido comentários sobre Ecbatana, Egito e todas as terras intermediárias.

— O senhor é o hiparca sobre o qual tanto se fala? — perguntou o comerciante. — Não quero ofendê-lo, mas o senhor está perdido.

Kineas deu de ombros e girou entre as mãos a segunda taça de chifre com o excelente vinho que lhe tinha sido oferecido.

— Suponho que Zopryon tenha um grande exército — disse ele.

— Zopryon pretende conquistar os *sakje*; todos os citas — replicou o comerciante. — Pelo menos é o que diz quando bebe. Dario fracassou, Xerxes também, e Ciro morreu lutando contra eles; Zopryon acha que aqui poderá conquistar fama. — Tomou um gole de seu próprio vinho e deu um leve sorriso. — Todos eles querem rivalizar com Alexandre. — A maneira como ele falava fazia com que os senhores da Macedônia parecessem meninos tolos.

Kineas estava sentado em um tamborete de couro, atrás da barraca do homem, observando Laertes que regateava ao lado na compra de uma faca cara. Enquanto observava, o rosto de Laerte mudou várias vezes de expressão, como um mímico cômico — raiva, irritação, confusão, prazer —, conforme o preço ia diminuindo.

O comerciante também observava o diálogo.

— Aquele homem regateia bem. É um de seus soldados?

— Um velho amigo de família — respondeu Kineas. — Crescemos juntos.

— Em Atenas — disse o mercador. Em seguida fez uma pausa, percebendo que talvez tivesse falado demais. — Bem, foi isso o que ouvi dizer... e também notei seu sotaque.

Kineas virou o rosto para esconder o sorriso.

— Ele ajudou a salvar minha vida em Isso — disse.

— Esse é um bom amigo — falou o comerciante. — O tipo de amigo mandado pelos deuses.

Ambos derramaram vinho no chão. Em seguida, escolhendo cuidadosamente as palavras, o comerciante continuou:

— Isso deve ter sido na ocasião em que o senhor ganhou um prêmio por bravura.

Kineas assentiu.

— Por estupidez, na verdade. — Fez uma pausa, olhando com atenção para o homem. — Você sabe muita coisa a meu respeito.

O comerciante olhou em volta e encolheu os ombros.

— Vim de Tomis para cá — disse ele. — É lá que Zopryon está organizando seu exército.

— Ah, bem — respondeu Kineas, satisfeito com a tranquilidade do homem. Era evidentemente um espião, mas, de certa forma, um espião honesto.

— Zopryon ouviu falar de você por meio dos veteranos de seu estado-maior. O hiparca do regimento é Filipe, não é? Todos eles se chamam Filipe.

— É isso mesmo — concordou Kineas. Conhecia um Filipe que comandava um regimento. Era a temida *Heterae*, a melhor cavalaria pesada do mundo.

— Pelo que ouvi, esse Filipe tem uma mulher chamada Ártemis.

Kineas apertou os olhos.

— É verdade — disse.

— Ela tem muita admiração pelo senhor — comentou o egípcio. — Fico imaginando se essa campanha militar é realmente tão desigual quanto o povo da Trácia afirma.

Kineas curvou-se para a frente.

— Zopryon poderá surpreender-se com o poderio de seus adversários — disse, cautelosamente.

O comerciante relanceou os olhos pelos *sakje* e síndicos na multidão e depois encarou Kineas diretamente.

— Fale mais — disse ele.

Kineas sorriu.

— Filipe conseguiu apenas uma estreita vitória contra os citas. Ciro morreu. Dario voltou correndo para sua terra com as barbas queimando. Que significa isso para você?

O egípcio segurava ao colo um manto trácio forrado de pele. Vestiu-o e disse:

— O senhor diga-me o que significa.

Kineas recostou-se em seu assento.

— Vim aqui comprar uma boa espada, não trocar mexericos.

O comerciante não pareceu se importar.

— Tenho algumas espadas de boa qualidade, que reservo para clientes especiais — falou ele. — Meus preferidos são os que me trazem boas fo-

focas. — Ficou olhando Laertes pagar sua compra. Kineas ficou contente em vê-lo satisfeito.

Levantou-se e foi experimentar uma das espadas curtas de infantaria que estavam sobre o tabuleiro do comerciante.

— Há muitos citas por aqui — observou, fazendo um gesto e deixando a espada cair sobre uma vítima imaginária. Era demasiado leve. Ele já tinha notado.

O comerciante fez cara de tédio.

— Isso é uma coisa sobre a qual já pensei muito — disse ele. Serviu-se de mais vinho de uma ânfora e ergueu-a para Kineas, que apresentou sua taça de chifre.

— Veja bem — disse Kineas. — Há citas aqui, e em toda a orla do Euxino. Há citas ao norte de Báctria, ao norte da Pérsia e por toda parte entre as duas.

O egípcio concordou.

— Tal como mencionou Heródoto. — Levantou-se, ajeitou o manto nos ombros e pegou um pesado tapete na carroça que estava nos fundos da barraca.

Kineas lera Heródoto durante todo o inverno. Isso tinha se tornado um de seus passatempos favoritos, especialmente a parte relativa às amazonas.

— Ele veio a Olbia — observou Kineas. — Sabia do que estava falando.

O comerciante assentiu.

— Acredito que sim. Eles vão entrar na guerra?

Kineas ficou olhando enquanto ele desenrolava o tapete. Havia quatro espadas nas dobras, duas curtas e duas longas. A mais longa tinha a forma usada pela cavalaria grega, uma verdadeira *machaira*, com o peso deslocado para a ponta da lâmina, curva como uma foice reversa, porém com uma ponta capaz de causar estragos cruéis. Dava a impressão de leveza quando ele a pegou, quase como se estivesse viva. O espigão onde se assentaria o cabo estava envolto simplesmente em couro, sem decoração.

Kineas a deixou rolar de sua mão, com a ponta para baixo. A espada se enterrou na mesa com um ruído suave.

— Uma beleza — falou ele.

— É de aço — disse o comerciante. Flexionou a arma na mão e devolveu-a. — Há um sacerdote muito habilidoso em Alexandria. Não fabrica muitas, mas todas saem perfeitas. — Bebeu um pouco do vinho, pôs a taça na mesa e esfregou as mãos, antes de soprar nelas. Em seguida, disse: — Já vi espadas de aço feitas por outras pessoas. Uma em uma dúzia ou uma em cada cem são boas. Esse sacerdote é o único que sempre acerta.

A lâmina parecia ter dez cores aprisionadas sob a superfície, que era polida a um ponto que Kineas nunca vira antes. Fingiu um golpe e a espada cantou ao cortar o ar. Percebeu que estava sorrindo, sem poder ocultar a satisfação.

— Quanto custa? — perguntou.

— Quantos são os citas? — indagou novamente o homem.

Kineas passou o polegar na lâmina.

— Milhares — respondeu, sentando-se novamente.

O egípcio assentiu com a cabeça.

— Os getas dizem a Zopryon que possuem somente algumas centenas de guerreiros, últimos remanescentes de uma raça altiva, e que ele é capaz de vencê-los em um verão. Zopryon pretende tomar Olbia e Pantecapeo para custear a campanha e para que sirvam de base, e em seguida marchar para o interior construindo fortes no trajeto. Isso que estou dizendo é coisa que todo mundo sabe, não é? — completou, olhando atentamente para Kineas a fim de ver a reação dele.

Em Olbia, isso não era sabido por todos. Kineas procurou não demonstrar emoção. Deve ter conseguido, porque o egípcio prosseguiu:

— Mas alguns dos oficiais veteranos estão procurando saber quantos são na verdade os nômades. Dizem que o antigo rei mobilizou dez mil cavaleiros contra Filipe. — Indicou com o queixo a lâmina que Kineas tinha ao colo e disse: — Dez minas de prata.

Kineas devolveu a lâmina, com ar triste.

— É demais para mim. Sou oficial, e não um deus. — Colocou-se de pé e completou: — Obrigado pelo vinho.

O egípcio levantou-se também, fazendo um cumprimento com a cabeça.

— Eu aceitaria sete minas.

Kineas sacudiu negativamente a cabeça.

— Esse sacerdote de Alexandria deve ter ficado rico. Duas minas já seria demais para mim. Eu teria de ir vender meus serviços a Zopryon.

O comerciante o olhou, com expressão divertida.

— O senhor é o hiparca da cidade mais rica do Euxino. Está dizendo que é pobre? Ao contrário, acho que o senhor é um ricaço de coração duro que quer me deixar na miséria e transformar minha mulher e minhas duas filhas em mendigas. Essa espada é um presente dos deuses para um guerreiro. Veja: ele nem sequer pôs cabo, porque somente um idiota rico ou um espadachim a quereriam. O primeiro desejaria um cabo que eu não posso pagar, e o segundo preferiria fazer pessoalmente o cabo. Esta espada foi feita para o senhor. Faça-me uma oferta!

Kineas percebeu que havia novamente pegado a espada. Não era a melhor técnica de barganha.

— Talvez eu consiga três minas.

O egípcio ergueu as mãos para o céu e deixou-as cair bruscamente sobre a cabeça.

— Se o senhor não fosse meu hóspede, mandaria meus escravos o atirarem na lama — disse, e depois sorriu. — É claro que nenhum dos meus escravos é forte o bastante para isso. — Pondo as mãos na cintura, completou: — Chega de barganhar. Gostei do senhor e do que me contou sobre os citas. O senhor é a primeira pessoa sensata que encontrei neste mercado. Faça-me uma oferta séria e eu a aceitarei.

Kineas curvou-se para perto dele, sentindo o perfume de rosas e um cheiro de molho do peixe que o outro comera no almoço.

— Os *sakje* daqui vão acabar com Zopryon.

Os olhos do egípcio se estreitaram.

— E sua aliança com eles é firme?

Kineas encolheu os ombros.

— Imagino que Zopryon gostaria de saber. Você vai mandar dizer a ele?

— Por Amon; por acaso pareço espião de Zopryon? — perguntou o comerciante, sorrindo. Com um movimento ágil, que Kineas não pôde deixar de admirar, enfiou dois pequenos rolos de pergaminho no manto do hiparca. Kineas fez um gesto para ocultar o movimento.

— Talvez eu chegue a quatro minas — disse.

O egípcio fez um gesto de recusa.

— O senhor agora ofereceu algum dinheiro, mas ainda não é o bastante — disse, ajeitando o manto. — Quando a assembleia restituir as propriedades de seu pai, o senhor ficará tão rico que poderá comprar todas as espadas do mercado.

Kineas ergueu uma sobrancelha.

— Que Zeus escute suas palavras, egípcio. Sabe de alguma coisa?

— Conheço muita gente — foi a resposta. — Algumas moram em Atenas. — Fez uma careta e ajustou melhor o manto. — Por Zeus-Amon, aqui faz mais frio do que em Olbia.

Outra vez Kineas levantou uma sobrancelha.

— Você esteve em Olbia?

— Logo depois que o senhor partiu. — Levantando a voz, disse: — Talvez eu o deixe levar a espada por seis minas.

Kineas estava tão ansioso para ler o pergaminho que já não queria mais perder tempo regateando.

— Não tenho seis minas — respondeu. Colocou a taça de chifre na mesa e pousou suavemente a espada no tapete. — Gostaria de ter esse dinheiro. — Fez um curto cumprimento com a cabeça e despediu-se. — Obrigado pelo vinho.

— Às ordens — falou o comerciante. — Peça o dinheiro emprestado!

Kineas deu uma risada e afastou-se. Sentado à mesa de uma taberna, sob uma tenda, leu os pergaminhos. Eram cartas vindas de Atenas, com data de vários meses antes. Esfregou o rosto e riu-se novamente.

Atenas pedia a ele que detivesse Zopryon.

* * *

Na cidade dos *sakje* havia uma quantidade desproporcional de ourives. Kineas caminhava entre as lojas com o companheiro do rei, Dikarxes, além de Átelo e Fílocles. O ouro era barato naquele lugar; não barato em si, porém não tão caro quanto em Atenas. Os *sakje* o usavam em todas as vestimentas e em todos os ornamentos. Havia lojas de artesãos da Pérsia, de Atenas e até mesmo de lugares distantes como a península etrusca, ao norte de Siracusa. A quantidade de ourives fazia Kineas sentir-se ainda mais tolo por haver imaginado que a localização da cidade fosse um segredo.

Em uma das lojas, de propriedade de um homem livre de Atenas, havia seis homens trabalhando, além do dono. Kineas se encantou com o busto de Atena na vitrine e com o som da voz do homem e entrou, para conversar e comprar. Mostrou a espada do egípcio para que fosse feito um cabo ornamentado. Tinha sido comprada na véspera por seis minas.

— É uma bela peça — disse o ateniense. Então, com uma careta, acrescentou: — A maioria dos meus fregueses pede uma figura de cavalo ou de grifo na espada. Que deseja o senhor?

— Um cabo que dê equilíbrio à lâmina — disse Kineas.

— Quanto pode pagar? — perguntou o homem, olhando a espada com interesse profissional. Colocou-a em uma balança e pesou-a, tomando nota numa tábua de cera. — A ponta é pesada? Mostre-me onde deseja que eu faça o equilíbrio, aproximadamente.

Colocou alguns pesos na balança e tomou nota novamente. Depois traçou uma linha na lâmina com um lápis de cera.

Kineas olhou em volta da loja. Parshtaevalt admirava uma tampa de *gorytos* de ouro maciço, com magníficos desenhos do Olimpo, circundados por figuras de nobres *assagatje*.

— Não posso pagar tanto quanto eles — disse. — Duas minas de prata? Teria de pedir dinheiro emprestado, pois a espada o deixara na miséria.

O ourives virou a cabeça.

— Acho que posso fazer com chumbo.

Parshtaevalt se aproximou.

— Escute, você é um homem importante. O rei pagará, certamente.

— Não quero que o rei pague — disse Kineas.

— Deixe-me fazer para você uma peça de qualidade, como essa espada — disse o ourives ateniense. — O senhor é o hiparca de Olbia; já ouvi falar de sua pessoa. Tem crédito aqui na minha loja.

Kineas entregou a espada, com certa hesitação.

Dikarxes, o amigo do rei, passou à frente de Fílocles. A loja ia se enchendo de nobres *sakje*, quase todos os homens e mulheres do conselho. Parshtaevalt rosnou uma saudação e Dikarxes respondeu longamente. Átelo traduziu:

— Que descubras todos os nossos segredos! Nosso grande ourives ateniense! — Parshtaevalt deu-lhe tapinhas nas costas.

Dikarxes falou novamente e Átelo disse:

— Claro que rei vai pagar. Ele demonstrar gosta você. Pergunta todos que presente dar. Tem melhor presente que espada?

Dikarxes o interrompeu para apresentar os outros nobres.

— Kaliax do Cavalo em Pé — disse, por meio de Átelo. Prosseguiu: — Gaomavant dos Lobos Pacientes. São os mais fiéis, o coração do exército do rei, junto com Mãos Cruéis, é claro. — Sorriu para Parshtaevalt. — É um bom sinal estarem todos já aqui, trazendo a maior parte de suas forças.

Kineas apertou as mãos de todos, um por um.

Gaomavant deu-lhe um abraço apertado e batia em suas costas enquanto falava. Átelo engasgou, mas Eumenes se esforçou por traduzir, com o rosto de um vermelho vivo:

— Ele disse: O senhor é o homem com quem Srayanka sonha. É bom que seja assim tão forte, porque senão ela o engolirá.

Dikarxes disse algumas palavras e os demais riram às gargalhadas. Gaomavant novamente lhe deu tapas nas costas.

Átelo enxugou os olhos.

— O senhor Dikarxes diz: bom para todos ela ser sua companheira; senhor ser grego e nenhum dos clãs sofrerá com a união. Se Mãos Cruéis juntar com Lobos Pacientes, sangue na grama, sim? Mãos Cruéis juntar com rei, rei poderoso demais. Porém Mãos Cruéis....

— Mãos Cruéis? — perguntou Kineas. — Esse é o nome do clã de Srayanka?

Átelo acenou afirmativamente.

— E nome de guerra dela ser Mãos Cruéis também.

Fílocles bateu-lhe no ombro.

— Belo nome. Uma perfeita noivinha grega.

Kineas riu também, mas durante o resto da tarde a voz de Átelo martelou-lhe a cabeça: *Mãos Cruéis juntar com rei...*

Kineas procurava evitar Kam Baqca porque ela o assustava. Era a personificação dos sonhos que o tinham atormentado, e em sua presença os sonhos com o rio e com a planície pareciam mais vivos, quase reais. Mas no quinto dia da estada na cidade dos *sakje*, ela o encontrou no grande salão e agarrou-lhe o braço — com a força de uma lâmina de aço —, levando-o a uma alcova com cortinas, como uma tenda. Atirou um punhado de sementes em um braseiro e uma nuvem de fumaça espessa se ergueu em torno dos dois.

A fumaça cheirava a grama cortada, fazendo-o tossir.

— Você sonhou com a árvore — disse ela.

Kineas assentiu.

— Sonhou duas vezes com a árvore. Tocou na árvore e está pagando por isso. Mas esperou até que eu subisse nela, e portanto não é completamente tolo.

Kineas mordeu os lábios. Percebia alguma droga no incenso.

— Eu sou grego — disse ele. — Sua árvore não é para mim.

Ela parecia mover-se na fumaça como uma cobra, enroscando-se e fluindo com facilidade de um ponto a outro.

— Você é um *baqca* de nascença — falou. — Você sonha como um *baqca*. Está pronto para enfrentar a árvore? Preciso levar você agora, já que está aqui comigo. Em breve você partirá, e as mandíbulas da guerra o devorarão. É uma guerra à qual não sobreviverei, e não haverá ninguém para levar você à árvore. E, sem a árvore, você não sobreviverá nem conquistará a dama.

Kam Baqca dizia muitas coisas com demasiada rapidez.

— Você vai morrer?

Ela estava ao lado dele.

— Ouça. — Segurou-lhe o braço com o punho de aço. — Escute. A primeira coisa que a árvore mostra é o momento de sua morte. Está preparado para isso?

Kineas não estava preparado para nada daquilo.

— Eu sou grego — repetiu, embora lhe parecesse uma desculpa débil, principalmente porque a árvore crescia diante de seus olhos, erguendo-se na densa fumaça da tenda, saindo diretamente dos carvões do braseiro, com grossos galhos sobre sua cabeça e elevando-se acima dele.

— Pegue um galho e suba — disse ela.

Ele estendeu o braço e pegou o primeiro ramo acima da cabeça, passou desajeitadamente a perna por sobre ele e subiu. Os braços estavam tão drogados quanto a cabeça. Percebeu que havia fechado os olhos e os abriu.

Estava montado em um cavalo no meio de um rio — um rio raso, com pedregulhos sob as patas do cavalo e água rosada fluindo por cima em torno das pedras. O vau — era um vau — estava cheio de cadáveres. Homens e cavalos, todos mortos, e a água espumante que corria por sobre as pedras era manchada de sangue, a espuma rosada à luz do sol.

O rio era largo. Então não é Isso, *disse alguma parte de sua mente. Ele levantou a cabeça e viu a margem oposta. Cavalgou para ela. Havia outros homens atrás de si, ao seu redor, todos cantando. Montava um cavalo estranho, alto e escuro, e sentia o peso de uma estranha armadura.*

Sentiu-se poderoso como um deus.

Conhecia aquela sensação — a sensação de vitória em uma batalha.

Fez um gesto, e a cavalaria ganhou velocidade, atravessando o vau mais depressa. Na margem oposta, uma tênue linha de arqueiros começou a for-

mar-se e atirar, mas atrás deles havia o caos da derrota e debandada — um exército inteiro que se fragmentava.

Um exército macedônio.

A meio estádio dos arqueiros, ele ergueu os braços, e a espada egípcia de cabo de ouro era como um arco-íris em sua mão. Voltou-se para Niceas — não era Niceas, e sim uma mulher —, que levou a corneta aos lábios, e o toque soou como um clarim. A cavalaria atacou.

A vitória estava completa. Foi esse seu último pensamento antes que a flecha o arrancasse da sela, atirando-o na água. Afundou no rio, onde já havia estado antes, e esforçou-se por levantar-se, mas a flecha o puxava para baixo.

Estava sentado — vivo — num galho da árvore, que era macio como a perna de uma mulher contra a virilha dele.

Kam Baqca disse:

— Viu sua morte?

Kineas estava deitado no chão, segurando a mão de alguém, com o grito da hora da morte ainda lhe queimando a garganta.

— Vi — murmurou.

Abriu os olhos e viu que segurava a mão de Kam Baqca. Não era uma morte ruim, pensou ele.

Niceas não estava a seu lado quando ele caíra. Fílocles estaria lá? Difícil dizer, no caos de alguns segundos; todos os homens atrás dele usavam elmos fechados e a maioria vestia armaduras com escamas, armadura *sakje*, na verdade.

Kam Baqca falou novamente:

— Não se atreva a interpretar o que acaba de ver. Você pode ter certeza do que significa e ainda assim surpreender-se. Apenas começou a escalar a árvore. Eu fiz isso a vida inteira. Entreguei meu sexo aos deuses para que me ajudassem a subir mais depressa. Você sequer acredita na subida. Cuidado com a soberba.

— O quê? — Kineas tossiu, como se ainda tivesse água nos pulmões. Tinha a mente desanuviada, mas o corpo parecia lento.

— Para os gregos não há regras — disse ela. — Mas acho que você vai considerar imprudente falar sobre isso, especialmente daqui a poucas semanas, quando chegar à conclusão de que sou uma mulher-homem decadente que usa drogas para manipular os outros. — Ela encolheu os ombros. — Talvez eu o tenha julgado mal. Você e Fílocles; nunca encontrei, nem jamais vi em meus sonhos homens gregos que estivessem abertos a coisas novas.

Kam Baqca ergueu o corpo, acocorada, e lançou outra erva no fogo, algo que tinha aroma de pinho.

— Isto limpará sua mente e tirará a morte de seu espírito — disse ela, levantando-se. — É uma semana de verdades duras, Kineas de Atenas. Esta é minha verdade para você. Você olha Srayanka como o potro olha a égua. Eu lhe digo, e falo pelo rei, não permitiremos que potros e éguas sirvam na mesma companhia, porque perturbam todos os cavalos. O mesmo acontece com você. Não a possuirá até que termine esta guerra. Srayanka já pensa mais em você do que nos próprios deveres. Você já tem mais receio de ofendê-la que de dar ao rei seus melhores conselhos. — Kam Baqca colocou a mão no ombro dele. — Quem não percebe que você e ela foram feitos um para o outro, embora não falem a mesma língua? Mas não ainda, e não agora.

Kineas falou, sem conseguir ocultar a angústia na voz:

— Há um semana ela não fala comigo!

— Não mesmo? — Kam Baqca não parecia perturbada pelo tom da voz dele. — Então você é cego, surdo, burro. — Sorriu ligeiramente. — Quando ficar menos tolo, pedirei que tome cuidado.

— É algo que eu gostaria de fazer — disse Kineas.

Kam Baqca estendeu o braço, tocando-lhe o rosto.

— Tudo, absolutamente tudo, está equilibrado no fio de uma espada afiada. Uma palavra, um ato, e o equilíbrio se desfaz.

Kineas pensava menos no equilíbrio do que no fato de que estava destinado a morrer... em breve.

15

Cavalgaram como os *sakje* no caminho do regresso. Trotando ao longo de grandes distâncias, mudando de montaria e continuando a viagem. Desta vez não tinham escolta, somente Parshtaevalt e um outro membro do clã Mãos Cruéis chamado Gavan, que serviam de guias e mensageiros.

Durante todo o trajeto Kineas sentia nos ombros a pressão da urgência. O chão estava suficientemente seco. Zopryon poderia iniciar a marcha a qualquer momento. A campanha, por tanto tempo esperada, repentinamente se abatera sobre ele, e Kineas se sentia despreparado. Preocupava-se com alguma traição da parte do arconte, com o moral da cidade, com as vidas de seus soldados e com a aliança com os *sakje,* com quantos seriam, com suas qualidades.

Havendo presenciado sua própria morte, esforçava-se por compreender o que significava — se a aceitava como uma profecia verdadeira ou apenas como efeito da fumaça. Os *sakje* usavam uma fumaça inebriante para muitas coisas, inclusive recreação. Ele já a havia experimentado mais de uma vez, ao visitar Dikarxes ou em suas idas ao grande salão, onde ervas eram atiradas nos braseiros. Já a havia aspirado na tenda de Kam Baqca, na neve. Era possível que a fumaça fosse a causa de todos os sonhos. E se o sonho fosse verdadeiro, era uma espada de dois gumes. Ninguém gostaria de saber que tinha somente sessenta dias de vida. Mas havia também conforto — cair na hora da vitória tinha pelo menos a virtude de prever que haveria uma vitória.

Dentre todas as coisas que jamais desejara debater com Fílocles, aquelas — os sonhos, a profecia, os poderes dos oráculos, as revelações sobre a morte e o futuro — eram as que mais o preocupavam cada vez que ambos conversavam, e, no entanto, uma certa reserva, uma dúvida de que tudo poderia ser mais real se fosse dito em voz alta, o impedia de levantar o assunto.

Além disso, Kam Baqca claramente o havia proibido.

No último dia, quando os batedores já tinham avistado as muralhas de Olbia, trocado sinais com as sentinelas e aliviado a metade das preocupações ilógicas de Kineas ao relatar que tudo estava correndo bem, Fílocles aproximou-se dele, cavalgando. Já tinha destreza suficiente para ser considerado um cavaleiro. Precisava de cavalos maiores do que os de qualquer outro homem, e os exauria com mais facilidade, mas era incansável na sela.

Kineas o olhou com afeto. Fílocles era corpulento, mas agora se tornara musculoso. A gordura que havia em seu corpo quando Kineas o conhecera tinha desaparecido, queimada por quase um ano de exercício constante. Era um belo homem, de barba espessa, e sorria mais frequentemente do que outrora costumava fazer.

— Está tudo bem na cidade? — perguntou, ao chegar perto.

— É o que dizem os batedores — declarou Kineas, ainda sorrindo para si mesmo.

— Você parece mais contente hoje.

Kineas franziu a testa.

— Há vários dias você tem estado calado, meu irmão. Você tem mantido os soldados ocupados e Niceas está tão preocupado que me fez vir falar com você. Você é normalmente preocupado, mas em geral não é taciturno. Sua amazona fez alguma coisa que não devia? Confesso que ouvi muita especulação sobre as relações dela com o rei.

Kineas brincou com as rédeas, perturbando o cavalo, que mostrou seu ressentimento recuando à passagem de uma abelha e depois erguendo as patas traseiras, até que Kineas parasse de remexer as rédeas e apertasse os flancos da montaria com os joelhos.

— Tenho muita coisa em que pensar — disse Kineas, sem olhar os olhos do amigo.

— Sem dúvida. Você é o homem do momento, o guerreiro-chefe da aliança — Fílocles fez uma pausa e disse: — Posso lhe dizer uma coisa que sei a seu respeito?

— Claro que sim.

— Você se preocupa o tempo todo. Preocupa-se com muitas coisas... algumas muito profundas, como o bem e o mal, outras mais práticas, como o lugar onde acamparemos, e outras ainda bastante tolas, como o potencial de traição do arconte. Toda essa preocupação é o que faz de você um bom comandante.

— Isso não é novidade para mim, amigo — rosnou Kineas. — Por que seria tolice o potencial de traição do arconte?

Fílocles respondeu:

— Se ele resolver trair a aliança, você agirá — você, Memnon, Cleiton e Nicomedes. Se não, não será preciso agir. A decisão de nos trair está na cabeça do arconte, e você não tem como mudá-la. Por isso, sua preocupação é inútil.

— Bobagem — disse Kineas. — Eu me preocupo com a consequência da traição dele sobre a confiança dos *sakje*, e planejo as diferentes hipóteses: que fazer se ele agir assim, ou de outra forma?

— Às vezes, suas preocupações beiram a presunção. Mas me afastei do caminho reto de minhas intenções. Vejo você se preocupar desde o primeiro momento em que o conheci, sentado no banco naquele maldito *pentekonter*, pensando no que o timoneiro seria capaz de fazer. É a sua natureza.

— Isso também não é novidade para mim — disse Kineas. — Conheço bem o que se passa dentro de minha cabeça.

— Sem dúvida. Mas desde que deixamos a cidade dos *sakje*, você se fechou. Nada se move em seu rosto e seus olhos raramente se iluminam. Isso não é preocupação. Parece mais temor. De que você tem medo? — Fílocles falava em voz baixa. — Diga-me, irmão. Compartilhar a carga alivia as costas.

Kineas fez um gesto para Niceas, que se deixara ficar para trás, e o *hiperetes* tocou o "Alto!". A coluna parou imediatamente e todos desmontaram. Os odres de vinho passaram de mão em mão e, como o calor do sol já enchia o céu, os homens enrolaram os mantos e os prenderam às selas.

Kineas desmontou, bebeu vinho no odre de Fílocles e ficou de pé junto à cabeça de seu cavalo. O animal esfregou o focinho na mão de Kineas, e ele coçou a cabeça do animal.

— Não posso — disse, finalmente. O desejo de falar de seu sonho de morte era tão poderoso que ele não confiava em si mesmo, se falasse mais. O desejo de falar de seus sentimentos em relação a Srayanka era igualmente forte.

Lentamente, Fílocles falou:

— Nós já compartilhamos nossos segredos. Você me faz temer que... devo dizer? Que saiba de alguma coisa vinda de Atenas que é uma ameaça para todos nós. Ou tenha sabido pelo rei.

— Você errou completamente o alvo — disse Kineas, ferido. — Se eu soubesse de algum perigo para todos, acha que não falaria?

Fílocles ficou junto a seu cavalo. Pegou o odre e sacudiu a cabeça.

— Em um aspecto, você e o tirano são como irmãos. Não nos contaria, se achasse que estaríamos melhor sem saber. Acha que sua vontade é superior à da maioria dos homens.

— Nenhum comandante digno desse nome compartilha todos os seus pensamentos com seus homens — disse Kineas, bruscamente.

— Há um tirano em cada comandante — retrucou Fílocles.

— Você apoiou minha opinião sobre disciplina — lembrou-lhe Kineas.

— Disciplina não é segredo. Cada homem na falange sabe que sua sobrevivência depende do comportamento de todos. Não se pode permitir qualquer desvio. A disciplina é pública. As regras estão à disposição de todos.

O coração de Kineas batia fortemente e sua respiração era ofegante. Respirou fundo e contou até dez em *sakje* — exercício que se tornara cada vez mais fácil.

— Você me provoca mais do que qualquer outro homem sobre a Terra.

— Você não é o primeiro que me diz isso — replicou Fílocles

— Não quero comentar a coisa que receio. Claro, você está certo. Estou com medo. No entanto, e peço que você confie em mim nisto, não é um assunto que diga respeito a você.

Tenho medo da morte. De certo modo, bastou confessar o medo a si mesmo para que a carga parecesse menos pesada.

Fílocles olhou para ele duramente e continuou a fitá-lo.

— Quando estiver disposto, deve falar. Eu sou um espião, descubro coisas. Sei que você esteve com Kam Baqca. Suspeito de que ela lhe tenha dito alguma coisa. — Olhou firmemente para Kineas. — E desconfio que não tenham sido boas notícias. — O rosto de Kineas deve ter revelado suas angústia íntima, porque Fílocles levantou a mão. — Peço perdão. Estou em terreno perigoso. Sei de seu amor pela dama. Lamento que ela o trate mal.

Kineas balançou a cabeça.

— Não desejo comentar isso. — Mesmo assim, a preocupação amigável o emocionara, e ele teve de sorrir; confrontado com a perda de uma mulher que ele mal havia tocado, e com sua morte iminente, qual das duas coisas era mais importante? Os homens são uns idiotas. Suas irmãs haviam dito isso muitas vezes, e Ártemis concordava.

Fílocles virou o odre.

— Você está sorrindo. Consegui alguma coisa! Vamos para Olbia, então?

Kineas conseguiu sorrir novamente.

— Lá, onde a pior coisa que posso enfrentar é o arconte? — Acenou para que Niceas tocasse a ordem de montar. — Quem disse que a guerra simplifica as coisas?

Fílocles soltou um grunhido.

— Alguém que nunca planejou uma guerra.

— Mais uma vez, confesso que subestimei você, meu caro hiparca.

O arconte sorria de satisfação.

Kineas estava ficando acostumado com as súbitas mudanças de humor e de afeição do arconte. Em vez de mostrar surpresa, ou de responder, simplesmente inclinou a cabeça.

— Você convenceu o rei bandido a tudo fazer pela nossa proteção, e então, antes que alguém se comprometesse com uma política bélica, podemos negociar um acordo? Brilhante! E Zopryon, lá na planície com uma horda de bárbaros a espicaçá-lo.... — O arconte, que estivera esfregando a barba, de repente bateu palmas. — Ele vai negociar, sem dúvida, hiparca. Vou nomear você nosso comandante. Coloco em suas mãos as forças do Estado. Por favor, faça o possível para não usá-las.

Kineas sentiu-se satisfeito, apesar de tudo, por ser nomeado comandante. Ele já esperava que, tudo considerado, o posto seria seu. Memnon, embora fosse mais velho, não tinha nem de perto a mesma experiência de combate que ele, mas essas coisas eram políticas e muitas vezes imprevisíveis.

— Assim farei, arconte.

— Muito bem. — O arconte acenou ao escravo núbio para que trouxesse mais vinho e fez sinal de que queria três taças.

Kineas olhou para Memnon, cujo rosto estava sombrio.

— Não está satisfeito? — perguntou o arconte a Memnon.

A voz de Memnon não revelou emoção.

— Muito satisfeito.

O arconte falou com doçura:

— Você não parece estar contente. Sente-se preterido? Acha que deveria ser você o comandante?

Memnon olhou rapidamente para Kineas.

— Talvez — hesitou, mas a raiva o venceu. — Quero enterrar minha espada no macedônio, não esconder-me atrás das muralhas e fingir submissão. Que diabo de plano é esse?

O arconte segurou o queixo com a mão, com um dedo apontando para o alto, na direção dos céus. Tinha os cabelos cortados na última moda, com uma franja de cachos em torno da cabeça, realçando a coroa de louros que gostava de usar.

— É o plano de um realista, Memnon. O maior requinte do plano de Kineas é que os macedônios podem gastar todo o dinheiro e morrer também, e ao final das contas nós teremos uma ampla gama de opções políticas. Podemos, se eu quiser, *socorrer* o pobre Zopryon com suprimentos e uma base de operações, e usá-lo para acabar de uma vez com os bandidos.

Enquanto pronunciava essas palavras, o arconte olhou para Kineas. Tinha um sorriso maldoso no rosto; o tipo de sorriso de uma criança que sabe ter feito uma travessura.

Kineas se manteve impassível. Estava começando a perceber que a consciência da própria morte lhe dera tanta calma quanto medo. Na verdade, o medo diminuía na medida em que aceitava o fato. Tinha dois meses para viver. O desejo do arconte de manipular e desconcertar pouco importava.

Esses pensamentos o mantiveram em silêncio durante muito tempo, e o arconte interveio:

— Então, hiparca? Por que eu não deveria ajudar Zopryon?

Kineas apertou a mão esquerda no cabo de sua antiga espada.

— Porque ele conquistaria sua cidade ao menor pretexto — respondeu, cautelosamente.

O arconte se deixou afundar no trono.

— Deve haver um meio de usá-lo contra os bandidos.

Kineas nada disse. Os desejos do arconte agora tinham pouca importância para ele.

O arconte se animou.

— Precisamos fazer uma cerimônia — disse ele. — No templo. Entregarei o comando a você em público.

Os dedos de Kineas revelaram sua impaciência, tamborilando rapidamente no cabo da espada.

— Precisamos preparar nossos cidadãos. Pelo menos os *hippeis* devem estar prontos para partir rumo ao acampamento.

Memnon soltou um grunhido.

— Acho que podemos arranjar tempo para uma cerimônia que terá importantes repercussões — disse o arconte. Fez sinal para um escravo que se encontrava de pé atrás dele. — Cuide disso. Todos os sacerdotes... talvez uma mostra de benevolência para com o povo.

O escravo, outro persa, falou pela primeira vez:

— Vamos precisar de alguns dias para preparar isso, arconte.

O arconte fechou o rosto.

— Você não está sabendo. Zopryon executou Ciro, meu emissário, sob o pretexto de que, por ser escravo, ele não era digno de servir como embaixador. Este homem é Amarayan.

Kineas olhou cuidadosamente para Amarayan, homem bronzeado de espessa barba negra, cujo rosto não denotava emoção.

— Vamos precisar da cooperação de Pantecapeo — disse Kineas. — Precisaremos da frota deles.

O arconte balançou negativamente a cabeça.

— Sou obrigado a discordar. Creio que qualquer ação da frota deles nos comprometeria.

Kineas suspirou.

— Se a frota da Macedônia não for mantida em xeque, não teremos nenhuma possibilidade em meados do verão.

O arconte bateu com os dedos no próprio rosto.

— Então, muito bem. Pedirei que eles mandem os navios para cá.

Kineas balançou a cabeça.

— Eles terão de fazer muito mais do que isso, arconte. Terão de fazer patrulhas ao sul, ao longo da costa, procurar o esquadrão macedônio e destruí-lo. Além disso, eu gostaria que o senhor mandasse fechar o porto. — Continuou a observar Amarayan. — Sem dúvida existem espiões aqui. Não quero que se comuniquem com Tomis.

O arconte falou lentamente, como se adulasse uma criança:

— Fechar o porto será desastroso para o comércio.

— Com todo o respeito, arconte, estamos em guerra. — Kineas fez um esforço para que a mão parasse de brincar com a espada. — Se tudo correr bem, o trigo poderá ser transportado no outono.

— Atenas não vai gostar se retivermos seus barcos de trigo durante todo o verão. — O arconte olhou para Amarayan, que concordou com a cabeça.

— O trigo deste outono também não vai descer o rio — replicou Kineas. — O rei dos *sakje* requisitou-o para alimentar seu exército.

— Exército? Os bandos de selvagens na grama não são um exército! — bradou o arconte.

Kineas permaneceu em silêncio.

Memnon conteve o riso.

— Arconte, não podemos imaginar que tudo esteja normal. Zopryon está marchando para cá, com a intenção de tomar a cidade.

Kineas acrescentou:

— Atenas preferirá perder o trigo durante uma estação a perder Olbia para a Macedônia para sempre.

Amarayan curvou-se para a frente e murmurou algo ao ouvido do arconte, que assentiu.

— Vou pensar nisso — disse. — Estão dispensados. Podem informar nossos cidadãos que se preparem para partir rumo ao campo. Daqui a cinco dias — continuou, olhando para Amarayan, que sacudiu afirmativamente a cabeça — vamos celebrar o festival de primavera, nomeando-o formalmente para comandar o exército aliado. Talvez depois disso eu mande fechar o porto.

Cinco dias. Nessa altura, os três navios que estavam no porto já teriam sido carregados e partiriam, levando as mensagens que houvesse.

Kineas fez uma continência e saiu. No pátio da fortaleza, sob os olhos de uma dúzia dos celtas do arconte, Kineas segurou o ombro de Memnon.

— Vai haver uma batalha — disse ele.

Memnon parou. Estava de armadura e segurava o elmo debaixo do braço. Os cabelos negros e encaracolados tinham sido aparados e o manto negro ondulava ao vento. Examinou o rosto de Kineas.

— Você pretende forçar uma batalha?

Kineas sacudiu negativamente a cabeça.

— Se pudesse, evitaria batalhar contra Zopryon. Mas os deuses... — Kineas parou de falar, sem saber o quanto deveria revelar. Mas precisava de Memnon, e ele tinha de ser informado. Kineas não poderia suportar todo um verão de hostilidade entre os dois. — Os deuses me enviaram um sonho. Um sonho muito vívido, Memnon. Haverá uma batalha. Eu vi.

Memnon continuava a observá-lo, desconfiado.

— Não acredito muito em deuses e em sonhos — disse ele. — Você é um homem estranho e me deixa confuso. — Enterrou o polegar na faixa que tinha à cintura. — Mas acho que não é mentiroso. Nós vamos vencer essa batalha?

Kineas receava falar demais; receava que se dissesse alguma coisa, o resultado pudesse ser diferente.

— Eu... eu acho que sim.

Memnon deu um passo mais para perto dele.

— Você sonhou com isso, mas somente *acha* que sabe o resultado? Como pode ser?

Kineas suspirou e sacudiu a cabeça.

— Não pergunte mais nada. Não quero falar sobre isso. Só queria dizer que teremos de lutar, apesar de todas as evasivas do arconte. Quando chegar a metade do verão, não capitularemos. — Kineas olhou por cima do ombro. — De onde veio aquele novo persa?

Memnon sorriu ligeiramente, mostrando os dentes, dos quais faltavam dois, e em seguida cuspiu nas lajes de pedra do pátio.

— Foi Cleomenes quem o deu de presente ao arconte, é um persa bem treinado para contador. Nasceu escravo. Vai ser um elemento perigoso — disse Memnon, relanceando o olhar para a fortaleza. Depois, sorriu para Kineas. — O mesmo se pode dizer do arconte, se achar que não está dirigindo os acontecimentos.

Kineas encolheu os ombros.

— Creio que os acontecimentos retirarão das mãos dele as decisões.

— Quero uma batalha. Não me importa muito saber por que motivo entraremos em luta. Toda essa escaramuça na planície está bem para os meninos da cavalaria, mas o meu pessoal precisa de um campo de batalha e de um dia longo. Não vamos atacar acampamentos.

Kineas assentiu.

— Seus homens são o cerne dos cidadãos de Olbia. Cada semana que ficarem nos campos de batalha será uma semana sem ferreiros e sem camponeses em Olbia. Eu acho — Kineas hesitou, imaginando pela centésima vez se suas estimativas estariam certas — que você pode esperar um mês antes de seguir a meu encontro. Dez dias até chegar ao acampamento significariam vinte dias antes de Zopryon.

Memnon cofiou a barba.

— Vinte dias, mais uma marcha de dez dias... é um tempo considerável. Suficiente para endurecê-los, treiná-los todos os dias; não demais, para que não fiquem exaustos. — Fez um gesto de assentimento. — E se Zopryon não seguir o nosso calendário?

Kineas começou a caminhar na direção do portão. Não queria que todas as suas ideias fossem relatadas ao arconte, embora duvidasse que os celtas entendessem grande coisa da língua grega.

— Ele não tem muita escolha. Um exército do tamanho do dele, com cavalaria e infantaria... Você sabe tão bem quanto eu que terá de movimentar-se lentamente. Se ele não quiser apressar-se, não chegará a tempo de sequer *ameaçar* um sítio. E se andar depressa, os homens ficarão sem comer.

Memnon foi caminhando com ele, saindo da cidadela em direção à cidade.

— Seu raciocínio parece excelente. — Riu-se, mas sem alegria. — Alexandre preferiria vir devagar, e mandar ao inferno as consequências. Presumiria ser capaz de tomar esta cidade, mesmo no final do outono, e utilizá-la para alimentar as tropas, ainda que tivesse de matar todos os habitantes.

Kineas concordou enquanto caminhava.

— É verdade.

Memnon parou na ágora e voltou-se, encarando Kineas.

— Então, por que motivo Zopryon não faria o mesmo?

Kineas apertou os lábios e coçou a barba.

— Talvez ele faça isso — disse ele. — Talvez por isso tenhamos de entrar em guerra.

Memnon sacudiu a cabeça.

— Você fala como um sacerdote. Não gosto de sacerdotes. Com sonhos ou sem sonhos, essa campanha vai ser árdua. Lembre-se de minhas palavras; sou um oráculo em matéria de guerra. — Memnon deu uma risada. — Assim disse Memnon, o oráculo: Zopryon fará alguma coisa que não previmos e todas as suas especulações não servirão para nada.

Kineas sentiu-se ferido. O desprezo de Memnon por seus cálculos o aborrecia, mas tinha de confessar que as afirmações de Memnon eram verdadeiras.

— Talvez — rosnou em resposta.

— Nada de talvez. Você é soldado profissional; sabe disso tão bem quanto eu. Qualquer que seja seu planejamento, Zopryon ganhará ou perderá na ponta de sua lança. — Memnon parecia crescer enquanto falava. Estava emocionado. — E todos os meninos a cavalo do mundo não serão capazes de deter os *taxeis* macedônios. Quando chegar a hora da verdade, os meus hoplitas e os de Pantecapeo serão os que terão de aguentar ou perecer. — Aquela ideia parecia agradá-lo. — Preciso organizar a convocação das tropas de Pantecapeo, falar com o comandante de lá, planejar alguns exercícios e ver se eles estão verdadeiramente decididos.

Kineas gostou de ver o entusiasmo de Memnon. Deu-lhe um tapa no ombro.

— Você é boa pessoa, Memnon.

Memnon concordou.

— Sim, é verdade. Eles me tornaram cidadão, você acredita? Pode ser até que eu venha a morrer na cama.

Durante alguns momentos Kineas, o comandante, havia esquecido a iminência de sua própria morte. As palavras de Memnon trouxeram a realidade de volta. Ficou sério de repente.

— Espero que assim seja — disse ele.

— Ora! Eu sou filho da guerra. Ares me governa, se é que existem deuses e se é que eles se importam com os homens, coisa de que duvido. Por que morrer na cama?

Memnon deu uma risadinha, despediu-se com um aceno e caminhou para o mercado.

Kineas pensou muito em Pantecapeo durante os dias seguintes. Mandou uma carta levada por Niceas como mensageiro, dirigida ao hiparca da cidade, pedindo que marcassem um encontro para o planejamento da campanha e sugerindo datas para o deslocamento de tropas. Instruiu Niceas para que lhe trouxesse um relatório sobre o andamento dos preparativos da cidade.

Niceas voltou no mesmo dia em que os três navios zarparam. Da muralha, Kineas observava Memnon comandando exercícios dos hoplitas para abrir passagens em suas fileiras a fim de permitir o avanço da cavalaria de Diodoro.

Fílocles surgiu por trás dele.

— Atenas ficará contente em receber o último carregamento de trigo do inverno.

Kineas grunhiu.

— Zopryon ficará contente em receber o relatório dos espiões daqui, revelando todos os aspectos de nossos planos.

Fílocles bocejou.

— Alguém já está fazendo isso. Dois comerciantes macedônios chegaram no último navio, aquele *pentekonter* que está na praia.

Kineas suspirou.

— Isto aqui é uma peneira.

— Não se desespere, irmão — riu-se Fílocles. — Tomei algumas precauções.

Kineas olhou para além da muralha.

— Os hoplitas estão abrindo as fileiras muito devagar e a tropa de Diodoro ficou detida diante da falange, terrivelmente exposta. Em uma batalha, o menor erro na marcha pode significar um desastre. Memnon e Diodoro estavam roucos de tanto berrar.

Então, Kineas voltou os olhos para o espartano.

— Que precauções?

Fílocles torceu os cantos da boca.

— Fiz com que o novo contador do arconte, o outro persa perfumado, recebesse informações de que você enganou o arconte; de que sua intenção é levar o exército para o sul, com os *sakje*. Na verdade, ele ficou surpreso ao saber que os síndicos foram pagos para preparar um campo de batalha ao longo do rio Agates, cavando trincheiras e fazendo armadilhas.

Kimeas ergueu uma sobrancelha.

Fílocles encolheu os ombros.

— Boato, tudo boato. — Deu uma risada de desprezo. — Zopryon poderá dar mais crédito a um boato ouvido em uma taberna do que ao relato direto de um plano. É um problema que todos os espiões enfrentam.

Kineas abraçou o espartano.

— Você fez muito bem.

Fílocles encolheu novamente os ombros.

— Não foi nada. — Mesmo assim, o elogio o agradou e ele enrubesceu.

— Os comerciantes macedônios terão melhores informações dentro de poucas semanas — disse Kineas.

— Humm — concordou Fílocles. — É verdade. No entanto, Nicomedes e Leon os estão controlando. Quer dizer... bem, talvez seja melhor que eu não diga mais nada.

Kineas sacudiu a cabeça.

— Nicomedes?

Fílocles assentiu.

— Claro, tendo em vista a facilidade com que ele comanda sua tropa, você não deve mais acreditar que ele seja um almofadinha inútil.

Kineas balançou negativamente a cabeça.

— Acho que ainda devo, apesar das evidentes qualidades e autoridade dele. Parece-me difícil levá-lo a sério.

Fílocles concordou, como se sua teoria tivesse sido confirmada.

— Por isso é que os Nicomedes deste mundo têm tanto êxito no longo prazo. Seja como for, os comerciantes também são como ele. Ficarão na casa dele, comendo o seu pão, zombando de seus modos afeminados e correndo atrás de suas escravas e da mulher dele. — O espartano olhou para o horizonte. — Será uma pena que um cidadão ultrajado os mate.

O brado de choque de Kineas fez com que o outro o encarasse novamente.

— Esse é um jogo duro, hiparca. Essa gente quer ver nosso sangue, assim como um geta que grita brandindo uma lança.

Kineas acalmou-se, observando os hoplitas que refaziam a formação para uma nova tentativa de realizar a manobra. Assentiu com a cabeça.

— Obrigado. Mais do que obrigado. Eu pensava que não havia nada a fazer, e você fez muita coisa.

Fílocles sorriu.

— Você elogia demais. Isso não é um hábito espartano. — O sorriso desapareceu aos poucos. — Os dois comerciantes serão as duas primeiras baixas desta guerra. Assim ela começará.

— Sei que você detesta a guerra — disse Kineas, estendendo o braço para o ombro de Fílocles, mas este se afastou.

— O que o faz pensar assim? — perguntou.

O festival de Apolo na primavera atraía todos os habitantes da cidade e a maior parte das populações das fazendas num raio de vários estádios além das muralhas. As ruas da cidade ficavam cheias de gente vestindo suas melhores roupas. Como já estava suficientemente morno para que não fosse preciso usar os mantos, os homens envergavam suas mais ricas túnicas de linho e as mulheres que gostavam de mostrar-se em público se enfeitavam com os mais belos adornos.

O grupo completo de *hippeis* enchia o hipódromo — duzentos e trinta cavaleiros, resplandecentes com seus trajes azuis, armaduras de bronze polido e detalhes dourados brilhantes. Kineas notou a diferença nos mantos e nas armaduras; os mantos dos homens que tinham ido à terra dos *sakje* estavam bastante desbotados em relação ao azul-royal do início da convocação, e suas armaduras pareciam mais avermelhadas devido aos longos dias sob a chuva. Mesmo assim, a aparência de toda a tropa era magnífica.

À frente deles, Kineas se sentia estranhamente nervoso. Vestia sua melhor armadura, montava o mais corpulento cavalo de ataque e sabia que sua aparência era a de um verdadeiro comandante. Não podia explicar o que sentia. Suas qualidades como líder eram uma dádiva dos deuses e ele raramente duvidava deles, mas naquele dia tinha a sensação de ser um ator desempenhando um papel. A adulação da multidão no caminho para o templo aumentou a impressão de irrealidade. Ter sido nomeado comandante das forças de uma cidade era o máximo que qualquer soldado poderia ambicionar — com exceção da liderança do exército de sua própria Atenas natal.

A morte iminente e o que ela poderia significar — a perda do poder temporal, de amigos, do amor — nunca se afastavam de seus pensamentos. Achava que não poderia perder tempo com trivialidades, que todos os momentos eram importantes e que seu desejo era levar as forças ao acampamento na Grande Curva o mais depressa possível, viver ao máximo sua última campanha.

Ver Srayanka, ainda que não pudesse possui-la.

Pensava em todas essas coisas, mas naquele dia cavalgava em direção ao templo de Apolo como um noivo para o altar, ansioso, apesar de suas reservas, por receber a honra que o arconte pretendia conceder-lhe.

Fílocles cavalgava a seu lado.

— Acho que você tem uma certa vaidade — disse ele, entre os aplausos do povo.

Kineas acenou para um grupo de síndicos que apontava para ele.

— Quase todos os soldados são vaidosos, não acha?

Fílocles sorriu.

— Você sabe ocultar o gosto pela elegância. Exibe sua pobreza e seu manto velho e esfarrapado a fim de realçar sua magnificência.

— Se você o diz — respondeu Kineas.

— É o que estou dizendo. Ou talvez tenha receio de mostrar muita riqueza todos os dias, por medo de que alguém o confunda com Nicomedes?

As últimas palavras de Fílocles ficaram quase afogadas por novas aclamações. Kineas acenou para Átelo. Este se aproximou, trazendo um pacote envolto em linho, que entregou a Fílocles.

— Nós juramos — disse Fílocles — esperar até a festa de Apolo para entregar isto a você.

Kineas abriu o linho. Dentro estava sua nova espada, com bainha de couro vermelho e cabo de ouro — uma elegante empunhadura curva, decorada com a figura de um par de Pégasos em voo. O copo era de metal fundido em forma de cabeça de mulher.

O primeiro esquadrão começou a cantar a Pavana.

No intervalo de silêncio seguinte, Kineas disse:

— É magnífica. Mas eu não queria que o rei me desse um presente.

— O rei mandou, mesmo assim — disse Fílocles, com um sorriso sem alegria. — Preste atenção no cabo. Nota alguma semelhança?

Kineas apertou a mão no punho.

— Você é como uma vespa; por mais que eu o espante, você me crava outra vez o ferrão. — A severidade que pretendia dar às palavras era desmentida pelo amplo sorriso. Adorou a espada. Cabia bem em sua mão. Srayanka brilhava no cabo de ouro maciço. *Srayanka*; *Medeia*. — Foi ele quem mandou? De verdade?

Fílocles sorriu.

— De verdade. — Sacudiu a cabeça. — Pare de sorrir dessa maneira; é capaz de machucar o rosto. — Afastou-se da coluna com seu cavalo, voltando ao lugar que lhe cabia.

Kineas não parava de sorrir. O rei dos *assagatje* lhe havia enviado uma mensagem — ou um desafio.

A cerimônia foi longa porém agradável, cheia de música e cores brilhantes. Elevou o ânimo da cidade, dos *hippeis* e dos hoplitas, e quando o arconte colocou a faixa cor de magenta por cima do peitoral da armadura de Kineas, este sentiu-se alegremente emocionado.

Após o último desfile pela cidade, ele levou os *hippeis* de volta ao hipódromo e os dispensou, com agradecimentos e elogios, instruindo-os a que se apresentassem dali a dois dias, prontos para a marcha. Ouviu os ruídos que faziam ao dispersar-se — os mexericos, o tom das queixas, as zombarias e brincadeiras.

O moral estava alto.

Como se tivessem combinado anteriormente, os soldados mais velhos — os mercenários que haviam chegado à cidade somente oito meses antes — preferiram reunir-se no quartel a assistir às corridas à luz de tochas e à festa popular. Todos estavam lá — Antígono, Coeno, Diodoro, Crax e Sitalkes, além de Ajax e Niceas, que acabavam de regressar de Pantecapeo; Laertes, Líqueles, Ágis, Andrônico e Átelo foram os últimos a chegar porque tinham sido encarregados de adestrar os cavalos. Fílocles chegou com dois escravos da cidade e uma grande ânfora de vinho. A forma da ânfora mostrava que vinha de Quios, e todos aplaudiram.

Fílocles tirou uma taça de sob um cobertor e todos trouxeram suas taças, cobrindo os bancos com travesseiros e mantos a fim de improvisar divãs.

— Achei que deveríamos beber juntos mais uma vez, antes de seguir para o campo de batalha — disse Fílocles.

— Enquanto somos ainda seus amigos, antes de nos tornarmos seus soldados — disse Niceas, segurando a coruja pendurada ao pescoço.

No início ainda havia certa cerimônia. Sitalkes e Crax se mantinham em completo silêncio, a não ser pelas risadinhas curtas quando trocavam socos no divã que partilhavam. Átelo, que raramente se entregava a essas brincadeiras, parecia não se sentir confortável no divã e passou para o chão, onde se sentou com as pernas cruzadas.

Fílocles levantou-se.

— Em Esparta, costumamos fazer duas coisas na véspera de uma guerra. Uma é cantar um hino a Ares. Outra é beber. Cada um levanta a taça, derrama uma oferenda para os deuses e depois faz um brinde a cada companheiro. — Sorriu e completou: — É uma boa maneira de ficar bêbado rapidamente.

Em seguida, ergueu a voz. Ele próprio não era afinado, mas outros cantavam bem — Kineas e Coeno.

Ares, o forte, em sua carruagem,
De elmo dourado, coração indomável, com seu escudo, salvador de cidades,
De armadura de bronze, braço poderoso, brandindo incansável a lança,
Defensor do Olimpo, pai da Vitória aguerrida, aliado de Temis,
Severo pacificador dos rebeldes, líder dos homens de bem,
Rei da masculinidade, portador do cetro, que levas a esfera de fogo por entre os planetas em suas sete trajetórias pelo éter,
Por onde os corcéis flamejantes te elevam ao terceiro firmamento dos céus,
Ouve-me, socorro dos homens, que prodigas juventude indômita!
Lança um raio de bondade sobre minha vida e dá-me forças para lutar
Para que eu afaste de meus pensamentos a torpe covardia
E esmague os impulsos traidores de minha alma.
Controla também a grande fúria de meu coração que me impele a trilhar
Os caminhos dos conflitos que congelam o sangue.
Em vez disso, divindade abençoada, dá-me a ousadia de permanecer dentro das leis inocentes da paz, evitando as lutas, os ódios e os demônios violentos da morte.

Andrônico se levantou.

— Bela canção! — exclamou. — Vocês, gregos, raramente cultuam o deus da guerra.

Fílocles sacudiu a cabeça.

— Não somos amigos do deus dos conflitos.

Mas Andrônico não estava disposto a discutir.

— Belo costume! — Caminhou até a ânfora e encheu sua taça. Derramou uma oferenda no chão e ergueu a taça nas mãos. — Um brinde a nós, camaradas. — Recitou os nomes de todos, um a um, bebendo um gole a cada vez, até chegar a Kineas. — A ti, hiparca! — E esvaziou a taça.

Todos fizeram o mesmo, cada qual por sua vez. Líqueles fez piadas a respeito de todos. Fílocles imitou as vozes ao erguer seus brindes. Ágis falou bem, e Laertes fez um elogio a cada homem.

Sitalkes bebeu em silêncio, olhando nos olhos de todos, um por um, até chegar a Kineas. Ergueu a taça para ele.

— Eu era geta — disse. — Agora sou seu soldado. — Bebeu, enquanto os demais aplaudiam, batendo os pés no chão, o que não haviam feito para a elegante retórica de Laertes.

Crax avançou para a ânfora com olhar beligerante.

— Quando lutamos, matamos mais do que qualquer um de vocês — disse ele, ao beber.

Ajax tomou a taça e chorou. Depois enxugou os olhos.

— Dou meu amor a todos aqui. Vocês são os camaradas com quem eu sonhava quando criança, aninhado nos braços de meu pai que lia para mim a história de Aquiles meditando em sua tenda, de Diomedes comandando o exército dos helenos e todos os demais episódios da guerra contra Troia.

Átelo fez questão de encher sua taça com vinho puro. Ficou em silêncio durante algum tempo e em seguida disse:

— Meu grego estar melhorando. Por isso não ter medo de falar. Falar a todos, como a um bom clã. Vocês me tirar da cidade, me dar cavalo. Me dar honra. — Ergueu a taça e prosseguiu: — Muito falar para brindar todos. Brinde a todos. *Akinje Craje*. Clã do Cavalo Voador, como *sakje* chamar vocês. Bom nome.

Encheu novamente a taça várias vezes e bebeu saudando cada um deles por sua vez, com vinho não aguado. Voltou a seu lugar no chão sem tremer, sentando-se com a mesma elegância de todos os *sakje*.

O último foi Kineas. Acenou para Fílocles, que era o anfitrião.

— Por todos os deuses, ponham um pouco de água neste vinho, ou não estarei vivo para chegar ao acampamento. — Percebeu que tinha no rosto um sorriso tão firme que era difícil até mesmo falar. Ficou em silêncio, como tinham feito Sitalkes e Átelo. Em seguida ergueu a taça e inclinou-a para fazer a oferenda.

— Os deuses homenageiam os que lutam com mais bravura — começou ele. — Duvido que qualquer grupo de homens tenha se esforçado mais do que vocês nestes últimos seis meses. Peço aos deuses que vejam isso. Chegamos aqui como forasteiros, e fomos feitos cidadãos. Chegamos aqui como mercenários e agora creio que todos lutaremos por nossa cidade, como fazem os homens virtuosos. — Olhou em torno de si. — Assim como Ajax, eu amo cada um de vocês, e como Átelo, sei que vocês formam meu próprio clã. Quanto a mim, juro pelos deuses que farei todo o possível para trazê-los de volta em segurança. Mas também digo que a campanha será árdua. — Olhou em volta novamente. — Se cairmos, que seja de maneira que algum poeta de Olbia nos cante, como os espartanos cantaram Leônidas ou como todos os helenos cantam o filho de Péleas.

Todos o aplaudiram, até mesmo o rude Niceas. Ele os brindou e todos levantaram ruidosamente as taças.

Muito mais tarde, consideravelmente bêbado, Kineas bateu nas costas de Fílocles.

— Você é gente boa — disse ele.

Fílocles sorriu.

— Você não diz isso com muita frequência.

— Vou para a cama. Amanhã de madrugada minha cabeça vai estar pesada como uma bigorna.

Kineas ficou de pé, com equilíbrio incerto. Crax vomitava, do lado de fora do portão do quartel. Parecia estar a ponto de morrer.

Fílocles fez um esforço para levantar-se.

— Acho que você verá que falta pouco para a madrugada — disse ele. — É bom ver você contente.

Kineas se apoiou no portal ao atravessá-lo.

— Estou bem contente, meu irmão. É melhor morrer contente do que... — Conseguiu fechar a boca a tempo.

— Morrer? — perguntou Fílocles. Parecia estar menos bêbado. — Quem falou em morte?

Kineas acenou lentamente com as mãos.

— Não é nada. Eu não devia ter falado nisso. Minha boca se descontrola quando bebo demais. É como uma diarreia de palavras.

Fílocles o agarrou e o fez virar-se, encostando a testa na de Kineas, para que ambos se equilibrassem. Colocou uma das mãos na nuca dele, como um lutador pronto para dar um golpe.

— "Morrer contente" foi o que você disse. Por que falou assim?

— Não foi nada, foi só uma expressão.

— Não diga besteira. Isso é um monte de merda — disse Fílocles, asperamente.

Kineas olhou para o alto. Não se lembrava de nenhum motivo para ocultar tudo aquilo do espartano.

— Vou morrer — disse. — Na batalha.

Fílocles esfregou a testa na de Kineas, até doer.

— Quem disse isso?

— O sonho. Kam Baqca. A árvore. — Dizer aquilo em voz alta parecia uma tolice.

Fílocles o empurrou e começou a rir.

— Pelo pênis de Ares! Seu pobre idiota. Kam Baqca acha que será ela quem vai morrer na batalha. Está apenas dividindo a preocupação.

Kineas encolheu os ombros.

— Pode ser. Ela sabe muita coisa.

Filocles concordou.

— Sabe, sim. Então, vá embora. Pegue um navio. Vá para Esparta.

Kineas balançou negativamente a cabeça. Os mitos que ouvira na juventude falavam de muitos homens que haviam fugido do destino para acabar em mortes inglórias. — É a escolha de Aquiles — declarou ele.

Filocles sacudiu a cabeça, zangado. — Você está velho demais para essa bobagem. Você não é Aquiles. Os deuses não falam em seus ouvidos.

Ao chegar a seu quarto, Kineas sentou-se a uma mesa e tirou as sandálias.

— Cama — disse ele, caindo na sua.

Adormeceu antes que Filocles conseguisse retrucar.

16

Kineas foi o último dos *hippeis* a chegar ao acampamento na Grande Curva. Despachara um esquadrão por dia, enquanto continuava a negociar com o hiparca de Pantecapeo e a redigir ordens detalhadas para os aliados da cidade.

O esquadrão de elite liderado por Leucon foi o primeiro a partir, logo após o festival. Estavam preparados, ainda sob os efeitos da visita aos *sakje*, e ansiosos por seguir adiante. Kineas mandou Niceas com eles a fim de observá-los e assegurar-se de que o acampamento fosse bem situado e bem construído.

No segundo dia, quando o esquadrão de Diodoro acabara de atravessar os portões, seis trirremes ligeiras vieram da cidade vizinha, como primeiro sinal concreto de que a assembleia de Pantecapeo pretendia honrar seu compromisso. Kineas foi até o porto para recebê-las e discutir estratégia com o comandante, o *navarca*, que se chamava Demóstrato, homem baixo e gorducho, de nariz de porco. Apesar de sua aparência — feio como Hefesto —, era alegre, até mesmo cômico, e seus navios estavam em boas condições, desde o ânimo dos remadores, todos cidadãos, até as velas, com a figura de Atena sentada, do dobro da altura de um homem, que flutuavam sobre o casco negro dos navios como flâmulas da deusa.

Demóstrato imediatamente concordou em perseguir as trirremes macedônias.

— Escute o que digo, ele vai conseguir mais navios durante o verão — disse o gorducho. — Prefiro afundar os que ele já tem conforme os for encontrando.

— Vá com os deuses — disse Kineas. — A maré está subindo. Não quero atrasá-lo.

— É bom conhecer um general que tem familiaridade com o mar. É verdade que o senhor se tornou cidadão? Vai permanecer aqui? O senhor se tornou figura famosa em Pantecapeo.

Kineas encolheu os ombros.

— Acho que vim para ficar — respondeu.

— É bom ouvir isso. Difícil confiar em um mercenário... sem intenção de ofendê-lo.

Kineas subiu na amurada dos remos e saltou para o cais.

— Mande me avisar quando ocorrer algum encontro.

Demóstrato acenou, despedindo-se.

— Já conheço esse jogo. Posso conseguir mais dois navios até o meio do verão. Se isso acontecer, e tivermos derrotado esse esquadrão, poderei fazer uma incursão no Bósforo — disse, com um sorriso malévolo. — Meus rapazes ficarão contentes em apresar alguns barcos mercantes.

Kineas voltou-se para Nicomedes, que o acompanhara ao porto para ser apresentado.

— Ele parece mais um pirata do que um comerciante.

Nicomedes riu.

— Ele era pirata. Pantecapeo o nomeou *navarca* para que parasse com as ações predatórias. — Riu novamente.

Kineas percebeu que os demais esperavam que ele já soubesse daquilo. E que os comentários do gorducho sobre os mercenários haviam sido zombarias.

— Imagino que ele seja tão competente quanto parece.

Nicomedes assentiu.

— Ele é um terror. Costumava atacar meus navios.

— Como fez para que ele desistisse? — perguntou Kineas.

Nicomedes fez uma careta e piscou um olho.

— Seria indelicado revelar — respondeu. Em seguida, sua voz assumiu um tom de seriedade: — Vou partir amanhã com meu esquadrão. Quero relatar uma preocupação a você, uma preocupação importante. Venha a minha casa.

Kineas o seguiu, deixando o porto e subindo a colina. Nicomedes era um homem importante, e na caminhada até a casa dele era preciso passar por uma chusma de suplicantes, mensageiros e mendigos de vários graus e estados. Tudo isso levou uma hora, tempo que ele não podia perder.

Uma vez sentado em uma sala com belos mosaicos e mármores, embora lúbricos, Kineas se reclinou em um divã com uma taça de excelente vinho. Procurou manter-se paciente, Nicomedes não era somente um de seus oficiais, mas também o homem mais poderoso da cidade depois do arconte e talvez de Cleiton. Era provavelmente tão rico quanto qualquer ateniense de posses.

— Que é que você tem em mente? — perguntou Kineas.

Nicomedes admirava o trabalho em ouro da espada de Kineas.

— É uma peça soberba! Perdoe-me dizer que não esperava invejar um objeto seu, embora tenha ouvido falar desta maravilhosa lâmina. — Nicomedes encolheu os ombros e fez cara de ironia. — Eu não me emociono muito com espadas; basta que sejam afiadas e que não saiam de minha mão. Mas este cabo é um trabalho de mestre. Foi feito em Atenas?

Kineas balançou negativamente a cabeça.

— Por um mestre ateniense, que vive com os *sakje.*

— O estilo é dos grandes mestres atenienses, mas estes animais são fantásticos... e a Medusa! Ou será Medeia?

Kinea sorriu.

— Acredito que seja Medeia.

— Medeia? Ela matou os filhos, não foi? — Nicomedes ergueu as sobrancelhas. — Com esse rosto, imagino que possa ter matado algumas crianças. Bela, mas feroz. Por que Medeia?

— Um gracejo, imagino. Que é que você tem em mente?

Nicomedes continuou a admirar a espada. Em seguida, empertigou-se.

— Cleomenes reapareceu — disse ele.

— Por Zeus, senhor de tudo — praguejou Kineas. — Em Heráclea?

— Pior do que isso. Em Tomis. Foi visitar os macedônios. Descobri isso hoje de manhã. O arconte ainda não deve saber.

Kineas esfregou o queixo. Com toda a sua hostilidade, Cleomenes conhecia todos os seus planos — todos os pormenores. Tinha frequentado todas as reuniões dos próceres da cidade, afinal, era um dos principais cidadãos.

— Isso pode ser muito grave — respondeu.

Nicomedes assentiu.

— Respeito suas decisões de comandante, mas você está mandando todos os líderes da assembleia para fora da cidade. Não haverá ninguém com coragem suficiente para enfrentar o arconte, ou Cleomenes, se ele vier para cá. E ele certamente virá.

Kineas esfregou a barba e fez uma careta. Respirou fundo e depois disse:

— Você tem razão.

— Ele poderia assassinar alguns dos líderes populares e fechar os portões — disse Nicomedes, tomando um gole de vinho. — O arconte passou cinco anos aperfeiçoando as defesas... seria difícil tomar esta cidade.

Kineas balançou negativamente a cabeça.

— Nós a conquistaríamos em três dias.

Nicomedes fez cara de surpresa, expressão que seu rosto tranquilo não costumava mostrar.

— Como?

Kineas ergueu as sobrancelhas, indicando que esperava que Nicomedes adivinhasse.

— Traição? — perguntou ele, mas logo depois riu-se. — Claro. Nós somos o exército. Todo o nosso pessoal está na cidade.

Kineas concordou.

— Gosto de imaginar que isso seja um exercício de democracia militar. As cidades bem governadas são capazes de suportar um sítio eternamente, a menos que não tenham sorte, mas um governo sem base popular só dura até que alguém abra os portões. Em geral não é preciso esperar muito. As tiranias... — Kineas sorriu ferozmente. — As tiranias são derrubadas com facilidade.

Nicomedes curvou-se para a frente em seu divã.

— Pelos deuses, você o está atiçando.

Kineas sacudiu a cabeça.

— Não costumo trabalhar assim. Preciso dos soldados no campo de batalha, se não por outro motivo, para mostrar aos *sakje* que estamos do lado deles. Mas se o arconte se sentir tentado a fazer uma bobagem, e se agir — Kineas encolheu os ombros —, eu não serei responsável pelas más ações de outros homens. Meu tutor me ensinou isso.

Nicomedes assentiu, com os olhos acesos, mas depois sacudiu a cabeça.

— Ele poderia ainda causar danos a nossas propriedades. Poderia atacar famílias e até mesmo entregar a cidadela à Macedônia, se achar que é a única possibilidade de sobrevivência.

Kineas concordou.

— Creio que ele seja um homem racional, apesar do temperamento instável. Você tem impressão pior a respeito dele.

— Ele parece mais estável do que no ano passado, tendo você e Memnon. Receio que quando ambos partirem... receio muitas coisas.

Kineas esfregou a barba.

— Que quer que eu faça?

— Deixe meu esquadrão aqui. — Nicomedes encolheu os ombros. — Posso vigiar o arconte e cuidar de Cleomenes — disse ele, em tom mais duro.

Kineas balançou a cabeça.

— Ah, Nicomedes, você trabalhou muito bem no treinamento. Seu esquadrão é o melhor dos quatro. No dia da batalha, vou precisar de você.

Nicomedes encolheu os ombros.

— Achei que você diria isso. Muito bem, então deixe Cleiton aqui.

Kineas coçou o rosto, pensativo.

— Os mais velhos... os piores cavaleiros, mas com os melhores cavalos e o melhor equipamento.

Nicomedes se abaixou no espaço entre os dois divãs, entregando a Kineas a espada, pelo cabo.

— A maioria é de homens demasiado idosos para uma verdadeira campanha, mas suficientemente jovens para vestir armadura e dominar um tirano.

— Você e Cleiton são rivais — disse Kineas.

Nicomedes levantou-se do divã e caminhou até uma mesa, onde vários rolos de pergaminho estavam abertos.

— Não nisso — disse ele. — Preferiria que fosse eu: Cleiton ainda tem um restante de respeito pelo arconte, e pode ser manipulado por Cleomenes, mas resistirá.

— Mais uma razão para que seja ele. O arconte ainda é o meu chefe. É autocrático, mas tanto quando posso ver, tem agido dentro das leis da cidade. Você deu poder a ele. Ele é o seu monstro — disse Kineas, esfregando a barba. — E receio que entre você e Cleomenes... bem, que seja algo muito pessoal.

Nicomedes assumiu uma expressão amarga.

— É verdade. Eu o matarei quando puder.

Kineas levantou-se.

— Quando a assembleia ateniense votou em favor da guerra com a Macedônia, muitos se opuseram, e alguns deles morreram em Queronea. Isso é democracia.

Nicomedes aproximou-se e acompanhou Kineas até a porta.

— Mas você fará isso? Deixará o esquadrão de Cleiton na cidade?

Kineas assentiu veementemente.

— Deixarei.

Nicomedes sorriu, e Kineas ficou pensando que talvez tivesse sido manipulado.

— Ótimo. Ajax morreria se tivesse de ficar. E eu nunca estive numa guerra em terra. Parece muito mais segura, comparada com a guerra no mar.

Kineas não sabia se ele estava gracejando ou não. Era sempre difícil saber, quando se tratava de Nicomedes. Assim, apertou a mão dele à porta, entre um grupo de pessoas que esperavam, e voltou ao quartel.

No terceiro dia, o esquadrão de Nicomedes partiu com mais bagagens e mais escravos do que os outros dois juntos, mas o seu esquadrão era o mais disciplinado dos quatro. Kineas o viu partir com pesar, queria ir também, mas tinha de terminar o trabalho com os aliados.

Fílocles, Memnon e Cleiton ficaram a seu lado até que o último cavalo de reserva e a última carroça puxada por mulas atravessaram o portão.

Memnon continuava a parecer mais alto. Voltou-se para Kineas e fez continência, sem mostra de sarcasmo, e disse:

— Vou fazer uns exercícios com meus rapazes durante uma hora, com sua permissão.

Kineas retribuiu a continência, com a mão no peito.

— Memnon, você não precisa de minha permissão para treinar seus hoplitas.

Memnon sorriu.

— Sei disso. Não achei que você tivesse outra opinião. — Apontou para os soldados que o esperavam, formando longas fileiras nas ruas da cidade. — Mas para eles é importante.

Fílocles concordou.

— Quem obedece será obedecido — disse ele.

Memnon apontou para ele.

— Exatamente! Exatamente o que eu quis dizer. Sócrates?

Fílocles balançou negativamente a cabeça.

— Não. Licurgo, de Esparta.

Memnon afastou-se, ainda rindo. Nos hoplitas de Pantecapeo ele encontrou muitos aspectos que mereciam elogios. Considerou muito boas as falanges e os jovens de elite: duzentos atletas no apogeu da forma física, os *epilektoi*, o fizeram sorrir.

— É claro que os oficiais são um amontoado de indivíduos pomposos e desprezíveis — disse ele, por entre a dentadura banguela.

O hiparca de Pantecapeo era mais ou menos a mesma coisa. Era um homem muito jovem, alto e magro, de expressão mal-humorada e testa larga, geralmente sinal de grande inteligência.

— Minhas tropas permanecerão exclusivamente sob meu comando — declarou ele. — Pode comunicar suas ordens a mim, e se eu as achar corretas, transmitirei a meus homens. Somos cavalheiros, e não mercenários. Ouvi muitas coisas a seu respeito: que o senhor obriga os fidalgos de Olbia a lavar seus próprios cavalos, por exemplo. Essa bobagem não se aplica a meus homens.

Kineas já esperava essa atitude, pela troca de cartas.

— Conversarei com o senhor sobre todas essas questões, é claro. Enquanto isso, posso passar sua tropa em revista?

O hiparca aliado, Heron, sorriu ligeiramente.

— Se quer vê-los, muito bem. Somente eu os passo em revista. Somente eu me dirijo a eles. Espero ter sido claro.

Kineas imediatamente reconheceu nele uma pessoa para quem a inteligência suplantava o bom-senso e cujo medo do insucesso o tornava distante e arrogante. Era coisa muito comum nos pequenos exércitos. Desde o início Kineas percebera que tinha tido sorte com Nicomedes e Cleiton; Heron era a prova disso.

Kineas assentiu. Felizmente não havia raiva em seu espírito, e os longos anos passados com a arrogância dos oficiais macedônios já o haviam acostumado àquilo. Em vez de reagir, deu a volta ao cavalo e começou a caminhar diante da linha de frente dos *hippeis* de Pantecapeo.

O equipamento dos *hippeis* diante dele estava cinquenta anos atrasado. Assim como os hoplitas de Olbia, usavam o que seus avós haviam usado: túnicas de linho, quase nenhuma armadura, cavalos pequenos, dardos leves. A maioria dos cavaleiros estava acima do peso ideal e pelo menos uma dúzia deles se sentava na garupa da montaria — o que os atenienses chamavam "na cadeira", postura fácil para guerreiros sem treinamento, mas penosa para o cavalo. Kineas notou que não tinham mantos presos às selas e que havia uma surpreendente mistura de animais no esquadrão de apenas setenta homens.

Sorriu, porque suspeitava de que se tivesse visto os *hippeis* de Olbia um ano antes, os poucos que apareceriam estariam daquele jeito. Puxou as rédeas e voltou para junto de Heron.

— Teremos de treinar vocês. Terão de melhorar o equipamento. Tratarei o senhor como um de meus comandantes de tropa enquanto merecer. — Aproximou-se dele. — Tenho muitos anos de experiência de guerra a cavalo, e esta campanha vai ser difícil. Se me obedecer, a maioria de seus homens continuará viva. Se não quiser se adaptar, não terá utilidade para mim.

Heron ficou olhando a fileira durante alguns segundos.

— Vou consultar meus homens — respondeu, secamente.

Kineas concordou.

— Seja breve, então.

Mandou um escravo em busca de Cleiton e passou uma meia hora desagradável na areia, junto com uma tropa hostil de cavaleiros aliados. Dava as ordens e eles simplesmente faziam cara feia ou as ignoravam. O *hiperetes*, Dion, parecia ter suficiente boa vontade. Heron retirou-se, primeiro para a extremidade da areia e depois para o portão.

Cleiton surgiu à frente de seu esquadrão, pois era dia de exercícios marcado para a cavalaria que permaneceria na cidade. Entraram em fila no hipódromo, fazendo-o parecer vazio em comparação com os dias anteriores de convocação, mas aqueles cinquenta cavaleiros já proporcionavam um brilhante contraste com os homens de Pantecapeo.

— Graças aos deuses — disse Kineas. Sentia-se um ponto entre a frustração e a ira. Era Niceas quem sempre fazia aquele trabalho. Apontou para a cavalaria aliada. — Pode treiná-los para mim? Em duas semanas?

— Sem dúvida você pode fazer isso mais depressa e melhor no acampamento. — Cleiton olhou em volta. — Onde está Heron? Você o matou?

— Não. Ele é corajoso, mas burro.

Cleiton sacudiu a cabeça.

— É filho de um antigo rival meu. Cresceu mimado. Muito mimado

Kineas encolheu os ombros.

— Eu também. Escute: eles precisam de armaduras e também de cavalos grandes como os nossos. Conseguirei remontas para ele no acampamento, mas as armaduras têm de ser feitas aqui.

Cleiton coçou o queixo.

— Quem vai pagar?

Kineas sorriu.

— Deixe-me adivinhar. O menino magro, Heron, é rico?

— Rico como Creso.

— Gostaria que todos os meus problemas tivessem solução rápida assim — retorquiu Kineas. — Diga a ele que o manterei no posto de hiparca, e até pedirei desculpas, se ele pagar. Se não, mande-o de volta e escolha um novo. Dias parece competente.

Cleiton assentiu.

— Dion. Dias é o corneteiro. É competente, mas desonesto.

Fez um aceno para seu amigo Petrócolo, que se aproximou trotando, parecendo dez anos mais jovem.

— Que está acontecendo?

Cleiton apontou a tropa de Pantecapeo.

— Eu já sabia que as coisas não iam ser fáceis quando nos deixaram aqui para guarnecer a cidade. Agora temos de treinar essa gente.

Petrócolo olhou-os com o desdém de um veterano para com os amadores. Vendo aquilo, Kineas sorriu.

— Farei o melhor possível — disse Petrócolo.

Antes de partir, Kineas esteve mais uma vez com o arconte, que não o tratou com seriedade, fazendo pilhérias sobre os macedônios e sobre o próprio Kineas. Estava bêbado. Acusou-o de pretender conquistar a cidade e o fez jurar que a defenderia. Em seguida, exigiu que jurasse não tentar derrubá-lo.

Kineas jurou e finalmente foi dispensado.

* * *

— Como pode ser tão ingênuo — disse Fílocles, quando ficou sabendo o que acontecera. Estavam finalmente cavalgando para longe da cidade, apenas os dois, com Átelo como batedor.

— Foi uma coisa penosa — disse Kineas.

Fílocles sacudiu a cabeça.

— Veja que ele colocou você na defensiva. Pediu de *você* um juramento. Ele nada prometeu.

Kineas cavalgou em silêncio durante um estádio. Em seguida declarou:

— Você tem razão.

— Tenho sim — disse Fílocles, sorrindo. — Mesmo assim, isso não nos prejudica. Talvez tenha conseguido mais algumas semanas de confiança. Meus amigos na cidadela dizem que ele receia ser morto... as cortes persas estão cheias de assassinos.

Kineas ficou novamente em silêncio e depois disse:

— Tenho receio do arconte, e tenho receio por ele.

— Ele é inútil e autodestrutivo, e nos trairá. Você está preparado para isso? — perguntou Fílocles.

— O exército é nosso. Vamos tratar de derrotar Zopryon. Depois cuidamos do arconte. Não foi esse o seu conselho?

Kineas bebeu um pouco de água e olhou para o mar de grama ao longe. Em algum lugar, na curva do Euxino, Zopryon avançava. Faltariam quarenta ou cinquenta dias. Cada dia que Zopryon demorasse seria mais um dia de vida. Era quase engraçado.

— Medeia sabe? — perguntou Fílocles.

— O quê? — perguntou Kineas, arrancado de seus pensamentos.

— A senhora Srayanka. Nós a chamamos Medeia. Ela sabe de seu sonho?

Kineas sacudiu a cabeça.

— Achei mesmo que tivesse sido coisa sua. Foi você quem disse ao ourives que a tomasse para modelo?

Fílocles sorriu.

— Nunca revelarei.

— Vocês todos são uns filhos da mãe. Não, ela não sabe, pelo menos não por mim. — Kineas olhou o horizonte. Estava ansioso por ir ao encontro dela, cavalgando dia e noite, até chegar ao acampamento. Era um comportamento maduro, digno de um comandante. Estendeu a mão para o odre de água e acrescentou: — Kam Baqca e o rei nos proibiram de... de estarmos juntos.

Fílocles desviou os olhos, evidentemente envergonhado.

— Eu sei.

— Sabe? — disse Kineas, engasgando com a água.

— Isso foi debatido — disse Fílocles. Fez uma série de movimentos, mostrando estar envergonhado. — Eu fui consultado.

— Por Ares e Afrodite! — exclamou Kineas.

Fílocles fez cara séria.

— Você olhava somente para ela — disse, mirando a planície. — O rei está louco de paixão por ela. Vocês três... — Fílocles deu um suspiro. — Vocês três são um risco para esta guerra, com seus males de amor.

Com a tranquilidade de quem tem somente quarenta dias de vida, Kineas não se deixou vencer pela raiva.

— Você deve ter razão.

Fílocles, olhou-o, procurando sinais de ira.

— Você compreende?

— Acho que sim. Sólon costumava recitar um verso, não me lembro como era, mas falava de um homem que achava estar certo e que todos os demais cidadãos estavam errados. — Kineas sorriu brevemente. — Você, Niceas, Kam Baqca... duvido que estejam todos enganados. — Os olhos dele se iluminaram. — Mesmo agora, penso em esporear o cavalo e correr para o acampamento dela. Um estádio atrás estava pensando nisso.

Fílocles sorriu.

— A flecha dela penetrou fundo. Entendo por quê. Ela se parece mais com uma mulher espartana do que com qualquer bárbara que já vi. — Pegou o odre de água. — Será *Eros* ou *Ágape*? Você dormiu com ela?

— Você parece um amigo alcoviteiro de infância perguntando por minha primeira conquista!

— Não; sou um filósofo estudando meu tema atual.

— A jovem de sandálias douradas sem dúvida me esmagou com o cacho de uvas do amor — retorquiu Kineas, citando uma canção popular da Atenas de sua juventude. — Diga-me: em que momento dois comandantes de cavalaria conseguem encontrar tempo para se amar?

Kineas esfregou o cabo de sua nova espada com a mão esquerda.

Fílocles sorriu, olhando para longe.

— Os espartanos conseguem fazer isso muito bem durante as campanhas. Até mesmo os esparciatas.

— Ora, são todos homens. Basta escolherem um companheiro de cama — disse Kineas, erguendo as sobrancelhas.

O espartano rebateu.

— Sua amazona é mulher? Isto é, sem levar em conta a anatomia; ela não é mulher, tanto quanto Kam Baqca não é homem.

Kineas sentiu o calor no rosto.

— Eu acho que ela é mulher — respondeu.

— Você vai mantê-la dentro de casa para criar os filhos? — perguntou Fílocles. — Pelo que vi das mulheres *sakje*, comecei a compreender Medeia. Ela foi criada para ser livre. Para ela, a vida de mulher em Tebas seria o mesmo que escravidão. Mãos Cruéis... sabe por que a chamam assim?

— É o nome do clã — disse Kineas.

— No caso dela, costumava cortar as cabeças das vítimas, sem matá-las antes — disse Fílocles, colocando o odre a tiracolo. — Não tenho nada contra ela, mas quero que você compreenda que ela jamais será uma esposa, uma esposa grega.

— E eu por acaso quero ter uma esposa grega? — perguntou Kineas.

— Talvez não — respondeu Fílocles —, mas se mudar de ideia, ela será uma inimiga temível. Uma verdadeira Medeia.

Kineas afastou-se, acenou para Átelo e engasgou, entre riso e lágrimas.

— Felizmente — disse ele, afinal — estarei morto.

* * *

Ao chegar pela primeira vez ao acampamento aliado, Kineas parou o cavalo e ficou olhando. Do outro lado do rio, tão longe quanto seus olhos alcançavam, desde a pequena colina até ao norte do vau, numa grande curva ao sul, havia manadas de cavalos. Kineas fez o que seu tutor lhe ensinara. Respirou fundo, esporeou o cavalo com os joelhos para fazê-lo avançar e dividiu a ampla extensão de terra em um reticulado de quadrados. Estimou o tamanho de cada quadrado e começou a contar os animais que havia, chegando a uma quantidade razoável, que multiplicou pelo número aproximado de quadrados imaginários, acrescentando as colunas enquanto avançava, até atravessar o vau sacudindo com incredulidade a cabeça diante da quantidade impossível que calculara.

Átelo o levou às carroças do rei. A família dele, seu clã pessoal, acampara no topo da colina ao norte do vau, com cinquenta carroças pesadas posicionadas em círculo, como uma fortaleza de madeira. A carroça do rei estava no centro. Na base da colina, manadas de cavalos, rebanhos de cabras e dezenas de bois se misturavam numa confusão promíscua.

Kineas saudou Marthax, que estava de pé em companhia de outros nobres.

— Como foi o ataque? — perguntou, em *sakje*.

Marthax se aproximou, gingando como alguém que raramente caminhava quando podia cavalgar. Falou rapidamente, depressa demais para que Kineas entendesse, embora naquela altura seu conhecimento da língua fosse suficiente para perceber que o ataque tinha sido um sucesso.

— Balsa destruída — disse Átelo. — Todos barcos incendiados, aldeia em chamas. Nenhum cavalo perdido.

Kineas franziu a testa. Apesar do mau tratamento que sua coluna recebera em Antífilo no verão anterior, ele não imaginara que toda a aldeia iria ser sacrificada devido à guerra.

Marthax sorriu. Disse alguma coisa, e Kineas somente entendeu um trecho que dizia "merda de bebê".

Átelo traduziu:

— O comandante diz: eu já destruía aldeias quando você era bebê.

Kineas ficou sem saber o que o homem tinha dito realmente. Marthax sorriu novamente.

Atrás dele, Fílocles rosnou.

— O tirano mostra a cara — disse ele.

Kineas o olhou enquanto desmontava.

— Tirano?

O espartano desmontou também e esfregou as coxas.

— Eu já não disse uma dúzia de vezes? A guerra é o mais feroz dos tiranos, e qualquer concessão que façamos só gera novas exigências. Quantos mortos em Antífilo?

Kineas suspirou.

— Isso é a guerra.

Fílocles assentiu.

— É verdade. E este é apenas o começo.

Kineas provocou risos do rei ao perguntar se todos os guerreiros convocados estavam presentes.

— Um décimo de meu poderio, no máximo. Eu também tenho chefes mais fortes e outros mais fracos. Minha Olbia e minha Pantecapeo, se você preferir.

Kineas fez um gesto, indicando a planície abaixo da colina.

— Contei dez mil cavalos.

Satrax assentiu.

— Pelo menos são os rebanhos reais. Não sou o maior dos reis *sakje*, mas tampouco sou o menos importante. Também estão aí as manadas de Cavalo de Pé, Lobos Pacientes e Homem Sob as Árvores. — Olhou para a planície. — Em meados do verão já teremos acabado com a grama, daqui até o santuário do deus da água, rio acima, e teremos de procurar outro lugar. — Encolheu os ombros e completou: — Mas os cereais estão começando a chegar.

Kineas balançou a cabeça.

— São muitos cavalos.

— Kineas — disse o rei —, um *sakje* pobre, que não seja bom caçador e nem tenha boa reputação como guerreiro, possui quatro cavalos. O mesmo para uma mulher pobre. Quem tem menos de quatro cavalos não é bem-vindo em seu clã, porque não é capaz de acompanhar os grupos de caçadores. Todo homem e toda mulher possui pelo menos quatro, a maioria tem dez. Um guerreiro rico tem uma centena. Um rei tem mil.

Kineas, que tinha apenas quatro cavalos, deu um assobio.

O rei voltou-se para Átelo.

— E você? Quantos cavalos tem?

Átelo falou com evidente orgulho:

— Tenho seis comigo, e mais dois nos estábulos de Olbia. Vou tomar mais alguns da Macedônia, e então arranjarei uma mulher.

Satrax voltou-se para Kineas:

— Quando você o encontrou, ele não tinha cavalos, não é verdade?

Kineas sorriu para Átelo.

— Entendo o que quer dizer.

O rei disse:

— Você é um bom chefe para ele. Ele agora tem cavalos. Os chefes avaros ficam com o saque só para si. Os bons chefes dão a cada homem o que merecem.

Kineas concordou.

— O mesmo fazemos nós. O senhor conhece a *Ilíada*?

— Já ouvi falar. Uma história estranha; nunca consegui saber de quem deveria gostar. Aquiles me pareceu um monstro. Mas entendo seu ponto de vista: toda a história trata de uma divisão injusta de despojos.

Kineas, que desde a infância aprendera a ver em Aquiles a personificação de todas as virtudes masculinas, foi obrigado a reprimir-se para não falar do herói. O rei poderia ser muito grego, apesar das calças e dos chapéus em forma de capuz, mas falando um grego impecável dava mostras do quanto era estrangeiro.

O rei percebeu o embaraço dele e riu.

— Eu sei, você o adora. Mas vocês, gregos, passam muito tempo zangados, e talvez Aquiles seja o seu modelo. Para que tanta raiva? Agora venha e me diga o que vai fazer o seu arconte.

— Ele concordou com tudo, meu senhor. Os hoplitas partirão na lua nova. Diodoro deve ter explicado o motivo para termos deixado uma tropa de cavaleiros na cidade.

— Explicou, sim. Também escolheu o lugar para seu acampamento. Vá até lá, e mais tarde conversaremos.

A guerra tornara o rei mais tirânico. Kineas notou que a corte estava mais numerosa, com mais homens e mulheres em torno dele. Ficou pensando o que poderia significar aquilo.

Diodoro o recebeu com um abraço e uma taça de vinho.

— Espero que goste de nosso acampamento — disse ele.

Tinha escolhido a extensão de terra imediatamente ao sul do acampamento do rei, que era como uma península pedregosa que avançava para as águas mais profundas, ao norte do vau. As tendas dos olbienses estavam dispostas em um perfeito quadrado, com uma fileira para os cavalos e outra para as fogueiras. Além destas, havia uma linha de trincheiras — as latrinas. Era exatamente o que aconselhavam os manuais, como um exercício de matemática transformado em realidade concreta. Ao norte da colina ele mostrou outro quadrado, de um estádio de lado, marcado com estacas e quase sem animais dos *sakje*.

— Para os hoplitas, quando chegarem.

— Você trabalhou bem — disse Kineas.

Caminhou por entre as fogueiras, saudando os que conhecia com apertos de mãos e deleitando-se ao vê-los contentes com sua chegada. No centro do acampamento havia uma carroça.

— O rei mandou de presente para você — falou Diodoro.

A carroça era pintada de azul desde as rodas até as grossas tábuas laterais. A tenda de feltro que servia de cobertura era de um azul escuro assim como as cangas para os quatro bois. Havia alguns degraus para subir até a entrada, coberta com um pano de feltro.

Kineas entregou o cavalo a um escravo e olhou para dentro. O interior era pouco espaçoso; apenas um pouco mais largo do que a altura de um homem, e o comprimento era duas vezes maior. Dentro havia uma cama, encostada às paredes da carroça e protegida por cortinas de feltro, com figuras de cervos, cavalos e grifos, e também uma mesa baixa. O chão era coberto por tapetes e almofadas *sakje*.

— Tomei a liberdade de experimentar a cama durante algumas noites — disse Diodoro, sorrindo. — Só para ter certeza de que funcionaria bem.

— E que achou?

— Que é boa. Faz com que a gente queira ficar nela. Por todos os deuses, Kineas, estou contente por você ter chegado. Se cheguei a pensar que seria capaz de substituir você, estava enganado. Há mil crises por dia...

Foi interrompido por Eumenes, que apertou a mão de Kineas e depois voltou-se para Diodoro.

— Disseram que os cereais para os cavalos chegariam hoje. Quando vão estar aqui?

Diodoro apontou para Kineas com as duas mãos.

— Bem-vindo à Grande Curva, hiparca — disse ele. — Agora o comando é seu. — Fez um gesto mostrando que retirava das costas um grande peso, colocando-o sobre Kineas. Eumenes, Fílocles e Átelo riram.

Kineas sorriu para todos.

— Diodoro, onde estão esses cereais?

— Não tenho ideia — foi a resposta.

— Pois vá descobrir — disse Kineas, com o mesmo sorriso.

Diodoro sacudiu a cabeça.

— Por que não pensei nisso?

A primeira semana de Kineas no acampamento da Grande Curva foi um constante exercício de humildade. Seus homens, treinados quase à perfeição por um duro inverno e agora cuidadosamente acostumados ao acampamento, eram tão competentes quanto os melhores cavaleiros gregos. Os *sakje* eram ainda melhores.

Kineas os tinha visto nos esportes e competições, cavalgando pela grama, apostando corridas, atirando flechas para divertir-se. Nunca, porém, vira cem guerreiros deitados na grama com os cavalos ao lado, invisíveis em uma dobra do terreno até que o chefe soprasse num apito de osso, e antes que o som morresse no espaço todos já haviam feito os cavalos se levantarem e estavam montados. Era um dos mais de cem truques que sabiam realizar com suas habilidades quase divinas de cavaleiros, e Kineas compreendeu perfeitamente por que os poetas antigos imaginaram que eles fossem centauros.

No segundo dia, Srayanka e uma dúzia de seus guerreiros regressaram de uma caçada. Ela o olhou friamente e o desafiou para uma corrida, dardo contra dardo.

— Eu treinei — disse ela, em grego.

Kineas se saiu tão bem quanto na primeira competição, acertando cinco dos seis dardos no alvo, o último dos quais uma fração acima do ponto central. Srayanka foi mais rápida e não errou nenhum. Tinha os olhos brilhantes quando apeou da égua.

— E então? — disse ela.

Kineas pensou: *Para atirar bem, tive de treinar durante cinco anos.* No entanto, escondeu o desapontamento e elogiou-a.

Ela sorriu para ele.

— Perdedor dá presente à vencedora.

Kineas foi até sua carroça e voltou com a antiga espada, produto do saque de Ectabana, cuja lâmina já tinha sido substituída. Entregou-a a ela.

Átelo falou e Srayanka respondeu. Dialogaram durante algum tempo, enquanto ela girava a espada entre as mãos.

— Você dá presentes de chefe — disse ela, em grego. — Como rei. Eu sonho com você, Kineax.

— Eu também. Levo comigo seu presente — falou Kineas, e ela olhou o chicote.

— Ótimo! — disse ela. Acenou para os companheiros com seu próprio chicote e todos montaram e partiram pela grama, gritando em altos brados.

— Que boa esposa — observou Fílocles.

— Por que nunca pensei em dar espadas de presente ao cortejar? — disse Niceas, sem se dirigir especialmente a ninguém.

— Será que vocês não têm mais o que fazer? — perguntou Kineas.

No quarto dia o clã do Cavalo Negro chegou ao acampamento. Eram mil guerreiros e mais oito mil animais. Traziam seu melhor equipamento e Kineas pôde ver pela primeira vez os nobres *sakje* vestidos para a guerra.

Os primeiros cem cavaleiros — companheiros do chefe — vestiam armaduras de escamas dos ombros aos joelhos, pesadas camadas de couro, bronze e ferro dispostas como as escamas de um peixe, ou como telhas em um telhado. Os mais ricos, montando os cavalos maiores, também haviam colocado armaduras semelhantes no peito de seus animais, e tinham elmos gregos que cobriam todo o rosto, com enormes plumas.

Todos os homens do grupo de companheiros do chefe montavam cavalos negros. Eram magníficos e tão bem armados e montados quanto a nata de uma hoste persa. Cada um trazia um arco em um *gorytos* e uma lança pesada, assim como uma braçada de dardos.

Niceas, que observava ao lado de Kineas, comentou, amargamente:

— Para que diabos precisam de nós?

Srayanka esperava com impaciência a chegada do restante de seu clã Mãos Cruéis, que vinha das pastagens a oeste. Estavam atrasados, e ela perdia prestígio a cada dia de demora. Esses eram os comentários da comitiva dela e também de Átelo.

Apareceram no sexto dia depois da chegada de Kineas. Não causaram grande impressão; havia tantos animais quantos os das demais tribos, mas os guerreiros pareciam cansados e à frente das manadas vinham carroças transportando homens e mulheres feridos.

Srayanka foi ao encontro de seu povo e ali permaneceu durante uma hora, ao fim da qual o rei convocou todos os chefes para uma reunião em sua tenda.

— Zopryon mandou os getas incendiarem as aldeias síndicas — disse Srayanka. — Meu povo teve de resistir e meu assistente preferiu vir para cá em vez de lutar sozinho.

O rei concordou, com expressão séria.

— Kairax é um bom homem. Mas seu povo está cansado e há muitos feridos.

Srayanka franziu a testa.

— Podemos voltar hoje à noite — ponderou ela.

Marthax sacudiu negativamente a cabeça.

— Se seu povo tivesse chegado a tempo para a convocação, nunca saberíamos das circunstâncias — disse ele. — Na verdade, tiveram de suportar os piores ataques, e os camponeses estão pagando com sangue e fogo. Agora, porém, estamos advertidos.

Eumenes traduzia, tão rapidamente quanto Marthax falava. Depois de uma semana no acampamento e mais sonhos com árvores falantes, Kineas passou a compreender o que ele dizia antes do fim da tradução. A barreira da linguagem ia desaparecendo lentamente.

— Temos de reagir — disse Srayanka.

Todos os *sakje* a apoiaram, inclusive o rei. Kineas os deixou falar e em seguida interveio:

— Zopryon está usando os getas para experimentar o poderio de vocês, e para verificar se ele tem sorte ou se vocês são tolos a ponto de ele conseguir assustá-los o bastante para provocar a fragmentação do exército ocupado em defender os camponeses.

— Getas de merda — disse Átelo. A frase não precisava de tradução.

— Getas de merda, realmente — falou Kineas, ignorando o olhar raivoso de Srayanka. — Eles sabem onde estão seus camponeses. Sabem perfeitamente o que fazer para prejudicar vocês. E se Zopryon os mandou, eles atacarão descrevendo um arco no sentido norte, provavelmente com todo o poderio de que dispõem, até chegar aos muros de sua cidade. Quantos de seus chefes ficarão em suas aldeias para lutar contra eles, em vez de atravessar as terras deles para atender à convocação? Zopryon não precisará alimentar os getas enquanto fazem a cobertura do exército dele contra os ataques de vocês. — Kineas fez uma pausa. — É uma boa estratégia. — Kineas não disse que sabia ser essa a estratégia de alguém perfeitamente informado do plano dos *sakje*... por Cleomenes. Sentiu um frio no estômago.

Satrax esfregou a testa.

— Não previmos isso? — perguntou ele a Kam Baqca.

Ela sacudiu a cabeça.

— Como o senhor sabe, há mais coisas ocultas do que reveladas.

— Muito bem — disse o rei. — Que vamos fazer?

Marthax e Srayanka falaram ao mesmo tempo:

— Lutar.

— Você discorda? — perguntou o rei a Kineas.

Kineas ficou sentado durante um momento, organizando as ideias. A frase de Kam Baqca permanecia em sua mente e ele formou um plano a partir dela.

— Concordo — respondeu. — Vamos lutar. — Respirou fundo e prosseguiu: — Se formos rápidos e assertivos, o resultado nos permitirá voltar a nosso plano original, com uma vantagem. Zopryon foi ousado, mas também pode ter cometido um erro.

Falou rapidamente, esboçando seu plano.

— Humm — disse Marthax.

O plano de Kineas foi aceito por todos, mas as hesitações do rei e as frequentes palavras trocadas entre ele e Srayanka não o agradaram. Ao longo dos 12 dias seguintes, Kineas teve muitas oportunidades para especular sobre o que poderiam significar aquelas palavras.

QUARTA PARTE

A NÉVOA DA BATALHA

"Infantes iam matando infantes à medida que estes eram obrigados a fugir, e cavaleiros matavam cavaleiros; a névoa da batalha invadiu a planície, provocada pelo trovejar dos cascos dos cavalos — e, com o bronze, espalhou a devastação..."

Ilíada, Livro 11

17

— Montar para ataque! — gritou Kineas, descendo o declive do barranco no qual acabara de subir. O trio de batedores do clã Mãos Cruéis permaneceu no alto do barranco, olhando para a aldeia de seis casas, quatro das quais em chamas. As outras duas ainda resistiam.

Kineas não tinha precisado dos batedores para encontrar os getas. Ali era a terra de Srayanka, a oitocentos estádios ao noroeste do acampamento na Grande Curva, e os getas estavam incendiando tudo e dirigindo-se lentamente para o leste, com sua trilha marcada pelas piras funerárias de cem aldeias.

Tão logo soou o comando de Kineas, a coluna começou a trocar de montarias. A maioria dos guerreiros já envergava as armaduras. Estiveram próximos ao inimigo durante dois dias, cavalgando cuidadosamente para não serem percebidos.

Kineas se colocou à frente da coluna com Niceas, Leucon e Nicomedes. Abriu a palma da mão e falou rapidamente, traçando mentalmente uma clara planta da vila, do rio e do terreno ao redor.

— Leucon, leve sua tropa para o sul ladeando o barranco, voando como Pégaso, chegue até o leste da vila e vire para o norte. — Ilustrou o que dizia com o indicador direito sobre a palma da mão. — Aqui está a vila e aqui, o barranco onde estamos. Meu polegar marca o rio. Está vendo? — Kineas indicou com a mão a direção que Leucon deveria seguir. — Você fechará a retirada deles. Nós atacaremos o corpo principal.

Deixe que alguns fujam para o norte. Entendeu? Leucon, esta operação vai depender de você.

Leucon fechou os olhos.

— Eu... eu acho que entendi — hesitava, e não havia entendido.

Kineas esperou um momento, sentido o temor do comandante novato. Conhecia todos os receios intimamente: *Vou me perder, não conheço o terreno, não vou poder encontrar a vila, vou avançar devagar demais.*

Kineas curvou-se para a frente.

— Suba até o topo, desmonte onde estão os cavalos dos *sakje* e dê uma olhada rápida. Nicomedes, vá com ele. Depressa, e sobretudo não deixe que eles os vejam. Vão!

Pareceram levar uma eternidade. Quando estivera no alto do barranco, Kineas vira uma mulher sendo estuprada na rua. A inexperiência de Leucon iria custar a vida da mulher.

Kineas a sacrificava, uma mulher que ele não conhecia, para que seus oficiais se acostumassem com seus papéis. Isso poderia salvar outras vidas.

— Por Zeus, eles são lentos demais — murmurou.

Niceas não respondeu, pois há muito já conhecia o humor de Kineas, e tratou de verificar a coluna. Kineas resolveu juntar-se a ele, cavalgando por entre as fileiras. A maioria dos homens demonstrava nervosismo.

— Deixe que seu cavalo trabalhe — ouviu Niceas dizer a um grupo de jovens soldados de Leucon.

— Não é muito diferente de uma caçada. Preparem o dardo e avancem — disse Kineas aos comandados de Eumenes. O próprio Eumenes parecia estar pálido.

Nicomedes e Leucon desceram correndo o barranco.

Kineas os esperava à frente da coluna.

— Compreenderam? — perguntou.

Leucon estava mais pálido do que Eumenes.

— Eu... eu acho que sim. Seguir para o sul, rodeando o barranco e em seguida ao longo do rio, protegendo-me como for possível, e em seguida voltar à vila para cortar a retirada e romper a resistência deles.

Kineas pôs a mão no ombro do jovem.

— Você entendeu perfeitamente. — Queria prosseguir a operação, mas esperou para dizer: — Talvez isso não dê certo. Pode haver um fosso de irrigação ou alguma coisa que bloqueie seu caminho. Talvez os getas tenham batedores naquela direção. — Encolheu os ombros, apesar do peso da armadura. — A partir desse momento, aja como lhe parecer melhor. Você vai ganhar.

Não era possível saber se suas palavras tinham surtido algum efeito. Leucon parecia paralisado.

— Adiante, Leucon — disse Kineas, rispidamente.

Leucon bateu continência, com o braço cruzado sobre o peito, e acenou para Eumenes. A primeira tropa saiu trotando e os soldados de Nicomedes, mais velhos, os viram partir com palavras de estímulo, como pais animando os filhos.

— É a primeira ação — comentou Kineas. Ele também estava nervoso.

— Não são ruins, para meninos ricos — disse Niceas, que palitava os dentes com um talo rígido de grama. — Precisavam de um discurso, alguma coisa sobre os deuses e o bem da cidade deles.

— Não, não era preciso — disse Kineas, subindo novamente o barranco a cavalo seguido por Niceas e Nicomedes. — Segure os cavalos — disse ele a Niceas. Ele e Nicomedes se arrastaram de bruços ao longo dos últimos metros, até o topo. Os *sakje* tinham se camuflado com galhos e folhagens de arbustos.

Do alto, Kineas podia ver até dez estádios em todas as direções. Os getas tinham cometido a tolice de não colocar sentinelas ali, mas como eram bárbaros, consideravam-se à vontade para saquear uma aldeia indefesa.

Ao sul, a coluna de Leucon avançava em fila dupla, como uma lagarta azul e dourada se arrastando ao longo de uma trilha estreita. Mesmo assim, ia progredindo bem.

O nervosismo de Kineas aumentou ao perceber que teria de sincronizar perfeitamente as ações.

Os getas na aldeia lá embaixo se preparavam para atacar a última casa. Cinco já estavam em chamas. O corpo nu da mulher jazia imóvel na rua.

Havia aproximadamente duzentos getas. A maioria formava um grupo compacto na aldeia, saqueando as casas ou preparando-se para atacar a última. Alguns corriam para o norte, perseguindo cabras, e mais uma dúzia ia para o sul.

— Merda — xingou Kineas. Levantou-se de um salto e correu para o cavalo, com Nicomedes atrás.

— Vão ver Leucon a qualquer momento. Temos de atacar.

Nicomedes o olhou sem compreender, mas acompanhou-o, saltando para a sela do cavalo como um profissional. Niceas levantou-se, erguendo as sobrancelhas.

Kineas chegou à frente da coluna e indicou a direita.

— Seguir em coluna até rodearmos o barranco. Logo que chegarmos ao campo, formaremos uma linha. Atravessar a aldeia em linha reta, matar quem estiver em nosso caminho e manter a linha reta, mesmo que tenham de rodear as casas. Isto não é um exercício. Senhores, se tivermos mais problemas, matem todos os getas que aparecerem. Eles são os homens tatuados.

Ninguém riu. Se fossem veteranos, teriam dado gargalhadas.

— Caminhar — disse Kineas. Niceas empunhava a corneta silenciosa. Ainda era possível atacar de surpresa.

Nicomedes retrucou:

— Não estou entendendo.

Kineas virou-se na sela.

— Trote! — bradou. Virou-se para Nicomedes e disse: — Há getas ao sul da aldeia. Eles verão Leucon e chamarão os demais. A luta agora vai ser junto ao rio, e, se não andarmos depressa, muitos dos rapazes vão morrer.

Nicomedes sacudiu a cabeça.

— Você está prevendo isso?

Kineas tinha passado toda a sua vida de soldado sem ser capaz de comunicar com clareza sua visão de um campo de batalha.

— Estou — respondeu.

A vanguarda da coluna rodeou a extremidade do barranco, e a aldeia ficou visível de imediato.

— Formar linha! — gritou Kineas.

O treinamento de todo o inverno surtiu efeito. Apesar dos temores, os soldados reagiram rapidamente às ordens e até mesmo uma parte de uma sebe que bloqueava a última formação da linha não provocou atraso; as fileiras finais esperaram e a linha avançou em boa ordem.

— Ajax, junte as últimas quatro fileiras e as mantenha como reserva. Siga o ataque principal. — Kineas acenou para Ajax, que se destacou da linha a galope.

Com a mão livre Kineas tomou um dardo e ergueu-o, para que os menos experientes pudessem ver que era hora de se preparar.

— Eles ainda não nos viram — disse Kineas. — Não vai demorar, e não quero que pensem em Leucon.

Nicomedes encolheu os ombros.

— Você está comandando minha tropa — falou ele, sem amargura. — Sou seu soldado. Dê-me suas ordens.

Kineas sentiu-se vagamente culpado por haver assumido o comando geral, mas queria que tudo desse certo. O moral e a qualidade da tropa no futuro dependiam daquela operação. A vitória traria confiança. A derrota os destruiria.

Na orla da aldeia um homem de manto vermelho surgiu à vista, virou-se e gritou.

Faltava um estádio.

— Não é melhor atacar? — perguntou Nicomedes, gritando para ser ouvido.

— Ainda estamos longe — afirmou Niceas. — Tudo parece estar mais perto, das primeiras vezes.

Kineas soltou um peido e suas mãos começaram a tremer. O homem do manto vermelho apontava freneticamente e outros iam se juntando a ele. Kineas teve tempo de se perguntar como era possível que um homem destinado a morrer em um outro rio dali a poucas semanas se sentisse tão receoso. Em seguida fez um esforço para virar-se, olhando para o norte e para o sul, para ter certeza de que não estava caindo em uma armadilha.

— Agora! — gritou para Niceas.

A luz do sol refletiu-se na corneta de Niceas num lampejo, enquanto ele a colocava na boca, iniciando o longo toque.

Nicomedes cantou:

Vem, Apolo, agora é a hora!
Deixa-nos ver tua glória!
Agora, Senhor da Luz, nós te suplicamos
Dá a vitória a teus servos!

Ao som da terceira palavra, toda a tropa transformou o temor em canto, e a Pavana se ergueu aos céus como a fumaça das aldeias tomadas, e os cascos trovejaram na terra como uma maré de vingança vinda do leste.

Kineas se curvou sobre o pescoço de seu garanhão cinza e apertou os calcanhares para um arranco final de velocidade, atirando o dardo contra o homem do manto vermelho — o lançamento foi alto e a ponta penetrou na boca do adversário. A cabeça dele caiu e Kineas passou por ele, brandindo o dardo mais pesado como uma foice a fim de aumentar o espaço para a penetração. Niceas, por sua vez, havia também matado seu próprio adversário e em um segundo eles já tinham chegado às ruas da aldeia. O grupo de getas desmontados morreu junto às paredes de troncos, na lama das ruas ou sob a força de uma centena de cascos. Logo a fileira atravessou a aldeia. Do lado sul, Nicomedes liderara a extremidade direita da linha, rodeando a aldeia, e todos estavam em ordem. Ao norte, havia caos: um combate junto a um celeiro, muita confusão, sem oficial algum.

— Ajax! — gritou Kineas. — Dê um jeito naquilo! — Agitou a espada na direção da luta no celeiro. Onde estaria o dardo? Por que havia desembainhado a espada?

Com a metade da tropa, ele começou a descer em direção ao rio, de onde vinham sons de combate.

— Linha! — gritou. Não refreou o passo do cavalo e todos entraram em formação como veteranos, galopando para tomar seus lugares na fileira, apesar das muitas ausências. O cavalo de Kineas estava cansado, quase exausto, e os outros animais deveriam estar em pior estado. Era tarde demais. Kineas dirigiu a linha da melhor maneira possível para o ponto em que imaginava estar o combate, logo adiante do barranco do rio, esperou durante alguns passos de seu cavalo para que a linha se ajustasse e ergueu a espada. Niceas encostou a corneta aos lábios e o toque soou. Em um segundo ultrapassaram o barranco, justamente na retaguarda dos getas que não estavam em linha, e sim em pequenos grupos de homens enfrentando a tropa de Leucon que se via em inferioridade numérica.

Kineas não tinha mais dardos. Avançou diretamente para um dos grupos de getas, atacando com a espada egípcia. O cavalo recuou, assustando-se com um cadáver, e em seguida empinou. Kineas sentiu um golpe na placa das costas da armadura e algo queimando-lhe o braço que empunhava as rédeas. Lançou a espada para trás, por puro instinto, e percebeu que havia acertado, somente enxergando o alvo depois que a lâmina já havia decepado a mão do homem logo acima do pulso. O cavalo corcoveou e Kineas golpeou novamente com toda a força do braço, cortando a cabeça do inimigo, que se ergueu alguns centímetros e caiu, sangue espirrando do toco de braço e do pescoço. O tronco do homem se encostou ao cavalo, agora aterrorizado. Kineas puxou firmemente as rédeas, fazendo a montaria girar num estreito círculo, em busca de novo adversário. Viu Eumenes atracado com um guerreiro geta e, no mesmo momento, os dois caíram dos cavalos. Eumenes caiu por cima do inimigo, que perdeu o fôlego com o peso sobre seu corpo. Eumenes apalpou febrilmente ao redor, encontrou uma pedra e com ela esmagou a cabeça do homem.

A poucos passos dali Nicomedes ia matando cuidadosamente, sistematicamente, como um jaguar, enterrando o dardo em rostos e pescoços. Na verdade, lutava como um hoplita montado. Kineas nunca tinha visto ninguém usar um dardo daquela maneira, como uma espada de um metro e oitenta de comprimento.

Imediatamente além do último grupo de bárbaros que ainda lutava, Kineas encontrou Leucon, afastado da briga, mantendo consigo algumas fileiras. Os getas estavam perdidos, em pânico, procurando apenas escapar, mas os olbienses não lhes davam trégua — haviam atravessado a aldeia em busca de combate e tinham raiva. Eram calouros em sua primeira operação, e descarregavam os temores no inimigo vencido.

— Achei melhor manter alguns homens de reserva — gritou Leucon.

— Você fez bem — disse Kineas. Naquele momento, o cavalo que montava parou e desabou lentamente por terra, morrendo imediatamente de uma ferida no pescoço por onde o sangue esguichava.

Os getas tinham sido surpreendidos e vencidos em cada combate. O cavalo persa de Kineas havia sido a única baixa entre os olbienses. Ao terminar a carnificina, havia mais de cem getas mortos, e os gregos iam matando os feridos graves, por ordem de Niceas. Poucos inimigos tinham morrido lutando — a maioria fora abatida após a debandada, encurralada contra as águas revoltas do rio. Outros morreram tentando nadar para a segurança na outra margem.

— Não façam prisioneiros, temos de andar depressa. E nenhum soldado que se preza deixa alguém morrer dessa maneira — declarou Niceas para um grupo de olbienses de rostos corados. Estavam se acalmando. Era o momento da trégua. — Deixem partir os que puderem andar. — Voltando-se para Kineas, disse: — Que faremos com todos esses cadáveres? Nossos meninos ricos não vão querer enterrá-los.

— Eles parecem não ter problemas em saqueá-los — afirmou Kineas. Até mesmo os mais entusiastas entre os cavaleiros juvenis, que tanto admiravam Aquiles, ocupavam-se em cortar dedos dos getas mortos para ficar com seus anéis de prata e ouro.

— Como acha que conseguiram ficar ricos? — disse Niceas, com desprezo.

— Deixe os mortos para os abutres — disse Kineas. — Quero partir o mais depressa possível. Faça aquele camponês síndico entender, ele e os companheiros deles. — Kineas voltou-se para Átelo, que não havia participado do combate por estar fazendo reconhecimento ao norte da aldeia, mas que mesmo assim conseguira obter mais quatro cavalos. — Átelo, faça-os entender e convença-os de que o melhor é vir conosco.

— Com uma coluna de refugiados, vamos nos atrasar — disse Niceas.

Kineas sorriu, com o rosto sério.

— Eu quero me atrasar — respondeu.

Átelo sacudiu a cabeça.

— Homens ficar para enterrar.

— Leve-me a eles — disse Kineas. Teve de caminhar, pois o cavalo de viagem estava manco e o de ataque, morto. Era o melhor animal que jamais possuíra. Disse a Niceas: — Pegue o melhor cavalo disponível... pegue dois ou três.

Niceas sacudiu a cabeça tristemente.

— Pena o cinza filho da mãe ter morrido. Vou sentir falta dele, como de um velho amigo.

— Melhor um cavalo do que um homem — disse Kineas, mas zelara pela vida daquele garanhão durante três anos e o filho da mãe cinzento fizera o mesmo por ele. Seguiu os *sakje* até um grupo de síndicos, fortes e atarracados, a maioria com rostos largos e cabelos ruivos. Estavam enterrando crianças e a mulher que fora estuprada e morta. Kineas procurou não olhar para ela, perguntando-se se teria sido capaz de salvá-la simplesmente atacando a aldeia.

Depois, no entanto, fez um esforço para olhá-la. Na verdade, por mera piedade. Era jovem, e sua morte fora horrível. Inspirou e expirou, com força. Ao lado dela havia um mulher mais velha, cerca de 40 anos talvez, com longas tranças louras e uma pequena faca ainda enterrada na garganta.

— Diga que posso levá-los a todos comigo — disse Kineas, fazendo um gesto.

Átelo falou com o mais corpulento dos homens, visivelmente um ferreiro. Kineas entendeu tudo o que ele respondeu.

O homem sacudiu negativamente a cabeça, apontando para a fileira de pequenos corpos com a pá, e para a mulher loura. Todos os síndicos choravam.

Átelo voltou-se para Kineas.

— Coisa muito ruim. Quando casa pegar fogo, mãe matar filhos. Depois matar-se com própria faca... coragem. Homens juraram lutar até morrer, então nós chegar. Mulher, todos filhos mortos. Homem querer morrer.

— Que Atena nos proteja — disse Kineas, horrorizado. — A mãe matou os próprios filhos?

Átelo o olhou como quem olha um prédio bizarro.

— Nenhum *sakje*, povo da terra ou povo do céu, ser escravo. Mãe muito corajosa. Corajosa, corajosa.

O ferreiro enfiou a mão numa sacola que trazia à cinta e tirou um punhado de sementes, as mesmas que Kam Baqca queimava em seu braseiro. Atirou-as no túmulo, junto com uma pequena faca ornamentada que arrancou da bota.

— Em homenagem à bravura dela.

O coração de Kineas pareceu ocupar todo o seu peito, e ele achou que iria sufocar. Seus olhos queimavam. Voltou-se e caminhou para onde Ajax e Eumenes contavam suas façanhas, observados com ar divertido por Nicomedes e Niceas.

— Trinta homens para ajudar o povo da aldeia a cavar os túmulos para seus mortos — disse Kineas. — Agora. — Disse isso com voz embargada e virou o rosto para que os oficiais não vissem sua emoção. Era veterano e já tinha visto muitas crianças mortas, mas aquela cena o emo cionara tanto que ele tremia.

Pensou em Medeia, que mata os filhos no final da peça, e ficou se perguntando se o autor sem querer deixara de fora alguma coisa, ou se o fizera deliberadamente.

Os olbienses, percebendo a mudança de humor de seu hiparca, cavaram sem reclamar. Em uma hora as mulheres e crianças já estavam enterradas. Os homens colheram flores para colocar sobre as tumbas e Kineas atirou um broche, como fizeram muitos soldados, de forma que o túmulo da mãe ficou cheio de coisas que ela consideraria tesouros, se tivesse sobrevivido.

Quando a última flor foi colocada sobre o túmulo da última criança, Kineas já tinha escutado o que Átelo queria lhe dizer sobre os getas ao norte e a oeste. A coluna montou e os síndicos se apoderaram de cavalos e de uma boa carroça geta. Todos levavam arcos semelhantes aos dos *sakje* e cada um tinha um pesado machado, com expressão de morte nos rostos.

— Para o nordeste, cruzando a vanguarda do avanço dos getas — disse Kineas.

Átelo sorriu, sem alegria.

Três dias depois, Kineas tinha cem refugiados síndicos, homens, mulheres e crianças, e a coluna passou a caminhar com a velocidade do passo de um homem. Os getas não deixaram de notar o fato. Por três vezes Kineas encontrou bandos de guerreiros predadores e por três vezes dizimou os atacantes. Naquela altura todos os homens da coluna olbiense já haviam matado alguém; na última aldeia o combate tinha sido feroz, com lutas no interior das casas.

Com a matança, vinha também a morte. O jovem Kyros, brilhante lançador, morrera de uma facada geta no pescoço; e o sócio de Nicomedes nos negócios, Theo, jazia em uma carroça, respirando com extrema dificuldade, com o pulmão perfurado, esperando a chegada da morte; Sófocles, cujo desprezo pelas regras de guerra os havia entretido durante a primeira viagem ao encontro dos *sakje*, recebera um golpe de espada no braço e se esvaíra em sangue antes que os camaradas o pudessem salvar. A sorte, as boas armaduras e a indisciplina dos bárbaros mantiveram vivos os demais, mas corpos e almas estavam exaustos e muitos estavam feridos — ferimentos que não os matariam, mas que lhes roubavam as forças e a vontade de combater.

Kineas e Niceas se empenhavam, transformando-se em monstros de disciplina. Nenhum desvio era tolerado. Niceas bateu em dois jovens soldados em uma única manhã e Kineas ficou imaginando o que Srayanka acharia, ou o que faria.

Assim, na quarta manhã a coluna se movia silenciosa e sombria em meio a um constante chuvisco, com homens cansados montados em animais fatigados, ambos — homens e cavalos — com as cabeça baixas. Niceas e Nicomedes estavam junto aos batedores, porque era necessária a presença dos oficiais a fim de mantê-los alerta. A toda hora Kineas se sentia grato pela ajuda dos *sakje*, que eram quem fazia a maior parte do trabalho.

Ajax e Eumenes acompanhavam Kineas, que se matinha em silêncio. Ambos o olhavam de vez em quando, mas nenhum dos dois falava.

Por volta do meio-dia Átelo voltou do último reconhecimento.

— Os filhos da mãe dos getas se juntar em nossa retaguarda — disse ele. — Três grandes bandos. Se acampar, poder vê-los esta noite.

Kineas praguejou, limpando a chuva do rosto.

— Não quero perdê-los de vista e não quero que ataquem meu acampamento durante a noite — disse. — Quantos são?

Átelo encolheu os ombros.

— Muitos, muitos. Dez mãos, dez mãos, dez mãos e dez mãos em cada bando, e mais do que isso. São demais para nós poder lutar.

Kineas concordou com a cabeça e acenou para um dos batedores do Mãos Cruéis, que se aproximou. Assim como Átelo, não parecia cansado, deprimido nem triste, e Kineas desejou ter consigo cem veteranos. A vantagem de haver trazido seu cavalo de Olbia para aquela parte de seu plano contra os predadores ficava agora reduzida pelo desânimo dos soldados. Eles se recuperariam, e melhorariam como soldados, mas para isso ainda seriam necessários alguns dias.

— Sabe onde está o rei? — perguntou Kineas.

O *sakje* fez que sim com a cabeça.

— Vá ao encontro dele. Diga que amanhã, logo após o nascer do sol, eu seguirei para a grande colina.

O homem deu volta ao cavalo, erguendo o chicote à altura da testa.

— O senhor é bom chefe — disse, em grego. Acenou para Átelo, deu um brado de saudação na direção dos outros homens do Mãos Cruéis e partiu a galope.

Kineas o observou enquanto o mensageiro se afastava, sem saber se o rei viria. Estava começando a desconfiar dele. Talvez desconfiança seja um termo demasiado forte, pensou. Mas o rei desejava Srayanka, apesar de ser muito jovem. Quando propusera usar seus próprios homens como isca, Kineas percebeu que algo passara pela cabeça do jovem rei.

O restante do dia foi brutal. Kineas manteve a coluna em movimento por pura força de vontade, pelo temor que era capaz de inspirar, e pela força. Aterrorizou as mulheres, arrancou as crianças dos braços delas para colocá-las em carroças e fustigou os bois mais lentos com o chicote de Srayanka.

No fim da tarde chegaram a um rio. Ele já havia estado ali, no caminho para a primeira operação. Naquela ocasião o haviam cruzado com facilidade, mas a corrente agora estava mais caudalosa, com as chuvas de um dia inteiro.

— Que Atena nos proteja — disse ele, secamente. Voltou para junto de seus oficiais. — Vão até seus homens, selecionem os veteranos e tragam-nos aqui.

— As fileiras ficarão mais débeis — falou Niceas.

— Não creio que precisem combater. Precisamos sobreviver durante a próxima hora — disse Kinea, olhando por entre os pingos de chuva para a última colina, onde esperava que os batedores estivessem observando sua retaguarda.

Niceas sacudiu negativamente a cabeça.

— Não faça isso.

Um dia inteiro de autoridade absoluta tinha seu preço.

— Obedeça! — exigiu Kineas.

Leucon sacudiu a cabeça, com ar sombrio, porém seguro.

— Eles lutarão, hiparca. Basta que o senhor diga alguma coisa, eles estão receosos. Por Ares, senhor, eu também estou com medo. Eu... eu achei que íamos descansar.

Kineas dominou a ira e voltou-se para Niceas.

— Dê sua opinião, *hiperetes.*

— Não force os veteranos. Fale com eles, deixe-os descansar um pouco, mostre respeito por eles e lutarão como heróis.

Kineas esfregou o queixo, observando uma carroça que começava a atravessar a correnteza barrenta, puxada com cordas por homens com água até a cintura.

— Acha que isso dará certo?

— Já deu certo com você, uma ou duas vezes — disse Niceas. — Se forçar os veteranos, eles acharão que você não confia neles.

Kineas sorriu, seu primeiro sorriso naquele dia.

— Vou tentar — disse. — Toque "Formar linha".

Apesar da fadiga e da chuva, as duas tropas se dispuseram em linha, montadas nos cavalos cansados, como bons soldados. Alguns o fizeram sem levantar as cabeças.

Kineas se colocou diante da linha.

— Estou cansado — afirmou ele. — Por isso tenho certeza de que todos os senhores também estão. Tenho exigido dos senhores como um treinador exige de seus atletas, e todos corresponderam fielmente. Agora chegamos a essa correnteza dos infernos, e preciso pedir-lhes mais.

Apontou para a retaguarda e prosseguiu:

— Há dois mil getas que nos perseguem, a cerca de uma hora de marcha. — Ergueu o chicote de Srayanka acima da cabeça e apontou na direção oposta. — O rei dos *sakje* está a um dia de marcha naquela direção. — *Assim espero.* — Mais um combate, mais um dia de marcha acelerada, e todos poderão descansar. E antes que se desesperem, senhores, já tiveram três combates em três dias. Nenhum dos senhores é mais criança. Sabem como é a cara do bicho. Qualquer homem digno do pai que tem será capaz de defender um pedaço de terra durante uma hora. Mas para ser verdadeiro soldado, é preciso encontrar forças para fazer isso dia após dia, na chuva, no deserto, quando se virem exaustos e doloridos, quando a comida que comeram lhes escorrer pelas pernas ou quando não tiverem nada para comer. — Kineas tirou o elmo e chegou mais perto da linha. — Seremos capazes de atravessar esse rio e ir ao encontro do rei, se os senhores tiverem o ânimo necessário para isso.

Ajax ergueu a espada.

— Apolo! — gritou.

O brado de resposta não foi ensurdecedor, mas tampouco foi desanimado. Os soldados repetiram "Apolo" três vezes.

Kineas convocou seus oficiais.

— Mandem os homens desmontarem e ficarem junto dos cavalos. Mande os mais jovens de cada fileira para ajudar a puxar as carroças. Vamos fazer o que temos de fazer!

Kineas falava em tom diferente do que havia usado o dia inteiro — como um oficial comandando veteranos. Voltou-se para Niceas.

— Você tinha razão — disse ele.

Niceas encolheu os ombros.

— Isso acontece — respondeu. Ficou olhando o jovem Clio, que incentivava dois outros rapazes a empurrar uma carroça, com água gelada pela cintura. — Agora eles não parecem meninos ricos.

Vinte minutos depois, a última carroça já estava na outra margem e Átelo voltava a galope para relatar que o primeiro bando de getas estava à vista. Kineas olhou para o céu — mais chuva — e para o vau. Voltou-se para Niceas.

— Acho que vamos conseguir.

Niceas se enrolou melhor no manto.

— O senhor duvidava disso, hiparca?

— Duvidei — disse Kinea, balançando a cabeça. Voltou-se para Leucon: — Atravesse com seus homens. Nicomedes, monte e cubra-os. Os getas estão chegando. — Alguém puxou seu pé direito. Kineas olhou e viu o ferreiro. — Que foi? — perguntou, em *sakje*.

O ferreiro apontou para um grupo de árvores pequenas na margem do rio caudaloso.

— Morrer aqui — disse, apontando para si próprio. — Senhor atravessar.

Kineas enxugou a chuva do rosto.

— Não, ninguém vai morrer aqui. Está chovendo muito. Atravesse.

O homem plantou os pés no chão.

— Morrer aqui.

Kineas sacudiu negativamente a cabeça e chamou Átelo.

— Diga a ele que está chovendo — disse ele. — Diga que as cordas do arco estão molhadas, que ele terá sorte se conseguir matar um dos getas, e que isso de nada adiantará, porque eles não vão atravessar em nosso encalço. Já não há muita claridade.

Átelo traduziu, falando rapidamente, usando as mãos mais do que seria necessário e com muita emoção, ao que pensou Kineas. Átelo tinha muito respeito pelo ferreiro. Este finalmente concordou. Pôs o machado ao ombro e caminhou para o vau, com os companheiros a seu redor, seguindo os homens de Leucon na correnteza, que ficava cada vez mais forte.

Kineas foi até Nicomedes. Os getas ainda estavam distantes e não havia mais ninguém no vau.

— É melhor atravessar — disse ele.

Nicomedes sorriu, fatigado.

— Não precisa dizer duas vezes.

Os dois batedores do Mãos Cruéis vinham chegando, um deles galopando pelo norte e o outro pelo sul. Ambos se voltavam de vez em quando e atiravam uma flecha, ainda montados. Átelo deu um brado e foi até a frente da tropa.

— Isso muda nossos planos? — perguntou Nicomedes.

— Não — afirmou Kineas. — Atravesse.

Ficou sentado em seu cavalo, sob a chuva, observando os *sakje* — apenas três — fustigando os getas que avançavam. Os inimigos possuíam arcos, porém não podiam usá-los na chuva. Um por um, os arcos dos *sakje* também ficaram encharcados, apesar dos esforços dos guerreiros para mantê-los secos, mas cada um acertou dois ou três homens, detendo-os por alguns minutos mais enquanto a preciosa luz acinzentada ia se transformando em noite. Os três *sakje* chegaram ilesos à margem do rio. Os getas estavam a apenas dois estádios dali, visíveis apesar da chuva mais forte e das trevas que caíam.

Junto com Kineas, os *sakje* entraram nas águas caudalosas. Dez passos adiante, Kineas se agarrou ao pescoço de seu cavalo e deixou-se deslizar para fora da sela. Logo depois o feio animal geta, forte como um touro, subiu o barranco do outro lado do rio, sacudindo-se como um cachorro para livrar-se do excesso de água e caindo na lama junto com o cavaleiro.

Enquanto procurava aquecer-se e torcer o manto para escorrer a água, Kineas viu que os síndicos cortavam galhos retos de árvore para com eles fazer varas pontudas, as quais enterravam no chão macio junto à margem, a fim de bloquear o vau com os paus, que se erguiam à altura do peito de um cavalo.

Kineas aproximou-se dos oficiais.

— Os getas são loucos; talvez tentem alcançar-nos, ou então esperarão até a chuva cessar. Vamos detê-los aqui. Não teremos posição melhor do que esta. — Voltou-se para o ferreiro. — Diga aos que estão nas carroças que partiremos antes da madrugada. Abandonaremos as carroças... todos os homens e mulheres montarão os cavalos de reserva. Não descarreguem as carroças e deixem as fogueiras acesas ao partirmos. — Olhou para Átelo. — Os getas costumam combater à noite?

Átelo encolheu os ombros com um riso de desprezo, como se as superstições dos getas não merecessem sua atenção.

Kineas olhou ao redor.

— Quero que os batedores sigam rio acima e rio abaixo ao longo de dez estádios, para ver se existe outro vau. Se encontrarem algum, partiremos imediatamente. Metade de cada tropa ficará de prontidão durante cada quarto de vigia, duas horas por quarto. Façam uma refeição quente e depois dormiremos ao relento.

— Na lama? — perguntou Eumenes.

— Exatamente. Se não estiver suficientemente cansado para conseguir dormir na lama, não estará cansado de verdade. Os rapazes de Leucon sabem como dormir juntos. Diga a eles que ensinem aos pais. Muito bem, antes da madrugada partiremos. Alguma pergunta?

Ninguém fez perguntas. Nicomedes já estava quase dormindo na sela.

Os escravos e os síndicos cozinharam mais depressa e melhor do que os olbienses e uma refeição quente surgiu — consistia, em grande parte, em uma sopa rala de raízes e um pouco de carne, porém deliciosa como ambrosia depois daquele dia. Também havia pão, de nove dias. Kineas comeu sua porção e entregou a cuia a Niceas, para que a usasse.

— Acorde-me se a chuva cessar — disse ele. Deitou-se junto a Eumenes e Leucon. O chão encharcado o acolheu com um abraço gélido. Primeiro a sensação foi horrível, depois, simplesmente desconfortável e finalmente ele adormeceu.

Acordou em meio a um sonho em que se via encurralado em uma caverna cheia de água e sentiu o manto de Leucon que lhe cobria a cabeça, impedindo-o de enxergar. Atirou-o para longe de si, estendendo a mão para a espada; Niceas, cuja silhueta era visível contra o clarão da fogueira mais alta do que um homem, recuou de um salto.

— A chuva parou. O céu está clareando — disse ele, enquanto mastigava alguma coisa. Apontou para o alto. — Estrelas — acrescentou, com a boca cheia de pão.

Kineas tinha o corpo dolorido e sentia calafrios. Todo ele se contorcia, como se fosse vomitar. Os dedos estavam inchados e as juntas doíam. O ferimento no bíceps, do combate anterior, ainda o incomodava. Durante alguns segundos ficou sem saber onde estava, mas logo em seguida recuperou o controle.

— Acorde todos — disse ele. — O que estão fazendo os getas?

— Estão se esquentando nas fogueiras — falou Niceas. — São mesmo muitos; as fogueiras vão até bem longe, nas colinas.

O cérebro de Kineas começou a funcionar. Caminhou pela lama até a fogueira e o calor inundou-lhe lentamente as juntas.

— Faça todos montarem.

Uma mulher síndica entregou-lhe algo quente — uma cuia de argila cheia de um chá de ervas. Era amargo, mas esquentava. Kineas bebeu, queimando a língua. O corte no braço lhe doía.

— Ponha todos os síndicos nos cavalos de reserva e deixe as carroças — disse Kineas.

— Você já tinha dito isso antes — respondeu Niceas. — Já está feito. Tive de ser duro com os refugiados, que não queriam deixar seus magros pertences. — Niceas sorriu com dureza. — Já dei um jeito.

— Pelo escudo de Atena, hiparca, podíamos ter feito isso há dois dias e deixado os getas comendo poeira! — disse Eumenes, do outro lado da fogueira.

— Sim, podíamos — retorquiu Kineas —, mas minha ordem não foi essa. Agora, é.

Eumenes ergueu as duas mãos, como um lutador defendendo o rosto.

— Falei sem pensar.

Kineas não lhe deu atenção e voltou-se para Nicomedes:

— Você cuidará da retaguarda. Trate de manter os retardatários em movimento, mas se for necessário, abandone-os e siga adiante. Não se deixe atrair a um combate... se pararmos, todos eles nos alcançarão. Entendeu?

Nicomedes tomou um pouco do chá da mulher e assentiu. Tinha olheiras profundas e parecia ter sessenta anos de idade. Ajax estava de pé atrás dele, belo como sempre.

— Se não temos de combater, por que cuidaremos da retaguarda? — perguntou ele.

Kineas sacudiu a cabeça.

— Não seja tolo. Se for preciso, sacrificarei vocês para salvar o restante. Mas não sem uma ordem minha. Se me vir mandar a tropa de Leucon formar em linha, venha até nós e entre na formação no lugar de costume.

— Para uma resistência final? — perguntou Ajax.

— Para o que eu mandar — retrucou Kineas. Respirando fundo, tomou o restante do chá, agradeceu à mulher com a cabeça e devolveu-lhe a cuia. Em seguida voltou-se para seus homens, com um sorriso. — Confiem em mim — disse.

Mais uma vez ficou imaginando se poderia confiar no rei.

Os getas se levantaram com lentidão, como todos os bárbaros. Na metade da manhã estavam duas horas atrás do grupo de Kineas. A carruagem alada de Helios corria pelo céu e os *sakje* cavalgavam com os arcos sobre os joelhos, a fim de secar as cordas ao sol.

Uma hora mais tarde os homens já haviam passado do frio ao calor e a terra estava seca, estendendo-se até o horizonte em ondas de grama. A poucos estádios, a leste, uma única elevação se erguia da planície. Kineas a mandara reconhecer durante a viagem de ida, dez dias antes.

Os getas vinham a menos de três estádios atrás deles. As companhias da vanguarda começavam a apressar o passo, espraiando-se à direita e à esquerda por entre a grama alta, comunicando-se por gritos enquanto avançavam. Pretendiam cercar Kineas, como bons caçadores. Avançavam rapidamente, certos de que encurralariam a presa e pensando nas derrotas sofridas nos dias anteriores.

Kineas tomou a frente da coluna.

— Diretamente para a cordilheira! — bradou ele. — A galope!

A coluna estava perdendo a coesão. Cansados, os homens começavam a perder o controle sobre os cavalos, mas o galope os galvanizou novamente. No centro da formação, os síndicos eram os melhores cavaleiros, porém nem todos. Ao vê-los atrasar-se, Kineas e Ajax foram até eles, fazendo crianças e mulheres montarem na grupa de suas exaustas montarias. Os homens síndicos fizeram o mesmo e o pequeno grupo de refugiados continuou a avançar. Kineas viu a base da colina surgir por entre as feias orelhas de seu cavalo e orou a Zeus, olhando para trás. Os getas estavam a dois estádios, formando uma linha, cujas pontas em cada extremidade estavam a apenas um estádio, à direita e à esquerda, mas já emparelhadas, acompanhando-os. Os guerreiros gritavam uns para os outros, com vozes estridentes.

O fatigado cavalo de Kineas soltou um breve relincho ao começar a subir a colina. A criança nos braços do hiparca era uma menina, de cerca de três anos de idade, cabelos louros e olhos de um azul profundo. Ela o olhava com curiosidade.

— O cavalo está cansado — disse a criança, sorrindo. — Você está cansado.

— Estou — respondeu ele. — Como é seu nome?

— Alyet. Tenho três anos. — A menina ergueu três dedos, bem espaçados. — Nós vamos morrer? — perguntou, com a inocência dos muito jovens. — Minha mãe disse que a gente pode morrer.

— Não — respondeu Kineas. Já havia subido três quartos da distância até o topo, mas o animal avançava com grande esforço. Kineas o fez caminhar em ângulo e a égua reagiu bem. Os homens de Leucon mantinham a formação e Nicomedes ia passando adiante dos refugiados, tal como ele ordenara, subindo o aclive a fim de juntar-se à companhia de Leucon.

Os getas não se detiveram. Estavam chegando tão perto que Kineas podia ver as placas metálicas que usavam como adorno nos arreios e a decoração dos mantos. As companhias à direita e à esquerda viraram-se para dentro, em formação de pinça, prontas para a matança, apesar do terreno elevado.

Kineas chegou ao topo. Foi até onde estavam os síndicos e entregou a criança à mãe. Lembrando-se do horror que vira na aldeia e temendo que fraquejassem à beira da vitória, acariciou a cabeça da menina e ergueu o braço, pedindo atenção.

— Agora, é preciso vencer — disse em voz alta, em *sakje*.

Cem rostos incrédulos o encararam.

Kineas sorriu, com todas as preocupações dos últimos dias apagadas pelo que via do alto da colina.

— Vejam! — disse, colocando-se no centro da linha.

Os getas estavam na base da elevação, gritando sem cessar. Os mais ousados já vinham subindo.

Ao longe, no mar de grama, além das extremidades mais afastadas do avanço dos getas, a vegetação se movia como se tocada por uma ventania e a linha do exército *sakje* vinha avançando em fileiras, cada qual estendendo-se por um estádio, centenas de cavaleiros erguendo-se da grama como guerreiros surgidos dos dentes de um dragão.

Por trás da colina vinham o rei e seus nobres, cavalgando facilmente em animais descansados. Subiram a elevação, formando uma linha compacta de homens encouraçados à esquerda de Kineas. Outra companhia surgiu do lado direito — mais e mais guerreiros. Os olbienses e os síndicos deram um brado de triunfo, e os *sakje* cruzaram o cume para cair sobre os getas como raios de Zeus.

O rei viera. O rei *viera*. Kineas sentiu que o peso deixava seus ombros e em seguida começou a carnificina.

Os olbienses não participaram do combate. Ficaram assistindo à vingança dos *sakje* com a fatigada alegria de quem sabe ter conseguido muito e agora pode descansar. Antes que o último dos getas caísse, no ponto em que um grupo de nobres se reunira em torno do líder, morrendo todos, Kineas levou sua coluna a percorrer os últimos estádios até o acampamento do rei, num grande círculo de carroças que circundavam milhares de cavalos junto a outro rio, vigiados por outros *sakje* julgados desnecessários para o massacre.

Os olbienses foram recebidos como heróis. Kineas descobriu que, embora estivesse exausto, não conseguia deixar de apreciar os elogios. Passou de grupo em grupo, observando os rostos dos homens, divertindo-se ao ver que seus homens, que momentos antes se sentiam extremamente fatigados, de repente haviam recuperado energia suficiente para beber e vangloriar-se. Havia comida e fogueiras, e em pouco tempo os primeiros *sakje* que voltavam da debandada dos getas se juntaram a eles. Muitos traziam cabeças amarradas às selas. Mais tarde, Kineas viu um homem que limpava cuidadosamente uma pele inteira, cheia de tatuagens. Outros tinham consigo o produto do saque — um pouco de ouro, muita prata e cavalos.

Átelo voltou pouco antes de escurecer, em companhia de membros do clã de Srayanka. Ela estava coberta de sangue, mas acenou para Kineas antes que ele tivesse a chance de se sobressaltar com isso. Kineas retribuiu o aceno com um amplo sorriso no rosto e nesse momento percebeu que estava também sujo de lama, sangue e suor, que disputavam a primazia em seus pulsos e mãos. Tinha passado uma semana sem tomar banho, ou sequer se lavar.

Átelo cavalgava orgulhosamente, sentado como um rei no potro cansado.

— Peguei dez cavalos! — anunciou. — Senhor grande chefe. Todos os guerreiros dizer o mesmo. — Olhou para Srayanka, que dava ordens a seus principais. — Senhora dizer senhor herói. Dizer senhor *airyanâm*.

Kineas sorriu novamente.

Enquanto Átelo o enchia de elogios, o rei entrou a cavalo no círculo de carroças. Sua armadura era de ouro e o sol refletido nela ofuscava os olhos. Olhou para a esquerda e a direita e, ao ver Kineas, aproximou-se. Estava vestido de ouro dos pés à cabeça.

— Deu certo — disse ele. Esforçou-se para soltar a tira que prendia o elmo coríntio ao queixo e retirou-o da cabeça. Os cabelos tinham ficado baixos e um fio de sangue lhe escorria de uma narina. — Por todos os deuses, Kineas! Os getas vão precisar de dez gerações para se esquecer disto!

— Tivemos sorte — disse Kineas. — Enquanto cavalgávamos, pensei em todas as coisas que podiam ter dado errado. Era um plano tolo, e ambicioso demais. — Sorriu, com ar fatigado. — Mas lembrava-me de que Kam Baqca o fez prometer que tomaria parte nesta batalha.

Porém, Kineas queria dizer "Você veio!".

— Eu disse que não me arriscaria — tornou o rei. — E assim foi. Eles já estavam perdidos antes de atacarmos.

Desmontou e abriu os braços. Kineas o abraçou, couraça contra couraça.

— Ora, nós acabamos com eles! — vangloriou-se o rei. — Os do clã Mãos Cruéis quase não tiveram trabalho; os batedores passaram por eles praticamente sem vê-los. Eu mesmo devo ter matado uns seis — disse ele, desvencilhando-se do abraço. — Sinto-me cansado. Esgotado. Esta foi minha primeira grande batalha, minha primeira vitória como rei... e foi você quem a conquistou para mim. Não me esquecerei.

Enquanto falava, Satrax ia se despindo da armadura. Ainda lutava com as presilhas da proteção de escamas do antebraço.

— Marthax dizia que eu não devia participar da luta, mas se eu não combatesse, deixaria de ser rei. Somos *sakje*, não gregos. — Sorriu, com expressão de alívio no rosto, a mesma dos demais líderes. — Às vezes penso que Marthax quer ficar com toda a glória para si, ou que quer ser rei no meu lugar. — Pegou uma taça de vinho que lhe era oferecida e bebeu.

Kineas aproximou-se mais e começou a desfazer os laços do outro braço. Outros homens e mulheres fizeram o mesmo e em breve a libertação do rei de sua armadura se transformou em uma comemoração. Todos falavam ao mesmo tempo, inebriados pela vitória e pela sobrevivência.

Quando o peitoral de escamas foi retirado por cima de sua cabeça, o rei deu um passo à frente e abraçou Kineas novamente.

— Sorria — disse ele. — Ria. Estamos vivos. Agora acredito que podemos derrotar Zopryon. Podemos até derrotar Alexandre!

O jovem rei bateu-lhe com força nas costas e Kineas sorriu para todos, desejando de repente estar longe dos abraços e elogios, sentindo-se sujo. Foi se afastando gradualmente, dizendo a si mesmo que precisava despir a armadura, como o rei fizera. Foi até uma fogueira da qual os olbienses tinham se apoderado e foi recebido com brados de aplauso. Ajax o ajudou a retirar a placa peitoral e Kineas se sentiu mais leve, até mesmo mais jovem.

Nicomedes se aproximou e pôs o braço sobre os ombros largos de Ajax. As marcas da idade tinham desaparecido de seu rosto, e ele novamente assumira a aparência de um cavalheiro de quarenta anos.

— Nós o homenageamos, hiparca — disse ele. — Uma coisa é ouvir contar suas façanhas e outra é presenciá-las.

Kineas olhou as próprias pernas, cobertas de lama, e para os braços, sujos de terra e sangue. A chuva não tinha retirado toda a sujeira e a túnica estava encharcada por ter sido arrastada na lama; todo um lado do corpo coçava e o braço esquerdo estava inchado.

— Se está falando de alguém, não sei quem é — disse ele.

Nicomedeu declarou:

— Sou um homem rico e tive o privilégio de ver o trabalho de grandes artistas e artesãos. Sempre é a mesma coisa: quando os vemos em suas tarefas percebemos o foco de seu gênio e sabemos que possuímos o produto de seu talento.

Ajax riu.

— Duvido que Kineas queira fazer parte de sua coleção, amigo — disse ele.

Kineas forçou um sorriso.

— Obrigado... acho eu. — Tirou o quíton. — Pode mandar um escravo trazer-me roupas? Preciso vestir outra coisa. Enquanto isso, vou até o rio para banhar-me.

Nicomedes cheirou espalhafatosamente o manto rasgado.

— Ótima ideia — disse ele.

Ajax trouxe um estrígil para raspar a sujeira da pele, e Niceas apareceu com outro.

— Também tenho óleo — disse Niceas.

Ajax o festejou, como se ele tivesse ganhado uma competição. Enquanto caminhavam, outros se juntaram a eles: Leucon e Eumenes e vários de seus jovens guerreiros. Com pernas doloridas, caminharam um estádio em direção ao rio. Kineas se sentia tão feliz quanto é possível a um homem que conhece a hora da própria morte. Tinha perdido quatro homens em uma difícil campanha. Lamentava a perda, mas sabia que ele próprio havia feito o que devia — assim como eles. Sabia, igualmente, que durante algumas horas não precisaria preocupar-se com nada, exceto com as dores nos músculos e com a febre proveniente do ferimento. A morte parecia muito distante.

Ouvia a tagarelice dos mais jovens e caminhou um pouco adiante do grupo, nu, com a túnica imunda dobrada sobre os ombros. Ouviu um som de cascos e voltou-se.

Srayanka estava atrás dele com alguns de seus oficiais, todos nus, também cobertos de lama e imundícies — cavalos e homens. Ela o olhou e ele retribuiu. Quando ela passou, com os olhos pousando sobre seu corpo, os dele também permaneceram sobre o corpo dela. No momento seguinte, ela já o ultrapassara, atiçando o cavalo até o galope e voltando-se para acenar. Passou adiante, mais bela do que qualquer coisa que Kineas já tivesse visto, apesar da sujeira e do sangue, com os cabelos negros soltos ondeando atrás de si, as costas retas ao preparar a montaria para o salto e em seguida saltando diretamente do barranco para o rio, espalhando água como uma baleia. Todos os demais guerreiros a seguiram.

Os olbienses apontavam, gritando e aplaudindo.

— Parece Ártemis com suas ninfas — disse Nicomedes. Parecia chocado, e respirou fundo. — Quem esperaria tanta beleza num dia como este? Eu gostaria que um pintor, ou escultor, estivesse aqui para registrar isso para mim.

— Eu já fico contente com um banho — disse Niceas.

— Vamos correr — ordenou Kineas. Os olbienses começaram a correr, desperdiçando as últimas reservas ao sol poente. Chegaram ao barranco do rio e saltaram na água, gritando ao caírem.

Kineas nadou na parte mais ampla do remanso. A água era funda, porém cheia de sedimentos por causa da chuva e por ter sido agitada pelos cavalos. Ele não se importou, a sensação da água sobre sua pele era agradável, apesar do frio. Kineas nadou segurando a túnica com os dentes, procurando por Srayanka no lento crepúsculo.

Encontrou-a na parte mais rasa, sob uma árvore alta. Srayanka escovava o cavalo, trazendo areia da margem com as mãos e esfregando as pernas do animal, onde parecia haver manchas de sangue.

Ela sorriu para ele.

— Ele morde — disse em grego. — Não chegue muito perto.

Kineas ficou parado na parte mais funda. Era um homem prático e se sentia bem somente por estar junto dela, admirando-lhe o corpo, e começou a lavar a túnica da melhor maneira possível. Depois de algum tempo, passou por trás dela e foi até a margem, onde pegou um pouco da areia que ela juntara e começou a lixar a sujeira dos braços.

Ouvia os gritos e exclamações dos demais olbienses, vindas do remanso. A julgar pelas vozes, um número cada vez maior se dirigia ao rio — mais olbienses e mais *sakje*.

— Você *airyanâm* — disse ela, olhando por cima do ombro e puxando um cacho de cabelos negros sobre as costas nuas. Olhou para a correnteza e depois novamente para ele.

Kineas se aproximou e ela foi ao encontro dos braços dele como se tivessem ensaiado mil vezes aquele abraço, e sua boca se colou à dele com a mesma facilidade de um aperto de mãos.

Os dois se enlaçaram...

Apenas durante alguns segundos, até que Átelo gritou:

— Lá estão eles! — Todos os rodearam, olbienses e gente do Mãos Cruéis, rindo e gracejando, com mais do que algumas sugestões obscenas.

Kineas se afastou em direção de águas mais profundas a fim de ocultar as consequências do abraço, ainda de mãos dadas com ela, e Srayanka nadou com ele, deixando o cavalo. Ambos nadaram junto com os companheiros, até ficarem limpos. Secaram-se nus à brisa morna da tarde, deitados na grama. Ágis, o megarano, e Ajax cantaram trechos da *Ilíada*, enquanto os gregos se untavam com óleo e usavam os estrígeis para limpeza, provocando admiração e divertimento em todos os *sakje*. Em seguida, Marthax revezou-se com Srayanka, cantando alternadamente uma interminável balada de amor e vingança. Kineas percebeu que o rei se juntara ao grupo e sentou-se perto dele enquanto outros iam buscar túnicas secas e comida. Ao terminar o canto, Srayanka sentou-se apoiando as costas nas de Kineas, como se fossem velhos companheiros de batalha. Os *sakje* lhe haviam trazido roupas e ela lhe deu uma túnica de pele de cor clara, coberta de bordados semelhantes aos das roupas dela. Era bárbara, mas ele a vestiu mesmo assim.

O rei ficou sentado, imóvel, entre eles, e em seguida virou o rosto, claramente contrariado quando Kineas vestiu a túnica. Mais tarde, quando ela deu em Kineas um beijo rápido e afetuoso ao estender o braço em busca de vinho, o rei se levantou, falando com ela em *sakje*, visivelmente zangado.

Srayanka agitou os cabelos ainda molhados, olhou para Kineas e depois abanou a cabeça para o rei.

— Minha mente sabe — disse ela, com clareza —, e minha mente governa meu corpo.

O rei se virou e afastou-se na escuridão.

Kineas continuou a sentir o calor das costas de Srayanka contra as dele, a mão macia como pelica e dura como o ferro presa à sua, e estava feliz como pode estar um homem com apenas algumas semanas de vida.

Na manhã seguinte, a exaustão e a ressaca do vinho dominavam o exército. Bastaria um punhado de getas para aniquilá-los completamente. Kineas jamais havia visto um exército comportar-se de maneira diferente após uma vitória, mas ficou imaginando se valeria a pena designar algumas sentinelas.

O braço estava menos inchado e o calor quase desaparecera, como se o espírito do rio tivesse anulado o efeito do veneno. Ele foi um dos primeiros a levantar-se, e depois de tomar um pouco do chá dos síndicos vestiu a túnica de pele com que Srayanka o presenteara. Apesar da aparência estranha, a túnica era limpa. O quíton militar estava úmido e, apesar de haver sido lavado enquanto ele olhava distraidamente para Srayanka, ainda estava sujo. Suas roupas restantes haviam desparecido durante a retirada, talvez deixadas para trás no último acampamento.

O rei surgiu montado no momento em que Kineas examinava os cavalos capturados pelos olbienses, para escolher uma montaria adequada para a viagem. A seus olhos, todos os animais pareciam muito pequenos.

— Acho que chegou a hora de termos uma conversa de homem para homem — disse o rei, procurando visivelmente manter a dignidade. — Você me proporcionou uma grande vitória. Não quero deixar de ser generoso.

Kinea suspirou, olhando para o rei.

— Estou a seu serviço, senhor. — Em seguida olhou para o chão, pouco afeito a falar sobre certos assuntos. — Estamos falando de Srayanka?

Satrax não o olhava nos olhos.

— Depois que Zopryon for derrotado, você pretende casar-se com ela?

Kineas encolheu os ombros.

— Naturalmente — respondeu, porque era preciso dizer alguma coisa. *Naturalmente, se eu estiver vivo.*

O rei curvou-se para ele.

— Talvez essa perspectiva não seja muito atraente: ela não é uma mulher grega, e é feroz. Não se conformaria em ser simplesmente sua namorada, é a chefe do clã Mãos Cruéis e personagem importante demais para virar concubina. Talvez você não possa casar-se com ela... talvez já seja casado, ou tenha uma noiva?

O rei não havia compreendido o tom da voz de Kineas.

— Eu teria orgulho em ser casado com aquela dama — disse ele, percebendo que dizia a verdade.

O rei se empertigou na sela.

— De verdade? — Parecia surpreso. — Ela jamais poderia viver numa cidade. Preferiria morrer. — Desta vez, encarou Kineas. — Eu já morei numa cidade grega. Conheço a dama. A vida dela é livre, de mulher guerreira; sua cidade a levaria à morte.

Conjeturando em voz alta, Kineas respondeu:

— Talvez eu possa comprar uma fazenda ao norte de Olbia, e ela viria me visitar. — Riu-se, ainda enquanto falava.

O rei sacudiu negativamente a cabeça.

— Gosto de você, Kineas. Gostei desde o início. Mas você chegou para destruir minha felicidade. Você nos trouxe essa guerra e agora quer tomar minha prima. Vou tentar falar como homem, e não como um jovem decepcionado: eu a quero para mim, mas ela só quer você. Agora terei de suportar não apenas a perda dela, a mulher que desejei desde que tive idade para sentir desejos masculinos, mas também o fato de saber que meus melhores guerreiros consideram você *airyanâm*. Se você se casar com ela, será um aliado poderoso, ou um rival até a morte. E eu me pergunto: é isso o que você deseja? Seria capaz de abandonar seus homens para cavalgar pela planície? Ou os traria para nós, como um novo clã?

Kineas esfregou a barba, sentindo-se velho.

— Meu senhor, eu o servirei. Na verdade, não havia pensado em nada disso. Compreendo que isso o perturbe. Porém... — Kineas procurou as palavras adequadas. — O que me atrai é a própria dama.

— Mas como você vai viver? — perguntou o rei. — Será capaz de abandonar Niceas, ou Diodoro, para ser o consorte de uma jovem bárbara? — O rei desviou os olhos, fitando o horizonte além da grama. — Ou ela deixaria o Mãos Cruéis para moer farinha e tecer, como uma mulher grega? Talvez queira fazê-lo, até que passe a odiar você, ou que enlouqueça.

Kineas concordou com a cabeça, porque já pensara naquilo e porque a sentença de morte que pairava sobre si o livrava de ter de decidir. No entanto, sentia, no fundo do coração, que encontraria um maneira.

Ou acabaria como Jasão, e ela como Medeia?

Mas que poderia dizer? "Senhor, eu estarei morto, isso já não terá importância"?

— Creio que nós... encontraríamos uma saída — disse, cautelosamente.

O rei ainda fitava a grama. Endireitou-se na sela, parecendo mais alto.

— Procurarei não me intrometer — disse ele. A frase lhe custara. Em seguida, acrescentou: — Kam Baqca disse que devo agir assim.

Kineas ficou se perguntando como seria ter tanto poder aos 18 anos.

— É uma ação nobre, seja ou não recomendada por Kam Baqca.

Satrax encolheu os ombros. Em seguida endireitou-se e novamente procurou assumir uma postura de dignidade.

— Soube que você perdeu seu cavalo de ataque — disse ele. — Perdeu aquele animal cinzento, o que me dá oportunidade de demonstrar o quanto o aprecio. — O rei estendeu a mão, convidando-o a montar na garupa.

Kineas montou junto com o rei:

— Vão rir de nós — disse ele.

— Dificilmente — foi a resposta. Fez o cavalo trotar e depois acelerou o passo.

Passaram pela manada que pertencia ao rei, na verdade uma pequena amostra que o rei havia trazido na perseguição aos getas. Kineas conhecia as marcas.

De repente, o rei disse:

— Os demais nobres consideram você a escolha perfeita: ela terá um marido e o Mãos Cruéis terá herdeiros. É claro que você já é um comandante afamado. — Continuaram a cavalgar mais alguns passos. — O conselho que me dão é escolher uma moça de minha idade, com boas ancas para a maternidade; foi-me recomendada uma princesa sauromata. — Kineas estava encostado em Satrax, e este parecia contrariado por ter de curvar-se à vontade de seus nobres. De repente mostrou-se mais tranquilo. — Veja! — apontou.

O animal não era cinzento, e sim quase prateado, de tom escuro como o ferro polido, ou como aço. Tinha uma larga faixa negra que corria pelo dorso, característica que Kineas somente vira na raça de cavalos pesados dos *sakje*, além da crina e da cauda de cor clara. Era um animal grande, que inspirava confiança. Na verdade, era irmão do cavalo que o rei montava para os combates.

— Ele não ficará tão bem-treinado quanto o seu persa — disse o rei. Como todos os que dão presentes, via-se obrigado a depreciá-lo. — Mas está acostumado aos arreios, e seria meu próximo cavalo de combate. Agora é seu. Além de dois cavalos de montaria, Marthax os separou para você, mas quero que já fique sabendo.

Kineas caminhou em volta do animal, admirando-lhe as ancas. Tinha a cabeça relativamente curta, sem a pureza de linhas dos persas, mas era grande e a cor ou era feia ou magnífica; mas sem dúvida rara.

— Obrigado, meu senhor. É um presente de rei.

O rei sorriu, sem jeito, parecendo realmente muito jovem.

— É verdade, não? — perguntou, exibindo seu bom humor essencial. — Esta é a vantagem de possuir dez mil cavalos — acrescentou, depois de um momento.

— Peço desculpas — disse Kineas. Não pensou em outra coisa para dizer.

O rei fez uma careta.

— Os reis têm de tomar decisões difíceis. Se você se tornar marido dela, terá muito poder sobre meu povo. Um *baqca* cuja esposa é comandante de um clã. Um grande soldado com aliados gregos. Poderia transformar-se em meu rival. — Olhou para o cavalo. — Como é o caso de Marthax. — Desviou os olhos para a planície. — Ou será que isso é apenas a voz de meu ciúme?

— O senhor é sincero — disse Kineas. — E pensa como rei.

— É preciso — respondeu ele. — Experimente-o — disse, indicando o cavalo.

Kineas pegou a crina do animal com uma das mãos e saltou para o dorso. Quase errou o salto — este era um palmo mais alto do que o persa — e ficou satisfeito ao ver que ele esperava pacientemente enquanto seus pés procuravam o estribo.

Satrax dominou o riso com dificuldade, divertindo-se ao ver o grego pouco à vontade no cavalo. Kineas deu um estalo com a boca e o grande animal fez uma curva suave.

— Que belo passo! — elogiou. O bater fácil dos cascos parecia vagamente conhecido. Procurou dirigi-lo somente com os joelhos, sem tocar as rédeas, e levou-o com facilidade até junto do rei. Os dois animais se farejaram como companheiros de estábulo, o que provavelmente era o caso. Tinham a mesma cor. — Mesma mãe?

— Mesma mãe e mesmo pai — disse o rei. — São irmãos.

Kineas inclinou a cabeça.

— Sinto-me honrado. — Acariciou o ombro do cavalo, pensando na conversa que tivera com Filocles.

— Juro que nada farei para prejudicar Vossa Majestade. Não me casarei com Srayanka nem pedirei a mão dela sem sua permissão. — Deu uma palmada no cavalo. — Que presente maravilhoso! — repetiu.

— Ótimo — disse o rei, concordando com a cabeça, evidentemente aliviado e igualmente preocupado... e enciumado.

— Muito bem. Vamos colocar o exército em movimento.

Mais tarde, no mesmo dia, cada vez mais apaixonado por sua nova montaria, Kineas compreendeu por que o passo do animal lhe parecera tão conhecido.

O cavalo prateado era o mesmo do sonho de sua morte.

18

Cruzaram rapidamente a planície, de oeste para leste. Os *sakje* mantiveram o ritmo habitual e os olbienses, com as remontas, os acompanharam bem. Percorriam cem estádios por dia, segundo a estimativa de Kineas, parando a intervalos regulares para beber nos rios que atravessavam a planície e acampando em lugares escolhidos, com grama nova para forragem e árvores para lenha.

A organização era admirável, tratando-se de bárbaros. Kineas já não os considerava assim.

Ele nunca tinha visto um exército de cinco mil soldados movimentar-se com tanta rapidez. Se Zopryon apressasse seus homens como fazia o próprio Alexandre, poderia cobrir sessenta estádios, embora as patrulhas pudessem ser mais velozes. Kineas acreditava ainda não ter visto tudo o que os *sakje* eram capazes de fazer.

Os acampamentos em geral ficavam abrigados pelo capim alto que crescia na planície, em geral o ponto mais elevado em muitas horas de trajeto. Na quarta noite, com músculos cansados porém de corpo limpo, Kineas se viu sentado junto a Niceas, espalhando sebo no couro do freio e passando cuidadosamente aos arreios, onde as costuras haviam começado a se desmanchar, e fazendo pequenos ajustes. A nova montaria tinha a cabeça larga.

Srayanka chegou com Parshtaevalt e Hirene, a corneteira de sua tropa. Passara a procurá-lo com mais frequência.

— Vamos caminhar, Kineax — disse ela.

Kineas estava usando a sovela que tinha nas mãos para fazer novos orifícios, trabalhando com cuidado nos arreios já antigos. Eles precisavam durar pelo menos até voltarem ao acampamento na Grande Curva.

— Daqui a pouquinho — disse ele.

Ela se sentou junto dele e apontou o trabalho a Hirene, que franziu a testa. Niceas cortava um pano geta a fim de fazer uma manta para a sela.

Hirene falou rapidamente, em *sakje*, com os lábios torcidos. Kineas não sabia dizer se era um sorriso ou uma mostra de ironia. Srayanka riu, com um belo som, graciosamente sentada no cobertor de Kineas.

— Hirene diz: você é útil, o grande comandante guerreiro sabe costurar couro!

Kineas deu um ponto no último orifício, depois outro e mais outro, apertando o fio de linha o máximo possível. Segurando cuidadosamente, colocou tudo junto com os arreios. Parshtaevalt ajoelhou-se junto à pilha de tiras de couro e começou a examiná-las.

— Não bom como nosso — disse ele —, mas bom. — A cada dia melhorava no uso da língua grega, assim como os gregos com o *sakje.*

Niceas jogou o cobertor sobre seus próprios arreios e fez um sinal para que Átelo, do outro lado da fogueira, traduzisse, dizendo a Parshtaevalt:

— Tente me ensinar, amigo. — Piscou para Kineas.

Hirene ficou indecisa; queria acompanhar a comandante, mas Srayanka fez um sinal negativo, dizendo a Kineas:

— Traga sua espada.

Kineas pensou que aquele era o romance mais estranho desde que Páris encontrara Helena, mas pegou a preciosa lâmina egípcia, que estava enrolada no cobertor.

Ela tomou a mão dele e foram caminhando na tarde já avermelhada. Junto ao acampamento, o terreno era plano e a grama curta e de um verde brilhante, mas ela o levou ao campo onde a vegetação era mais alta e as irregularidades do chão tornavam mais difícil caminhar. Riram juntos quando se desequilibraram por não quererem soltar as mãos.

Kineas olhou por cima do ombro, vendo todo o acampamento desdobrar-se diante de si ao norte e o sul junto ao rio. Muitas cabeças se voltavam, olhando-os.

Lendo os pensamentos dele, Srayanka disse:

— Que olhem. Neste monte meu pai enterrado. Aqui matar duzentos cavalos, mandar para *Ghanam*. Eu *baqca* aqui.

Chegaram à base do monte. De perto, era claro que fora feito pela mão do homem. Alguns degraus tinham sido escavados e uma profunda vala, invisível a um estádio de distância, corria ao longo da base, com uma barreira de pedras em toda a volta.

Srayanka o guiou até um quarto do comprimento da vala. Dali entraram por um portão marcado por roseiras selvagens e começaram a subir o monte. Ela começou a entoar um canto monótono

A bola de fogo do Sol poente repousou sobre a linha do horizonte, banhando a grama verde com reflexos de luz vermelha, laranja e dourada, fazendo com que o monte parecesse uma mistura de grama, ouro e sangue. O canto dela aumentou de volume e tom.

— Depressa! — disse ela, puxando-o pela mão e fazendo-o correr alguns passos até o topo, onde havia uma pedra em uma leve depressão. Da pedra surgia uma barra de ferro oxidado. Vendo-a de perto, ele percebeu que era o que restava de uma espada, o ouro do cabo ainda brilhava orgulhosamente acima da decomposição da lâmina.

Um quarto do grande sol já desaparecera sob a curva do mundo.

— Tirar espada — disse ela.

Kineas desembainhou-a. Ela estendeu a mão e respeitosamente segurou a espada enferrujada, tirando-a da pedra. Pegou a espada de Kineas e, com os últimos raios do sol incendiando o cabo, enterrou-a na pedra — mais profundamente, talvez, do que a anterior.

Enquanto o sol desaparecia, deixando o céu colorido, com o vermelho vivo e o cor-de-rosa pálido contrastando com o violeta cada vez mais forte no véu azul-escuro da noite, ela parou de cantar e se ajoelhou diante da pedra.

Kineas ficou de pé ao lado dela, constrangido por não saber o que ela pretendia e também pelas atitudes bárbaras dela; mas Srayanka era uma sacerdotisa, e os gregos não costumavam zombar dos deuses de outros povos. Acabou por ajoelhar-se junto a ela na depressão úmida. Sentia o cheiro do musgo na pedra, do óleo que untava a lâmina de sua espada e da fumaça de madeira aromática nos cabelos dela.

Ficaram ajoelhados até que ele sentiu dor nos joelhos e as costas enrijecidas. Completa escuridão os envolveu, tornando invisível a planície além do monte; havia somente o céu e a pedra, os aromas da depressão e o chirriar de uma coruja, e... *ele se viu voando por sobre a planície de grama, procurando uma presa, o brilho reticente das estrelas suficiente para permitir-lhe ver.*

Elevou-se mais alto por sobre a planície, em círculos indolentes, e quando viu um círculo de fogueiras — uma dúzia de círculos de fogo, cem círculos de fogo —, começou a descer novamente, olhando o acampamento enquanto baixava em espiral...

Tão repentinamente quanto se ajoelhara, Srayanka levantou-se, tomou uma bolsa de sementes que trazia à cinta e as espalhou sobre a depressão e a pedra.

Kineas se pôs de pé com considerável dificuldade. Um dos pés estava dormente, mas tinha a mente desanuviada, parte dela ainda vagando no alto do céu.

— Você *baqca* — disse ela. — Sonho estranho?

Kineas esfregou o rosto para despertar. Sentia a boca pegajosa, como se tivesse engolido resina.

— Sonhei — respondeu, em grego.

Ela colocou uma das mãos no rosto dele.

— Preciso entrar na — fez uma pausa, procurando as palavras — tenda de fumaça, aqui mesmo, na *guryama* de meu pai. — Acariciou-o afetuosamente. — Sonhe livre.

Kineas ainda estava preso ao sonho quando ela o tomou pela mão, iniciando a descida do monte.

A meio caminho ele começou a recuperar-se.

— Minha espada! — exclamou.

Ela sorriu e, como estava na posição mais alta na trilha de descida, abaixou-se, olhando-o nos olhos, e o beijou.

Foi um longo beijo, e ele sentiu a mão avançar com naturalidade para o seio direito dela. Srayanka mordeu-lhe a língua e recuou, rindo.

— Espada aqui mesmo — disse, batendo-lhe na cintura, com força. Em seguida disse: — Amanhã subir, buscar espada. *Baqca*, de verdade?

Kineas falou, hesitante:

— Está pondo o poder da espada de seu pai na minha?

Ela o olhou atentamente por um instante, com a expressão de uma mãe cujo filho faz uma pergunta difícil, ou uma pergunta cuja resposta pode fazer mal.

— Casar comigo? — perguntou.

Kineas engasgou-se mas não hesitou.

— Sim.

Ela assentiu, como se já esperasse aquela resposta.

— Então cavalgar juntos, não? E talvez.... — Tinha uma expressão vaga, como de uma sacerdotisa em um culto, o que o assustou até a raiz dos ossos. — Talvez governar juntos?

Kineas recuou um passo.

— O rei é quem governa.

Srayanka encolheu os ombros.

— Reis morrem.

Kineas pensou: *Você está apostando no cavalo errado, meu amor. Quem está destinado a morrer sou eu*. Abriu os braços para ela, que aceitou o abraço. Quando a cabeça dela se encostou em seu ombro, ele começou a dizer:

— Srayanka, eu...

Ela pôs a mão na boca dele.

— Shhhh — disse. — Não falar. Espíritos aqui. Não falar.

Kineas a abraçou, quase um abraço casto, e ela ficou com a cabeça junto ao ombro dele, enlaçada pela cintura, durante muito tempo.

Depois continuaram a caminhar, descendo o monte. Sem se falarem, começaram a separar-se na orla da grama mais curta, cada qual para seu acampamento, mas as mãos continuaram dadas por mais tempo e, novamente, ambos quase caíram.

Riram-se, e se afastaram.

Ela foi procurá-lo de manhã, vestida com peles brancas, enfeitadas e bordadas a ouro e com cabeça coberta por uma peça dourada muito alta. O rei chegou junto com ela, além de Marthax e mais vinte chefes e guerreiros. Kineas acenou a Leucon e Nicomedes para que o acompanhassem e todo o grupo refez a jornada da noite anterior, subindo o monte ainda no escuro até a depressão no topo. Todos os *sakje* começaram a cantar, até mesmo o rei.

O primeiro raio de sol lambeu a linha do limite do mundo como uma labareda em uma nova fogueira. O sol brilhou na cabeça de Górgona — a cabeça de Medeia, a cabeça de Srayanka — no cabo da *machaira* dele, que roubava as cores do sol nascente. A linha de fogo desceu pela lâmina, cada vez mais depressa, e em poucos segundos a espada parecia ter levado o sol para o interior da pedra.

Todos os *sakje* soltaram um grito e a mão de Srayanka segurou o cabo da espada enquanto ela entoava uma única nota aguda e pura, fazendo um sinal para Kineas com a outra mão. Ele segurou também o cabo com a mão direita e por um momento pareceu-lhe sentir que a espada o puxava para baixo.

Srayanka soltou a espada e a mão de Kineas se elevou, tirando a lâmina da pedra.

Kineas se sentira tão enlevado pelo efeito da cerimônia que durante um instante esperou alguma coisa — um ímpeto de energia, talvez, ou a voz de um deus. Em vez disso, viu a expressão no rosto do rei: ciúme e inveja evidentes em seu olhar. Quando os dois se fitaram, o rei desviou os olhos.

Marthax franziu a testa e depois lhe deu um tapa nas costas.

— Espada boa — disse ele. Em seguida todos desceram do monte.

— Que foi aquilo? — perguntou Niceas. — Houve um belo efeito de luz.

Kineas encolheu os ombros.

— É o túmulo do pai de Srayanka — disse, em voz baixa. Leucon e Nicomedes assentiram.

Quando chegarem à grama mais curta, Marthax começou a berrar, dando ordens. Kineas tomou o rei pelo braço.

— Tive um sonho no monte.

O rei se desvencilhou.

— Tudo está como deve ser — disse ele, após um momento.

— Vi o exército de Zopryon, no acampamento, em ordem. Talvez a duzentos estádios daqui, talvez mais.

Satrax esfregou a barba e fez uma careta.

— Ele está avançando depressa.

Kineas perguntou:

— Podemos confiar nesse sonho? Pensava nos detalhes: os cavalos peiados, as armas, os círculos de fogueiras. Mas tudo isso podia ser produto de sua imaginação.

O rei encarou Kineas.

— Kam Baqca nada vê, está se fechando para as visões, porque elas nada revelam a não ser a morte dela própria. Por isso tenho de confiar em seus sonhos, como em qualquer outro. Despacharei batedores e então saberemos.

— Se o sonho tiver sido verdadeiro... — começou Kineas, com voz trêmula. Queria que o sonho fosse falso. Queria que os batedores vissem Zopryon a mais duzentos estádios a oeste, porque isso significaria que o sonho não era verdadeiro e que aqueles bárbaros, apesar de toda a sua afeição, eram supersticiosos como todos os bárbaros e que ele não estava destinado a morrer dentro de poucas semanas, atravessando um rio. Respirou fundo e expirou. — Se o sonho for verdadeiro, está quase na hora de começar a importunar esse exército.

Um dos companheiros do rei aproximou-se trazendo uma cuia de chá, e o rei a tomou com sofreguidão.

— Nossos cascos estão preparados. Os cavalos estão adestrados. — Balançou a cabeça e prosseguiu: — Se os batedores confirmarem seu sonho, muito bem. Assim faremos.

O rei mandou vinte cavaleiros, um dos quais era Átelo. Três dias depois, quando já estavam a uma manhã de marcha da Grande Curva, todos regressaram em grupo. O rei convocou os chefes e oficiais.

O sonho estava correto.

Átelo disse aos gregos:

— Exército de Zopryon não parecer muito famoso. Ter muitas, muitas, muitas mãos de homens, não muitos cavalos. — Sorriu seu feio sorriso. — Mandar getas, getas não voltar.

O estômago de Kineas deu voltas e o sangue ferveu em suas veias. Tinha no máximo duas semanas de vida.

Srayanka falou em *sakje*:

— Vamos começar a dar trabalho a ele, agora. A expressão de seus olhos era perturbadora, a mesma da noite da vitória contra os getas, quando ele surgira por trás dela, ou como quando falara em reinar junto em ele. Expressão de cobiça.

Satrax falou com cautela:

— Hoje vou para nosso acampamento. Marthax trará a coluna restante, *sakje* e olbienses, e devem estar prontos para acompanhar-me. Veremos quais os clãs que acorreram e o que a notícia de nossa vitória significou em termos de quantidade. Veremos se os sauromatas vieram, e também o restante dos gregos. — Olhou em volta de si e completou: — Depois, deixaremos que Zopryon sinta o peso de nossa cavalaria.

O grupo mais próximo do rei compreendia a maioria dos oficiais e nobres do exército aliado — vinte líderes de clãs, a guarda do rei, constituída de filhos dos nobres, e Kineas, Nicomedes, Leucon e Niceas. Cavalgaram durante o tranquilo início da noite, sem manadas de cavalos e sem carroças, com grande rapidez.

Kineas seguia ao lado do rei, mas eles trocavam poucas palavras. Kineas sentiu que ainda havia uma barreira entre ambos. Saber se tinha sido erguida por ele próprio ou pelo rei era o tipo de coisa que Fílocles poderia resolver, mas que Kineas não conseguiria.

Justamente quando a escuridão tomava conta da planície eles divisaram a grande curva do rio a leste. Em seguida, mais trevas e mil pontos de luz brilhando do outro lado do vau. O acampamento tinha ficado duas ou três vezes maior. O cheiro de madeira queimada chegava até onde se tornava possível ver tantas fogueiras.

Os cavalos relincharam e as manadas responderam.

O rei fez uma pausa, voltando a vista do último clarão de luz mortiça a oeste, atrás de si, para as fogueiras que crepitavam além do grande rio.

— Quando eu era menino — disse a Kineas —, adorava barcos. A cada primavera eu embarcava nos navios dos comerciantes que desciam o rio em direção a Olbia. Lembro-me também de que um dos mais sábios dentre eles, um velho síndico chamado Bion, falava da repentina torrente das águas, parando frequentemente e dizendo que quando as águas crescessem além de um certo ponto seria impossível a qualquer homem atracar um barco e que este seria levado pelo rio até seu destino ou seria destruído de encontro a um rochedo ou um tronco.

O rei apontou o acampamento, sem dar atenção aos nobres que o rodeavam.

Kineas assentiu.

— O mesmo acontece no mar, meu senhor. É possível acompanhar a costa até certo ponto, mas quando Poseidon assim determina, é preciso arriscar-se no mar cor de vinho, correndo sobre as ondas, ou então perecer.

À última luz, o rei sorriu com severidade.

— Eu quis dizer uma coisa diferente, Kineas. No rio, Bion parava. Parava para descansar, parava para mostrar que ainda era possível atracar, para retardar o momento em que teria de entregar tudo àquela torrente, em direção ao sucesso ou à destruição. — Encolheu os ombros, num gesto quase despercebido na escuridão. — Dentro de uma hora, darei a ordem para que meu povo caia sobre Zopryon. A partir desse momento, estarei no rio, em plena torrente.

Com o joelho, Kineas levou seu cavalo mais para perto do rei e pôs a mão sobre a dele.

— E o senhor quer parar? — perguntou.

Com a outra mão que segurava o chicote, o rei cobriu a de Kineas.

— Você também é comandante. Você também conhece o terror, o peso das esperanças e dos temores de outros homens. Quero parar... ou terminar a tarefa.

— Eu sei — afirmou Kineas, deixando transparecer seus próprios temores.

Ficaram juntos durante mais alguns segundos, vendo as trevas se adensarem a oeste. Pelo menos naquela noite, ambos eram amigos.

— Vamos — disse o rei. — Vamos embarcar.

Fílocles e Diodoro esperavam na orla do acampamento, junto com um grupo de desconhecidos. O rei já havia marcado lugar e hora para a reunião do conselho — uma hora depois do alvorecer, em sua carroça. Kineas, Nicomedes, Leucon e Niceas seguiam a cavalo ao longo do rio em direção ao acampamento dos gregos, agora cheio de tendas e carroças que se estendiam no terreno, perdendo-se na escuridão.

— Posso dar os parabéns? — perguntou Diodoro, apertando a mão de Kineas logo que saltou do cavalo.

Niceas riu, apalpou o amuleto como para evitar a soberba e disse:

— Você perdeu uma boa briga. — Sorriu e prosseguiu: — Tão boa quanto um combate contra os persas. Os getas nem sequer conhecem nossos truques, foi realmente fantástico.

Fílocles se mantinha um pouco afastado, mas saudou calorosamente cada um dos comandantes. Kineas apertou-lhe a mão.

— Senti sua falta — disse.

A expressão reservada de Fílocles desapareceu.

— E eu a sua — respondeu. Em seguida, após relancear os olhos pelos oficiais olbienses, disse: — Tenho notícias, más notícias.

Kineas respirou fundo.

— Conte.

— Tem de ser em particular — disse Fílocles. — Ninguém sabe, no acampamento.

— Os hoplitas já chegaram?

— Estão a dois ou três dias daqui, marchando com rapidez. A cavalaria de Pantecapeo está no acampamento, assim como a sauromata.

— O rei vai gostar de saber — disse Kineas. — Qual é a notícia ruim?

Outros homens vinham emergindo das trevas. Antígono abriu os braços para Kineas e ambos se abraçaram.

— Ouvimos dizer que você esteve em dificuldades e que venceu — disse ele.

Niceas já estava contando histórias de batalhas a um grupo de veteranos. Surgiram odres cheios de um vinho forte, feito no campo, que cheirava a cabra e pinheiro. Ao lado de Leucon e Nicomedes, Kineas contou em linhas gerais a história da campanha. A maioria dos gregos se aproximou para ouvir.

— Então, os getas foram esmagados — concluiu Fílocles.

— O rei acha que estão aniquilados durante toda uma geração — disse Leucon —, talvez mais do que isso.

Fílocles franziu a testa, olhando para Sitalkes, que conversava rindo com alguns dos homens de sua tropa. Kineas tomou o espartano pelo braço e levou-o para um canto afastado.

— Você está estragando a festa, como as Fúrias — declarou.

Fílocles olhou em volta e abaixou a voz:

— Há um homem em minha tenda — disse ele. — Pelagius, de Pantecapeo. Veio para o norte em um barco da frota e contou coisas que aconteceram em Olbia há apenas cinco dias.

Kineas sacudiu a cabeça.

— Segundo Pelagius, Demóstrato enfrentou o esquadrão macedônio há trinta dias, surpreendendo-o na praia e incendiando dois navios. Em seguida, mandou mensageiros para informar-nos de que cumprira sua missão e partiu para o Bósforo, ao sul, a fim de atacar barcos macedônios.

Kineas concordou.

— Foi o que ele disse que faria.

— Pelagius chegou a Olbia em um pequeno barco, com poucos tripulantes. Pretendia ter com o arconte e contar-lhe os acontecimentos no mar, mas o que viu o fez subir o rio com seu barco.

— Que foi que ele viu? — perguntou Kineas.

— Uma guarnição macedônia na cidadela — disse Fílocles. — Isso foi há cinco dias. Ele chegou hoje e eu o escondi dos demais.

Kineas sacudiu novamente a cabeça.

— Diabos! Diabos! Estamos fodidos. — Kineas sentia como se tivesse levado um coice. Tinha dificuldade para respirar. — Que inferno, Fílocles. Ele tem certeza?

— Suficiente para subir o rio imediatamente para nos contar, em vez de atracar lá.

— Se Demóstrato realmente incendiou as trirremes macedônias, como isso pode ter acontecido?

Kineas bateu com o punho na palma da mão. Seus planos iam diluir-se no ar, como a fumaça de um altar à brisa.

— Somente posso especular. Um barco mercante com soldados escondidos no porão? Ou uma traição do arconte? — Fílocles sacudiu a cabeça, raivosamente. — Não sei.

Kineas ficou preocupado.

— Por Ares. Isso é um perigo para nós. Precisamos saber o que está acontecendo. — Olhou para os demais, junto à fogueira. Alguns o observavam. — Não podemos esconder isso. É melhor informar os oficiais imediatamente.

Fílocles cofiou a barba.

— Sabe o que isso pode significar? Seus homens, todos os seus homens, podem querer voltar. Você é capaz de mantê-los aqui caso o arconte os mande regressar?

— O arconte é a voz da cidade? — perguntou Kineas.

Fílocles cruzou os braços.

— Memnon está a dois dias daqui, com seus hoplitas.

Kineas concordou.

— Então a assembleia está aqui.

Fílocles tomou-lhe o braço.

— Você já esperava por isso.

Kineas olhava para a escuridão, pensando no rei e na imagem do barco levado pela correnteza.

— É verdade — disse. — Esperava uma traição do arconte. — Fez um gesto, como se atirasse um punhado de dados no chão. — O jogo já está feito, meu amigo. É tarde demais para escapar e salvar nossas peles.

Fílocles riu amargamente.

— Parece que o arconte triunfou, com uma jogada apenas — disse ele. — Ele é senhor da cidade.

Nicomedes evidentemente teve a mesma opinião uma hora depois, quando ficou sabendo. Seu rosto, normalmente vermelho, ficou pálido à luz da fogueira. Leucon teve reação semelhante, mas gritou:

— Meu pai!

Eumenes ficou em silêncio, com expressão dura. Todos os olbienses se emocionaram. Alguns choraram.

Kineas ficou de pé sobre uma carroça. Tinha ido até a tenda de Fílocles para ouvir o marujo. Era um cavalheiro, cidadão de Pantecapeo, comerciante veterano que conhecia bem a costa e a política. Seu relato era confiável. Ao voltar, Kineas mandou Niceas reunir todos os homens de Olbia e enviou Fílocles para contar ao rei.

Nicomedes abanou a cabeça. Estava logo abaixo de Kineas e disse, em voz bem alta:

— Deixamos alguns homens como precaução contra essa eventualidade. Há notícias deles? — A voz falseou, pela emoção. — O arconte nos mandou voltar?

Kineas falou a todo o grupo que estava ao redor da carroça:

— Esta guerra foi aprovada pela assembleia dos cidadãos de Olbia — disse ele. — O arconte e seus... poderes extraordinários foram votados pela assembleia dos cidadãos de Olbia. — Fez uma pausa, acolhida com silêncio, o melhor elogio em qualquer reunião de gregos. — Daqui a dois dias, os hoplitas chegarão aqui. Proponho que nessa ocasião realizemos uma assembleia da cidade, aqui no acampamento. Talvez resolvamos concordar com a atitude do arconte. Ou talvez — levantou mais a voz, com dureza, num recurso retórico e de comando — cheguemos à conclusão de que o arconte traiu a cidade.

— O arconte domina a cidade — disse Leucon, sem emoção.

Kineas não tinha resposta para essa afirmação. Dispensou-os a todos para que fossem dormir. Todos se afastaram, resmungando.

Fílocles permaneceu junto de Kineas.

— Você é um homem surpreendente, Kineas. Imagino que teria sido um adversário temível num tribunal, se não tivesse resolvido ser cavalariano. Você diria que o exército, e não o arconte, é quem fala por Olbia?

— É o que direi — respondeu ele. — Mentiria se dissesse que esperava por isso, mas por Zeus, temia que acontecesse, e pensei nisso. Agora nada mais posso fazer senão perguntar a eles, já que são todos adultos, e deixar que ajam como homens.

Fílocles encolheu os ombros.

— Não há muralhas em Esparta — disse.

De manhã os homens estavam calmos e obedientes, que era o mínimo que Kineas podia desejar. Compareceu ao conselho do rei levando seus oficiais e, ao ser-lhe dada a palavra, dirigiu-se a eles:

— Rei Satrax, nobres *sakje*, homens de Pantecapeo. Quero falar antes que os boatos exagerem os acontecimentos. Um relato recebido nos faz pensar que o arconte de Olbia permitiu a entrada de uma guarnição macedônia na cidadela, ou talvez tenha sofrido um ataque de surpresa.

Um murmúrio se elevou, primeiro dos oficiais da cavalaria de Pantecapeo, e em seguida dos *sakje*. Kineas ergueu a voz, prosseguindo:

— É possível que neste exato momento esteja a caminho uma ordem a este acampamento, vinda do arconte, determinando que esta parte do exército volte para Olbia.

Involuntariamente, encontrou os olhos de Srayanka. As sobrancelhas escuras dela pareciam unidas.

O rei agitou o chicote.

— Que vão fazer os homens de Olbia? — perguntou.

Kineas fez uma reverência.

— Precisamos de alguns dias para tomar uma decisão. — Havia explicado a situação em particular, tão logo o rei se levantara, e também a Srayanka, escolhendo cuidadosamente as palavras, mas nenhum dos dois lhe sorrira. A atmosfera do conselho era pesada e fria. Havia participantes novos, muitos homens e algumas mulheres; os líderes guerreiros do oeste e os sauromatas do leste. Estes eram altos e bem-apessoados, de rostos severos, vestidos de armaduras para comparecer ao conselho.

Kam Baqca falou com cuidado. Tinha os olhos arregalados, com enormes pupilas, como se tivesse recebido um golpe na cabeça ou tivesse acabado de acordar. Parecia ter dificuldade em focalizar a vista e o corpo se contorcia a cada instante, como se fosse habitado por uma serpente gigantesca.

— Por acaso imaginam — disse ela, cautelosamente, em meio a um silêncio sepulcral — que os *sakje* devam permitir-lhe partir caso seu arconte pretenda declarar-nos guerra? — A cabeça descaiu repentinamente sobre o peito e em seguida ergueu-se de um golpe, com os olhos fitando fixamente o rei. — Nunca vi nada assim — disse ela.

Kineas reagiu à ameaça de Kam Baqca, abafando os murmúrios irados de seus oficiais:

— Peço tempo para tratar desta crise à nossa maneira. Ameaças, promessas, censura; nada disso ajudará os homens de Olbia a lidar com a sensação de que foram traídos e com sua profunda preocupação para com a cidade. Suplico a este conselho e ao rei para que tenham paciência, a fim de que nossa aliança, que já alcançou uma vitória, não se dissolva.

O rei fez um gesto indicando a Kineas que devia desistir. Mas antes que pudesse falar, o mais bem armado dos sauromatas se levantou de seu lugar. Falou rapidamente, na língua *sakje*, com forte sotaque, e Kineas somente entendeu sua raiva.

O rei ouviu atentamente e em seguida dirigiu-se ao conselho.

— O príncipe Lot fala pelos sauromatas. Diz que vieram de longe, muito longe de suas tendas no grande mar de grama e mais longe da rainha dos massagetas, que também forjaram suas lanças em Báctria. Diz que chegou para encontrar um punhado de aliados estrangeiros que se preparam para desertar em prol da Macedônia e não sabe se sou um rei enérgico.

O rei se levantou. A campanha contra os getas o havia endurecido. Não falou com ira de adolescente e sim com frieza concentrada. Usou a língua *sakje*, mas Kineas o entendeu suficientemente, e em seguida falou em grego:

— Sou efetivamente um rei enérgico. Esmaguei os getas, predadores de meu povo durante dez gerações. Obtive essa vitória com a ajuda dos homens de Olbia, e essa irmandade não pode ser descartada apressadamente. — Olhou para Kineas, que entendeu o olhar. O jovem estava novamente colocando seu dever de rei acima do desejo por Srayanka.

O rei continuou:

— Concedo aos olbienses cinco dias para tomarem uma decisão, e então nos reuniremos novamente em conselho. Enquanto isso, minha ordem é iniciar os ataques contra o exército macedônio. Zopryon está a duzentos estádios daqui. Levará pelo menos uma semana para chegar às margens do grande rio. Nessa altura, as questões relativas a Olbia e seu arconte já terão sido resolvidas.

O rei se sentou. Nunca havia parecido tão maduro e tão completamente rei. Srayanka sorriu para ele, e Kineas sentiu gosto de fel. Começou a conjeturar sobre o que, exatamente, ela desejaria de um homem. Seria o poder?

Aquela ideia era negra como o ciúme, e indigna dela. Mas a flecha penetrara no alvo.

* * *

O exército de Marthax regressou, com o restante dos olbienses e todos os demais veteranos da campanha contra os getas. Os Mãos Cruéis de Srayanka entraram no acampamento com o ímpeto da vitória. Kineas os observou a distância; viu Srayanka saudar Parshtaevalt, observou o rei dar boas-vindas a Marthax e assistiu às discretas comemorações dos *sakje*. Pela primeira vez naquele verão, no entanto, estava afastado e distante e não era bem-vindo. Tão logo chegaram e comemoraram, partiram novamente. Kineas viu Srayanka levar os Mãos Cruéis para fora do acampamento no terceiro dia após o regresso deles.

Ela se aproximou dele. Havia vários dias ele se mantivera alheio e não falara com ela, exceto no conselho. Srayanka indicou com o chicote os grupos de olbienses reunidos em torno de suas fogueiras.

— Resolva isso... é uma coisa entre nós.

Kineas tentou segurar-lhe a mão. Ela franziu a testa, sacudiu a cabeça, deu volta ao cavalo e galopou de volta para a frente da coluna. Ele sentiu a rejeição queimá-lo — e a raiva.

Por trás de Kineas, havia muitos comentários; os veteranos da campanha contra os getas informavam os companheiros sobre o que ocorria entre seu comandante e a senhora Srayanka. Kineas se voltou contra eles, com selvageria, castigando muitos deles.

Foi desastroso para o moral. Quando as lanças de Memnon se tornaram visíveis na margem leste do rio, os soldados que haviam permanecido, tanto *sakje* quanto gregos, esperavam ansiosamente as notícias como se esperassem que caísse um raio.

Memnon chegou à frente da falange de Pantecapeo, com a de Olbia a poucos estádios à retaguarda. Kineas foi a seu encontro tão logo o brilho das lanças foi identificado. Logo às primeiras palavras ficou claro que as notícias da cidade trazidas por Memnon estavam desatualizadas. Ele tinha saído de Olbia com a cidade ainda preparada para a guerra.

Kineas puxou Memnon à parte logo que possível, entregou-lhe uma taça de vinho e sentou-o em um tamborete.

— Temos motivos para pensar que o arconte vendeu a cidade à Macedônia, um dia ou dois depois que você atravessou os portões — disse ele.

Memnon tomou um gole do vinho, cuspiu-o na fogueira e depois bebeu mais um pouco.

— Filho da mãe. Filho de uma puta. Eunuco safado. — Bebeu o resto do vinho. — Estamos fodidos. Eles vão todos voltar.

Kineas balançou negativamente a cabeça.

— Hoje à noite eles saberão as novidades. Amanhã, todos os homens de Olbia se reunirão em assembleia.

— Por Ares, isto é o caos, Kineas. Vai haver deserções. Odeio dizer isto; eu adoro esses filhos da puta mas os conheço. — Memnon sacudiu a cabeça. — Aquele safado, imoral. Esperou que saíssemos e entregou a cidadela a Zopryon.

Kineas ergueu uma sobrancelha.

— Você esperava outra coisa? Eu não. Agora veremos o que vai acontecer.

Memnon balançou negativamente a cabeça.

— Escute, meu camarada, somos velhos soldados, mercenários, homens sem patrão, exilados. Sabemos que a perda da cidade é difícil de engolir, mas afinal nada significa. Uma cidade é uma cidade. Não é assim? Eles não sabem disso. Vão achar que os deuses desapareceram e voltarão rastejando para o arconte, prometendo o que for a fim de recuperar sua cidade.

Kineas olhou para a coluna em marcha.

— Eles dão boa impressão.

— Eles são ótimos, foda-se! — exclamou Memnon, zangado e orgulhoso. — Treinaram o inverno inteiro e marcharam para cá como... como espartiatas. Perderam muitas banhas e estão contentes. A maioria é de homens de meia-idade que acabam de ganhar um verão de juventude. Lutarão como heróis — disse, com ar sombrio —, se quiserem lutar.

Kineas deu um tapa no ombro dele.

— Não é assim que deve ser? — perguntou. — Os homens somente devem lutar quando concordam com a luta.

— Você passa tempo demais com aquele espartano de merda — resmungou Memnon. — Se alguém me pagar para lutar, eu luto. Não fico fazendo perguntas.

Kineas o encarou.

— Foi assim que nós dois acabamos empregados do arconte. Daqui em diante, acho que vou fazer mais perguntas.

À noite, Leon, escravo de Nicomedes, chegou ao acampamento, depois de correr dia e noite, vindo da cidade. Trazia notícias.

Despertado de um sonho cheio de fumaça e monstros, Kineas ficou assombrado ao dirigir-se à tenda de Nicomedes. Leon parecia um boneco de barro — estava coberto de lama do rio e cheirava mal.

Nicomedes entregou uma taça de vinho a Kineas e Fílocles.

— As coisas vão mal — disse. — Conte a ele, Leon.

Leon tomou vinho em sua própria taça.

— Cleomenes mandou os celtas assassinarem Cleiton anteontem — disse ele. Esfregou o rosto com as mãos para manter-se desperto e flocos de lama lhe caíram do rosto, como se estivesse se despedaçando. — Ele assumiu o comando do restante dos *hippeis*.

Kineas bateu com o punho na palma da mão esquerda aberta.

— Por Zeus! Que baixeza! — Tomou o vinho e perguntou: — E o arconte? — A traição ainda era um choque para ele, apesar de toda a preparação.

Leon balançou a cabeça. Nicomedes serviu mais vinho, sem água. — É sempre pior do que imaginamos. Ninguém tem visto o arconte. Cleomenes assumiu o poder e entregou a cidadela a uma guarnição da Trácia.

— Amarayan é quem dá as ordens na cidadela — continuou Leon. — Há dez dias ninguém vê o arconte, desde que a guarnição chegou. Vieram em um grande navio mercante, e quando Cleiton ficou sabendo e reuniu os *hippeis*, eles já estavam instalados na cidadela.

— Quantos? — perguntou Kineas.

— Talvez duzentos — especulou Leon. — É difícil dizer; eles não desceram à cidade. Na verdade, somente ocupam os portões e a cidadela. Não estão patrulhando as muralhas. — Leo levantou a cabeça. — Cleiton ia tentar expulsá-los com seus *hippeis* e alguns cidadãos que ficaram para trás. Foi quando Cleomenes se mostrou e mandou matá-lo. — Olhou para Nicomedes. — Vocês estão exilados. A cidadania de Kineas e Memnon foi revogada. O exército da cidade está sendo chamado de volta. Tudo foi confiscado.

— Como foi que você escapou? — perguntou Kineas. A voz saiu um pouco mais áspera do que ele pretendia, mas não era momento para confiar.

Leon o encarou.

— Sou escravo — disse. — Atravessei os portões com a multidão que ia ao mercado, peguei um cavalo na fazenda Gamelios e vim para cá a toda pressa. — Encolheu os ombros. — Quando vi os macedônios, entrei no rio e caminhei.

Nicomedes pôs a mão no pescoço dele.

— Agora você é um homem livre — disse.

Leon olhou-o, surpreso.

— O senhor pode me libertar? — perguntou. — Eu sou muito valioso. — Depois riu, apesar de tudo. — Por todos os deuses, está falando sério, senhor?

Nicomedes tirou o manto dos ombros e enrolou a barba com os dedos.

— Por que não? Eu era o homem mais rico de Olbia. Vá dormir um pouco. — Olhou para Kineas. — Achei que você devia ser o primeiro a saber.

Sem uma palavra, Kineas ergueu a taça, pedindo mais vinho sem água. Fílocles sacudiu a cabeça.

— Achei que seria o arconte — disse ele, com voz fatigada. Ou então... ou então você, Nicomedes.

Nicomedes deu de ombros, com expressão dolorida.

— Podia ter sido eu — depois de cuidarmos de Zopryon.

Fílocles assentiu.

— Estamos com graves problemas. Cleomenes sabe exatamente como nos prejudicar.

Kineas também concordou:

— É verdade — disse, esfregando o queixo como um lutador que acaba de levar um soco forte.

19

O dia seguinte amanheceu avermelhado, prenunciando mau tempo. Kineas reuniu todos os homens de Olbia em um grande semicírculo, reproduzindo propositalmente o lugar onde se realizava a assembleia. Kineas e Nicomedes haviam procurado fazer com que o ambiente fosse o mais parecido possível.

Era uma reunião estranha, porque todos, tanto hoplitas quanto *hippeis*, por algum motivo haviam trazido as lanças e se mantinham de pé apoiados nelas, de maneira que a assembleia parecia uma floresta de pontas cintilantes à luz avermelhada da manhã.

Inicialmente, Helladio, sacerdote de Apolo, fez um sacrifício em homenagem ao deus e declarou que o dia era propício, como teria feito em Olbia. Executou suas funções solenemente e o vapor que saía do sangue do cordeiro sacrificado na atmosfera vermelha da aurora deu a impressão de que o sacrifício subia diretamente para as divindades.

Depois de Helladio, Nicomedes se colocou no centro do semicírculo e falou à assembleia, empunhando a lança como todos os demais. Naquela manhã, não parecia tão preocupado com a elegância.

— Homens de Olbia — disse ele. — Meus concidadãos! — Passou a contar as origens da guerra, desde o início até as exigências feitas por Zopryon. Recordou todas as votações anteriores: a concessão de cidadania aos mercenários, os créditos ao arconte para pagar mais soldados, mais armas, armaduras, cavalos e mercenários; o tratado com o rei dos *sakje* e o tratado com a cidade de Pantecapeo. Ninguém deu mostras de tédio. Todos permaneceram apoiados em suas lanças, vaiando quando não concordavam com algum ponto da argumentação, ou manifestando-se com brados de "*isso mesmo!*" e "*está certo!*" quando achavam que Nicomedes tinha razão.

O orador chegou então ao fim de sua fala. Ao falar da presença da nova guarnição na cidadela houve gemidos e as pontas das lanças se moveram como lâminas de grama ao vento. Em seguida falou da proclamação e da ameaça de exílio; as vozes em torno dele se elevaram até que abafaram a sua. Nicomedes olhou para Kineas, encolheu os ombros e desceu da tribuna.

Kineas fez um sinal para Niceas, e o *hiparetes* inspirou fundo e soprou uma única nota em sua corneta de cavalaria. Em seguida, o comandante caminhou até o espaço vazio no centro da assembleia.

Sua chegada foi recebida com murmúrios. Estavam acostumados com Nicomedes, que normalmente se dirigia a eles sobre qualquer assunto. Kineas era um mercenário a quem haviam concedido cidadania, um estrangeiro de Atenas. Como hiparca, era o chefe da elite financeira e social da cidade. No entanto, sua reputação militar lhe dava autoridade e ele foi saudado com um silêncio interrompido apenas por algumas queixas, imprecações e conversas.

— Homens de Olbia — começou ele. — Venho diante dos senhores, quase como um forasteiro, e no entanto sou seu comandante na guerra. Estive poucas vezes nesta assembleia, mas ouso dirigir-me a esta como se fosse um cidadão antigo, como se fosse Cleiton ou Nicomedes, ou alguma outra voz com a qual os senhores estejam habituados. Segundo o tirano de Olbia, quem quer que ele seja hoje, já não sou mais cidadão.

Kineas fez um gesto indicando o acampamento, os cavalos, vagões e manadas do *sakje.*

— Aprendam a lição do cita Anarquises — prosseguiu. — Os senhores são a cidade. Os senhores são os cidadãos, e portanto são a cidade. As muralhas da cidadela nada significam. Elas não têm direito a votar na assembleia. Nenhuma de suas pedras poderá falar para defender o arconte ou Cleomenes. Nenhuma casa o proclamará rei, nem tirano. Nenhum telhado falará nem votará uma lei em seu favor. Nenhuma estátua se erguerá para defender o arconte. Não sejam escravos de suas muralhas, homens de Olbia. Os senhores são a cidade. Irão votar para continuar o que começaram?

"Os senhores, e não o arconte, têm a cidade nas mãos: são os senhores que possuem o poder de fazer a guerra ou a paz. A presença de uma guarnição em nossa cidadela tem tanta importância para os senhores, homens de Olbia, quanto seria neste momento a presença de um ladrão em sua loja ou de ratos em seu celeiro. É algo com que teremos de lidar ao voltarmos da guerra."

Silêncio. Tudo estava tão quieto que era possível ouvir os cavalos do rei relinchando uns para os outros.

— Nicomedes relatou de que maneira esta assembleia votou a cada passo desta guerra. Os senhores não são os agressores. Não marcharam com fogo e aço para incendiar as terras da Macedônia nem enviaram poderosas frotas para atacar as costas deles e raptar-lhes as mulheres!

As palavras que imitavam zombeteiramente as de Homero e a imagem absurda, Olbia lançando uma guerra de agressão contra a Macedônia, despertaram risos.

— Os senhores procuraram a paz e somente decidiram entrar em guerra quando Zopryon deixou claro que não a aceitaria.

Kineas fez uma pausa, respirou fundo e, ao voltar a falar, sua voz era calma, baixa, porém segura.

— Zopryon está perdendo esta guerra — disse ele.

Ergueu-se uma centena de vozes — as dos que haviam cavalgado para o noroeste a fim de lutar contra os getas. Kineas levantou a mão.

— Muitos dentre os senhores cavalgaram para o norte e podem falar aqui, ou em qualquer outro lugar, sobre a derrota esmagadora que infligimos aos aliados bárbaros de Zopryon. No entanto, houve outros conflitos. Os homens de Pantecapeo enfrentaram a esquadra macedônia e a derrotaram. Neste mesmo momento navegam pelo Helesponto, atacando qualquer navio da Macedônia que se atreva a viajar ao norte de Bizâncio. Enquanto isso, nossos aliados, os *sakje*, dificultam o avanço de Zopryon, matando seus batedores, atacando durante a noite, atirando flechas em seus acampamentos ou abatendo os que se aventuram mais além das fogueiras para ir urinar.

"Zopryon estabeleceu uma dúzia de fortes entre esta parte e Tomis. Dividiu suas forças, dividindo-as novamente a fim de forçar o avanço pelo mar de grama, e agora, quando seu fim está próximo e ele ouve em seus sonhos os cascos da cavalaria *sakje*, o tirano de Olbia declara que devemos colocar nossas lanças nos ombros e voltar à cidade, sob pena de exílio. O tirano nos traiu. Como todos os tiranos, acredita que sua palavra é capaz de calar a voz de todos os homens, e como tirano, dá ordens sem consultar os senhores."

Kineas não sabia que efeito estava tendo sua fala. Olhava os rostos conhecidos — Ajax, Leucon e os jovens da geração deles, mais próximos, já estavam inteiramente de acordo... mas que dizer dos mais velhos, nas fileiras da retaguarda? Eumenes estava sozinho, com os olhos vermelhos. Apesar de toda a sua beleza e heroísmo, não tinha amigos.

Era tarde demais para preocupar-se com aquilo.

— Hoje, nós que aqui estamos somos a cidade de Olbia. O arconte, ou Cleomenes, ou quem quer que tenha autoridade hoje na cidade, revelou-se um tirano, por meio dessa proclamação. — Kineas ergueu um braço e gritou. — É um tirano! — E a assembleia respondeu com gritos e aclamações. Ele começou a achar que os havia conquistado. — As leis dele não têm validade! Suas proclamações de nada servem! O tirano de Olbia pode ficar na sua cidadela com a guarnição macedônia e proclamar-se Grande Rei dos Medos ou Senhor Absoluto da Lua. Mas é aqui, neste lugar, que estão os ossos e os nervos de Olbia! Se continuarmos aliados aos *sakje*, poderemos destruir Zopryon e em seguida marchar para nosso lar e tratar dos ratos que ali estão. Também podemos colocar nossas lanças entre as pernas para voltar e nos declararmos escravos. Decidam os senhores, são todos homens livres!

Houve um silêncio e Eumenes se adiantou, apoiando-se na espada como um homem idoso. O grupo lhe abriu alas, como se ele fosse um doente. Kineas recuou para dar-lhe lugar e o jovem ergueu a voz.

— Meu pai — disse ele — é um traidor. O arconte é um traidor. E eu continuarei na luta ao lado dos *sakje*, qualquer que seja o resultado da votação.

Afastou-se, embora Kineas tentasse retê-lo. O jovem virou o rosto e voltou para a multidão. Kineas ficou contente ao ver que Ajax o seguia.

Outros homens falaram. Ninguém defendeu diretamente o arconte, mas houve quem questionasse o direito de reunir-se em assembleia e votar, como advogados de improviso, e muitos mais argumentaram no sentido de marchar imediatamente para a cidade e reconquistá-la.

Kineas permaneceu de pé, segurando firmemente a lança de bronze com a mão crispada. Sentia o cheiro da chuva no ar e ouvia o ronco dos relâmpagos distantes. Deixou de ouvir os oradores, porque... *era uma coruja pairando por sobre o mar de grama, voando para longe do sol em direção às nuvens que se elevavam como colunas sobre o avanço das hostes macedônias, cuja poeira se erguia como outra coluna, feia e cor de terra.*

Os sakje *enfrentavam aquele monstro feito de pó e homens, em grupos que se aproximavam e se afastavam. Procurou Srayanka, mas da altura em que se encontrava, os cavaleiros eram como pontos negros no mar verde.*

Estavam perto, no entanto. Perto, e a tempestade se preparava para abater-se.

Os aplausos o despertaram. Nicomedes saudou Kineas, apertando-lhe as mãos — ambas — e abraçando-o. Leucon, Ajax e homens que ele não conhecia o cercaram. Muitos estavam profundamente emocionados; um homem alto chorava abertamente e outros estavam à beira das lágrimas, ou roucos de tanto gritar. Até Memnon se emocionara, grunhindo e sorrindo antes de conseguir conter-se.

Kineas e Nicomedes se viram em meio a mais de mil homens, quase esmagados pela tempestade de felicitações.

— Acho que ganhamos o dia — disse Kineas. Enquanto olhava em volta, sentiu que a emoção daqueles homens o estava afetando; tinha a garganta apertada e os olhos cerrados.

Nicomedes o encarou.

— Meu caro hiparca — disse ele —, você pode ser bom para preparar uma emboscada e uma carga de cavalaria. Mas não sabe orientar uma assembleia. Se tivesse falado por último, teria percebido, mas não foi isso o que aconteceu. Na verdade — disse ele, encolhendo os ombros —, só fiquei preocupado uma vez.

— Quando foi? — perguntou Kineas, com um grito.

— No sacrifício — respondeu Nicomedes. — Helladio, aquele idiota, não aceita suborno. Se houvesse um mau presságio, estaríamos perdidos. Fora isso, hiparca, você tinha razão em avisá-los logo, e em repetir o tema. Se essa traição nos tivesse tomado de surpresa, repentinamente, nem quero pensar. Mas bem preparados, com tempo para resmungar e tomar um pouco de vinho, eles não hesitaram.

— Graças aos deuses — disse Kineas. — Preciso ir falar com o rei.

Nicomedes concordou com a cabeça.

— Sem dúvida. Porém, Kineas, posso dar um conselho? Quando esta guerra terminar, nosso mundo mudará. O tirano terá sido deposto e precisaremos de outras formas de lidar com as coisas. A forma com que você tratar o rei... todas as nossas relações ditarão o rumo para a nova geração de governantes das cidades do Euxino. Não se atire para ele como se fosse nosso patrão. Não se mostre como um suplicante ansioso: sua mensagem deve ser uma declaração de apoio total. Diga que a assembleia votou por aclamação, para que ele fique tranquilo. Mas faça por meio de uma mensagem, para que os olbienses compreendam que não dançamos conforme a música dele. Somos aliados, não súditos.

Kineas olhou para Nicomedes com dureza, pensar assim poderia destruir uma aliança.

O outro balançou a cabeça.

— Olhe para mim como quiser. Uma assembleia que sente seu poder, uma assembleia que acaba de rejeitar a tirania, é um animal perigoso e poderoso.

Kineas fez uma careta.

— Não estou gostando. *Já existe muita coisa entre mim e o rei.* — Mesmo assim, acenou, chamando Ajax.

Ajax regressou da visita ao rei. Um bando de Lobos Pacientes chegou ao acampamento com selas vazias e muitos feridos. Uma tropa de sauromatas, armada da cabeça aos pés, partiu para o oeste, em fileiras disciplinadas.

Kineas se viu junto à abertura da tenda de sua carroça, observando a do rei e desejando que ele o mandasse buscar. Estava sequioso por notícias. Seu sonho — sua visão — lhe dizia que o perigo estava próximo.

Fílocles apareceu, esfregando as mãos com um pano de linho. Tinha os cabelos e a pele untados de óleo.

— Fiz um sacrifício a todos os deuses — disse ele.

Kineas assentiu.

— Este é um dia propício para invocar os deuses — concordou, ainda com os olhos fixos no acampamento do rei. — Imagino que Diodoro esteja fazendo o mesmo.

Fílocles sentou-se no degrau da carroça, usando uma pequena faca para limpar o sangue do sacrifício de sob as unhas. Balançou a cabeça ao ouvir o nome de Diodoro, sem prestar muita atenção, e disse:

— Quando vai começar a batalha?

— Que foi? — perguntou Kineas, sem entender o objetivo de Fílocles. — Na batalha vai ser diferente. Os *sakje* têm cavalaria pesada; fiquei surpreso ao ver que os nobres estão bem-armados, e você viu os sauromatas, são como tijolos montados. Mas não podem manobrar como nós. — Olhou para Fílocles e percebeu que se enganara. — Não era isso o que você queria saber, não é? — perguntou, um tanto sem jeito.

Fílocles sacudiu negativamente a cabeça.

— Não. Foi interessante, mas não era isso. Onde é que você vai morrer? Você se importa se eu fizer alguma coisa para impedir?

Kineas franziu a testa e depois sorriu.

— Acho que já estou bem acostumado com a ideia. Ela se tornou o fato central de minha existência, e mesmo assim é como livrar-me de uma carga. Sei a hora de minha morte e sei que triunfaremos. — Deu de ombros, porque não havia maneira de explicar o que sentia... o fatalismo. — Não me preocupo tanto quanto antes — disse, esperando que Fílocles tomasse como um gracejo.

O rosto de Fílocles ficou vermelho e ele bateu com o punho na parede da carroça com tanta força que o veículo estremeceu.

— Bobagem, bobagem, hiparca! Você não tem de morrer. Tenho muito respeito por Kam Baqca, mas os transes dela vêm das drogas, das sementes que eles todos trazem. Repito: ela previu a própria morte e isso penetra todos os sonhos dela. — Fez uma pausa e respirou fundo. — Diga-me, onde é que você vai morrer?

Kineas suspirou, apontando o vau.

— Não é ali, mas é muito semelhante. Deve haver uma grande árvore na margem oposta e galhos soltos numa praia, também na outra margem. Galhos grandes, troncos inteiros. É disso que lembro. — Deu de ombros. — Na verdade, não olhei.

Fílocles respirava ofegantemente pelo nariz, como um touro — zangado, frustrado, ou ambas as coisas.

— Você não viu onde era. Acha que a batalha será aqui?

Olhando para fora, pela fresta da abertura da tenda na carroça, Kineas viu Eumenes e Niceas em companhia de outro homem — um homem corpulento. Niceas fez um gesto na direção de Kineas. Este viu que o terceiro homem era o ferreiro síndico. Serviu-se de uma taça de vinho e olhou interrogativamente para Fílocles, sem falar. Fílocles assentiu com um gesto e Kineas serviu vinho ao espartano, enquanto falava.

— Creio que será aqui, sim. A estrada chega a este vau e é o melhoı caminho através do rio em muitos estádios. O rei assegura que é assim

— Mesmo ao dizê-lo, Kineas ficou pensando naquela afirmação. Não havia comprovação. Ele próprio deveria explorar. Os *sakje* eram cavaleiros extraordinários, mas não soldados profissionais, e ele já percebera a diferença entre as qualidades de observação (excelentes) e os relatos dos batedores (lamentáveis). Sua própria sensação de fatalismo prejudicava a competência profissional.

Fílocles tomou nas mãos a taça de vinho.

— Então, Zopryon vai aparecer, subindo o rio, e tratar de atravessar?

Kineas viu Niceas e o ferreiro subindo a colina em direção à carroça.

— Vai depender de quantas baixas ele sofrer na próxima semana. Pensando na motivação de seu exército, acho que ele vai chegar até o vau e montar acampamento, deixando boa parte de suas forças para bloqueá-lo. Isso o livrará dos ataques noturnos e permitirá que os homens descansem, e se os *sakje* o tiverem perturbado durante uma semana inteira, o sono será importante. Depois de ver com o exército e os cavalos reagem — durante um dia ou dois —, ele poderá agir.

— Atravessando diretamente o vau? — perguntou Fílocles.

— Alexandre, ou melhor, Parmênio teve dois dias para pensar nisso. Uma maneira era forçar a travessia com os cavaleiros e depois usá-los para cobrir os *taxeis* que vinham em seguida. — Kineas abriu um sorriso de lobo. — Isso não daria certo contra os *sakje*. Se Zopryon tentar fazer isso, será rapidamente derrotado. Por isso, talvez prefira o segundo método: mandar os *taxeis* atravessarem em bloco compacto, com os escudos adiante, subir o barranco do nosso lado e em seguida mandar a cavalaria. — Kineas fez um gesto para si mesmo. — Já vi isso ser feito. Tem a vantagem adicional de desmoralizar o inimigo. Cada unidade que atravessa e entra nas fileiras é mais um ponto na costura.

Fílocles terminou de tomar seu vinho.

— Então, tudo dependerá de Memnon conseguir deter os *taxeis* no rio?

Kineas sacudiu negativamente a cabeça.

— Não. Se fizermos como penso, deixaremos que ele atravesse o rio sem resistência. Deixaremos que ele tome nosso acampamento.

Fílocles assentiu, vagarosamente.

— Talvez seu coração seja mais *sakje* do que grego. A perda do acampamento não será a máxima humilhação?

Kineas fez que não.

— A escravidão e a derrota são a pior humilhação. Mas é verdade, nisso sou mais *sakje* do que grego.

Fílocles ficou olhando os três homens que se aproximavam.

— Querem falar com você. Ouça o que têm a dizer: eles querem lutar a pé, com a falange. Montado, eu não sirvo para nada, e se você pretende se sacrificar em prol da glória, eu me recuso a ver. — Fílocles falava com voz embargada pela emoção. Olhou para longe, controlou-se e adotou um tom mais leve: — Memnon parece achar que poderá me usar para ajudar a manter a disciplina dos mais jovens.

Kineas suspeitou de que tudo aquilo fosse devido à ansiedade da batalha iminente. Até mesmo os espartanos podem sucumbir. Encostou a mão nos músculos de aço do ombro de Fílocles.

— Lute onde achar melhor. Juro que não tenho a intenção de fazer sacrifícios. Prefiro ficar vivo. — Pensou no cavalo cor de aço e nos sonhos, que se tornavam cada vez mais frequentes. Eram sonhos, realmente, mas ele não queria revelar os detalhes a Fílocles.

— Essa antecipação da desgraça é quase uma soberba — disse Fílocles, pousando cuidadosamente a taça. — Ouça o que digo: se puder vencer esse... esse sonho de mau augúrio, assim farei. — Pegando o suporte da tenda, deixou-se escorregar para o chão, passando por Niceas e desaparecendo na tarde que caía.

— Lembra-se de Hefesto, este aqui? — perguntou Niceas, indicando o ferreiro síndico com o polegar.

Kineas desceu, levando a ânfora de vinho. Olhou automaticamente para a carroça do rei e viu um homem desmontando do cavalo, agitando febrilmente os braços. Voltou-se com esforço e ofereceu vinho aguado a Niceas e, em seguida, a Eumenes, cujo rosto mostrava sinais de dez anos de envelhecimento desde o dia anterior, e depois ao ferreiro.

O homem tomou a taça e colocou-a no chão.

— Agora sou homem do senhor — disse ele, sem preâmbulo.

Kineas apertou os lábios e sacudiu a cabeça.

— Diga isso outra vez — falou.

O ferreiro repetiu:

— Minha aldeia foi destruída. Não tenho família. Jurarei *gutyramas* ao senhor.

Kineas olhou para Eumenes.

— Não conheço essa palavra.

Eumenes disse:

— Alguns de nossos camponeses possuem fazendas por meio de *gutyramas*. É mais do que um título de propriedade, é quase como entrar para uma família. Um laço de lealdade, não apenas um negócio comercial. Os camponeses unidos por esse laço trabalham melhor, e são mais exigentes em demandas judiciais e em dotes para casamento. Como disse, sentem-se como membros de uma família, como se fossem adotados como primos.

Kineas abriu os braços.

— Não tenho terras para dar-lhe, ferreiro. Não sou proprietário.

O ferreiro coçou a nuca.

— Derrotamos os homens — disse ele, apontando para a base da colina, onde estavam os demais refugiados síndicos. — Alguns Mãos Cruéis aceitam, outros não são de ninguém. Sem família, sem terras. Desaparecer como fumaça. — Levantou os olhos para Kineas. — Eles me fazer líder. Não tenho nada. Oferecer isso e eles ao senhor. Mim procurar morte para eles procurar vida. Ouvir o que digo?

Kineas assentiu com a cabeça, desejando que Átelo estivesse ali, mas ele seguira com Srayanka e os Mãos Cruéis em busca de sua recompensa de uma manada de cavalos. Olhou para Niceas:

— Podemos alimentá-los?

— Cinquenta homens? Acredito que sim. Que faremos com eles? Ajudantes no acampamento? Já temos suficientes — disse Niceas, franzindo a testa.

Kineas assentiu, olhando para o ferreiro.

— Como é seu nome? — perguntou.

— Temerix — foi a resposta.

— É o nome de Hefesto em língua síndica — disse Eumenes.

— Então, venha comigo. — Finalmente surgira um pretexto para visitar o rei.

Subiu o restante da colina em direção à tenda do rei, seguido por Temerix e Niceas. Ninguém o deteve na entrada. O rei estava sentado na base de uma carroça, preparando flechas junto com Marthax. Na grama estava Kam Baqca, vestida com uma saia de couro, tomando chá.

— Kineas! — disse o rei, levantando-se, com genuína satisfação.

Kineas parou e bateu continência. Em seguida fez o ferreiro aproximar-se. Explicou a situação com poucas palavras. O rei o ouviu atentamente e fez algumas perguntas ríspidas ao ferreiro, usando a língua síndica sem sotaque.

O ferreiro respondeu laconicamente.

O rei voltou-se para Kineas:

— Se fizer isso, vai criar tensão com os Mãos Cruéis, esse é o povo deles. Creio que os perdemos enquanto preparávamos a guerra. Este homem diz que você salvou a tribo dele e quer jurar aliança a você. — O rei estava visivelmente contrariado. — Se eu permitir que ele jure, terei de fazer de você um nobre. Não sei se quero dar a você um grau de nobreza e suspeito que isso seria um insulto a minha prima. Srayanka não nos perdoaria. Sabendo disso, quer aceitar o juramento, e ser o senhor dele?

Kineas sacudiu negativamente a cabeça.

— Não desejo ser senhor de ninguém.

O rei ficou claramente surpreso. Em seguida, disse.

— Justamente quando penso que conheço os gregos, você me surpreende. Vocês precisam votar para ir à guerra, são capazes de possuir escravos mas não aceitam um juramento de vassalagem de um homem.

Kineas encarou o rei.

— Não quero ser o senhor dele — disse. — Ficarei com ele e todos os demais como soldados, como *psiloi*. Pagarei salário e os alimentarei. Quando Srayanka voltar, veremos quais são os que desejam servir a ela.

O rei assentiu, esfregando o queixo. Falou novamente em síndico e o ferreiro concordou. Estendeu a mão para Kineas, que a apertou. Niceas afastou-se com o ferreiro a fim de encontrar um lugar onde ele pudesse acampar com seus homens, em vez da barranca úmida onde haviam estado durante vários dias.

— Quais são as notícias? — perguntou Kineas, depois que eles se afastaram.

O rei olhou para Marthax e depois para Kam Baqca. Os três se entreolharam, excluindo Kineas. Em seguida voltaram-se ao mesmo tempo para ele.

— Não sabíamos por quanto tempo você ficaria ausente — disse o rei.

Kineas pegou uma flecha da pilha do rei e ergueu-a ao sol. A ponta tinha três lâminas, cada qual com uma cruel espora de bronze.

— Tenho de agir como hiparca — disse ele, finalmente. — O que fizemos na assembleia, na verdade, terá efeito duradouro. De fato, depusemos o arconte.

— Ele é capaz de já estar morto — disse Kam Baqca em seu grego jônico, um tanto estranho.

— Você o viu?

— Só vejo o monstro no mar de grama. Mas as pessoas me contam histórias.

O rei assentiu. Kineas sentiu novamente o distanciamento que experimentara ao voltar da campanha contra os getas, agora mais forte. Os olhos do rei tinham uma expressão dolorida.

— Também eu preciso agir. Tenho muitos mortos hoje, Kineas, muitos mortos. Como você disse, Zopryon aprendeu depressa. A cavalaria tessaliana esmagou os Lobos Pacientes com uma simples cilada. Tenho cem selas vazias e um clã raivoso.

Kineas abaixou a cabeça.

O rei prosseguiu:

— Seu tirano matou esses homens. Se você estivesse aqui para aconselhá-los, eles não teriam partido tão cegamente, da segunda vez.

— Talvez o tivessem feito — disse Marthax, secamente. — Não dê tanta importância a isso, senhor. Nós demos golpes profundos e sofremos apenas um arranhão.

O rei se voltou para Kineas.

— Exatamente como você previu, ele aprende depressa. Agora o barco está inteiramente à mercê da correnteza, não? E eu tenho de permanecer nele até chegar a meu destino ou despedaçar-me nos rochedos. Essa batalha... agora está próxima, não? — O rei olhou para os dois. — Agora estou comprometido com a guerra que vocês quiseram.

Kineas ficou imóvel. Olhou para Kam Baqca, que girou a taça nas mãos, mirando as folhas restantes. Kineas sentia no ar o aroma de resina e pinheiro da droga; aos pés dela havia um braseiro. Ela ergueu a cabeça e ambos se fitaram. Tinha os olhos bem abertos, profundos, muito castanhos, e neles... *pairando no ar cada vez mais baixo, ele via a coluna movendo-se no mar de grama e os grupos de* sakje *em torno dela, a quatro estádios em todas as direções. A coluna macedônia avançava como uma bota que chutasse um formigueiro, mas as formigas se aproximavam, mais atrevidas do que formigas de verdade, e cada uma causava uma ferida. A visão se dissolveu em outra imagem, e a coluna macedônia se transformou em serpente com uma cabeça descomunal, ou larva gigantesca, devorando tudo o que surgia em seu caminho e espalhando destruição com a cauda — mastigando* sakje *e olbienses, trirremes e muralhas de cidades, exalando excremento em forma de lares incendiados e campos destroçados, túmulos frescos e cadáveres insepultos.*

Kam Baqca fez uma careta para ele, um olhar masculino no rosto maquiado.

— É só o que consigo ver — disse ela. A voz era sofrida. — Você também?

— Sim — respondeu Kineas. — Agora consigo ver, mesmo acordado.

Ela assentiu.

— Vai ser cada vez mais frequente. Você é um vidente poderoso. — Olhou as folhas de chá e prosseguiu: — Pela primeira vez comecei a desejar a morte, porque não posso suportar a visão do monstro atravessando a planície... o profanador, o tirano. Tudo o que ele toca fica poluído, descarnado, morto. Em breve ele me levará. — Kam Baqca apertou os olhos. — Meu corpo servirá de esterco para o monstro — murmurou ela.

Kineas olhou para o rei e para Marthax. Este fingiu não ter ouvido. O rei virou o rosto, constrangido ou entristecido.

— É tudo o que consigo ver — disse ela, novamente. — Não tenho serventia para o rei, e temo dizer alguma coisa, para não atirá-lo a essa batalha. Convoquei os espíritos que combaterão, fiz o que pude. Agora simplesmente fico sentada tomando chá e esperando o fim.

Kineas concordou.

— Está próximo — disse ele. Percebeu que, apesar de tudo, desejava confortá-la.

Ela o olhou por cima da taça, atraindo-o com o olhar. Kineas desviou o rosto, para não voltar a ter visões. O aroma da droga era poderoso. Ela disse:

— Kineas... tudo está se equilibrando num fio de navalha.

O rei não lhe deu atenção e fez um gesto na direção da planície.

— Não o atrasamos tanto quanto desejávamos. A linha de frente chegará aqui amanhã, ou no máximo no dia seguinte.

Kineas assentiu com a cabeça.

O rei encolheu levemente os ombros.

— Desde que começamos a fustigá-lo, ele começou a apressar-se. O exército dele está ferido; como diz Marthax, ferimos bastante. Quanto mais rapidamente ele se movimenta, mais soldados ficam para trás, e nenhum deles vive mais do que um dia. Mas ele continua avançando. Mais um dia, talvez dois. Deixa tudo para trás em prol da velocidade.

Kineas concordou.

— É melhor chamar os clãs de volta. Precisamos ter o exército a nosso lado antes que Zopryon cruze o vau.

O rei o olhou, zangado.

— Estou fazendo o possível, hiparca.

Kineas curvou-se para a frente.

— Deixe-me ajudá-lo.

A batalha estava próxima, uma semana mais cedo do que ele esperava. Menos uma semana de vida. Quando ele se permitia pensar naquilo, não se entregava inteiramente à ideia da morte nem explorava todas as ramificações de seu sonho. O local da batalha, por exemplo. Se o sonho da batalha fatal estivesse correto, o combate não se daria na Grande Curva. Esse pensamento lhe havia passado pela mente antes, mas desta vez, pouco depois de haver estado com o rei e sentido crescer sua ansiedade e preocupação, Kineas resolveu tomar uma atitude.

A ocasião era aquela. A batalha se aproximava — não mais do que dois dias. Ele havia passado uma hora pensando em como se daria o combate. Fílocles contestara suas suposições — e Fílocles estava certo.

Kineas chamou Niceas e mandou-o trazer Heron, o hiparca de Pantecapeo. Heron havia aprendido algumas lições com Cleiton. Se em três semanas não havia se transformado em um Heitor, se ainda não aprendera a ser cortês, profissional ou polido, pelo menos aprendera a manter-se em silêncio. Em todas as reuniões do comando, ele permanecia um tanto distante dos demais gregos, hesitando em fazer comentários ou em juntar-se aos risos. Era um homem alto, e seu vulto era visível acima dos outros, calado e às vezes taciturno.

Kineas queria dar-lhe uma nova oportunidade para merecer sua estima.

— Heron — disse ele, quando o outro chegou.

— Hiparca — respondeu Heron, com uma saudação bem-educada. Era tão alto que parecia desajeitado e tinha as pernas longas demais para fazer boa figura quando montado. Era também brusco, talvez por reação à feiura. Cruzou os braços, não por estar nervoso, mas porque, sendo tão compridos, era preciso fazer alguma coisa com eles. Kineas, que era baixo demais para ser considerado realmente bonito, sentiu certa simpatia pelo ar desajeitado do rapaz. Alguma coisa em Heron o fazia pensar que, apesar de sua atitude, ele corresponderia caso fosse testado.

Depois de oferecer-lhe vinho, Kineas foi diretamente ao assunto:

— Preciso mandar batedores ao longo do rio, ao norte e ao sul. Os *sakje* me informam que não existem vaus em cem estádios, mas eu gostaria de ter certeza. Vá primeiro para o sul, a maior calamidade nesta altura seria Zopryon se colocar entre nós e Olbia. — Kineas estremeceu ao fazer esse comentário: com a traição do arconte, caso Zopryon conseguisse passar para além deles na direção sul, poderia repousar seu exército em Olbia, receber suprimentos e marchar subindo o rio quando desejasse. Kineas havia imaginado que Zopryon pudesse dirigir-se diretamente para Olbia, usando a balsa na foz do rio para fazer seus homens atravessarem para a cidade.

Era uma possibilidade contra a qual Kineas e o rei não tinham planos. Ele esfregou a testa com a mão direita, descendo pelo nariz, e olhou para Heron, que se manteve calado.

— Preciso fazer um reconhecimento do rio ao sul, até a curva das árvores. Mande seus homens verificarem a profundidade das águas... verificarem de verdade. Não podemos nos permitir surpresas. Tão logo tenha explorado o sul, volte e siga para o norte.

Heron empertigou-se.

— Muito bem. — Fez uma continência sem jeito. — Vejo que o senhor me manda para longe do acampamento. Quem serão os batedores escolhidos?

Kineas fez um gesto indicando Niceas.

— Crax, Sitalkes, Antígono e vinte mais que Niceas escolher. E também Líqueles, com Laertes na função de hiperetes.

Niceas ergueu as sobrancelhas.

— Sim, hiparca — disse ele, com um tom levemente emocionado.

— Heron, esta missão é vital. Faça um bom trabalho. Ouça Líqueles e Laertes. Cavalgue como o vento. Preciso saber se meus flancos estão seguros até amanhã, ao cair da noite.

Heron bateu continência. Nada em sua atitude dava a entender que acabava de ser escolhido para uma missão importante, nem deu qualquer mostra de insubordinação. Afastou-se com passo rígido, e Niceas sacudiu a cabeça.

— Diodoro teria sido o mais indicado, se me permite a observação.

Kineas pegou a clâmide que estava na pilha de vestimentas e jogou-a sobre os ombros.

— Preciso de Diodoro. Talvez amanhã à noite já tenhamos de combater. — Encolheu os ombros e prosseguiu: — Diga que cometi uma tolice, mas algo me diz que Heron fará um bom trabalho, e ele é o homem que posso dispensar. — Kineas estremeceu.

A noite ia caindo, e o peso da responsabilidade o fazia esquecer a racionalidade. Por onde Zopryon poderia tentar a travessia do rio? Seguiria para Olbia? Os olbienses resistiriam? A recente tentativa de democracia duraria até a véspera da batalha, ou se desvaneceria? Tinha de pensar em alimentos, lenha, forragem para os cavalos, quantos animais teriam condições de participar da luta. Srayanka ainda estava do outro lado do vau, assim como metade da cavalaria *sakje* e a maioria dos líderes dos clãs. Pensou em Srayanka, intensamente.

— Que Zeus me ajude — murmurou ele.

Niceas entregou-lhe uma taça de chá quente e ele bebeu, estremecendo quando o líquido morno lhe escorreu pela garganta.

— Obrigado — disse ele. — Agora traga aqui todos os oficiais gregos, inclusive Memnon. Está na hora de debatermos como lutar.

Diodoro foi o primeiro a aparecer. Apesar de suas preocupações, Kineas ficou satisfeito em ver a naturalidade com que ele passara a comandar. Na verdade, era difícil imaginar que durante quatro anos de campanhas ele fora apenas um cidadão soldado, que resmungava quando tinha de fazer serviço de sentinela e se queixava do peso dos dardos. Agora parecia mais alto; a esplêndida armadura e o elmo com penacho, além de sua atitude com as pernas afastadas e uma das mãos na cintura, denotavam o comandante, assim como as olheiras mal disfarçadas.

— Quase não tenho visto você — comentou Kineas, tomando-lhe a mão.

Diodoro havia assumido o comando dos sentinelas dispostos em torno do acampamento tão logo Kineas passara a comandar os olbienses. Retribuiu o aperto de mão e recebeu uma taça de vinho quente de um dos síndicos em volta do fogo.

— Cleomenes — disse, em voz baixa. — Filho da puta. Pior do que em Atenas.

Kineas ergueu uma sobrancelha, sabendo que Diodoro se referia aos trinta tiranos de Atenas.

— A votação nem foi apertada. Todos estarão bem.

Diodoro sacudiu a cabeça.

— Eu sabia que isso ia acontecer. Fílocles também sabia, todos sabíamos, e podíamos ter impedido. — Tomou um gole de vinho e olhou para Eumenes, de pé junto de uma fogueira próxima, em companhia de Ajax. — O pai daquele menino matou o velho Cleiton. É pior do que a porra de Atenas! — Seus olhos brilharam de ódio. — E agora o filho da mãe pode seguir para o sul, onde terá uma base.

Kineas assentiu, olhando o manto negro de Memnon que se aproximava em direção à fogueira.

— Estou tomando algumas precauções.

— Se ele souber, poderá ir diretamente para o sul, nos ultrapassar e tomar a balsa — disse Diodoro, desenhando um mapa tosco no chão seco, junto ao fogo.

Kineas ergueu as mãos, invocando os deuses.

— Não creio que ele faça isso. Acho que sua própria imagem, o que ele pensa que é, o fará vir ao encontro de nosso exército para combater. — Franziu a testa e continuou: — imagino que Cleomenes esteja governando a cidade... aumentou a aposta. Em troca de poder pessoal, vendeu nosso futuro. Agora, se perdermos, Zopryon vai realmente ficar com a cidade. E se ele souber disso, terá mais razão para lutar. Deve estar pensando que basta uma única grande batalha para ser dono de todo o mar de grama: as cidades do Euxino, o ouro dos citas, tudo.

Enquanto falavam, os outros iam-se reunindo e a derradeira luz se perdeu no céu, de maneira que a conversa de Diodoro e Kineas sobre a campanha foi atentamente acompanhada por um círculo de rostos, pálidos e escuros: Memnon com seu lugar-tenente, Licurgo, e Clístenes, comandante da falange de Pantecapeo, além de Nicomedes e Ajax e Leucon, com Eumenes e Niceas.

Kineas olhou para todos eles.

— Acabou-se a espera. Zopryon avançou depressa. Conforme disse o rei, ele abandonou os feridos e os mais fracos a fim de poder apressar-se durante a semana que passou, e já está quase chegando aqui. Amanhã o rei chamará de volta os clãs que estiveram dificultando a marcha dele. Vamos nos preparar a partir do nascer do sol. A falange de Olbia irá para o norte do vau, na base desta colina. A falange de Pantecapeo ficará ao sul. Tão logo tomem posições, se exercitarão fechando o vau. — Kineas traçava o mapa na terra negra. — A falange de Olbia ensaiará marchando em fileiras para a direita e a de Pantecapeo fará o mesmo, para a esquerda. Como veem, isso nos permitirá bloquear o vau, rapidamente e sem pânico.

Todos os oficiais concordaram com as cabeças. Memnon grunhiu.

— Não precisamos praticar a marcha em fileiras, hiparca — disse ele, olhando Kineas nos olhos mas logo desviando-os. — Ora, está bem. Faremos umas tentativas.

Kineas não insistiu.

— Mesmo que os homens não precisem praticar, isso ajudará a mostrar aos *sakje* nossa disposição.

— Está bem — concordou Memnon. — E o que farão os meninos da cavalaria enquanto nós levantamos a poeira do chão?

Kineas apontou para o oeste, na escuridão.

— Diodoro e Nicomedes levarão seus homens para o outro lado à primeira luz da manhã. Formarão uma linha de sentinelas a cinco estádios do vau. Diodoro será o comandante e zelará para que o vau não seja atacado de surpresa. Observará a passagem de todos os clãs que retornarem e providenciará um acompanhante para atravessarem o vau. Leucon ficará aqui com seus homens, como reserva e como mensageiros maus e do rei, se precisarmos deles. Leucon tomará os homens de Pantecapeo sob seu comando até que o hiparca deles regresse. Todos entenderam? Vamos dar segurança ao vau até que o exército do rei tenha regressado. A perda do vau de surpresa seria uma catástrofe.

Ajax ergueu a mão.

— Existem outros vaus?

Kineas esfregou a barba com a mão direita.

— Os *sakje* dizem que não. Mandei Heron, de Pantecapeo, fazer o reconhecimento do rio ao longo de cem estádios ao sul e ao norte, para ter certeza — disse, fazendo uma careta. — Devia ter feito isso há três dias. Agora temos pouco tempo. Mais alguma pergunta?

Memnon grunhiu outra vez:

— Se eles vierem atacar o vau, que faremos?

Kineas levantou a voz:

— Amanhã, e até segunda ordem, se eles avançarem para o vau nós cerraremos fileiras e os deteremos. Não é a batalha que gostaria de travar, mas não podemos ceder o vau enquanto nosso exército não voltar. Por isso, até amanhã, nosso único plano é este: manter o terreno.

Memnon concordou.

— É um plano simples. Vai ser uma batalha longa? Como a de Isso?

Kineas pensou no que o rei tinha dito e no que tinha visto na fogueira de Kam Baqca.

— Vai. Vai ser como a de Isso.

Memnon indicou com o polegar o grupo de síndicos junto à fogueira próxima.

— Onde pensa colocá-los?

Kineas balançou a cabeça.

— Ainda não tinha pensado nisso — respondeu, sentindo-se tolo. Memnon tinha o dom de fazer perguntas profissionais.

Memnon sorriu.

— Os *psiloi* não ganham as batalhas, mas podem fazer a diferença. Eu os colocaria nas árvores junto ao vau, de onde podem ter boa mira com seus arcos e flechas, no flanco dos *taxeis* não protegido pelos escudos. Deixe isso comigo.

Kineas concordou.

— Junte-os então com os hoplitas. Alguma coisa mais?

Nicomedes curvou-se para a frente.

— Quais são nossas possibilidades? — perguntou.

Kineas esboçou um sorriso.

— Pergunte amanhã, depois que eu tiver dado uma olhada na linha de frente dele. Por enquanto, ainda estamos no escuro. Meu estômago treme como uma jovem flautista na hora final de um banquete, e cada vez que vejo a lua surgindo, penso em mais dez coisas que deveria ter feito. — Ele esperava que tivesse chegado a hora de usar de franqueza. — Se Zopryon quiser colaborar, vindo para cá e acampando do outro lado do rio, e se ele se engajar na batalha para a qual nos preparamos durante o verão inteiro, nesse caso, com a ajuda dos deuses, eu diria que temos uma boa chance. — Encolheu os ombros, pensando novamente que a Grande Curva não era o lugar da batalha de suas visões.

Os olhos de Eumenes brilharam de dor e de adoração pelo herói.

— O senhor os derrotará — disse ele.

— Que os deuses o ouçam — replicou Kineas, esquivando-se da evidente emoção de Eumenes. Serviu vinho de sua própria taça, como um brinde, com mão trêmula, e o líquido escorreu por sobre a mão como sangue escuro.

20

Com a alvorada chegaram trovoadas que sacudiram a terra, com tanta força quanto o ressoar das patas dos cavalos dos *sakje* que regressavam. O nevoeiro cobriu o sol e ocultou as margens do rio ao longo de um estádio, de maneira que nenhum homem conseguia enxergar além da ponta de sua lança, e cada guerreiro *sakje* que voltava era motivo de alarme. O som dos cascos de dez cavalos parecia o de cem, e o som de cem parecia o de mil. Depois que o nevoeiro se dissipou, os nervos do contingente grego estavam no limite da tensão, mas eles haviam conseguido fazer com que os clãs atravessassem o vau em segurança.

O rei chegou quando o sol raiava. Montava um cavalo comum, baixo e castanho, não usava armadura e cavalgava sozinho. Aproximou-se de Kineas e permaneceu sentado em silêncio na sela enquanto Memnon e seus oficiais comandavam as manobras das duas falanges na beira do vau.

— Espero que o senhor esteja de acordo — disse Kineas.

— Você acredita mesmo que Zopryon vá tentar tomar o vau de surpresa? — perguntou Satrax.

Kineas coçou o queixo com o cabo do chicote.

— Não — confessou. — Mas seríamos tolos se ele fizer isso e não estivermos preparados.

Marthax aproximou-se do rei. Cavalgava um animal de combate, com o *gorytos* preso à cinta e uma espada curta, embora não usasse armadura. Apontou para o outro lado do rio.

— Vai chover hoje. Mais chuva amanhã — disse.

Os três sabiam que a chuva somente poderia ser vantajosa para Zopryon.

A cada hora o vento soprava mais nuvens carregadas do leste e em pouco tempo o céu se escureceu. A cada hora chegavam mais *sakje* vindos do oeste, alguns com ar triunfante, outros acabrunhados. Havia selas vazias e cadáveres deitados no dorso dos cavalos: uma mulher de peito nu levou seu cavalo até a beira do rio a fim de mostrar as cabeças que cortara, e uma tropa de sauromatas, com os olhos vermelhos de fadiga, parou diante do rei para exibir seus troféus: cabelos, um elmo e várias espadas.

O rei cavalgou entre eles, felicitando os vitoriosos, falando com delicadeza aos feridos, estimulando um líder hesitante e elogiando outro por sua bravura.

Kineas desmontou para beber um pouco de água e esticar as pernas, e logo voltou a montar. No meio da tarde as trovoadas finalmente chegaram até eles, e a longa faixa escura que parecia prenunciar a invasão dos macedônios dominou o vale do rio e a chuva começou.

Desde meados da manhã mensageiros surgiam a cada hora, o bater dos cascos como único sinal de que o tempo passava, mas à medida que a chuva se tornava mais forte e mais rápida, o número de mensageiros aumentou. O rei descera da colina até o vau. Kineas observou enquanto os cavaleiros de sua corte se juntavam a ele. Satrax desmontou e dois homens o ajudaram a vestir a armadura.

Kineas desceu a colina com seu próprio estado-maior. Reconheceu Átelo tão logo este surgiu por entre a cortina de chuva a oeste. Átelo havia estado em companhia de Srayanka. O coração de Kineas bateu mais depressa.

Kineas se aproximou do grupo do rei. Todos mostravam preocupação. Átelo o saudou com um sorriso fatigado.

— Cansado demais para lutar — disse ele. — Muito lutar.

O rei acabava de colocar nas costas a proteção de escamas.

— Srayanka está protegendo o último grupo. Está encontrando dificuldades.

Átelo pôs a mão no braço de Kineas.

— Grande luta... Mãos Cruéis, Cavalo em Pé e alguns Lobos Pacientes. Nós enganar... eles enganar... nós enganar. Lutar como... — Fez a mão rodar no ar como se mexesse uma panela, rodando sempre. — Atiramos até sem flechas. Chapéus de Bronze lutar até cavalos morrer. Depois retirar-se e a senhora Srayanka permitir. Lobos Pacientes voltar. Depois Lobos Famintos voltar. — Apontou na direção da chuva. — Ali, lá vir eles. Mãos Cruéis vir depois.

Kineas olhou a escuridão.

— Tenho duas tropas do outro lado do rio — cem cavalos de combate. Deixe-me ir buscá-la.

Marthax assentiu com veemência.

— Ótimo. Leve cavalos gregos e os sauromatas. Vá! — Com uma das mãos segurou o rei. — Espere aqui — disse ele, e gritou para Kineas: — Lembre-se, irmão! Esta *não* é a batalha que queríamos!

O rei já tinha vestido a armadura. Falou rapidamente em *sakje*, em tom imperativo, dizendo a Marthax que pretendia ir pessoalmente ajudar Srayanka, junto com os cavaleiros de sua corte.

Kineas deu volta ao cavalo.

— Senhor, não faça isso! — disse ele. Seu interesse pessoal coincidia com a necessidade dos aliados e ele falou confiantemente: — Não podemos correr esse risco!

O rei se empertigou na sela e os cantos de sua boca se endureceram sob o elmo.

— Sou eu o comandante aqui? — perguntou.

Marthax agarrou-lhe as rédeas.

— Não! — gritou. — Voltando-se para Kineas, prosseguiu: — Vá!

Kineas não hesitou. Virou o cavalo e partiu em direção ao vau. Niceas o seguiu.

— Toque "Reunir" — disse, antes de gritar para Sitalkes: — Meu cavalo de combate!

A corneta soou, com um estranho eco no ar úmido. Kineas acenou para Leucon, que ainda era capaz de vê-lo. Sitalkes chegou, trazendo

Thanatos. Kineas montou o grande animal negro e entrou a galope no vau, que parecia enorme sob a chuva. Sentiu-se lento, como se seus homens cavalgassem sobre mel e não água.

— Precisa de nós desse lado? — gritou Nicomedes, da outra margem. Kineas apertou os joelhos, erguendo-se na sela.

— Não! Alinhem-se nessa margem! Deixe espaço para Leucon!

Fora de visita, Nicomedes começou a dar ordens. Ouvia-se sua voz comandando a formação. Do sul vinham outras vozes. A chuva ficou mais forte, fazendo a água fria escorrer entre as placas de bronze das costas e dos ombros e infiltrando-se nos elmos para ensopar os cabelos dos homens.

As patas de Thanatos encontraram cascalho e em seguida grama, saindo do vau. Kineas freou o cavalo e dirigiu-se ao ponto de onde vinha a voz de Nicomedes. Niceas continuava a seu lado, ainda tocando "Reunir". Era difícil enxergar em meio à chuva, mas Kineas finalmente viu Nicomedes, com seu manto inconfundível. Os homens já formavam um bloco sólido. A meio estádio ao sul, Diodoro juntava as sentinelas, comandando a formação. Kineas freou o cavalo e apontou para Niceas.

— Quero Leucon aqui — disse ele, indicando o norte da tropa de Nicomedes. Os homens de Leucon e os de Pantecapeo vinham atravessando o vau em ordem. Além deles, os sauramatas também cruzavam o rio, fortemente armados. Pelos movimentos, era visível o cansaço de seus cavalos.

Átelo se aproximou. Kineas curvou-se para a frente, colocando a mão nas costas do cita.

— Preciso saber onde exatamente está Srayanka — disse ele. — Pode fazer-me chegar até lá?

Átelo sorriu, assoando o nariz na mão, e saltou do cavalo, montando imediatamente em outro animal de reserva que trazia pelas rédeas.

— Claro — respondeu. Acenou com a mão e afastou-se na chuva. Kineas foi até onde estava Leucon.

— Preciso de Eumenes — disse. Leucon assentiu e Kineas continuou: — Mantenha a formação. Não saia de seu posto. Se tivermos de atacar, espere o momento até ouvir o sinal e depois se retire em ordem. Se tudo fracassar, volte atravessando o vau. Não queremos batalha esta noite. Entendeu?

Leucon fez uma continência.

— Formação. Retirada em ordem. Evitar combate geral.

Kineas devolveu a saudação.

— Você ainda vai ser general. — Voltou-se para Eumenes. — Deixe sua tropa e vá até os sauromatas. Fique com eles e transmita minhas ordens. Por enquanto, eles são minha reserva. Explique para que serve a reserva, sem irritá-los.

Eumenes assentiu e afastou-se, curvado sobre a sela. Leucon ainda não falara sobre o assassinato do pai dele, mas tampouco havia dirigido a palavra ao *hiperetes* naqueles dias, exceto para dar ordens.

Kineas voltou para onde estava Niceas. A linha estava formada — três blocos densos de guerreiros, com uma linha mais tênue de sauromatas na retaguarda.

— Toque "Avançar" — disse Kineas a Niceas.

Todo o bloco começou a caminhar para diante. Vinte passos depois, já não se via o vau. Com quarenta passos começaram a perder de vista as colinas mais além.

Um grupo de *sakje* surgiu na chuva, cavalgando a toda força. Logo que apareceram causaram alarme, mas logo foram identificados — eram Lobos Pacientes. Mostraram os *gorytos* vazios ao passarem, indicando mediante gestos que o inimigo estava próximo.

Um raio caiu. No instante em que os rostos de seus homens ficaram iluminados pelo clarão, Kineas percebeu que aquele era o momento. O combate. A morte. Um pensamento tolo — era verdade também para cada um dos outros.

Kineas inspecionou a vanguarda, ocupado demais para meditar sobre a mortalidade. Deu ordem para que as três tropas vigiassem os flancos, a fim de evitar surpresas. Passaram por outro grupo de Lobos Pacientes e pelos primeiros dos Mãos Cruéis — facilmente identificáveis porque cada cavalo tinha uma das mãos pintada na anca. Em seguida, muitos mais — centenas deles, voltando. Não era uma debandada, apenas exaustão. Estavam esgotados.

Átelo chegou perto dele.

— Ela está ali adiante. Chapéus de Bronze mais atrás. Cuidado quando soar corneta — disse, apontando para Niceas a fim de marcar suas palavras.

A chuva lhes batia diretamente nos rostos.

— Alto! — comandou Kineas. Niceas executou o toque.

Ficaram montados nos cavalos enquanto a chuva caía, abafando os ruídos da planície, inclusive os sons de luta que poderia haver. Kineas somente ouvia a chuva batendo em seu elmo. Tirou-o da cabeça, colocando-o sob o braço. Voltou-se para Niceas, a fim de dizer algo, mas o outro apontou silenciosamente para além do ombro do comandante.

Ela vinha diretamente à frente dele, a poucos metros de distância. Cavalgava olhando por cima do ombro. Kineas esporeou sua montaria e se aproximou dela. O ruído dos cascos a alertou e Srayanka se voltou a tempo de vê-lo. Abriu um sorriso fatigado. Era a primeira vez que sorria em muito tempo, ainda que fosse apenas a saudação de um comandante para outro.

— Quase me derrotaram — disse ela, procurando inutilmente uma flecha no *gorytos*.

— Leve sua tropa para minha retaguarda — falou Kineas. A instrução era inútil, pois ela vinha com somente uma dúzia de seus oficiais.

Kineas pôs a mão no rosto dela, retirando-a imediatamente, pois não tinha sido um gesto voluntário.

— Atravesse minha linha, eu lhe darei cobertura — disse ele, tanto para restabelecer a comunicação militar quanto para informá-la.

— Os Mãos Cruéis sempre cobrem a retaguarda — acrescentou ela. — Sempre. — Ela levantara as sobrancelhas e os olhos ainda faiscavam. Em seguida, encolheu os ombros. — Cordas dos arcos molhadas. Acabaram as flechas. Dia muito longo.

Kineas viu que mais e mais homens do Mãos Cruéis emergiam da escuridão. Não era apenas a chuva — a tarde começava a cair.

Srayanka levou um osso aos lábios e soprou. A corneteira se aproximou. Hirene tinha um braço enfaixado com linho e havia sangue na sela, mas o rosto mostrava menos exaustão que o de Srayanka. Ergueu a corneta e soprou um toque com duas notas e um tremular — um som bárbaro que atravessou rudemente a chuva e foi absorvido pela grama molhada. De repente, os guerreiros Mãos Cruéis irromperam na chuva, fazendo os cavalos exaustos galoparem ou trocando de montaria e abandonando os mais imprestáveis. Kineas teve a impressão de que havia muitos feridos e uma imensa fadiga, mas logo os últimos passaram por ele, atravessando os hiatos entre as fileiras de seus soldados.

— Atravessem o vau — disse ele, com voz de comando e apontando com o chicote.

Ela franziu a testa e fez também um gesto com chicote, esporeando o cavalo e partindo a galope, com as costas retas e a cabeça erguida. Enquanto ela se afastava, ele pensou em tudo o que poderia ter dito, em vez de berrar ordens.

Voltou-se para Átelo.

— A que distância? — perguntou, apontando para a direção de onde vinha a chuva. — A que distância está o inimigo?

Com um único movimento fluido, Átelo tirou do *gorytos* um estranho arco, colocou uma flecha e atirou. A flecha subiu diretamente para o céu e perdeu-se no espaço acinzentado antes de descer.

Um cavalo relinchou.

— Logo ali — disse Átelo.

— Zeus, pai de tudo! Poseidon, senhor dos cavalos! — bradou Kineas, voltando-se para Niceas. — Toque: "Avançar"!

Niceas executou o toque com eles já em movimento.

— Pensei que íamos evitar um combate geral?

— Toque "A trote"! — disse Kineas. Via os três blocos mantendo a linha, sentindo o tropel dos cavalos e a vibração do solo. Podia ser uma imensa armadilha.

Já estava pronto para comandar o ataque, com o dardo no punho direito, quando viu as plumas e depois todo o vulto do homem que emergia da chuva, à distância de dois cavalos.

— Atacar! — berrou. Eram tessalianos, de mantos roxos e amarelos, boas armaduras, animais corpulentos. Estavam parados no chão. Em dois passos o cavalo de Kineas passou do trote ao galope, e o dardo de Kineas acertou a montaria do tessaliano.

As fileiras inimigas estavam bem-formadas, firmes e espessas, mas ao primeiro olhar ele percebeu a fadiga. O cavalo de Kineas ultrapassou o animal ferido e arremeteu entre os dois seguintes, abrindo caminho com as patas e os dentes. Toda a tropa hesitou a seu avanço. Kineas usou o segundo dardo como um marinheiro usaria o ferro de atracar, agitando-o para a direta e a esquerda, atingindo os soldados e derrubando-os das selas. Em seguida, todo o peso dos olbienses se fez sentir e a formação inimiga se despedaçou. Qualquer que fosse a expectativa do cauteloso comandante, certamente não se preparara para uma carga de cavalaria em formação cerrada.

Em instantes, todos desapareceram, correndo como profissionais e deixando apenas alguns cadáveres por terra, logo engolidos pela chuva.

Kineas se ergueu no dorso do cavalo, gritando o nome de Niceas com uma voz que ameaçava explodir seus pulmões.

— Aqui! — respondeu o *hiperetes*. — Estou aqui!

— Toque "Retirada"!

Kineas levou o cavalo para fora do grupo de seus próprios soldados, dos quais muitos haviam disparado na chuva, mostrando inexperiência ao tentar perseguir os tessalianos, e percorreu a linha do avanço até enxergar os vultos dos sauromatas.

— Eumenes! Vamos nos retirar. Tivemos um combate, mas não sei exatamente contra quantos. Voltaremos a nos reunir no vau. Dê-nos cobertura!

Voltou para junto de seus homens, que obedeciam ao toque, dando meia-volta — manobra perigosa devido à possibilidade de que houvesse mais tropas inimigas ocultas pela chuva. Kineas os observava; parecia que o tempo não passava. Viu movimento na chuva — cores brilhantes à direita. Mantos vermelhos: mais cavalaria inimiga.

A tropa de Nicomedes se encontrava meio estádio à retaguarda, em formação correta. A voz de Ajax comandava que os soldados se juntassem mais, muito mais. Diodoro estava longe, perdido na chuva. Leucon tinha problemas com sua tropa heterogênea. Kineas foi até ele.

— Agora, Leucon! — bradou.

Leucon sacudiu a cabeça. Na chuva, em sua ansiedade, os homens de Pantecapeo tinham dificuldade em encontrar seus lugares. Ouviam-se gritos adiante.

Niceas apontou.

— Há muitos homens dispersos. Estão sendo dizimados. Temos de sair daqui!

Kineas ouvia a cavalaria inimiga à sua frente. Uma trombeta soou.

— Leucon! — gritou ele. — Corra para o vau!

Leucon puxou o elmo para trás, deu uma pancada em um homem com a parte chata da espada e abriu a boca para gritar uma ordem. Um dardo lhe atravessou o pescoço, o sangue lhe jorrou da boca, e no instante seguinte ele caiu enquanto uma fileira de tessalianos saía da chuva atacando sua tropa.

O cavalo de Kineas saltou para a frente ao primeiro toque dos calcanhares, fugindo ignominiosamente para o vau. Estava bem adiante, em relativa segurança, e olhou para trás. Niceas vinha em seu encalço.

A chuva amainou um pouco e ele viu os sauromatas atacarem atravessando a linha interrompida dos homens de Leucon. Abateram-se sobre os tessalianos, o som como o de cem homens batendo colheres contra cem chaleiras de cobre, e o avanço dos inimigos foi detido.

Os soldados de Leucon eram os mais jovens e melhores entre os *hippeis* de Olbia. Quando viram o ataque dos aliados sauromatas, recobraram o ânimo. As duas forças ficaram equilibradas. Os dardos voaram pelos ares e vários homens caíram. Ambas as linhas se misturaram no combate como os dentes de um tear, e em seguida tudo se transformou em caos.

Kineas olhou para o outro lado. O tempo agora seria contado em batidas do coração. Começava a batalha que ele não desejava — metade de suas tropas estava engajada nela e caso Zopryon tivesse mais unidades de cavalaria, poderia obter a vitória antes do cair da noite. Kineas derivou para a direita em busca de Diodoro. Ali estava ele, com seus homens já refazendo a formação.

— Siga-me! — gritou Kineas, girando o cavalo. Novamente o magnífico animal reagiu maravilhosamente; era a melhor montaria de batalha que ele jamais possuíra.

Levou a tropa de Diodoro para o flanco direito do inimigo, adivinhando-lhe a posição pelo som e por intuição. A chegada dos guerreiros levou o pânico aos de mantos vermelhos, que abriram brechas, mas desta vez se envolveram na confusão da frente de batalha e sofreram baixas ao tentar escapar. Os cavalos estavam exaustos e dezenas de inimigos haviam morrido, ceifados pelas costas ou apanhados na lama sob os cavalos abatidos. A relativa vantagem do vigor das tropas olbienses começou a manifestar-se. Logo depois Kineas ouviu outra voz, como a de um gigante na escuridão — era Ajax, trazendo a tropa de Nicomedes, que atacava os mantos vermelhos pelo flanco oposto. Mesmo no escuro ele conseguiu ver Eumenes, com a espada banhada em sangue, instigando os olbienses a avançar com mais vigor.

Farejando a vitória, Kineas redobrou os esforços, derrubando um homem montado, cortando o braço de outro e em seguida matando o corneteiro, em três rápidas escaramuças. À luz de um relâmpago viu o comandante, com uma armadura enfeitada, e atacou-o — ele o conhecia —, mas o homem recusou o combate e fugiu para a segurança da retaguarda. Pelo menos o cavalo teve energia suficiente para galopar.

Era Filipe Kontos, pensou Kineas. Ele o respeitava e agora pretenderia matá-lo.

Perseguiu-o durante meio estádio, sofreou o cavalo e olhou para a escuridão, vendo-se a sós.

Percebeu que havia se embrenhado no campo mais além do que pretendia e que perdera de vista seu *hiperetes*.

— Reunir! — gritou, com voz rouca, mais aguda à terceira repetição.

Um sauromata se aproximou e apontou o vau, como se ele fosse um jovem guerreiro perdido, que precisasse de orientação.

Átelo surgiu em meio à chuva, agarrou as rédeas de Kineas e gritou:

— Lanceiros! — apontando na direção da chuva.

Kineas apertou os olhos e viu, bem perto, uma coluna de infantaria pesada. Virou o cavalo, ouvindo a corneta de Niceas a meia distância. Tinha ido demasiado longe, como um tolo, no entusiasmo do ataque.

Deitou-se sobre o pescoço do cavalo, abaixando a cabeça, para prevenir-se contra arqueiros. Era o exército inimigo e Kineas se via quase em meio a ele, a menos de um estádio dos lanceiros. Voltou para o primeiro grupo mais denso que viu de seus próprios homens, contente ao ver que o cavalo continuava correndo bem no chão encharcado — e gritou para que recuassem.

Os lanceiros, todos os *taxeis*, começavam a organizar-se em formação de combate.

Gesticulando com a espada enquanto Átelo gritava em *sakje*, Kineas foi fazendo seus homens recuarem, primeiro até a linha do primeiro ataque e em seguida para o ponto onde Niceas soava "Reunir". Niceas estava exatamente onde devia. Tinha um corte no braço e perdera o elmo, mas ainda soprava a corneta. Ao ver Kineas surgir em meio à chuva, sua expressão foi a de um pai que encontra o filho perdido — amor, alívio, raiva, tudo misturado.

Niceas colocou a corneta à cinta e olhou furioso para Kineas.

— Onde diabos você andava? — perguntou, com um grito.

— Estava brincando de Aquiles, como um idiota — foi a resposta.

A formação estava se refazendo. Kineas sentiu orgulho de seus homens. Já é difícil refazer a formação após uma batalha ganha, e fica mais difícil ainda depois de duas. Os homens de Leucon tinham sido destroçados e haviam perdido o comandante, mas mesmo assim vinham reforçar a tropa, prontos para uma terceira batalha. Os cavalos estavam exaustos e ninguém mais tinha dardos, nem leves nem pesados.

Kineas imaginava que a escuridão estivesse maior. Era como se o tempo não tivesse passado desde o primeiro embate. Longe, na chuva, e no nevoeiro que se erguia, soou uma corneta macedônia e em seguida outra. Poucos estádios ao sul, ouviram-se gritos.

Niceas perguntou, ofegantemente:

— Estamos ganhando ou perdendo? — Em seguida, sorriu. — Você não tinha dito para evitarmos uma batalha geral?

Kineas encolheu os ombros, concentrando a atenção no reagrupamento das forças.

— Entendo o que você quer dizer, meu velho. Vamos atravessar o rio. Onde estão os sauromatas?

Niceas apontou para o centro da linha.

— Eumenes os fez parar, exceto um punhado deles.

Kineas foi até Eumenes.

— Assuma o comando de sua tropa — disse ele. — Leucon está morto.

A fisionomia de Eumenes desabou e ele abriu e fechou a boca, como um peixe fora da água, sem emitir nenhum som.

Kineas apontou novamente para ele. — Assuma o comando — repetiu. A voz o traiu, saindo como um guincho.

Somente depois que conseguiram atravessar o vau em ordem, apesar da chuva e dos feridos, é que todos reagiram. Estavam com frio, encharcados e cansados, demasiado exaustos para cozinhar ou tratar dos animais. Os oficiais tiveram de intervir. Nicomedes e Ajax foram tão brutais quanto Kineas, invectivando os homens que não houvessem lavado o próprio cavalo ou que tivessem deixado armas espalhadas na grama. Niceas puxou um dos jovens que estivera parado ao lado de uma fogueira e atirou-o ao chão.

A disciplina foi restaurada.

Em seguida, após poucos minutos, a fadiga passou. Kineas agradeceu a todos os deuses a presença dos síndicos, que começaram a agir, fazendo fogueiras, tratando dos feridos e cozinhando. Vieram guerreiros de outros acampamentos — hoplitas olbienses e, depois, alguns do Cavalo em Pé e dos Lobos Pacientes. Vieram atravessando a chuva, trazendo um jarro de hidromel ou um odre de vinho, ou ainda um quarto de cervo assado.

As fogueiras se altearam, afugentando a chuva. Os homens se alimentaram, beberam vinho, aproveitaram o hidromel, quebrando o silêncio. De repente todos começaram a falar, contando seus feitos.

Kineas ainda estava vestido com a armadura e segurava o elmo debaixo do braço, de pé na chuva sem o manto, esperando outra explosão de insubordinação e já preocupado com as inquietações seguintes.

Fílocles não participara da batalha, mas a espera não lhe fizera bem. Estava semibêbado e estendia as mãos para Kineas, procurando tirar-lhe a armadura.

— Não seja idiota! — gritou-lhe Kineas. — Não quero tirar isto ainda!

— Quem é o idiota aqui? — respondeu Fílocles. — Não fui eu quem entrou pelas linhas macedônias; Ajax disse que você parecia um deus Está procurando a morte ou é idiota mesmo?

Kineas sacudiu a cabeça.

— Não sou bom general. Quando começo a lutar eu me perco, fico cego. Concentro-me no homem que tiver diante de mim e depois no seguinte. — Encolheu os ombros, sentindo que sua reação estava também começando. — Encontrei um velho... rival.

— Matou-o? — perguntou Fílocles.

— Ele fugiu.

Fílocles tirou o elmo do braço de Kineas.

— Tire essas coisas da cabeça, irmão. Viva um pouco. Escape das garras do tirano esta noite. Vá dar um beijo em Medeia; se não posso lhe dar juízo, talvez ela possa!

Kineas deixou-o levar o elmo.

— Você está bêbado, irmão.

— Ora! Estou bêbado. Você também devia beber O vinho grego faz sonhar com deuses gregos e não com a morte.

— Quem sonha com a morte? — perguntou Diodoro, que secava os cabelos com a túnica, completamente nu. — Esta foi a pior batalha de que já participei.

Ajax surgiu por trás dele, com o rosto avermelhado.

— Eu não sabia... não foi como as lutas que você descreveu.

Kineas abraçou Ajax.

— Aquilo era o animal — disse ele, apertando-o nos braços. — Você esteve bem.

— Kineas sonha com a morte — disse Fílocles o momento de silêncio e em seguida fechou rapidamente a boca.

Diodoro prosseguiu:

— Nós os surpreendemos? Eles nos surpreenderam? Nem sei ao certo quem venceu, ou o quê? — Olhou para Fílocles e depois para Kineas. — Você sonhou com a própria morte?

Kineas remexeu a faixa que usava junto com a placa peitoral da armadura.

— Fílocles está bêbado.

Diodoro tomou a taça das mãos do espartano e a esvaziou de um gole.

— O plano foi bom. Sonhar com a morte é normal; eu sei disso. Sempre sonho com minha própria morte antes de uma briga. Sonhei com ela ontem e certamente sonharei de novo hoje.

Fílocles olhou para a taça vazia.

— Vai ser amanhã? — perguntou, em voz baixa. De repente, já não parecia embriagado.

Kineas desamarrou a faixa e tirou as placas do peito e das costas.

— Talvez. Não sei. — Olhou em volta de si. — Onde está Heron?

Niceas surgiu com Arni, escravo de Ajax. Arni puxou a túnica molhada por cima da cabeça de Kineas e vestiu-o com outra seca.

Niceas balançou a cabeça.

— Heron não voltou, nem os homens dele.

— Merda — disse Kineas. — Onde está Átelo?

O *hiperetes* encolheu os ombros.

— Conseguiu um par de cavalos no fim da luta — respondeu. — Acho que está junto com uma moça do Mãos Cruéis.

Kineas puxou o manto por cima da túnica quase seca.

— Vou procurá-lo. — Não queria sair dali; estavam na tranquilidade que se segue a uma operação bem-sucedida, e ele sentia que ia entrar em depressão. Algo, porém o inquietava: Heron.

Kineas atravessou a colina em direção ao acampamento dos Mãos Cruéis, recebendo muitos elogios. Os *sakje* ofereceram vinho, leite de égua ou chá temperado em taças fundas, e Kineas bebeu um pouco de cada coisa enquanto ia de fogueira em fogueira, perguntando por Átelo.

Encontrou primeiro a carroça de Srayanka. Ouviu-a rir e encostou a mão na roda, pensando. Nunca mais a procurara depois daquela noite junto ao rio, e agora se sentia tolo, como um pretendente esperando na chuva.

Novos risos se filtraram pela cortina de feltro da tenda na carroça. Kineas ouviu a risada profunda de Parshtaevalt. Subiu um degrau da escadinha e chamou: "Alô!" em grego.

A mão de Parstaevalt abriu a cortina. A tenda era iluminada por um braseiro e estava cheia de fumaça densa gerada pelas sementes e folhas de pinheiro, cujo aroma forte se espalhava pela noite.

— Ah! — bradou Parshtaevalt. Pôs a mão no pescoço de Kineas e abraçou-o, puxando-o pela entrada da tenda até o banco de madeira que ocupava toda a extensão da carroça e que servia para sentar durante o dia e para dormir à noite. A tenda estava cheia de gente e a atmosfera era abafada, com a lã úmida e a fumaça. Várias mãos se estenderam e o puxaram e empurraram até fazê-lo ocupar um espaço morno entre dois corpos. Um era o de Srayanka, e antes que ele se acomodasse completamente a mão dela se intrometeu em sua túnica e a boca se colou à dele. Ele a beijou tão profundamente que chegou a respirar com os pulmões dela e ela com os dele, e o calor que sentiu no corpo secou-lhe a túnica enquanto ela se aninhava no banco a seu lado. Estava escuro no interior da tenda — as brasas vermelhas não produziam luz suficiente —, e apesar de perceber que Hirene estava à sua esquerda, Kineas sentiu-se a sós com Srayanka. Cada respiração intensificava seu desejo.

— Você veio — disse ela, em meio ao beijo, como se não tivesse acreditado.

Ele viera procurar alguma coisa. A mão de Kineas penetrou sob a túnica de Srayanka, traçando a linha em que o suave marfim do seio encontrava a pele mais viçosa do bico. Ela mordeu o braço dele e ele teve um espasmo, inalando mais profundamente a fumaça que saía do braseiro...

O verme estava próximo, roendo com as mandíbulas tudo o que surgia em seu caminho, e a garganta se ergueu ao devorar o rosto de Leucon, deixando apenas a caveira...

— Átelo! — gritou Kineas, empurrando-a para longe de si, sem saber se estava ficando louco.

Ela lhe agarrou a mão e ele resistiu, mas Srayanka era forte e puxou-o, empurrou-o e ele de repente começou a cair — num local úmido, e ele se viu encostado ao eixo da roda da carroça. Ela saltou para baixo, juntando-se a ele na grama úmida.

— A fumaça toma conta de você com facilidade — ralhou ela com o dedo em riste. — Respire profundamente. Entre debaixo da carroça e respire.

— Fique aqui comigo — disse Kineas, mas ela sacudiu negativamente a cabeça.

— Muita coisa, depressa demais. Respire. Vou buscar Átelax. Ele está com Samahe. Faremos o que tiver de ser feito, por Sastar Bacqa e o rei.

Srayanka se afastou.

Quando ela voltou, Kineas já recuperara a clareza de ideias. Átelo vinha atrás de Srayanka, como um cavalo de reserva.

Kineas não se sentia como um comandante e sabia que tampouco parecia um, mas pediu para Átelo se aproximar.

— Hoje de manhã mandei Heron, o hiparca de Pantecapeo, reconhecer o rio para ver se havia vaus.

— Não há vaus rio abaixo — respondeu Átelo. Havia outro homem junto com ele... não, uma mulher. Tinha os braços cruzados sobre o peito e fisionomia raivosa; a ira lhe escorria do rosto como água da chuva.

— Samahe, esposa minha — sorriu ele. — Mulher valer vinte cavalos!

Kineas apertou-lhe a mão, num gesto sem sentido.

— Preciso saber onde está Heron e o que encontrou.

Átelo franziu a testa e olhou para Kineas sob as sobrancelhas.

— Está me pedindo para sair cavalgando na chuva... agora? Buscar esse Heron?

— Sim — disse Kineas.

Átelo respirou fundo.

— Para senhor?

— Para mim — respondeu Kineas. Não sabia as palavras para explicar por que ficara tão ansioso de repente com a ausência do hiparca, mas estava preocupado.

Depois que Átelo partiu, perseguido pelos protestos veementes de Samahe, Kineas ficou sentado na terra sob a carroça. Srayanka encostou-se em suas espáduas. Ficaram em silêncio durante muito tempo. Finalmente, ela disse:

— Se vencermos... quando vencermos, você me trazer vinte cavalos?

— Esse é o seu preço? — perguntou ele.

Ela riu, uma gargalhada grave, sonora.

— Não tenho preço — respondeu, em *sakje*, voltando-se para olhá-lo. — Quero você como uma égua no cio quer um garanhão, e iria com você por um punhado de grama, como uma sacerdotisa. Essa é a mulher que sou. — Virou a cabeça para trás, mostrando o perfil nítido contra a luz da fogueira mais próxima. — Mas sou *Ghân* dos Mãos Cruéis e não há preço que possa me comprar como noiva. — Encolheu os ombros e prosseguiu: — O rei quer fazer de mim sua rainha, e isso traria riqueza para os Mãos Cruéis. Sou mulher e sou *Ghân.* — Olhou-o nos olhos. Os dela refletiam as fogueiras do acampamento. — Mas se vencermos essa batalha — repetiu —, se ficarmos livres de Sastar Bacqa, você me tomará como esposa?

Kineas encostou-se mais nela.

— Se vivermos, eu a tomarei como esposa. — Beijou-a, sentindo o roçar dos cílios dela contra seu rosto. — Sei o que é *Baqca*. Que é *Sastar*?

Ela se remexeu nos braços dele.

— Qual é a coisa... a palavra que vocês dizem quando um homem governa outros homens e não os escuta? Governa sozinho? Ouve somente sua própria voz?

— Tirano — respondeu Kineas, depois de um instante.

— *Tirano* — repetiu ela. — Sastar é como tirano. Sastar Bacqa: o bacqa que não permite outras vozes. — Ela se voltou e o abraçou — pelo pescoço. — Chega de grego e *sakje*.

— Chega — disse Kineas. A morte parecia distante e tudo se afigurava possível. — Quero me casar com você. — Beijou-a novamente.

Ela sorriu, mesmo durante o beijo, desligou-se do abraço e olhou-o.

— De verdade? — Sorriu, beijou-o e em seguida o empurrou. — Então meu preço é a cabeça de Zopryon — disse ela, levantando-se.

Kineas levantou-se também, ainda segurando a mão dela. Os olhos de ambos se encontraram. Ela apertou-lhe suavemente a mão e em seguida começou a afastar-se.

A chuva o reanimou e em poucos segundos tudo lhe voltou à mente: a batalha, os planos, as preocupações. *Onde diabos está Heron?* E a realidade evidente: *isso é tolice, eu vou morrer.* Mas obrigou-se a rir e respondeu:

— É um preço alto.

Ela saiu de sob a carroça e voltou-se.

— Isto daria uma bela canção — disse, com um sorriso. — Sabe que já há música sobre nós?

Kineas não sabia.

— De verdade? — perguntou.

Ela fez uma pausa na chuva, com um pé na escadinha da carroça.

— Poderemos viver para sempre em uma canção.

Kineas parou na tenda do rei para informá-lo e em seguida caminhou, encharcado, descendo a colina, a fim de dar as últimas ordens junto às fogueiras do acampamento. A noite já ia alta quando ele abriu a cortina da entrada da tenda em sua carroça. Teve forças suficientes para despir a túnica, pendurar o manto molhado num gancho e depois deitar-se na cama. Ficou acordado por algum tempo e novamente ficou pensando se os deuses o tinham enlouquecido. Não queria fechar os olhos, mas fechou-os.

O verme se movia, com mil pernas carregando sua forma obscena pela grama molhada em direção ao rio, uma dúzia de bocas obscenas mastigando tudo o que lhes caía sob a mandíbula — cavalos mortos, homens mortos, grama.

Ele pairou acima do verme, vendo-o com duas visões: tal como era, o monstro, e como os homens, cavalos e carroças que o formavam, como se lesse um pergaminho e compreendesse tudo o que havia nele ao mesmo tempo, ou como se olhasse cada pedra de um mosaico e ao mesmo tempo visse todo o desenho.

Esforçou-se por abandonar o sonho e a coruja de afastou do verme, voando para o sul — era a primeira vez em que ele conseguia controlar um sonho. A coruja batia as asas e os estádios iam passando, cinzentos e indistintos à chuva constante, mas ele via cavaleiros e, movimento na margem oeste do rio, uma dúzia de grupos que iam para o sul.

Deixou que sua pessoa no sonho fizesse o que quisesse e voltasse para o norte, para o verme no mar de grama. Era horrível, mas era um horror conhecido, porque ele próprio tinha siao as pernas do verme e a boca Conhecia o cheiro.

No sonho, ele se voltou para o leste, por cima do rio, que tinha um brilho mortiço à chuva do delírio, e em seguida ele começou a descer e lá estava a árvore — já não mais uma majestosa torre verde. A árvore estava morrendo. A casca de cedro era dura ao toque das garras dele, com as folhas e agulhas caídas em tufos, como um animal doente que perde os pelos, expondo a madeira nua e a casca apodrecida. O topo já tinha se partido e caíra. Ele aterrou, agarrando um galho sólido que também se partiu e ele caía... do cavalo, com uma flecha na garganta, asfixiando-se com a dor e o sangue — gosto amargo de cobre e sal na boca e no nariz, e nos últimos momentos de vida ele procurou ver, procurou saber se a batalha tinha sido ganha, mas tudo desapareceu de sua vista, restando apenas a voz dela cantando, e ele não conseguia lembrar o nome dela — ouviu-a cantar...

— A aurora, acima da chuva — disse uma voz. Uma mão o puxava pelo ombro. — Boas notícias para você, Levante-se.

— Hum? — perguntou ele. Parecia-lhe que tinha levado uma surra, como massa de pão.

— A aurora. Eumenes está pronto para partir. Suas ordens... você está acordado? — perguntou Fílocles. Kineas estava nu e molhado. — Laertes está aqui, com um prisioneiro.

Kineas sentou-se na cama. A túnica que havia tirado antes de dormir estava molhada como antes, quando ele se deitara. O manto também. Ele o colocou sobre os ombros e desceu da carroça, sentindo o aroma abafado da lã molhada. Fílocles desceu atrás dele.

— Não está frio — disse.

— Nem todos somos espartanos — disse Kineas. Na verdade, como sempre, ele hesitava em mostrar o corpo despido, mesmo na véspera da batalha. Sorriu, pensando na própria vaidade.

Átelo estava sentado junto a sua fogueira, com Laertes, Crax, Sitalkes e outro guerreiro. Aos pés de Laertes jazia um homem, de cabelos louros encaracolados e pernas nuas, coberto com um manto vermelho escuro. Era o prisioneiro, a menos que já estivesse morto. Os outros partilhavam uma taça fumegante. Kineas a interceptou.

— Bom dia — disse. O significado da presença de Átelo acabou de acordá-lo do sono. Pôs uma das mãos no ombro de Crax. — Onde está Heron? — perguntou. Em seguida apontou o desconhecido. — Quem é?

Crax sorriu.

— É um idiota. Eu o peguei. — Tocou o corpo estirado, com a ponta da bota. — Sitalkes bateu com muita força.

Kineas começou a flexionar os músculos.

— Acho que preciso saber tudo desde o começo.

Laertes sorriu e pegou a taça de volta.

— Heron é incansável, hiparca. Temos de reconhecer isso. Percorremos sessenta, talvez oitenta estádios, e esquadrinhamos todas as barrancas desse maldito rio.

Sitalkes falou rapidamente, tropeçando no grego em seu açodamento e exibindo um escalpo na ponta da lança, mas Laertes continuou a falar. Libertou um braço que estava sob o manto a fim de apontar para Átelo.

— Graças aos deuses o senhor o mandou — disse ele. — Todos os afluentes estavam cheios; foi difícil atravessá-los. Estávamos perdidos na escuridão quando Átelo nos encontrou. — Fez um gesto, indicando Sitalkes. — Duas vezes vimos patrulhas inimigas, mas eles não puderam cruzar o rio. Este idiota — Laertes passou a mão nos cabelos de Sitalkes — matou um deles com um dardo e depois nadou para arrancar-lhe o couro cabeludo. Bárbaro.

Kineas sentiu o calor do chá invadindo-lhe o estômago.

— Então há um vau ao sul?

Laertes encolheu os ombros, trocando um olhar com Átelo.

— Há uma dúzia de pontos onde é possível fazer um cavalo nadar, ou até mesmo passar com muito cuidado, em fila indiana. Não há passagem para um exército... nem mesmo uma patrulha.

Kineas esfregou os olhos.

— Como foi que vocês o encontraram? — perguntou, referindo-se ao prisioneiro.

— Eles devem ter conseguido botes — disse Laertes. — Heron nos mandou procurá-los, mas nunca os encontramos. Levou tempo, na chuva. E aí nos perdemos. — Encolheu novamente os ombros.

Átelo sorriu para o outro soldado a seu lado. Kineas viu que era a mu lher dele — Samahe. A Negra. Ela sorriu obliquamente para o marido.

— Eu achar cavalo grego — disse ela. — Enxergar no escuro.

Átelo deu-lhe a taça de chá.

— Mulher boa — disse ele. — Achar cavalo grego, achar Crax, encontrar inimigo também.

— Onde está Heron? — perguntou Kineas. Olhou novamente para o prisioneiro. O homem lhe parecia familiar, ou pelo menos seu manto.

Laertes estendeu a taça e um dos escravos do acampamento a encheu novamente. — Enrolado em seu manto. Quer ir para o norte logo que terminarmos de descansar.

Kineas assentiu com a cabeça.

— Agradeça a ele. Vão descansar vocês também.

Todos sorriram, satisfeitos consigo mesmos e com o elogio, embora lacônico. Isso fez Kineas sentir-se melhor.

Fílocles tomou a taça e bebeu o restante.

— Eumenes está esperando — disse, com certo azedume. Limpou a boca. — Vou sair com ele. — Colocou a taça no chão. — Verei o que posso conseguir com nosso prisioneiro quando voltar.

Kineas desceu a colina, pensando nas patrulhas macedônias ao sul do vau. Sua intuição, que o atormentara a noite inteira, estava correta. Somente então prestou atenção no que ouvira. Fílocles nem sempre era um soldado ativo.

— Por quê? — perguntou. — Por que vai sair?

A chuva o molhava novamente e a barba estava crescida demais — parecia uma coisa estranha em seu rosto. Queria fazer a barba. Tinha estado montado por muito tempo.

Fílocles encolheu os ombros.

— É hora de combater — disse ele.

Eumenes, já montado, tomou a frente da tropa de Leucon. Os *hippeis* de Pantecapeo também estavam montados e mais além, na chuva, era possível divisar a metade da falange da cidade. A maioria dos soldados estavam nus, com os escudos e uma única lança pesada. Mais além havia um par de carroças *sakje* grandes.

Kineas caminhou até Eumenes.

— Atravesse, recolha os cadáveres e volte.

Eumenes olhava o vau.

— Não vamos decepcionar você. Não vamos repetir o que aconteceu ontem — disse ele, com voz dura.

Kineas se aproximou mais, até sentir o calor do corpo do cavalo.

— O que aconteceu ontem poderia acontecer com qualquer um. Isso é a guerra, Eumenes. Traga os corpos e volte. Nada de heroísmo.

Eumenes fez uma continência.

Um síndico, do grupo de Temerix, correu até onde estava Fílocles e entregou-lhe um elmo, que ele colocou no alto da cabeça, e uma lança pesada, rude e negra, mais comprida do que as dos outros homens e da espessura do pulso de Kineas. Fílocles colocou um escudo ao ombro — uma peça simples de bronze, sem nenhuma marca.

— Você vai com ele? — perguntou Kineas, sem entender.

Fílocles sorriu com resignação.

— Memnon me nomeou comandante de seus duzentos homens — disse ele, erguendo um sobrolho. — São os benefícios de uma educação espartana. — Deu meia volta, com o velho manto vermelho flutuando atrás de si. Balançando a cabeça, fez o elmo cobri-la, com as placas laterais protegendo o rosto. Do elmo saiu uma voz que nada tinha de humana, tão diferente da de Fílocles que Kineas achou ser de outro homem.

— Vamos até o fim — disse a voz. — Quem ficar para trás servirá de alimento aos abutres. Prontos?

Todos rosnaram, batendo com as lanças nos escudos. Kineas os viu partir em direção ao vau, mantendo a formação, e ficou meditando.

A expedição através do vau para recolher os mortos do combate da véspera não encontrou resistência. Kineas manteve a falange em estado de prontidão e o restante da cavalaria olbiense preparada, e em seguida, na segunda hora, atravessou também o vau a fim de fazer um rápido reconhecimento. Antes da terceira hora os homens de Pantecapeo estavam de volta, a galope, cantando a Pavana de sua cidade. Atrás vinham as carroças, cheias até o topo com sua carga macabra e um punhado de feridos que haviam sobrevivido a uma noite na chuva. E finalmente, Eumenes e sua tropa. Haviam visto alguns macedônios, como Kineas. Eumenes trazia outro prisioneiro.

Kineas chamou seus oficiais e todos se reuniram em torno da fogueira, junto a sua carroça.

— Não estou gostando disso — disse ele. — Vou falar com o rei. Zopryon devia ter fechado o vau.

Eumenes não concordou.

— Não tenho muita experiência de guerra, mas acho que eles se sentiram derrotados ontem à noite e se retiraram para longe do vau, temendo a mesma batalha que nós temíamos.

Niceas olhou o jovem com aprovação.

— Isso faz sentido para mim — disse.

Kineas concordou.

— É possível. Porém, tenho de prevenir-me contra todas as possibilidades. Proteja os homens, alterne as sentinelas e cuide dos cavalos. Este tempo vai nos custar mais cavalos do que uma batalha. Diodoro, você comandará as sentinelas. Alguém viu Heron?

— Já partiu — disse Diodoro. — Procurou você, mas você já havia atravessado o vau. Ele disse que tinha recebido suas ordens e partiu para o norte com nossos batedores. Parecia saber o que estava fazendo. Mandei Átelo ir com ele.

Kineas não conseguiu conter um sorriso.

— Ele deve saber mesmo. Saiu com nossos melhores homens. Mande-o me procurar tão logo regresse, ou qualquer dos homens dele. Vou falar com o rei.

Fílocles, figura estranha com o pesado elmo e a lança na mão, cuspiu sem se atrapalhar com o elmo.

— Cuidarei dos prisioneiros — disse ele. — Niceas já os isolou. Veremos o que têm a dizer.

Kineas assentiu.

— Eumenes... se puder se manter desperto, preciso de você.

Eumenes balançou a cabeça, com ar fatigado, e Kineas dispensou os restantes.

No alto da colina a vista era melhor. Passando pela grama molhada, Kineas enxergava as manadas mais afastadas, ao norte, e os acampamentos de cada um dos clãs. A chuva iria prejudicar os dois exércitos, mas os *sakje* se sentiriam mais à vontade, com suas enormes manadas de cavalos e carroças secas para dormir.

O céu ia clareando, as nuvens se dissipavam. Alguns tufos de névoa mais baixa obscureciam-lhe a vista, mas em outras direções Kineas podia ver até cinco estádios ou mais, e embora a chuva ainda caísse, já não tinha a força da noite anterior. Se estivesse em Atenas, ele imaginaria que até a tarde a chuva cessaria.

A oeste havia uma linha de fogueiras no limite do campo de visão. Fogueiras pequenas, de fumaça negra. Eles quase não têm mais lenha, pensou Kineas. Não têm mais carroças, nem alimento. Tinha havido dois embates com Zopryon em meio à chuva, e, apesar dos resultados de ambos, Kineas fazia uma ideia do estado de espírito dos soldados de Zopryon: estavam desesperados.

Kineas pensou em uma coisa tão bela que era até perigosa. Não queria exprimi-la para si mesmo e muito menos revelá-la em voz alta a outros, com medo de que se o fizesse tudo mudaria. Mas ela continuava a penetrar seus planos e suas preocupações. A ideia era: Zopryon ainda não sabe que Cleomenes traiu a cidade.

21

O rei estava justamente convocando os líderes dos clãs. Estava em uma grande tenda de feltro que a guarda havia erguido no centro do círculo de carroças.

Kineas ainda vestia a armadura que usara no reconhecimento. Envolveu-se no manto, especialmente porque os líderes vinham chegando, inclusive Srayanka. Ela se reclinou num tapete ao lado dele. Marthax sentou-se do lado oposto, e o rei se acomodou em um tamborete dobrável. Serviu-lhes vinho com as próprias mãos, em pesadas taças de ouro, lançou um olhar de desaprovação a Srayanka e virou-se para o lado.

Os últimos chefes chegaram, além de um par de sauromatas e Kam Baqca. Esta fez uma reverência ao rei e agachou-se ao lado dele, como se estivesse exausta por ter estado de pé.

O rei apontou para Kineas com o chicote.

— Agradecemos a nossos aliados. Teríamos muito mais selas vazias se não fosse o que eles fizeram no vau.

Kineas levantou-se e indicou os sauromatas com o braço nu.

— Eles reverteram a maré — disse, sem rodeios. — Sem eles, poderíamos ter sido derrotados. Mesmo assim, perdi o jovem Leucon, um de meus oficiais.

O mais louro dos dois sauromatas se ergueu e retribuiu a saudação. Falou rapidamente para o rei, que traduziu com satisfação.

— O príncipe Lot diz que teve dúvidas sobre vocês como aliados, mas não duvida mais e espera que essa ofensa tenha sido esquecida pela irmandade na batalha.

Kineas sorriu para o louro alto.

O rei assentiu com a cabeça.

— É muito bom termos um exército unido e foi ótimo termos dado um golpe contra Zopryon no início da noite. Marthax!

Marthax levantou-se. Estalou os dedos e esticou os braços, dizendo, em grego:

— Foi ótimo. — Por intermédio de Eumenes, prosseguiu: — Zopryon evitou o combate. — Eumenes traduziu, embora Kineas tivesse entendido quase todas as palavras. — Minha impressão é a de que ele teve medo do que havia começado no escuro e na chuva... e recuou.

Os outros chefes concordaram em alta voz.

Kineas percebeu que o moral havia mudado durante a noite. Os chefes se mostravam mais entusiasmados e o rei parecia mais contente. Somente Kam Bacqa tinha olheiras e o rosto pálido.

Kineas ergueu a mão e o rei fez um gesto, dando-lhe a palavra.

— Mandei batedores ao sul. Viram patrulhas e fizeram um prisioneiro. Zopryon está procurando um vau. Ele fez um bom reconhecimento de nossas posições; seus homens sabiam onde nos esperar na noite passada, mesmo na chuva.

Srayanka falou, no tapete a seu lado.

— Esses tessalianos são uns patifes resistentes.

Outro chefe, do lado oposto da tenda, bebeu um gole de vinho.

— E os companheiros deles também — disse.

Kineas concordou com a cabeça.

— Como dissemos desde o início, ele agora está desesperado. Precisa ou destruir nosso exército ou cruzar o rio ao sul e ir para Olbia. — Encolheu os ombros e prosseguiu, revelando com hesitação sua ideia mais cara: — Mesmo que saiba da traição de Cleomenes, e nada até agora nos faz pensar que tenha conhecimento dela.

Kineas fez uma careta ao pensar na ironia de que Zopryon desconhecesse sua maior vantagem. Os deuses costumam punir esse tipo de soberba. Fez um gesto que aprendera com a babá; pura superstição, para desmentir que fosse esse seu sentimento. Continuou:

— Ele deve tentar atacar o vau hoje. Se não o fizer, devemos pensar em fazer novas expedições para fustigá-lo do outro lado do rio.

Marthax coçou o bigode e tomou um pouco de vinho.

— O dia já está avançado, e a chuva deixou tudo alagado.

O rei assentiu.

— Há muita água no acampamento. Deve ser pior no lugar onde estão os macedônios.

Srayanka olhou em volta do círculo.

— Não quero combater hoje — disse ela. Outros chefes concordaram e Gaomavant, líder dos Lobos Pacientes, se levantou. — Precisamos descansar, senhor. Os cavalos estão fatigados e os guerreiros... há muitos feridos. A chuva não ajuda.

Lot, dos sauromatas, encolheu os ombros, apesar do peso de sua armadura. Falou por intermédio do rei, que traduziu ao pé da letra, inclusive com os gestos.

— Nós não estamos cansados. Onde houver capacetes de bronze, nós os derrotaremos. A chuva não molha as pontas de nossas lanças. Se vocês estão cansados, imaginem como estará o inimigo hoje.

Kineas balançou negativamente a cabeça.

— Os *taxeis* não estão cansados. São capazes de marchar durante cem dias de chuva. — Olhou para o rei e balançou novamente a cabeça. — Nós estamos mais secos, e mais seguros que os macedônios. Descansaremos mais. Temos mais remontas para substituir as que mancam. Além disso, hesito em dizer isto aos deuses para não ofendê-los com minha soberba, mas nada, nada que tenhamos visto nos últimos dois dias nos fez acreditar que Zopryon saiba que Olbia está à sua disposição. Se minha opinião tiver valor aqui, sugiro que o clã que estiver mais disposto cruze o rio e bloqueie o acesso de Zopryon para o sul. Impeça a chegada de qualquer mensagem. Ataque os sentinelas do sul e os fustigue. No máximo cem cavalos; se ficarem isolados quando Zopryon vier para o vau, poderão atacar a retaguarda dele ou simplesmente ocultar-se na grama da planície.

O rei coçou a barba e voltou-se para Marthax.

— Que acha, guerreiro?

Marthax encolheu os ombros.

— Que é que queremos, senhor? — perguntou, bruscamente. — A campanha sempre termina assim. Evitaremos a batalha ou a forçaremos, a fim de destruir completamente o inimigo, arriscando-nos a sermos dizimados? Não decidimos desde o início correr esse risco? Poderíamos ter nos retirado na primavera, e hoje estaríamos com os messagetas. Mas estamos aqui. Já sabemos o que fazer. Vamos cortar o caminho de Zopryon ao sul, isso faz sentido, e vai obrigá-lo a combater. Deixemos que ele cruze o vau de manhã. — Olhou para Kam Baqca quase com ternura. — Vamos levar ferroadas, mas o ninho das vespas será completamente destruído. É o que tenho a dizer.

O rei olhou em volta do círculo, mas era claro que os chefes concordavam com Marthax. Somente o rei hesitava.

— Recordo aos senhores que quando planejamos essa campanha, falamos em parlamentar neste preciso momento. Como maneira de demonstrar submissão.

Os chefes rosnaram. Ao lado de Kineas, Srayanka empertigou-se, com uma expressão de dureza no rosto.

O rei olhou em volta. Apontou para Kineas.

— Seu amigo espartano diz que a guerra é tirana e nada poderia expressar melhor o momento. — Falava com evidente amargor. — O gosto de sangue excitou a todos. Querem arriscar tudo a fim de que esta ameaça seja aniquilada, ou para que sejamos recordados pelos poetas. — Olhou para Srayanka. — Ou para que as injustiças passadas sejam reparadas.

A tenda ficou em silêncio enquanto ele manuseava o chicote. Ninguém fez sequer um ruído e o som de patas de cavalos veio do exterior.

O rei olhou para Kam Baqca, mas ela virou o rosto e ergueu a mão, como se os olhos do rei a pudessem queimar. Os sons de cascos ficaram mais fortes e pararam. No estranho silêncio, Kineas ouviu os pés do cavaleiro batendo no chão ao apear.

O rei estremeceu com a reação de Kam Baqca e em seguida controlou-se. Kineas, que conhecia o peso do comando, percebeu que toda a carga estava sobre os ombros do rei. Ergueu o chicote e apontou para o líder dos Tigres da Grama.

— O rei! Preciso falar com o rei! — disse uma voz forte vinda da entrada da tenda.

O mensageiro era jovem, com um *gorytos* sobre um par de calças, botas e uma faca curta. Curvou-se diante do rei.

— Senhor... há um enviado junto ao vau, exigindo nossa submissão. Um arauto dos macedônios.

Ao ver Cleomenes montado em uma égua forte ao lado de Zopryon, Kineas compreendeu que ocorrera pior.

A chuva ia se dissipando. Um véu de nuvens passou com rapidez sobre o vale do rio que separava os dois exércitos; no céu, porém, o sol conquistava gradualmente a água. Kineas olhou para cima e viu uma águia, ou falcão, ao longe, na direção norte, à sua direita. Bom presságio. Embaixo, na terra, havia cem cavalarianos macedônios meio estádio a oeste, enquanto outros cem, da corte do rei, ocupavam a orla do vau. Entre ambos havia dois semicírculos: o rei dos *sakje*, Marthax e Srayanka, Lot e Kineas. Diante deles, à distância de um corpo de cavalo, Zopryon, tendo ao lado um oficial macedônio, Cleomenes e um arauto.

O bom presságio no céu não compensava o desastre da presença de Cleomenes.

O arauto macedônio acabou de ler as exigências de seu chefe: submissão dos *sakje*, um tributo de vinte mil cavalos e a imediata rendição dos exércitos de Olbia e Pantecapeo.

Kineas observava Cleomenes. Este o fitou e sorriu.

Quando o arauto terminou, Zopryon bateu com os calcanhares no cavalo. Não usava elmo, e sim um diadema branco na cabeça.

— Olbia está em minhas mãos — disse ele, com arrogância. Suas palavras não combinavam com a expressão do rosto: cansaço e preocupação. Ele prosseguiu: — Com Olbia como base, posso atacar suas cidades. Passarei o outono incendiando suas colheitas. Poupem meu tempo. Rendam-se.

Nenhum dos *sakje* fez qualquer movimento.

Cleomenes dirigiu-se a Kineas.

— Você fez bem em não trazer ninguém de Olbia a esta conversa, mercenário. Mas meus homens os encontrarão e lhes avisarão. Eles abandonarão você e o deixarão para morrer com seus aliados. Traidor. Falso lacaio. Meu senhor Zopryon não terá misericórdia.

Kineas não reagiu, tal como haviam feito os *sakje*. Em vez disso, voltou-se para o rei. Este, que estava relaxado na sela, ou talvez cansado enquanto ouvia o arauto, agora empertigou-se.

— Quando recebi a notícia de que viera um arauto — disse ele em seu excelente grego —, eu estava reunido com meus chefes. Todos me instaram a combater e eu hesitava, porque lutar é entregar a sorte de meu povo à possibilidade da morte. Zopryon, suas palavras me esclareceram, como faz o sol ao dissipar o nevoeiro, afinal. Conhece bem Heródoto?

O rosto de Zopryon escureceu-se.

— Não brinque comigo. Renda-se, ou sofra as consequências.

Kineas percebia que o adversário tinha pressa. Mesmo tendo Olbia nas mãos, a trezentos estádios de distância, o desespero permanecia. Sentiu reacender-se um fio de esperança.

O rei estendeu a mão e tomou um cesto das mãos de Srayanka, que estava a seu lado.

— Aqui estão os símbolos da rendição, Zopryon. — Encolheu os ombros, com a aparência jovem que era realmente a sua. — Não tive tempo de capturar um pássaro.

Fez o cavalo caminhar para a frente. Os macedônios reagiram, mas o rei simplesmente entregou a cesta de vime ao arauto. Em seguida fez o cavalo parar, com o focinho encostado ao da montaria de Zopryon.

Este fez um gesto impaciente. O arauto desdobrou a toalha de linho que cobria o cesto e um sapo saltou de dentro. O arauto largou o cesto, espantado, voltando-se para o chefe.

— São pragas! Ratos e sapos!

O rei pôs a mão no *gorytos* e retirou um maço de flechas, que atirou no chão aos pés de Zopryon.

— Sou o rei dos *sakje*. Esta é a resposta dos *sakje*. Meus aliados falarão por si mesmos.

O rei olhou para Kineas, empertigou-se na sela, deu volta ao cavalo e afastou-se.

Cleomenes estava vermelho como um manto espartano. O cavalo do arauto assustou-se com os ratos na grama.

Kineas curvou-se para a frente, com os punhos cerrados devido à tensão, mas a voz não o traiu.

— Os símbolos significam apenas o seguinte, Zopryon: a menos que você consiga nadar como um sapo, esconder-se em uma toca como um rato ou voar como um pássaro, nós o destruiremos com nossas flechas.

Zopryon reagiu raivosamente, confirmando a suspeita de Kineas de que seus nervos estavam à flor da pele.

— A conversa terminou, mercenário! Vá, antes que eu mande matá-lo.

Kineas fez o cavalo adiantar-se, seguindo o presságio de seu sonho.

— Tente, Zopryon — disse ele. — Tente me matar.

Zopryon deu volta ao cavalo.

— Você está louco. Embriagado de poder.

Kineas riu um riso agudo, um tanto forçado, mas foi o suficiente.

— Alexandre sabe que você está usando um diadema? — perguntou. — Você tem também um tamborete de marfim para combinar com ele?

Viu que havia acertado o alvo. Zopryon fez o cavalo virar-se novamente, com a mão no cabo da espada.

Kineas ficou imóvel e sua montaria também

Cleomenes curvou-se sobre o pescoço de seu cavalo.

— Você é um homem perigoso. Vai morrer agora.

Kineas manteve a tranquilidade. Sua risada era de escárnio e ele se sentiu orgulhoso por poder zombar do adversário daquele modo. Era preciso atrair Zopryon, fazê-lo agir de forma desesperada.

— Seus cavalos estão morrendo de fome — bradou ele. — Seus homens caminham como cadáveres. Você está queimando as carroças para fazer fogueiras.

Zopryon estava a uma distância de dois corpos de cavalo. Ainda tinha a mão sobre a espada e seu rosto denotava a ira.

Kineas apontou para a flechas do rei.

— Cleomenes — disse ele, em tom de zombaria —, você tomou a decisão errada. — Mantendo os olhos fixos no outro, prosseguiu: — Você é um idiota. Esse exército jamais chegará vivo a Olbia.

Cleomenes não se alterou.

— Exijo que você me devolva meu filho e todos os homens ainda leais ao arconte.

Kineas sacudiu negativamente a cabeça.

— Se eu mandasse Eumenes a você — respondeu —, ele próprio o mataria. — Voltando-se para Zopryon, disse: — Olbia fica no mesmo lado do rio em que você está. Seus batedores informarão que não existe vau ao sul deste ponto. Quando achar que é capaz de atravessar este vau, venha nos enfrentar. Isto é, se seus cavalos nao morrerem de fome antes.

A ira de Zopryon começou, a ferver e Kineas se afastou.

No vau, aproximou-se do rei.

— Não podemos deixar que ele siga para o sul.

Marthax assentiu.

— Sabemos disso.

— Mande que os Tigres da Grama cruzarem o vau assim que Varô, o chefe deles, estiver pronto — disse o rei. — Vamos dar uma lição.

Os Tigres da Grama cruzaram o vau logo que a chuva se reduziu a alguns chuviscos, no início da tarde. Um sol amarelado ajudou a tornar o céu mais claro, para uma perspectiva otimista.

Kineas mandou Diodoro levar uma patrulha ao sul para reconhecer o acampamento inimigo, ou a linha de patrulha deles. Queria fazer isso pessoalmente, mas precisava dormir.

Cochilou, sem sonhos, mas achou que estava sonhando quando Fílocles o acordou com o braço molhado, falando-lhe ao ouvido.

— Como? — perguntou, como fizera antes.

— Sabe seu prisioneiro? — disse Fílocles. — O que Laertes capturou? É um dos celtas do arconte.

— Por Atena, nossa protetora, escudo de nossos pais, senhora das oliveiras, e por todos os deuses — rogou Kineas, já saindo da carroça para a luz da tarde. O sol era débil, demasiadamente fraco para produzir sombras; mas era melhor do que a chuva. Seguiu Fílocles até a fogueira, onde estava o prisioneiro, sentado em uma pedra, vigiado pelo trio dos amigos do ferreiro. Segurava a cabeça com as mãos e Kineas viu que estava inchada na parte de trás.

— Olhe para mim — comandou Fílocles, com a voz de Ares.

O homem ergueu a cabeça e Kineas o reconheceu, apesar da contusão acima do olho.

— Então — disse ele —, eu não estava me vangloriando. Os deuses sorriem para nós, a menos que outros tenham escapado.

Fílocles balançou a cabeça.

— Uma dúzia de celtas e um par de macedônios, além de Cleomenes, saíram juntos da cidade. A mulher de Átelo os descobriu na escuridão e guiou os homens de Heron até onde estavam. Este acha que estão todos mortos.

Kineas coçou a barba. *Equilibrado num fio de espada*. Se ele e Srayanka... se ela não tivesse encontrado Átelo... se Átelo não tivesse uma esposa nova, capaz de acompanhá-lo...

Ainda não estava tudo terminado.

Kineas esfregou água fria no rosto.

— Cleomenes conseguiu chegar a Zopryon — disse. — Um dia atrasado, creio... e espero. — Encolheu os ombros. — Quero água quente, quero fazer a barba e lavar-me — prosseguiu. — Amanhã combateremos.

Fílocles assentiu.

— Vou pentear meus cabelos.

No fim da tarde Marthax mandou novos grupos de cavalaria ligeira e rápida atravessar o vau, com ordens para causar o máximo de caos possível entre os macedônios. Nas horas seguintes houve embates constantes mais além do vau, fora das vistas. Os *sakje* voltavam para trocar de cavalos, buscar flechas ou cuidar de ferimentos.

Kineas mandou Diodoro para apoiá-los e obter as informações que pudesse.

Ainda havia mais uma hora com luz do dia, ou talvez mais, quando Kineas notou movimento no vau. Acenou para Memnon, que veio correndo. Cavaleiros olbienses vinham atravessando o rio a galope. Viu um mensageiro *sakje* subindo a colina até o círculo de carroças do rei. Outro chegou vindo do norte, do mesmo lado do rio, galopando perigosamente por entre as manadas. Um grego — era Diodoro — veio do vau, galopando para onde estava Kineas.

— Eles estão se movimentando — disse ele, ofegante.

Kineas coçou a barba já aparada.

— Será que vão combater agora?

Diodoro custou a recobrar o fôlego. Memnon se aproximou.

— Estão indo para o norte. A conversa deve ter sido pretexto a fim de ocultá-los. Todo o exército está em movimento. A cavalaria servirá de cobertura; isso é bom para nós. Estão cansados. Nós os vimos rapidamente.

Kineas ergueu-se o máximo possível na sela, a fim de enxergar mais longe. Um resto de chuva caía a leste, mas a visibilidade ainda era precária e a meia distância de alguns estádios já era difícil distinguir as cores.

— Para o norte? — disse ele.

O guerreiro *sakje* que viera galopando estava chegando perto dele. A um estádio de distância, Kineas reconheceu Átelo. Seu coração bateu mais depressa. Teve a sensação — quase a mesma dos sonhos de Baqca — de que já sabia de que se tratava. Átelo vinha de onde estava Heron

Heron estava fazendo reconhecimento ao norte e Diodoro dissera que os macedônios iam marchando para o norte.

Kineas entendeu: era uma manobra desesperada de Zopryon. *O javali desesperado ataca os reis.*

Átelo nem sequer desmontou. Aproximou-se tanto que o suor de seu cavalo respingou sobre os demais.

— Heron encontrar vau. Norte. Macedônios encontrar também.

Kineas sentiu o peso do futuro inevitável. Outro vau, certamente com uma pequena praia de cascalho e uma grande árvore seca.

O outro vau ficava justamente ao norte da manada mais afastada, próximo ao santuário do deus do rio. Átelo informou que a largura era de quatro carroças e a água chegava aos joelhos de um homem; que havia macedônios na margem oposta, mas outros vinham chegando; e que Heron estava resolvido a defender o vau pelo maior tempo possível.

Kineas não esperou para ouvir tudo. Voltou-se para Memnon.

— Vou até o rei. Comande a falange e marche imediatamente. É preciso chegar antes dos *taxeis*. Eles saíram antes, mas seu caminho é mais curto.

Memnon assentiu.

— Eles não vão cruzar esta noite.

Kineas sacudiu negativamente a cabeça.

— Vão tentar. Vá! — Voltou-se para seus próprios oficiais: — Eumenes, seus homens são os mais descansados. Cada um deve levar dois cavalos. Ponha todos os síndicos montados. Cavalguem como se estivessem montados em Pégaso. Nicomedes, vá com ele, tão logo seus homens consigam montar. Mandarei os escravos levarem uma carroça com alimentos. Trinta estádios? — perguntou a Átelo.

Átelo encolheu os ombros. — Uma hora a cavalo.

— Diodoro, chame seus homens que estão no vau. Descansem agora. Daqui a uma hora você vai seguir comigo. — Kineas olhou em volta. — Temos de ganhar a corrida ao vau.

Todos concordaram.

Kineas disse:

— É a última cartada dele. A batalha vai ser essa. Ele saiu na frente e nós sabemos que é capaz de andar depressa. Agora vamos mostrar o que sabemos fazer.

Fílocles pôs a mão no ombro dele.

— Chega de ordens — disse. — Verei você no vau.

A notícia dada por Kineas serviu somente para confirmar o que o rei já tinha ouvido.

Marthax foi direto:

— Talvez o vau. Talvez não. — Fez um gesto com a mão. — Não podemos permitir que ele escape, que marche para o sul, para Olbia.

O rei parecia cinco anos mais velho.

— Vamos atravessar o rio com os *sakje* — disse ele. — Vamos segui-lo, aniquilar a retaguarda, impedir a marcha.

Kineas respirou fundo.

— Ele tem três horas de vantagem. Vai marchar a noite inteira. Vocês somente o alcançarão de manhã. Se eu estiver certo, nesse momento ele irá atravessar. — Kineas passou a mão pelos cabelos. — Nosso exército é menos numeroso; para que dividi-lo?

O rei balançou a cabeça.

— Nosso exército é mais rápido. Vamos observar os movimentos dele e nos juntaremos todos para a batalha.

Kineas não estava de acordo.

— Ele poderá obrigar os *sakje* a lutar no mar de grama, e eu estarei longe, sem poder ajudar.

Marthax fez cara séria. Falou rapidamente e o rei traduziu:

— Não temos outra escolha. Se ele chegar a Olbia antes de nós, estaremos perdidos.

Kineas percebeu que ambos estavam resolvidos. Estavam cansados — todos estavam cansados e não havia tempo para discutir. Pensou num campo de batalha que nunca havia visto, a não ser em sonho. Pensou no rei, seu amigo — e seu rival, que se afastaria, deixando-o só.

Sabia o que importava agora. Após um momento de hesitação, disse:

— Deixe um clã comigo. Não conseguirei defender o vau somente com os gregos. — Tinha mais receio de como se sentiriam os olbienses se soubessem que teriam de enfrentar sozinhos o poderio da Macedônia.

O rei franziu a testa, mas Marthax concordou.

— Tigres da Grama. Cavalo em Pé. Leve os dois. Você conhece os chefes. Tigres da Grama lutam de dia, cansados. Não cavalgaram toda a noite. Cavalo em Pé ter luta dura ontem. — Mandou Átelo buscar os chefes. Por intermédio do rei, disse: — Acho que Zopryon vai tentar chegar ao vau. Podemos alcançá-lo duas horas antes da alvorada, creio. Vamos pegá-lo.

Os outros chefes vinham subindo a colina correndo — os que não estavam lutando do outro lado do rio. Kineas viu Srayanka, já montada, dando ordens a seus líderes. Fílocles corria em direção a ela à frente de seus duzentos guerreiros levemente armados, e, ao alcançá-la, Fílocles ergueu a lança em saudação enquanto Kineas observava. Ela respondeu com um grito de guerra, que o clã ecoou. A tropa de Eumenes já ia desaparecendo na escuridão. A maioria dos homens de Nicomedes já estavam armados; os escravos tinham carregado duas carroças e toda a coluna se pôs em movimento, com a falange mais pesada de Memnon na retaguarda.

Kineas sentiu orgulho deles.

Kaliax, do Cavalo em Pé, foi o primeiro. Tinha um corte feio no braço e estava pálido, mas concordou em servir sob o comando de Kineas. Varô, dos Tigres da Grama, parecia em melhor forma. Falou rapidamente, ainda cheio de espírito de luta, relatando eloquentemente em *sakje* a escaramuça além do vau, que durara o dia inteiro, a penetração próxima ao acampamento inimigo e a descoberta de que Zopryon se preparava para a marcha.

Kineas tentou ser paciente, mas estava preocupado com os olbienses, que se moviam rapidamente ao longo do rio. Em uma hora já poderiam estar combatendo. Certo ou errado, Kineas desejava estar com eles. Sabia como dispor suas tropas no terreno e todos os demais gregos obedeceriam, até mesmo Memnon.

Lembrou-se de que poderia morrer naquele dia, naquela mesma tarde, se o combate começasse imediatamente. Sentiu o estômago contrair-se e o coração disparar. Tudo seria ali, naquele momento.

Queria ver Srayanka mais uma vez. A última vez. Ela estava na base da colina, ao alcance de uma corrida a cavalo. Em vez disso, voltou-se para Varô e Kaliax.

— Ao cair da noite vai haver combate junto ao santuário do deus do rio. Uma hora a cavalo. Quando podem chegar?

Kaliax fechou o punho do braço ferido.

— Ao pôr do sol — respondeu.

Varô concordou.

— Alguns dos meus Tigres ainda estão do outro lado do vau. Vamos precisar de remontas e alimento. Ao pôr do sol, na melhor das hipóteses.

Kineas concordou, com ar sério. Não esperava mais do que isso.

— Venha pelo meu flanco direito — disse ele. Precisava procurar as palavras, e após um minuto de confusão e preocupação, desceu do cavalo, foi até uma fogueira, agarrou um tição e um pedaço de linho que cobria uma panela, apesar dos protestos da mulher síndica junto ao fogo. Colocou o pano sobre os joelhos e fez um desenho. — Rio — disse. Depois, duas linhas em ângulo reto, como uma estrada. — Vau e santuário — prosseguiu. O dois chefes assentiram. Desenhou um retângulo simples. — Gregos — disse. Outro retângulo, atravessando o rio. — Macedônios.

Ambos sacudiram afirmativamente as cabeças. O carvão de Kineas se acabara. Ele voltou ao fogo e trouxe outro. Traçou uma linha e em seguida uma longa seta em curva.

— Venha pelo norte — disse. — Faça uma curva a leste, afastando-se do rio, seguindo as colinas.

Ambos concordaram.

— Pôr do sol — disse Varô.

— Vá com os deuses — disse Kineas.

Sabia que tudo estava em movimento, todo o curso dos acontecimentos, a fase preliminar da batalha, correndo rio abaixo, como no apólogo do rei. Queria o cavalo de ataque e a armadura, queria ter certeza de que os escravos tinham levado alimentos suficientes para uma refeição quente a cada um dos aliados gregos — e queria ver Srayanka.

Não tinha tempo para falar com ela.

Provavelmente nunca mais a veria.

Montou, olhou a coluna de olbienses que desaparecia na grama alta ao longo do rio e cavalgou descendo o lado sul da colina até onde estava ela com seu cavalo, com uma das mãos na cintura e a outra empunhando o chicote. Srayanka sorriu para ele.

— Agora — disse ela. — Agora você vai ver como combatemos.

Kineas se sentia demasiadamente fatigado para poder falar. Tinha ido ali apenas para despedir-se, mas ela estava tão viva, parecia tanto uma deusa — o Poeta costumava dizer que em seus melhores momentos os homens e as mulheres eram como deuses, como ela.

Kineas não queria morrer. Queria ficar com Srayanka para sempre.

O silêncio dele e algo em seus olhos a tocaram. Ela se curvou para a frente e abraçou-o, encostando o rosto no dele, de forma que ele pudesse sentir seu calor e a ponta do colar de ouro que ela usava.

— Amanhã — disse ela — encontrarei você, ou você me encontrará, e o Sastar Bacqa acabará.

Ele pensou em muitas coisas para dizer. Percebeu, por ser valente, que queria confortá-la e que a melhor coisa que poderia fazer seria guardar silêncio sobre o sonho, para que ela seguisse esperançosa para a batalha. Apertou-a junto a si.

— Você aparou a barba — disse ela, acariciando-lhe o rosto, enquanto os cavalos os faziam afastar-se.

— Sempre se deve estar impecável para uma batalha — disse ele. — É uma tradição grega. — Pretendia gracejar, mas ela concordou, com ar sério.

Com aquela troca de palavras vazias, ambos se afastaram. Eram comandantes; tinham de desempenhar seus papéis.

Kineas voltou-se para vê-la uma vez mais, e ela o olhava. Encontrou os olhos de Srayanka, a uma distância que ia crescendo, e em seguida ela se voltou para dar uma ordem. Ele respirou fundo e partiu para a linha da cavalaria.

22

Arni chefiava todos os escravos. As carroças iam avançando junto com os cavalos de reserva, mas Arni já preparara a montaria de combate de Kineas e se mantinha junto do animal, apesar de suas outras responsabilidades.

— Senhor deu ordem — disse ele, com um sorriso de lado. — Cobertores, apetrechos junto com bagagem. Aqui seus melhores dardos e sua armadura. Quíton limpo. Ajax diz é o melhor, portanto é o melhor.

Kineas sorriu, com o coração contente por ter visto Srayanka e também porque uma parte dele não acreditava no vaticínio da morte. Além disso, planejara aquela batalha durante todo o verão — era a sua batalha. Apeou do cavalo. Demorou demais para mudar a túnica, calçar as longas botas de cavalariano, vestir a placa peitoral e amarrar a fita. Lá longe, rio acima, já poderia haver gente morrendo.

Tomou o elmo decorado e colocou-o na cabeça. Vestiu o melhor manto — azul como os olhos dela — sobre os ombros.

— Acenda as fogueiras logo que chegar — disse Kineas a Arni. — Escolha o lugar do acampamento. Você já viu como se faz. Chegue lá a tempo de preparar a comida para nós, e eu o libertarei. Diga a seus homens: se vencermos, todos serão livres.

— Meu senhor disse o mesmo — respondeu Arni com satisfação.

Diodoro chegou, já com o elmo na cabeça.

— Pronto — disse ele, com um meio sorriso. Estava exausto, assim como seus homens.

Mas não tanto quanto os macedônios, pensou ele.

Kineas entregou as rédeas de seu melhor cavalo de montaria a Arni e saltou para o dorso de Thanatos.

— Procure um bom lugar para acampar — disse ele, esporeando o cavalo.

Era fácil seguir o exército, pois haviam cortado a grama alta, fazendo uma estrada da largura da falange de Memnon, que corria ao longo do rio por alguns estádios e depois seguia como uma corda de arco em tangente, evitando a longa curva.

Kineas se impacientou com a lentidão da tropa de Diodoro. Desculpava a fadiga — os soldados tinham combatido duramente —, mas precisava chegar logo. Começou a adiantar-se e finalmente voltou para junto de Diodoro, dizendo:

— Perdoe, velho amigo. Preciso ir mais depressa.

Diodoro se despediu com um aceno. Kineas apontou para Niceas com o chicote e os dois partiram a galope.

Encontrou a falange no topo da linha de colinas que dominavam o vale. Acenou para Memnon e prosseguiu. Memnon não esperaria que ele parasse para conversar. Desceu a elevação passando pelas primeiras carroças que Arni despachara e que tinham se atrasado por causa do solo ainda enlameado. Os homens cortavam arbustos e os amarravam em maços, a fim de sustentar o peso das carroças. Kineas continuou. Mais além, o grosso da falange de Pantecapeo já saíra do terreno alagado, e os oficiais gritavam para que cerrassem fileiras. Os soldados iam tirando os escudos que levavam às costas e os seguravam nos braços.

A batalha estava próxima.

Dali, na base da colina, Kineas via combates no vau. Os arqueiros disparavam flechas dos dois lados e havia cadáveres no solo. Viu sua própria cavalaria formada a certa distância do vau e um corpo de infantaria — tinha de ser Fílocles — correndo para formar uma linha, com alguns retardatários procurando alcançá-los. Poucos eram capazes de correr trinta estádios sem fazer uma pausa, mesmo depois de toda uma vida de treinamento. Poderiam estar tão cansados que seriam inúteis no combate, mas lá estavam eles.

Niceas surgiu por trás de Kineas.

— Ordens? — perguntou. Aparentava calma, mas uma das mãos tamborilava na corneta e a outra acariciava o amuleto ao pescoço, passando o dedo pela cara da coruja. O cavalo que montava abaixou a cabeça, arfando. O de Kineas mantinha-se alerta; parecia haver dado um passeio, nada mais.

Kineas acariciou-lhe o pescoço.

— Você é um campeão, amigo. — Olhou para trás, vendo a confusão em volta das carroças e a falange de Memnon que vinha atrás. Balançou a cabeça. — Diga a Memnon que mande alguns homens para ajudar o pessoal das carroças e siga adiante — disse ele. — Vou descer.

Dali, todo o campo era visível. O santuário do deus do rio era feito de pedras empilhadas em um pequeno istmo que entrava pelo rio perto do vau, como o dedo polegar de um lutador. Essa língua de terra e a área ao seu redor, no ponto em que se unia ao barranco da margem principal, estavam cheias de árvores antigas e grandes — carvalhos e salgueiros. Ao norte do istmo, rio acima, ficava o vau, perfeitamente visível à luz do sol poente, talvez porque houvesse alguns homens com atiradeiras, mas a água corria sobre um fundo raso e amplo, com troncos e uma grande pedra marcando o caminho do vau. A leste, na margem próxima, a planície de aluvião do rio se estendia por muitos estádios. Era difícil estimar a distância à luz avermelhada da tarde, mas a grama era curta e o terreno, plano e úmido.

O vau tinha a largura de meio estádio, e o lado mais distante era tão plano quanto o mais próximo — e sem árvores. O terreno era perfeito para os *taxeis*. Não havia sinal do corpo principal do exército macedônio, e a visibilidade se estendia por dez estádios. Viu cavalarianos, alguns *peltasts* e outros homens vestindo mantos — *thrake*, imaginou ele.

Deu uma olhada final e fez Thanatos descer o restante da colina, atravessando os juncos na orla do alagadiço que dominava o extremo sul da planície e subindo uma pequena elevação onde o terreno era mais firme, perto do rio. Enquanto caminhava, ia examinando o solo. As patas do animal faziam esguichar lama a cada passo, mas o terreno era suficientemente firme sob a água na superfície. No dia seguinte estaria mais seco.

Passou rapidamente diante da vanguarda dos duzentos homens de Fílocles, que o aplaudiram. Kineas ergueu o punho fechado em saudação enquanto passava e dirigiu-se a Nicomedes, que estava junto de Ajax na linha de frente.

Nicomedes tinha excelente aspecto — limpo, bem-vestido e calmo, mas a energia do aperto de mão demonstrou seu nervosismo.

— Por todos os deuses, Kineas, nunca me alegrei tanto em ver alguém — exclamou ele, sorrindo. — Pode ficar à frente dos exércitos. Estou comandando há uma hora e já envelheci um ano.

Ajax ergueu o elmo.

— Ele foi cauteloso — disse, gracejando. Heron se aproximou do grupo de comandantes e fez continência. Kineas retribuiu a saudação e voltou-se para o jovem.

— Muito bem, senhor. Trabalhou muito bem.

Heron ficou olhando para as próprias mãos. Em seguida seus olhos encontraram os de Kineas e se iluminaram.

— Fiz o melhor que pude — respondeu. — Só fiz ouvir os conselhos de seus veteranos.

Niceas riu.

— O mundo está cheio de gente burra capaz de errar assim mesmo — disse, em tom rude. — Aceite o elogio do hiparca, o senhor o mereceu.

Kineas deu-lhe um tapa nas costas, provocando um barulho contra a armadura de Heron.

— Bom trabalho — repetiu, transferindo a atenção para Nicomedes.

Este apontou para o vau.

— Recuso-me a sucumbir à tentação de uma batalha na água. Se os que estão armados com fundas quiserem lutar com nossos síndicos, deixe-os. Os síndicos parecem contentes em participar da briga, e enquanto isso nenhum de nós fica ferido.

Kineas assentiu com um gesto.

— Tem razão. Para nós, basta resistir. Creio que eles tentarão um ataque antes do pôr do sol.

Olhou para a linha de soldados. Muitos dos homens de Fílocles estavam de joelhos, ou curvados no chão, mas a maioria já estava firme, de pé, respirando ofegantemente, repousando os escudos no dorso dos pés e empunhando as lanças.

Kineas acenou para Eumenes, que se aproximou imediatamente.

— Quem foi que você nomeou como *hiperetes*? — perguntou.

— Cliomenedes — respondeu Eumenes. Com efeito, o rapaz estava atrás dele. Era o mais jovem dentre os que tinham participado da viagem no inverno e talvez ainda fosse um dos mais jovens da tropa. Mas Kineas o tinha visto combater contra os getas, não era mais um menino.

— Muito bem. Leve sua tropa para o sul da de Fílocles e cubra o flanco esquerdo dele. Se formos repelidos para longe da margem, nos retiraremos para o sul. Portanto, você será o pivô. Nicomedes, onde estão os síndicos? No santuário?

— Sim, ocultaram-se entre as árvores e agora de lá somente saem flechas — respondeu nervosamente Nicomedes.

Kineas assentiu.

— Vamos deixá-los lá. — Olhou para sudeste, procurando a coluna de Memnon, que vinha atravessando lentamente o alagadiço. Fez um gesto com o chicote para Fílocles e levou seus oficiais para junto do espartano. Coçou a barba, olhou novamente o outro lado do rio, com o coração se acelerando, e refreou o cavalo diante de Fílocles.

— Eles vão atacar dentro de poucos minutos, senhores. Fílocles, aqueles são os *thrake*; são *peltasts*, mas com espadas grandes. Vão atacar com rapidez, com os flancos cobertos pela cavalaria.

Fílocles tinha na cabeça o grande elmo coríntio, puxado para trás. Tinha a aparência de sempre: corpulento, simpático. Um filósofo. Mas quando falava, parecia Ares.

— Vamos detê-los aqui mesmo — disse ele. — Nunca os combati, mas conheço a fama. Basta repelirmos a primeira carga. — Abriu o sorriso sarcástico de sempre. — Acho que podemos lidar com eles.

Kineas olhou para seus oficiais de cavalaria e apontou para a leve elevação do terreno, ao sul.

— Se nossa formação for rompida, nos reagruparemos naquele local. Deixem que os *thrake* venham, Fílocles os deterá. Quando a cavalaria cruzar o rio, vai estar desorganizada, deixem-nos chegar à margem e ataquem antes que refaçam a formação. Olhem para mim para saber o momento do ataque, mas não hesitem em tomar suas próprias decisões. Eu estarei com a infantaria.

Na verdade, sentia-se estranho montado, longe da linha de frente, dando ordens. Mas agora era esse o seu papel.

Voltou até a pequena falange, na verdade pouco mais do que um punhado de *peltastoi*, sob o comando de Fílocles. O espartano sorriu e em seguida ajustou novamente o elmo, correndo para a frente de seus homens. Apontou para o rio, diante de si, e os duzentos soldados aplaudiram como se fossem mil, num brado que lançou uma corrente de energia sobre Kineas, como um relâmpago benfazejo.

Do outro lado do rio, os atiradores de fundas da Macedônia iam se retirando. Na margem oposta, ainda bem visível à luz que ia diminuindo, Kineas podia ver os *thrake* e a cavalaria. Além deles, havia *alguma coisa*. Era difícil estimar a distância e mais ainda detectar tropas que se moviam em terreno molhado, sem poeira, mas havia algo ali. Talvez um *taxeis* ainda a alguns estádios.

Os *thrake* lançaram um brado e em seguida outro, erguendo os escudos. Eram muitos. Batiam com as grandes espadas contra os escudos e começaram a entoar um canto. Em seguida partiram para a travessia do vau, sem qualquer tipo de ordem, e foram se espalhando conforme atravessavam.

Kineas não tinha dado importância ao pequeno grupo de síndicos, os companheiros do ferreiro, considerando-os irrelevantes, mas da posição que ocupavam na extremidade do istmo, imune aos *thrake* e destemidos, eles atiravam sua flechas diretamente nos flancos dos atacantes. Os *thrake* se afastaram, aglomerando-se no norte do vau, e chegaram à margem com muita lentidão, perdendo grande parte do ímpeto da carga por causa da água e das flechas. Um dos chefes os reuniu na orla do rio e os fez avançar — eram uns cem, ou mais —, abatendo-se sobre a linha de frente dos homens de Fílocles com um ruído que lembrava uma dúzia de ferreiros trabalhando em suas forjas. O chefe deu um salto fantástico, sem reduzir o ritmo da carga, em direção à muralha de escudos, decepando a cabeça de um grego na queda, mas quatro lanças o transfixaram antes mesmo que o corpo chegasse ao chão. O coração de Kineas deu três saltos antes que a brecha aberta fosse rapidamente fechada com cadáveres de gregos e *thrake*, e antes que a segunda fileira de *epilektoi* avançasse e reparasse o hiato na falange com seus escudos.

Outros *thrake* vinham subindo a barranca. Cada qual parecia tomar as próprias decisões e alguns correram para a base do istmo, a fim de conter os arqueiros, enquanto outros se atiravam à batalha que prosseguia à sua frente.

Kineas voltou os olhos para a cavalaria inimiga. Estava encurralada no vau, vítimas das mortíferas flechas e incapazes de avançar por causa da multidão de *thrake*.

A uma distância igual à largura de uma rua de Atenas, a pluma do elmo de Fílocles surgia na linha de frente, e seus brados ecoavam no ar como rugidos. Kineas viu a grande lança subir e descer, sustentada com uma das mãos e apoiada no ombro do espartano, que a manejava como se a arma não tivesse peso, para a frente e para trás, como uma máquina de matar. Não estava sozinho, e sim no centro da linha que sofria o ataque, mas mesmo assim matou cinco homens em cinco segundos, com a lança funcionando com economia brutal, atravessando um nariz, uma boca, a carne macia sob um queixo, e logo recuando, com a longa lâmina enterrando apenas até a parte mais larga. A mão de Fílocles estava negra e o braço, vermelho até o ombro, inclusive o lado do corpo onde o sangue dos inimigos corria por sua pele. Kineas viu a linha grega tornar-se mais sólida e o rugido de Fílocles foi seguido de um novo ímpeto, um impulso que fez os *thrake* recuarem e começarem a fugir, com alguns homens caindo ao chão e sendo pisoteados pelos que corriam, enquanto atrás deles as lanças iam ceifando outras vidas. Toda a falange parecia um tear tecendo a morte.

A formação dos *thrake* se rompeu. Estavam sendo massacrados contra seus escudos redondos, o ímpeto de sua carga se esgotara e o medo os dominou. Dispersaram-se, fugindo pelo vau, bloqueados pelos retardatários e por sua própria cavalaria de apoio.

Kineas se aproximou de Fílocles, que liderava o avanço de seus homens. Estavam cantando, e Kineas teve de berrar para ser ouvido.

— Alto! — gritou. Bateu levemente com o cabo do dardo no elmo de Fílocles.

A lança negra girou e a ponta parou a menos de dez centímetros do rosto dele. Fílocles o olhou, finalmente reconhecendo-o. Deu um grito. O corneteiro soou um toque agudo e os homens triunfantes de Pantecapeo pararam. Kineas virou o cavalo, esporeou-o com os calcanhares e correu para onde estava Eumenes.

— Agora! — gritou. — Para o vau!

Eumenes não estava preparado. Obviamente, esperava que a batalha se desenrolasse como Kineas previra.

Porém, não fora o caso. Kineas imaginara que o ataque dos *thrake* empurrasse os homens de Fílocles para trás, e isso teria facilitado a armadilha preparada por Kineas. A vitória de Fílocles fora rápida demais.

— Agora! — berrou Kineas.

Eumenes acenou para Clio.

— Toque "Avançar"! — gritou.

Kineas afastou-se, procurando Niceas. Tudo estava acontecendo muito lentamente — a armadilha não ia funcionar. Os homens de Pantecapeo haviam lutado com muita competência e os *thrake* debandaram cedo demais. Acenou para Nicomedes — estava mais difícil encontrá-lo. Nicomedes avançou para o vau, mas parou antes que Kineas o alcançasse.

Não havia espaço para que ambas as tropas avançassem lado a lado. Os homens de Eumenes ultrapassaram os de Nicomedes, já galopando, e entraram no rio espalhando uma cortina de água.

— Formem a linha novamente! — gritou Kineas. Agitou a espada e Nicomedes recuou com sua cavalaria até a distância que havia avançado. Os homens de Fílocles também recuaram, com os escudos voltados para o inimigo. A tropa de Heron não avançara, estava demasiado distante e nem sequer podia ver a luta.

Niceas aproximou-se.

— Dentro de uma hora faremos um acampamento — disse ele. Apontou para o vau e perguntou: — Que é aquilo?

Kineas sacudiu negativamente a cabeça.

— A armadilha não deu certo — disse. — Toque "Retirada". No vau, os homens de Eumenes iam matando os *thrake* que fugiam, mas a cavalaria inimiga já estava formada na margem oposta.

A tropa de Eumenes voltou em boa ordem, vingando o fracasso anterior, e o vau estava cheio de cadáveres. No entanto, o prejuízo infligido ao inimigo fora pouco expressivo. Kineas perscrutou o crepúsculo, procurando reconhecer o que havia do outro lado do vau. Achou que um *taxeis* havia chegado, mas não tinha certeza.

Atrás dele, na colina, uma fogueira se acendeu, e depois outra.

A coluna de Memnon atingiu a orla do terreno seco e começou a entrar em formação.

Kineas observou o vau. Elogiou os homens, passando a cavalo diante da linha de frente. Esperou para levar Memnon à formação, com a falange principal de Pantecapeo à direita e os *epilektoi* comandados por Fílocles à esquerda. A cavalaria cobria os flancos. Quando todos já estavam formados, Kineas já não podia ver o outro lado do rio. Havia fogueiras em toda a encosta da colina a suas costas.

Reuniu novamente seus oficiais e mandou Niceas buscar o ferreiro síndico na fortaleza das árvores. Uma vez todos juntos, ele os saudou.

— Nós os detivemos — disse ele. — Ganhamos a corrida. Quase causamos baixas graves a eles. Agora temos de resistir até que o rei chegue.

Olhou em torno de si à última luz do dia, examinando seus rostos — gente nova e amigos antigos. Ali estava Fílocles — ele não podia imaginá-lo como um matador.

— Eis meu plano. Todo o exército se retirará para a colina, no acampamento, a fim de alimentar-se. Vigiaremos o vau alternando sentinelas, cavalaria e infantaria em cada turno de vigia, com quatro quartos. Mas — olhou em volta, procurando os olhos deles, certificando-se de que todos estavam atentos — quando vierem, permitiremos que passem pelo vau. Creio que virão ao amanhecer, rapidamente, com todo um *taxeis*. Deixaremos que venham. — Apontou para Temerix, que se mantinha um pouco afastado. — Têm flechas suficientes? — perguntou, em *sakje*.

O ferreiro deu uma risada.

— Fizemos flechas dia e noite.

— São capazes de defender o santuário? A noite inteira, como fizeram de dia?

O ferreiro encolheu os ombros.

— Estou às suas ordens. Vim aqui para morrer. Santuário do deus do rio bom lugar para morrer.

Kineas balançou a cabeça, cansado demais para discutir a ideia de mandar um homem para a morte.

— Não morra — disse ele. — Basta defender o santuário até que eles cruzem. Depois venha juntar-se a nós. — Olhou em volta do círculo. — Os demais: formem exatamente como estão formados agora, porém ali, na orla do alagadiço. Até aquela pequena elevação, ali é a nossa linha.

— Um dos flancos fica voltado para o rio — disse Fílocles. — O outro fica aberto.

Kineas sacudiu negativamente a cabeça, apontando para as colinas. Mesmo na quase escuridão as silhuetas dos cavalarianos eram visíveis.

— Nossos amigos do Tigres da Grama e do Cavalo em Pé cuidarão do flanco aberto — disse ele. — Deixaremos Zopryon atravessar o rio, se é que ele está aqui. Ele terá de avançar em ângulo reto em relação a nossa linha... uma péssima posição para começar uma batalha. Vai perder muito tempo para reorganizar sua formação e para ele será uma surpresa, o que lhe custará mais tempo. Vamos avançar quando eu der ordem, e o encurralaremos no rio. — Kineas sorriu levemente. — Isso até que o segundo *taxeis* atravesse... e então cederemos terreno. — Fez um gesto por cima do ombro. — Temos muito terreno para ceder, senhores, uns trinta estádios. Fiquem todos juntos, mantenham a linha e não debandem. Pelo que sei, podemos passar o dia inteiro recuando. Quero causar todo o prejuízo possível a ele no começo e depois recuar até que o rei chegue. Isso é tudo. Hoje à noite, comam bem e durmam.

Todos concordaram e houve alguns risos. O moral estava elevado.

Kineas montou novamente em Thanatos e olhou mais uma vez para o vau, já oculto pela escuridão. Os macedônios também tinham acendido suas fogueiras.

Em seguida, Kineas voltou para o acampamento.

Os síndicos, os escravos e todos os seus camaradas o trataram com toda a gentileza. A muda de roupa já estava preparada e a tenda, erguida. Era a única tenda entre os *hippeis*, naquela bela noite de verão, com as estrelas fazendo um dossel de glória no céu. Alguém levou o manto e a armadura tão logo ele os despiu, e outras mãos lhe entregaram um prato de queijo, carne e pão. Fílocles se aproximou do fogo, já tendo limpado o sangue dos braços e do corpo e vestindo uma túnica. Trazia uma taça espartana cheia de vinho forte e sem água, que colocou numa pedra perto da mão de Kineas. Além da periferia de sua visão, Arni e Sitalkes cuidavam de Thanatos, lavando a lama das pernas, escovando o pelo para limpar a terra e o suor. Kineas aceitou calmamente todas as atenções.

Mais além de onde estava Thanatos, uma centena de fogueiras iluminou a escuridão, como torres de luz e fumaça de lenha cuidadosamente recolhida por escravos e homens livres. Em cada fogueira, grupos de cavalarianos e infantes consumiam refeições quentes, imaginando as surpresas que a manhã poderia trazer.

Os veteranos — Líqueles, Laertes, Coeno e todos os demais — aproximaram-se do fogo deixando suas tropas e sentaram-se em círculo, deixando espaço para os novos camaradas. Ali estavam Eumenes, Ajax, Nicomedes e também Clio, que hesitava na orla da luz da fogueira, sem saber o que fazer, até que Coenos, que durante todo o inverno o havia treinado, chamou-o com um aceno.

Ficaram em silêncio por algum tempo. Kineas comeu e bebeu em silêncio, contemplando a coluna de fogo que se erguia na noite. Sitalkes terminou o trabalho com o grande animal, satisfeito com o que fizera, e Arni o levou até onde estavam os sentinelas. O jovem geta, agora um homem — um homem alto —, aproximou-se e sentou-se perto de Ajax.

Ágis levantou-se, pigarreou e murmurou para si mesmo algumas notas de uma canção popular de Olbia. Em seguida fez uma reverência, levantou a cabeça e recitou:

> "Assim como as labaredas de uma assombrosa fogueira invadem as profundas ravinas na encosta da montanha, devorando toda a floresta, e o vento as impele por toda parte, assim ele lutou por toda parte com sua lança, como um deus, fustigando cada vez mais fortemente suas vítimas; e o sangue escorreu pela terra negra.
> E assim como um homem atrela os bois à canga para pisotearem o centeio num terreiro bem aparelhado, esmagando rapidamente os grãos sob as patas dos bois que mugem, assim também Aquiles e seus cavalos pisavam igualmente os mortos e seus escudos; o sangue escorria pelos eixos e aros de seu carro, levantado pelas patas dos animais e pelas rodas. Mas o filho de Péleas seguia adiante, em busca de glória, e suas mãos invencíveis se enchiam do sangue derramado..."

Ágis continuou a narrativa:

> "O filho de Péleas soltou um brado amargo, olhando para o céu aberto: 'Pai Zeus, por que motivo nenhum dos deuses toma a si,

em minha penosa desgraça, salvar-me de cruzar o rio? Depois, que venha o que terá de vir.

'Não culpo tanto nenhum outro dos deuses celestes, porém somente minha querida mãe, que me enfeitiçou com palavras mentirosas, ao dizer que sob a muralha dos troianos vestidos de malha eu pereceria sob os raios de Apolo. Preferiria que Heitor me matasse, o melhor dos homens nascidos ali; que um valente fosse o matador, e que ele matasse um valente. Agora, porém, uma morte lamentável me foi destinada, encurralado pelo grande rio e ceifado por um pastorzinho de porcos que a torrente levou quando tentava cruzá-lo no inverno.'

Assim falou ele, e imediatamente Poseidon e Palas Atena surgiram e se colocaram a seu lado, tomando a forma de mortais, apertando sua mão e fazendo-lhe promessas. E entre eles Poseidon, o que sacode a terra, foi o primeiro a falar: 'Filho de Péleas, não tremas e não te assustes, pois somos dois para ajudar-te, mandados pelos deuses, com aprovação de Zeus: eu e Palas Atena. Portanto não é teu destino ser vencido por um rio; não em breve terá alívio e tu o perceberás. Mas te daremos conselhos sábios, que deves acatar. Que tuas mãos não deixem a batalha enquanto não houveres aprisionado as hostes troianas nas muralhas de Ilios, para que não escapem. Quanto a ti, quando tiveres roubado a vida de Heitor, volta a teus navios; eis que te damos a garantia de conquistares a glória'."

Parou nesse ponto, bem antes da morte de Heitor, alegando que aquela parte do relato trazia má sorte. Ao curvar a cabeça para mostrar que havia terminado, o espaço além da fogueira estava cheio de homens silenciosos para ouvi-lo. Depois que ele terminou, o silêncio continuou, espesso e negro como a noite, como se ao se manterem perfeitamente imóveis fosse possível fazê-lo falar mais, mas ele curvou novamente a cabeça e voltou a sentar-se em seu lugar. Os homens que estavam além do círculo de luz da fogueira suspiraram, com um som que lembrava o do vento passando por árvores altas.

Kineas levantou-se, usando a taça de Fílocles e a reserva de vinho, que já estava escasseando, para fazer uma oferenda a todos os deuses. Ergueu a voz e cantou:

— Começo um canto sobre Poseidon...

Todos os homens ao alcance de sua voz reagiram, cantando juntos:

O grande deus, que move a terra e o mar sem frutos,
Deus das profundezas que é também senhor de Helicon
E do amplo Egeu.
Os deuses te deram uma dupla missão,
Ó tu que abalas a terra,
Ser domador de cavalos e salvador de navios!
Ave, Poseidon, que sustentas a Terra,
Senhor de cabelos negros!
Ó abençoado, sê generoso
E protege aqueles que cavalgam!

Aos pés de Kineas havia uma coroa de folhas de carvalho, feita por Ajax e Eumenes, que tinham trabalhado juntos à luz da fogueira. Ao terminar o hino, ele a levantou do chão, atravessou o círculo de luz da fogueira e colocou-a, sem nada dizer, na cabeça de Fílocles. Quando a coroa tocou a cabeça do espartano, todos entoaram um única e longa nota. Em seguida os homens ficaram em silêncio, sentindo a proximidade dos deuses e da morte.

Niceas quebrou o silêncio, aproximando-se de Ágis:

— Melhor do que Guagemela — disse ele.

Ágis encolheu os ombros, visivelmente exausto.

— Quanto a mim — disse ele — é como se um espírito falasse através de mim, ou um deus. Não sou ator, e às vezes não consigo acreditar que possa me lembrar das palavras.

Os outros homens, que o conheciam havia muitos anos, concordaram com a cabeça. Até mesmo Kineas achava que o megarano tinha sido bafejado pelos deuses.

Mas Ajax sorriu. No sol brilhante da batalha ele não parecia mais um menino, era belo à luz da fogueira, e em seu rosto ainda havia algo do jovem que os acompanhara à guerra, deixando a casa do pai.

— Adoro ouvir o Poeta — disse ele. — É quase... como um hino, ouvi-lo nesta noite, véspera da batalha.

Nicomedes o olhou e Fílocles deu uma risada de deboche, quase como o zurro de um asno. Ajax ficou sentido.

— O Poeta conhecia a guerra — disse Fílocles —, mas não a amava. Narrou uma grande história, a história da ira de um homem, e por meio daquela ira, contou o que a guerra é. Ajax, você já não é mais virgem. — Houve risos rudes em volta da fogueira. — A guerra é loucura, como a ira de Aquiles.

Ajax ainda tinha a cabeça erguida, e falou com voz forte:

— Todos os homens que estão aqui combateram hoje — disse ele. — Fílocles, você foi um herói como os que o Poeta cantou em seus versos.

Fílocles ergueu-se, com a coroa na cabeça, os louros da coragem, e parecia ser o mais alto dos homens em torno da fogueira, pintado de vermelho e dourado à luz das chamas.

— A guerra transforma os homens em animais — disse ele. — Eu luto como um animal prudente e astuto, um predador. Matei nove homens hoje, ou talvez dez. — Encolheu os ombros, parecendo ter ficado menor. — Um lobo poderia dizer o mesmo. O lobo para de matar quando sacia a fome. Somente o homem mata sem necessidade.

Ajax, ofendido, redarguiu:

— Se você odeia tanto a guerra, não deveria combater!

Fílocles sacudiu negativamente a cabeça. As chamas lhe coloriam estranhamente o rosto. O corpo era vermelho e dourado, mas o rosto tinha ocos negros em lugar dos olhos e seu sorriso fazia arrepiar os cabelos da nuca de Kineas.

— Odiá-la? — perguntou ele, em meio ao sorriso. — Odiá-la? Eu a amo como um bêbado ama o vinho e, como um bêbado, falo sem cessar sobre ela quando estou sóbrio.

Voltou-se e caminhou através do círculo, mergulhando na escuridão mais além.

Kineas o seguiu, caminhando atrás dele pela colina, passando por uma fogueira do acampamento dos hoplitas de Olbia e por mais outra, descendo uma parte do declive e tropeçando no chão irregular, no escuro, até encontrar a forma cálida das costas do amigo. Fílocles estava sentado em uma grande pedra que se erguia do solo como o último dente de um ancião. Kineas sentou-se ao lado dele.

— Sou um idiota — disse Fílocles.

Kineas, que tinha visto muita gente comportar-se mal nas vésperas das batalhas, bateu no braço do espartano.

— É verdade — disse.

— Ele fecha os olhos aos horrores. Quer ser igual ao poema, e não vê quantos jazem por terra, segurando as próprias entranhas — disse Fílocles, em voz baixa. — É fácil acabar com um homem ou uma cidade, não é?

— Fácil demais — disse Kineas.

Fílocles assentiu, falando para si mesmo tanto quanto para Kineas:

— Quem se prepara a vida inteira para ser guerreiro, sem nada oferecer aos deuses, sem conhecer nenhum poeta, talvez mesmo sendo analfabeto, pode transformar-se em um poderoso matador. Não é verdade?

Kineas concordou, sem saber para onde se encaminhava o argumento do espartano.

— Você pode ser o melhor combatente do mundo. Mortífero com uma espada, mortífero com uma lança, montado, a pé com uma pedra, um pau, seja como preferir lutar. E pode também gastar todo o seu dinheiro em equipamento para a guerra: armadura, escudo, espadas, o melhor que houver. Não é?

— Tenho certeza de que você quer chegar a algum lugar com isso — disse Kineas, mas fracassou na tentativa de tornar a conversa mais leve.

Fílocles agarrou-lhe os dois ombros.

— Isso é para que você se proteja, porque é muito fácil ser morto. Você é capaz de imaginar todas as ameaças contra si: todos os que querem roubar sua bolsa, todos os que querem seu cavalo ou sua armadura. Pode passar a vida em terra selvagem, ser capaz de ver o inimigo aproximar-se; ou talvez lute para ter poder, para que possa mandar outros homens protegê-lo.

— Como um tirano — disse Kineas, porque achava que tinha entendido.

— Talvez — disse Fílocles, desprezando o argumento. — O que quero dizer é que você pode viver assim. Pode passar toda a sua vida em segurança, seja um homem ou seja uma cidade. Mas uma criança pode matá-lo em um momento com um tiro de funda. Ali está você, morto, e passou a vida sem uma única virtude, a não ser possivelmente a coragem: é um homem analfabeto, embrutecido e morto.

Kineas começou a entender.

— Ou então?

Fílocles olhou para mais além do rio.

— Ou então pode viver uma vida virtuosa, para que os homens procurem protegê-lo, ou imitá-lo, ou acompanhá-lo.

Kineas pensou naquelas palavras por alguns instantes e depois disse:

— Mesmo assim, matamos Sócrates.

Fílocles voltou-se para ele, com os olhos brilhando.

— Sócrates preferiu morrer para não abandonar a virtude. — Fez um gesto retórico, como quem vai falar diante de uma assembleia. — A única armadura é a virtude. E a única desculpa para a violência é a defesa da virtude, e, então, se morrermos, morreremos com virtude.

Kineas permitiu que um sorriso sombrio lhe viesse aos lábios.

— Agora acho que sei por que não tinha ouvido falar de outros filósofos espartanos.

Fílocles concordou.

— Somos violentos. E é sempre mais fácil morrer defendendo a virtude do que viver virtuosamente.

Kineas já tinha ouvido muita filosofia nas horas que precediam as madrugadas das batalhas, mas Fílocles fazia mais sentido do que os demais. Agarrou-lhe a mão.

— Acho que você e Ajax têm mais em comum do que você desejaria que eu acreditasse.

Fílocles deu um grunhido.

— Ele é um idiota, também. Escute, meu irmão. Tenho um favor a lhe pedir.

A voz de Kineas era suave, mas ele abraçou Fílocles — gesto que raramente fazia.

— Claro.

— Na noite que antecede à batalha, gosto de ouvir Ágis e gosto de ouvir as vozes de meus amigos. Isso porque você tem razão, mas esta noite não somos animais. Somos homens. Venha comigo, vamos voltar à fogueira.

Fílocles tinha lágrimas nos olhos, que brilhavam como joias ao luar. Enxugou-os, encostando a mão na coroa que levava à cabeça.

— Por que me deu isto? — perguntou. — Eu não sou herói.

Kineas o empurrou, fazendo-o levantar-se da pedra, e os dois subiram a colina. Caminhavam com ruído no terreno seco, e Fílocles talvez não tenha ouvido a resposta de Kineas.

— Você é um herói, sim — disse ele, em voz muito baixa.

23

Mais tarde, naquela noite à véspera da batalha, eles se reuniram novamente em círculo para continuar. Ajax não podia deixar de pensar na guerra. Kineas, que por muitos anos havia comandado soldados, sabia que Ajax procurava justificar, na noite anterior ao combate, a morte que enfrentaria e que causaria na madrugada.

— Se somos animais — disse ele, após permanecer em meditativo silêncio durante uma hora, enquanto outros falavam e cantavam (Líqueles executou uma dança militar espartana, para espanto de Fílocles) —, se somos animais — repetiu —, por que planejamos tão cuidadosamente?

Kineas curvou-se para além de Fílocles, resolvido a evitar um desastre.

— Qual o meu plano que você conhece e pretende executar durante a batalha? — perguntou.

Niceas riu, junto com os demais veteranos. Nicomedes olhou para Ajax como se estivesse envergonhado da indelicadeza do amigo e deu-lhe um chute no tornozelo estendido.

Ajax balançou a cabeça.

— Nós planejamos... — começou novamente, e alguma coisa explodiu em Kineas.

— É uma confusão de merda! — exclamou ele, em voz muito alta, fazendo calar as demais conversas. — Loucura! Caos! — Apontou para Ajax. — Você já sabe! Já viu esse animal, noite e dia, durante meses. É preciso estar completamente desorientado para imaginar que seja possível impor ordem na guerra!

Fílocles pôs a mão no ombro de Kineas. Ajax recuara, esquivando-se de Kineas como se o comandante estivesse a ponto de golpeá-lo. Fílocles falou, com voz suave:

— Fazemos planos de guerra a fim de mitigar o caos. Treinamos nossos músculos a fim de podermos nos mover em uma certa sequência quando nossas mentes entram em pânico e nos tornamos animais. Em Esparta, aperfeiçoamos o método de transformar homens em autômatos.

Nicomedes levantou-se em defesa do amigo.

— Um grupo de dança faz o mesmo, e um coro também... ensaiam, ensaiam muito para fazerem automaticamente o que deve ser feito. Mas não são animais.

Ajax quase implorava.

— Vocês — disse ele, apontando para o outro lado da fogueira, onde estavam Niceas, Antígono, Líqueles, Coeno e Andrônico e todos os antigos camaradas. — Todos vocês são homens de guerra. Realmente a odeiam?

Fílocles começou a levantar-se, mas foi Antígono quem se pôs de pé. Antígono, que nunca falava em público porque tinha vergonha de falar mal a língua grega, era corpulento, cheio de cicatrizes. Tinha sido guerreiro a vida inteira, e gostava de seu ofício.

Gostava de Ajax, adorava-o, como todos os demais, e sorriu para o jovem de uma forma que ninguém poderia invejar.

— Em algum lugar — disse ele, em seu grego estropiado — há um homem tão bestial que na véspera de uma grande batalha proclama seu amor pela guerra. — Sorriu, desconsoladamente. — Eu tenho muito medo da morte para poder amar a guerra. Mas amo meus camaradas, e por isso não recuo. Isso é tudo o que posso dar e tudo que qualquer camarada pode pedir. — Ergueu um odre, agitando-o para que todos vissem que estava cheio. — Nada de bom resultará desta conversa sobre guerra esta noite. Tenho vinho. Vamos beber.

Memnon, que costumava ser sempre o primeiro a proclamar seu amor pela guerra, sorriu, tomou um gole e ficou calado.

Mais tarde, não querendo guardar rancor em sua última noite, Kineas levantou-se e foi sentar-se ao lado de Ajax.

— Fui rude com você — disse ele — porque também tenho medo da guerra e você parece imune.

Ajax o abraçou.

— Como podem dizer aquelas coisas — perguntou —, se eles próprios se parecem tanto com os heróis?

Os olhos de Kineas repentinamente se encheram de lágrimas.

— Eles são melhores do que os heróis do Poeta — disse ele. — E estão dizendo a verdade.

O vinho e a música, além da companhia de amigos, afastaram as ideias da morte e a ausência de Srayanka até que todos foram dormir. Kineas caminhou por entre as fogueiras, dizendo algumas palavras aos que ainda estavam acordados e em seguida, cansado, voltou a seu lugar. Por acaso, preferiu não se deitar sozinho na tenda, mas abriu o manto junto a Filocles, percebendo que Ajax se deitara do outro lado, como se todo aquele ano tivesse desaparecido de suas vidas e todos estivessem ainda atravessando a planície ao norte de Tomis. Sorriu, sentindo o calor dos amigos, e adormeceu antes que a morte o atormentasse.

A morte, porém, o alcançou mais tarde, em sonho.

Estava coberto de sangue e abaixo dele corria um rio também de sangue, com o mesmo odor de todas as feridas purulentas que ele já vira, contaminadas e nocivas. Teve de subir a fim de proteger o corpo da podridão. Apoiava-se na árvore com as mãos, sem encostar os pés nas raízes, e foi subindo, desejando tomar a forma de uma coruja e voar livremente, mas o sangue em suas mãos parecia impedi-lo e ele somente podia subir mais. Achou que se subisse suficientemente alto poderia ver o outro lado do rio, contar as fogueiras do inimigo, ou enxergar o verme, e saber... Não conseguia lembrar-se do que queria saber. Subiu mais, confuso, e o sangue em suas mãos escorreu pelos braços, dos braços para os flancos, queimando onde tocava a pele, como a água salgada numa queimadura de sol.

O sol lhe queimara o rosto, acima da água, e o sal lhe enchia os olhos; agarrava com as mãos a crina do grande cavalo, as pernas se arrastavam na água, e a pesada placa peitoral o puxava para baixo sempre que ele tentava montar.

Uma arma bateu-lhe no elmo, virando-o e impedindo-o de enxergar. Uma lâmina acertou-o abaixo do ombro, escorregou pelo bronze da couraça e feriu-lhe o braço que segurava as rédeas. A égua cinzenta se assustou, saltou para a frente e puxou-o para fora da correnteza, subindo o barranco de onde ele viera pouco antes, agarrando-se à crina, o que fez o animal entrar em pânico e sacudir a formidável cabeça. A sorte e a força dos músculos do pescoço o ergueram mais alto do que ele até então conseguira, e ele foi capaz de passar a perna sobre o amplo dorso.

Olhou em volta. Todos os guerreiros a seu redor eram desconhecidos — todos sakje, *com magníficas armaduras; ele próprio vestia uma malha de ouro polido no braço que conseguia ver pela abertura do elmo — estava seco, cavalgando um animal corpulento de cor metálica escura, e a batalha estava ganha, o adversário, derrotado; do outro lado do rio os inimigos procuravam reunir-se abrigando-se entre troncos secos e junto à única árvore morta que proporcionava abrigo contra as flechas; ele ergueu o chicote, agitando-o três vezes, e todos começaram a atravessar o rio.*

Estava preparado para a flecha quando ela veio, e ele quase a saudou, conhecia-a bem, e em seguida se viu na água, e mãos se estendiam para ele...

Outra vez. Acordou porque Ajax o sacudia.

— Foi um sonho ruim — disse Ajax.

Kineas tinha se desvencilhado do manto durante o sono. Estava frio. Fílocles rolara para longe, talvez procurando um companheiro menos ruidoso. Olhando as estrelas e a lua, Kineas percebeu que dormira bastante e que faltava menos de uma hora para a alvorada. Levantou-se. Ajax o imitou. Kineas o empurrou.

— Você ainda tem uma hora — disse.

Ajax fez cara de decepção.

— Não consigo dormir — disse.

Kineas o fez deitar-se e cobriu-o com seu manto velho.

— Este manto é mágico — disse ele. — Agora você vai dormir.

A fogueira crepitava e uma dúzia de Tigres da Grama estava deitada em torno dela, enquanto dois escravos aqueciam água em uma chaleira de bronze. Um dos escravos lhe entregou uma taça e ele a tomou em silêncio, devorando o conteúdo — era estranho que o corpo mantivesse a tirania de suas necessidades, mesmo tendo poucas horas de vida. Kineas cobriu-se com um manto e pegou um dardo, que nem sequer era seu.

Sentia-se perfeitamente vivo. Sentia-se alto, forte, livre. Até mesmo os temores do mês anterior — o medo da morte e do fracasso, os receios amorosos — estavam distantes.

Caminhou até onde estavam os cavalos e pegou Thanatos. O cavalo estava inquieto e Kineas o alimentou cuidadosamente, murmurando para ele na escuridão. Em seguida montou-o em pelo e desceu a encosta até o alagadiço, atravessando-o. Um grupo de Tigres da Grama o saudou — estavam despertos, e todos apontaram o outro lado do rio.

Havia algo na escuridão — muito movimento, um ruído constante. Ruídos de um exército. Kineas foi até a beira da água, com os Tigres da Grama atrás dele. Nenhuma flecha partiu da outra margem. Ele ouvia os ruídos acima do barulho das águas.

A aurora rósea estava prestes a romper contra o céu escuro, mas já havia um pouco mais de luz.

Kineas precisava saber se Zopryon ainda estava ali. Suspeitava que haveria caos, caso a coluna inimiga se formasse. Entrou na água com o cavalo.

Um dos Tigres riu, misturando o temor com a alegria em um único ruído, e todos entraram na água, com o barulho da água espalhada abafado pela cacofonia na outra margem. Já no meio do rio, eles ainda não tinham sido descobertos.

Kineas sentiu que um espírito selvagem tomava conta dele, como se um deus o desafiasse, e esporeou o cavalo para adiante. O grande animal correspondeu, erguendo-se da água como um filho de Poseidon e entrando em galope depois de alguns passos.

Um homem gritou, na língua gutural dos macedônios, com toda a clareza:

— Quem diabo está aí?

— Batedor! — disse Kineas. As patas de Thanatos estavam agora em terra firme. Kineas podia ver a vanguarda da coluna, os homens com seus escudos repousando de encontro às pernas e as enormes lanças plantadas no chão. Outros homens seguravam tochas. Sentiu-se aliviado. Ganhando ou perdendo, ele acertara. Lá estava o *taxeis*. Lá estava Zopryon.

Galopou diante da falange. Alguns soldados levantaram as cabeças, um pouco temerosos no escuro, mas ninguém entrou em pânico. Kineas lançou o dardo contra um homem que parecia ser oficial e fez Thanatos virar-se no sentido oposto. Viu todos os Tigres da Grama atirando suas flechas, com facilidade e eficiência mortais, e nesse momento entrou no rio. Atrás de si, os Tigres vinham vindo. O ar estava cheio de flechas na escuridão, vindas de ambas as margens. Kineas mantinha-se abaixado, e alguma coisa passou a poucos centímetros de seu rosto. O cavalo hesitou um momento ao chegar ao barranco e em seguida subiu, em segurança. Um dos Tigres da Grama tinha uma flecha no bíceps e outro guerreiro — uma mulher — cortou a haste e puxou-a para fora, em poucos passos das montarias, sem deter-se.

Kineas teve de esporear Thanatos, que de repente reduzira o ritmo. Chegou à base do istmo e Temerix emergiu dentre a folhagem ao ouvir seu chamado.

— Resista enquanto puder. Eles virão dentro de meia hora. Depois retire-se para o sul, antes que eles cortem sua passagem. Entendeu?

Temerix se apoiava no machado, com os olhos ocultos pela sombra.

— Sim, meu senhor.

O cavalo de Kineas já estava em movimento.

— Não sou seu senhor — gritou, por cima do ombro. Sentiu-se culpado por não haver organizado um encontro entre os refugiados síndicos e Srayanka. Era outra tarefa que ia ficar incompleta.

O cavalo teve tanta dificuldade para subir a colina que Kineas desmontou e examinou-lhe os cascos, procurando pedregulhos, mas não havia nenhum. Os olhos do animal denotavam medo e ele pôs a mão no pescoço.

— Hoje — disse. Em seguida montou novamente e o cavalo completou a subida.

Kineas foi diretamente para sua fogueira, onde a maioria de seus oficiais o esperava. A luz já era suficiente para que as pontas das lanças macedônias fossem visíveis, do outro lado do rio.

Memnon deu-lhe um tapa nas costas, tão logo ele desmontou.

— Você é uma criança ou um estrategista? Que diabo, foi uma estupidez fazer aquilo! — Sorriu e prosseguiu: — Claro, como você sobreviveu, e todos os soldados do exército o viram, devem estar pensando que você é um deus!

Kineas enrubesceu. Não conseguia explicar por que motivo atravessara o rio.

Niceas simplesmente balançava a cabeça.

— Achei que tinha ensinado melhor a você — disse ele.

Os olhos de Ajax brilhavam.

Filocles o olhava com ar de reprovação.

Átelo chegou, já montado, apontando para o sudeste.

— Kam Baqca — disse ele. — Com amigos. — Curvou-se sobre a sela. — Os Tigres da Grama dizem: senhor é *airyanâm*.

Niceas tocou no amuleto e engoliu um pouco de chá.

— Os Tigres da Grama também são idiotas.

Kam Baqca subiu a colina com toda a ornamentação de sacerdotisa, e um elmo alto de ouro encimado por um fantástico animal alado. Tinha um colar e armadura de escamas cobertas de ouro, que vestira sobre uma roupa de couro imaculadamente branco. Cavalgava uma égua cinzenta e atrás dela vinha outro cavaleiro igualmente magnífico, trazendo o emblema real que deveria ter estado na planície com o rei. O emblema era uma vara alta decorada com pássaros de bronze e caudas de cavalo, coberta de pequenos sinos que faziam um ruído estranho, como ondas do mar, quando o portador se movimentava.

Com ela vinham cerca de cinquenta homens e mulheres, tão bem-armados quanto ela. A cabeça de cada animal levava uma espécie de máscara que o fazia parecer um monstro fantástico — chifres e pedaços de couro trabalhados para dar aos cavalos galhadas e crinas altas; abaixo das armaduras de proteção, a pele dos animais era pintada de vermelho. As crinas, misturadas com barro, ficavam eretas. A maioria dos cavalos tinha armaduras de escamas feitas de ouro e bronze, como os guerreiros, parecendo grifos ou dragões saídos de mitos fabulosos.

Era o espetáculo mais bárbaro que Kineas jamais havia presenciado.

Atrás deles vinham Petrócolo e a última tropa de cavalarianos de Olbia.

No intervalo antes da chegada da tropa de cavalaria, Kineas deu suas ordens, ou melhor, repassou-as. Diante dele, as instruções já iam sendo cumpridas. Licurgo comandava a formação da falange de Olbia na orla do alagadiço e os homens da tropa principal de Pantecapeo começavam a descer a colina e atravessar o alagadiço, refazendo a formação tão logo saíam do terreno molhado.

Petrócolo surgiu à direita de Kineas. Olhou para a base da colina, protegendo os olhos com a mão, e bateu continência.

— Chegamos a tempo — disse, com voz cansada.

— Os convidados que chegam tarde também são bem-vindos — disse Kineas, estendendo a mão, que o outro apertou.

— Tentamos alcançar Cleomenes — disse Petrócolo, encolhendo os ombros.

— Ele se juntou a Zopryon — respondeu Kineas.

— Sei — disse Petrócolo. — Por isso viemos para cá.

Kieneas curvou-se para o lado e abraçou o idoso oficial.

— Bem-vindo — disse. Em seguida sentiu um arrepio no estômago e se esforçou para dizer: — Leucon morreu.

Petrócolo ficou rígido e empalideceu. Mas era da escola antiga, e permaneceu ereto.

— Morreu bem? — perguntou.

— Salvando seus homens — respondeu Kineas.

Petróloco deu um grunhido.

— Toda a linhagem de Cleiton desapareceu. Ele não tinha outros filhos vivos. O arconte vai ficar com toda a fortuna dele.

— Não, não vai — disse Kineas. — Quando terminarmos aqui, você e Eumenes irão ajustar as contas em Olbia.

— O filho daquela víbora ainda caminha sobre a terra? — perguntou Petrócolo, cuspindo no chão.

— Não responsabilize Eumenes pela traição do pai — disse Kineas.

Petrócolo desviou os olhos e cuspiu novamente.

Kam Baqca se aproximou, à esquerda dele. Tinha o rosto pintado de branco, e não parecia um ser humano, com os adereços dourados.

— Pensei que você seguiria com o rei — disse Kineas.

— É aqui que o monstro tem de ser detido — respondeu ela. — Por isso é aqui que vou morrer. Estou preparada. — O rosto, que não parecia humano, se voltou para ele. — Você está preparado? — perguntou.

Os olhos de ambos se encontraram. Os dela estavam tranquilos e profundos. No canto da boca surgiu a sombra de um sorriso.

— Vejo tudo, até o fim — disse ela. — Ainda está equilibrado num fio de navalha... na verdade, na ponta de uma flecha.

— Estou preparado — disse Kineas. Já tinha vestido a armadura e todos os seus apetrechos, um tanto gastos por dois dias de cavalgada, mas ainda brilhantes. — E o rei? — perguntou.

— Está no mar de grama — respondeu ela.

— Vai chegar a tempo?

— Não para mim — foi a resposta.

Kineas assentiu com a cabeça. Fez um gesto para Sitalkes, que, como toda a tropa, esperava pacientemente que ele descesse a colina.

— Fique junto de mim e leve minhas lanças — disse Kineas.

O jovem geta fez uma continência ao estilo grego e pegou os dardos. Kineas avançou, passando por outros oficiais, até onde um jovem escravo segurava as rédeas de Thanatos. O grande animal estremecia. Kineas saltou para o dorso do cavalo e o animal resfolegou, vacilou e deixou-se cair ao chão.

Kineas conseguiu esquivar-se sem se enredar no manto.

— Que diabo foi isso? — perguntou, apontando para o escravo. — Arranje outra montaria.

Viu uma flecha — ironicamente uma flecha síndica — enterrada no peito do animal, somente as penas à mostra. Pobre cavalo. Kineas nem sequer notara.

— Lá vêm eles — disse Cleitus.

Kineas correu para a beira da colina. O *taxeis* ia terminando de transpor o vau. As fileiras estavam desordenadas e se aglomeravam na parte norte do vau. Kineas percebeu imediatamente que o que vira era o *taxeis* menos experiente.

Voltou-se para seus oficiais.

— Aqui vamos nós — disse, com o coração batendo forte no peito e já sem a tranquilidade da madrugada. As mãos tremiam como folhas ao vento. — Todos sabem o plano — acrescentou, com a voz aguda da tensão e do temor.

Fílocles tinha metade da cabeça descoberta. Estava novamente nu, somente com o talabarte da espada sobre o ombro. Na mão trazia a lança negra. Entregou-a para Kam Baqca e adiantou-se até onde estava Kineas, abraçando-o.

— Vá com os deuses, meu irmão — disse ele. Em seguida recuperou a lança que deixara com a sacerdotisa e apertou-lhe as mãos. — Vá com os deuses — repetiu para ela.

Os homens de Fílocles já estavam postados em seus lugares, à esquerda da falange de Olbia. Fílocles ajeitou o elmo sobre os cabelos untados de óleo e bem penteados, preparou a lança e desceu correndo pela colina, em linha reta, desprezando a trilha, chegando diante de seus homens antes que Arni voltasse com o novo cavalo para Kineas. Os homens o acolheram com aplausos.

Niceas deu uma maçã a Kineas. Estava madura, embora não fosse fresca.

— Kam Baqca trouxe um saco de maçãs — disse ele.

Kineas deu uma mordida, sentindo o aroma e pensando em Ecbatana e Persépolis, em Alexandre e Ártemis, e na vitória.

A seus pés, o *taxeis* macedônio inexperiente tratava de reorganizar-se. Os homens do ferreiro no istmo atiravam impiedosamente suas flechas no flanco desprotegido do *taxeis.* Os homens morriam — não muitos, mas o suficiente para que todo o grupo se afastasse do istmo, como haviam feito ao cruzar o vau. Teriam de suportar o ataque até que os *psiloi* chegassem para atacar os arqueiros. Uma vez tendo atravessado, teriam de voltar-se para enfrentar a linha de Memnon que se mantinha em ângulo — manobra difícil em condições normais e ainda mais complexa devido às flechas dos síndicos.

O primeiro *taxeis* foi seguido pelos veteranos. Cruzaram em perfeita ordem e começaram a organizar a formatura à esquerda do grupo mais jovem. Os primeiro *taxeis* deveria permanecer no rio, enquanto os veteranos tinham a missão mais difícil de cobrir o campo aberto à esquerda, por onde os batedores *sakje* já se aproximavam cavalgando e atirando flechas contra as falanges.

De seu ponto de observação, Kineas viu a cavalaria que se preparava para cruzar o vau em seguida. Zopryon não poderia mais recuar.

— Ele cometeu um erro — disse Kineas, em voz baixa, dando outra mordida na maçã.

Niceas gracejou:

— Um erro grande o suficiente para nos salvar? Estamos em inferioridade numérica de três para um. — Fez um gesto com o braço, englobando todo o campo aos pés deles. — Quanto tempo acha que nossos hoplitas da cidade poderão resistir? E raios! Onde estará o rei?

Kineas mordeu novamente a maçã, mastigando cuidadosamente, porque acalmava seus nervos e enchia seu estômago com algo, em vez de espasmos.

— Esses são os nossos problemas — disse.

Niceas assentiu.

— Seu heroísmo idiota o fez perder tempo. Nisso estou de acordo. — Voltou-se para olhar Kineas. — Ele deixará você morrer aqui para conquistar a dama, hiparca?

Vestidas de mantos vermelhos, chegavam novas companhias à direita, colocando-se ao lado das falanges de veteranos, e em seguida outros cavaleiros — de seus próprios camaradas e tessalianos. Kontos já estaria lá, procurando formar seus homens diante dos *sakje*, mas os cavalos estavam exaustos.

Kineas tomou uma decisão. Atirou o bagaço da maçã o mais longe possível — outro gesto infantil — e subiu na montaria *sakje* de reserva, um grande cavalo castrado. Era grande, mas não tanto quanto Thanatos.

— Petrócolo, fique aqui mesmo. Faça a formação à direita dos *sakje*. — Fez o cavalo dar a volta. — Siga-me — disse a Niceas, começando a descer a trilha.

Atravessou o alagadiço em linha reta. A trilha estava enlameada, mas o chão era mais seco e em seguida chegou diante da cavalaria de Eumenes.

— Espere minha ordem aqui — disse ele a Eumenes.

Eumenes fez uma continência.

Kineas foi até onde estava Memnon. Os macedônios estavam a meio estádio de distância e Memnon não tirava os olhos deles.

Kineas parou o cavalo.

— Vamos atacar agora — disse. — Preciso que você empurre o *taxeis* menos experiente para a direita. Cada passo é importante. Deixe-os chegar o mais perto possível e depois tente deslocá-los para a direita.

Memnon ainda tinha o escudo aos pés e o elmo na metade da cabeça. Desviou os olhos da linha de macedônios pelo tempo suficiente para sorrir para Kineas, um sorriso de vencedor.

— Eu não disse que ia acabar sendo assim? Luta de lanças. Contra a Macedônia. — Afastou-se de Kineas, dizendo: — É melhor sair daqui, hiparca. Agora as coisas vão ficar difíceis. — Tão logo Kineas movimentou o cavalo, Memnon bradou "Lanças e escudos!" como um velho touro que aceita um desafio. Enquanto Kineas passava pelas fileiras da vanguarda, todos os olbienses puxaram os elmos para a frente, assestaram as lanças e ergueram os escudos. Kineas tirou a espada, erguendo-a numa saudação, e todos começaram a gritar, aplaudindo.

— Silêncio! — rosnou Memnon. — Só os amadores aplaudem.

Todos ficaram calados.

À esquerda, a falange de Pantecapeo imitava os movimentos deles. Na verdade, nem um só passo separava as duas formações.

Kineas chegou à frente dos homens de Fílocles, que se colocara na vanguarda, à direita. Kineas curvou-se para diante. Sob o elmo, seus olhos eram estranhos, ferozes, bestiais.

— Quando atacar, desvie-se para a direita — gritou ele. — Cada passo é importante!

Apontou para a planície, de onde vinham os macedônios, a cerca de cem passos de distância. A falange dos veteranos marchava como se estivesse em um desfile. A outra ainda estava às voltas com as flechas dos síndicos, e as fileiras mais próximas do rio continuavam em desordem. Os homens daquele flanco mantinham os olhos nos carvalhos do istmo de onde as flechas saíam à queima-roupa para atingi-los. As vítimas não eram muitas, porém, suficientes. A fileira da vanguarda tinha um enorme espaço vazio e as do meio não se juntavam a ela — todo o *taxeis* se afastava em ângulo, para evitar os arqueiros.

Um espaço de cerca de cinquenta passos se abrira entre a extremidade mais à direita da falange e a margem do rio, na tentativa de escapar das flechas.

— Estou vendo — disse Fílocles com sua voz de Ares, de dentro do elmo.

Kineas ergueu-se na sela.

— Vá com os deuses — disse ele, partindo para a linha onde Eumenes esperava.

Ao chegar, Eumenes apontava a brecha.

— Não aponte! — berrou Kineas. Daquela distância, um simples gesto poderia alertar um dos oficiais inimigos para o perigo.

Os homens de Memnon já estavam em movimento. Empunhavam as lanças, protegidos pelos escudos, e toda a linha avançou como se fosse um único corpo. As lanças macedônias se aproximavam e atrás delas a cavalaria pesada se dirigia ao flanco direito de Kineas.

Era hora do Tigres da Grama e do Cavalo em Pé. Hora de Nicomedes e Heron.

Eles, porém, tinham de agir por conta própria. Kineas não estava ali.

Ouviu-se um urro vindo dos olbienses ou dos homens de Pantecapeo — ou de ambos. Os macedônios responderam com ruído igual. À direita de Kineas, os homens de Fílocles começaram a apertar o passo, entrando em trote.

As lanças macedônias eram mais longas que as dos hoplitas, de estilo antigo. Era preciso ser muito corajoso para enfrentar o desafio de entrar com o corpo, o escudo e a cabeça na muralha de pontas afiadas.

Os homens de Fílocles eram valentes e na véspera haviam provado seu valor. Avançaram para a floresta de metal sem hesitação, a trote, e Kineas ouviu a voz de Fílocles trovejando um "Agora!" As duas linhas se chocaram escudo contra escudo. De seu lugar no dorso do cavalo, Kineas via a pluma transversal escarlate do espartano e o redemoinho de carnificina que ele deixava em seu rastro. O ruído que vinha dos *epilektoi* lembrava uma manada de bois, ou trovoada, e os macedônios, cuja linha de frente não estava bem formada, começaram a ceder. Eram apenas dois passos — os *epilektoi* atacaram e em seguida, dois passos adiante, as lanças olbienses perfuraram a linha, enquanto Memnon avançava, bradando acima do ruído da guerra. A falange menos experiente dos macedônios se contraiu e os homens caíam, perdendo o equilíbrio; de repente, a pluma de Fílocles avançou mais três passos — já eram cinco. Os macedônios se esforçavam para refazer a ordem. Muitos homens morriam.

Kineas foi até a vanguarda da tropa de Eumenes, encarando os homens.

— Vamos seguir pelo lado da falange — disse ele. — Ao meu comando, faremos uma volta e atacaremos. Não vai haver espaço. Não vai haver tempo. Quem se deslocar depressa demais para a esquerda cairá no rio e as lanças destroçarão quem estiver demasiadamente à direita.

A carga de Fílocles ganhara mais cinco passos. Havia um hiato de aproximadamente sessenta passos entre o flanco dos macedônios e o rio.

Kineas tentou fazer com que todos o fitassem.

— Vamos manobrar o esquadrão, exatamente como fazíamos nos exercícios. Tem de ser bem executado. Todos estão entendendo? Vocês vão mostrar que aprenderam as lições.

O tempo corria rapidamente.

Tomou as lanças das mãos de Sitalkes, que tinha expressão séria.

Kineas não tinha tempo para perder com homens, nem mesmo os que amava. Voltou-se, procurando Niceas. Este acenou, segurando as rédeas junto à garganta. Murmurava uma prece a Atena.

— A passo! — gritou Kineas. Tão logo o esquadrão de cinquenta cavaleiros começou a se mover, ele ordenou: — A trote! — À direita, os *epilektoi* hesitavam. Mesmo em desvantagem, os macedônios eram mais numerosos, suas fileiras, mais espessas. Lutavam duramente.

A pluma transversal ainda ia deixando uma trilha de morte.

Os homens de Memnon estavam bloqueados, havia cavalos morrendo mais à direita e Kineas podia ouvir os relinchos como se exigissem sua atenção, mas já havia escolhido o adversário.

Quase a seus pés, os olhos aterrorizados do líder dos jovens *taxeis* da fileira mais à direita o encararam. Kineas passou além dele, entrando na brecha aberta pelos que haviam se esquivado dos síndicos.

Quanto mais avançava, mais estragos causava.

A fileira da direita começou a erguer as lanças. Kineas não acreditava que uma fileira pudesse detê-lo, mas também não se importava em perder alguns homens.

— Para a direita! Virar! — gritou ele.

Dez passos o separavam do flanco dos lanceiros. Uma distância absurda. Os homens atrás das fileiras da direita já estavam derrotados. O coração de Kineas se encheu de uma alegria selvagem.

— Avançar! — bradou.

Eram apenas cinquenta homens, mas o *taxeis* não resistia à invasão de suas fileiras e os homens de uma falange entram em pânico quando percebem o inimigo à retaguarda — e com razão. Kineas atirou um dardo no flanco desprotegido de um lanceiro e em seguida se viu em meio a eles, brandindo a lança pesada com as duas mãos, curvando-se sobre o pescoço do cavalo para atingir os inimigos, enquanto o cavalo os atropelava ou escoiceava. Atacou, atacou sem cessar, mais preocupado em causar confusão do que em acabar com os feridos. De repente, o dardo lhe escapou das mãos, enterrado no crânio de um homem cujo elmo não o cobria completamente, e em seguida a espada egípcia começou a trabalhar. Os macedônios usavam grossas couraças de linho ligado com cola, e os golpes a esmo não causavam estrago, mas a arma cruel os fazia debandar.

Foram cedendo lentamente, uma fileira de cada vez, e a ironia do ataque dos olbienses foi que o colapso do *taxeis* mais próximo do rio aconteceu depois que a carga perdera o ímpeto, bloqueada pelos cadáveres. Mas a pressão sobre a linha de frente era incessante, e a ameaça da cavalaria foi o bastante. As fileiras da retaguarda debandaram e em seguida toda a massa, de quase três mil homens, começou a correr desordenadamente.

A cavalaria olbiense foi obrigada a deixá-los escapar. Já estavam exaustos, e eles eram apenas uma meia centena. Niceas tocou "Reunir". A ordem foi obedecida com lentidão — o flanco do *taxeis* veterano apresentava brechas, mas os olbienses foram demasiado vagarosos e estavam cansados. Os veteranos tinham percebido o perigo e cerraram fileiras, assestando as lanças, enquanto o corpo principal se adiantava, obrigando a falange de Pantecapeo, levemente armada, e a de Olbia, a recuar passo a passo.

Kineas não estava gostando do ruído da batalha a sua direita. Olhou o sol — era ainda de manhã, mas ele sentia como se tivesse combatido o dia inteiro. Aproximou-se de Eumenes, que perdera o elmo.

— Assuma o comando aqui — disse, apontando a brecha, o caminho aberto até o vau. — Faça todo o estrago que puder — completou.

Eumenes olhou para seus homens cansados e para a brecha.

— Estamos ganhando? — perguntou.

Kineas encolheu os ombros.

— Você acaba de romper um *taxeis* macedônio — disse ele. — Que mais quer?

— Onde está o rei? — perguntou Eumenes.

Boa pergunta, pensou Kineas, cavalgando em direção ao flanco direito. Subiu a colina com Niceas e Sitalkes em seus calcanhares. Precisava ver a distância.

A debandada da falange que atravessara o rio igualara a contenda, porém não mais do que isso. Os veteranos estavam conseguindo conter os homens de Memnon ou até mesmo fazê-los recuar. O principal ponto de ataque de Zopryon era a ala direita da infantaria olbiense.

Em meio aos lanceiros havia uma confusão entre cavalarianos — companheiros e tessalianos, olbienses e *sakje* — que se estendia desde o flanco direito dos homens de Memnon até o extremo norte da elevação.

Na Pérsia sempre houve poeira. A poeira era caridosa — ocultava o panorama animalesco sob um manto de névoa. O Poeta a chamara *névoa da batalha*. O chão úmido do mar de grama não tinha a mesma generosidade, e o que Kineas via era um caldeirão de morte sem disfarce, sem o manto de poeira. A massa encouraçada da Macedônia se havia abatido sobre a tropa de Nicomedes e os Tigres da Grama como o malho de um ferreiro. Kaliax, do Cavalo em Pé, oculto na grama alta a noroeste da elevação, tinha atacado o flanco dos macedônios e barrado o avanço, porém, nada mais do que isso. A batalha estava equilibrada, um imenso e confuso círculo de cavalarianos que se estendia desde os pés de Kineas até o norte da linha de colinas, três estádios de homens e cavalos que morriam.

Esse equilíbrio estava prestes a ser rompido. Novas tropas macedônias começavam a atravessar o vau. Era preciso passar pelo *taxeis* em desordem, mas em breve alguém iria reuni-los.

Equilibrado na ponta de uma flecha, pensou Kineas, porém somente até que a nova tropa macedônia atacasse os *sakje* no lado direito. Em seguida a cavalaria se estenderia como um fio de linha e os tessalianos cairiam sobre o flanco da infantaria de Memnon, dando início à debandada.

— Onde está o rei? — perguntou Kineas aos céus e aos deuses.

Sob suas vistas, os *sakje* flechavam macedônios numa luta corpo a corpo, lanças macedônias tiravam homens das selas, e os homens lutavam com dardos e espadas ou com as mãos nuas e adagas. Kineas sentiu o ímpeto de fazer alguma coisa. Não era possível ficar observando.

A reserva de que dispunha era lamentavelmente pequena. A tentativa de desferir um golpe profundo contra a linha de Zopryon, retirando-se em seguida, não tinha dado certo. Já não havia esperança de retirada. Como dois contendores num torneio de luta livre, os exércitos somente poderiam combater até que um fosse derrotado — estavam condenados a lutar até o fim.

Kineas pensou ver Zopryon. Um macedônio corpulento, de manto vermelho, ia subindo o barranco do vau e ele o viu apontar para a confusão entre os cavalarianos e gritar. Uma flecha arrancou da sela o homem que estava ao lado de Zopryon.

Os síndicos da península ainda combatiam, atrasando as manobras de Zopryon no vau.

Kam Baqca surgiu ao lado de Kineas. Fez um gesto com o chicote, que mais parecia um bastão de madeira clara.

— Eu os amaldiçoo e eles morrem — disse ela. — A grama se enreda nas patas dos cavalos deles. Os vermes abrem buracos para os cascos.

Kineas bebeu de uma cuia de água que um dos escravos lhe entregou.

— Os cavalos de Zopryon estão exaustos. Mesmo com a superioridade numérica, ele está tendo problemas. — Fez uma careta. — Fui tolo em procurar resistir. Não é possível recuar. E o rei está atrasado. — Olhou-a nos olhos. — Preciso que você ataque.

— Sim, vou atacar. Vou detê-lo — respondeu ela, retribuindo-lhe o sorriso, um sorriso estranhamente doce, como de uma jovem que recebesse elogios. — Estou pronta para morrer — acrescentou. — Agora é a minha hora.

Kineas sacudiu a cabeça.

— E a minha?

— Ainda não, creio eu. Adeus, Baqca. Talvez isso lhe ensine a humildade que nunca aprendi.

Fez um gesto com o bastão e a escolta se formou em torno dela no alto da colina. A coluna tomou a forma de uma flecha, com Kam Baqca e o emblema na ponta.

Kineas queria objetar que não seria possível cavalgar em linha reta descendo a colina, mas eram *sakje* e ele já os conhecia.

Ela deu um último sorriso.

— Atacar! — gritou, com voz masculina.

Derramaram-se pela falda da colina como uma avalanche equina, golpeando as fileiras macedônias mais próximas como uma faca entra na carne. Dezenas de cavaleiros caíram. A tropa de Nicomedes, em grave perigo, acabou sendo salva e os sobreviventes se afastaram, desmontaram e procuraram água para beber.

O arriscado movimento de Kam Baqca permitiu-lhe chegar ao âmago do caldeirão, e seus cinquenta guerreiros eram como uma flecha dourada voando por entre um redemoinho de névoa e lama.

Com Sitalkes a seu lado, Kineas observou a carga. O ímpeto foi tão forte e o ânimo tão intenso que o caldeirão se moveu, afastando-se da orla do alagadiço. No cento, a cavalaria macedônia recuou diante dos homens de Memnon.

Kineas afastou os olhos da sacerdotisa *sakje*. A seus pés, o *taxeis* de veteranos já não obrigava Memnon a recuar. Os jovens *epilektoi* de Filocles penetravam nos flancos das fileiras. Da altura em que estava, Kineas podia ver a pluma do espartano, ouvia seus gritos de raiva na batalha. Enquanto olhava, Fílocles atacou um novo adversário com seu grande escudo, empurrando-o para trás com a força do braço e em seguida desferindo um golpe brutal da lança na garganta desprotegida do homem Os que estavam atrás da vítima se agitaram, inquietos.

Mais para o oeste, entre a península da floresta de carvalhos e o flanco dos veteranos, a parte vazia da grama ia se enchendo de infantes e *thrake*

Viam-se mantos *thrake* entre as árvores, lutando corpo a corpo com os síndicos, que haviam permanecido em seus postos até o fim e cujas flechas tinham feito a diferença do lado esquerdo.

Eumenes atacaria os *thrake* para vencer ou perder. Qualquer que fosse o resultado, a parte esquerda conseguiria resistir.

Fílocles e Eumenes enfrentavam o melhor que os macedônios possuíam, e nada do que Kineas pudesse fazer seria capaz de alterar aquele combate.

No extremo norte da linha de colinas, Tigres da Grama e olbienses se mantinham misturados na orla da confusão, carentes de liderança.

A flecha dourada penetrara profundamente e o animal estava ferido, mas agora os homens e mulheres de ouro começavam a cair. Kineas já não via Zopryon, mas era capaz de ler seus pensamentos. Zopryon devia estar convencido de que a flecha dourada tinha sido o último recurso — que o elmo de ouro era o do rei dos *sakje*.

A distância, a oeste, outro lampejo dourado atravessou o rio vindo do mar de grama. O coração de Kineas bateu mais forte. O rei.

Ainda era manhã e ele precisava de mais uma hora. Mais uma distração lhe daria mais tempo, e conservaria vidas. Se a direita resistisse, o centro também resistiria e o rei encontraria os homens de Olbia ainda vivos. Se a direita cedesse, o rei somente poderia acender as piras dos mortos. E se o atraso do rei fosse proposital...

Kineas voltou-se para Petrócolo, que parecia mais velho do que seus cinquenta anos de idade.

— Siga-me — disse ele.

Sem mais uma palavra, desceu o flanco norte da colina. Mesmo descendo, ainda viu o emblema de cauda de cavalo na planície, a distância. Pensou no que aconteceria se ele desafiasse seu destino e galopasse para longe.

Riu, com um gesto para os homens de Nicomedes que bebiam água e os fez montar novamente para segui-lo, aumentando o número de homens de sua tropa.

Mais para leste, os Tigres da Grama procuravam remontas, junto com uma dúzia de soldados de Diodoro, além do próprio Diodoro.

— Estes senhores nos trouxeram cavalos descansados — disse Diodoro. Estava sem elmo e os cabelos ruivos pareciam quase louros ao sol. Tinha uma feia ferida no ombro e uma das tiras da placa peitoral fora cortada. — Trabalhamos bastante aqui. Pensei que iríamos nos retirar.

Kineas encolheu os ombros.

— Tarde demais.

Diodoro começou a se esforçar para recolocar a placa e Sitalkes lhe entregou uma tira de couro. Ambos rearranjaram a placa. Niceas organizava os sobreviventes, formando uma única tropa.

— Onde está o rei? — perguntou Diodoro.

Kineas apontou para o oeste com o chicote.

— Está chegando — disse ele. Vários homens pararam o que estavam fazendo a fim de escutar o que ele dizia, e Kineas repetiu em voz alta, apontando ao longe, mais além da confusão e da nuvem de poeira: — O rei está chegando! — E as palavras se espalharam como um incêndio na grama da planície.

Diodoro deu seu sorriso cínico.

— Claro que está chegando — disse, dando um tapa no ombro de Kineas. — Vamos ao encontro dele.

Kineas fez um gesto com o chicote e os olbienses cerraram fileiras atrás dele, com os Tigres da Grama ao lado.

Enquanto se dirigiam para o norte, outros homens iam se juntando a eles — homens feridos e talvez alguns que teriam abandonado o combate e agora recuperavam o ânimo. Kineas não os admoestou. Simplesmente incorporou-os, sempre de olhos fitos no emblema de cauda de cavalo.

Todos os *sakje* também fitavam o emblema, assim como todos os olhos dos macedônios. Para alguns era um símbolo sagrado, para os outros significava realeza. Kineas reuniu seus homens enquanto o centro do redemoinho se deslocava. Manteve-os seguindo rumo ao norte, retirando da confusão os soldados que podiam ser recuperados.

O chão ia ficando menos úmido e a poeira da batalha mortal finalmente começava a subir.

Enquanto seguia para o norte, Kineas observava a batalha. Os cavalos macedônios estavam acabados, incapazes de perseguir quando os *sakje* recuavam, o que lhes permitia retirar homens das fileiras sem que os inimigos pudessem fazer outra coisa senão olhá-los.

O tempo ia passando e Kineas viu muitas coisas. Viu o corpo de Nicomedes preso debaixo do cavalo de Ajax, a pouca distância dos despojos sangrentos de Cleomenes, o traidor. Viu Líqueles com uma lança partida atravessada no corpo. O suave e sacerdotal Ágis já não recitaria mais as palavras do Poeta: uma espada lhe retalhara o rosto e o pescoço. A cavalaria olbiense havia resistido à pior fase do primeiro ataque macedônio, com pleno sucesso.

Varô, dos Tigres da Grama, estava cercado por seus oficiais com uma pilha de cadáveres de inimigos em volta, como uma fortaleza em uma colina. Os sobreviventes tinham expressão séria, mas reuniam-se sob a liderança de Urvara, filha de Varô. Este os levou mais para o norte, enquanto a atenção do inimigo se concentrava no emblema de cauda de cavalo.

Nesse momento, o emblema desabou.

Todos os *sakje* gritaram em uníssono, e apesar da distorção de mil vozes, Kineas conhecia a palavra.

— Baqca! — bradavam eles.

Nessa altura, Kineas tinha consigo quase duzentos homens — olbienses, homens de Pantecapeo, Diodoro, Andrônico, Coeno, Átelo, Heron e Laertes, com uma atadura de linho amarrada na mão que empunhava as rédeas, duas dúzias de Tigres da Grama e um punhado de homens do Cavalo em Pé ensanguentados, além de Niceas, Petrócolo e sua tropa. Estava no limite do tempo de que podia dispor e implorou a Atena que seus duzentos homens pudessem manter Zopryon ocupado por mais alguns minutos, como fizera a carga de Kam Baqca. O sol estava alto no céu, acima da poeira.

Apontou para o lugar em que o emblema caíra.

— É ali que Zopryon está! — gritou, com voz ainda forte. Sitalkes entregou-lhe uma lança.

Kineas olhou para os amigos. Não havia árvore do outro lado do rio; o cavalo não era o mesmo, não havia vau; tudo parecia uma loucura. Mas o sentimento de vitória que o inundava era o mesmo, e por isso ele sabia que a hora era aquela. Queria ver tudo terminado.

— A cabeça de Zopryon é o preço da mão de Srayanka! — bradou ele, com voz firme. Riram-se, por causa de quem eram: helenos e *sakje* rindo juntos, com um riso terrível.

— Atacar! — gritou ele, pela última vez.

Os cavalos macedônios mal conseguiam avançar, aos tropeços, e muitos de seus cavalarianos lutavam desmontados. Os duzentos homens de Kineas surgiram da poeira e se abateram de surpresa sobre os mantos vermelhos, que foram avassalados. Muitos morreram e muitos mais lutaram desesperadamente.

Kineas encontrou Filipe Kontos na poeira da batalha. O cavalo dele recuou, fazendo ondear seu magnífico manto, e Kineas o reconheceu, soltando um berro. Kontos o reconheceu também e os dois se enfrentaram num choque de armaduras e cavalos, peito contra peito. Kineas e Kontos se equivaliam, golpe por golpe, e seus cavalos se mordiam. O do oficial inimigo era mais forte que o dele, mas a sorte não o ajudou quando a lâmina de Kineas atingiu-lhe a mão que segurava a espada, cortando vários dedos como gravetos ceifados por um machado. Kontos caiu sobre a crina do cavalo e dali para o chão. Kineas o olhou, querendo tomar-lhe o cavalo e os dardos, enquanto Kontos agarrava os restos da espada, já sem ânimo para continuar a luta. Antes que Kineas pudesse pensar em poupá-lo, Átelo o matou com uma flechada.

Kineas deu volta ao grande cavalo e olhou em volta. A batalha seguira adiante. À sua frente, Coeno desmontara, recolhendo dardos, e Sitalkes acabava de matar um adversário. Átelo se adiantou para atirar outra flecha, e cada vez que preparava um tiro fazia recuar o cavalo para ter mais espaço. Cada flecha derrubava mais um inimigo. Diodoro enfrentava um oficial, ferindo-o com a lança pesada, enquanto Kineas esporeava sua montaria. Naquele momento, uma lança tessaliana atingiu a armadura nas costas e derrubou-o da sela.

Kineas se aprumou, firmando-se nos joelhos e calcanhares, e o cavalo saltou para diante. A espada egípcia atravessou os olhos e o nariz do tessaliano no instante em que um golpe ressoou contra seu elmo, e Kineas girou a espada para trás, vendo surgir Átelo, que preparava mais uma flecha enquanto o inimigo erguia a lança para novo ataque. A lâmina de Kineas feriu-lhe a coxa e a flecha de Átelo cravou-se no bronze do elmo do adversário. Diodoro encontrou a mão de Kineas, que o puxou para sua garupa sem encostar-lhe a espada, enquanto Átelo continuava a atirar flechas à queima-roupa.

Já não sou mais um general, pensou Kineas. Viu o cavalo de Kontos sem cavaleiro e aproximou-se. O animal recuou, mas Átelo chegou com um laço. Diodoro saltou de seu cavalo e passou uma perna por cima do novo animal.

— Por Apolo, este é um gigante! — gritou.

Estavam quase a sós — um minuto afastados do combate, que se deslocara para o sul. O solo estava seco e a poeira se elevava cada vez mais rapidamente, a poeira já conhecida, que cobria todas as batalhas. Nada era visível à distância de um lançamento de dardo; mesmo mais de perto, os homens pareciam simplesmente formas que se moviam na névoa, como fantasmas.

Kineas respirou fundo, olhou em volta e esporeou seu cavalo com os calcanhares. O animal reagiu. Teve tempo para sentir-se feliz e em seguida estava de novo metido na loucura da confusão.

Alguma coisa mudara. O ruído era diferente e toda a massa do combate se movia para oeste, como uma corrente oceânica. Kineas correu na mesma direção com uma saraivada de golpes — a espada se enterrou no braço de um homem e ficou presa no osso, perdendo-se atrás dele. Não teve tempo para lamentar a perda — tinha uma adaga e o chicote e usou ambos, enfrentando o adversário seguinte com um golpe de chicote no rosto e finalizando com a adaga, enquanto apertava a montaria com os joelhos para não cair.

Alguma coisa o atingiu no quadril — uma dor flamejante e nada mais. Havia um dardo entre a perna e o cavalo. Agarrou-o e arrancou-o da cinta do animal, que se partiu sob seu peso. Kineas caiu ao chão sem sequer sentir o golpe que o derrubara.

Havia muitas patas de cavalos à sua volta, gritos e relinchar de animais, e ele não conseguia levantar-se; a perna direita não obedecia. Sentia o gosto de poeira na boca, enchendo-lhe a garganta. Quase foi pisoteado por um cavalo, que apenas roçou-lhe a placa peitoral sem apoiar todo o peso do corpo, mas mesmo assim Kineas perdeu o fôlego — havia poeira por toda parte, cascos de animais, um dardo.

— Kineas! — gritou Coeno, agitando a lança com as duas mãos como se fosse uma espada *thrake* e abrindo um espaço em torno de seu comandante. Sitalkes surgiu, ainda com um dardo para lançar, que serviu para matar o homem à direita de Kineas Derrubou mais um, passando mais além dele, enquanto Coeno lhe agarrava um dos pulsos e Niceas o outro, erguendo-o do chão.

Átelo trouxera outro cavalo. Sorriu, com o rosto sujo de lama e os olhos azuis brilhando. Em algum ponto ao lado dele vozes gritavam "Apolo!", e Átelo meteu a mão no *gorytos*, sem encontrar mais flechas.

O quadril direito de Kineas queimava e perdera a sensibilidade na perna. Conseguiu a custo ficar sobre o novo cavalo, machucando os testículos porque não conseguia apertar-lhe os flancos com os joelhos. Olhou para a esquerda e a direita, sem ver mais nada a não ser a névoa da batalha e vultos nas sombras, mas o som que vinha da esquerda era a Pavana de Apolo e ele conseguiu ouvir o avanço dos hoplitas de Olbia. Não precisava ver o que estava acontecendo — invisíveis na névoa, os veteranos da Macedônia estavam recuando.

Em algum ponto, na nuvem de poeira, o rei tinha finalmente chegado ao campo de batalha. Nada poderia ter causado o mesmo efeito.

Tinham vencido. Kineas conhecia a sensacão, porque a experimentara em sonho — a certeza da vitória.

Olhou em volta para seus companheiros e em seguida, sem uma palavra, avançou novamente para a poeira, sentindo a energia dos deuses apesar do ferimento, a energia que eleva um homem além de si mesmo no centro da tormenta da batalha, sabendo que eram seus últimos momentos e decidido a seguir seu destino até o fim. Acompanhou Sitalkes, que ia deixando um rastro de morte da largura de seu alcance, porque o inimigo estava dentro da nuvem e ali era também onde estavam os amigos que restavam.

E também Srayanka.

Havia rugidos, brados e gritos animalescos, mas a música mudara. O campo de batalha era um hino de vitória para os gregos, derrota completa para os macedônios. Do vau vinham aplausos: ouviu novamente "Apolo!" da esquerda, e Coeno gritou "Atena!" à sua direita.

O exército macedônio exalava os últimos suspiros.

Kineas tinha um dardo — muito longo e pesado, e somente os deuses sabiam como o obtivera — e lançou-o no rosto de um macedônio, que caiu levando a arma. O cavalo de Kineas se encontrava sobre o corpo de Kam Baqca, ouro e lama misturados sob as patas do animal. Outro manto vermelho surgiu e Sitalkes o arrancou da sela — a poeira subia cada vez mais, ou o sol estava mais forte —, o homem do manto vermelho segurava ainda, ao cair, o emblema de cauda de cavalo. Kineas o atacou, chicoteando-o e soltando seu grito de guerra diante do rosto do homem em pânico. Sitalkes agarrou o emblema e juntos mataram o inimigo. Sitalkes ergueu bem alto o emblema. Vozes *sakje* aplaudiram — novas vozes, agora bem perto.

Surgiram mais macedônios — de onde vinham? Kineas sentiu que algo o golpeava com força na cabeça. Não conseguia enxergar, mas manteve-se na sela, agitando o chicote, e de repente sentiu-se livre, como um barco no mar que corta o cabo da âncora. Empunhava ainda as rédeas e o cavalo estava sob controle. Girou o chicote, com o braço que parecia um pedaço de madeira, e os tentáculos da arma se enrolaram no elmo de um inimigo. Tão logo os libertou, viu que Sitalkes derrubava um homem. Um macedônio desmontado o atacou e Sitalkes caiu em meio à multidão de patas, perdendo-se na poeira e soltando o emblema. Coeno matou o macedônio e Átelo agarrou novamente o estandarte.

Kineas se viu encarando Zopryon. Não houve choque — ele estava onde deveria estar, no centro da nuvem da batalha. Kineas teve tempo de ver a derrota em seus olhos — e a cólera.

Kineas o atacou com o chicote, em dois golpes rápidos, um dos quais acertou em cheio, entrando pela fresta do elmo e arrancando um olho; mas Zopryon revidou com a espada, cortando o chicote e deixando Kineas desarmado com apenas um cabo dourado. Kineas esporeou o cavalo e este obedeceu, atirando-se contra o flanco do outro animal, que era maior, mordendo-o e fazendo-o recuar. O outro reagiu, mas Kineas deteve com a mão esquerda o braço de Zopryon, que erguia a espada, e segurou-o com a direita, usando o impulso do adversário e sua própria perna esquerda apoiada no cavalo para agarrá-lo e derrubá-lo. Ambos tombaram ao chão, com os dois cavalos se mordendo e escoiceando acima deles. Kineas caiu por cima e o encontro do bronze das duas armaduras tirou o fôlego de ambos. Conseguiu passar o braço pelo pescoço do adversário, sentindo o cheiro fétido de uma ferida infeccionada, e vendo-lhe os olhos de javali ferido.

Por sorte ou habilidade, Zopryon empurrou a perna ferida de Kineas, que deu um berro. Por duas vezes, Zopryon golpeou-lhe o elmo com o cabo da espada, fazendo-o sentir-se zonzo e prestes a desmaiar.

Kineas tinha somente uma perna sã, mas a raiva e trinta anos de treinamento em luta livre o fizeram partir um braço do macedônio num brado de suor e sangue. O estalo do osso pareceu-lhe o som mais alto do campo de batalha, mas a dor, a raiva, o desespero e a energia nascida da necessidade permitiram a Zopryon se desvencilhar, erguer-se de joelhos na poeira e levantar a espada, esquecendo o braço quebrado, para desferir o golpe de misericórdia.

Kineas tentou pegar a segunda adaga, presa sob a perna ferida — com demasiada lentidão.

A primeira flecha acertou o macedônio exatamente no espaço entre o pescoço e a placa peitoral. Em seguida, outras flechas pareceram germinar em seu corpo como num passe de mágica teatral — uma, e logo quatro.

Kineas estava apoiado em um joelho e não conseguia raciocinar bem, mas levantou a cabeça e viu os olhos azuis dela acima de um grande cavalo. Em volta deles, a poeira se erguia como uma pira funerária. Mesmo enquanto olhava para ela, a poeira se desvaneceu e ele olhava o céu. O céu além da poeira era azul, e ao longe, bem longe, na planície, erguiam-se nuvens de uma alvura imaculada. Lá em cima, no éter, tudo era paz. Uma águia, o melhor dos presságios, descrevia um lento círculo a sua direita. Mais perto, havia pássaros menos auspiciosos.

Uma mão agarrou a dele, dura como ferro na palma cheia de calos e suave como pelica no dorso sob o polegar dele.

A escuridão o envolveu.

Estava montado em um cavalo no meio de um rio — um rio raso, com pedregulhos sob as patas do animal e água cor-de-rosa escorrendo por entre as pedras. O vau — era um vau — estava cheio de cadáveres. Homens e cavalos, todos mortos, e a água espumante que borbulhava por cima das rochas estava manchada de sangue.

O rio era enorme. Ele levantou a cabeça e viu o lado oposto, onde pilhas de galhos secos faziam com que a margem parecesse a orla do mar. Uma única árvore morta se erguia acima das pedras vermelhas da praia. Havia outros homens atrás dele, em volta dele, e todos cantavam. Estava montado em um cavalo, grande e negro, e sentia o peso de uma estranha armadura.

— É algum rio que você já tenha visto? — perguntou Kam Baqca, com voz zombeteira.

— Não — confessou ele, sentindo-se como um menino diante do tutor.

— A soberba e a vaidade humanas são imensuráveis. — Ela riu e ele a olhou; o branco com que seu rosto havia sido pintado não ocultava a podridão que carcomera a maior parte da carne da face dela.

— Você está morta! — exclamou ele.

— Meu corpo está morto — foi a resposta.

— E o meu? — perguntou ele. Enquanto falava, olhou para baixo e viu que a pele do braço era firme e estava marcada por todas as cicatrizes que a vida lhe dera.

Ela riu novamente.

— Volte — disse. — Sua hora ainda não chegou.

Eram três, sentadas nos ramos da árvore, e cada uma era mais horrenda do que a outra. A que estava no galho mais baixo estendeu a mão e pegou alguma coisa que a outra megera lhe entregava. Quando olhou para ele, tinha somente um olho, mas que faiscava como o olho de uma jovem. Levantou a mão, que sustinha um fio de linha, ou talvez o cabelo de uma criança, que era de um dourado brilhante com luz própria, embora fosse mais curto do que a largura de um dedo de homem.

— Não resta muito — disse ela, com uma risada de velha. — Mas é melhor do que nada, não?

— Suficiente para ser pai uma ou duas vezes — disse uma das horrendas irmãs, rindo também.

— Suficiente para derrotar um deus — rosnou a que estava no galho mais alto. — Mas precisará se apressar!

NOTA DO AUTOR

Muito pouco da língua dos citas chegou até nós, e sou escritor, não linguista. Preferi representar algumas das palavras usando o idioma avéstico, outras, com palavras siberianas modernas, e ainda outras, com palavras da Ossétia, com a intenção de demonstrar a dificuldade da barreira da língua, mesmo quando algumas palavras têm raízes comuns. Conheço muito pouco do grego clássico e nada das demais línguas mencionadas. Quaisquer erros de tradução são de minha inteira responsabilidade.

AGRADECIMENTOS

Um livro — na verdade, uma série — como este não brota pronto do escritor, como brotou Atena da testa de Zeus. Kineas e seu mundo nasceram do meu desejo de escrever um livro que me permitisse debater os graves temas de guerra e de política que fazem parte de nosso cotidiano. Eu estava voltando a estudar e a dedicar-me a meu primeiro amor: a história clássica. Também pretendia escrever um livro que minha amiga Christine Szego pudesse vender em sua loja, a livraria Bakka-Phoenix, em Toronto. Essa combinação — história clássica, filosofia da guerra e um certo elemento de feitiçaria — resultou no volume que o leitor tem em mãos. Encontrei pelo caminho o professor Wallace e o professor Young, eruditos ligados à Universidade de Toronto. O professor Wallace respondeu a todas as minhas indagações, fornecendo-me grande quantidade de fontes e apresentando-me às labirínticas maravilhas de Diodorus Siculus. Finalmente, apresentou-me a T. Cuyler Young. Este teve a gentileza de iniciar minha instrução sobre o Império Persa do tempo de Alexandre e de debater a possibilidade de que Alexandre não fosse infalível, ou quase. Desejo expressar minha mais profunda gratidão a ambos pela ajuda na reconstituição do mundo grego do século IV a.C. e pela teoria das campanhas de Alexandre que é a base desta série de romances. Todo o brilho de erudição veio deles, e os erros sem dúvida são meus. Nunca esquecerei o prazer das visitas ao escritório do professor Wallace ou à sala de estar de Cuyler, comendo bolo de chocolate e debatendo o mito da invencibilidade de Alexandre.

Também quero agradecer aos funcionários do Departamento de Estudos Clássicos da Universidade de Toronto por reanimar meu interesse adormecido pelo idioma grego clássico, assim como ao pessoal de toda a Universidade e de sua Biblioteca Metropolitana de Referência pela dedicação e pelo constante apoio.

Sou grato a meus velhos amigos Matt Heppe e Robert Sulentic pelo auxílio na leitura do romance e nos comentários, ajudando-me a evitar anacronismos. Ambos possuem conhecimento enciclopédico da história militar clássica e helênica. Também neste caso, os erros são meus.

Não me teria sido possível tratar de tantos textos gregos sem o Projeto Perseu. Esse recurso online, patrocinado pela Universidade Tufts, permite o acesso a quase todos os textos clássicos em grego e em inglês. Se ele não existisse, eu ainda estaria trabalhando na segunda linha de *Medeia*, sem falar na *Ilíada* ou no *Hino a Deméter*.

Tenho uma dívida de gratidão a meu excelente editor, Bill Massey, da Orion, por dar uma oportunidade a este livro, por seu bom humor diante da ditadura do autor e por seu apoio em todas as etapas. Também quero agradecer a Shelley Powers, minha agente, por seus incansáveis esforços em meu favor.

Finalmente, agradeço às musas do Café Luna, que serve ao mesmo tempo café e bom humor, sem as quais certamente o livro não existiria. E toda a minha gratidão — por toda a vida — a minha mulher, Sarah.

Este livro foi composto na tipologia Adobe Garamond Pro,
em corpo 12/17,2, e impresso em papel off-white no
Sistema Cameron da Divisão Gráfica da Distribuidora Record.